anagramma

1095

Della stessa autrice:

Devil's Night Series
(*Il mio sbaglio più grande. Corrupt, Mille ragioni per odiarti. Hideaway, L'errore che rifarei. Kill Switch, Mille ragioni per sfuggirti. Nightfall*)

Fall Away Series
(*Mai per amore, Da quando ci sei tu, La mia meravigliosa rivincita, Non riesco a dimenticarti, Odiami come io ti amo*)

Birthday Girl
Wrong Love
Punk 57. Insieme siamo perfetti
Io ti proteggerò. Credence
Falls Boys

Titolo originale: *Credence*

Traduzione dalla lingua inglese Roberta Maresca e Anna Vivaldi
Terza edizione: ottobre 2023

ISBN 978-88-227-7479-8

www.newtoncompton.com

Realizzazione a cura di Pachi Guarini per The Bookmakers Studio editoriale s.r.l.s., Roma
Stampato nell'ottobre 2023 presso Puntoweb s.r.l., Ariccia (Roma)

Penelope Douglas

Io ti proteggerò
Credence

Newton Compton editori

Perché non è di luce che abbiamo bisogno, ma di fuoco; e non della pioggia gentile, ma del tuono. Abbiamo bisogno della tempesta, del turbine, del terremoto.

FREDERICK DOUGLASS

1. Tiernan

È strano. L'altalena nel cortile, ricavata da uno pneumatico, è l'unica cosa che rimanda alla possibile presenza di un bambino in questa casa. Non ci sono mai stati disegni in giro. Né sul frigorifero né sulle pareti. Nessun libro per l'infanzia sugli scaffali. Niente scarpe vicino alla porta d'ingresso o oggetti galleggianti in piscina.

È la casa di una coppia. Non di una famiglia.

Guardo fuori dalla finestra, osservo la ruota che ondeggia avanti e indietro nella brezza, appesa al ramo della quercia, e accarezzo distrattamente fra due dita il nastro rosso che ho nei capelli, traendo conforto dalla sua superficie liscia.

Lui trovava sempre il tempo di spingerla sull'altalena, vero? Per lei lo ricavava.

E lei per lui.

I walkie-talkie emettono segnali acustici e rumori bianchi da qualche parte alle mie spalle, mentre i passi scorrono lungo le scale e le porte di sopra sbattono. La polizia e i paramedici sono impegnati al piano superiore, presto vorranno parlare con me, ne sono sicura.

Deglutisco, ma non sbatto le palpebre.

Quando ha costruito l'altalena, dieci anni fa, ho pensato fosse per me. Anche se io avevo il permesso di giocarci, in realtà era mia madre ad amarla davvero. La sera li osservavo dalla finestra della mia camera, lui la spingeva, e la magia del loro gioco e delle loro risate mi faceva desiderare di raggiungerli. Ma sapevo che vedendomi arrivare la magia sarebbe cambiata. Sarebbe svanita.

Così rimanevo alla finestra e mi limitavo a guardare.

Come faccio ancora.

Mi mordo l'angolo della bocca, intanto osservo una foglia verde svolazzare oltre l'altalena e atterrare all'interno dello pneumatico dove mia madre si è seduta innumerevoli volte. L'immagine della sua camicia da notte bianca e dei suoi capelli chiari che fluttuano nel buio è ancora molto vivida, perché l'ultima volta che l'ho vista dondolare è stata solo ieri.

Qualcuno si schiarisce la gola dietro di me, facendomi finalmente sbattere le palpebre e abbassare lo sguardo.

«Ti hanno detto qualcosa?», mi chiede Mirai con la voce spezzata dal pianto.

Non mi giro, ma dopo un momento scuoto lentamente la testa.

«Quando hai parlato con loro l'ultima volta?».

Non so rispondere. Non ne sono sicura.

Sento che prova ad avvicinarsi, ma si ferma a qualche metro da quando si accorge del cigolio della prima barella, spinta giù per le scale e poi portata fuori.

Alzo il mento, mi preparo all'apertura della porta d'ingresso e al trambusto che proviene dall'esterno. Le chiamate e le domande, il suono dei clacson a ogni persona in più, la folla davanti al cancello e i giornalisti, che senza dubbio guarderanno il corpo mentre verrà portato via.

Quando ho parlato l'ultima volta con i miei genitori?

«La polizia ha trovato dei farmaci nel bagno dei tuoi», dice Mirai con voce sommessa. «Sopra i flaconi c'era il nome di tuo padre. Hanno chiamato il dottore e hanno scoperto che aveva il cancro, Tiernan».

Non mi muovo.

«Non mi hanno mai detto niente», prosegue. «Sapevi della malattia di tuo padre?».

Scuoto di nuovo la testa, continuando a guardare l'altalena ondeggiare.

La sento deglutire. «A quanto pare ha provato delle cure, ma era aggressiva», dice. «Il dottore ha detto che… non sarebbe arrivato alla fine dell'anno, tesoro».

Fuori si alza una folata di vento, che agita l'altalena, e osservo la corda attorcigliarsi e far girare lo pneumatico su sé stesso.

«Sembra… sembra che…», Mirai si interrompe, incapace di finire il suo pensiero.

So cosa sembra. L'ho capito quando li ho trovati stamattina. Tolouse, lo Scottish terrier di mia madre, stava graffiando la porta e implorava di entrare nella loro camera da letto, così l'ho aperta. Era strano che non si fossero ancora alzati, ma l'ho fatto entrare comunque. Poco prima di richiudere la porta, però, ho alzato gli occhi e li ho visti.

Sul letto. Abbracciati. Vestiti di tutto punto.

Lui indossava il suo completo Givenchy preferito e lei l'abito di Oscar de la Renta che aveva al Festival di Cannes nel 2013.

Lui aveva il cancro.

Stava morendo.

Lo sapevano entrambi e mia madre aveva deciso di non lasciarlo andare via senza di lei. Aveva deciso che senza di lui non sarebbe esistito altro.

Nient'altro.

Sento un bruciore arrivare dal retro degli occhi, ma sparisce quasi immediatamente.

«La polizia non ha trovato alcun biglietto», dice Mirai. «Tu hai trovato…».

Ma io giro la testa, incontrando i suoi occhi, e lei tace all'istante. Che domanda stupida.

Serro la mascella, mandando gli aghi giù per la gola. Dopo anni di tate, collegi e campi estivi in cui sono stata parcheggiata, e dopo essere stata cresciuta da tutti tranne che dai miei genitori, non mi sono più preoccupata di ciò che facevano. Eppure sembrano esserci ancora delle parti di me in grado di soffrire.

Non mi hanno lasciato nessun biglietto. Non avevano niente da dirmi, nemmeno in punto di morte.

Stringo le palpebre per trattenere le lacrime e mi giro, cercando di fissare di nuovo l'altalena che si attorciglia e scivola avanti e indietro nel vento.

Sento Mirai tirare su col naso e singhiozzare in sordina dietro di me, perché lo sa. Sa cosa provo, lei è stata qui fin dall'inizio.

Dopo un minuto la vedo fuori, sta camminando davanti alla finestra. Non mi ero nemmeno accorta che avesse lasciato la stanza.

Si dirige a passo spedito verso l'altalena impugnando delle cesoie. Quando la raggiunge le porta sulla corda, facendo pressione sui manici. Stringo i pugni e la guardo sfilacciare la fune fino a farla diventare un filo sottile che, un attimo dopo, si spezza, lasciando cadere a terra la ruota.

Sento una lacrima finalmente scendere e, per la prima volta da quando sono arrivata a casa per l'estate, provo qualcosa di simile all'amore.

Ore dopo, quando il sole è tramontato, la casa è di nuovo tranquilla e io sono sola. Quasi sola. I giornalisti sono ancora appostati oltre i cancelli.

Mirai voleva che andassi a stare da lei nel suo piccolo bilocale. Poteva permettersi di vivere in un posto migliore, ma dal momento in cui era qui notte e giorno, e dato che viaggiava con mia madre ovunque lei andasse, aveva già poco senso avere un appartamento, figuriamoci pagare l'affitto per averne uno più grande. Ho gentilmente rifiutato.

Ha preso Tolouse con sé, dato che l'intesa che quel cane ha con me è la stessa che ha con un gatto bagnato, e ha detto che sarebbe tornata domattina presto.

Dovevo essere più gentile con lei. Ma quando si è offerta di restare qui, volevo solo che se ne andassero tutti. Il rumore e la tensione mi hanno resa nervosa e non voglio sentire tutte le telefonate che Mirai dovrà fare stasera, perché saranno solo un promemoria dell'inferno che si sta scatenando nel mondo e sui social.

Stanno parlando dei miei genitori.

Stanno facendo delle congetture su di me, senza dubbio.

La pietà. Le previsioni su quando seguirò mia madre e mio padre, morendo per overdose o suicidandomi anch'io. Ognuno ha un'opinione e pensa di sapere tutto. Come se fossi vissuta in una sfera di vetro, finora...

Torno ai fornelli, espirando. I miei genitori mi hanno lasciata a occuparmi di questo casino.

Il vapore sale dalla pentola, spengo il fuoco e verso il ramen in una scodella. Strofino le labbra secche e fisso il brodo giallo mentre il mio stomaco brontola. Non ho mangiato o bevuto niente per tutto il giorno, ma non ero sicura di aver davvero intenzione di mangiare quando stasera sono finalmente entrata in cucina. La preparazione dei pasti mi è sempre piaciuta. La ricetta, il procedimento… so cosa fare. Aiuta a meditare.

Avvolgo le mani intorno alla ciotola, gustandomi il calore che attraversa la ceramica e mi scorre su per le braccia. Sento i brividi in tutto il corpo e sto quasi per assaggiare il brodo, poi mi rendo conto che non ho abbastanza energia nemmeno per fare questo.

Sono morti, e io non ho pianto. Sono preoccupata per domani e per come dovrò gestire tutto.

Non so cosa fare, le prossime settimane dovrò sforzarmi per scambiare delle parole con i dirigenti della casa cinematografica o con i vecchi amici dei miei genitori, solo l'idea mi fa venire la nausea. E questo sarà solo dopo averli già seppelliti e dopo aver gestito tutto quello che mi hanno lasciato in eredità. Mi sento male. Non ce la faccio.

Non ce la faccio.

Sapevano che non ero in grado di affrontare situazioni come questa. Non sono capace di sorridere o di simulare sentimenti che non provo.

Rovisto nel cassetto per prendere le bacchette, le infilo nella scodella e porto tutto di sopra. Arrivo in cima alle scale senza fermarmi davanti alla porta della camera da letto dei miei, ma vado a sinistra, verso la mia stanza.

Porto la scodella alla scrivania, mi fermo, l'odore del ramen mi contorce lo stomaco. La poso e mi avvicino al muro, poi scivolo giù fino a sedermi sul pavimento. Il legno fresco e duro mi rilassa i nervi, ho la tentazione di sdraiarmi e appoggiarci sopra anche il viso.

È strano che io sia rimasta in questa casa stasera, quando i miei sono morti stamattina proprio in fondo a questo corridoio? Secondo i calcoli del medico legale il decesso deve essere avvenuto intorno alle due del mattino. Io mi sono svegliata dopo le sei.

La mia mente corre, intrappolata tra la voglia di lasciar perdere e il desiderio di elaborare la dinamica dell'accaduto. Mirai viene qui ogni giorno. Se non li avessi trovati io, lo avrebbe fatto lei.

Perché non hanno aspettato il mio rientro a scuola, la prossima settimana? Non si ricordavano nemmeno che c'ero anche io in casa?

Abbandono la testa contro il muro e appoggio le braccia sulle ginocchia piegate, chiudendo gli occhi infiammati.

Non mi hanno lasciato un biglietto.

Si sono vestiti. Hanno portato fuori il cane. Hanno chiesto a Mirai di arrivare più tardi stamattina, non come al solito.

Non mi hanno scritto un biglietto.

La loro porta chiusa si erge minacciosa davanti a me, e io apro gli occhi per guardare fuori dalla mia camera, alla fine del lungo corridoio, in direzione della loro stanza.

La casa ha lo stesso silenzio di sempre.

Niente è cambiato.

Ma proprio in quel momento, un piccolo ronzio arriva da qualche parte, e quel debole suono mi terrorizza, riportandomi alla realtà. Che cos'è?

Pensavo di aver spento il telefono.

I giornalisti sanno benissimo che devono chiedere dichiarazioni a chi rappresenta i miei genitori, ma ciò non toglie che i più avidi, ovvero la maggior parte, possano aver trovato il numero del mio cellulare personale.

Mi alzo e cerco il telefono sulla scrivania, ma quando premo il pulsante di accensione scopro che è ancora spento.

Il ronzio c'è ancora, e proprio quando comincio ad averne consapevolezza, il mio cuore salta un battito.

Il mio cellulare privato. Quello sepolto nel cassetto.

Solo i miei genitori e Mirai hanno quel numero. Era un telefono a cui potevano contattarmi in caso di emergenza, poiché sapevano che spesso tenevo spento l'altro.

Dato che non usavano mai quel numero, ho smesso di portarlo con me.

Mi metto in ginocchio, infilo la mano nel cassetto della scrivania, sfilo il vecchio iPhone dal caricabatterie e ricado a terra, guardando lo schermo.

Colorado. Non conosco nessuno in Colorado.

Questo telefono non riceve mai chiamate, però. Potrebbe essere un giornalista che in qualche modo ha rintracciato il numero, anche se non è registrato a mio nome, quindi ne dubito.

Rispondo. «Pronto?»

«Tiernan?».

La voce dell'uomo è profonda, ma c'è una nota di sorpresa in essa, come se non si aspettasse che rispondessi.

Oppure è nervoso.

«Sono Jake Van der Berg», dice.

Jake Van der Berg…

«Tuo *zio* Jake Van der Berg».

E poi mi ricordo. «Da parte di mio padre…?»

«Il fratello», finisce lui per me. «Fratellastro, in realtà, sì».

Me ne ero completamente dimenticata. Jake Van der Berg era stato menzionato raramente in questa casa. Non sono cresciuta circondata dai parenti, quindi avevo completamente rimosso di averne uno.

Mia madre è cresciuta in affido, non ha mai conosciuto suo padre e non aveva fratelli. Mio padre ha solo un lontano fratellastro più giovane di lui che non ho mai conosciuto. Non ho avuto zii o cugini da piccola, e i genitori di mio padre sono morti presto, quindi non ho mai avuto nemmeno i nonni.

C'è solo una ragione per cui mi sta chiamando dopo diciassette anni.

«Uhm», mormoro, cercando le parole. «L'assistente di mia madre si occuperà dell'organizzazione del funerale. Se hai bisogno di dettagli, io non li ho. Posso darti il suo numero».

«Non verrò al funerale».

Per un momento, resto immobile. La sua voce è tesa.

Non mi ha fatto le condoglianze per la "mia perdita", il che è insolito. Non che io ne abbia bisogno, ma perché mi chiama, allora? Crede che mio padre lo abbia inserito nel testamento?

A dire il vero potrebbe anche averlo fatto. Non ne ho idea.

Prima che possa chiedergli cosa vuole, si schiarisce la gola. «Poco fa mi ha chiamato l'avvocato di tuo padre, Tiernan», mi spiega. «Dato che sono il tuo unico parente ancora in vita e tu sei ancora minorenne, a quanto pare i tuoi genitori ti hanno affidata a me».

Affidata a lui?

A quanto pare. Sembra che questa sia una novità anche per lui.

Non ho bisogno di essere affidata a nessuno.

Continua: «So che tra un paio di mesi compirai diciott'anni. Non ti costringerò a fare niente, stai tranquilla».

Okay. Esito per un momento, senza sapere se sentirmi sollevata o meno. Devo ancora realizzare il fatto di non essere legalmente un'adulta, e non ho ancora compreso cosa implichi questo ora che i miei genitori non ci sono più, ma lui mi ha già assicurato che non significa nulla. La mia vita non cambierà.

Bene.

«Sono sicuro che, crescendo nel mondo in cui sei cresciuta», dice, «sei molto più sveglia di noi e sai badare bene a te stessa ormai».

«Noi?», mormoro.

«Io e i miei figli», dice. «Noah e Kaleb. Non sono molto più grandi di te, in realtà. Forse di qualche anno».

Quindi ho dei cugini. Anzi… cugini acquisiti.

Chi se ne frega. Non significa nulla. Gioco con il laccetto azzurro dei pantaloncini del pigiama.

«Ti ho contattata solo per dirti questo», dice infine. «Se vuoi emanciparti, io non farò obiezioni. Non ho alcuna voglia di sradicarti dalla tua vita e renderti le cose ancora più difficili».

Fisso il laccetto, pizzicandolo con le unghie mentre lo tiro. *Va bene, allora.*

«Be'… grazie per aver chiamato».

Inizio ad allontanare il telefono dall'orecchio, ma sento di nuovo la sua voce. «Ma *vuoi* venire qui?».

Riporto il telefono vicino.

«Non voglio darti l'impressione che tu non sia la benvenuta», dice. «Lo sei. Ho solo pensato…».

S'interrompe, io resto in ascolto.
Lui ridacchia. «È solo che conduciamo una vita piuttosto appartata qui, Tiernan», spiega. «Non è molto divertente per una ragazza, soprattutto se non ha idea di chi diavolo siamo, capisci?», il suo tono diventa solenne. «Tuo padre e io, noi... non l'abbiamo mai vista allo stesso modo».
Mi siedo, senza dire niente. So che sarebbe educato parlargli. O forse si aspetta che io gli faccia delle domande. Per esempio cos'è successo tra lui e mio padre? O magari se conosceva mia madre?
Ma non voglio parlare. Non mi interessa.
«Ti ha mai detto che vivevamo in Colorado?», chiede Jake con voce sommessa. «Vicino a Telluride, ma più su, in montagna».
Inspiro e butto fuori l'aria, arrotolando il laccetto intorno al dito.
«Non ci vuole molto per arrivare in città con il bel tempo, ma in inverno nevica per mesi», continua. «È una vita di gran lunga diversa da quella a cui sei abituata tu».
Alzo gli occhi, lasciandoli vagare piano nella stanza spoglia, all'interno della quale ho dormito a malapena. Osservo gli scaffali colmi di libri che non ho mai finito di leggere. Sulla scrivania, una pila di graziosi diari che ho comprato con gioia, ma sui quali ho difficilmente scritto qualcosa.
Ho pensato spesso di ridecorare la camera durante le vacanze a casa, ma come per ogni altra cosa, alla fine non ho più comprato la carta da parati perché non sono mai riuscita a decidere quale prendere. Non ho immaginazione.
Sì, la vita a cui sono abituata...
Il peso della porta dei miei genitori incombe davanti a me, in fondo al corridoio.
Nevica, ha detto. *Per mesi.*
«Niente TV via cavo. Nessun rumore. Non funziona nemmeno il Wi-Fi, a volte», dice. «Si sentono solo i suoni del vento, delle cascate e dei tuoni».
Il cuore mi fa un po' male, non so se per colpa delle sue parole o della sua voce. *Solo i suoni del vento, delle cascate e dei tuoni.*
Sembra fantastico, in realtà. Sembra tutto bellissimo. Nessuno può raggiungerti in quel luogo.
«I miei ragazzi sono abituati alla solitudine», riprende. «Ma tu...».
Prendo di nuovo il laccetto e lo avvolgo attorno al dito. Ma io...?
«Sono venuto qui quando ero poco più grande di te», riflette, e dalla voce capisco che sta sorridendo. «Avevo le mani morbide e la testa piena di stronzate con cui non sapevo cosa fare. Ero apatico».
Gli aghi mi pungono la gola, chiudo gli occhi.
«Il sudore e il sole hanno i loro vantaggi». Sospira. «Lavori sodo, trovi sollievo e ti mantieni occupato. Abbiamo costruito noi tutto quello che abbiamo qui. È una bella vita».

Forse è quello di cui ho bisogno. Scappare come ha fatto lui alla mia età. Tuffarmi in qualcosa di diverso, perché ora l'unica cosa che provo è la stanchezza.

«Hai avuto una bella vita tu?», mi chiede quasi sussurrando.

Ho gli occhi chiusi, è come se un camion mi trapassasse i polmoni. Ho avuto una vita fantastica. Ho un armadio pieno di abiti e borse firmati, come ci si aspetta dalla figlia di una famosa star. Sono stata in più di venti paesi e posso comprare tutto quello che voglio. La mia casa è enorme. Il mio frigorifero è ben rifornito. Quante persone sarebbero felici di fare a cambio con me? Quanto sono fortunata?

«*Vuoi* venire qui, Tiernan?», chiede di nuovo.

2. Tiernan

Mi tolgo le cuffie wireless e le appoggio intorno al collo dandomi un'occhiata in giro. L'area per il recupero bagagli di qui ha solo due nastri. È grande quanto un bagno dell'aeroporto di Los Angeles.

Lui è arrivato? Mi giro, cercando di riconoscere qualcuno che non ho mai incontrato, anche se probabilmente mi vedrà prima lui. In questi giorni è difficile non incappare in una foto della nostra famiglia su Internet.

Seguendo la folla, mi dirigo al secondo nastro trasportatore e aspetto che i bagagli vengano scaricati. Forse ho portato troppa roba, soprattutto perché ci sono buone probabilità che non rimanga a lungo, ma in realtà non ci ho riflettuto. Lui mi ha inviato il biglietto via e-mail – mi ha detto che potevo scegliere di usarlo o meno – e io ho iniziato a preparare le valigie. Avere qualcosa da fare mi faceva bene.

Controllo il telefono per assicurarmi di non aver perso una sua chiamata, magari per dirmi dove incontrarci, e invece trovo un messaggio di Mirai.

> Solo per avvisarti... Il medico legale confermerà la causa della morte entro la fine della settimana. Quando si saprà farà notizia. Se hai bisogno di parlare, sono qui. Sempre.

Inspiro profondamente, e infilando il telefono nella tasca posteriore dimentico di espirare. *Causa della morte*. Sappiamo come sono morti. Al momento, tutti i fanatici religiosi con un profilo Twitter stanno condannando i miei genitori perché hanno commesso il peccato di togliersi la vita. Io non ce la facevo ad assistere. Potevo dire qualunque cosa sui miei problemi con Hannes e Amelia de Haas, ma non volevo sentire le stronzate inventate da estranei che nemmeno li conoscevano.

Dovrei spegnere il telefono. Dovrei...

Aggrotto le sopracciglia. *Dovrei andare a casa.*

Non conosco questo tizio, e non mi piacciono neanche le persone che conosco.

Eppure, ieri sera, andare via mi sembrava la cosa migliore da fare.

Il nastro si avvia, risvegliandomi dai pensieri, e inizio a osservare i bagagli girare. Una delle mie valigie nere si avvicina e mi allungo per prenderla, ma all'improvviso appare un'altra mano, che la solleva al posto mio. Mi alzo velocemente e mi trovo faccia a faccia con un uomo.

Be', non esattamente faccia a faccia. Lui mi fissa e io apro la bocca per parlare, ma non riesco a ricordare… niente. I suoi occhi sono quasi di ghiaccio, le palpebre fisse su di me. Restiamo immobili.

È lui?

So che mio zio è di origini olandesi, come mio padre, e questo tizio di un metro e ottanta ha il tipico aspetto atletico dei nordeuropei, con i capelli biondo scuro, tagliati corti, e gli occhi azzurri. Ha un'espressione lievemente divertita che stona con la sua mascella serrata e, più in generale, con il suo aspetto intimidatorio.

«Sei Jake?», chiedo.

«Ciao».

Ciao? I suoi occhi continuano a fissarmi e per un attimo sostengo ancora il suo sguardo. So che lui e mio padre non erano consanguinei ma, per qualche motivo, mi aspettavo che si somigliassero. Non so perché.

Le mie aspettative erano impossibili da soddisfare, perché non avevo in mente la loro differenza di età. Jake deve essere nato almeno dieci anni dopo Hannes. Forse ne ha trentacinque, oppure ha già passato i quaranta?

Probabilmente non andavano d'accordo anche per questo motivo. Essendo cresciuti in momenti diversi, forse non avevano mai avuto la possibilità di avere delle cose in comune?

Restiamo ancora così per qualche istante, immagino che questo sia il momento in cui la maggior parte delle persone si abbraccia o fa cose del genere, ma io faccio un passo indietro e mi allontano, per sicurezza.

Lui non tenta di abbracciarmi. Tutt'altro: lancia un'occhiata di lato e indica il nastro. «Anche questa?».

La sua voce è profonda, ma docile, è come se avesse un po' paura di me anche se non teme nient'altro. Il mio cuore accelera.

Cosa mi ha chiesto?

Oh, il bagaglio.

Mi guardo alle spalle e vedo l'altra mia valigia nera avanzare sul nastro. Annuisco una volta, aspettando che arrivi fino a noi.

«Come sapevi che ero io?», gli chiedo, ricordandomi che ha afferrato la mia valigia senza che gli confermassi che ero sua nipote.

Ride sotto i baffi.

Chiudo gli occhi per un attimo, capisco che deve aver visto le mie

foto da qualche parte, quindi non è stato poi così difficile riconoscermi.
«Giusto», mormoro.

«Scusami», dice, allungandosi accanto a me per afferrare il secondo bagaglio. Goffamente, indietreggio di un passo e il suo corpo mi sfiora.

Lo solleva dal nastro e aggiunge: «E poi sei l'unica qui con le valigie Louis Vuitton, quindi…».

Gli lancio uno sguardo, notando i jeans macchiati di terra sulle ginocchia e la T-shirt grigia da sette dollari che ha addosso. «Conosci Louis Vuitton?», chiedo.

«Sì, ma non me ne frega granché», risponde, poi mi gela con uno sguardo. «Anch'io sono cresciuto in quel mondo, ricordi?».

Quel mondo. Lo dice come se le firme e il lusso fossero un limite. Le persone possono vivere realtà diverse, ma la verità è sempre la stessa.

Mi schiarisco la gola e allungo la mano per afferrare uno dei bagagli. «Posso portarne una io».

«Lascia». Scuote la testa. «Siamo a posto così».

Mi metto lo zaino in spalla e afferro la maniglia del borsone, lui prende i miei due trolley.

Sono pronta ad andare, ma lui mi guarda, percepisco nei suoi occhi timorosi una sorta di stupore. «Che cosa c'è?», chiedo.

«Niente, scusa», fa lui, scuotendo la testa. «È solo che sembri tua madre».

Abbasso gli occhi. Non è la prima volta che me lo sento dire, ed è sicuramente un complimento. Mia madre era bellissima. Carismatica, statuaria…

Non mi fa mai sentire bene, però. Tutti vedono prima lei.

Occhi grigi, capelli biondi, sebbene i miei abbiano una sfumatura rossiccia naturale, mentre i suoi tendevano al platino perché erano tinti.

Le sopracciglia scure sono una mia caratteristica, invece. Un piccolo motivo di orgoglio. Mi piace il fatto che facciano risaltare i miei occhi.

Lui prende un respiro profondo. «Altro?», chiede, e suppongo che stia parlando dei miei bagagli.

Scuoto la testa.

«Va bene, mettiamoci in viaggio».

Rimango alle sue spalle mentre ci incamminiamo verso l'uscita, superando vari capannelli di persone per arrivare all'esterno.

Non appena ci ritroviamo sotto il sole, inalo l'aria densa di fine agosto, annusando l'odore dell'asfalto e degli alberi che costeggiano il parcheggio dall'altra parte della strada. La brezza mi solletica i peli delle braccia e, anche se il cielo è senza nuvole e tutto è verde, ho la tentazione di slegare la giacca che ho intorno alla vita e di mettermela addosso. Attraversiamo il passaggio pedonale controllando velocemente se arrivano delle macchine, in realtà nemmeno ce ne sarebbe bisogno perché c'è più traffico di fronte al country club dei miei genitori la domenica pomeriggio, quando si forma la coda per lasciare l'auto al parcheggiatore. Mi piace. Niente clacson o altoparlanti che scuotono il marciapiede.

Si ferma dietro un pick-up nero, ma invece di abbassare il portellone, lancia la mia valigia oltre la sponda laterale per metterla nel cassone. Si allunga all'indietro, afferra l'altra valigia e ripete la cosa.

Prendo il mio bagaglio a mano per aiutarlo, ma lui afferra rapido anche quello, i muscoli tesi del suo braccio si contraggono e brillano al sole.

«Avrei dovuto viaggiare più leggera», penso ad alta voce.

Si gira. «Non è solo una visita».

Sì, forse. Non sono ancora sicura, ma ho pensato che fosse meglio portare abbastanza per il lungo termine, nel caso avessi deciso di restare.

Saliamo sul furgone e metto la cintura di sicurezza, lui accende il motore. In automatico porto le mani alle cuffie che ho intorno al collo. Poi mi fermo. Sarebbe scortese escluderlo, visto che l'ho appena conosciuto. Per i miei genitori non era un problema, ma volevano che non le indossassi quando c'erano altre persone.

Lascio le cuffie e guardo la radio. *Ti prego, fai che parta della musica.*

E non appena il furgone si mette in moto, la radio si accende e riconosco *Kryptonite* ad alto volume, sentendomi sollevata per un secondo. Chiacchierare è doloroso.

Esce dal parcheggio e io appoggio le mani in grembo, voltando il capo per guardare fuori dal finestrino.

«Allora, ho pensato a tutto io», dice senza abbassare il volume della radio. «Abbiamo una scuola superiore che puoi frequentare online».

Lo guardo.

«Qui molti ragazzini devono per forza lavorare nei ranch eccetera, perciò è abbastanza comune che vengano istruiti a casa o che seguano le lezioni online», spiega.

Oh.

Mi rilasso un po'. Avevo temuto che volesse mandarmi a scuola. Mi sono preparata a vivere in un posto nuovo, ma non ad affrontare nuovi insegnanti e compagni di classe. Conosco a malapena quelli con cui sono stata negli ultimi tre anni.

In ogni caso, non avrebbe dovuto preoccuparsi. Me ne sono già occupata io.

«Posso restare a Brynmor», gli dico, guardando di nuovo fuori dal finestrino. «La mia scuola nel Connecticut sarà felice di gestire la mia… assenza. Gli insegnanti mi hanno già inviato via e-mail il programma e potrò completare tutto online».

L'autostrada inizia a lasciare il posto alle poche case lungo il ciglio della strada, ad alcuni ranch in stile anni Ottanta contornati da recinzioni metalliche arrugginite, a bungalow e persino alla bottega di un artigiano. Tutt'intorno, gli alti sempreverdi avvolgono i cortili con i loro aghi scuri.

«Okay», dice Jake. «Va bene. Fai sapere alla scuola, però, che potrà capitarti di essere offline per lunghi periodi perché il nostro Wi-Fi è imprevedibile, e che durante i temporali smette di funzionare del tutto. Sarebbe meglio se ti inviassero le varie assegnazioni in blocco, così non rischi di rimanere indietro durante i periodi senza internet».

Lo guardo ancora, vedo che distoglie lo sguardo dalla strada per incontrare il mio. Annuisco.

«Ma chissà...», riflette. «Dopo una settimana trascorsa su alla baita, magari te la darai a gambe».

Perché...?

Inclina la testa, scherzando: «Niente centri commerciali o latte macchiato al caramello nelle vicinanze».

Sposto lo sguardo fuori dal finestrino, borbottando. «Non bevo latte macchiato al caramello».

Può aspettarsi che io non mi senta a mio agio qui con loro, è ragionevole, così come può immaginarsi che mi mancherà "la vita" a cui sono abituata, ma insinuare che io sia una prima donna che non può sopravvivere senza Starbucks è da stupidi.

Direi che è merito della TV se per il mondo le ragazze californiane sono tutte delle imbecilli che indossano top a fascia. Ma con la siccità, gli incendi, i terremoti, gli smottamenti e un quinto degli omicidi seriali della nazione commessi solo sul nostro territorio, la verità è che siamo anche delle tipe toste.

Procediamo ancora per un po' e fortunatamente non parla più. La città appare davanti a noi, posso distinguere alcune statue di legno e una strada principale fiancheggiata da edifici squadrati tutti attaccati l'uno all'altro. Le persone indugiano sui marciapiedi, chiacchierano, mentre dai lampioni pendono vasi di fiori che danno al luogo un'aria pittoresca e curata. Gli adolescenti siedono sul portellone posteriore dei loro furgoni parcheggiati sul marciapiede. Osservo i negozi: tutte le attività sono a conduzione familiare, non ci sono catene di multinazionali.

Alzo lo sguardo e vedo un grande striscione appeso davanti a noi, stiamo quasi per passarci sotto.

FESTA ESTIVA DELL'AFFUMICATURA DI CHAPEL PEAK!
26-29 AGOSTO

Chapel Peak...

«Questa non è Telluride», dico, voltandomi verso di lui.

«Ho detto che vivevo fuori da Telluride», mi fa notare. «Moooolto fuori da Telluride».

Ancora meglio, in realtà. Telluride era una famosa località sciistica, ricca di negozi e locali esclusivi. Il posto dove andiamo sarà diverso. Voglio qualcosa di diverso.

Guardo i negozi che scorrono fuori dal finestrino. Il *Grind House Café. L'ufficio postale Porter. La gelateria Cheery Cherry. Il…*

Mi giro per ammirare una graziosa tenda da sole a righe rosse e bianche mentre superiamo un luogo che mi fa quasi sorridere. «Un negozio di dolciumi…».

Ho sempre adorato quel genere di negozi. Non ci entro da anni.

Rebel's Pebbles, leggo l'insegna. Fa tanto selvaggio west.

«Hai la patente?», mi chiede.

Rivolgo di nuovo lo sguardo sulla strada davanti a noi e annuisco.

«Bene». Si ferma, sento che mi sta guardando. «Sentiti libera di usare qualsiasi veicolo, assicurati solo di sapere dove stai andando, okay?».

Qualsiasi veicolo. Intende fra quelli suoi e dei suoi figli? Dove sono loro, a proposito?

Non mi aspettavo certo che venissero tutti all'aeroporto, ma il fatto che non fossero lì ad accogliermi, perché magari non sono entusiasti del mio arrivo, mi innervosisce. È un'altra cosa che non avevo considerato. Avevano una comoda tana per soli uomini piena di testosterone, e ora arriva una ragazza che li obbligherà a trattenere le loro solite battute sconce da maschi.

Certo, è giovedì. Magari sono solo al lavoro.

Il che mi ricorda…

«Cosa fai per vivere?», gli chiedo.

Mi guarda. «Io e i miei figli personalizziamo le moto da cross», risponde. «ATV, Dune Buggy…».

«Avete un laboratorio qui?»

«Eh?».

Mi schiarisco la gola. «Avete un… un'officina qui?», lo ripeto, più forte.

«No. Prendiamo gli ordini, assembliamo le moto nel nostro garage e poi spediamo il prodotto una volta finito», spiega, e non posso fare a meno di scrutarlo ancora. La sua stazza riempie tutto il posto di guida, e mentre impugna il volante i muscoli dell'avambraccio sono tesi, baciati dal sole.

Così diverso da mio padre, che odiava stare all'aperto e non sapeva stare senza la sua solita maglia a maniche lunghe, a meno che non stesse andando a letto.

Jake incontra i miei occhi. «Presto riceveremo molti ordini», dice. «L'attività ci tiene molto impegnati per tutto l'inverno, poi spediamo la merce in primavera, giusto in tempo per l'inizio della stagione».

Quindi lavorano a casa. Tutti e tre.

Saranno sempre nei paraggi.

Strofino distrattamente i palmi delle mani mentre guardo avanti, sentendo risuonare il battito del mio cuore accelerato nelle orecchie.

Persino a Brynmor i miei genitori avevano fatto in modo che avessi una stanza singola senza coinquilini. Io preferisco stare da sola.

Non sono un'eremita. Mi sta bene parlare con i miei insegnanti e conversare, amo vedere il mondo e fare delle cose, ma ho bisogno di spazio per respirare. Ho bisogno di un posto tranquillo tutto mio in cui rilassarmi, e gli uomini sono rumorosi. Soprattutto quelli giovani. Se lavorano a casa staremo uno addosso all'altro per tutto il tempo.

Chiudo gli occhi per un momento, rimpiangendo improvvisamente di essere venuta qui. Perché l'ho fatto?

I miei compagni di classe mi odiavano, credevano che il mio silenzio fosse snobismo.

Ma non è per quello. Ho solo bisogno di tempo. Tutto qui.

Sfortunatamente, non molti sono abbastanza pazienti da darmi una possibilità. Questi tizi mi considereranno scortese, proprio come hanno fatto le altre ragazze a scuola. Perché mi sono messa di proposito nella condizione di dover conoscere persone nuove?

Serro la mascella e deglutisco, guardando Jake con la coda dell'occhio. Mi sta fissando. Da quanto tempo mi osserva?

Mi sforzo subito di rilassare il viso e respirare più piano, ma prima di poter seppellire la faccia nel telefono per nascondere l'attacco di panico che sto per avere, lui sterza a sinistra e fa inversione, ripercorrendo la strada da cui siamo appena venuti.

Fantastico. Mi sta riportando all'aeroporto. L'ho già spaventato.

Ma mentre corre lungo la via principale e io afferro la cintura di sicurezza all'altezza del petto per tenermi, vedo che oltrepassa due semafori e gira il volante a sinistra, spuntando in un parcheggio sul lato della strada.

Si ferma di colpo, la frenata mi spinge in avanti, e prima che io possa cercare di capire cosa sta succedendo, lui spegne il motore e salta giù dal furgone.

Mah…

«Vieni», mi dice, lanciandomi uno sguardo prima che la portiera si richiuda.

Dal parabrezza anteriore vedo l'insegna nera in stile vittoriano con sopra l'incisione in oro: *Rebel's Pebbles.*

Siamo al negozio di dolciumi.

Tenendo la mia borsa da viaggio vicina al petto, scendo dal furgone e lo seguo sul marciapiede. Jake apre la porta, facendo tintinnare un campanello, e mi fa entrare per prima.

Il profumo inebriante di cioccolato e caramello mi colpisce e ho subito l'acquolina in bocca. L'ultima volta che ho mangiato è stata stamattina, quando mi sono sforzata di mandare giù una manciata di mirtilli prima di salire sull'aereo.

«Ehi, Spencer!», grida Jake.

Da qualche parte, nel retrobottega, sento il rumore di una padella e di qualcosa che si chiude, forse la porta di un forno.

«Jake Van der Bong!», un uomo esce da dietro una parete di vetro, asciugandosi le mani mentre si dirige verso di noi. «Come diavolo stai?».

Van der *Bong*? Lancio un'occhiata a Jake.

Mi sorride. «Ignoralo», dice. «Non ho mai fumato. Voglio dire, non fumo più. È una vecchia stronzata». Sorride all'altro tizio. «Il vecchio me. Quello cattivo».

Entrambi ridono e si stringono la mano, e io osservo l'uomo che è appena apparso. Ha più o meno l'età di Jake, anche se è di pochi centimetri più basso, indossa una camicia di flanella rossa e blu e ha i capelli castani spettinati.

«Spence, questa è mia nipote, Tiernan», gli dice Jake.

Il signor Spencer mi guarda, finisce di asciugarsi la mano e me la porge. «Nipote, eh?», il suo sguardo è incuriosito. «Tiernan. È un bel nome. Come va?».

Annuisco, prendendogli la mano.

«Lasciale prendere tutto quello che vuole», gli dice Jake.

«No, davvero». Scuoto la testa.

Ma Jake inarca un sopracciglio, avvertendomi: «Se non riempi un sacchetto tu, lo riempirà lui per te, e ci saranno solo liquirizia nera e bastoncini di menta piperita».

Arriccio il naso istintivamente. L'altro uomo sbuffa. La liquirizia nera può andare all'inferno.

Jake si allontana, afferra un sacchetto di plastica e inizia a riempirlo di caramelle mou. Me ne sto lì e l'orgoglio mi impedisce di muovermi. È la cosa che mi fa incazzare di più. Non mi piace dare alle persone ciò che vogliono.

Ma poi sento l'odore dello zucchero e del sale, il caldo profumo di cioccolato che dai fornelli mi arriva fino alla gola, e poi va dritto alla testa. Vorrei tanto assaggiarlo.

«Che cosa stai aspettando, de Haas?», sento mio zio domandare a gran voce.

Sbatto le palpebre.

Chiude il barattolo di caramelle mou e si sposta verso i vermi gommosi mentre mi lancia un'occhiata. Ricambio lo sguardo. Il fatto che mi chiami per cognome dovrebbe sembrare giocoso. Ma con lui, è… brusco.

Sospiro e mi avvicino ai sacchetti, prendendone uno per me. «Pagherò io», lo informo.

Lui non mi guarda. «Tutto quello che vuoi».

Apro il sacchetto e istintivamente oltrepasso i cioccolatini per poi virare verso le caramelle gommose meno caloriche, quindi lo riempio di anelli alla pesca, spicchi di anguria e squaletti blu. Ci butto dentro delle gelatine e dei Sour Patch Kids, sapendo che non mangerò niente di tutto questo.

Passando distrattamente al recipiente successivo, affondo il cucchiaio ed estraggo un mucchietto di pesciolini rossi.

I pesciolini gommosi sono pieni di sciroppo di mais, coloranti alimentari e additivi, mi ha detto una volta mia madre. Guardo le caramelle, un tempo amavo sentirle tra i denti, ma non ne assaporo una da quando avevo tredici anni. Da quando ho iniziato a rinunciare a qualsiasi cosa pur di farmi apprezzare da lei. Forse se mangiassi come lei, mi truccassi come lei, comprassi borse di Prada e Chanel come lei, indossassi qualsiasi sgargiante mostruosità disegnata da Versace, lei...

Ma scuoto la testa, senza finire il pensiero. Metto due cucchiaioni colmi di pesciolini nel sacchetto. Jake appare accanto a me e affonda la mano nel barattolo. «Questi sono anche i miei preferiti», dice, poi se ne mette due in bocca.

«Ehi, merdaccia!», sento Spencer gridare.

Ma Jake ride e basta. Abbasso lo sguardo, richiudo il barattolo e arrotolo l'estremità del sacchetto.

«Il sacchetto viene sette e novantacinque qualunque cosa ci metti, quindi riempilo», mi dice Jake, muovendosi intorno a me, seguendo la fila di contenitori pieni di caramelle.

Sette e novantacinque. Quasi quanto le bottiglie di acqua svizzera con cui si faceva il bagno mia madre. Come è che lui ha preso una piega così diversa da loro?

Cammino lungo le due corsie, passando davanti alla scatola di cioccolatini, mi viene l'acquolina in bocca perché so quanto devono essere buone tutte queste cose.

«Pronta?», Jake mi passa accanto.

Lo seguo alla cassa e lancio il mio sacchetto sul bancone, temendo che provi ad anticiparmi e a pagare per me.

Prendo subito i soldi e il negoziante, Spencer, sembra capirlo, perché esita per un momento e poi batte il prezzo.

Pago e mi allontano, per fare spazio a Jake.

L'uomo batte il prezzo a Jake guardandomi. «Resti su... al picco?», chiede, e all'improvviso sembra titubante.

Il picco?

Ma Jake risponde per me. «Sì, forse fino alla prossima estate».

Gli occhi dell'uomo corrono su Jake, un'aria di apprensione sul viso.

«Non preoccuparti». Jake ride, porgendogli dei soldi. «La proteggeremo dalle peggiori intemperie».

«Quando mai sei stato in grado di controllare Kaleb?», risponde Spencer, strappando i soldi dalla mano di Jake.

Kaleb. Uno dei suoi figli. Guardo Jake, ma lui ricambia lo sguardo e scuote la testa, liquidando la questione.

Jake prende il resto e le caramelle, poi facciamo per andarcene.

«Grazie», dico a Spencer.

L'uomo si limita ad annuire e ci osserva mentre usciamo, facendomi sentire più nervosa di quando sono entrata.

Risaliamo sul furgone e mio zio esce dal parcheggio per tornare nella direzione in cui eravamo diretti fin dall'inizio.

Fuori dai vasi, petali di petunie rosa svolazzano al vento verso il cielo azzurro, e ragazzi in T-shirt senza maniche trasportano sacchi di roba dalla banchina di carico del negozio di mangimi fino ai loro pick-up. Scommetto che qui tutti si conoscono per nome.

«Non è Telluride», ammette Jake, «ma non vorrei mai vivere in una città più grande di questa».

Anch'io. Almeno per un periodo.

Superiamo l'ultimo negozio, oltrepassiamo dei binari e iniziamo a salire per una strada asfaltata fiancheggiata da folti sempreverdi, salendo lentamente in altitudine.

L'autostrada si restringe e, guardando attraverso il parabrezza, vedo che più ci addentriamo, lasciandoci la città alle spalle, più gli alberi diventano alti e oscurano la luce del tardo pomeriggio. Provo a scrutare i viottoli di ghiaia e sterrato che si diramano dalla corsia principale, ma non riesco a vedere nulla di quei sentieri bui. Conducono ad altre proprietà? A delle case?

Saliamo ancora, il motore ronza e Jake procede a zigzag per le curve, mentre io non riesco più a vedere nulla della città sottostante. Raggi di sole filtrano attraverso i rami, facendomi incontrare la luce a tratti. Ondeggiando sul sedile a ogni dosso, sento che il furgone lascia la carreggiata asfaltata per imboccare una strada sterrata.

Mi reggo al cruscotto con una mano, guardando la strada fiancheggiata da abeti. Saliamo per altri venti minuti.

«È un bel viaggio», mi dice mentre il cielo si fa più scuro, «quindi se vuoi andare in città, assicurati che io o uno dei miei figli venga con te, okay?».

Annuisco.

«Non voglio che tu percorra questa strada da sola dopo il tramonto», aggiunge.

Sì, nemmeno io. Non stava scherzando quando ha detto "isolato". È meglio fare scorta di tutto ciò che può servire, perché non sarebbe così immediato scendere al negozio qualora avessi bisogno del latte, dello zucchero o dello sciroppo per la tosse.

Svolta a destra e risale un ripido vialetto di ghiaia, i sassolini scricchiolano sotto le gomme quando inizio a scorgere degli edifici. Le luci brillano attraverso gli alberi, è facile notarle, dato che è quasi buio.

«In inverno, tutto il tratto di strada che abbiamo appena percorso viene sepolto dalla neve», mi informa, e guarda verso di me, «e con il terreno ripido e ghiacciato, diventa impossibile arrivare in città per mesi, perché le strade sono chiuse. Ti porteremo al negozio di caramelle a fare il pieno prima che inizi a nevicare».

Ignoro la battuta e guardo fuori dal finestrino, cercando di sfruttare gli ultimi raggi di luce per osservare gli edifici a cui ci stiamo avvicinando. Gli alberi non mi permettono di vedere molto. Una specie di stalla, un paio di capanni, qualche altra costruzione più piccola sepolta nel bosco, e poi…

Finalmente il furgone giunge su un terreno pianeggiante e Jake parcheggia proprio di fronte a una casa con enormi finestre e delle luci accese all'interno. Lancio occhiate a destra e a sinistra, in alto e in basso, osservando quell'enorme casa, e anche se non riesco a distinguerne i dettagli al buio, capisco che è grande, che ci sono tre piani e dei balconi che spuntano dappertutto in modo disordinato.

Un'ondata di sollievo mi investe. Quando ha detto baita, ho immediatamente pensato a "un rifugio anti-cataclisma con lo stretto indispensabile per la sopravvivenza", ero più concentrata sulla solitudine e sulla distanza da Los Angeles, che sul potenziale tugurio in cui avevo appena accettato di vivere. È stato solo quando sono arrivata qui che ho iniziato a preoccuparmi per la mia decisione avventata e per quello in cui mi ero effettivamente cacciata. Non ho bisogno di Internet, ma speravo almeno in un impianto idraulico interno.

E – guardo la casa, ancora seduta nel furgone mentre lui scende – *penso che siamo fortunati.*

Esito solo un altro momento prima di aprire la portiera e sgusciare fuori, portando con me lo zaino. Forse ho reagito in modo esagerato. Forse non c'era molto di cui essere nervosi. È tranquillo come speravo, e inalo l'aria, il profumo fresco dell'acqua e della roccia mi fa sentire i brividi lungo le braccia. Adoro quest'odore. Mi ricorda le escursioni alla Vernal Fall nello Yosemite che facevo al campo estivo anni fa.

Jake mi porta le due valigie e, anche se fa un po' freddo, lascio il pullover legato intorno alla vita e lo seguo su per i gradini di legno. La parte anteriore della casa è quasi tutte finestre, quindi posso intravedere l'interno. Il piano di sotto sembra una grande stanza con soffitti alti, e anche se ci sono molte cose dello stesso colore – legno marrone, pelle marrone, corna marroni e tappeti marroni – distinguo anche alcuni elementi in pietra.

«Ciao!», grida Jake, entrando in casa e posando le mie valigie. «Noah!».

Lo seguo, chiudendo delicatamente la porta dietro di me.

Si precipitano incontro a noi due cani, un labrador marrone e un altro con il pelo grigio e nero, è magro e ha gli occhi vitrei. Jake si china in avanti, dà a entrambi una bella carezza guardandosi intorno.

«C'è nessuno?», grida di nuovo.

Alzo immediatamente lo sguardo e vedo due serie di travi, anche se il soffitto scende a sinistra e a destra dove si trova la cucina. Non ci sono molte pareti quaggiù perché il soggiorno, la sala da pranzo, il salotto e la cucina creano un ambiente unico, che non lascia spazio alla privacy.

È spazioso, però.

«Sì, sono qui!», risponde una voce maschile.

Un ragazzo esce dalla cucina impugnando due bottiglie di birra e scuotendo la testa verso Jake. «Gesù Cristo. Quella cazzo di Shawnee è scappata di nuovo», dice.

Si avvicina a noi, sembra che stia per passare a Jake una delle birre, ma si ferma per guardarmi.

Sotto un berretto da baseball al contrario, i suoi capelli biondo scuro sono pettinati all'indietro. Non sembra molto più grande di me, avrà venti o ventun anni. Il suo corpo, però... Le sue braccia forti sono abbronzatissime sotto la maglietta verde, è ben piantato. Spalanca gli occhi azzurri cristallini e piega la bocca in un mezzo sorriso.

«Questo è Noah», ci presenta Jake. «Il più giovane dei miei figli».

Mi ci vuole un momento, ma alzo la mano per stringere la sua. Invece di prenderla, però, lui ci appoggia semplicemente una delle bottiglie e dice: «Fattela piacere. Noi beviamo molto qui».

La condensa sulla bottiglia mi copre il palmo e lancio un'occhiata a Jake. Me la toglie dalla mano e guarda suo figlio. «Tuo fratello?»

«Ancora lì dentro», risponde Noah, senza distogliere lo sguardo da me.

«Bene».

Lì dentro? Comincio a chiedermi cosa significhi, ma lascio perdere e mi asciugo la mano bagnata sui jeans, sentendo ancora i suoi occhi su di me. Perché mi sta fissando?

Lo guardo di nuovo e lui fa un vero sorriso. Devo dire qualcosa? O dovrebbe dire qualcosa lui? Immagino che sia strano. Siamo praticamente cugini. Devo abbracciarlo o altro? È scortese non farlo?

Chi se ne frega.

«Per quanto tempo hai cercato quella cavalla prima di arrenderti?», gli chiede Jake, il sospiro che sta trattenendo gli ingrossa la voce.

Noah sorride in modo vivace e fa spallucce. «La mia logica è che se non la troviamo, non scapperà mai più».

Jake inarca un sopracciglio e poi, guardandomi, spiega: «Abbiamo una giovane cavalla che a quanto pare riesce sempre a trovare il modo di scappare dal suo box». Guarda di nuovo il figlio come se fosse stanco di parlare della cosa. «Ma i cavalli sono costosi, quindi bisogna ritrovarla».

Il ragazzo alza la birra e indietreggia. «Sono tornato solo per fare carburante». Subito dopo punta gli occhi su di me e si dirige verso il fondo della stanza. «Se fai la doccia, lasciami un po' di acqua calda», mi avverte.

Lo guardo passare davanti al grande camino in pietra e poi percorrere un lungo corridoio, infine sento una porta a zanzariera che si chiude da qualche parte sul retro della casa. Andrà a cercare un cavallo stasera?

«È buio, quindi ti mostrerò la proprietà domattina», dice Jake, dirigendosi verso destra, «intanto, qui c'è la cucina».

Fa il giro dell'isola nell'ampio spazio, ma io resto indietro.

«Ovviamente puoi prendere tutto quello che vuoi», spiega, incontrando il mio sguardo. «Nei prossimi due mesi, prima che inizi il brutto tempo, faremo un sacco di scappate in città, così potremo rifornire la dispensa con tutto quello che ti piace. Faremo anche delle conserve». Chiude lo sportello del frigorifero, che suo figlio deve aver lasciato aperto, e mi informa: «Cerchiamo di coltivare, catturare e ammazzare qualsiasi cosa per procurarci quanto più cibo possibile».

Ecco perché mi è parso di vedere un fienile e una serra tra le altre costruzioni. Se si rimane bloccati dalla neve per periodi così lunghi, è saggio affidarsi il meno possibile ai negozi di alimentari e alla città.

Mi fa segno di seguirlo e io mi unisco a lui mentre apre una porta di lato alla cucina.

«Se hai bisogno di lavatrice e asciugatrice, sono qui nell'officina», mi dice, accendendo una luce. Scendendo i pochi gradini, vedo un altro pick-up parcheggiato nel garage luminoso, solo che questo è rosso.

Jake raccoglie un cesto di vimini dal pavimento di cemento, ha della biancheria dentro, e lo appoggia di nuovo sopra l'asciugatrice. Avanzando, qualcosa attira la mia attenzione e mi fermo in cima ai gradini. Alla mia destra c'è un cervo appeso per le zampe posteriori, con una piccola pozza di sangue raccolta intorno al tombino di scarico sopra cui pende l'animale morto. Le corna si librano a mezzo metro da terra, oscillando leggermente.

Che caz…? Spalanco la bocca, esterrefatta.

All'improvviso, Jake è in piedi accanto a me sulle scale. «Come ti ho detto… coltiviamo, catturiamo e ammazziamo». La mia faccia sembra divertirlo. «Non sei vegetariana, vero?».

Se ne va prima che io abbia la possibilità di rispondergli, e mi allontano dal garage, rientro in casa e chiudo la porta. Non sono vegetariana, però mi rendo conto di non aver mai avuto modo di vedere la carne che di solito mangio, prima che diventi la carne che di solito mangio.

Deglutisco un paio di volte per bagnarmi la bocca secca.

«Soggiorno, bagno, TV», mi indica mentre lo seguo. «Non abbiamo la televisione via cavo, ma abbiamo molti film e puoi guardare roba in streaming finché Internet resiste».

Lo seguo per la grande stanza, dove vedo divani in pelle dall'aspetto rustico, un tavolino e delle sedie. Il camino è così grande che puoi starci seduto dentro, e la canna fumaria passa in mezzo alle travi. Legno e pelle ovunque. C'è l'odore di un negozio di bricolage qui dentro, con una nota di pancetta bruciata.

«Vuoi il Wi-Fi?», mi chiede Jake.

Quando mi ricorda che qui posso collegarmi a Internet, per un momento rimango sbigottita.

Se rifiuto, si chiederà perché. «Certo», rispondo.

«È sotto Cobra Kai».

Alzo lo sguardo verso di lui. *Carino.*

Cerco le reti disponibili e scopro che Cobra Kai è l'unica visibile.

«Password?».

Lui resta in silenzio per un attimo e poi dice: «L'uomo che avete di fronte è il nemico. E un nemico si merita...».

Mi trattengo dallo scuotere la testa e digito "Nessuna pietà". Si connette in pochi secondi.

Jake ora è al mio fianco e guarda lo schermo. Quando vede che ho inserito la password corretta, annuisce, impressionato. «Puoi restare».

Mi sta vicino, e io faccio un passo indietro, guardandomi intorno nella stanza per vedere cosa c'è dopo. Ma lui rimane impalato lì, mi guarda, e anche se non parla qualcosa gli attraversa gli occhi. Come me, probabilmente si starà chiedendo cosa diavolo ci faccio qui e cosa se ne farà di me per una settimana, o un anno, finché non me ne andrò.

«Hai fame?», mi chiede.

«Sono stanca».

Annuisce a sé stesso, come se si fosse appena ricordato che i miei genitori sono morti due giorni fa e che oggi ho viaggiato attraverso quattro stati. «È normale».

Ma non è affatto questo che sto pensando. Ho solo bisogno di stare da sola ora.

Prende le mie valigie e io lo seguo di sopra, la ringhiera avvolge il ballatoio quadrato in cima alle scale. Mi fermo un istante e giro in tondo, osservando le sette o otto porte intorno a me, per potermi orientare al meglio.

«La mia camera». Jake indica una porta di legno marrone scuro proprio davanti a noi e poi fa lo stesso con le altre stanze sul ballatoio mentre le passiamo in rapida successione. «Il bagno, la camera di Noah, ed ecco la tua».

Lascia i miei bagagli davanti a una porta nell'angolo, la luce fioca del lampadario in ferro battuto sopra di noi rende quasi impossibile familiarizzare con l'ambiente di questo piano, ma non mi interessa in questo momento.

Poi però mi viene in mente che ha indicato solo la sua camera, quella di Noah e la mia.

«Hai un altro... figlio», gli dico. «Gli ho forse rubato la stanza?».

Ci sono altre porte. Non sto violando il loro spazio, giusto?

Ma lui si limita a girare la testa e a inclinare il mento a destra. Verso l'unica porta sulla parete in fondo. L'unica porta tra me e il bagno.

«La stanza di Kaleb è al terzo piano», spiega. «La sua è l'unica stanza lassù, quindi non c'è bisogno di un tour. Lui ha una vista fantastica. Un sacco di aria e di spazio. Gli piace lo spazio». Sospira, aprendo la porta della mia camera da letto, ed entrambi i cani si precipitano dentro la stanza prima di noi. Le sue parole sono appesantite dalla frustrazione. «Tienilo a mente quando lo incontrerai, non prendere nulla sul personale».

Mi fermo un attimo, curiosa di sapere cosa intende, ma la gente dice la stessa cosa di me. Guardo di nuovo la sua porta, immaginando che dietro ci siano delle scale, dato che Jake ha detto che la sua stanza è al terzo piano. Kaleb è lassù? Suo fratello ha detto che era "lì dentro".

Jake apre la mia camera portando dentro le valigie, e io lo seguo, sento lo scatto di un interruttore e il bagliore di una lampadina illumina improvvisamente la stanza.

Il mio petto si scalda all'istante, quasi sorrido.

È carina.

Non che mi aspettassi molto, ma è accogliente e ordinata, e ho persino un caminetto tutto mio. Nella stanza ci sono delle portefinestre a due battenti, un letto, un comò e una sedia imbottita, tutto in color legno. C'è molto spazio per camminare e stendersi sul pavimento, se voglio stare a terra come faccio spesso.

Mi sfugge uno sbadiglio che mi fa lacrimare appena gli occhi.

«Gli asciugamani sono qui», mi dice Jake dal corridoio. «Fammi sapere se hai bisogno di qualcosa».

Fa un passo indietro, fermandosi sulla soglia, e io resto al centro della stanza.

«Va bene?», mi chiede.

Annuisco, mormorando: «È carina».

Sento che mi guarda e i miei muscoli si contraggono. «Non parli molto, vero?».

Lo fisso.

Mi fa un sorriso. «Ti faremo cambiare».

Buona fortuna.

Jake afferra la maniglia della porta e inizia a chiuderla.

«Tu odiavi mio padre». Poso gli occhi su di lui, fermandolo. «Non è vero?».

Lui raddrizza le spalle e mi fissa.

«Non ti darà fastidio avermi qui… zio Jake?».

Se aveva odiato mio padre, io non glielo avrei ricordato?

Mentre i suoi occhi continuano a osservarmi intensamente, con tono neutrale dice: «Quando ti guardo non vedo tuo padre, Tiernan».

Non so bene cosa significhi e se dovrebbe farmi sentire meglio.

Sembri tua madre. All'aeroporto mi ha detto che somiglio a mia madre. Dunque ha visto lei, quando mi ha guardata? Era questo che intendeva?

I suoi occhi si scuriscono e lo guardo strofinarsi il pollice sul palmo della mano, prima di stringere il pugno.

Sono tesa, sento un leggero vuoto allo stomaco.

«E non devi chiamarmi zio», dice. «Non lo sono in realtà, giusto?».

Ma prima che io possa replicare, Jake fa schioccare la lingua per chiamare i cani, loro lo seguono fuori e lui chiude la porta, lasciandomi sola.

Rimango lì, immobile, ma ho i nervi sottopelle che ardono. Una telefonata, un posto in seconda classe e quattro stati dopo, finalmente realizzo che... Non conosco queste persone.

3. Tiernan

Sbadiglio, l'odore caldo del caffè appena fatto mi penetra nelle narici mentre inarco la schiena sul letto e mi stiracchio per svegliarmi.

Cazzo. Ho dormito di merda.

Mi allungo verso il comodino per prendere il telefono e vedere che ore sono, ma la mano non trova nulla, cade nel vuoto.

Ma come?

Ed è allora che me ne rendo conto. La ruvidità delle lenzuola nuove. Il cigolio del letto sotto il mio corpo. Il cuscino che non è quello di piuma a cui è abituato il mio collo.

Sbatto le palpebre per svegliarmi, vedo sul soffitto la debole luce del mattino che entra dalla grande portafinestra a due battenti della mia camera.

Non è la mia camera, in realtà.

Mi sollevo puntellandomi sui gomiti, ho la testa come un pallone e le palpebre che faticano a rimanere aperte mentre sbadiglio di nuovo.

E tutto mi torna in mente all'improvviso. Quello che è successo. Dove sono. Sono scappata, sono stata precipitosa e non ho riflettuto. L'incertezza mi ha fatto contorcere lo stomaco, perché niente mi è familiare qui.

La cosa non mi piace, avevo dimenticato che non mi piacciono i cambiamenti.

Ripenso a come lui mi ha guardata ieri sera.

Drizzo le orecchie, sento lo scricchiolio dei rami degli alberi che si piegano per la brezza e quella stessa brezza infilarsi dentro il camino.

Non sento il chiacchiericcio lontano provenire dall'ufficio di mio padre e dai sei schermi piatti che lui guarda mentre si prepara per iniziare la giornata. Non c'è nessun entourage di stilisti e assistenti che corrono su e giù per le scale, pronti per preparare mia madre, perché lei non esce mai di casa se non è perfettamente pettinata e truccata.

Nessun telefono che squilla e nessun giardiniere con il tosaerba.

Per un attimo ho nostalgia di casa. Immagini sgradevoli mi fluttuano nella testa. I miei genitori sdraiati su lastre di metallo fredde. I loro corpi che vengono fatti scivolare in loculi gelidi. La pelle di mio padre è bluastra, i capelli di mia madre sono bagnati e il trucco è sparito. Tutto ciò che erano, tutto ciò che il mondo conosceva, ora non c'è più.

Resto lì, immobile, e aspetto che inizi il bruciore degli occhi. Il prurito delle lacrime. Il dolore alla gola.

Voglio che le lacrime arrivino.

Desidero che scendano.
Ma non lo fanno. E questo mi preoccupa più della morte dei miei genitori. C'è un nome per le persone che non provano rimorsi. Persone che non riescono a entrare in empatia. Persone che mostrano spiccati atteggiamenti asociali.
Non sono sociopatica. Insomma, ho pianto durante la Battaglia di Grande Inverno nel *Trono di Spade*. Ma non piango, nemmeno una volta, quando muoiono i miei genitori?
Almeno nessuno in questa città si preoccuperà di me o di come sto affrontando la loro scomparsa. L'unica persona della famiglia che mi capirebbe è Mirai.
E poi sbatto le palpebre, perché all'improvviso realizzo. «Mirai...».
Merda. Getto via le coperte e scendo dal letto, mi dirigo alla cassettiera dove ho messo il telefono in carica. Lo prendo, lo accendo e vedo un elenco di notifiche perse... principalmente chiamate dell'assistente di mia madre.
Ignoro i messaggi vocali, compongo il numero di Mirai e avvicino il telefono all'orecchio, riflettendo realizzo che non sono neanche le sei sulla costa occidentale.
Risponde quasi subito.
«Mirai», dico prima che lei dica qualcosa.
«Tiernan, grazie al cielo».
Respira in modo affannato, come se fosse corsa a rispondere al telefono o si fosse appena svegliata.
«Scusa, avevo la suoneria disattivata», spiego.
«Stai bene?»
«Sto bene».
I brividi mi pervadono le braccia, quindi apro la valigia e tiro fuori la felpa nera, armeggiando con il telefono mentre cerco di infilarla dalla testa.
«Allora... hai intenzione di restare?», chiede dopo una pausa. «Sai che non sei obbligata. Se la casa non è accogliente o non ti senti a tuo agio...».
«Sto bene», le ripeto. «La casa è bella, e lui è...», mi interrompo, per cercare la parola giusta. Che cos'è? «Ospitale».
«Ospitale», ripete, chiaramente sospettosa.
Mi schiarisco la gola. «Allora, com'è la situazione?», chiedo, cambiando argomento. «C'è bisogno di me?»
«Abbi solo cura di te», dice lei, e non mi manca il modo in cui mi interrompe. «Non ti infastidirò ancora. Chiamami se vuoi – voglio che tu lo faccia – ma mi limiterò a mandarti qualche messaggio di tanto in tanto per controllare come stai. Voglio solo che ti dimentichi di tutto per un po', okay? Ci penso io qui».
Mi guardo intorno nella camera da letto in cui ho dormito, grata di

averla tutta per me, perché almeno ho un posto in cui posso rintanarmi per stare da sola.

Ma il pensiero di uscire da questa stanza e di interfacciarmi con persone nuove mi fa rivoltare lo stomaco, e io…

Prenotami un volo per tornare a casa, Mirai. Vorrei dirle.

Ma non lo faccio.

Jake sembra essere disposto a lasciarmi in pace e a non pressarmi troppo, ma Noah è amichevole. Fin troppo amichevole.

E devo ancora incontrare Kaleb, che è un'altra persona nuova.

Esco dalla portafinestra, ho bisogno d'aria.

L'ultima delle mie preoccupazioni dovrebbe essere cosa pensano o dicono le persone sulla mia assenza da casa – e cosa pensano e dicono dei miei genitori – ma non posso fare a meno di pensarci. Ho la sensazione che scappare lontano e uscire dal giro all'improvviso sia stata la cosa peggiore che potessi fare. Soprattutto perché mi sono stupidamente trasferita nel bel mezzo del nulla, con un tizio che mio padre odiava, su una terra che puzza di merda di cavallo e di carcasse di cervo in decomposizione.

Mantengo il telefono tra l'orecchio e la spalla mentre apro la portafinestra. «Dovrei essere lì per…», ma mi interrompo, la finestra si spalanca e lascia spazio alla vista che si impone di fronte a me.

Resto a bocca aperta. A un tratto, mi sento piccola piccola.

«Devi fare quello che ti senti», risponde Mirai.

Ma ascolto a malapena quello che dice. Guardo avanti, esco distrattamente sul grande terrazzo rivestito di legno e osservo il panorama che si estende davanti a me. Ieri sera era buio e non l'avevo notato.

Sento il cuore che batte contro il petto.

Quindi questo è "il picco". La città magari si chiama così per questo motivo, non ci avevo pensato.

In lontananza si erge una montagna, la vedo perfettamente tra gli alberi oltre il mio balcone, il suo picco di granito grigio è minaccioso, contornato da pini verdi e sormontato da nuvole bianche che dipingono uno scenario così bello che per un attimo mi lascia senza fiato.

Porca puttana.

È proprio lì. Una cattedrale che si staglia su un cielo azzurro, e prima di potermi fermare, alzo la mano, la allungo come se volessi stringerla nel pugno, ma tutto ciò che riesco a sentire è la brezza mattutina che rinfresca le dita.

Inspiro, l'odore della terra e della pietra mi entra nel naso anche da qui, il tanfo dell'animale morto di ieri sera è un ricordo sbiadito. Nell'aria aleggia un profumo fresco, ma umido nei punti in cui l'acqua si insinua nel terreno e nella roccia, e inalo di nuovo, chiudendo gli occhi.

I peli sulle mie braccia si drizzano.

Devo andarmene subito. Non voglio abituarmi a quest'odore, perché dopo un po' smetterà di essere speciale.

«Se vuoi esserci per il funerale, allora vieni», continua Mirai come se mi importasse ancora di tutto ciò di cui stavamo discutendo. «Se non lo fai, credo che nessuno avrà da ridire se l'unica figlia di Hannes e Amelia de Haas è troppo sconvolta dalla morte improvvisa di *entrambi* i genitori per partecipare al funerale».

Apro gli occhi, una parte di me vuole sorridere e una parte è delusa da me stessa, perché so che non me ne andrò. Non oggi, almeno. Alzo gli occhi verso la vetta, non voglio ancora distogliere lo sguardo da questa vista.

Deglutisco, e mi ricordo di Mirai. «Grazie», le dico. «Mi prenderò qualche giorno per pensarci».

Il funerale non si terrà prima di altri quattro o cinque giorni, almeno. Le persone hanno bisogno di tempo per arrivare in California da ogni parte del mondo, e prima ci sono tutti i preparativi. Ho tempo.

«Ti voglio bene, Tiernan», dice.

Esito. Lei è l'unica che me lo dice.

Tutti i ricordi mi tornano alla mente, solo che ora mi accorgo di cose che prima non coglievo.

Tutte le volte che lei, non mia madre o mio padre, passava a scuola per vedere se avevo bisogno di qualcosa. Tutti i regali sotto l'albero che sapevo era stata lei a comprarmi, non loro, e i biglietti di compleanno che firmava a loro nome. Tutti i film vietati che mi ha portato a vedere e che altrimenti non avrei visto, e tutti i libri di viaggio che lasciava nella mia borsa per farmeli leggere, perché sapeva che erano i miei preferiti.

Il primo paio di orecchini pendenti che ho avuto sono stati un suo regalo.

E annuisco al telefono come una scema, perché è tutto ciò che riesco a fare.

«Respira, okay?», aggiunge.

«Ciao».

Riaggancio, gli aghi mi pungono la gola, e continuo a fissare lo splendido panorama. I miei capelli svolazzano nella brezza leggera e l'odore selvaggio dell'aria è come una droga. Inebriante.

Un picchio scava un albero in lontananza e il vento sferza i pioppi e i pini, il suolo della foresta diventa più scuro man mano che ci si addentra nel bosco, finché non riesco più a vedere nulla.

Fanno escursioni? Jake, Noah e Kaleb? Si avventurano mai dentro la foresta? Si prendono del tempo per esplorare?

Una motosega rompe il silenzio con il suo forte ronzio e io sbatto le palpebre, l'incantesimo è spezzato. Voltandomi, lascio cadere il telefono sul letto e mi dirigo verso una delle mie valigie, per prendere il beauty case. Mi avvicino alla porta, stringo la maniglia e la muovo lentamente.

Cigola e io sussulto. Ai miei genitori non piaceva sentire rumori di prima mattina.

Esco con cautela nel corridoio buio, i pavimenti e i pannelli in legno scuro sono illuminati solo dal bagliore di due applique e di un lampadario rustico, e passo in punta di piedi davanti a quella che dovrebbe essere la stanza di Jake, dirigendomi verso la porta accanto e allungando la mano per aprirla.

Ma prima che io possa farlo, la porta si spalanca, la luce si riversa nel corridoio e mi ritrovo davanti una ragazza, nuda come mamma l'ha fatta. I capelli ramati arruffati le incorniciano il viso e le sfiorano i seni nudi.

Gesù... giro la testa dall'altra parte. Chi diavolo è? La moglie di mio zio? Non ha detto di essere sposato, ma non ha nemmeno detto il contrario.

Le lancio un'altra rapida occhiata, vedo che mi sorride e che incrocia le braccia sul petto. «Scusami», dice.

Pancia tesa, piatta, pelle liscia, nessun anello al dito: non è sua moglie. E sicuramente non è la madre dei ragazzi. Non ho idea di quanti anni abbia Kaleb, ma Jake ha detto che Noah era quello più giovane, e lei non è abbastanza grande per avere figli della loro età.

Sembra solo qualche anno più grande di me, in realtà. Un'amica dei miei cugini, forse?

Rimane impalata per un momento, e il mio shock inizia a trasformarsi in rabbia. *Tipo, vuoi muoverti o no?* Io ho bisogno di entrare.

«La differenza tra la pizza e la tua opinione è che ho chiesto la pizza», recita.

Esito e giro la testa verso di lei, capisco che sta osservando la mia felpa. Abbasso gli occhi, ricordandomi di cosa ho addosso e della scritta stampata sul davanti.

Ridacchia per quelle parole e poi mi sguscia accanto, per uscire dal bagno. Mi precipito dentro e sto per chiudere la porta, ma ci ripenso e sporgo la testa nel corridoio. Purtroppo, però, sento solo una porta chiudersi. Se n'è andata prima che io potessi vedere in quale stanza è entrata.

Dopo aver chiuso la porta, inizio a lavarmi la faccia e i denti, quindi mi tolgo il nastro che uso ogni notte per legarmi i capelli e non farli andare sul viso. Anni fa, mia madre ha cominciato a farlo, perché le avevano detto che era più sano che legarli con gli elastici.

Così ho iniziato a farlo anche io, chissà perché.

Dopo essermi spazzolata i capelli, apro la porta con la stessa calma con cui ho aperto quella della mia camera da letto e sbircio con cautela nel corridoio nel caso in cui ci siano altri sconosciuti nudi in giro. Dovrebbe essermi di conforto sapere che la mia presenza non intralcia il loro stile di vita.

Non vedendo nessuno, mi precipito di nuovo verso la mia stanza, annusando l'odore del caffè che mi ha svegliato risalendo dal piano di sotto. Rifaccio il letto, indosso un paio di jeans e una maglia a maniche lunghe e comincio a disfare le valigie, poi mi fermo proprio mentre sto tirando fuori una pila di magliette.

Potrei non restare. Rimetto le magliette dentro e chiudo la valigia, decido di aspettare.

Rimango piantata in mezzo alla stanza per altri otto secondi, ma per quanto indugi, non riesco a trovare un'altra scusa per non scendere di sotto. Esco dalla stanza, respiro e chiudo la porta dietro di me, mi butto a capofitto per le scale tagliando la testa al toro.

Ma quando entro in soggiorno e mi guardo intorno, le mie spalle si rilassano. Non c'è nessuno quaggiù. Un paio di lampade illuminano l'ampio spazio, giro la testa a sinistra e vedo la cucina, rischiarata solo da alcune luci sospese sull'isola centrale, anch'essa vuota. Tuttavia, noto la spia rossa della macchina del caffè e mi avvicino silenziosamente, a piedi nudi, tenendo gli occhi aperti nel caso arrivasse uno dei ragazzi.

Trovo una tazza in uno scolapiatti, mi verso il caffè.

«Giorno».

Faccio un salto, la tazza per poco non mi scivola di mano e il caffè cola dal bordo. Gocce roventi mi atterrano sul pollice e io impreco a denti stretti.

Mi guardo alle spalle, vedo Jake entrare in cucina e aprire il frigorifero.

«Buongiorno», mormoro, asciugandomi il liquido caldo dalla pelle.

«Come hai dormito?», mi chiede.

Lancio un'altra occhiata e vedo che si prende da bere, il sudore già gli luccica su braccia, collo e schiena, noto la sua maglietta che pende dalla tasca posteriore. Sono solo le sette. Quanto si alzano presto?

«Bene», mormoro, prendendo un tovagliolo di carta e asciugando il caffè. In realtà ho dormito di merda, ma se lo dico mi farà di sicuro altre domande, quindi è meglio mentire.

«Ottimo», risponde.

Se ne sta lì, sento i suoi occhi su di me.

Prendo un altro tovagliolo di carta e pulisco ancora il piano di lavoro in legno.

«Abbastanza caldo?», lui preme.

Eh? Lo guardo con aria interrogativa.

«La tua camera ieri sera?», dice, spiegandosi meglio. «Faceva abbastanza caldo?».

I suoi capelli chiari, umidi di sudore, si attaccano alla fronte e alle tempie mentre mi guarda, e io annuisco, voltando le spalle ancora una volta.

Ma lui non se ne va.

Resta lì, e io ho voglia di sbuffare, perché questa è la parte in cui le persone di solito si aspettano che io faccia uno sforzo per portare avanti la conversazione.

La cucina si fa stretta e il silenzio più assordante, a parte un uccello che gracchia in lontananza. Cerco nel mio cervello qualcosa da dire, i secondi imbarazzanti si susseguono e mi fanno desiderare di scappare.

Poi lui si avvicina all'improvviso e io drizzo la schiena, in allerta, mentre il suo petto quasi mi tocca il braccio. Sto per allontanarmi, ma lui si allunga davanti a me per spegnere la macchina del caffè.

«Lo stavo solo tenendo caldo per te», dice, mentre il suo respiro mi sfiora la testa.

Il mio cuore inizia a pompare più forte. *Tenendo caldo…?* Oh, il caffè. L'ha lasciata accesa per me.

«Hai delle belle mani», mi fa notare.

Le guardo, sono avvolte attorno alla tazza.

«Anche tuo padre le aveva così», aggiunge, io intuisco la provocazione.

Aggrotto le sopracciglia. Era una frecciatina?

«Mio padre aveva delle belle mani», rifletto, bevendo un sorso senza guardarlo. «Quindi i veri uomini usano le motoseghe e i pick-up invece delle Mont Blanc e dei cellulari?», chiedo.

Giro la testa per guardarlo e lui mi scruta con i suoi occhi azzurri.

«Be', adesso è morto», dico a Jake. «Hai vinto».

Abbassa il mento, lo sguardo fisso sul mio, e vedo la sua mascella contrarsi. Mi giro e bevo un altro sorso di caffè.

Indipendentemente dal cattivo sangue che correva tra lui e mio padre, l'orfana è l'ultima persona che dovrebbe prendere di mira con i suoi insulti. Le buone maniere sono fondamentali, ovunque. Questo tizio è un coglione.

Nonostante ciò, però, il mio stomaco si scalda e sorseggio il caffè per placare i nervi.

Lo sento. Sento il bisogno di farmi coinvolgere.

Dopo la tristezza, durante l'infanzia la rabbia è stata una mia compagnia costante. Poi se n'è andata e non è rimasto niente. Avevo dimenticato quanto fosse bella. La distrazione dalle mie emozioni.

Mi piace il fatto che lui non mi piaccia.

«Va bene», esclama qualcuno, e sento dei passi entrare in cucina. «Io me ne vado».

Mi volto, sentendo ancora gli occhi di Jake addosso, e vedo la donna nuda – ora vestita – avvicinarsi a Jake e avvolgergli un braccio intorno al collo, ha uno zaino di pelle marrone in spalla. Lui esita un momento, continuando a guardarmi, poi si gira finalmente verso di lei lasciandosi baciare.

Stanno insieme, allora. Studio la pelle liscia del suo viso, in ombra sotto il cappellino da baseball, e osservo il suo corpo sodo e tonico. Ha molti anni meno di lui.

Questi uomini non vivono così isolati dalla civiltà come pensavo. O almeno finché non inizia il brutto tempo.

La punta della lingua della ragazza sfreccia fuori e scivola nella bocca di Jake per una frazione di secondo, prima che lei si allontani, e io ritorno al mio caffè, mentre una strana irritazione si fa strada dentro di me. Ci saranno molte persone che vanno e vengono?

«Ci vediamo stasera?», gli chiede.
«Forse».
Una pausa, poi lo ripete.
«Forse».
Lei deve aver messo il broncio.
Gli dà un altro bacio e se ne va, io espiro, sono felice che non mi abbia presentato un'altra persona.
«Vuoi darmi una mano?», chiede Jake.
Lo guardo, ma dimentico quello che stavo per chiedergli. Assomiglia molto a suo figlio.
Più di quanto pensassi ieri sera.
La folta chioma bionda, ancora spettinata dal sonno. Il sorrisetto indolente. La battuta sempre pronta anticipata già dagli occhi. Quanti anni ha Jake, comunque? Mio padre ne aveva quarantanove e Jake è più giovane. Questo è tutto quello che so.
Visto che i figli hanno almeno vent'anni, direi che probabilmente è sulla quarantina.
Certo, potrebbe essere più vecchio. Sembra prendere molto sole e si mantiene in forma. Mio padre non era sovrappeso, ma non assomigliava a quest'uomo.
Mi volto di nuovo e bevo un sorso di caffè. «A fare cosa?»
«Vedrai», mi dice. «Mettiti un paio di scarpe».
Si allontana, chiamando Danny e Johnny, e subito dopo i cani lo seguono nell'officina. Sto quasi per alzare gli occhi al cielo. I suoi cani si chiamano Danny e Johnny? Un altro riferimento a *Karate Kid.*
Prendo un altro paio di sorsi di caffè, ormai freddo, e butto il resto girando i tacchi per tornare in camera mia.
Dopo aver infilato un paio di scarpe, prendo il telefono per riporlo nella tasca posteriore, ma poi ci ripenso.
Lo guardo, esitando solo per un istante e decido di spegnerlo e metterlo in carica.
Chiudo la porta dietro di me, esco dalla stanza e mi dirigo verso le scale, tendendo per un secondo l'orecchio verso la porta del figlio – quello che ho incontrato, intendo – e mi chiedo se sia già in piedi.
Ma non sento niente.
Uscita di casa, rallento quando raggiungo il portico, godendomi la visuale completa alla luce del giorno e, girando lo sguardo a destra, scorgo la vetta della montagna spuntare tra gli alberi anche da quaggiù.
Respiro profondamente, i miei occhi si chiudono per inalare l'odore del legno e dei pini. La fredda aria mattutina raddrizza i peli sulle mie braccia, senza infastidirmi. Osservo gli alberi che circondano la casa, con i loro grossi tronchi, e scruto la foresta in lontananza, il suolo scuro sotto la calotta di rami. Sento il bisogno improvviso di camminare. Scommetto che qui puoi camminare per ore senza vedere né sentire nessuno.

Il portico anteriore è enorme, largo quanto l'interno della casa, con una tettoia che lo tiene in ombra per metà, delle sedie a dondolo in legno e un'altalena ad abbellire lo spazio. Un paio di furgoni sono parcheggiati davanti alla casa, poco prima che il terreno s'inclini verso la vasta foresta e la città in lontananza.

Almeno penso che sia così. Il viale di ghiaia che conduce alla proprietà proviene da quella direzione. Non ho ancora visto cosa c'è dietro la casa, ma presumo che da lì ci si possa addentrare ulteriormente nel bosco.

Guardando a destra, vedo Jake camminare lungo il vialetto e fermarsi davanti ai gradini d'ingresso. Si è rimesso la maglietta.

«Sai montare?», lui chiede.

Cavalli o…?

Annuisco, supponendo che intendesse cavalli.

«Sai sparare?».

Scuoto la testa.

«Sai rispondere qualcosa di diverso da cenni del capo e monosillabi?».

Lo fisso. Non sono abituata a questa domanda.

Dato che non rispondo, lui si limita a ridere, scuote la testa e mi fa segno di seguirlo.

Scendo dal portico e percorro un piccolo cortile poco verdeggiante, con macchie di fango e pozzanghere sparse qua e là. Lo seguo verso il fienile, e la rugiada che ricopre le erbacce mi inzuppa l'orlo dei jeans, bagnandomi la parte superiore dei piedi, lasciata scoperta dalle mie ballerine Tieks turchesi. Vicino alle fondamenta il legno grigio è marcio e screpolato, e quando alzo lo sguardo, vedo che la finestrella vicino al tetto è aperta, ma la porta principale davanti a noi è ancora chiusa. Prima di raggiungere l'ingresso, lui svolta a sinistra e apre la porta di una struttura più bassa, annessa a quella principale, io lo seguo oltre la soglia e sento subito l'odore familiare degli animali. È una scuderia.

Si dirige al terzo box per aprirlo, io resto indietro, e lo osservo mentre fa uscire una giumenta marrone con alcune macchioline bianche sul muso e sulla parte inferiore delle zampe. È già sellata e io guardo in giù, verso le mie scarpe basse ricoperte di fango attorno alle suole. In camera ho delle scarpe da ginnastica, ma se rimango avrò bisogno di andare in città per comprarmi degli stivali da lavoro.

E anche presto.

Prendendo le redini, conduce la cavalla fuori dal box, e io lo seguo, poi vedo Noah che si avvicina e getta un paio di badilate in un mucchio vicino alla scuderia.

«Oh, mio Dio, stai bene?», farfuglia, guardandomi preoccupato. «Siamo stati attaccati da un branco di animali e non ne ero a conoscenza?».

Che cosa?

Poi capisco che il suo sguardo sconcertato proviene dalla vista degli strappi intenzionali e sfilacciati dei miei jeans skinny firmati, che la personal shopper della mia famiglia ha messo nel mio armadio qualche settimana fa.

Pezzi di pelle fanno capolino tra i brandelli di denim scuro, e Jake ride sottovoce mentre io alzo lo sguardo e vedo un sorriso asimmetrico sulla faccia arrogante di Noah.

Serro la mascella e distolgo lo sguardo.

Mi sta prendendo in giro. Non sono dell'umore giusto.

Certo, sono anni che non sono dell'umore giusto, quindi ormai immagino di essere fatta proprio così.

Mi infilo i capelli dietro l'orecchio e alla fine lui mi lascia perdere, le labbra premute per trattenere una risata.

«Tiernan», chiama Jake.

Mi avvicino a mio zio dall'altra parte della cavalla e seguo le sue indicazioni mentre lui tiene la staffa verso di me. Stendo le braccia, stringo le redini con una mano e afferro la sella con l'altra, infilando il piede sinistro nella staffa. Alzandomi in piedi, faccio ruotare la gamba e mi metto seduta, infilando l'altro piede nella staffa destra. Calza alla perfezione. Non c'è bisogno che lui aggiusti nulla. Non ho chiesto cosa stiamo facendo o dove stiamo andando, perché so che non ha molta importanza. Non discuterò.

Mi guardo intorno per cercare il suo cavallo, ma all'improvviso lui si tira su e monta proprio dietro di me.

Cosa sta facendo?

«Ho detto che sono capace», gli dico.

Ma lui si allunga in avanti e prende le redini, costringendomi a lasciarlo fare. Afferro il pomo della sella con entrambe le mani, tirandomi più avanti che posso, perché lui è proprio lì, e io gli sto praticamente in grembo.

Il mio cuore inizia a battere più velocemente e l'irritazione striscia sotto la mia pelle. «Non ho bisogno di aiuto», gli dico.

Lui fa solo schioccare la lingua e sprona la cavalla, che parte girando intorno al fienile. Superiamo la staccionata di legno e galoppiamo nella foresta, la cavalla si inerpica sulla ripida collina, portandoci all'ombra degli alberi, e io stringo i pugni intorno al pomo per non scivolare all'indietro.

Ma per quanto ci provi, sento ancora il suo corpo vicino al mio.

Diventa più buio mentre gli alberi ci riparano dal sole e l'aria si raffredda, ma qualcosa di piacevole si agita in me grazie all'animale sotto le mie gambe. I suoi muscoli lavorano per portarci su per la collina. Il mio battito inizia ad accelerare, ma non mi dà fastidio. È piacevole, in realtà. Lui è saldo dietro di me e mi sento al sicuro. Per il momento.

«Sei a disagio?», mi chiede.

La sua voce vibra contro la mia schiena.

Ma non rispondo.

«Sei a tuo agio?», chiede allora.

Rimango comunque in silenzio. Che importa tanto? Ha deciso di montare con me, nonostante le mie proteste. È importante se mi sento a mio agio con lui sul cavallo o no?

Non gli interessa. Vuole solo una mia risposta.

Il suo sospiro mi sfiora l'orecchio. «Sì, anche tuo padre mi faceva incazzare senza dire granché».

Ma non riesco a sentirlo. Le sue gambe poggiano contro ogni centimetro delle mie, e sono accoccolata tra le sue cosce.

Un posto accogliente. Protetto.

Sei a disagio?

Non lo so, ma so che forse dovrei esserlo. Questo è strano. Non dovremmo essere seduti così vicini.

Continuiamo a salire su per la collina, la roccia e la terra che sbattono sotto gli zoccoli mentre mi guardo intorno, vedendo la casa dietro di noi in basso. Il terreno diventa pianeggiante e Jake fa andare la cavalla più veloce, io mi rilasso fra le sue braccia ed entrambi saltelliamo su e giù sulla sella.

Lui soffia un paio di volte, come se avesse qualcosa in faccia, e poi le sue dita mi sfiorano il collo. Mi irrigidisco, il suo tocco mi fa rabbrividire.

«Fammi un favore, d'accordo?», dice spostandomi i capelli sulla spalla destra. «Tieni i capelli legati il più possibile. Abbiamo molte macchine in cui possono impigliarsi».

Recepisco il messaggio, lisciandomi i capelli sopra la spalla e scostandoli dalla sua faccia.

Ci fermiamo in cima al burrone. «Torre dell'acqua, fienile, officina…», grida, indicando le varie strutture mentre ci giriamo e guardiamo la proprietà sottostante. «C'è anche una serra su quella collina».

Seguo il suo sguardo fino al punto in cui si trova la casa, dopo gli alberi in lontananza sotto di noi, e ho una vista discreta dell'intero ranch. La casa è allegramente situata al centro, ne vediamo il retro, con il garage a sinistra – o l'officina, suppongo si riferisca a quello – e poi un fienile dall'altra parte. A destra c'è una torre dell'acqua. L'altura rocciosa su cui ci troviamo è dietro la casa, e io immagino che da qualche parte nella proprietà ci siano un serbatoio di propano e un generatore.

Le foglie danzano nella brezza mattutina, qualcosa sbatte le ali alla mia destra, e mi accorgo di un mormorio leggero e costante in lontananza. Acqua, forse?

Jake si scosta dal bordo e proseguiamo, ci allontaniamo ancora di più dalla casa, addentrandoci nella foresta. Guardo in basso e vedo le sue dita attorno alle redini, quasi appoggiate sulle mie cosce. Le sue braccia mi avvolgono e, nonostante l'aria frizzante del mattino, non ho freddo.

«Non puoi portare il furgone qui, ma i cavalli e i quad vanno bene», mi dice. «Chiedi a Noah di spiegarti al volo come funziona un quad prima di prenderne uno, okay?».

Annuisco. Durante un'estate ho fatto un campo per gli sport estremi, ma probabilmente vorrà comunque che suo figlio mi faccia una lezioncina.

Continuiamo e, anche se inizio a sentire fame perché non mangio da una vita, e ho voglia di un altro caffè perché il dondolio del cavallo mi fa abbassare le palpebre, non dico niente. Non sto pensando a nulla, sono qui all'aria aperta, ed è bello.

Chiudo gli occhi.

Ma dopo pochi istanti, lo scroscio dell'acqua diventa più forte e la cavalla si ferma. Apro gli occhi e vedo che siamo sull'orlo di un dirupo. Guardo in lontananza.

Il picco.

Il cuore mi batte forte e per un secondo smetto di respirare. Ora ho la visuale libera.

Mio Dio.

Sotto di noi si stende una stretta valle incastonata tra due montagne, una lunga cascata scorre su una di esse e finisce nel fiume. Tra i due monti, in lontananza, si erge la vetta. La roccia è grigia scura, coperta di vegetazione. Bellissima.

«Ti piace?», chiede Jake.

Annuisco.

«Ti piace?», chiede di nuovo con voce severa, e so che vuole che io usi la voce.

Continuo a guardare avanti, sono solo in grado di sussurrare. «Lo adoro».

«Puoi tornarci quando vuoi, ora che conosci la strada». Lo sento muoversi dietro di me e la sella si sposta di poco. «Ma devi portare con te qualcosa per difenderti, quando esci di casa, capito?».

Annuisco di nuovo, ascoltando a malapena, sono imbambolata davanti al panorama.

Ma lui mi prende il mento e mi gira la testa per guardarmi.

«È molto importante», insiste. «Capito? Questa non è LA, e non è nemmeno Denver. Qui ci sono orsi bruni, puma, coyote, ogni tanto qualche serpente a sonagli… Devi tenere gli occhi aperti. Adesso sei nel loro territorio».

Mi libero dalla sua presa e torno a guardare avanti, ma poi sento che solleva qualcosa dietro di me e distolgo di nuovo lo sguardo dalla vetta per scoprire che impugna una pistola.

O un fucile.

Apre la canna dell'arma e mi mostra i proiettili dorati, lunghi e affusolati, poi tira indietro la sicura, inserisce un proiettile, assicurandosi che io lo stia guardando mentre lo fa.

«Vedi il ponte di corda rotto laggiù?».

Guardo dall'altra parte del fiume e vedo i resti di un ponte di corda e legno che pendono dalla parete rocciosa.

Gesù. Osservo il vuoto sottostante e il mio cuore salta un battito. Quel ponte funzionava davvero una volta?

Mi mette il fucile in mano. «Mira a quello».

Impugno la lunga arma da fuoco, la canna d'acciaio infilata in un involucro di legno scuro, e sono quasi sollevata. Almeno non vuole parlare.

Ha sparato a quel cervo con questo?

Emetto un sospiro.

Improbabile. Il montanaro avrà un intero armadio pieno di cose del genere.

Esito per un momento, poi finalmente sollevo il fucile, posiziono il calcio contro la spalla e avvolgo la mano intorno all'impugnatura, mettendo il dito sul grilletto. Chiudo l'occhio sinistro e scruto verso la bocca del fucile per avere la visuale giusta.

«Va bene», mi dice. «Ora respira piano. Il proiettile è già pronto, quindi fissa il punto e stai dritta...».

Premo il grilletto, il proiettile esce dalla canna, echeggia nell'aria, e uno schiocco colpisce la parete di roccia dal lato opposto, sollevando polvere e spaccando a metà una tavola di legno. Entrambe le parti cadono e rimangono appese alle rispettive corde contro la scogliera.

Una brezza mi solleva i capelli, abbasso il fucile e apro anche l'altro occhio. Quando il rimbombo dello sparo svanisce in lontananza, il mormorio pacifico della cascata riempie di nuovo l'aria.

Jake è seduto dietro di me, immobile, gli restituisco l'arma e riporto l'attenzione alla vetta, nel frattempo un grande uccello attraversa il mio campo visivo.

Lui si schiarisce la gola. «Be'... volevo suggerire ai ragazzi di farti esercitare con le bottiglie vuote stasera, ma... sembra che tu non abbia bisogno di pratica. Pensavo avessi detto che non sapevi sparare».

«Non so sparare agli animali», gli dico. «Pensavo intendessi quello».

Il picco è imponente. Ma anche molto vicino. Che strana sensazione, una cosa così grande ti ricorda quanto sei piccolo, ma anche che fai parte di un mondo pieno di meraviglie. È bellissimo poter vedere – e riscoprire – ogni giorno qualcosa.

Jake smonta e io mi sposto sulla sella, che è ancora calda.

«Vado a controllare delle trappole, poi torno a piedi», dice.

Guardo in basso e incontro i suoi occhi quando prendo in mano le redini.

«Inizia a preparare la colazione quando arrivi a casa», mi dice. «Dopo aver dissellato la cavalla, naturalmente».

Stringo gli occhi senza riflettere. *Cucinare?*

Non ho problemi ad aiutare, ma perché cucinare?

Distolgo lo sguardo. «Darò una mano, ma non starò in cucina». Non so bene se ho un problema con il cucinare o con il fatto che lui mi stia imponendo di farlo.

Vuole mettere la ragazza ai fornelli, perché chiaramente non sa andare a cavallo né sparare, giusto?

«Sai come occuparti delle colture invece?», mi chiede.

Raddrizzo la schiena, sapendo già dove vuole andare a parare.

«Diserbare, innaffiare, concimare?», va avanti. «Aerare il terreno? Piantare? Sai come preparare le scorte con alcune delle colture che hai raccolto per dare da mangiare ai cavalli e al bestiame durante i mesi invernali?».

Continuo a non guardarlo.

«Mungere le mucche?», continua, divertendosi. «Addestrare i cavalli? Azionare una motosega? Scuoiare un cervo?».

Sì, certo.

«Fare conserve di frutta e verdura? Guidare un trattore? Costruire una moto da zero?».

Serro la mascella, ma non rispondo.

«Allora preparerai la colazione», cinguetta. «Ognuno deve fare la sua parte, Tiernan. Anche tu, se vorrai mangiare».

Farò la mia parte e anche di più, ma poteva chiedermelo invece di ordinarlo.

Mi volto nuovamente verso di lui. «Non sei mio padre, sai? Sono venuta qui di mia spontanea volontà, e posso andarmene quando voglio».

Ma invece di allontanarsi o ignorarmi, mi guarda con una punta di malizia negli occhi e sorride.

«Forse», mi stuzzica. «Ma potrei anche decidere che passare del tempo qui ti farebbe bene e che dopotutto non puoi andartene».

Il mio cuore accelera.

«Almeno finché non ti vedrò ridere», aggiunge. «Oppure urlare, piangere, litigare o scherzare, e soprattutto finché non la smetterai di rispondere solo con cenni del capo e monosillabi».

Lo guardo e sento gli occhi infiammarsi per la rabbia.

Alza un sopracciglio. «Potrei anche decidere di assecondare i desideri dei tuoi genitori e tenerti qui fino al momento in cui non sarai maggiorenne».

«Sarò "maggiorenne" tra dieci settimane».

«E tra otto saremo sommersi dalla neve». E ride, indietreggiando.

Sento l'accenno di un ringhio sulle mie labbra.

«Abbrustolisci bene la pancetta, Tiernan», dice mentre si allontana. «Ci piace bruciacchiata».

4. Tiernan

Getto la sella sopra la panca del fienile, non mi importa se è il suo posto o andrebbe riposta da un'altra parte. Non mi può obbligare a restare qui se non voglio, giusto?

Che intenda farlo oppure no, in realtà mi spaventa di più sapere che può farlo. Sono venuta qui pensando di essere un'ospite, ero convinta che non gli sarebbe mai venuto in mente di usare la sua posizione di potere nei miei confronti.

Be', lo ha fatto, a quanto pare. Forse pensa di potermi strappare l'affitto.

O forse crede che il solo essere donna mi renda una brava cuoca? Non lo sono.

Esco dalla scuderia e mi avvio verso la casa, tagliando per il garage annesso, e mi dirigo alla porta da cui si accede direttamente alla cucina.

Scuoto la testa. *Non posso andare a casa.*

E non voglio tornare a Brynmor. Dio, l'idea di rivedere qualcuno che conosco… chiudo gli occhi. *O di sentire l'odore di quella casa.*

Non posso affrontarlo. Le pareti bianche e spoglie. Seduta in aule affollate di persone con cui non so approcciarmi.

Il mio stomaco si contorce e mi fermo, appoggio la fronte a qualcosa che pende dal soffitto dell'officina. Avvolgo il braccio attorno a un sacco da boxe e chiudo gli occhi.

Non posso andare a casa.

Afferro il sacco, stringo il cuoio tra le dita e inizio a prendere consapevolezza di tutto, della mia nuova realtà.

Non importa dove vado, se cambio ambiente o fuggo da tutti i posti e le persone che non voglio vedere. Sono sempre io. Scappare, partire, nascondersi…

Non c'è via di fuga.

Mentre un calore liquido si diffonde nel mio braccio, stringo il pugno e colpisco il sacco intaccando a malapena il cuoio. Lo faccio ancora e ancora, i miei patetici pugni diventano sempre più forti, perché sono incasinata, stanca e confusa… non so cosa fare per sentirmi meglio.

Aspiro l'aria fra i denti, indietreggio e tiro un bel cazzotto al sacco. Le catene cigolano mentre oscilla appena, ma ho ancora l'altro braccio avvolto attorno a esso.

Potrei anche decidere di assecondare i desideri dei tuoi genitori e tenerti qui finché non sarai maggiorenne.

Digrigno i denti, un'improvvisa esplosione di energia mi invade. Mollo il sacco e faccio un passo indietro, infine piazzo il pugno destro nel cuoio.

Almeno finché non ti vedo ridere. La rabbia scalda il mio corpo e sferro un altro pugno. *O urlare, piangere, litigare o scherzare, e soprattutto finché non la smetterai di rispondere solo con cenni del capo e monosillabi.*

Sbatto di nuovo il pugno.

E di nuovo.

Ringhio. «Tra otto saremo sommersi dalla neve», ripeto le sue parole a bassa voce.

Colpisco il sacco altre due volte e poi faccio un passo indietro, facendo ruotare la gamba colpisco il sacco ancora una volta. Poi due volte. E ancora.

E io l'ho lasciato andare senza dire niente, anche quando mi ha detto come dovevo cucinare quella cazzo di pancetta. Voglio dire, se qualcuno sta facendo qualcosa di carino per te, tipo preparare la colazione, non critichi come la prepara. Te la mangi.

Dio, vorrei avere della pancetta vegana per rendere davvero la sua giornata memorabile. Un'espressione divertita quasi mi sfugge dalle labbra, ma la ricaccio indietro.

Continuo a dare pugni e calci contro il sacco, la fronte leggermente imperlata mentre penso a tutte le frasi con cui avrei potuto rispondere. Perché mi infastidisce così tanto il fatto di non aver avuto l'ultima parola?

Perché lascio *sempre* correre e non dico mai niente?

Affondo il pugno nel sacco e a un tratto c'è qualcuno che lo tiene dall'altra parte.

«Ciao», dice Noah, facendo capolino.

Sembra divertito, e io mi fermo, drizzando le spalle. Mi stava guardando? Stavo parlando da sola?

Strizzando gli occhi, mi fa un sorriso compiaciuto. «Non fermarti», dice.

La maglietta blu scuro gli fa risaltare il volto e il solito cappellino da baseball indossato al contrario gli tiene indietro i capelli. Lui e suo padre si assomigliano molto.

Abbasso lo sguardo e indietreggio, respirando affannosamente. I muscoli dell'addome sono tesi.

Ma lui continua a incitarmi. «Forza». Dà un buffetto al sacco nel punto in cui è atterrato il mio ultimo pugno. «Mio padre farebbe incazzare anche un santo. Perché pensi che io abbia appeso questo sacco da boxe altrimenti?».

Serro le labbra con forza, ancora immobile.

Lui sospira e drizza la schiena. «Bene. Vai a preparare la colazione, allora?».

Aggrotto le sopracciglia, incapace di fermarmi, e giro il corpo per poi ruotare la gamba con tutta la forza che ho e colpire il sacco da boxe. Si allontana dal sacco un attimo prima che il mio piede lo tocchi e porta i palmi delle mani in alto con gli occhi sbarrati. Guardo il sacco oscillare avanti e indietro.

Non stavo cercando di colpire lui. Sarebbe stata solo una felice coincidenza.

Ma le mie gambe sono ancora cariche e vorrei quasi che mio zio entrasse adesso, per poter chiedere a lui di reggermi il sacco.

Sono arrabbiata.

Sono decisamente arrabbiata.

Ed è una bella sensazione.

Sono ancora qui.
Noah scoppia in una risatina e si avvicina, mettendomi un braccio intorno al collo. «Hai le palle».
Sono troppo esausta per allontanarmi e lascio che mi guidi in casa.
«Forza. Aiutami a preparare la colazione», dice.

Appoggio il terzo piatto sul tavolo e ci metto accanto una forchetta e un coltello da burro, poi vado all'armadietto per mettere via il quarto piatto.
«No, no», dice Noah, chiudendo il frigorifero con il piede prima di lasciare sul tavolo il burro e la marmellata. «Metti anche il quarto piatto. Kaleb può presentarsi da un momento all'altro».
Guardo il tavolo e poi mi giro di nuovo verso l'armadietto, facendo scivolare dentro il piatto in più. «Kaleb ha già un piatto sul tavolo».
«Tu non mangi?»
«Sì, mangia», dice all'improvviso Jake, entrando in cucina.
Si dirige verso il frigorifero, tira fuori una brocca di succo e la mette al centro del tavolo, poi si versa una tazza di caffè e si siede.
«Non ho fame», gli dico.
Vado al lavandino, sciacquo il coltello e la spatola che Noah ha appena finito di usare.
«Non hai cenato», sottolinea Jake. «Siediti».
«Non ho fame».
E prima che dica altro, esco dalla cucina e salgo le scale. Sento i suoi occhi anche se sono girata di spalle, e più mi allontano più mi preparo a uno scontro.
Ma lui non mi segue.
Mi lascia andare e in un attimo sono nella mia stanza, chiudo la porta.
La verità è che sto morendo di fame.
Sento i morsi nello stomaco e le uova strapazzate che ho preparato – mentre Noah era impegnato a bruciare il bacon – sembravano buonissime.
Per fortuna Noah non ha insistito per fare conversazione mentre cucinavamo, ma se mangiassi con loro, dovrei parlare. Aspetterò che escano di nuovo e poi sgraffignerò qualcosa.
La luce verde sul mio telefono lampeggia e io mi avvicino al letto per prenderlo.
Sblocco il telefono, vedo la schermata iniziale con le app dell'e-mail e dei social media, tutte con decine di notifiche nell'angolino. Solo su Twitter ho più di novantanove avvisi.
Un nodo mi stringe lo stomaco.
Raramente uso Facebook, Twitter mi sembra un modo efficiente per seguire le notizie e Instagram l'ho scaricato a causa delle pressioni dei miei coetanei, per tenere il passo con le compagne di stanza che avevo ai campi estivi e a cui ora nemmeno penso più.

Il mio pollice indugia sull'icona di Twitter e so che non dovrei guardare. Non sono pronta ad affrontare la situazione. Ma apro comunque l'app, e il feed delle notifiche si aggiorna sul mio schermo.

Condoglianze per la tua perdita... scrive una persona.

Scorro le notifiche, alcuni sono tweet diretti di condoglianze e altri ancora sono conversazioni in cui sono taggata.

Ragazza coraggiosa. Tieni duro, scrive RowdyRed.

E un altro direttamente a me. *Come fa una madre a decidere di abbandonare la figlia per il marito? Mi dispiace tanto. Meritavi di meglio.*

Finiscila! arriva la risposta di qualcun altro a quel tweet. *Non hai idea di cosa stessero passando...*

Scorro i vari tweet e non ci impiego molto a perdere quel poco interesse che avevo per i miei messaggi diretti.

Persone che urlano contro di me, perché non possono urlare contro i miei genitori. Persone che si urlano addosso durante una conversazione.

Suicidarsi vuol dire uccidere se stessi. Uccidere è il più grave dei peccati.

Il tuo corpo appartiene a Dio. Toglierti la vita equivale a rubare!

Almeno tua madre ha dato il suo contributo al mondo, scrive uno stronzo, sottotitolando una foto di mia madre mezza nuda presa da uno dei suoi primi film.

Chiudo gli occhi e non li riapro finché non l'ho fatta scorrere via.

Ma le cose si mettono peggio a mano a mano che portano avanti la discussione, ignari o troppo insensibili per preoccuparsi del fatto che sono taggata in tutto ciò che dicono.

Non ha nemmeno rilasciato una dichiarazione. Secondo me ha l'Asperger o qualcosa del genere.

Sì, hai visto le sue foto? È come se non provasse emozioni.

E poi "Deep State" Tom interviene con la sua perla di saggezza: *L'Asperger è la scusa delle femmine di oggi, ai miei tempi quelle così si chiamavamo stronze insensibili.*

Non sono insensibile.

E, ovviamente, altri sono preoccupati per i progetti di mio padre rimasti incompiuti: *Chi finirà la trilogia di Sun Hunter, ora che de Haas non c'è più?*

È come se dovessi dire qualcosa. Intervenire con un tweet o qualcos'altro, anche se non credo che queste persone vogliano ascoltarmi, ma sento di dover ricordare loro che qui c'è un essere umano e io...

Scuoto la testa, chiudo di nuovo gli occhi.

Non voglio che pensino che non amavo i miei genitori.

Anche se non sono sicura che fosse così.

Deglutisco e inizio a scrivere un tweet.

Grazie a tutti per il supporto in questo momento di...

Momento di cosa? Di cordoglio? Mi fermo, le mie dita aleggiano sulla tastiera prima di tornare indietro e cancellare quello che ho scritto.

Ci riprovo. *Grazie per i pensieri e le preghiere durante questo difficile...*
No. Cancello. Tutto ciò che scrivo mi sembra falso. Non sono emotiva, soprattutto non in pubblico.
Vorrei sapermi esprimere. Vorrei che fosse più facile. Vorrei essere diversa e...
Vorrei... scrivo.
Ma non mi viene niente.
Esito un momento, sento l'urgenza di parlare, ma non ne ho il coraggio e scarto la bozza, poi chiudo l'app.
Premo con il pollice l'icona di Twitter, la trascino nel cestino e faccio lo stesso con Facebook, Instagram, Snapchat e l'applicazione per scaricare le e-mail. Entro nell'App Store, disinstallo tutto, poi mi interrompo. Voglio parlare, ma non sono pronta ad affrontare le risposte a quello che dirò, quindi evito a prescindere la tortura. Gli account esistono ancora, ma ho rimosso l'accesso immediato.
Dopo aver ricollegato il telefono al caricabatteria, lontano da me, passo l'ora successiva a disfare le valigie e a risistemare la stanza, mio malgrado. Non ho ancora deciso se rimanere, ma so che oggi non me ne andrò e ho bisogno di fare qualcosa che mi tenga lontano dagli altri.
Biancheria intima nel primo cassetto, poi pigiami, indumenti da ginnastica e magliette. Appendo tutto il resto: giacche, bluse, camicie, pantaloni, jeans... Da sinistra a destra, dal più scuro al più chiaro.
Sistemo tutte le mie scarpe sul fondo dell'armadio, sapendo che quelle col tacco non vedranno mai la luce qui, in realtà me lo aspettavo. Mi sta bene che non ci sia nessuno per cui vestirsi elegante.
Appoggio le poche riviste e i libri che ho portato sulla libreria vuota, incassata nella parete, e posiziono le mie trousse per il trucco, l'asciugacapelli e la piastra in modo ordinato accanto alla scrivania, infine porto lo shampoo e il balsamo in bagno. Metto i miei prodotti detergenti sul bordo della vasca prima di tirare fuori lo spazzolino e spremere un po' di dentifricio sulle setole.
Dopo aver lavato i denti, rimetto lo spazzolino nella custodia da viaggio e lo porto insieme al dentifricio in camera da letto, posizionando entrambi sul comodino. A casa mia, ho sempre tenuto lo spazzolino da denti sul lavandino perché avevo un bagno tutto per me.
Ma gli uomini sono disgustosi. Lasciano la tavoletta del water alzata e, secondo uno studio che ho letto una volta, la materia fecale viene nebulizzata nell'aria quando si tira lo sciacquone. I batteri possono attaccarsi a tutto. No, grazie.
Mi spazzolo i capelli, li raccolgo in una coda di cavallo e poi mi guardo intorno per cercare qualcosa nella camera ben sistemata. Qualsiasi cosa.
Non voglio lasciare la stanza e potrei dover rifare i bagagli domani, ma se non altro, nel tempo che ho impiegato a svuotare le valigie non ho

pensato ai miei genitori. E non l'ho fatto nemmeno quando ero arrabbiata con Jake prima.

Tiro un sospiro, esco dalla stanza, mi chiudo la porta alle spalle e scendo le scale. Un trapano ronza nell'officina e sento dei colpi provenire dalla parte anteriore della casa, quindi esco fuori, visto che non so un cazzo di come si costruisce una motocicletta.

Jake è in piedi alla mia sinistra, ha un braccio appoggiato contro la facciata della casa e martella un pezzo di rivestimento.

«Posso aiutare?», chiedo a malincuore.

Ma non lo guardo negli occhi.

Lui smette di martellare e con la coda dell'occhio mi guarda.

«Vieni e reggi questo», dice.

Scendo dal portico.

Calpestando l'erba, mi avvicino e metto le mani accanto alle sue, gli reggo il pannello. Punta un chiodo sul pannello e lo batte prima di aggiungerne altri due.

Si abbassa per prendere un altro pezzo di legno e io lo aiuto seguendo le sue istruzioni, poi vedo qualcosa sul suo fianco. Ha di nuovo la maglietta infilata nella tasca posteriore e io provo a guardare il suo tatuaggio.

My Mexico. È scritto in blu scuro e forma un arco sopra l'anca sinistra, sul fianco, appena sopra la vita dei jeans.

Gli tengo il pannello successivo mentre pianta un chiodo al centro, poi vedo un altro martello nella cassetta degli attrezzi lì vicino e lo tiro fuori, prendendo anche un chiodo dal barattolo di caffè.

Poso la punta sul legno e Jake picchietta a un paio di centimetri da dove l'ho messo io. «Proprio qui», dice e fa scorrere la mano verso l'alto, mostrando la linea di chiodi su tutte le assi precedenti. «Segui lo schema».

Annuisco, e sposto il chiodo. *Toc, toc, toc*, consapevole dei suoi occhi su di me.

«Ecco, così», dice allungandosi verso di me.

Ma io tiro via martello e chiodo, e lo vedo immediatamente indietreggiare.

Rimetto il chiodo e lo batto con il martello, colpendo accidentalmente il bordo e piegando il pezzo di metallo. Stringo i denti ed estraggo il chiodo, lo sostituisco con un altro e riprovo. Lui mi sta ancora fissando.

«Non imparerò nulla se non mi darai una possibilità», gli dico.

Si sposta, una nota divertita nella voce. «Non ho detto niente».

Continuiamo a lavorare in silenzio, sollevando entrambi una tavola dopo l'altra, battendo un chiodo dopo l'altro. Il mio ritmo diventa più veloce e lui mi guarda sempre meno, probabilmente perché non lo sto più rallentando, anche se questo *è* un lavoro da due. Noah è nel garage, perché non lo stava aiutando? Quest'operazione sarebbe stata più veloce se non avesse tentato di farla da solo.

Mi tornano in mente le parole di Noah di questa mattina e finalmente, dopo ore, colgo il significato sottinteso.

Non vanno d'accordo, giusto?

E accenno quasi un sorriso. A un tratto provo una specie di complicità con Noah.

Jake prende una tavola e io sollevo la mia estremità, la mettiamo proprio sotto il pannello precedente allineandolo, ma mentre faccio scorrere la mano sul lato lungo per avere una presa migliore, qualcosa di affilato mi scava la pelle, facendomi imprecare a denti stretti.

Lascio cadere l'estremità della tavola e, quando alzo la mano, vedo un lungo e spesso pezzo di legno conficcato nel mio palmo.

Sussultando, tiro delicatamente la metà che ancora sporge, aumentando la forza per farlo muovere. Una fitta mi attraversa la mano, ho bisogno di più luce.

Ma prima che io possa girarmi per entrare in casa, Jake mi prende la mano e ispeziona la scheggia.

Provo a staccarmi. «Faccio da sola».

Mi ignora.

Concentrandosi sulla mia mano, preme sulla pelle nel punto in cui è conficcata la scheggia, tenendola ferma riesce a spezzarla a metà, poi toglie la parte che pende.

Sussulto, aspirando l'aria tra i denti.

«Chi ti ha insegnato a sparare?», chiede, mentre cerca di estrarre il resto della scheggia. «Non riesco a immaginare Hannes impegnato in un'attività all'aperto che non includa uno yacht o un golf cart».

Alzo gli occhi verso il suo viso. Siamo a due frecciatine oggi.

Gli occhi di Jake lampeggiano per un momento, come in attesa che io dica qualcosa. «Non ti intristisce il fatto che l'abbia menzionato».

È una constatazione, non una domanda.

Le mie spalle sono tese, mi sento leggermente in imbarazzo, perché so cosa si aspetta.

Non mi sto comportando bene e lui se n'è accorto.

Distolgo lo sguardo, sentendo i suoni deboli e acuti dei motori delle motociclette che si avvicinano. «Non voglio parlare di mio padre».

«Sì, nemmeno io».

Preme il pollice sotto la scheggia, cercando di spingerla in alto e in fuori, e io provo a tirare via la mano.

«Smettila».

Ma lui stringe la presa e riporta la mia mano verso di sé. «Stai ferma».

Mentre continua a lavorare sulla scheggia, cercando di spingerla fuori, sento che il ronzio dei motori diventa più forte e individuo una squadra di moto da cross che arriva sgasando lungo il vialetto di ghiaia. Cinque ragazzi si fermano dietro il pick-up di mio zio e si tolgono i caschi, ridacchiando tra di loro. Sono tutti vestiti con abiti colorati, in stile decisamente Motocross. O Supercross o qualunque cosa facciano.

Noah esce dall'officina e si avvicina a uno dei ragazzi. «Ehi, amico».

Si stringono la mano e lui continua a pulirsi il grasso dalle dita camminando intorno alle moto, gli sta dando un'occhiata.

«Ehi, come va?», ne saluta un altro. «Hai corso oggi?».

Parlano, Jake mi stringe la mano, poi si gira e mi trascina dentro l'officina.

Si dirige verso un banco da lavoro, accende una lampada e mi tiene il palmo sotto la luce per avere una visuale migliore. «Mi dispiace», dice.

«Che cosa?».

Poso gli occhi su di lui.

«Di averti provocata nominando tuo padre», spiega, continuando a ispezionare la mia scheggia. «Sono un coglione. Sono sicuro di aver rovinato i miei figli in tutti i modi possibili, quindi non ho il diritto di parlare».

Giro la testa e vedo Noah fare il giro dei suoi amici, uno di loro è ancora in sella alla moto e si accende una sigaretta. Mi scruta.

«Sei diversa da come mi aspettavo», dice Jake in tono dolce.

Guardo di nuovo lui.

«Complicata», spiega. «Difficile da decifrare. E anche se riuscissi a decifrarti, non sono sicuro di poterti essere di conforto». Accenna un sorrisetto. «Non sono sconvolto dalla loro morte, Tiernan, ma mi dispiace che tu lo sia».

Distolgo di nuovo lo sguardo, verso i ragazzi fuori. «Non sono turbata».

L'amico di Noah mi sta ancora fissando, ha un taglio di capelli da membro della confraternita, due occhi cristallini e un sorriso malizioso che gli increspa le labbra mentre fuma. Quello è Kaleb?

Sento anche gli occhi di Jake su di me.

«Non voglio parlare di mio padre», ripeto, prima che lui abbia la possibilità di andare avanti.

Ma, quando il dolore mi taglia la mano come un morso di ragno, non riesco a evitare di emettere un suono doloroso e di incontrare di nuovo i suoi occhi.

Che diavolo? Fa male!

Ma mentre lo guardo torva, dimentico la scheggia e per un momento non riesco a respirare.

Il calore si diffonde sul mio collo, il suo sguardo si posa su di me, severo e arrabbiato, ma… è anche perplesso. Come se stesse cercando di capirmi.

I suoi occhi non sono azzurri. Pensavo che lo fossero. Come quelli di Noah. Invece sono verdi. Come l'erba d'estate.

Una brezza soffia attraverso le porte aperte del garage, le chiacchiere e le risate fuori sembrano lontane chilometri, e un ciuffo di capelli fuoriuscito dalla coda di cavallo mi soffia sulle labbra.

I suoi occhi si posano sulla mia bocca e io smetto di respirare, tutto si scalda.

Un rivolo di sudore gli scivola lungo il collo, e mi si drizzano i peli delle braccia quando prendo consapevolezza del suo petto nudo.

Siamo troppo vicini. *Io…*

Deglutisco, sento la bocca sabbiosa, secca.

Alla fine lui sbatte le palpebre un paio di volte, e poi si porta il palmo della mia mano alle labbra, il calore della sua bocca l'avvolge mentre cerca di succhiare via il frammento di legno da sottopelle.

Socchiudo le labbra un po', e sento i suoi denti rosicchiare e stuzzicare la scheggia. Anche la mia pelle viene succhiata e solleticata.

I miei polpastrelli gli sfiorano la guancia.

Posso farlo io. Non ho bisogno del tuo aiuto.

Ma non riesco a dirlo ad alta voce.

«Oh, merda», sento dire da qualcuno fuori.

Distogliendo l'attenzione da mio zio, guardo fuori e vedo Noah che controlla la moto di qualcuno.

Il ragazzo copertina punta di nuovo gli occhi su di me. «Chi è quella?», chiede a Noah.

Noah segue il suo sguardo e mi vede, ma lo ignora.

«Stai lontana dai ragazzi del posto, capito?», mi dice Jake.

Lo guardo.

«Se ti metti con qualcuno, tanto non potrai più rivederlo una volta che avrà iniziato a nevicare. Inoltre, non sono adatti a te», continua.

«Come fai a saperlo?»

«Ti sto dicendo che non sono adatti», ribatte lui. «Ti farò sapere quando qualcuno lo sarà».

Che Neanderthal. Dio santo.

Sto zitta, non ho alcuna voglia di litigare con lui. Non sono in cerca di un ragazzo, ma so badare a me stessa. I suoi figli sono cresciuti con il suo fiato sul collo. Io sono abituata a prendere le mie decisioni da sola.

«Sono annoiati», dice. «E quando sei annoiato vuoi solo due cose, ma la birra non dura in eterno».

Quindi in che cosa sono diversi dagli altri ragazzi della mia età? So cosa piace agli adolescenti. So cosa vogliono gli uomini dalle donne. Non sono un fragile petalo di rosa.

I suoi denti mi toccano il palmo e io sento un fremito nello stomaco.

Lo guardo, il fatto è che ora vivo con tre maschi sani, e per lo più giovani, che fanno parte anche loro dei "ragazzi del posto" da cui vuole mettermi in guardia.

«Non ti annoi quassù durante l'inverno?», lo stuzzico, abbassando la voce come per non farlo sentire a nessuno. «Quando la birra finisce?».

I suoi occhi si assottigliano sugli angoli, ha capito cosa intendo. Lui e i suoi figli sono diversi? Ci saranno altre donne nude in giro per il bagno?

Anche se fa male, quando alla fine riesce a estrarre la scheggia io non distolgo lo sguardo.

Dopo averla tolta abbassa la mia mano, strofinando il pollice sulla piccola ferita.

«Va bene». La tiro via, asciugando l'unica goccia di sangue che è uscita.

«Ti dispiace di essere venuta?», mi chiede.

Stranamente, non sono colta alla sprovvista da quella domanda. Forse perché non avrei paura di essere scortese se la verità fosse spiacevole.

«Non lo so», gli dico onestamente.

Non sono felice, ma non sarei felice neanche a casa o a Brynmor, probabilmente non lo sarei da nessuna parte. Non mi aspettavo di essere felice venendo qui, quindi non importa.

Guardo fuori dal garage, tutti i ragazzi accendono i motori e girano le moto per ripartire. Noah indietreggia, non si unisce a loro.

«Ti piace stare qui?», insiste Jake.

«Non lo so», gli ripeto.

«Dove preferiresti essere?».

Non lo so. Perché lo vuole sapere? Io non…

Finalmente incontro i suoi occhi, mentre mi mordicchio l'angolo della bocca.

«Non voglio essere…», mi interrompo, cercando le parole. «Non voglio essere…».

Ma la frase mi esce come se fosse già completa così. Come se fosse quella la mia risposta.

Non voglio essere.

Mi osserva scettico.

«Non voglio essere da nessuna parte», dico in fretta.

Potrei aver avuto delle percezioni errate su cosa aspettarmi qui, ma ero certa che tre uomini single non avrebbero mai voluto affrontare molte conversazioni sdolcinate. Questo tizio sembra voler instaurare un legame con me e la cosa mi sta irritando.

Mi giro per uscire dall'officina, proprio mentre le moto da cross si allontanano a tutta velocità.

«Prepara dei panini, per favore», mi grida Jake. «Basta che li lasci in frigo, poi li prendiamo quando li vogliamo. Non importa cosa ci metti dentro. Siamo di bocca buona».

Siamo di bocca buona.

Entro in casa, mi dirigo in cucina e apro entrambe le porte del frigorifero. Quindi apro i cassetti della frutta e della verdura e quelli del congelatore mentre faccio il punto su ciò che posso usare.

Mio zio mi tiene occupata. Dovrei essergli grata. E mi ha dato un compito in cui non devo parlare con nessuno. Mi piace cucinare. Posso ascoltare la musica e starmene per conto mio.

E i panini non sono difficili da preparare.

Batto le dita sulla maniglia mentre tengo aperto il frigo. Non lo so. È solo che lui mi accarezza nel modo sbagliato, come se si stesse godendo fin troppo la sua tutela. Ai miei genitori non sarebbe importato se avessi fatto un'orgia nella mia camera da letto, a patto che non fosse finita su Snapchat.

Questo tizio, però...

Sta già esercitando il suo predominio. Intendiamoci, non ho alcun interesse per le orge – o per gli uomini in generale, ora – ma sono cresciuta da sola per anni e adesso devo fare un passo indietro. Mi chiede troppo. È vero che ho diciassette anni, ma li ho solo sulla carta.

Perché diavolo vuole pranzare adesso? Ha fatto colazione un'ora fa.

E a quel punto, il mio stomaco brontola. Esito un momento, tenendomi la mano sulla pancia.

Non ho fatto colazione.

Non ho mangiato più niente dopo i frutti di bosco di ieri mattina.

Tiro fuori gli affettati, i condimenti e alcune foglie di lattuga, mi do da fare per assemblare dei panini, prendendone a morsi uno per mettere qualcosa nello stomaco, poi li taglio in diagonale e metto i triangoli su un vassoio. Trovo la pellicola in un cassetto dell'isola e, dopo averlo avvolto, ripongo il vassoio in frigo.

Non so se sarà il loro pranzo, ma è tutto ciò che avranno da me. Vediamo se mi manderà in città a prendere qualcosa. Mi andrebbe tanto di guidare.

Proprio quando sto per chiudere la porta del frigorifero, vedo una goccia d'acqua colpire il vetro sopra il cassetto della frutta e della verdura. Mi chino e sento con la mano una piccola pozza d'acqua.

Sta perdendo.

Sbircio in fondo al frigorifero, provo a capire da dove arriva l'acqua e vedo il motore incrostato di ghiaccio.

Mi alzo e mi mordo l'angolo della bocca. Devo dirglielo? Sono sicura che lo sappia già.

Individuo il loro iPad sul bancone, lo prendo e lo accendo. Mi chiede la password e subito inserisco "nessuna pietà", azzardando un'ipotesi. Si sblocca immediatamente.

Vado su YouTube, controllo il modello del frigorifero e faccio apparire alcuni video. Nell'ora successiva, svuoto il frigo e lo allontano dal muro, utilizzando tutto il mio peso per spostarlo e scollegarlo dall'alimentazione. Quindi, arraffo alcuni attrezzi dal garage e mi metto al lavoro seguendo le indicazioni del video: scrostando e scongelando il motore, riparando la perdita nel tubo e rimontando tutto. Non sono sicura che funzionerà, e forse lui si arrabbierà perché ho peggiorato la situazione, ma questo è uno dei vantaggi dell'essere ricchi. Gliene comprerò uno nuovo.

Smetto di girare il cacciavite perché all'improvviso mi viene un dubbio. Posso comprargliene uno nuovo? Cioè, i minori non possono ereditare denaro. I loro tutori hanno una procura fino a quando non diventano maggiorenni.

Quindi, tecnicamente, la mia eredità è tutta nelle mani di Jake. A meno che i miei genitori non abbiano creato una specie di fondo fiduciario, cosa che il loro avvocato potrebbe aver avuto la lungimiranza di fare, ma...

Dovrei essere preoccupata? I soldi non hanno mai avuto importanza per me, ma solo perché li ho sempre avuti. Io parlo tanto, ma se non posso pagarmi il college, allora questo cambierebbe le cose. I miei genitori hanno affidato a mio zio me e il mio benessere, o... semplicemente non c'era nessun altro? Non so se posso fidarmi di lui, ma sicuramente non mi fidavo del fatto che loro avessero deciso ciò che era giusto per me. Quest'uomo ha il mio futuro nelle sue mani.

Almeno per le prossime dieci settimane.

Nonostante il battito cardiaco accelerato proseguo, persa nei miei pensieri, e riaggancio il coperchio del motore allungando la mano dietro l'apparecchio, per ricollegarlo. Il motore emette un ronzio delicato e l'aria fresca inizia a circolare di nuovo nella macchina. Fino a qui tutto bene.

«L'hai aggiustato tu?», sento qualcuno chiedere.

Giro la testa e vedo Noah in piedi accanto all'isola, senza maglietta, sudato e affannato, mentre osserva il video riprodotto sull'iPad appoggiato sopra il bancone.

Guarda il punto in cui si trovava la perdita e vede che ora è asciutto.

«Bel lavoro», osserva. «Avevamo intenzione di ripararlo».

Mi giro di nuovo, ma non prima di aver dato un'altra rapida occhiata e aver notato che non ha alcun tatuaggio sul busto e sulle braccia. Non so perché, ma questo mi stupisce tanto. Dato che suo padre ne ha uno, forse ho dato per scontato che ne avesse uno anche lui.

Dandomi da fare, ripongo tutto il cibo nel frigorifero, ascoltando il debole rumore di qualche macchinario in funzione all'esterno e immaginando che sia Jake a utilizzarlo.

«Allora, quando compirai diciotto anni?», chiede Noah.

Lui si appoggia all'isola, guardandomi, intanto non mi fermo.

«Il primo di novembre».

«Te ne andrai dopo?».

Lo guardo, prendendomi un momento per capire cosa intende.

Non sono obbligata a restare neanche adesso. Suo padre non gli ha detto che mi ha dato la possibilità di scegliere?

«Io me ne andrei volentieri», continua. «Me ne andrei in un baleno. Tu sei qui, anche se non devi. Io devo stare qui, anche se non voglio».

«È un posto come un altro», rispondo in tono pacato, rimettendo alcuni condimenti nello scompartimento laterale, sullo sportello.

«Perché?»

«Perché sei sempre tu, non importa dove vai», rispondo.

Mi fermo e lo guardo, i capelli sudati gli cadono sugli occhi e il berretto gli pende dalle dita. Sembra ancora perplesso.

«Ci sono tante persone felici a Cleveland, così come ce ne sono a Parigi», spiego. «E ce ne sono altrettante tristi».

«Sì, be', io preferirei essere triste su una spiaggia».

Sbuffo, sorridendo mio malgrado. Rido per un attimo, ma mi giro velocemente dall'altra parte, per soffocare l'ilarità.

Ma in un attimo lui è al mio fianco, sta mettendo la salsa A.1. e la Heinz nello scompartimento dietro la porta.

Mi fissa e sento un vuoto allo stomaco.

«Hai un bel sorriso, cug», mi dice. «Se rimarrai, ti farò sorridere ancora di più».

Oh, cavolo. Non è affascinante?

Ignorandolo, finisco di rimettere tutto a posto, senza nemmeno preoccuparmi di rispettare un ordine. Lui ride in modo sommesso e mi aiuta: insieme portiamo a termine il lavoro in pochi minuti.

Jake entra e si dirige verso il frigorifero, io mi tolgo di mezzo, lasciandolo passare.

Raccolgo gli attrezzi che ho usato e inizio ad allontanarmi per rimetterli in garage, dove li ho trovati, ma sento la voce roca di mio zio.

«Dov'è la salsiccia?», chiede lui.

Mi giro e vedo che ispeziona tutti i ripiani, niente è dove lo aveva lasciato.

«Aveva fatto un po' di muffa», gli dico.

L'ho buttata via, insieme a poche altre cose.

Lui si limita a guardarmi e io mi irrigidisco. «Si poteva ritagliare», dice.

Ritagliare?

Che schifo. Ci sono vari stadi di marciume. La muffa rende più facile vedere le parti davvero guaste.

«Non perdi tempo, vero?», si lamenta, spostando le cose di qua e di là, come se stesse cercando qualcos'altro. «È tutto fuori posto».

«Papà…».

Noah cerca di intervenire, ma suo padre lo interrompe guardandolo.

«E tu dove diavolo sei stato?», chiede Jake.

Era uscito prima. Non doveva?

La mascella di Noah si irrigidisce e, invece di rispondere, mio cugino scuote la testa e se ne va. Non lo so se invidio Noah o che cosa. Non va d'accordo nemmeno lui con suo padre, ma almeno ha la sua attenzione.

Abbasso gli occhi e tocco lo schermo dell'iPad, chiudo YouTube e interrompo il video con le istruzioni per riparare il frigorifero.

«Senti», dice Jake, girandosi verso di me, la sua voce ora è più bassa. «Non strafare, okay? Qui gestiamo una macchina ben oliata, quindi fai solo quello che ti chiedo. Riorganizzare il frigorifero, gli armadietti o ridecorare… cose del genere non sono necessarie. E neanche del tutto apprezzate, a dire il vero. Se non sai quali faccende fare, posso darti molte idee».

Annuisco.

Lascio gli attrezzi sul bancone ed esco dalla cucina.

Dopo cena aveva iniziato a piovere e il temporale aveva imperversato per tutta la notte. Mi sveglio di soprassalto, ho tutti i muscoli del corpo tesi e accaldati. Stringo le lenzuola lungo i fianchi, sento il petto che si alza e si abbassa seguendo il ritmo dei miei rapidi respiri, e sento il sudore colarmi sul collo. Sussulto, cercando di respirare, ma non riesco a muovermi, cazzo. Provo a deglutire, ma devo tentare quattro volte prima di riuscire a bagnarmi la gola secca.

Alzo gli occhi verso il soffitto, ho paura, e senza capire bene perché inizio a fare l'inventario delle cose che mi circondano.

La stanza è buia, la pioggia continua a sbattere contro le finestre e sento le gocce cadere sul balcone fuori dalla mia stanza.

Lentamente, allungo le dita e stacco le mani dalle lenzuola, mi siedo e sussulto per il dolore che provo alle spalle e al collo, mi fanno male perché sono stata bloccata troppo a lungo.

Ho sognato? Chiudo gli occhi, le lacrime che non ho ancora versato escono, si uniscono a quelle che mi hanno già bagnato il viso.

Non ricordo niente, ma devo aver pianto o urlato, perché mi brucia la gola e le nocche sono indolenzite per aver stretto i pugni. Guardo velocemente la porta, noto con sollievo che è ancora chiusa. Grazie a Dio non ho svegliato nessuno.

Getto via le coperte e vado al comò per recuperare il mio telefono.

Quando ero bambina, avevo terribili episodi di urla e pianti – follia assoluta – in cui mi alzavo e facevo delle cose, anche se ero completamente addormentata. Dicevano che si trattava di "pavor nocturnus" e quando tutto finiva, quando Mirai o la tata mi rimetteva a letto, non mi ricordavo più niente. Sapevo solo che era successo, perché sentivo i muscoli sfiniti, la gola secca e mi svegliavo con gli occhi infiammati dalle lacrime.

Accendo il telefono.

01:15. Le lacrime mi pungono la gola, ma le ricaccio indietro.

Succedeva sempre intorno all'una e un quarto del mattino, dicevano i miei genitori. Avevo come una specie di orologio interno.

Ma i miei terrori notturni erano finiti. Non ne avevo più avuto uno da… dalla quarta elementare, forse?

Rimetto il telefono sul comò, appoggio i gomiti sul piano e mi prendo la testa tra le mani.

Sono un'adulta. Sono sola.
Guardo di nuovo la porta. Non voglio che mi sentano urlare come una pazza.
Alla fine sento un prurito sull'avambraccio e vedo tre mezze lune rosse, e so immediatamente di cosa si tratta, il ricordo riaffiora come se fosse accaduto ieri.
Mi sono graffiata nel sonno.
Il sacchetto di caramelle è ancora sul comò, allungo il braccio e lo faccio scorrere sul ripiano finché non cade nel cestino dei rifiuti, lì sotto. Cosa diavolo ho fatto nel sonno? Come ho fatto a non svegliarmi? Che succederà se sarò da sola, a Los Angeles, o andrò al college e dovrò avere una compagna di stanza?
Non dovrei essere sola.
Ma non sono certa che stare qui con loro possa aiutarmi. La causa potrebbe essere la morte dei miei genitori. Oppure qualcos'altro.

5. Jake

Non dovrebbe essere qui. È stato un errore.
Non posso fare alcun bene a Tiernan. Riesco a malapena a tenere a bada i miei figli. Noah è a un passo dal fare le valigie e andarsene, e Kaleb…
Gesù, Kaleb… Non sono mai riuscito a immaginare un futuro per quel ragazzo, perché quelli come lui non vivono a lungo. Si fa troppi nemici.
Getto via le coperte, ho dormito di merda nonostante avessi tutto lo spazio per me senza Jules nel letto.
Devo iniziare a chiudere la porta durante la notte. Voglio dire, qualunque uomo vorrebbe svegliarsi alle due del mattino con una rossa di ventitré anni nuda a cavalcioni sopra di lui, ma lei ci sta prendendo l'abitudine.
E il sesso non è un granché.
Mi sfrego il viso con le mani. *Non lo so.* Forse non è male, magari sono solo annoiato. È che anche con lei non posso parlare, così come non potevo farlo con le tre prima di lei.
Di certo, in questo momento non ho voglia di mettermi in casa un'altra responsabilità.
E forse non lo vorrò mai. Sono un padre terribile e sono troppo vecchio per altre sorprese, come prendere un'adolescente a vivere sotto il mio tetto. Hannes può andare a farsi fottere ovunque lui sia.
Mi metto seduto, getto le gambe fuori dal letto e mi alzo, afferrando i jeans dalla sedia.
Quel figlio di puttana. Non parlavo con il mio fratellastro, né con nessu-

no di quella famiglia da più di vent'anni, e scopro che mi ha menzionato nel suo testamento? Non c'era proprio nessun altro che conosceva la ragazza e che sarebbe stato disposto a prenderla con sé?

Ma no, l'ho chiamata quella notte, e ho sentito qualcosa nella sua voce che mi ha colpito. E prima di avere la possibilità di rifletterci su, ho parlato.

Quella ragazzina ha dei problemi.

Certo, questo non la rende diversa dai miei figli, ma Hannes e Amelia l'hanno ridotta uno schifo. Non pensavo proprio che fosse così. Silenziosa, rigida, impaurita. Non ho idea di come gestirla. Non sono abbastanza intelligente per questo. Le persone come lei, che non manifestano le emozioni, trovano altri modi per sfogarsi.

Allora, quale sarà il suo? Droghe? Alcol? Tagli? Sesso?

Mi fermo, a un tratto mi salta in mente un'immagine di Tiernan sul sedile posteriore di una macchina, il sudore sul viso, i capelli appiccicati alle guance, gli occhi chiusi, il respiro affannoso.

Sospiro e prendo la mia maglietta dalla sedia, infilandola nella tasca posteriore dei jeans per più tardi. *Guai a lei.* Non darò a questa città una nuova fica. Inclino la testa da una parte e dall'altra, sentendo il collo scricchiolare un paio di volte.

Hannes e Amelia non avrebbero mai dovuto fare figli. Non ho mai capito perché si piacessero tanto quei due, ma la merda si attacca alla merda, suppongo. La cosa migliore che poteva capitare a Tiernan era perderli, mi dispiace solo che non sia successo prima.

Vado verso la porta della mia camera da letto, la apro e attraverso il corridoio in direzione della sua stanza.

Busso. «Tiernan».

Sono da poco passate le cinque e mi sto massaggiando i muscoli del collo, sono doloranti. Non voglio svegliarla, ma ieri non ho avuto la possibilità di scusarmi perché è rimasta nella sua stanza per tutto il resto della giornata, maledizione. Ma non lascerò che se ne stia nascosta qui solo perché sono stato uno stronzo.

Dato che non ottengo risposta, busso di nuovo. «Tiernan?».

La casa è silenziosa, si sente solo una musica bassissima provenire da sotto la porta della camera di Noah, di solito l'ascolta per addormentarsi.

Esitante, apro la porta lentamente perché potrebbe dare di matto, e faccio capolino.

«Tiernan, sono Jake», dico a bassa voce.

Sento il suo odore e mi fermo.

Odora di…

Di pelle bagnata dalla pioggia. Ho un improvviso déjà vu e inspiro più a fondo. Pelle con un minuscolo accenno di profumo. È come quel punto morbido, nascosto dietro l'orecchio di una donna che odora di lei ma anche del suo profumo, del suo shampoo e del suo sudore.

E a un tratto riesco ad assaporarlo. Era il posto in cui preferivo baciarla.

Dio, l'avevo dimenticato.

Mi schiarisco la gola, raddrizzando la schiena. «Tiernan», chiamo, ma la voce mi viene fuori come un latrato. Ora sono irritato anche se non so perché.

Faccio un passo nella stanza, guardo il letto e scopro che è già rifatto e lei sicuramente non c'è. Il mio cuore salta un battito, apro la porta e mi guardo intorno.

Non se ne sarà mica andata…

Le luci sono spente, ma il fioco chiarore del mattino filtra attraverso le portefinestre del balcone, e vedo che la stanza è ordinata come quando è arrivata, anche se alcune cose sono state spostate. I suoi oggetti personali sono sopra la scrivania e sul comò, e vedo un paio di infradito accanto al comodino.

Ok, allora non se n'è andata. Non so come avrebbe potuto, in ogni caso, visto quanto siamo isolati, ma conoscendola avrebbe anche potuto provarci.

Lasciando la stanza, chiudo la porta dietro di me e do due colpetti alla porta di Noah mentre passo, prima di scendere le scale. Anche lui ha bisogno di alzare il culo, e il fatto che a vent'anni io debba ancora fargli da sveglia è ridicolo.

Non appena entro in soggiorno, però, sento odore di caffè e capisco di non essere l'unico a essere in piedi. Tiernan sta preparando qualcosa sul tavolo e, avvicinandomi alla brocca del caffè, sbircio verso di lei per vedere cosa sta combinando.

I suoi capelli sono raccolti in una crocchia disordinata sopra la testa, sta incollando i pezzi di qualcosa.

Mi verso una tazza di caffè, deglutendo a fatica. «Grazie per aver aggiustato il frigo», dico, senza guardarla.

Ieri, quando Noah mi ha detto che per aggiustarlo aveva dovuto svuotarlo e poi riempirlo di nuovo, avevo finalmente capito perché all'interno fosse tutto fuori posto, e poi mi ero sentito uno stronzo.

Uno stronzo enorme.

E una volta scomparso lo stupore, sono rimasto colpito. Quasi tutti si limitano a sostituire le cose rotte o assumono qualcuno per farle riparare, non volendo prendersi la briga di imparare a fare da soli, nonostante la marea di tutorial che ci sono su Internet. Lei è autosufficiente.

Dato che ancora non risponde, mi giro e prendo un sorso dalla tazza, avvicinandomi lentamente. A quanto pare sta aggiustando un piatto rotto incollando con cura ogni pezzo.

È uno dei nostri piatti verdi. L'angolo della mia bocca si piega in un piccolo sorriso.

Non doveva affatto preoccuparsi. Sono piatti da due soldi e si rompono facilmente.

Punto di nuovo gli occhi sul suo viso: ha lo sguardo concentrato, le labbra chiuse, il respiro regolare e controllato, come se io non ci fossi.
«Tiernan?», dico ancora.
Ma lei continua a non rispondere. Gesù, è come parlare ai miei figli. Gli adolescenti sono tutti così?
Dopo aver posizionato l'ultimo pezzo, lo tiene fermo per alcuni secondi e poi prende un tovagliolo di carta per rimuovere la colla in eccesso.
«C'è qualcosa che posso fare oggi, per aiutare?», chiede all'improvviso, lanciandomi finalmente un'occhiata.
Eh?
Mi guarda, ciocche di capelli ribelli le cadono sul viso e sugli occhi, e ancora una volta mi prende alla sprovvista. Mi ero preparato ad avere uno scontro, in risposta al mio comportamento di ieri, ma... lei è pronta ad andare avanti. Devo spingerla a parlare o lasciar perdere?
Mi passo la mano sulla testa. Chi se ne frega. Se vuole rendermi le cose facili, non mi lamenterò. «Sì», rispondo, tirando un sospiro di sollievo.
Si alza dalla sedia, è in piedi proprio di fronte a me, ma per un attimo i suoi occhi si posano sul mio petto, poi lei distoglie rapidamente lo sguardo.
Stringo le labbra e tiro fuori la maglietta dalla tasca posteriore per infilarmela. Dopo Hannes – che è nato con addosso un completo – e Brynmor – una scuola composta esclusivamente da allievi dello stesso sesso – immagino che non sia abituata a questo. Be', ci si abituerà.
«Dove hai bisogno che vada?», chiede, sembrando pronta ad andare ovunque pur di uscire dalla cucina.
Nascondo un sorriso. «Bisogna... ehm, mungere Bernadette», le dico, e mi giro per riempire la tazza di caffè.
Il suo sguardo è perplesso.
«La mucca», spiego. «Si deve dare da mangiare ai cavalli e si devono pulire i box. Noah ti mostrerà come si fa».
«E poi?».
E poi?
Afferro la tazza, appoggiandomi al bancone. «Noi dobbiamo lavorare in officina, quindi se vuoi preparare la colazione... sarebbe di grande aiuto».
Avrei dovuto chiederglielo in modo più gentile ieri.
Lei si limita ad annuire.
Faccio per andarmene, invece mi fermo e la guardo. «La pancetta falla esattamente come l'hai fatta ieri», dico. «D'accordo?».
Tiene gli occhi fissi a terra per un altro istante, poi li alza per incontrare i miei. «D'accordo».
La fisso.
Vorrei che sorridesse. Non me lo aspetto, visto quello che le è successo, ma ho la sensazione che non sorrida da molto a prescindere.

È carina, però. Questo devo concederlo ai suoi genitori. Pelle perfetta, quasi di porcellana. Zigomi alti, guance rosee. Sopracciglia un po' più scure dei capelli, che incorniciano le lunghe ciglia e gli occhi grigi e tempestosi, sono come quelli di Amelia, ma più penetranti, perché intorno all'iride hanno lo stesso cerchio scuro che avevano quelli di suo padre.

Somiglia più alla madre, però. Il collo snello, la curva dei fianchi, la schiena e le spalle, che a volte la facevano sembrare statuaria. Amelia sembrava fredda. Tiernan, invece, è diversa. Chissà come si piegherebbe il suo corpo, in movimento, se fosse tenuta in braccio da qualcuno.

Qualcuno.

Il mio corpo si scalda e sostengo il suo sguardo per un momento. *Amelia e Hannes.* L'ilarità mi piega gli angoli della bocca, ma non lo do a vedere.

Non ho bisogno che lei rimanga. Per me è uguale se resta o se ne va.

Ma *posso* proibirle di andarsene, se voglio.

Se non altro per dare sfogo all'immensa frustrazione che nutro nei confronti di suo padre. Per farle pagare il debito che lui ha con me.

Per rovinarle la vita solo un po'.

Per farla…

Si bagna le labbra rosa e il mio respiro si ferma per un momento.

Se fossi un uomo peggiore…

Poso la tazza e mi dirigo verso l'armadio, prendo il mio berretto dei Rockies dall'attaccapanni e me lo sistemo sulla testa. Ho bisogno di uscire da qui. Non so di preciso dove diavolo sta andando la mia mente, ma non va bene. Lei è una mia responsabilità. Non è la mia opportunità di vendetta. Per non parlare del fatto che è taciturna, noiosa e anche patetica. Non posso torturare qualcuno che non vuole reagire.

Un attimo dopo, sento i passi di Noah per le scale e lo vedo andare verso la brocca del caffè con la maglietta in spalla, scalzo.

«Abbiamo molto da fare oggi», lo avverto, sapendo che, da quando si sveglia, ci impiega almeno venti minuti per prepararsi.

Ho due figli e nessuno dei due è del tutto presente. Quando era qui, con Kaleb era più facile. Noah è sempre stato qui ma non è mai stato facile.

«Mostra a Tiernan come pulire la scuderia e dare da mangiare ai cavalli».

Lui annuisce senza guardarmi, uno sbadiglio gli si espande sul viso.

Mi infilo gli stivali e torno in cucina, per versare il mio caffè in un termos da portare fuori.

Sento la voce di Noah. «Hai una canotta sotto?».

Guardo lui e Tiernan, lei annuisce. Indossa dei jeans e una camicetta alla contadina, non proprio elegante, bianca.

«Allora togliti la camicia», dice, bevendo un sorso.

Lei aggrotta le sopracciglia.

«Te ne do un'altra», spiega lui, lanciando la camicia di flanella che ha in spalla sullo schienale di una sedia. «E togliti le scarpe».

Attraversa la cucina, apre la porta del garage e rovista lì dentro. Prende un paio di vecchi stivali da pioggia infangati di quando aveva circa tredici anni e li lancia sul pavimento, verso di lei.

È una buona idea. Non vorrà che i suoi vestiti costosi si rovinino.

Le lancio un'occhiata, aspettandomi di vederla incerta, ma lei esita solo un istante prima di iniziare a sbottonarsi piano piano la camicetta.

Mi schiarisco di nuovo la gola e distolgo lo sguardo. Dovrebbe prendersi un momento di privacy nel bagno.

Con la coda dell'occhio, vedo che si sfila la camicetta e la appoggia sullo schienale di una sedia. Ha qualcos'altro di bianco sotto, Noah le si avvicina, ma io tengo gli occhi da un'altra parte mentre prendo una mela da portare via con me.

Un gancio invisibile continua a tirarmi il mento, sollevandomi la testa per costringermi a guardarla, mi limito a battere le palpebre un paio di volte e corro fuori dalla stanza, addentando con forza la mela.

Questa è una stronzata.

Un'ora dopo, mentre mi sto fermando davanti alla scuderia con un quad carico di balle di fieno, mi squilla il telefono.

Lo tiro fuori, guardo il numero e vedo che è lo stesso prefisso di Tiernan.

«Pronto?», rispondo. Non voglio rogne, ma potrebbe essere l'avvocato dei suoi genitori, quindi…

«Pronto, signor Van der Berg?», dice una donna con un lieve accento straniero. «Sono Mirai Patel. L'assistente della signora de Haas».

Avvicino il telefono all'orecchio, infilandomi i guanti da lavoro. «Come fa una donna morta ad avere ancora un'assistente?».

Ma lei non risponde, e quasi sorrido, perché sono riuscito a essere insensibile.

«Cosa vuole?», chiedo, prendendo una balla e appoggiandola vicino alla scuderia. «Tiernan ha un suo telefono, se vuole parlarle».

«Volevo parlare con lei, in realtà».

Cristo santo, perché?

La signora Patel rimane in silenzio per un attimo e poi chiede: «Come sta?».

Come sta? È per questo che mi sta chiamando?

«Sta bene», grugnisco, scaricando un altro blocco di fieno dal quad.

La donna è di nuovo zitta e, dopo qualche istante, prendo il telefono in mano, quasi pronto a riattaccare. Non ho tempo per questo.

«Senta, non so come dirlo senza che sia imbarazzante», mi dice alla fine, «quindi lo dirò e basta».

Bene. Guardo attraverso la porta della scuderia, vedo le teste di Noah e Tiernan spuntare da un box: stanno rastrellando il fieno.

«Vorrei che tornasse a casa», dice la Patel.
Tiernan può andarsene quando vuole. Non l'ho costretta a venire qui.
Ma allo stesso tempo, chi è questa donna per dirmi cosa devo fare con *mia* nipote?
Mirai Patel continua: «Io non posso farla tornare e probabilmente si arrabbierà perché sto parlando con lei, ma...».
«Ma?»
«Sono preoccupata per lei», afferma infine. «Tiernan si tiene tutto dentro, e il fatto che i suoi genitori siano morti in quel modo l'ha privata dell'opportunità di risolvere i conflitti che aveva con loro. Voglio essere al suo fianco. Temo che tutto quello che si sta accumulando dentro di lei finirà per esplodere».
«Esplodere?».
Chi è questa donna? Quanto è arrogante a pensare che io non ce la faccia? Voglio dire, anche se non ce la faccio, lei non lo sa.
«Sono sicura che ha notato che è taciturna», mi dice la Patel.
E allora? Se è solo una ragazzina taciturna quella con cui ho a che fare, allora forse ho l'esperienza necessaria per gestirla.
«E lei pensa di poterla crescere meglio?», le chiedo.
«Penso che lei non la conosca. Io sì».
Stringo il pugno intorno al telefono.
Una sconosciuta, di cui non ho mai neanche sentito parlare fino a oggi, rivendica la figlia di mio fratello e magari pensa che questa conversazione potrebbe andare a finire bene?
«E io credo che darle la tutela di Tiernan», dico, «significherebbe darle il controllo non solo del suo benessere emotivo, ma anche delle sue finanze. Ho ragione, signora Patel?».
Lei tace e io sorrido tra me e me. Una persona che non ha nessun obbligo nei confronti di un'orfana minorenne non vorrebbe mai questa responsabilità, a meno che quell'orfana minorenne non fosse piena di soldi, no?
In risposta la donna parla chiaro, con tono fermo. «Ho accesso alle sue finanze da quando ho iniziato a lavorare per i suoi genitori, dieci anni fa», dice. «Ci si può fidare di me. E di lei invece?».
Stringo gli occhi.
«Pensi solo a cosa potrebbero fare tutti quei milioni per la sua attività, signor Van der Berg», dice.
E stringo i denti così dannatamente forte che un dolore mi attraversa la mascella come un fulmine. È questo che pensa? Preferirei buttare quei cazzo di soldi nel gabinetto.
«Il suo posto...», dico con disprezzo, infine, «è con la sua famiglia».
«Il suo posto è con qualcuno che la ama».
«Questa conversazione è finita».
E comincio ad allontanare il telefono dall'orecchio.

Sento ancora la sua voce e mi fermo. «Si svegliava ogni notte intorno all'una del mattino», dice la Patel. «Puntuale come un orologio, ma senza sveglia. Lo sapeva questo, signor Van der Berg?».

Rimango in silenzio, non so se sta dicendo la verità e odio il fatto che lei sappia qualcosa che io non so, sempre se è vero.

«Sa perché?», mi stuzzica ulteriormente.

Guardo Tiernan nella scuderia, la vedo schizzare fuori da un box coprendosi il naso e la bocca con il braccio, sembra che stia per vomitare a causa della puzza. Noah le dà una pacca sulla spalla, ridendo silenziosamente dietro di lei, ma poi lei lo colpisce e lui ride più forte.

«La sua "famiglia" dovrebbe saperlo», mi schernisce la Patel. «Arrivederci, signor Van der Berg».

La comunicazione si interrompe.

Fisso il display per un momento, poi guardo di nuovo Tiernan. Lei e Noah stanno scherzando, lui ha un sorrisetto dispettoso sulla faccia e cerca di non farle prendere il rastrello. Alla fine, Tiernan lo afferra e torna nel box.

Sorrido tra me e me. È più forte di quanto creda, quella donna. Probabilmente Mirai Patel tiene davvero a Tiernan, ma l'ha avuta vicina per dieci anni. A cosa è servito? Quella donna ha avuto la sua occasione.

Tirando fuori un fazzoletto dalla tasca posteriore, entro nella scuderia, appoggio il parallelepipedo e faccio combaciare i due angoli per formare uno spigolo perfetto. Trovo Tiernan in un box chinata a rimescolare il fieno, la coda di cavallo le spunta da uno dei berretti di Noah.

«Ehi». Le sfioro la schiena.

Lei si alza di scatto, si gira e mi sbatte contro il petto. Alzo il fazzoletto, indicando il suo viso.

«È pulito», le dico. «Ti aiuterà con l'odore».

Faccio per legarglielo intorno al naso e alla bocca, ma lei scuote la testa. «Sto bene».

Rido sottovoce, perché me lo aspettavo. «Perché sei così testarda?».

E le giro intorno, legandole il fazzoletto dietro la testa prima che abbia la possibilità di obiettare ancora. Mi metto di nuovo davanti a lei e vedo solo i suoi occhi che sbirciano da sotto la visiera, il resto del viso è coperto dal fazzoletto.

Sembra un rapinatore di banche, e sto per ridere ma lei non ne sembra felice in questo momento, perciò tengo per me l'ilarità.

«Non devi essere così dura», la prendo in giro, dando un colpetto alla visiera del suo berretto. «Qui dentro puzza da morire. Ti ci abituerai, però».

Ma invece di dire "grazie", lei si volta semplicemente e continua a lavorare.

Rimango lì per un attimo, i miei muscoli si contraggono appena per la frustrazione. *Di certo avrà notato che è taciturna.*

Sì, signora, è taciturna. Mi giro lentamente per andarmene, ma la guardo di nuovo da sopra la spalla. Vedo che ora mi sta fissando. Ha smesso di rastrellare.

I suoi occhi scuri, sotto l'ombra del berretto, mi fanno battere il cuore. Mi fermo.

Tutto a un tratto, però, come se niente fosse, lei riabbassa la testa e ricomincia a lavorare. Io sono ancora lì a guardarla.

Tutto quello che si sta accumulando dentro di lei finirà per esplodere, ha detto Mirai.

Piego le labbra in un impercettibile sorriso. Forse è proprio ciò di cui questa ragazzina ha bisogno.

«Già finito?», chiedo quando vedo Noah e Tiernan dirigersi verso di me.

Sono sul pianale del furgone, spingo giù con la scopa gli ultimi residui di fieno, terra e letame che ho dovuto trasportare questa settimana.

«A posto così», dice Noah. «Abbiamo fatto un buon lavoro. Lei è instancabile, però».

«Hai qualcos'altro da farmi fare?», Tiernan mi guarda impaziente con il mio fazzoletto al collo.

Qualcos'altro?

Ha il respiro affannato e io tiro fuori il telefono, per controllare l'ora. Hanno finito molto prima di quando Noah lo fa con Kaleb.

Rimetto il telefono in tasca. «Raccogli il bucato steso», le dico. «E ho bisogno di acqua fresca, saponata. Calda». E poi la guardo. «E c'è anche la colazione da preparare».

Lei annuisce e si gira, tornando svelta in casa.

Noah la guarda andare via. «Ricordo quando ho iniziato io a fare le faccende», dice in tono malinconico. «È stato molto divertente. Solo per i primi minuti».

Scuoto la testa. Non credo che Tiernan lo trovi divertente.

«Se la addestriamo, sarà come se non me ne fossi mai andato», mi dice.

Gli lancio un'occhiata, ma non mi fermo e spingo un altro mucchio di detriti fuori dal furgone.

«Non farmi incazzare, oggi», lo avverto.

Lui non se ne andrà e Tiernan non è qui per prendersi il suo carico di lavoro.

Con la coda dell'occhio, vedo che mi sta ancora osservando. Lui vuole avere questa conversazione, ma non lo accontenterò. Ne abbiamo già parlato e non ho più niente da dire. Non se ne andrà. Ha vent'anni, cazzo. Non sa cosa vuole. O di cosa ha bisogno.

Per fare un errore bastano pochi secondi. Per conviverci ci vuole una vita intera, e non voglio che i miei figli soffrano.

Prima che possa provare a contraddirmi di nuovo, scendo dal furgone e mi dirigo verso casa per andare a prendere l'acqua saponata.

6. Tiernan

«Va bene se prendo un furgone e vado in città a fare la spesa?», mi siedo a tavola per fare colazione, giocherello con la pancetta bruciata che ho in mano e la sento sbriciolarsi sul piatto come una patatina. «Già che ci sono, potrei prendere tutto quello che serve».

Jake alza lo sguardo verso di me, masticando, e io fisso un punto in mezzo ai suoi occhi, concentrandomi, per non pensare al fatto che si è tolto di nuovo la sua stupida maglietta. Insomma, è assurdo. Questi uomini non sono mai completamente vestiti? Le donne sopravvivono al caldo e al sudore senza mai spogliarsi.

«Cosa hai bisogno di mangiare, oltre alla pancetta?», mi interroga.

Ma mantengo un'espressione impassibile, per non rispondere alla sua battuta.

Alla fine ride. «Certo, puoi prendere il furgone».

Infila una mano nella tasca posteriore, apre il portafogli e tira fuori dei contanti, gettandoli al centro del tavolo, nel frattempo Noah finisce di bere il suo latte.

«Ho i soldi», insisto. Posso contribuire alle spese.

Ma lui si limita a ribattere. «Anch'io», dice. «Non abbiamo bisogno dei soldi di de Haas in questa casa».

I soldi di de Haas.

Si rimette il portafoglio in tasca e guardo i cento dollari che ha lasciato cadere sul tavolo, sono anche troppi per quello che devo comprare.

Penso che lo sappia. Vuole solo che io veda che può soddisfare i miei *standard elevati* tanto quanto suo fratello.

Purtroppo non riesco a trattenermi. «Non vuoi prendere i soldi di de Haas, ma vuoi prenderti una de Haas». E alzo di nuovo gli occhi, sostenendo il suo sguardo. Se lo infastidisce avere il denaro dei miei genitori in questa casa, allora dovrebbe infastidirlo anche avere me in questa casa.

«Tu sei *nostra*», afferma chiaramente. «Paghiamo noi quello di cui hai bisogno».

Lo fisso per un altro momento, poi Noah allunga una mano verso il centro del tavolo, afferrando i contanti.

«Andrò con lei. Mi serve qualche cazzata».

Ci alziamo entrambi, svuotiamo i piatti e carichiamo la lavastoviglie.

«Gettate i sacchetti di plastica nel barile quando mettete a posto la spesa», ci dice Jake, continuando a mangiare. «Brucerò la spazzatura oggi pomeriggio».

Mi fermo e gli lancio un'occhiataccia anche se è di spalle. «Brucerai la spazzatura?», ripeto, cercando un argomento che lo costringerà ad ascoltarmi. «Per favore... non farlo. Vi fa male respirare i fumi ed è davvero nocivo per il pianeta». Faccio il giro del tavolo per affrontarlo. «C'è un motivo se è illegale».

Bruciare le foglie è una cosa. Ma la plastica e...

La sua forchetta sbatte sul piatto e lui prende la sua tazza di caffè. «I camion della spazzatura non salgono fin qui, tesoro».

«Troveremo un altro modo», rispondo. «Non devi bruciare plastica, carta inchiostrata o...».

«Le ragazze della California ci tengono all'ambiente, eh?», Noah ride dal lavandino. «Niente cannucce di plastica. Devi portarti le tue borse quando vai al supermercato. Ho sentito anche che tirano lo sciacquone una volta sì e una no quando vanno al bagno».

Aggrotto la fronte così tanto che mi fa male. «Sì, a volte ci facciamo anche la doccia insieme per risparmiare l'acqua. È meraviglioso».

Sento Jake sbuffare e abbasso di nuovo gli occhi, inarcando un sopracciglio per me stessa. Non so bene da dove provenga questo nuovo sarcasmo, ma indurisco la mascella, non voglio prenderci gusto.

Faccio per andarmene, ma mi fermo e guardo di nuovo Jake. «E i soldi di de Haas sono stati guadagnati duramente», dico. «I miei genitori hanno dato un contributo al mondo. Le persone apprezzano ciò che hanno fatto, che ti piaccia o no. Che mi piaccia o no».

Sbatto le palpebre quando quelle parole mi escono dalla bocca, sorprendendomi. Anche se avevo dei problemi con i miei genitori, mi rendo conto per la prima volta che sono protettiva nei confronti della loro eredità.

«Il mondo li ricorderà», gli faccio notare.

«E lo farò anch'io». Jake si appoggia allo schienale della sedia, guardandomi divertito. «Soprattutto con te qui in giro».

Esito, le sue parole per qualche motivo mi innervosiscono. Forse è la sicurezza del suo tono. Come se potessi restare qui per sempre.

«Potrei non essere nei paraggi», sbotto all'improvviso.

Ma poi me ne pento subito. Mi ha accolta anche se non doveva. E sono venuta qui di mia spontanea volontà. Dovrei esserne grata.

Ma... anche ieri ha minacciato di tenermi qui contro la mia volontà.

«A volte sei un po' stronzo», gli dico.

Noah fa un cenno con la testa nella nostra direzione, spalanca gli occhi spostando il suo sguardo velocemente da me a suo padre.

Ma Jake non si muove, resta seduto lì a guardarmi con la stessa espressione divertita.

«Io sono un orsacchiotto, Tiernan». Si alza in piedi, le dita infilate nel manico della tazza. «Non hai ancora incontrato Kaleb».

Sento Noah sghignazzare dietro di lui, entrambi ridono per una battuta che chiaramente io non posso capire. Mi giro per andare in camera mia a darmi una ripulita.

«Mettiti una maglietta adeguata prima di uscire!» Jake mi urla dietro.
Ringhio tra me e me, pestando le scale più forte del dovuto.
Ti preparo da mangiare. Non è proprio una mossa furba provocarmi.

Faccio la doccia alla svelta, togliendomi di dosso il calore appiccicoso, così come lo sporco e la puzza del fienile. Sicuramente dovrò farne un'altra più tardi, per lavarmi i capelli. Ora non ne ho tempo.
Mi do una spazzolata, infilo lo stesso cappellino da baseball che Noah mi ha prestato stamattina e corro fuori dalla stanza con la mia borsetta a tracolla, indossando jeans e maglietta puliti.
Jake in realtà ha una bella scorta di viveri, soprattutto di prodotti freschi, ma nella fretta di venire qui, mi sono dimenticata di portare... altre cose di cui potrei aver bisogno.
Quando esco, Noah mi sta già aspettando. È in sella a una moto da cross con un casco in testa e un altro casco in mano.
Esito per un istante, guardando il furgone dietro la sua moto. Andiamo separati o...?
«Che stai facendo?», chiedo, scendendo gli ampi gradini di legno.
«Andiamo in città».
Mi porge il casco di scorta, io lo studio e poi torno a guardarlo, dei ciuffi biondi gli cadono sulla fronte da sotto il casco.
Alzo le sopracciglia. Andiamo in moto? «E dove la mettiamo la spesa?», gli chiedo.
Ma lui fa una risata soffocata, accende la moto e gira la manopola dell'acceleratore, dando gas al motore. «Sali. Non mordo», mi dice. E poi mi lancia uno sguardo malizioso. «Sei la mia cuginetta, comunque».
Alzo quasi gli occhi al cielo. Prendo il casco, lo sistemo sopra il berretto da baseball, ma la parte frontale urta la visiera, rendendo la calzata scomoda. Armeggio per qualche secondo finché non tolgo sia il casco sia il cappello.
Ma Noah mi prende per le braccia, fermandomi. «Così», dice. Mi gira il berretto all'indietro, sulla testa, e poi ci posa sopra il casco, così la visiera ora è appoggiata sulla nuca.
Oh.
Dato che ho i capelli in disordine, in città preferirei tenere il berretto, quindi va bene.
Mi allaccia la cinghia sotto il mento e io cerco di distogliere lo sguardo, ma ha questa specie di sorriso indolente sulle labbra che in qualche modo fa vibrare il mio corpo. Con quegli occhi azzurri sotto le ciglia nere, e quelle maniche della maglietta grigia tagliate, che mostrano le braccia dorate e muscolose, e con addosso quei jeans pesantemente consumati, lui non deve mai sforzarsi troppo per fare colpo su qualcuno.
Sono invidiosa. È così spontaneo.
Sarebbe stato carino avere dei cugini da piccola. Forse sarebbe stato

divertente trascorrere le estati qui, crescendo al sole, scherzando e sporcandomi assieme a lui.

Mi rende anche meno nervosa di Jake.

I suoi occhi incontrano i miei e io distolgo lo sguardo, prendendo il controllo e costringendo le sue mani ad allontanarsi, fintanto che stringo la cinghia.

«Sei mai stata su una moto?», mi chiede.

«No». Salgo dietro di lui, posizionando la mia borsa in modo che penda su un fianco.

«Vado piano», mi assicura. «Chiedi a qualsiasi ragazza».

«Io non sono una ragazza qualsiasi», ribatto, facendo scivolare le braccia intorno a lui e intrecciando le mani davanti. «Se mi faccio male, dovrai riportarmi a casa tua e occuparti di me».

«Giusta osservazione».

Abbassa la visiera del proprio casco e parte, mozzandomi il respiro in gola.

Gesù. Istintivamente stringo la presa e premo le cosce contro di lui, avvertendo un enorme vuoto allo stomaco. La moto ondeggia più di un furgone e io sposto gli occhi da una parte all'altra, cercando di mantenere l'equilibrio, ma lui non rallenta e tutto ciò che posso fare è resistere. Sa quello che fa, ma questa è una cosa nuova per me. Sbatto le palpebre a lungo e forte, poi guardo semplicemente in basso, tenendo gli occhi lontani dalla strada.

Queste colline mi sono sembrate ripide quando siamo saliti con il furgone di Jake. Non so se voglio davvero ripercorrerle in discesa in sella a una moto da cross. Ed è legale questa strada, poi?

Lo tengo stretto, fissando solo la sua maglietta per non guardare nient'altro, ma poco dopo provo ad allentare la presa. Sono incollata alla sua schiena e probabilmente lo sto mettendo a disagio.

Ma lui toglie una mano dal manubrio e mi tira le braccia in modo da farmi attaccare il petto alla sua schiena.

Gira la testa, alzando la visiera. «Tieniti!», grida.

Bene. Intreccio di nuovo le mani davanti a lui.

Percorriamo tutto il viale di ghiaia e arriviamo alla strada asfaltata, svoltando a sinistra e dirigendoci nella stessa direzione da cui sono arrivata due giorni fa, la gravità costringe il mio corpo a premere contro quello di Noah per tutto il tempo. Una volta che siamo sull'asfalto, e il terreno diventa regolare, alzo gli occhi e osservo gli alberi su entrambi i lati, oltre alle fitte aree boschive che ci circondano. Pendii, dirupi e frane: vedo il paesaggio intorno a noi molto più chiaramente di quando sono arrivata al buio l'altro ieri.

Jake non mente. Anche se tutti gli alberi perderanno le foglie in inverno, ci sono molte conifere che bloccheranno la visibilità durante le forti nevicate. Il panorama cambia, le gole diventano improvvisamente ripide falesie e i lati della strada sono ornati da sporadici cumuli di rocce, magari cadute da un terreno malmesso. È già abbastanza pericoloso essere quassù con il bel tempo. La città non pagherà uno spazzaneve e uno spargisale solo per una famiglia.

Ma immagino che sia esattamente quello che vuole mio zio. A Noah piace che sia così? Le sue parole di ieri risuonano nella mia testa. *Me ne andrei. Me ne andrei in un baleno. Tu sei qui, anche se non devi. Io devo stare qui, anche se non voglio.*

Allora perché resta? Jake non può costringerlo. Dal punto di vista legale, è un adulto.

Giriamo e svoltiamo, procediamo serpeggiando lungo la strada che si trasforma in una statale, e ci vogliono una ventina di minuti buoni prima che la città appaia alla nostra vista. Un paio di campanili spuntano fra le cime degli alberi e gli edifici di mattoni fiancheggiano strade ombreggiate da rigogliosi aceri verdi che a ottobre diventeranno arancioni e rossi.

Arriviamo al nostro primo segnale di stop e ora che stiamo rallentando lui alza la visiera.

«Ne hai altri?», chiedo. «Di cugini, intendo?».

Non so perché mi interessa.

Ma lui si limita a scuotere la testa. «No». E poi ci pensa meglio. «Be', forse. Non lo so».

Io sono dalla parte di suo padre, quindi gli altri saranno dalla parte di sua madre. Dov'è lei? Non conosco Jake da molto, ma è difficile immaginarlo in versione addomesticata. Erano sposati?

Per un attimo è facile pensare bene di lui, se ha cresciuto due ragazzini da solo, ma è facile anche credere che abbia portato una donna all'esasperazione tanto da farla scappare via.

Sono a un passo dal chiedere a Noah di lei, ma se mi dicesse qualcosa di triste, per esempio che è morta o che li ha abbandonati alla nascita, non saprei come reagire, non so mai cosa dire di fronte a storie così difficili. La mia solidarietà risulterebbe troppo falsa.

Afferra il manubrio facendo gonfiare le vene degli avambracci sulla pelle, e io stringo la presa mentre percorriamo la via principale della città, dove si trovano tutti i negozi.

Ci fermiamo davanti a un negozio e parcheggiamo, Noah entra in retromarcia in un parcheggio e spegne la moto.

«Ti insegno a guidare se vuoi», si offre, intanto che scendiamo e ci togliamo i caschi. «Se resti».

Seguo il suo esempio, lascio il casco sull'altro manubrio e giro il berretto, seguendolo sul marciapiede. «Mi conosci a malapena e non sono amichevole», borbotto. «Perché vuoi che rimanga?»

«Perché sulla vetta non cambia mai nulla. Mai».

Che significa?

Entro nel negozio senza rispondere, perché non so bene di cosa stia parlando.

«Ehi, Sheryl», grida, e la signora al bancone gli sorride mentre porge una busta a una cliente.

Mi guardo intorno, vedo che il negozio è davvero piccolo. Porca miseria, ci saranno forse sei corsie. Speriamo che abbiano il ramen.

«Prendi quello che ti serve», mi dice Noah. «Ci vediamo alla cassa».

E se ne va, scomparendo lungo una corsia a destra.

Estraggo un cestino dalla pila, grata che lui sia andato nella direzione opposta, e viro verso il retro del negozio, dove c'è il reparto farmacia.

Il negozio è piccolo, ma carino. Ha l'atmosfera di inizio secolo, c'è legno lucido ovunque e un antico registratore di cassa. Passo davanti a un bar con una vecchia spina di bibite e un menu di gelati e altre prelibatezze, ci sono un paio di clienti seduti sugli sgabelli che si godono i milk-shake fatti in casa.

Arrivata al bancone sul retro, mi guardo rapida intorno in cerca di Noah, poi mi rivolgo al farmacista.

«Posso aiutarti?», chiede l'uomo con un sorriso.

«Sì», dico sottovoce. «Vorrei che una ricetta venisse trasferita qui, se possibile. Va bene se le do il numero di telefono della farmacia da cui mi servo nella mia città?»

«Oh, sì». L'uomo tira fuori una penna dal camice bianco e prende un blocchetto di carta. «È facile. Mi basterà chiamare la tua farmacia. Possiamo farla arrivare oggi».

Figo.

«Mi dai il numero, per favore?».

Detto il numero, e lo guardo mentre scrive. «213-555-3100».

«Il tuo nome?»

«Tiernan de Haas. Data di nascita undici… uno… zero uno».

«E a cosa serve la ricetta?», mi chiede.

Controllo di nuovo dove si trova Noah. «Ehm, è l'unico farmaco che prendo in quella farmacia».

L'uomo alza gli occhi, ridendo appena. «Mi serve solo il nome, così posso dare conferma ai colleghi dell'altra farmacia».

Batto il piede. «Tri-Sprintec», rispondo in fretta, muovendo pochissimo le labbra.

Annuisce, come se non avesse mai avuto un cugino ficcanaso e giocherellone a cui piacerebbe molto sapere perché prendo la pillola, e perché mai dovrei averne bisogno qui, visto che sarò reclusa in cima a una montagna per tutto l'inverno senza poter frequentare uomini.

Lo guardo mentre fa la telefonata, inserisce i dati sul computer e infine riaggancia.

Mi guarda. «Dammi dieci minuti», e si dirige nel retro.

Sarei tentata di chiedergli di darmene più di una confezione, ma non so ancora se rimarrò, quindi se avrò bisogno di altre scatole per arrivare alla fine dell'inverno, ci tornerò e basta. Con il furgone e senza Noah, la prossima volta.

In realtà non ho nemmeno bisogno di prendere la pillola, tanto meno quest'inverno, ma è più facile mantenere la routine che seguo da quando ho quattordici anni che smettere e doverla ricominciare da capo più avanti.

Mi muovo per il negozio, trovando qua e là alcune cose sulla mia lista. Degli snack che mi piacciono, altra crema solare, integratori multivitaminici che ho dimenticato e delle candele. Prendo un paio di auricolari di riserva, delle penne e della carta, e trovo gli spaghetti per il ramen nell'ultimo reparto. È robaccia da quarantasette centesimi, ma li voglio.

«Ehi», dice una voce femminile dietro di me.

Mi giro e vedo una ragazza della mia età che mi fissa.

«Ciao», rispondo. Ma indietreggio, perché è vicina.

Indossa jeans attillati, scarponi da lavoro e ha lunghi capelli scuri ricci, sciolti. Le sue mani sono infilate in una felpa mimetica aderente, le sue labbra rosse e piene sono leggermente increspate.

«Bel cappello», dice.

È bello? Quando Noah me l'ha prestato, non ho nemmeno letto cosa che c'era scritto sopra. Non è nuovo, però.

«Grazie».

Le sue labbra rosse sono strette e i suoi occhi socchiusi mi scrutano. Mi conosce? Non ho ancora conosciuto nessuno qui.

Le passo accanto e proseguo lungo la corsia.

«Sei una delle ragazze dei biker?», chiede, seguendomi.

La guardo mentre prendo una spugna vegetale e un flacone di bagnoschiuma. Le ragazze dei biker?

Oh, giusto. C'è un giro di Motocross quassù. Non so cosa le faccia pensare che io abbia qualcosa a che fare con loro.

«No. Scusa».

Continuo a camminare, ma lei si ostina a seguirmi.

«Allora dove hai preso quel cappello?».

Il mio cappello... Mi fermo e giro la testa verso di lei, aprendo la bocca per rispondere, ma poi la richiudo. Ho fatto qualcosa di sbagliato? Chi è questa?

«Se non sei nel giro del Motocross», chiede di nuovo, «allora come hai avuto quel berretto?»

«Me l'hanno prestato». Rispondo in tono fermo avvicinandomi alla cassa, passando afferro un sacchetto di chicchi di caffè. «C'è qualche problema?»

«Sto solo chiedendo», risponde lei. «Tu non vivi qui, vero?».

Quasi sbuffo. Sembra così speranzosa.

Tengo la bocca chiusa, però. Non so se si usi in una piccola città, ma da dove vengo io non si elargiscono informazioni personali solo perché qualcuno è un ficcanaso incontrollabile. Potrebbe pensare che io sia scortese, ma a Los Angeles questo significa "non essere derubata, violentata o uccisa".

«Vive qui, in realtà», le risponde Noah, avvicinandosi a me. «Abita con noi».

Poi scarica una manciata di roba sul bancone e mi mette un braccio intorno alle spalle, sorridendo alla ragazza con aria di sfida.

Che sta succedendo?

Il mucchio di roba che Noah sta comprando attira la mia attenzione. Stringo gli occhi mentre conto. Uno, due, tre...

Otto scatole di preservativi. Otto.

Gli lancio uno sguardo, inarcando un sopracciglio. «Sei sicuro di non volere il pacco convenienza che vendono online?»

«Mi arriverebbe entro stasera?», ribatte lui, guardandomi dall'alto in basso.

Alzo gli occhi al cielo, eppure quasi mi scappa un sorriso o... una risata, perché è un tale idiota.

Mi trattengo.

Distolgo lo sguardo, perché non so rispondere in modo spiritoso, lui ride e basta, ma il suo atteggiamento si raffredda quando si rivolge di nuovo all'altra ragazza.

«Spostati», la ammonisce.

Lei guarda prima me e poi lui, alla fine esce dal negozio quando Sheryl inizia a passare i nostri prodotti. Prendo un paio di sacchetti della spesa riutilizzabili dallo scaffale lì accanto e appoggio anche quelli sul bancone.

Quindi avevo ragione. Lei è stata scortese, e il fatto che Noah si fosse spazientito ne era la prova.

«Cici Diggins», mi spiega, tirando fuori i soldi che suo padre aveva messo sul tavolo. «Diventa davvero insicura quando una ragazza più carina di lei arriva in città».

Intende me?

«Non sarà felice del fatto che tu viva con noi», aggiunge Noah.

«Come mai?»

«Lo scoprirai». Ride e prende i sacchetti della spesa. «Mi divertirò troppo ad assistere a questo spettacolo».

A quale spettacolo? Mi acciglio. Non mi piacciono le sceneggiate.

Lascio che Noah porti la roba fuori e torno di corsa in farmacia per ritirare le pillole. Faccio sparire il sacchetto e uscendo dal negozio mi infilo la confezione nella tasca posteriore, tanto è sottile come una carta di credito.

Quando mi avvicino alla moto, vedo un enorme zaino fissato al manubrio, e tiro un sospiro di sollievo, perché non dovrò portare le buste e *contemporaneamente* reggermi forte a Noah per tutto il tragitto fino a casa.

Metto di nuovo il berretto al contrario e prendo il casco, poi vedo Noah che controlla l'altro lato della strada, il casco ancora in mano. Ha un sorrisetto compiaciuto sulle labbra.

Seguo il suo sguardo.

Un tizio – lo stesso che è venuto a casa con quei motociclisti ieri, credo – è seduto al tavolino di un bar con un gruppo di altri ragazzi, lui e Noah si fissano intensamente.

Immagino che sia Kaleb, ma non sembra che sia cresciuto mungendo le mucche e pulendo i box dei cavalli. Questo tizio porta il tipo di jeans indossati dagli uomini che usano le maschere per capelli, ha la faccia di uno che si chiama Blaine e probabilmente gli piacciono le ragazze di nome Kassidee.

«Lo conosci, vero?», chiedo a Noah.

Lui annuisce: «Terrance Holcomb. Astro nascente del Motocross». Mi attira a sé, e sussulto quando lui mi allaccia la cinghia del casco sotto il mento. «E non sta guardando me, Tiernan».

Noah si avvicina, il suo petto sfiora il mio e un formicolio si diffonde all'interno della mia pancia, all'improvviso sento la testa annebbiata. Di chi stavamo parlando, scusa?

Si avvicina, il suo respiro mi sfiora il viso mentre mi fa un sorrisetto malizioso. Noto che ha una cicatrice di almeno sette centimetri lungo la sua mascella.

«Cosa stai facendo?», chiedo. Perché è così vicino?

Ma lui sogghigna di nuovo. «Sto ribadendo», risponde. E poi mentre mi stringe la cinghia i suoi occhi guizzano dietro di me, in direzione del ragazzo dall'altra parte della strada. «Che non deve toccarti».

E perché? Perché sono tua? Che schifo.

«Sei disgustoso», borbotto.

E lui si limita a ridere, mi spinge via scherzosamente e si infila il casco.

Risaliamo in sella alla moto e ci avviamo verso casa senza perdere tempo. Pensavo che si sarebbe fermato a cazzeggiare con gli amici o con una ragazza, invece corre per la città come se avesse fretta di tornare indietro.

O di portarmi via.

Comincio a mettere insieme i pezzi nella mia testa. Il piccolo spettacolo che ha appena organizzato per quel ragazzo in città. Il consiglio di Jake di stare lontana dai ragazzi del posto. L'ordine di indossare una maglietta adeguata prima di uscire. Padre e figlio non vanno d'accordo, ma una cosa in comune sembrano averla almeno. Sono entrambi opprimenti.

Non è poi così terribile. Mi sarebbe piaciuto vedere mio padre comportarsi in questo modo qualche volta. Troppo soffocante non va bene. Ma un po' soffocante… non lo so. Ti fa sentire come se a qualcuno importasse di te, immagino. Forse avrei voluto più regole da piccola.

Sfortunatamente per Jake e Noah, ho imparato a vivere senza, quindi ormai è troppo tardi.

Mi tengo stretta a Noah mentre risaliamo le strade di montagna, ma per fortuna ora sta andando molto più piano, perché sento la gravità che mi tira indietro e temo di scivolare giù dalla sella.

Stringo i pugni, i muscoli bruciano.

Quando arriviamo in un tratto più pianeggiante, allento la presa per rilassare un attimo le braccia, e lui accosta sul ciglio della strada. Ferma la moto sull'orlo di un precipizio.

Il mio stomaco si contrae per un momento, poi noto il panorama attraverso gli alberi sottostanti. La città si stende davanti a noi al centro di una vallata e sullo sfondo vedo montagne, alberi e terreni. La grande distesa – tutto in un'unica immagine – mi riempie il cuore.

«Wow», dico sottovoce.

Rimaniamo fermi lì per diversi minuti ad ammirare il paesaggio e Noah si toglie il casco, passandosi una mano tra i capelli.

«Non parli molto, vero?», mi chiede.

Sbatto le palpebre, tornando alla realtà. I miei genitori sono appena morti. Dovrei essere loquace?

Ma ingoio le parole prima di pronunciarle. La loro scomparsa non è il motivo per cui sono come sono, ma non lo spiego perché tanto tutti hanno la loro idea di cosa sia "normale".

«Mio padre pensa che c'è un motivo se ora non sei triste per la morte dei tuoi genitori: è perché sei già arrabbiata con loro da molto tempo». dice Noah, continuando a guardare la valle sottostante. «Io penso che tu sia triste, ma soprattutto arrabbiata, perché in realtà è sempre stato il contrario, vero? Loro ce l'avevano con *te*».

Indurisco la mascella. Lui e suo padre hanno parlato di me? Chi dice che non sono triste? Che ne sa lui? Esiste una lista, magari da spuntare, con tutti i comportamenti ritenuti accettabili nel caso in cui i membri della tua famiglia muoiano? Alcuni si suicidano dopo la morte di una persona cara. È la prova che sono più tristi di me?

Abbasso le braccia allontanandole dal suo corpo.

«Abbiamo Internet anche qui, sai?», dice. «Hannes e Amelia de Haas. Erano ossessionati l'uno dall'altra».

Gira la testa, ora posso vedere le sue labbra muoversi, ma sono paralizzata.

Continua: «E hanno avuto una figlia, perché era quello che pensavano di dover fare, ma poi si sono resi conto che diventare genitori non era proprio come avevano immaginato. Crescere te li ha allontanati».

Mi sforzo di mandare giù gli aghi che ho in gola, sento le lacrime arrivare, ma non lascio che mi riempiano gli occhi. Come fa a sapere tutto questo?

«Così, non appena sei diventata abbastanza grande, ti hanno affidato a qualcun altro ogni volta che potevano», mi dice. «Collegi, campi estivi, tate…».

Mi trema il mento e non riesco a trattenermi, tanto so che non può vedermi.

«Tu non ce l'avevi con i tuoi genitori», conclude. «Tu li amavi».

Ore dopo, mentre sono a letto, sento ancora le sue parole. *Crescere te li ha allontanati. Loro ce l'avevano con te. Tu li amavi.*

No.

Cerco di indietreggiare, ma qualcosa mi blocca la mano e mi fa male. Tiro e strattono, il dolore diventa più forte e continuo a fare dei passi indietro, ma per quanto mi sforzi non vado da nessuna parte e non riesco a liberare la mano.

Che cosa mi trattiene? Lasciami andare. Lasciami andare.

Li ho amati una volta. L'ho fatto. Ma…

Agito la mano, cercando di liberarmi da qualunque cosa mi blocchi, ma non riesco a girarmi e non riesco a scappare.

Li ho amati una volta. Ma non ora.

Non lo so. Non lo so.

I miei occhi si aprono di colpo e sento il pollice freddo contro la pelle nuda della pancia. Sbatto le palpebre e mi metto seduta, il dolore alla mano pulsa e faccio una smorfia. Guardo in basso e vedo che ho la mano intrappolata nella maglietta. Quando sono andata a letto c'era un piccolo buco nella stoffa, ora è uno squarcio enorme.

Libero la mano, e stringo il pugno per far scorrere di nuovo il sangue.

«Merda», sibilo.

Muovo l'altra mano, ma faccio cadere la sveglia dal comodino e impreco sottovoce.

Sono venuta qui per avere spazio. Per evadere, invece sono più incasinata di prima. Tre giorni e per la prima volta, dalla quarta elementare, ho di nuovo incubi e terrori notturni. Non ho bisogno di questa merda. Noah non aveva il diritto di fare commenti così personali, tanto meno su una situazione di cui non sa nulla. Se vorrò parlare, lo farò.

Asciugandomi il sudore dal labbro superiore, getto via le coperte, accendo la lampada e tocco terra, poi mi infilo sotto il letto per prendere la valigia. Non sono obbligata ad andare a casa, ma non sono obbligata a restare qui. Io non piaccio a questi uomini. Loro non piacciono a me. Ci sono un sacco di posti in cui le persone mi lascerebbero in pace. Da sempre vorrei andare in Costa Rica. Affittare una casa sull'albero. Fare escursioni fra ragni e serpenti. Vivere in mezzo a insetti di dimensioni insolite. Tutto sembra molto meglio che stare qui.

Esco di corsa dalla stanza, scendo le scale, vedo che tutte le luci sono spente e sento l'orologio a pendolo ticchettare.

Jake si sveglierà tra poche ore. Dovrei andarmene prima che si svegli.

Non so bene dove potrei arrivare. Con i bagagli che ho, probabilmente mi ci vorranno due giorni solo per raggiungere la città.

Giro intorno alla ringhiera e vado in cucina, apro la porta del garage e scendo i cinque gradini che portano alla lavatrice e all'asciugatrice. I brividi mi percorrono le gambe, coperte solo dai pantaloncini del pigiama nella notte fredda, e apro l'asciugatrice per prendere il piccolo carico di vestiti che ho messo ad asciugare qualche ora prima, inclusa la camicia di flanella di Noah.

Tiro fuori una maglietta pulita e inizio a sfilarmi di dosso quella strappata per cambiarmi.

Sento la maniglia della porta esterna del garage muoversi improvvisamente.

Alzo la testa verso sinistra, abbassando di nuovo la maglietta.

La mia bocca si spalanca e mille pensieri mi attraversano la testa, mentre tendo le orecchie per capire se magari posso aver sentito male. Jake e Noah dormono di sopra, giusto? È l'una del mattino passata.

Meno di un secondo dopo, la maniglia trema di nuovo e un tonfo risuona fuori dalla porta. Sussulto, poi afferro una sbarra d'acciaio arrugginita fra gli attrezzi sul tavolo. Rimango paralizzata ancora un momento prima di indietreggiare e decidere di tornare di corsa in casa per chiamare mio zio.

Ma prima che io possa girarmi, qualcuno all'improvviso apre la porta con un calcio. Emetto un gemito delicato, come il mormorio delle foglie al vento, e nel momento in cui vedo un ammasso di carne animale sanguinante inciampo nella ringhiera, cadendo. Atterro sul sedere e mi puntello sulle mani all'indietro, resto senza fiato. Che diavolo succede?

Un uomo varca la soglia del garage, indossa dei jeans e sul petto nudo gli cola il sangue di una bestia morta che si trascina intorno al collo. Con la bocca secca e il cuore conficcato in gola, lo osservo avvicinarsi al lungo tavolo di legno per buttarci sopra il cervo morto e il suo metro e mezzo di corna. Poi si gira per richiudere la porta del garage con un calcio.

Rimango a bocca aperta per l'orrore. Rivoli di sangue gli scendono lungo la schiena, ricoprendogli la spina dorsale, e spostando gli occhi sull'animale vedo la testa penzolare floscia dal tavolo. Distolgo lo sguardo per un momento, trattenendo la bile in gola.

Dunque è stato lui a catturare il cervo che ho visto quando sono arrivata qualche giorno fa?

Si volta per andare verso il lavandino vicino all'asciugatrice e a quel punto i suoi occhi incontrano i miei. Distoglie di nuovo lo sguardo e fa scorrere l'acqua.

Cerco di inumidirmi la bocca, di generare anche solo una goccia di saliva, ma tutto quel sangue su di lui… Gesù. Stringo i pugni dietro di me.

Chi…?

E poi finalmente capisco.

Questo è Kaleb. Il figlio maggiore.

Solleva il tubo e si china sul lavandino, facendo scorrere l'acqua sui capelli scuri e sulla schiena, per pulire il disastro che ha sul corpo. Quando si rialza, lo guardo mentre si strofina la parte posteriore del collo e noto un sottile tatuaggio sbiadito che corre verticalmente dalla nuca alla spalla. Una specie di scritta.

Le sue mani scivolano giù e i muscoli dell'addome si contraggono, l'acqua gli inzuppa i jeans. La lampadina sopra di noi oscilla avanti e indietro, a causa del vento che lui ha lasciato entrare. A tratti la luce lo colpisce e a tratti l'oscurità lo inghiotte.

Ma lui si gira di nuovo, mi guarda. I suoi occhi scuri lambiscono il mio corpo e si fermano, mi scruta contraendo la mascella, e in risposta il mio stomaco fa le capriole e tutti i peli del mio corpo si drizzano. La stanza sembra improvvisamente così piccola.

Prendo un respiro. «Ehm, tu sei, ehm...», dico alzandomi. «Sei... ehm, Kaleb, giusto?».

I nostri occhi si incontrano di nuovo e mi accorgo che i suoi non sono poi tanto scuri, dopotutto. Sono verdi.

Sembra un pazzo.

Aggrotta le sopracciglia nere, che proiettano un'ombra sui suoi occhi, e si gira per finire di lavarsi, come se io non ci fossi. Chiude l'acqua e prende un panno, si asciuga la faccia e il collo, poi se lo passa sopra la testa, lisciandosi i capelli all'indietro e tamponando le ciocche zuppe.

Ciao?

Qual è il suo problema? Perché non mi risponde?

Quando si gira verso di me, però, gettando il panno nel lavandino, incontra di nuovo il mio sguardo, lo sostiene e poi inclina leggermente la testa. Mi fa quasi ridere. Sembra così innocente. Come un cucciolo curioso.

Ma poi i suoi occhi cupi si posano di nuovo sulla mia pancia, il suo petto si alza e si abbassa sempre più forte, e io stringo le cosce. Istintivamente, porto la mano nel punto che sta fissando e la sento.

Sento la pelle nuda della mia pancia.

Il respiro mi si blocca in gola e guardo in basso, vedo che indosso ancora la maglietta strappata, dato che il tessuto è squarciato la mia pancia è scoperta. Ho un brivido. Per tutto questo tempo...

Passando la mano sulla maglietta, sfioro con le dita la parte inferiore del mio seno, mi accorgo che è scoperto e rimango del tutto senza fiato. Abbasso la maglietta il più possibile e faccio per salire su per i gradini.

Non appena mi muovo, lui viene verso di me. Si avvicina, delle goccioline d'acqua gli colano dalla pelle. Sfreccio verso le scale, ma lui invece allunga la mano e mi afferra, poi mi spinge contro il muro.

Che...

Sussulto, la paura mi attanaglia lo stomaco.

Preme il suo corpo contro il mio, tenendomi la vita con una mano e appoggiando l'altra sul muro sopra la mia testa, poi abbassa la fronte sulla mia, guardandomi negli occhi. L'abbraccio è intimo e sembra che stia per baciarmi, ma non lo fa. Apro la bocca per dire qualcosa, ma il suo respiro mi sfiora le labbra – caldo e inebriante – e la stanza comincia a girare.

Lui è freddo, ma io mi sento caldissima dentro. Come se stessi sudando.

Alzandosi, prende il nastro che porto fra i capelli e se lo passa tra le dita, poi si avvicina una ciocca al naso per annusarla.

Si china da un lato, fa scorrere il naso sul mio orecchio, sull'attaccatura dei miei capelli e sulla mia fronte, annusando tutto.

Annusando me.

È strano, ma non riesco a muovermi. Rabbrividisco, il piacere fa reagire il mio corpo. La mia pelle è tesa, i miei capezzoli si induriscono e sfregano contro la maglietta. Per un momento chiudo gli occhi, godendomi la scarica elettrica che mi attraversa tutta la pelle.

Dovrei respingerlo.

Ma non riesco ad alzare le braccia.

«Io, ehm», dico con voce strozzata. «Non credo che dovresti...».

Ma lui allunga una mano, la fronte appoggiata sulla mia e il fuoco negli occhi, e inizia a slacciarsi la cintura e a sbottonarsi i jeans.

Ehi, che fai? La mia bocca si apre. «Aspetta, fermati». Gli appoggio le mani sul petto. «Non puoi... che stai...».

Ma lui si preme contro di me, respira più veloce mostrando i denti, e sento la sua sporgenza dura sfregare contro il mio pube.

Espiro forte, sbattendo le palpebre.

Fa scivolare le mani lungo la parte posteriore dei miei pantaloncini, afferrandomi il culo e sollevandomi con le braccia mi fa girare. Quando mi fa atterrare sul cofano di un'auto sono costretta ad aggrapparmi a lui, la cosa mi fa ribaltare lo stomaco, e subito dopo mi tira verso di sé infilandosi tra le mie gambe.

«Kaleb», dico, cercando di spingerlo via. «Kal...».

Mi prende i capelli dietro la nuca e preme il suo corpo contro il mio scendendo sulla mia bocca, affamato e selvaggio, baciandomi e facendomi tacere. La sua lingua si tuffa dentro la mia bocca e io gemo per il fremito che provo fra le gambe.

Fermati!

Porca puttana.

Spinge i fianchi contro di me, sempre più veloce, mi addenta e mi mordicchia le labbra affannosamente, poi mi succhia la lingua così intensamente da farmi infiammare le cosce.

Che diavolo sta facendo? Cazzo! Non ci siamo nemmeno presentati!

Finalmente deglutisco. «Fermati!», urlo, il battito del cuore mi risuona nelle orecchie. «Smettila. Smettila e basta!».

Ma lui mi viene addosso, costringendomi a indietreggiare sul cofano, e la sua bocca calda trova la mia pancia.
Scuoto la testa, con le lacrime agli angoli degli occhi, mi rendo conto che è piacevole e non voglio che lo sia. Non voglio che scenda più in basso. Non voglio avvolgere le gambe intorno a lui. Niente di tutto questo mi fa sentire bene o eccitata, e niente di tutto questo mi fa sentire tanto arrendevole da poter ricambiare il bacio.
Chiudo gli occhi mentre le sue labbra mi mordicchiano il ventre, e sento l'aria sfiorarmi il seno sinistro, che è fuoriuscito di nuovo dallo strappo nella maglietta. Sento che si è fermato e conficco le unghie nella macchina, perché so cosa sta guardando.
Aspetto, vorrei scuotere la testa per fermarlo, ma non ci provo nemmeno, e poi… il mio capezzolo è tra i suoi denti, sento il calore emanato dalla sua bocca riversarsi su tutto il mio corpo. Emetto un forte gemito, e faccio stridere le mie unghie contro il cofano.
«Per favore, smettila», mormoro con un filo di voce, so che mi sente. Lui ringhia e mi trascina fino al bordo dell'auto, si tuffa di nuovo sulla mia pancia iniziando a sfilarmi i pantaloncini.
Stringo i denti. «Smettila», mormoro.
Ma lui non si ferma. I suoi baci si spostano solo, scendono sulle ossa del bacino e mi divorano, e il calore tra le mie gambe cresce, ormai sento di bruciare per il desiderio di avere qualcosa lì dentro.
«Smettila», dico.
Mi cala i pantaloncini e gli slip e poi scende ancora, succhiandomi il pube, appena sopra il clitoride, ma a quel punto mi alzo e ringhiando lo colpisco con uno schiaffo in faccia. «Basta, ho detto! Fermati!».
Lui si blocca, guardandomi negli occhi con aria torva. Il sudore gli brilla sul collo e il suo respiro è affannoso, ha le dita affondate nei miei fianchi, strette.
«Quando qualcuno ti dice di fermarti, ti devi fermare!», urlo. «Non lo capisci, cazzo? Sei stupido o cosa?».
E lui grugnisce, afferrandomi per le braccia e aggrottando la fronte. Gli sfugge un gemito, ma io rispondo con un'espressione bieca.
Il suo petto si solleva, posso sentire il calore del suo respiro e vedere il desiderio nei suoi occhi, e lo sento anch'io, anche se odio ammetterlo. Per un secondo, forse anche un po' di più, ho voluto farlo. Per un attimo, sono stata arrendevole.
È stato difficile fermarsi.
Ma è colpa sua. Gli ho detto di smetterla almeno sei volte, e di certo non ho fatto niente per attirare la sua attenzione, quindi se ora ha le palle piene io non c'entro. Non devo per forza amare la prima persona con cui scopo, ma non voglio nemmeno avere paura. Lui è come una macchina.
Mi guarda torvo, senza lasciarmi andare, e io ricambio lo sguardo.

«Ehi, ehi, ehi», dice qualcuno, correndo in garage. «Fermati! Bello, lasciala».

Noah si avvicina, staccando le dita di Kaleb dalle mie braccia e spingendolo via.

«Lei non è una della città», spiega a Kaleb, tenendogli le spalle e guardandolo negli occhi.

Ma Kaleb mi guarda ancora in cagnesco. Scivolo velocemente giù dal cofano e mi sistemo i pantaloncini, vedendo che il suo sguardo cade di nuovo sul mio corpo. Non sono una della città? Come se andasse bene trattare qualcuno in questo modo?

«Bello, guardami», abbaia Noah.

Lentamente, Kaleb distoglie lo sguardo e finalmente incontra quello di suo fratello.

«Lei è la... la figlia del fratello di papà», spiega Noah, e sento un pizzico di ironia nel suo tono. «Ricordi? Il fratellastro che odia? Questa è sua figlia». Noah mi indica. «Lei è di famiglia. Starà con noi per un po'. Non puoi scopartela».

E poi Noah lo lascia, ridendo sottovoce.

«Non è divertente!», scatto io. E poi guardo male Kaleb, che ora sembra finalmente in grado di sentire la mia cazzo di voce. «Che diavolo ti prende? Eh?»

«Dagli solo un attimo per riprendersi», dice Noah. «Quando sta a lungo nei boschi torna sempre affamato».

«Che mangiasse, allora!».

«È quello che stava facendo», risponde Noah, lanciandomi un'occhiata.

Mangiava.

Mangiava me.

Oh, siete molto simpatici, vero? Stronzi.

Kaleb mi guarda, inclinando di nuovo la testa di lato, poi alza il pollice per asciugarsi l'angolo della bocca, come si fa dopo un pasto.

Nei boschi. Lì dentro. Era questo che intendevano. Kaleb scompare nella foresta per lunghi periodi.

Magari sparisse di nuovo.

«Perché continui a rispondere per lui?», chiedo a Noah.

«Perché non parla».

«Che cosa?»

«Non parla, Tiernan». Noah gira la testa quel tanto che basta perché io possa vedere le sue labbra muoversi. «Lui non parla da quando aveva quattro anni».

Guardo Kaleb, non sono sicura di come elaborare l'informazione. Provo un briciolo di pietà, e penso che lui lo veda, perché mi fissa di sbieco mentre si riallaccia i jeans e tira via la cintura, sferzando l'aria con rabbia.

Contraggo la mascella. «È anche sordo?», chiedo secca. «Gli ho detto di smetterla».

«Ci sente benissimo». Noah sospira. «Solo che non è abituato… alle donne…».

«Che dicono di no?»

«Alle donne come te», ribatte Noah.

Come me? Ci sono un sacco di ragazze come me in città.

Kaleb mi lancia un'altra occhiata prima di voltarsi, dirigersi su per le scale e rientrare in casa. Noah si gira verso di me e osserva i miei vestiti. Abbasso velocemente la maglietta, ma sono troppo arrabbiata per provare imbarazzo.

Non riesco nemmeno più a ricordare perché sono venuta in garage.

Muto? È muto? *Può* parlare. Noah ha detto che non parla da quando aveva quattro anni, non che ha perso la capacità di parlare quando aveva quattro anni. Perché non parla?

E cosa fa da solo nel bosco?

Vedo ancora i suoi occhi che mi esaminano, mentre mi spinge contro il muro e appoggia la sua fronte contro la mia. Il modo in cui mi guardava… La sua bocca su… Le mie guance calde.

«Non lo farà più», mi assicura Noah, voltandosi con un sorriso divertito. «Non sapeva chi fossi, Tiernan. Scusa».

Indugia ancora un attimo e poi si volta per andarsene, seguendo suo fratello.

E io rimango in garage, a fissare i graffi che ho lasciato sul cofano pochi minuti fa. Per diversi minuti, mi chiedo cosa sarebbe successo se non fosse entrato Noah. Se non mi fossi imposta di respingere suo fratello.

E in che misura sarebbe stata solo colpa di Kaleb.

7. Tiernan

Delle risatine irrompono nell'aria, la mattina dopo, e io sbatto le palpebre per scacciare il sonno.

È una ragazza.

Appoggiandomi sui gomiti, tendo le orecchie e sento un cigolio costante provenire dalla camera di Noah, poi un gemito seguito dal rumore di qualcosa che sbatte contro il muro.

Alzo gli occhi al cielo e ricado sul letto. Si godono davvero la vita questi qui. Dev'essere bello avere dei compagni di letto che ti vengono a trovare. Ogni mattina all'alba.

Le porte della casa si aprono e si chiudono e io controllo il telefono, vedendo che sono da poco passate le cinque e mezza. Voltando la testa, guardo la mia valigia mezza vuota, ancora aperta sul pavimento, accanto alla pila di biancheria pulita che ho portato su ieri sera.

Non ho finito di fare i bagagli. E non mi sono cambiata. Indosso ancora la maglietta strappata che avevo quando Kaleb mi ha trovata ieri sera.

I ricordi mi attraversano la mente e il mio petto inizia ad alzarsi e ad abbassarsi più velocemente, tutto quello che è successo nel garage mi travolge di nuovo.

Chi pensava che avrei potuto cedere così facilmente? Ero pronta ad avvolgere le gambe intorno al primo che mi ha mostrato un minimo di attenzione.

Se chiudo gli occhi, lo sento ancora. Ho desiderato che lui andasse più in basso. Mi porto una mano sullo stomaco sotto le coperte e, per un attimo, faccio finta che sia la sua. Gli piacevo?

Ma sbatto le palpebre, scuotendo la testa. *No.*

No.

Getto via le coperte e mi siedo. Il suo comportamento è stato assurdo. La cosa ancora più assurda è che probabilmente aveva già fatto cose del genere con delle sconosciute, altrimenti non ci avrebbe provato. Non gli piaceva quella sensazione. Era eccitato, ma io potevo essere chiunque.

Mi alzo, mi tolgo la maglietta e noto delle macchie rosse intorno al bordo, ci impiego un po' a capire.

Sangue.

Il sangue del cervo.

Bleah. Aveva ancora qualche chiazza addosso quando… si è messo sopra di me. Bofonchio e lancio la maglietta nel cestino dei rifiuti, ma si impiglia sul bordo e rimane appesa per metà.

Ne infilo una nuova, prendo spazzolino e dentifricio, apro la porta della mia camera e mi dirigo verso il bagno. Gemiti, grida e versi di "Wow" di Post Malone arrivano in rapida successione dalla stanza di Noah. Accelero il passo e apro la porta del bagno, dove trovo mio zio in piedi davanti al lavandino, ha un asciugamano avvolto intorno alla vita.

Mi fermo, ha il torso bagnato e i capelli che brillano nella penombra, e io distolgo rapida lo sguardo. Questa è una casa grande. Sarebbe stato saggio aggiungere un secondo bagno.

Sto per scusarmi per l'irruzione, poi ricordo che la porta ha la chiave. Non è colpa mia se non l'ha usata.

L'altra porta del bagno, quella da cui si accede alla sua camera da letto, si apre, e vedo comparire la stessa donna che era qui l'altro giorno. Indossa un vestito aderente rosso, con lo scollo all'americana, e ha lunghi capelli castani raccolti in una coda di cavallo. Ai piedi scarpe nere con il tacco. Lo bacia sulla guancia, indugiando un po' per mordicchiargli la mascella, poi esce, superandomi senza quasi degnarmi di uno sguardo. La osservo scendere le scale finché non scompare, poi giro la testa e lancio istintivamente un'occhiata alla scalinata oscura che conduce alla stanza di Kaleb.

«Doccia?», domanda Jake a un certo punto.

Mi volto, vedo i suoi occhi allo specchio mentre si asciuga il dentifricio dalla bocca. Una goccia d'acqua gli scivola lungo la schiena.

«No, io… volevo solo lavarmi i denti». Faccio per andarmene. «Aspetterò».

«Quattro persone e una sola doccia», esclama, fermandomi. «Non essere timida».

«Tu non saresti timido se io me ne andassi in giro con un asciugamano intorno alla vita?», rispondo.

Ma insomma!

Lui incontra il mio sguardo, le labbra piegate in un'espressione divertita, e annuisce. «Cercherò di abituarmi a portarmi dietro i vestiti quando verrò a fare la doccia, okay?». E poi aggiunge: «Ci *proverò*. È da molto tempo che non abbiamo una donna in casa».

Inarco un sopracciglio. *Ci sono donne dappertutto in questa casa.*

«Sai cosa intendo», dice Jake, sapendo esattamente cosa sto pensando.

Al diavolo.

«Non c'è bisogno che cambi le tue abitudini», gli dico. «Se non resto…».

Mi guarda di nuovo e poi prende un vasetto di crema da barba, senza dire quello che vuole. Entro, scuotendo la testa prima di bagnare lo spazzolino e applicare il dentifricio. Non aspetto che lui finisca. Che montanaro è se non si fa crescere la barba?

Richiudo il dentifricio e lo appoggio dietro il rubinetto. «Ti sei fatto la doccia ieri, dopo il lavoro», mormoro, portandomi lo spazzolino alla bocca. «Di solito ne fai un'altra anche la mattina?»

«Solo quando mi sporco anche di notte», ribatte.

Indugio, alzando gli occhi e vedendo che si sta strofinando la crema da barba sulla mascella e sul collo senza perdere un colpo, e mi chiedo in che modo un uomo potrebbe sporcarsi nel proprio letto di notte. Penso alla donna con le cosce toniche e le labbra rosse che è appena uscita da qui.

Sbatto le palpebre e inizio a lavarmi i denti.

«Ieri hai fatto un buon lavoro nella scuderia», dice.

Davvero?

«I ragazzi lo fanno da tutta la vita, ma non gliene frega un cazzo. È stato bello vedere qualcuno che lo ha fatto come l'avrei fatto io».

Annuisco per una volta, ma tengo la testa bassa mentre mi spazzolo. Sta cercando di compiacermi.

«Hai un ragazzo, Tiernan?», chiede.

Alzo gli occhi verso di lui. Mi guarda, si lava le mani con la crema da barba che gli copre la metà inferiore del viso.

«A Los Angeles», chiarisce. «Hai un fidanzato là?».

Sputo il dentifricio, ma invece di rispondere, torno a lavarmi.

«Sei *mai* stata con un uomo?», ora è più schietto, visto che non rispondo. «Fidanzato o meno?».

Rallento le spazzolate, il mio respiro si accorcia. Mi sta chiedendo se ho mai fatto sesso?

Ogni centimetro dei miei vestiti si attacca alla mia pelle e il sangue mi scorre caldo nelle vene. Stringo lo spazzolino nella mano.

Sputo ancora una volta, mi sciacquo la bocca e finalmente alzo gli occhi, guardandolo allo specchio.

Cosa vuole da me?

«Sei ancora una ragazzina», dice, indovinando la risposta senza che io gliela dica, «e devi ancora crescere».

Lo guardo inclinare la testa all'indietro e far scivolare il rasoio sul collo, contropelo.

«Dovresti restare», mi dice. «È bello avere una donna in casa».

Lo guardo, anche se non vorrei farlo. La pelle liscia e abbronzata del suo collo si scopre a ogni passata. Ha ancora dell'acqua sulle spalle e sul petto muscoloso.

L'asciugamano intorno ai suoi fianchi forma una V, e io sbatto le palpebre per distogliere lo sguardo, ma non posso fare a meno di dargli un'altra occhiata, perché mi piace guardarlo.

Lui e Kaleb non si somigliano di faccia, ma quando sono mezzi nudi si vede chiaramente che sono parenti.

Forse dovrei parlargli di ieri sera. Dirgli che suo figlio mi ha immobilizzata, che ha cercato di scoparmi sul cofano della sua macchina, e che forse questo non è il posto più sicuro per me, dopotutto.

Non andiamo d'accordo. Noah mi dà sui nervi e da quando sono qui ho più problemi a dormire.

Forse dovrei dirgli che me ne vado.

Invece, prendo il vasetto, mi metto un po' di crema da barba sulla mano e inizio a tamponarmela sul viso, mentre lui smette di radersi per guardarmi.

Quando le mie guance sono coperte e sembro Babbo Natale, riprendo lo spazzolino da denti e uso il manico fingendo che sia un rasoio.

«Non hai idea di come crescere una ragazzina», gli dico.

Mi sorride dallo specchio. «Vuoi che faccia di te un uomo, allora?»

«Puoi provare». E tengo pronto lo spazzolino da denti. Forse adesso mi affiderà qualche lavoro da "uomo".

Sbuffa e si sporge sul lavandino, io seguo il suo esempio.

Colpo dopo colpo, imito la sua tecnica, vado contropelo sul collo, poi nel senso del pelo sulla guancia, sulla mascella e sul labbro superiore. Siamo fianco a fianco, ci scrutiamo dallo specchio e ci fermiamo a intervalli regolari per sciacquare i nostri "rasoi" prima di continuare.

Incrocia il mio sguardo e sorride, poi mi guida nelle ultime passate, ma il suo braccio sfiora il mio e mi fa battere più forte il cuore. L'odore del suo corpo pulito riempie il bagno.

Quando abbiamo finito e rimangono solo poche tracce di schiuma, prende un asciugamano dal mobile e mi pulisce la faccia, per un attimo mi sento una bambina e per qualche motivo vorrei ridere.

Ma quando lui tira via l'asciugamano e mi guarda, il sorrisetto precipita in fondo al mio stomaco, così come fa anche il suo. È vicino.

Ci fissiamo e rimaniamo lì, la stanza è ricolma di calore al punto tale che…

Deglutisco, vedo il suo pomo d'Adamo salire e scendere.

«Sembra che io abbia fallito», dice con un filo di voce. «Non puoi nascondere quello che sei».

Una ragazzina.

Sembra quasi rammaricato.

Si gira, asciugandosi lentamente la faccia. «Ho fame. Pancake?».

Ma io lo sento a malapena, resto impalata a guardarlo e le parole mi escono dalla bocca prima che possa fermarle. «Forse non sarò mai un uomo», gli dico, «ma non rimarrò per sempre una ragazzina».

Mi fermo abbastanza a lungo per vederlo vacillare e accigliarsi, e non riesco a trattenere il sogghigno che fa capolino sulle mie labbra quando mi giro ed esco dal bagno.

Sicuramente potrò assumermi più responsabilità.

Quando sarò una donna.

Verso la pastella per i pancake sulla piastra, lasciandola sfrigolare mentre nel frattempo riempio di nuovo il mestolo per formare altri cerchi, uno dopo l'altro. Guardo le bollicine sull'impasto, che si formano grazie al calore, e intanto mi sfrego l'unghia liscia del pollice.

Questa volta sono felice di preparare la colazione per tutti. Jake e Noah sono fuori, occupati con le faccende mattutine, di Kaleb non ho ancora visto traccia. Ma invece di nascondermi nella mia stanza per paura di incontrarlo, mi tengo semplicemente occupata.

Perché diavolo non sto finendo di fare i bagagli?

Dopo aver lasciato mio zio inebetito in bagno, mi sono vestita e ho rifatto il letto, lasciando le valigie vuote abbandonate sul pavimento. Anche senza l'episodio di ieri sera con Kaleb, non sono sicura che avrei finito di fare i bagagli.

Appoggio il mestolo nella ciotola e prendo la spatola, poi giro i pancake facendo schizzare la pastella.

Forse è per questo che tornavo sempre a casa durante le vacanze scolastiche. Ero troppo disperata per stare da sola.

Mi giro per prendere un piatto e vedo Kaleb.

Mi fermo. Lui si appoggia al frigorifero, fissandomi, e il mio cuore sobbalza mentre istintivamente stringo le cosce. Da quanto tempo è lì?

I suoi occhi verdi mi studiano, con la stessa espressione curiosa che avevano ieri sera, e il cuore mi pulsa nelle orecchie tanto da non farmi sentire i rami, che all'esterno sbattono contro la casa.

Cosa sta fissando?
Indurisco la mascella, afferro il piatto dall'isola e mi giro per prendere i pancake. Indossa ancora i jeans, ma questi sono puliti e sembra che si sia fatto una doccia, anche se ha i capelli arruffati come se si fosse appena alzato dal letto. Immagino che Jake non pretenda che lui rispetti gli stessi standard elevati che ha con me e Noah, visto che a noi impone di alzarci alle cinque e mezza.
I suoi occhi mi marchiano a fuoco la schiena, ma dopo un momento sento il frigo che si apre e si richiude, poi lo sento avvicinarsi. Si scuserà? E se non fossi stata una lontana cugina acquisita? E se fossi stata una vera parente, quando ha deciso di ignorare le mie proteste stanotte?
Lentamente, svuoto la piastra e distribuisco altri quattro mestoli di pastella. Lui si versa un bicchiere di succo, ma anche se sono concentrata su quello che sto facendo, tutto ciò a cui riesco a pensare è a lui accanto a me. Odora di…
Di cuoio. Di bagnoschiuma al muschio. Allora deve essersi fatto la doccia. Ieri sera odorava di… pioggia, alberi, legna da ardere e sudore. Odorava di bosco. A quel ricordo, il calore tra le mie gambe cresce.
Scuoto la testa. *Cristo santo.*
«Lascia fuori il succo», gli dico.
Ma lui non ascolta.
Si gira come se non mi avesse sentito e lo rimette nel frigorifero.
«Ti piacciono ai mirtilli?», chiedo. «Al latticello?».
Non me ne frega niente di quello che gli piace. Voglio solo che mi convinca ad andare di sopra a fare le valigie.
«Scaglie di cioccolato?», continuo, mettendo pressione a entrambi. «Alla zucca? Integrali?».
Prende il suo bicchiere di succo d'arancia e si avvicina al tavolo, beve camminando, fa come se io non esistessi.
Stringo il pugno attorno alla spatola mentre giro i pancake, respirando rumorosamente attraverso il naso.
«Quanti ne vuoi?», lo incalzo. «Tre? Quattro?».
Mi giro per vedere se sta annuendo o scuotendo la testa, o se sta alzando le dita per dirmi quanti ne vuole, ma lui si limita a posare il bicchiere sul tavolo e a scostare una sedia.
Stacco la spina della piastra e aggiungo i pancake appena fatti alla pila che è già sul vassoio, afferrando lo sciroppo e le forchette. La porta d'ingresso si apre e il pavimento scricchiola sotto i passi frettolosi di Jake e Noah. Come fanno a sapere che la colazione è pronta?
Porto i pancake a tavola, appoggiando il piatto al centro mentre Noah prende un bicchiere di latte e Jake si lava le mani. In un lampo sono entrambi a tavola.
Si siedono, intanto il profumo dei pancake ai mirtilli si diffonde nell'aria, e io mi giro per prendere dei piatti dall'isola. La mia rabbia cresce.

Metto un piatto davanti a Jake, uno davanti a Noah e l'ultimo davanti a me, sentendo lo sguardo di Kaleb addosso, perché a lui non l'ho dato.

Non cucino per te.

Noah e Jake si bloccano, devono essersi resi conto che sta succedendo qualcosa. Alzo lo sguardo, vedo i loro occhi spostarsi da me a Kaleb e viceversa, e so che Noah ha capito il motivo della tensione che c'è tra noi, ma non so se Jake sa cos'è accaduto. Noah probabilmente non gliene ha parlato per non mettere nei guai il fratello.

Senza battere ciglio, però, Kaleb prende il vassoio di pancake al centro del tavolo, ne distribuisce tre a Jake, tre a Noah, e poi si ferma solo un istante, per sostenere il mio sguardo, prima di abbassare il vassoio e metterlo proprio davanti a sé, tenendosi tutti i pancake rimasti. Prende lo sciroppo e lo versa sulla sua pila senza lasciarmene nemmeno uno.

Coglione.

Noah si schiarisce la voce, ma lo sento sghignazzare, mentre Jake sospira, prende il suo piatto e lo posa davanti a me. Raggiuge l'isola, ne prende un altro e con la forchetta ruba un paio di pancake dal piatto stracolmo di Kaleb.

«Vi siete già conosciuti, vedo», borbotta Jake.

Nessuno gli risponde, e i ragazzi iniziano a mangiare.

«Sembrano buoni, Tiernan», osserva Jake, cercando di allentare la tensione. «I pancake ai mirtilli sono l'unica cosa che io e tuo padre…».

«Non mi interessa», dico subito spingendo via il piatto.

Tutti si zittiscono e io mi alzo per prendere una mela dal cesto di frutta. La mordo e vado a riempire la mia borraccia con l'acqua del frigorifero.

So di essere stata scortese e mi dispiace.

Forse farò una camminata. Mi sgranchirò le gambe, darò loro un po' di spazio.

La cucina resta silenziosa per qualche altro istante, poi sento Noah parlare.

«Oggi devo finire la moto di Lawrence», dice, suppongo al padre. «I ragazzi stanno per arrivare. La porterò a Ransom's Run. Per provarla».

«Non metterci tutto il giorno», lo ammonisce Jake, ora ha un tono pungente. «Abbiamo anche altro lavoro da fare».

La pazienza che ha mostrato fino a un attimo fa è sparita e capisco di averlo fatto incazzare.

Girandomi mi accorgo che ora sta guardando Kaleb, lo osserva pugnalare il piatto con la forchetta. «E anche tu non scomparire», ordina al figlio maggiore.

Tutti e tre tacciono, si affrettano a finire la colazione, e la tensione nella stanza ora è più densa del fango.

Rimetto il tappo alla borraccia e sto per lasciare i piatti a loro, ma quando mi giro per andarmene, trovo Kaleb a fissarmi di nuovo. Solo che i suoi occhi sono sulle mie gambe.

Indosso degli shorts di jeans strappati, non troppo corti, e una camicia di flanella abbottonata fino al collo.
Sposto lo sguardo intorno al tavolo, notando che ho addosso più vestiti di tutti loro. Jake e Kaleb sono a torso nudo e la maglietta di Noah ha le maniche tagliate, si intravede anche il suo petto liscio e leggermente abbronzato.
I capelli neri di Kaleb e la sua faccia baciata dal sole.
Le spalle toniche e la vita stretta di Jake.
Le vene sugli avambracci di Noah e...
Raddrizzo la schiena, deglutisco e mi giro, lasciando velocemente la stanza.
Devo uscire da qui.

Dando gas, guido il furgone lungo il vialetto finché non arrivo in cima al pendio, sentendo la ghiaia sollevarsi sotto di me. Spengo il motore, prendo i guanti da lavoro dal sedile del passeggero e scendo dal furgone, dirigendomi verso il pianale mentre li infilo.
«Hai trovato facilmente la strada?», Jake si avvicina, abbassando il portellone per me.
Annuisco.
«I ragazzi ti hanno aiutata?»
«Sì».
Saliamo entrambi sul pianale per iniziare a scaricare il fieno.
Dopo colazione, mi ha chiesto di andare in città per caricare delle balle di fieno, e ho accettato volentieri quando ho saputo che potevo andarci da sola. Un po' d'aria. Dello spazio. È stato bello come fare un'escursione e, ehi, sono entrata per la prima volta in un negozio di finimenti e mangimi. Per fortuna non c'erano scaffali con tabloid in vendita, quindi ho avuto la fortuna di non imbattermi in notizie di casa.
Dal garage arrivano musica e risate e, quando guardo oltre, vedo un gruppo di moto parcheggiate su un lato. Devono essere gli amici di cui parlava Noah oggi, quando ha detto che avrebbe testato la moto.
Un paio di donne bazzicano nelle vicinanze, altre chiacchierano nel garage, e io le guardo con i loro jeans e top estivi, ridendo fra me e me. Per quanto ancora il tempo sarà abbastanza bello per andare in moto? Sembra divertente.
Jake e io scarichiamo il fieno, afferrando le corde e trascinando ogni balla nella scuderia. Una delle ragazze sorride mentre passo.
Nessuna di loro è truccata, niente manicure stravaganti e niente vestiti alla moda, ma la verità è che non ne hanno bisogno. Sono carine, vestite in modo sportivo, e per un attimo desidero essere una di loro.
Porto una balla nel fienile, per metterla in un box. Anche Kaleb andrà con loro?
Come fa ad andare d'accordo con gli amici se non parla? Ha degli ami-

ci? Insomma, se già da muto è così, figuriamoci cosa potrebbe uscirgli dalla bocca se parlasse?

Scuoto la testa. La curiosità turbina nella mia mente: vorrei tanto sapere cosa gli è successo a quattro anni, cosa gli ha fatto smettere di parlare. Scaccio via questo pensiero. Abbiamo (avuto) tutti dei problemi.

«Voglio sentirti», ansima qualcuno.

Rallento mentre arrivo al box.

«Mostrami cosa vuoi che faccia», sussurra una donna.

Per poco non mi cade il fieno.

La sua voce è appena udibile, così flebile che sembra appesa a un filo.

Appoggio la balla a terra e faccio un passo indietro. Potrebbe essere chiunque. Ci sono molte persone qui, in questo momento, e non voglio trovarmi in una situazione imbarazzante. Torno indietro cautamente.

Ma sento un grugnito, un fruscio di fieno e un piccolo grido. Mi fermo.

«Ti farò piangere», gli dice. «Ti piacerà tantissimo».

Non so perché, ma faccio un piccolo passo avanti. Seguendo le voci fino al box più lontano, quello in fondo alla scuderia, arrivo alla porta che ha la metà superiore semiaperta e ascolto ancora attentamente.

«Forza...», geme la donna.

Trattengo il respiro e sbircio attraverso la fessura della porta. Pelle e mani riempiono il mio campo visivo, l'uomo ha le dita fra i suoi lunghi capelli neri, e lei è inginocchiata tra le sue gambe per succhiargli...

Distolgo lo sguardo per un secondo, il calore mi sale fino alle guance.

I piccoli gemiti della donna attirano di nuovo la mia attenzione.

La sua testa si muove su e giù contro di lui, le sue mani scorrono sulle cosce di lui, avvolte dai jeans, afferrano la cintura, tirando ancora i pantaloni verso il basso, in modo da scoprirgli i fianchi e la curva del suo sedere.

Non riesco a vedere la faccia della donna e quello che gli sta facendo, ma tanto lo so.

Alzo gli occhi verso l'uomo e vedo i suoi muscoli, il sudore che gli bagna la pelle e, prima di arrivare alla faccia, capisco già chi è.

Kaleb ha la testa inclinata all'indietro, gli occhi chiusi, e respira in modo affannato afferrandole i capelli, spingendola su e giù sul suo cazzo. I muscoli dei suoi avambracci sono contratti, i capelli arruffati gli coprono gli occhi, ma io guardo il suo viso, dimentico completamente la donna. Guardo il sudore inumidirgli le punte dei capelli e rendergli la pelle appiccicosa, vedo le sue labbra che si stringono a intermittenza, perché...

Gli piace. Sento la donna gemere, nonostante l'uccello in bocca, e lui la fa muovere ancora e ancora arricciando le sopracciglia.

E poi i suoi occhi si aprono.

Inclina di nuovo la testa in avanti e mi fissa attraverso la fessura, come se sapesse già che sono qui da tempo.

Cazzo.

Resto di nuovo senza fiato. Il mio corpo si irrigidisce e la vergogna mi brucia la pelle, ma lui inizia a muoversi più velocemente, ora spingendo il cazzo nella bocca della donna, continuando a trafiggermi con i suoi occhi.

Apro la bocca, perché è l'unico movimento che riesco a fare. Non vedo nemmeno più la donna perché lui si piega in avanti, su di lei, e con una mano ancora tra i suoi capelli e l'altra appoggiata a una credenza, le scopa la bocca. I suoi fianchi pompano sempre più velocemente, i suoi occhi si sono fatti penetranti, proprio come ieri sera, quando mi ha sbattuta contro il muro e… mi ha annusata.

Una goccia di sudore mi cola lungo la pancia, sotto la camicia di flanella, e mi ritrovo quasi a muovermi con lui, incantata.

Mi sporgo verso la porta, riesco ad avvicinarmi solo di pochi centimetri ma li sfrutto tutti.

Lei geme, io e lui ci fissiamo, e in quell'istante capisco come si sarebbe mosso con me stanotte.

Se non lo avessi fermato.

Non mi rendo conto del gemito che mi è sfuggito finché non vedo l'angolo della sua bocca piegarsi in un sorriso. Prendo fiato, realizzando finalmente cosa diavolo sto facendo.

Porca puttana. Mi giro, mettendomi la mano sulla bocca e chiudendo gli occhi.

Merda.

Lo sento grugnire sottovoce, dietro di me, e poi respirare con affanno, l'aria si riversa velocemente dentro e fuori dai suoi polmoni. Mi appoggio al box e lo sento venire.

Io rabbrividisco, lei geme, poi corro fuori dalla scuderia a respirare l'aria della tarda mattinata.

Perché l'ho fatto? Che diavolo mi è saltato in mente?

Un leggero strato di sudore mi ricopre la schiena e vorrei tanto avere una canotta, sotto, per potermi togliere la camicia a maniche lunghe che indosso.

Kaleb è ignobile. Jake aveva ragione. Lui e Noah non sono niente in confronto a *questo*.

E scommetto che si diverte pure a fare la parte dell'anima tormentata e misteriosa che non parla, sfruttandone tutti i vantaggi. È così seducente e dolce, le donne vogliono salvarlo.

Non mi interessa cosa gli è successo quando aveva quattro anni.

E non ho fatto niente di male in fondo. Ho sentito un grido. Sono andata a vedere. Una volta che ho capito cosa stava accadendo, lo shock mi ha impedito di muovermi. Questo è tutto.

Tolgo il berretto da baseball di Noah e lo giro, la visiera mi protegge dal sole mentre torno al furgone, dove trovo Jake che sta ripulendo il pianale.

«Ehi, Tiernan!», sento Noah chiamarmi.

Mi irrigidisco, chiedendomi se mi ha vista spiare suo fratello. Quando mi giro, vedo che tutti stanno salendo in sella alle loro moto, le due ragazze che ho visto prima ne hanno una e Noah mi sorride dalla sua.

Inarco le sopracciglia.

«Vuoi venire con noi?», mi chiede.

Guardo dietro di lui e riconosco il ragazzo che ho visto in città ieri.

Terrance. È quello che sembra non stargli troppo simpatico, ma immagino che frequentino gli stessi giri, e la città è piccola perciò... Si mette il casco, i suoi occhi sorridono guardandomi.

Lancio un'occhiata a Jake, sperando che mi offra una via di scampo.

Lui salta giù dal pianale, facendomi un cenno con il mento. «Vai pure, tanto io devo fare una scappata in città», mi dice. «Divertiti, ma resta sempre con Noah».

Ho un vuoto allo stomaco. Non mi piace stare con gente che non conosco. Non mi piace stare con la gente.

Quando mi giro, però, vedo Kaleb uscire dalle scuderie, infilandosi la maglietta, la ragazza che era con lui nel box alle sue spalle.

È la stessa che ho visto ieri al negozio. Quella che ha cercato di provocarmi.

La fisso – jeans attillati, ampia canotta verde, lunghi capelli neri – e mi sento un mattone nello stomaco.

«Dai». Noah mi porge un casco. «Monta».

Per qualche motivo, ora voglio farlo. I miei piedi si muovono in automatico.

Mi avvicino a Noah, e passando incontro per un attimo lo sguardo di Terrance Holcomb.

Mi fermo davanti alla moto di Noah, giro il berretto e prendo il casco, ma un'altra mano si allunga e lo tira via prima che io possa indossarlo.

Alzo lo sguardo e vedo Kaleb. Esita solo un momento, guardandomi torvo, prima di lanciare il casco a terra, lontano da me. Mi tira via dalla moto prendendomi da un braccio, io inciampo e mi raddrizzo appena in tempo. Lui si avvicina a me, costringendomi a indietreggiare.

Il cuore mi martella nel petto e lui persiste nel suo fissarmi, poi fa un cenno con il mento verso la casa. Non ha bisogno di parole per farmi capire che mi sta ordinando di rientrare.

Via da loro. Via da lui.

«Kaleb», sento che Noah lo rimprovera.

Ma nel gruppo scoppiano risatine e sbuffi, nonostante la fitta di rabbia che provo, i miei occhi iniziano a bruciare.

Via. Mi guarda, scuotendo di nuovo il mento. *Via.*

Tu non ci andrai.

Jake è in piedi sul pianale del furgone, a un tratto capisce che sta succedendo qualcosa, e io stringo la mascella per combattere le lacrime.

Improvvisamente, l'unica cosa che voglio è andare via. Dove non posso essere vista, osservata o detestata.

«No, non fa niente», dico sottovoce a Noah, soffocando le lacrime in gola.

E mi allontano, diretta verso la casa.

«Tiernan», mi chiama Jake.

Lo interrompo. «Non volevo andare, tanto», gli dico, con gli occhi velati. «Sembra una noia». Salgo di corsa i gradini ed entro in casa, sentendo i motori andare su di giri e, dopo un momento, il ronzio acuto delle moto che sfrecciano via.

Mi dirigo verso le scale, ma mi fermo in mezzo al soggiorno, rendendomi conto che anche lassù non troverò niente per me. Un'altra porta chiusa. Un altro posto in cui nascondermi. Un'altra stanza per passare il tempo finché...

Abbasso gli occhi, gli aghi mi pungono in gola.

Finché non dovrò preoccuparmi di essere vista.

Mi trema il mento e mi scende una lacrima. La asciugo.

Non voglio pensarci, perché poi mi sentirò ancora una volta sola come un cane.

Fuori, sento il furgone mettersi in moto e io chiudo gli occhi, pensando che dovrei essere sollevata all'idea che anche mio zio se ne stia andando. Dovrei essere grata che non mi sia venuto dietro. Noi due non siamo fatti per i discorsi a cuore aperto, giusto?

Mi sta dando spazio.

Se ne va, il rumore del suo furgone scompare lungo la strada, e io resto impalata per un minuto prima di andare di sopra e aprire la porta della mia camera.

Supero la mia valigia, ancora vuota sul pavimento, e afferro lo zaino, controllando che dentro ci sia il mio piccolo kit di pronto soccorso, poi prendo la crema solare e la infilo nella tasca anteriore. Stacco il telefono dal caricabatteria, esco dalla stanza e scendo le scale, quindi riempio d'acqua una borraccia e preparo qualche snack.

Mi avvicino alla porta d'ingresso, ma poi mi fermo, perché mi ricordo.

Protezione.

Torno in cucina e apro la porta del garage, scendendo i pochi gradini e guardando la fila di fucili sulla rastrelliera.

Vorrei non doverne portare uno. Sembrerei un'idiota, o una terrorista, se girassi per Ventura con un'arma da fuoco a tracolla. Ma mio zio ha ragione. Questa non è la città. Potrei trovarmi nei guai.

Mi mordicchio le labbra, non ho idea di cosa stia davvero guardando. Non so quale sia meglio per precisione o facilità d'uso, perciò prendo l'unico che so usare e apro il cassetto sottostante, dove trovo le munizioni. Dopo aver caricato l'arma, mi faccio passare la tracolla del fucile sopra la spalla.

Frugo alla svelta fra gli attrezzi di mio zio, trovo una torcia e poi prendo un asciugamano pulito dal cesto sopra l'asciugatrice. Metto tutto nello zaino, lo chiudo con la zip e lo indosso, pronta per andare.

Esco dal garage e giro intorno alla casa, mi dirigo verso il bosco, salendo il ripido pendio dove Jake mi ha portata a cavallo il primo giorno. Penso di ricordare la strada. Vado su sempre dritto e giro intorno ad alcune rocce, poi proseguo e mi inoltro tra gli alberi. Dovrebbe esserci un sentiero battuto… mi pare.

Dovrei mandare un messaggio a mio zio e fargli sapere dove sto andando. Invece, lascio il telefono in tasca.

Raggiunta la cima della collina, seguo il sentiero sterrato e giro attorno ad alcuni massi, tenendo gli occhi aperti e le orecchie tese, ma dopo pochi minuti il dolore dietro la testa che sembra accompagnarmi sempre svanisce, e prendo respiri profondi, inalando l'odore degli aghi dei sempreverdi e della terra bagnata sotto le scarpe.

Forse dovrei tornare indietro e indossare i vecchi stivali che Noah mi ha prestato ieri, ma in questo momento non mi importa se le mie scarpe da ginnastica hanno un'aderenza pari a zero. Il mio stomaco si sta sciogliendo e tutto ciò che riesco a sentire è il fruscio degli alberi e il gorgoglio dell'acqua in lontananza.

In poco tempo smetto di prestare attenzione a ciò che mi circonda. Anche se non so se è un vero sentiero, seguo il percorso che si snoda tra gli alberi, mi faccio guidare nella profondità della quiete e della solitudine, e sbircio attraverso i rami per vedere se riesco a intravedere il picco in lontananza. Ma il bosco è troppo fitto.

Mi tolgo il cappello di Noah e scuoto i capelli, la brezza mi rinfresca la cute e il vento mi schiarisce le idee. Chiudo gli occhi.

All'improvviso sento una roccia cadere dietro di me, rimbalzando su un masso o qualcosa del genere, e mi giro di colpo, scrutando i boschi appena attraversati.

La luce del sole filtra attraverso gli alberi fino al suolo, sento il collo pulsare e socchiudo gli occhi, cercando di vedere qualcosa fra tronchi e rocce. Porto la mano sul fianco e stringo il calcio del fucile.

Se è un animale, lo scoprirò solo quando mi attaccherà. Deglutisco, cercando di scorgere qualcosa.

Ma non c'è niente.

Nessun movimento.

Rimango immobile per qualche altro istante, per assicurarmi che non ci sia niente, e mi giro, guardandomi alle spalle di tanto in tanto e tenendo gli occhi aperti per ogni evenienza. Probabilmente non è niente. Gli alberi cadono, le rocce rotolano, gli animali corrono…

Raggiungo la cima di un altro ripido pendio, il terreno diventa più pianeggiante, e guardo il sentiero davanti a me, cercando di ricordare quanto manchi.

Ma poi mi volto a sinistra, due volte, e lo vedo.

Sorrido. Sorrido davvero.

Mi dirigo verso il piccolo lago che io e Jake abbiamo superato l'altro giorno, contenta di non essermi persa. Scendo per il pendio ciottoloso fino alla spiaggetta e guardo le pareti rocciose che circondano lo specchio d'acqua. Il fogliame lussureggiante lo abbraccia, gli alberi torreggiano, c'è abbastanza luce e il sole filtra facendo scintillare l'acqua calma.

È vuoto. Non ci sono persone, non c'è rumore e il calore del sole è piacevole.

Mi chiedo per un attimo se dovrei spogliarmi, mi guardo intorno come se qualcuno mi stesse osservando, e decido di tenermi addosso i vestiti. O la maggior parte di essi.

Poso il fucile e faccio cadere lo zaino prima di sbottonare la camicia di Noah. Indosso un reggiseno sportivo sotto, mi tolgo la camicia e la lascio cadere a terra, insieme al berretto, avviando una mia playlist di Spotify e appoggiando a terra il telefono prima di entrare in acqua con le scarpe da ginnastica. Mi asciugherò durante la camminata di ritorno. Preferisco non rimanere in mutande, nel caso arrivasse qualcuno. O senza scarpe, nel caso arrivasse un animale.

Cammino nell'acqua bassa e poi mi lascio andare, nuoto ascoltando le note di *Look Back At It*, mi dirigo verso il centro dello stagno. Non riesco a trattenere il sorriso che si espande sul mio viso.

È piacevole. L'acqua fresca mi fa rabbrividire tutto il corpo, dandomi un'improvvisa esplosione di energia. Mi immergo sott'acqua e poi ritorno su, i miei capelli ora sono inzuppati e tirati all'indietro.

Quando faccio il morto a galla, l'assenza di gravità e l'acqua nelle orecchie mi fanno sentire sola.

Ma non sono triste, per una volta.

Muovo le dita nell'acqua, i capelli mi fluttuano intorno alla testa e io sorrido di nuovo, perché è la prima volta, da quando sono qui, che il mondo mi sembra un posto grande. Uscire aiuta. È bello perdersi un po'.

Lo dimentico sempre.

Un debole rombo mi arriva alle orecchie e alzo la testa, poggiando i piedi sul fondo, poi vedo una moto da cross che si avvicina alla riva.

Mi acciglio e m'irrigidisco. Chi è quello?

Il motociclista si toglie il casco, appare una massa di capelli biondo scuro tutti scompigliati, ma sexy, e in meno di un secondo riconosco Terrance Holcomb. Che devo ancora conoscere davvero.

«Ehi», grida, scendendo dalla moto.

Non rispondo. Che cosa ci fa lui qui? Guardo e ascolto. Stanno per arrivare tutti?

Si dirige verso l'acqua, togliendosi stivali e calzini, e mi rendo conto che sta entrando. Tiene addosso i jeans, entra nel lago, togliendosi la maglietta e gettandola indietro tra le rocce.

Si abbassa e prende un po' d'acqua, se la schizza sul viso, la fa scorrere sui capelli e lungo la nuca, infine si bagna il petto.

Adooooro i tatuaggi tribali. *Chissà a quale tribù appartiene...* Quasi sbuffo.

Mi fa un cenno con il mento. «Come è l'acqua laggiù?»

«Fredda».

Si tuffa, immergendosi completamente e puntando dritto verso di me. Risale in superficie, schizzando, e si liscia i capelli sorridendo.

Comincio a spostarmi di lato in modo da poterlo aggirare e uscire.

«Rilassati», mi dice. «Non tutti quelli con un pene sono una minaccia».

«È esattamente quello che direbbe qualcuno con un pene».

«Sei Tiernan, vero?», mi domanda. E poi inclina la testa. «Terrance Holcomb».

Mi fermo, appoggiando i piedi sul fondo. «Pensavo che foste andati tutti a fare un giro in moto».

Lui sorride. «Loro sono andati a fare un giro in moto. Io sono sgattaiolato via».

«Mi hai seguita».

Forse mi ha sentita quando ho detto di voler fare una camminata, in quel momento eravamo tutti davanti casa. Ha ipotizzato che sarei salita quassù? Comincio a nuotare verso la riva.

«Se te ne vai», dice, «non so se riuscirò a trovarmi di nuovo da solo con te». Giro la testa, guardandolo. «Sono molto protettivi con gli oggetti di loro proprietà».

Mi fermo e lo affronto, i miei piedi toccano terra ora. «Io non sono di loro proprietà».

«Tutto ciò che si trova sulla loro terra è di loro proprietà». Mi gira intorno, l'acqua ci arriva alle spalle. «Vivono secondo regole diverse quassù, Tiernan».

Per quanto mi piacerebbe controbattere, penso che Jake, Noah e Kaleb sarebbero d'accordo con lui.

Jake mi ha messa in guardia dai ragazzi del posto. Kaleb mi ha rimandato a casa oggi, invece di farmi andare in moto con loro. Ieri, in città, Noah è stato possessivo.

«Cosa vuoi?», gli chiedo, cambiando argomento.

«Sei il nuovo giocattolino di Chapel Peak», mi dice. «Ti sto solo tenendo d'occhio».

Inarco le sopracciglia.

«Sì, sembra più di cattivo gusto di quanto volessi», borbotta. «Scusa».

«Come mai?», rispondo. «I giocattoli sono fatti per giocare».

La sua bocca si spalanca e continuiamo a fissarci, mentre quelle parole forti aleggiano tra noi.

E tutt'a un tratto, come se avessimo ricevuto un'imbeccata, scoppiamo a ridere entrambi.

«Questo è ancora più di cattivo gusto», mi prende in giro.
Sì.
Ma per un attimo mi sei sembrato speranzoso.
Nessuno dei due accenna a uscire, lui continua a camminare nell'acqua e ci giriamo intorno lentamente.
«Hai già visto qualche alligatore?», chiede.
Stringo gli occhi. «Eh?»
«Nel lago», spiega. «Ne abbiamo qui, sai?».
Oh?
«No, in realtà se ne sono andati», ribatto. «Ho visto degli unicorni, però».
Ridacchia, sapendo che ci vorrà molto più di questo per scherzare con me. «Molto bene», dice. «La mia ex ci sarebbe cascata del tutto. Era così stupida che pensava che il Distretto di Columbia fosse un nuovo stato americano».
Muovo le mani nell'acqua, il mio corpo scivola di nuovo sulla superficie e lui si avvicina ancora di più.
I suoi occhi sono fissi su di me, intensi, mi guarda con calma e il mio stomaco si agita. So cosa vuole. Si sentirà come Kaleb?
«Hai un fidanzato?», chiede, la sua voce è quasi un sussurro.
«Ti importa?».
Sorride. «Penso che tu ne abbia bisogno».
Per favore. A giudicare dallo sguardo nei suoi occhi, non gli importerebbe neanche se fossi sposata.
E non sono in cerca di legami. Forse i Van der Berg hanno ragione a vivere come vivono. Si prendono quello di cui hanno bisogno, quando ne hanno bisogno, e non devono renderne conto a nessuno. Per sei mesi all'anno potrebbero vivere anche sulla luna. Nessuna donna – nessuna persona sana di mente – vorrebbe quella vita. Una situazione perfetta per loro.
Forse anche per me.
«Vanno in città ogni venerdì sera», mi dice Terrance, avvicinandosi un poco. «Per divertirsi un po'».
Accenno un sorriso. Non hanno bisogno di andare in città per quello. La città viene da loro.
«Si prendono sempre le più carine», continua. «Finora almeno è stato così. La più carina adesso la tengono a casa, così possono averla tutta per loro, vero?».
Mi irrigidisco. Lui si avvicina, ma io non indietreggio.
«E se venissi da te, venerdì sera, quando rimarrai sola?», dice a bassa voce. «Mi faresti entrare?».
Il suo corpo è così vicino, e io stringo i pugni nell'acqua, perché sento un dolore al basso ventre che non vuole andare via, e forse dovrei reagire. Dovrei fare una cosa che non farei mai, perché voglio

provare un'emozione e perché quel dolore è lì dal primo giorno che sono arrivata, dalla mattina in cui ho fatto quella passeggiata a cavallo con Jake.

«Non ti vorresti divertire anche tu, per una volta?», mi stuzzica Terrance.

Deglutisco, lasciando vagare la mia immaginazione per una frazione di secondo. Potremmo farlo anche ora, penso. Proprio qui, sulla spiaggia. Probabilmente passerebbero ore prima che qualcuno venga a cercarmi.

I ragazzi si divertono. Perché io non dovrei?

Tanto non rivedrò mai più questo tizio quando me ne sarò andata.

Nuota verso di me, costringendomi a indietreggiare. Quando arrivo con l'acqua fino alla vita, mi cinge con le braccia e mi attira a sé.

Appoggio le mani sul suo petto. *No.*

I suoi occhi si abbassano e lui sorride, io guardo in basso e noto che i miei seni sono ben visibili attraverso il reggiseno bagnato, i miei capezzoli sono duri, come piccoli chiodi.

Alzo le braccia per coprirmi.

Non come ieri sera, quando non riuscivo nemmeno a trovare la forza di fermare la bocca di Kaleb.

Terrance mi prende la faccia e mi tira, ma prima che io possa tentare di allontanarmi, si sente il ronzio delle moto da qualche parte tra gli alberi, ed entrambi ci voltiamo.

Kaleb e Noah arrivano e si fermano appena sopra le rocce, Noah mette subito il cavalletto e salta giù.

«Esci da lì, cazzo!», ringhia rivolto a me. «Subito!».

Io sussulto.

Noah si dirige verso l'acqua e io guardo dietro di lui, Kaleb sta scendendo dalla moto con un...

Un fucile?

Sta scherzando?

Kaleb è in piedi accanto alla sua moto, fissa Terrance con la testa inclinata e l'espressione placida. Un fucile pende casualmente lungo il suo fianco.

Una doppietta.

Sono tutti fuori di testa.

Corro fuori dall'acqua, raccolgo lo zaino e la camicia da terra anche se sono bagnata fradicia. Ma quando mi allungo verso il mio fucile, Noah lo prende e poi mi afferra il polso, tirandomi dietro di sé. Inciampo nelle rocce.

«Porca di quella troia», si lamenta Terrance, e quando mi volto lo vedo uscire dall'acqua con le braccia tese lungo i fianchi. Vuole sfidare i miei cugini. «Cosa pensi di fare, Kaleb? Eh?».

Sorride, intanto Kaleb inserisce un proiettile.

Merda.

Noah mi trascina alla sua moto e mi fa sedere dietro di lui. «Sali adesso».
Ma quando Terrance parla di nuovo io esito.
«Non riuscirete a tenerla per voi», dice. «Era un pezzo che non si vedeva una ragazza così carina qui, sto solo cercando di accaparrarmela prima che tutti i cani vengano ad abbaiare alla vostra porta per avere un pezzo di quella dolce fichetta».
Rabbrividisco e Kaleb punta il fucile.
«Forza, Tiernan!», grida Noah.
Salgo in sella, tenendo zaino e camicia con una mano e aggrappandomi a Noah con l'altra.
Noah avvia la moto e accelera, sento ancora la voce di Terrance dietro di me. «Ci vediamo presto, Tiernan».
E Noah corre via, riportandomi giù dalla montagna.
Mentre ci allontaniamo, mi guardo indietro un'ultima volta e guardo Kaleb, è in piedi nello stesso punto di prima. Gli occhi puntati su Terrance e il fucile lungo il fianco.

8. Tiernan

Schizziamo a casa, Noah si ferma con uno stridio della moto accanto al furgone di suo padre. La gomma posteriore si solleva da terra, facendomi andare tutta contro di lui.
Che diavolo hanno questi tizi? Non appena la moto atterra, salto giù e mi dirigo verso casa.
Ma Noah mi segue velocissimo e mi afferra il polso.
Mi divincolo. «Mollami».
«Dov'eri?», chiede Jake, avvicinandosi a noi.
Ma io continuo a camminare, rimettendomi la camicia per coprirmi. «Ho bisogno di farmi una doccia».
Non ho fatto niente di male.
Jake non mi lascia passare, però. Mi afferra la parte superiore del braccio, pretendendo una risposta.
«Ho bisogno di una doccia», gli ripeto, liberandomi con calma dalla presa.
Lui torreggia su di me e io lo guardo.
«Che diavolo sarebbe successo se non ti avessimo trovata?», chiede Noah furioso.
«Tu cosa pensi che sarebbe successo?»
«Sembravate piuttosto vicini», sottolinea. Poi guarda suo padre. «Era al lago con Holcomb».
«Ti avevo detto di stare alla larga dai ragazzi del posto», mi dice Jake.
Scuoto la testa, lo zaino stretto nel pugno. «Sono andata a fare una camminata», spiego con voce dura. «Non l'ho invitato. Si è presentato

e basta. Abbiamo finito?», e poi guardo Noah in cagnesco. «Insomma, Kaleb e il fucile? Veramente?».

Mi giro, incamminandomi di nuovo verso casa.

«Avevi lasciato il fucile sulla riva!», ringhia Noah. «Eri indifesa».

«Cosa pensi che stesse per fare?», chiedo, girandomi. «Aggredirmi?».

La mascella di Noah si contrae e io non riesco a trattenermi.

«Magari non ne avrebbe avuto bisogno», gli dico, facendo scivolare lo zaino sopra la spalla. «Mi stava piacendo».

Lui avanza come per inseguirmi, ma Jake allunga le mani e lo blocca. Quasi sorrido.

Mio zio si gira, la sua pazienza è finita. «Vai a farti la doccia, tu», mi ordina.

Mi volto e salgo i gradini, sentendo Noah che urla dietro di me. «Sei una Van der Berg qui», grida. «Se lasci che quello stronzo ti sfiori il culo anche solo per un secondo, giuro su Dio che non ti farò sedere per una settimana».

Noah.

Un ragazzo calmo, piacevole, allegro.

Che sorpresa. È anche uno stronzo.

La cavalla struscia gli zoccoli a terra, nel frattempo le spazzolo il manto color ruggine. Farlo è meditativo, come cucinare. Le faccio carezze lunghe e delicate. Ho gli auricolari nelle orecchie, ma non sto ascoltando la musica, perché ho dimenticato di far partire la playlist quando sono entrata nella scuderia un'ora fa.

Spazzolo la "ragazza" con una mano e l'accarezzo con l'altra, dandole molte attenzioni. Mi piacciono gli animali.

E anche il Colorado mi piace. È stato davvero bello oggi. Camminare nel bosco.

Non è stato nemmeno così male quando si è presentato quell'Holcomb. Certo, era un coglione. Non mi faccio illusioni. Mi avrebbe scopata, se ne sarebbe vantato e non mi avrebbe parlato mai più, se non per scopare ancora, ma…

Non lo so.

Ha scherzato con me e io ho scherzato con lui. Non c'erano inganni su ciò che voleva da me. Non ho avuto bisogno di fare giochetti o di fingere.

E una parte di me voleva proprio che fosse così facile. Senza essere costretti a creare un legame per essere connessi.

Sì, sono stata tentata.

Non so parlare bene né dire le cose giuste, ma forse potrei essere tenera, dolce e felice a letto. Magari potrei essere adorabile a letto.

Gli occhi sono infiammati per le lacrime, ma sbatto le palpebre mentre accarezzo la criniera di Shawnee.

Loro mi odiano, io odio me stessa e anche loro.

No, mi fermo e rifletto, non li odio. So solo che fallirò. Non riesco a sentirmi connessa.

Lascio la scuderia dopo aver lanciato la spazzola sul tavolo, assieme agli altri strumenti per la toelettatura, e torno in casa passando dall'officina. Mi sfilo gli stivali di gomma infangati, ma tengo addosso la felpa nera, poi apro la porta della cucina ed entro. L'aria del pomeriggio sta diventando più fresca e sento che la pioggia sta per arrivare.

Entrando, capisco che c'è qualcuno che sibila. «Quel coglione di merda...».

Mi giro per chiudere la porta, ma do una rapida occhiata. Kaleb è piazzato sul tavolo, il naso gli sanguina e Jake cerca di pulirlo, ma lui prende lo straccio dalla mano del padre e se lo preme da solo sul naso. Le sue labbra sono increspate in un ringhio. È stato Terrance Holcomb a fargli questo? Ero preoccupata per il fucile che aveva Kaleb, ma sospettavo che fosse tutta scena. Non c'era la polizia, dopotutto.

Noah apre e chiude il frigorifero, tirando fuori del ghiaccio sintetico, e io attraverso la cucina, diretta alle scale.

«Comincia a preparare la cena», mi dice Jake mentre passo.

«Io non ho fame».

«Noi sì», ribatte.

Mi fermo e giro la testa, li vedo accalcati intorno a Kaleb e noto una serie di graffi, misti a sporco e sangue, sulla mascella, sulla spalla e sul fianco. Provo un improvviso senso di colpa, poi penso che l'altro ragazzo probabilmente sarà in condizioni peggiori. Inoltre, non ho chiesto io a Kaleb di fare a botte per me.

«Non è un problema mio», rispondo, guardando mio zio. «Se vuoi una serva, assumine una».

Lui gira immediatamente la testa verso di me.

«E siccome non farò quello che mi hai detto», aggiungo, «mandami via».

Questo non è il mio posto. Ecco perché sto meglio da sola. Perché non sono costretta a provare tutte queste cose in continuazione. Imbarazzo, vergogna, senso di colpa... Se non ti metti in gioco, non soffri.

Noah e Jake rimangono impalati per un momento e io guardo Kaleb, incapace di trattenermi. «Non mi dispiace per te», gli dico. «Hai avuto ciò che meritavi, perché mi hai usata come scusa per iniziare a fare a botte. Non stavi difendendo il mio onore».

Lui mi guarda in cagnesco.

«Come ogni altro maschio troglodita, muori dalla voglia di picchiare qualcuno. Ti sei divertito».

Kaleb salta giù dal tavolo, fulminandomi con lo sguardo e facendo un paio di passi avanti, come se stesse per venire a picchiare anche me.

Ma Jake avanza per primo. «Tu non ci conosci», afferma. «Non puoi venire qui e mancare di rispetto alla mia famiglia».

«Sono qui da tre giorni e non avete fatto altro che intimidirmi, minacciarmi e provocarmi. Vi siete comportati come dei bulli», dico loro. «È questo che volevi? Farmi urlare? Litigare? Non è questo che hai detto?»

«Ho detto che ti avrebbe fatto bene passare del tempo qui, e avevo ragione!», Jake risponde al fuoco. «Non hai idea di come lavorare all'interno di un gruppo. Di come fare parte di una squadra. Di una famiglia».

Lui avanza a grandi passi, ma io torno in soggiorno nonostante lui voglia accorciare la distanza tra noi. «Lascia che ti educhi, ragazzina», ringhia. «Tu sei la bambina. Io sono l'adulto. Fai come ti ho detto e non ci saranno problemi. Questo sistema funziona per noi». Si erge su di me. «Fai come ti ho detto, punto e basta!».

Per un secondo mi sento intimorita, poi scuoto il capo, mormorando: «Sei impossibile».

«E tu sei viziata».

Abbasso la testa, chiudendo gli occhi per resistere al suo attacco. Non sono mai stata sgridata in vita mia. Mai. Me ne accorgo solo adesso e mi tremano le mani. È umiliante. Mi sento una merda.

«Non ci sono cameriere qui», continua. «Non ci sono maggiordomi».

La mia schiena sbatte contro il muro e digrigno i denti, la rabbia mi brucia nelle viscere.

Insiste: «Non ci sono assistenti che ti puliscono il culetto. Non si va dallo psichiatra per farsi dare delle pillole, come se fossero caramelle, per attutire il dolore di una vita superficiale!».

«Questa è la tua esperienza!», urlo, alzando finalmente lo sguardo verso di lui e ribattendo. «I tuoi problemi con la nostra famiglia non mi riguardano!».

Cosa me ne importa delle cameriere, dei maggiordomi o delle pillole? Sta tirando in ballo i suoi cazzo di problemi.

«C'è qualcosa che ti riguarda?», ribatte lui. «Ti frega di qualcun altro a parte te stessa? Tu non fai domande sulla nostra vita. Mangi a malapena con noi. Nemmeno ti siedi a tavola. Non ti interessa sapere chi siamo!».

«Perché sono sempre in cucina!», sbotto, il mio petto quasi sfiora il suo.

«Sei una mocciosa», espira, ribollendo di rabbia. «Una mocciosa egocentrica e snob!».

«Non è vero! Sono solo...».

Mi fermo, accigliandomi e distogliendo lo sguardo. Maledizione. Maledetto. Non sono una mocciosa. Sono...

«Sei solo cosa?», mi incalza. «Eh?».

Non sono viziata. Le lacrime mi bruciano negli occhi e il mento mi trema. Non mi interessa il lusso. O i soldi. Non sono ostile perché loro vivono qui e perché hanno dei modi diversi dai miei. Non è questo. Sono solo...

«Solo cosa?», grida di nuovo. «Hai perso la lingua ora, vero?»

«Papà...», dice Noah dalla cucina.

Ma io non riesco a vederlo. Mio zio mi sovrasta e non riesco a ricacciare indietro le lacrime.

«Non sono…».

Deglutisco, non ho idea di cosa dire. Non ho idea di quale sia il mio problema. Ha ragione, vero? Qualsiasi persona educata – normale – sarebbe in grado di conversare con scioltezza. Di chiacchierare. Di fare loro delle domande. Di sorridere, scherzare…

Scuoto la testa, più verso me stessa che verso di lui, mormorando: «Solo che… non sono abituata a…».

«A cosa?», urla. «Alle regole? Ai limiti di spesa? A un armadio piccolo?».

Mi scende una lacrima e concentro tutte le mie forze per trattenere un singhiozzo.

«Alle faccende di qualsiasi tipo?», continua. «Cosa c'è di così terribilmente diverso in questa casa, rispetto alla tua? A cosa non sei abituata?»

«Alle persone», sbotto.

Non so quando l'ho capito, però mi viene fuori di getto.

Ha ragione. Non ho idea di come stare con le persone.

Fisso il pavimento lasciando che le lacrime mi scendano sul viso.

«Non sono abituata alle persone», sussurro. «Non mi parla nessuno a casa».

Lui rimane zitto, e non riesco a sentire nemmeno un movimento dei ragazzi, il silenzio fa sembrare la stanza più piccola.

Alzo lo sguardo, ormai non mi importa se vedrà i miei occhi rossi e la mia faccia bagnata. «Non mi parla nessuno».

E prima che lui possa dire qualcosa, corro su per le scale, non vedo l'ora di entrare nella mia camera e sottrarmi alla loro vista. Chiudo la porta e mi butto sul letto, coprendomi gli occhi con le braccia per fermare le lacrime.

Dio, perché l'ho fatto? Che cazzo di scena patetica. Adesso mi manderà a casa perché sono emotiva ed è troppo faticoso gestirmi.

Soffoco il pianto contro il braccio.

Non avrei dovuto farlo. Non litigo mai con nessuno, ma preferirei litigare piuttosto che piangere. Le lacrime sono la tattica a cui ricorrono le persone deboli per porre fine a una discussione.

Se uno inizia a piagnucolare, automaticamente, la lotta diventa impari.

Ooh, guarda questa povera, ragazzina ricca. Sua madre e suo padre le lasciavano avere tutto ciò che voleva, ma non le tenevano la mano, non la baciavano e non l'abbracciavano mai. Povera bambina.

Ora mi vedranno ancora più debole di prima. Fragile. Sul punto di spezzarmi. Un problema da aggirare in punta di piedi.

Quanti bambini sarebbero stati felici di crescere con i miei genitori, avendo ogni giorno cose da mangiare e vestiti da mettere? Io ho tutto e ho appena sbroccato davanti a loro per qualcosa di insignificante.

Magari fossero tutti fortunati come me.
«Potete crederci», sento mia madre gridare.
«Oh, ma dai», ridacchia mio padre. «Sapevamo che sarebbe successo».
Entro lentamente nello studio di mio padre, vedo lui e Mirai raggianti, mia madre ride con le mani giunte davanti al petto.
Poi lei si allunga verso mio padre e lo abbraccia.
Sorrido. «Cosa sta succedendo», chiedo sottovoce, entrando nella stanza.
Ma loro non si voltano, continuano a guardarsi negli occhi.
Mirai mi vede e sorride ancora di più. «Tua madre…».
Ma la voce di mio padre la interrompe. «Devo chiamare Tom», dice a mia madre, girando intorno alla scrivania. «Bisogna cambiare tutta la promozione per il nuovo film».
Si piazzano davanti al divano, quindi ora possono vedermi.
«Candidata all'Oscar come migliore attrice, Amelia de Haas», recita mio padre, come se stesse leggendo un cartellone pubblicitario.
Spalanco la bocca e sorrido raggiante. «All'Oscar?».
Davvero? È magnifico.
«Be', no», scherza mia madre, ancora rivolta a mio padre. «E se poi vincessi? Allora sarà vincitrice del premio Oscar come miglior attrice. Faresti meglio ad andarci piano».
Mio padre ride di nuovo e torna alla scrivania, baciandola. «Mia moglie».
Si guardano, i loro occhi brillano di eccitazione e felicità. Faccio qualche passo in avanti, provando a catturare i loro sguardi mentre avanzo.
Vorrei abbracciare mia madre e congratularmi con lei. Vorrei dirle che sono orgogliosa di lei.
«Mamma…».
«Vai a fare delle telefonate», ordina lei a Mirai, senza ascoltarmi. «Sai cosa fare».
Mirai mi guarda con la solita compassione, poi lancia un'occhiata rammaricata ai miei genitori prima di lasciare la stanza senza dire nulla.
«Congratulazioni», dico avvicinandomi, il sorriso ancora stampato in faccia.
Ma mia madre è già passata oltre. «D'accordo, andiamo in ufficio da Jane», dice a mio padre. «Dovrò rilasciare una dichiarazione».
«Sono così fiero di te, tesoro», dice lui.
Ed entrambi se ne vanno, portando con sé il rumore e l'eccitazione. Sono come un'ombra. Un fantasma che cammina per casa loro, ma non viene né visto né sentito.
Rimango lì, a guardarli mentre percorrono il corridoio e scompaiono dietro l'angolo. Unisco le mani davanti a me, cerco di mandare giù il groppo che mi si è formato in gola.
Ero felice per lei. Volevo dirle che è fantastica e che adoro i suoi film.
Volevo che lo sapesse.
Perché non vuole mai condividere con me le cose meravigliose che le suc-

cedono nella vita, mentre se a me capita qualcosa di bello corro sempre a raccontarglielo, prima di dirlo a chiunque altro?

Anche se ormai ho smesso.

Rimango lì, a fissare il vuoto. Va bene.

Non riguarda me. Questa è la sua giornata. Non ho il diritto di chiedere attenzioni.

Sento sbattere la porta d'ingresso. La casa, e tutto ciò che contiene, diventa immobile e silenziosa.

Come se nessuno vivesse qui.

Come se, una volta andati via loro, non rimanesse niente.

Sbatto le palpebre per svegliarmi, i miei occhi sono già offuscati dalle lacrime. Mi siedo e faccio dondolare le gambe di lato, chinando la testa e facendo dei respiri profondi.

È mattina presto. Lo capisco dalla luce azzurrina che filtra dalle portefinestre della mia camera.

Una lacrima mi cade sul labbro e la asciugo con la mano. Ricordo ancora tante cose di quando ero piccola, prese singolarmente non sembrerebbero così terribili, ma per anni ho sempre avuto la sensazione di interrompere le conversazioni, di non essere invitata o benaccetta, di non ricevere l'affetto che fra loro due era reciproco, ma che non si estendeva a me… Mi facevano soffrire. Tutto mi faceva soffrire, e anno dopo anno quel tutto continuava ad accumularsi. Alla fine mi sono imposta di fregarmene.

O di non mostrare più che ci tenevo.

Emetto un sospiro, inclinando la testa all'indietro, poi qualcosa attira la mia attenzione e guardo oltre, vedo una bustina bianca sopra al mio comodino. Stringo gli occhi e mi allungo per afferrare il vecchio sacchetto di carta, che non sembra più fresco e nuovo.

E questo che…?

Il fagotto sul fondo del sacchetto ha la stessa grandezza del palmo della mia mano, e riesco a sentire l'odore degli orsetti alla cannella prima ancora di aprirlo.

Come è finito qui dentro? Ho buttato via il sacchetto con tutte le caramelle.

Ma ora c'è una scritta nera sul davanti e quando lo apro, piano piano, un raggio di luce fa capolino per illuminare le parole.

I tuoi genitori non ti hanno mai dato niente di dolce. Ecco perché tu non lo sei.

Guardo verso la porta della mia camera e noto uno spiraglio. L'avevo chiusa bene prima di mettermi a letto.

I pensieri mi assalgono, ma il cuore non mi batte forte. Dovrei essere furiosa. Qualcuno è entrato qui mentre dormivo. Qualcuno ha frugato nel cestino della spazzatura.

Qualcuno mi sta provocando con un sacchetto di carta.
Ma non ha torto. Passo il pollice sulle lettere.
Il modo in cui è scritto. *Ecco perché tu non lo sei.* È così infantile, semplice.
Mi alzo, rovescio il contenuto nel cestino, ma conservo il sacchetto, appiattendolo e posandolo sulla cassettiera. Non so se incolpare i miei genitori sia sufficiente a giustificare la mia inettitudine, ma qualcuno in questo mondo mi comprende, e non sono nemmeno offesa perché ha detto che non sono dolce. So di non esserlo e so che qualcuno capisce il perché.
Esco dalla stanza e scendo le scale, sento il vento muovere gli alberi intorno alla casa, è come ascoltare una cascata perenne in sottofondo. Dirigendomi in cucina, mi avvicino silenziosamente al lavello per prendere un bicchiere d'acqua.
Guardo fuori dalla finestra, le piume dei polli svolazzano nella brezza mattutina.
Non voglio andare a casa. Ma non voglio nemmeno restare qui e creare scompiglio, perché il loro mondo peggiora quando ci sono io dentro. Non voglio essere un problema di Jake Van der Berg.
Non mi rendo conto, ma inizio a mettere il filtro nella macchina del caffè, solo che una mano si avvicina e mi toglie delicatamente il pacchetto che ho afferrato.
Alzo lo sguardo e vedo mio zio. È in piedi accanto a me, riempie il filtro con il caffè, e io mi aspetto che sia ancora teso. Fumante di rabbia. Di cattivo umore, almeno, perché gli sto recando troppo disturbo.
Invece è calmo. Tranquillo. Prende il caffè dalla busta e riempie la macchina, poi chiude il coperchio senza far rumore e accende.
Quando il caffè inizia a uscire si sente un gorgoglio, lui prende una tazza dallo scolapiatti e la posa di fronte a sé.
«Vado a casa», dico sottovoce.
«Sei a casa». Mi mette una tazza davanti.
Il mio mento trema appena.
Giro la testa dall'altra parte, non voglio che mi veda piangere di nuovo, ma poi sento le sue dita che mi sfiorano i capelli dietro l'orecchio, e quel gesto mi costringe a chiudere gli occhi. È così bello che voglio piangere di nuovo, cazzo.
Senza aspettare un altro secondo, Jake mi attira a sé, circondandomi con le braccia, e mi tiene la testa contro il suo petto.
Svuoto i polmoni, le braccia penzolanti lungo i fianchi, perché non riesco a ricambiare l'abbraccio, ma non riesco nemmeno ad allontanarmi. Indossa una maglietta, e mi riscalda la guancia sul suo petto. Ha un odore familiare che si diffonde nella mia testa, placando le mie lacrime.
Sono stata abbracciata parecchio. Più di quanto volessi, in realtà. Sem-

bra che vada di moda ormai. Le donne – anche se sono delle perfette sconosciute – ti abbracciano per salutarti. I conoscenti ti abbracciano. Le persone che incontri per strada ti si appiccicano come se fossero tue grandi amiche, porca puttana, anche se ti toccano a malapena.

Odio il finto affetto.

Ma questo è diverso.

Mi sta sorreggendo. Se non lo facesse, penso che potrei cadere.

Muscoli che non sapevo di avere iniziano a rilassarsi e, mentre le sue labbra mi sfiorano la testa, un caldo formicolio si diffonde nel mio corpo. È un tepore, muoio dalla voglia di strisciarci dentro e dormirci. Perché è stato così difficile per i miei genitori? Non era innaturale per me volere questo da loro. Non lo era. Il voler condividere la mia vita con le persone che mi amavano. Ridere, piangere e creare ricordi insieme.

La vita è felice solo quando si condivide con qualcuno.

Le lacrime scendono dalle mie ciglia e l'impulso improvviso di stringere forte Jake inizia a insinuarsi dentro di me.

Non voglio più essere sola.

Non voglio tornare a casa, perché lì sarò sola.

Il suo sussurro mi solletica la cute. «Tutti passano dei momenti di merda, Tiernan». Si ferma, l'alzarsi e l'abbassarsi del suo petto mi culla. «Non sei sola. Lo capisci?».

Mi solleva il mento e io lo guardo, resto quasi senza respiro nel vedere i suoi occhi teneri che mi fissano.

«Non sei sola», sussurra di nuovo.

I miei occhi si abbassano sulle sue labbra e, per un istante, sono con lui e respiro con lui. Il sangue mi scorre caldo sotto la pelle, e intanto osservo il suo viso abbronzato, le sue labbra lisce e la barbetta ispida che ha sulla mascella.

Sento un improvviso bisogno di cingerlo con le braccia e di nascondermi nell'incavo del suo collo, ma lui fa scorrere il pollice sulla mia guancia. Il calore sotto la mia pelle si diffonde verso il basso, e il leggero sorriso che aveva sulle labbra svanisce guardandomi.

Alla fine sbatte le palpebre, rompendo la magia, e abbassa la mano. «Vestiti, okay?», mi dice. «Pantaloni e camicia a maniche lunghe. Vieni con me stamattina».

Mi lascia andare per versarsi il caffè, così il freddo mattutino mi colpisce e tutto ciò che riesco a desiderare è che mi tenga ancora fra le braccia.

Ma il mio cuore si è scaldato comunque. *Starò con lui stamattina.* Salgo di sopra e indosso un paio di jeans puliti e dei calzini.

Dopo essermi legata i capelli, dopo un momento di esitazione busso alla porta di Noah. L'ultima volta che ci siamo parlati ha minacciato di prendermi a sculacciate.

Dopo qualche colpo sento i suoi passi sul pavimento.

Mio cugino spalanca la porta, deve avere i postumi di una sbornia perché appoggia una mano allo stipite e l'altra alla porta, come per tenersi in piedi.

Non ho intenzione di scusarmi. Ma non mi aspetto nemmeno che lo faccia lui.

«Puoi prestarmi una camicia a maniche lunghe?», gli chiedo.

Lui annuisce e si gira, chiudendo gli occhi mentre sbadiglia. «Sì, prendila».

Entro e vado al suo armadio, l'anta è spalancata e c'è una camicia di flanella proprio davanti a me.

«È prestissimo, cazzo», si lamenta. «Vuole che mi alzi anche io?»

«Non me lo ha detto».

«Fantastico», borbotta, poi si accascia di nuovo sul letto, a faccia in giù.

Indossa ancora i jeans di ieri e, quando mi guardo intorno, nella sua stanza vedo una serie di indumenti, scarpe e altre cianfrusaglie sparse qua e là. Disordinato, ma non proprio sporco.

Prendo la camicia ed esco dalla stanza, chiudendo la porta dietro di me, poi me la lego intorno alla vita con un nodo. Sto per scendere le scale quando sento qualcosa dietro di me e, voltandomi, vedo Kaleb scendere le scale del terzo piano.

Si dirige verso il bagno e, anche se sono a meno di due metri, fa finta di non vedermi e scompare nella stanza, sbattendo la porta dietro di sé.

Indugio per un momento. Nel corridoio buio riuscivo a malapena a vedere i tagli di ieri sulla sua faccia, ma ho visto benissimo quello sul labbro.

Non è colpa mia se ha fatto a botte. Eppure…

Mi avvicino alla porta e alzo la mano per bussare, invece mi fermo. Appoggio l'orecchio e non sento niente, faccio fatica ad allontanarmi.

Ho una pomata… per i suoi tagli… se vuole.

Io…

Oh, non importa. Chiudo il pugno e alla fine abbasso la mano, voltandomi per andarmene.

Scendo le scale e vedo Jake fuori, sul portico, così esco per raggiungerlo. Mi passa una tazza di caffè e fissa la foresta con la nebbia che aleggia intorno ai tronchi.

«Mi piace alzarmi presto», mi dice. «È l'unico momento in cui la casa e i dintorni sono tranquilli, e io ho l'energia per godermeli».

Lo guardo. *Anche a me piace.* Prendo un sorso del mio caffè e mi sforzo di parlare, anche se istintivamente vorrei stare zitta. Decido di fare uno sforzo.

«Mi piace che lavoriate tutti a casa», gli dico, e vedo che mi guarda con la coda dell'occhio.

«C'è sempre qualcuno qui».

Persone un po' ruvide, maleducate e prepotenti, ma ho anch'io un paio di qualità altrettanto indesiderabili.

Mi accenna un sorriso e io bevo un sorso di caffè prima di appoggiare la tazza sul parapetto.

«Vieni», dice, posando anche lui la sua tazza.

Dopo avermi superata, mi conduce giù per le scale, verso il fienile. Passando per l'officina, afferra dal tavolo una cintura con degli attrezzi da lavoro.

Oltrepassiamo la scuderia, verso il paddock dove Bernadette e Shawnee stanno già gironzolando per prendere una boccata d'aria fresca.

Lo seguo guardandogli la nuca da dietro, intanto lui si allaccia in vita la cintura con gli attrezzi.

Domande. Ha detto che non ho mai fatto domande.

Non è che non ne abbia, ma le domande avviano conversazioni.

«Tienimi alzato questo», chiede, sollevando un pezzo dello steccato.

Entro e mi chino, sollevo l'asse di legno in modo che sia parallela a terra mentre lui si infila attraverso l'apertura nella recinzione. Tirando fuori martello e chiodo, aggiusta la stecca fintanto che io la tengo alta.

«Perché Kaleb non parla?», chiedo.

Estrae un altro chiodo e inizia a batterlo, non mi guarda. «Non so se dovrei parlarne, se non vuole farlo Kaleb».

«Ha a che fare con la madre?».

I suoi occhi si alzano verso di me. «Cosa sai della madre?».

Faccio spallucce. «Niente, a dire il vero», rispondo. «Ma i ragazzi ovviamente sono arrivati da qualche parte e non sono figli delle venticinquenni che escono dalla tua stanza ogni mattina».

Lui ridacchia, battendo sul chiodo. «Non capita *ogni* mattina, grazie».

Ma lei ha venticinque anni. O meno, perché non mi ha corretta riguardo all'età.

Il silenzio aleggia nell'aria e lui assume un'espressione pensierosa mentre fissa un altro chiodo.

«La madre è in prigione», afferma. «Deve scontare da dieci a quindici anni nel carcere di Quintana».

Quintana.

Da dieci a quindici… anni?

Lo guardo e lui ora evita il contatto visivo, ma ho una valanga di domande da fargli. Che reato ha commesso? Era coinvolto anche lui? Noah e Kaleb le parlano ancora?

Si sposta lungo la staccionata e io lo seguo, vedo che un'altra stecca è saltata.

Quando è stata condannata? Da quanto tempo lui sta crescendo i ragazzi da solo?

Il mio sguardo si addolcisce mentre lo guardo. Deve essere stato difficile. È un dolore diverso, ne sono sicura. Quando qualcuno non ti lascia volutamente, ma ti viene portato via.

«L'amavi?», chiedo.

Ma poi abbasso gli occhi, imbarazzata. Certo che l'amava.

«Mi sono *buttato a capofitto* su di lei», spiega invece. «Perché non riuscivo a smettere di amare un'altra».

Stringo gli occhi.

Si ferma e tira fuori il portafogli, lo apre ed estrae una fotografia.

Me la porge.

La guardo, lo riconosco all'istante e sorrido.

In realtà non è una fotografia normale. È un'istantanea di una Polaroid con una piega netta nel mezzo e con le facce sbiadite rivolte verso l'obiettivo.

Mio zio è sdraiato su una coperta da picnic, senza maglietta, con dei pantaloncini color cachi, sta abbracciando una ragazza dagli occhi scuri, lei ha i capelli corvini sciolti a ventaglio dietro di sé.

È pallido e molto più magro di adesso, ma ha sempre quel sorriso tipico di chi ride sotto i baffi o sta pensando a qualcosa che si può fare solo a porte chiuse. Però ha un taglio di capelli alla moda e una faccia da bambino, che lo fa sembrare il quarterback stronzo di un programma della CW.

«Sei tu?», lo guardo, cercando di nascondere il mio divertimento.

Lui si riprende la foto, accigliato. «Ero il re del ballo a quei tempi, sai?».

Era? Sembra che lo sia ancora.

Afferra una pala e inizia a riempire di terra il buco in cui è piantato il palo della recinzione.

«Tuo nonno aveva una casa nella Napa Valley», dice, io gli mantengo il palo fermo. «Ci andavamo d'estate, giocavamo a golf, ci ubriacavamo, scopavamo in giro…».

Noi… Anche mio padre?

Ricordo a malapena mio nonno, dato che è morto quando avevo sei anni, ma so che ha divorziato dalla prima moglie, la madre di mio padre, quando mio padre aveva circa dodici anni e so che si è risposato con un'altra donna olandese. Anche lei aveva già un figlio… Jake.

«Avevo diciotto anni e ho conosciuto Flora», continua mio zio. «Dio, era bellissima. La sua famiglia lavorava in un vigneto. Immigrati. Poverini…», mi guarda. «E, naturalmente, le nostre famiglie non potevano accettarlo».

Mi scappa quasi da ridere, non perché lo trovi divertente, ma perché lo capisco. Per la prima volta, mi rendo conto che io e Jake facciamo parte della stessa famiglia e che lui ha conosciuto i miei quanto me.

«Non ha mai messo un costume da bagno», riflette lui. «Mai in tutta l'estate, ricordo. Non mi è nemmeno venuto in mente che magari non poteva permetterselo, perché quando andavamo al lago mi piaceva il fatto che nuotasse in mutande e canottiera. Il suo corpo era così bello, soprattutto quando la stoffa bagnata le aderiva alla pelle».

Provo a immaginare mio zio all'epoca, con gli ormoni e le emozioni a mille. Com'è quando è innamorato?

Sospira. «Era più sexy di qualsiasi bikini. Desideravo che quell'estate non finisse mai. Non potevamo stare lontani l'uno dall'altra. Ero completamente cotto di lei».

Ma lei non è qui ora.

«Una sera tua madre…».

«Mia madre?», i miei occhi saettano su di lui.

Ma lui evita il mio sguardo e tiene le labbra serrate.

«Tua madre era un astro nascente del cinema e i tuoi genitori avevano appena iniziato a frequentarsi», spiega. «Una sera lei ha portato fuori Flora e l'ha fatta ubriacare, e quando Flora si è svegliata, si è ritrovata a letto con un altro uomo». Finalmente mi guarda, interrompendo il suo lavoro. «Un uomo che non ero io».

Mia madre l'ha portata fuori, l'ha fatta ubriacare e…

«Mio padre», dico, mettendo insieme i pezzi.

Jake annuisce. «Tuo nonno sapeva che non avrei rinunciato a lei, così i tuoi genitori lo hanno aiutato a sbarazzarsene».

Sbatto le palpebre a lungo e forte. Non posso credere di averli difesi di fronte a mio zio. Proprio di fronte a lui. Non c'è da stupirsi se li odia.

«Lei si sentiva così in colpa all'idea di aver fatto sesso con un altro», continua Jake, portandomi dentro la scuderia per riempire la mangiatoia dei cavalli, «che è stato un gioco da ragazzi, per la famiglia, convincerla a terminare la nostra relazione. A meno che non volesse farmi scoprire tutto. "Eccoti cinquantamila dollari per coprire le spese del trasloco. Sparisci, ragazzina. Non cercarlo mai più"».

«Non hai mai provato a rintracciarla?»

«L'ho fatto», mi dice. «L'ho trovata in un appartamento a San Francisco».

Rimane in silenzio qualche secondo, nel frattempo si infila i guanti. «Non mi ha nemmeno lasciato varcare la soglia», dice. «Non riusciva a guardarmi negli occhi. Ha detto che non poteva più vedermi e non voleva che la cercassi».

Taglia le balle di fieno, io prendo un rastrello e comincio a spargerlo per il box.

«Quando hai scoperto cosa le avevano fatto davvero?», gli chiedo.

Rimane zitto per un momento e, quando finalmente parla, la sua voce è quasi un sussurro. «All'incirca una settimana dopo che l'avevo rintracciata in quell'appartamento, sua sorella mi ha chiamato per dirmi che era morta».

Morta?

Esito. «Si è suicidata?».

Lui annuisce e continua a lavorare.

«Dio mio».

«Sei ore dopo, ho fatto la valigia e me ne sono andato senza guardarmi indietro», mi dice, con un sorriso tirato. «Mi sono messo in viaggio, avevo in mente di andare in Florida, ma sono arrivato qui e… non me ne sono più voluto andare». I suoi occhi si addolciscono, le cose che pensavo di conoscere di lui iniziano a sgretolarsi, e i pezzi del puzzle si uniscono.

«Mi sono trasferito su questa terra con una roulotte fatiscente senza impianto idraulico interno. Ora ho una casa, un'officina, un'attività e i miei figli. Le cose alla fine mi sono andate molto meglio di quanto meritassi».

Perché mai pensa di non meritare quello che ha avuto? Non è stata colpa sua se è morta. Lui l'ha trovata. Se avessero voluto raggiungerla, avrebbero saputo come fare.

I miei genitori. Sarebbero intervenuti allo stesso modo se mi fossi innamorata di qualcuno che non ritenevano adatto?

«Mi dispiace», sbotto. «Mi dispiace che l'abbiano fatto…».

«Sono stati i tuoi genitori, Tiernan», dice, interrompendomi e guardandomi negli occhi. «Non è colpa tua».

È difficile trovare un senso a ciò che è successo, però. Mia madre non era così diversa da Flora. Era altrettanto povera, ma almeno Flora aveva una famiglia. Mia madre era stata data in affido perché non aveva nessuno. Come poteva non essere dalla parte della ragazza?

Abbasso gli occhi sulla vita di Jake, ora il tatuaggio che ha sul fianco è coperto dalla maglietta, ma ricordo le parole. *My Mexico.* Ha detto che Flora era un'immigrata, quindi il tatuaggio è per lei? E come per un cowboy in fuga oltre il confine, il Colorado è diventato il suo rifugio? Il suo Messico.

«Dovremmo divertirci», esclama, alleggerendo l'atmosfera con un sorriso. «Andiamo tutti al lago domani».

Al lago? Non allo stagno?

«Un po' di musica e birra», continua. «Facciamo qualche tuffo dalle rocce».

«Tuffi dalle rocce?».

I suoi occhi scendono per un attimo lungo il mio corpo. «Hai un costume da bagno, vero?».

Ma la domanda suona più come un avvertimento, perché non vuole assolutamente che nuoti con i vestiti addosso, come ieri.

O con la biancheria intima, come faceva Flora.

Sì, ho un… bikini. Il terrore mi attanaglia lo stomaco. Di solito indosso qualsiasi cosa compri la nostra personal shopper senza farci troppo caso, ma penso che con loro domani dovrò fare attenzione.

Perché non ho un costume intero? O una maglietta antiscottature? Ahhhh…

Nelle successive due ore, lavoro come un'ossessa, corro da una parte all'altra e sono felice di avere una distrazione. Jake, Noah e io concludiamo le faccende mattutine, poi preparo la colazione e Noah fa i piatti, dopo li aiuto in officina, scrivendo le e-mail che mio zio detta mentre fa altri lavori.

Jake e io carichiamo due moto sul pianale, le fissiamo con delle corde, poi lui si rimette la maglietta e tira fuori le chiavi del furgone dalla tasca. So che deve portarle in città per consegnarle al trasportatore, che le spedirà ovunque siano dirette, ma a un tratto si ferma e guarda alle mie spalle.

Seguo il suo sguardo.

Kaleb è dall'altra parte del fienile, i jeans gli pendono larghi dai fianchi, è senza maglietta e il sole gli batte sul petto nudo, umido di sudore, mentre abbassa l'ascia e taglia in due un ceppo.

Si strofina la mascella sulla spalla, il sangue della ferita aperta gli cola sulla guancia.

«Vai a prendere il kit del pronto soccorso», mi dice Jake avviandosi verso il posto di guida. «Kaleb ha bisogno di aiuto».

«Sì, di aiuto professionale», borbotto. «Lui...».

Sono sul punto di raccontargli quello che ha fatto l'altra sera in garage. E nel fienile ieri.

Ma... non posso dare tutta la colpa a Kaleb, suppongo. È meglio non parlarne.

«Ieri ha minacciato quel tizio con una doppietta», dico invece.

Kaleb mi fa paura.

Ma Jake si gira e mi risponde. «Quel tizio», mi dice, «ha una clubhouse in città per gli stupri di gruppo, con un tabellone segnapunti sul muro per valutare ogni ragazza su una scala da uno a dieci. Ci sono almeno trecento nomi lì sopra, sono tutte le ragazze che lui e i suoi amici si sono fatti nelle loro brevi vite fino a oggi». Poi mi punta il dito in faccia e io indietreggio, accigliata. «Sei fortunata che sia stato Kaleb a trovarti e non io, perché io non avrei aspettato che te ne andassi per uccidere quel pezzo di merda, cazzo».

Alzo un sopracciglio, ma non protesto ulteriormente.

«Ora muovi il culo», mi ordina.

Si gira e sale sul furgone, subito dopo io strascico i piedi per un altro minuto, poi entro nella scuderia e tiro fuori dall'armadietto quel maledetto kit di pronto soccorso.

Kaleb non vuole essere aiutato da me. Non più di quanto io abbia voglia di aiutarlo.

Non sono ancora convinta che lui e Noah stessero cercando di tenermi al sicuro. Eppure, se ciò che Jake racconta fosse vero, in realtà è stato un bene che siano arrivati.

Ma no. Penso che Terrance non abbia sbagliato nel giudicarli. Sono possessivi. Avrebbe potuto esserci chiunque con la loro cuginetta, lì in acqua, in ogni caso si sarebbero arrabbiati e avrebbero iniziato a fare a botte.

Kaleb sta lavorando e io mi avvicino con fatica a lui, poi mi fermo, non voglio stabilire un contatto visivo.

Gli porgo il kit. «Stai sanguinando».

Lui mi fissa per un momento e poi usa di nuovo la spalla per asciugarsi il sangue che gli cola dalla ferita. Quando finisce prende un altro ceppo, ignorandomi.

Apro la scatola e tiro fuori il Neosporin. «Questa pomata aiuterà la ferita a rimarginarsi», spiego, cercando di mantenere un tono calmo. «Metticela sopra».

Si ferma, i suoi occhi esitano, muovendosi da me al tubetto che ho in mano.

Abbasso le spalle, sforzandomi di rilassarmi. Oggi non voglio litigare.

«Siediti», gli dico pacatamente. «Per favore».

Lui socchiude gli occhi e non si muove.

Faccio un gesto verso il troncone, addolcendo la mia voce fino a renderla quasi un sussurro. «Per favore, siediti».

Lui aspetta qualche secondo, fissandomi, poi… si siede.

Appoggio la scatola, prendo una salvietta antibatterica e mi avvicino a lui, evitando i suoi occhi sebbene mi trovi sopra di lui.

Gli tolgo il sangue dal viso, gli disinfetto con cura anche i graffi, sento i suoi occhi che osservano ogni mia mossa. Mi seguono mentre mi chino per rimuovergli il sangue secco e quando mi alzo di nuovo per togliere il tappo alla pomata. Sta aspettando che io faccia una mossa sbagliata.

Deglutisco. «Se mantieni umida la ferita eviterai che faccia la crosta e guarirà più velocemente», gli dico, tamponandogli la pomata sulla mascella. «Continua a riapplicarla, okay?».

Spalmo una generosa dose di pomata sull'intera lunghezza della ferita, sbattendo le palpebre quando l'odore di terra, legno e umidità mi arriva alle narici. Sembra che puzzi sempre così.

Non dice nulla, il petto si alza e si abbassa con respiri fin troppo perfetti e controllati, come se si stesse sforzando per mantenere la calma.

Ha i pugni serrati sulle sue ginocchia e quando lo guardo, i nostri occhi si incontrano. Un brivido mi attraversa. Mi piace che abbia paura.

Mi avvicino, per dispetto, applicando molta più pomata del necessario. «Non hai sparato a quel tizio ieri, vero?», scherzo.

Lo guardo e vedo che mi sta ancora fissando in silenzio.

Ma con mia sorpresa, scorgo un'aria divertita nel suo sguardo.

Il mio cuore sussulta e le mie viscere sono come una pozzanghera calda. Non è un sorriso, ma è qualcosa di tenero. Ripenso a come mi sono sentita con lui l'altra sera, per qualche secondo. Come se avessi avuto la possibilità di sprofondare dentro qualcuno.

Mi schiarisco la gola e mi alzo. «Bene». Richiudo il tubetto e glielo passo. «Ecco».

Lui lo prende, senza batter ciglio.

«Riapplicala prima di andare a letto», gli dico.
Lui non annuisce né fa nulla per farmi capire che mi ha sentito, continua solo a fissarmi a bocca aperta.
«Il pranzo!», grida Noah.
Sussulto, guardando in fondo al cortile, e lo vedo dirigersi verso l'altro furgone.
«Vuoi venire con me?», mi chiede. «Vado a prendere dei cheeseburger».
Non so bene se stia parlando con me o con suo fratello, ma guardo Kaleb e vedo che mi sta ancora fissando.
E non sono… sicura di voler restare qui da sola con lui.
Dovrei andare con Noah.
«Arrivo», dico, poi mi allontano sostenendo lo sguardo di Kaleb. Dal modo in cui mi guarda capisco di aver ragione.
Non dovrei restare qui da sola con lui.

9. Noah

Tirando fuori il braccio, lei rovescia a terra alcuni pezzi dalla mia scacchiera di Harry Potter.
Faccio una smorfia.
«Noah, alzati!», grida mio padre dalla porta della camera. I suoi passi svaniscono a mano a mano che scende le scale.
Porca puttana. La tipa sopra di me si china, afferra la testiera del letto e muove i fianchi su e giù sopra il mio cazzo. *Dai…* La carne dura pulsa di calore, ma non riesco ad arrivare al culmine. Le afferro i fianchi, guidandola sempre più velocemente.
«Sono più sexy?», chiede lei ansimando.
«Sì».
«E le mie tette?», mi prende la nuca, schiacciandomi il seno in faccia. «Ti piacciono di più?».
Sto quasi per roteare gli occhi, ma le do un morso al capezzolo per sicurezza. Ha le tette più belle di Rory, ma almeno Rory sapeva cosa fossero i preliminari. È decisamente ingiusto che questa ragazza cerchi di saltarmi sul cazzo alle sei del mattino aspettandosi che sia pronto.
Per fortuna sono riuscito a rievocare un sordido ricordo del liceo per prepararmi.
Raddrizza la schiena, si attraversa il corpo con le mani, strizzandosi i seni. I capelli biondi le cadono tutt'intorno. Poi sbatte la mano sul muro vicino al letto e geme di piacere.
Gesù, cazzo. Magari Tiernan non era ancora sveglia, ma adesso lo sarà.
Tolgo la mano di Remi dalla parete e mi siedo, baciandola per soffocare i suoi gemiti. Fare rumore di notte è una cosa. Ma farlo la mattina rende

evidente a tutti che ritarderò al lavoro perché mi sto scopando la sorella diciottenne della mia ex.

«Noah!», mio padre urla di nuovo dal piano di sotto.

Sì, sì… *Manca poco.* Dai…

La mia testa galleggia. Non sono concentrato.

Ma non voglio nemmeno lasciare la stanza e avere a che fare con mio padre. Muovo il corpo più velocemente, baciandole il collo, tirandole i capelli e scopandola dal basso, i suoi gemiti aumentano.

Dai, piccola. Vieni.

«Adoro scopare con te», cinguetta.

Annuisco. *Sì, okay.*

«Sono contenta di aver avuto il mio turno con te».

Il tuo turno…

«Incazzati», ansima. «Sono la puttanella di papà».

Eh? Ma che cazzo? Chiudo gli occhi, il mio stomaco si rivolta.

«Non farmi soffrire, Noah», dice.

Ssss… stai zitta, cazzo.

«Non ci provare».

Basta. Digrigno i denti e le afferro la vita, la faccio girare e la blocco supina.

Le copro la bocca con la mano mentre le divido le ginocchia, allargandola.

La scopo con forza, velocemente, facendo oscillare il letto e scricchiolare le assi del pavimento, intanto guardo fuori dalla finestra oltre la testiera. Voglio solo che tutto questo finisca.

Stringo la mascella, il suo sudore contro la mia pelle mi fa sentire schiacciato dai muri sul soffitto. Voglio spazio.

Chiudo gli occhi.

Ho bisogno di uscire da questa stanza.

Di uscire da questa casa.

Dal bosco.

Dalla montagna.

Non mi interessa se non vedrò mai più un cazzo di albero in vita mia. Ho scopato con qualsiasi donna nel raggio di cento chilometri e non riesco più a guardarmi allo specchio: ora sono talmente esausto che non avrò più così paura da non riuscire a oppormi a mio padre.

La notte è meglio. Perché sono stanco e voglio solo una scopata prima di andare a letto, ma la mattina… quando mi sveglio odio il posto dove vivo ed essere obbligato a fare ciò che non voglio. Sono annoiato.

Passa un altro minuto e sento i suoi gemiti vibrare sul mio palmo, la sua fica si contrae stringendo il mio cazzo, e io grugnisco mentre la finisco, respirandole affannosamente nell'orecchio. Ora lei pensa che anche io abbia finito.

Mi prude la pelle nei punti in cui mi tocca.

Tolgo la mano.

«Adoro la sensazione del tuo sperma dentro di me», dice lei con un sospiro.

Non sono venuto. *E porto il preservativo, cretina.*

«Noah!», la mazza da baseball colpisce la colonna di tronco al piano di sotto. «Alzati!».

Mi asciugo la faccia con le mani e mi tiro via da Remi.

Che rottura di cazzo. Ricoperto di sudore freddo, mi alzo e mi tolgo il preservativo, poi lo butto.

Mi infilo i jeans e le lancio la maglietta, ma sento gli occhi di lei seduta sul letto. Ho bisogno di aria, cazzo, e di un po' di spazio per crogiolarmi nella mia vergogna.

È inaccettabile che non sia riuscito a venire nemmeno una volta. Sono bravo a letto, maledizione. Le donne lasciano la mia stanza contente.

Non come mio padre, che trasforma il suo letto in una landa deserta quando le donne si rendono conto che lui vuole solo del sesso e non una relazione stabile. Nemmeno come lo scannatoio che è la stanza di Kaleb al piano di sopra, da cui le donne sono fortunate se escono ancora vive.

Io sono davvero bravo in questa roba.

Remi mi fissa con un sorriso civettuolo, come se dovessimo fare piani per la prossima volta, o qualcosa del genere, ma io mi chino e le do un bacio rapido sulle labbra come a dirle "addio". Mi auguro che lo sia.

E per favore, per favore, non farti trovare quando esco dalla doccia.

Mi giro, prendo una Bud dal mio piccolo frigorifero ed esco dalla stanza, chiudendomi la porta alle spalle.

Tolgo il tappo e me lo infilo in tasca. Ho bisogno di alcol stamattina.

Esco per il corridoio con la birra in mano, sento dei passi alla mia destra e vedo Tiernan che sale pesantemente le scale.

Tira su col naso, più che triste sembra frustrata. «Orribile», ringhia tra sé, la sua voce impastata da un singhiozzo. «Ho... merda di pollo sotto le unghie. Che schifo. Perché quest'uomo è così strano? Non può comprare il pollo al supermercato come tutti gli altri?».

Per poco non mi sfugge una risata, ma sto zitto. Non mi ha ancora visto e non voglio che lo faccia. È troppo divertente e mi piace guardarla quando è incazzata. Lei è il mio unico spiraglio di luce in questo cesso di posto.

Anche se sono solidale con lei. Pulire il pollaio non è una bella esperienza.

«E speriamo che gli vada bene come l'ho fatto, perché non ho nessuna intenzione di...», e disegna le virgolette in aria «... farlo quindici volte finché non lo avrò fatto nel modo giusto». Lo dice imitando la voce profonda di mio padre e i suoi stupidi ordini da maschio alfa.

Rido tra me e me, felice come un bambino. C'è qualcuno che lo odia quanto me.

Okay, okay. Non lo odio. È solo che… odio me stesso.

Si dirige verso il bagno e io mi precipito ad afferrare la maniglia della porta prima di lei.

«C'è un altro bagno al piano di sotto», la prendo in giro, non riesco a fare a meno di rovinarle la mattinata ancora di più.

«Ho bisogno della doccia». Mi guarda accigliata, ha gli occhi rossi e le labbra tirate. Sfoggia delle belle treccine ai lati della testa e prova ad afferrare la maniglia.

«Tanto andiamo a pescare», dico, spingendo il mio corpo davanti al suo nella nostra battaglia per la porta. «Ti sporcherai di nuovo».

Mi tira uno schiaffo sulla mano. «Sono arrivata prima io!», poi mi tira le braccia e mi spinge il petto. «Se devi pisciare, allora vacci *tu* di sotto».

«Anch'io ho bisogno di una doccia».

«Come mai?», mi schernisce, ripetendo le mie stesse parole. «Tanto andiamo a pescare».

«Perché mi sono sporcato più di te stamattina», rido, stuzzicandola.

Mi lancia un'occhiataccia, per dirmi che sa benissimo come mi sono sporcato, ma nessuno dei due molla. Le tiro una treccia, lei mi dà una gomitata e io rido. Mentre ci azzuffiamo vedo un accenno di sorriso spuntare anche sulle sue labbra.

Alla fine apro la porta, ma lei si tuffa davanti a me per cercare di entrare per prima. Le pesto un piede e lei inciampa, però le afferro la vita con un braccio e la tiro indietro, lei si aggrappa allo stipite della porta senza arrendersi.

Mi metto a ridere, provo l'impulso improvviso di buttarla a terra e massacrarla di solletico. Non vedo l'ora di portarla al lago. Non credo di aver mai scherzato con una donna che non mi voglio portare a letto.

La stacco dallo stipite e lei urla, ma l'urlo si trasforma in una risata e con le gambe – scoperte, indossa dei pantaloncini di jeans – inizia a prendermi a calci. Colpisce il muro con la suola delle sue Vans maleodoranti.

«Cavolo, quanto puzzi», dico. «Ti sei rotolata nella cacca per caso?»

«Ci sono affondata dentro!», ringhia lei.

Ridacchio. È come avere una sorella minore. Forse la giornata non andrà così male, in fin dei conti.

Ma proprio dopo quel pensiero, una voce ci interrompe. «Noah?», dice qualcuno.

Il mio stomaco si contrae e mi fermo, smorzando lentamente il mio sorriso. Restiamo in silenzio, poi mollo la presa su Tiernan e ci giriamo entrambi verso la mia camera da letto.

Remi è sulla soglia, ci guarda.

E chiaramente non ha colto il suggerimento di andarsene, dato che indossa solo una delle mie magliette invece dei suoi vestiti.

Mi chiama a sé con un dito e io preferirei tagliarmi la palla sinistra pur di non raggiungerla.

Spingo Tiernan in bagno e poi la seguo dentro sbattendo la porta. La spingo seduta sul water.

«Che diavolo stai facendo?», lei mi guarda torva.

«Siediti e basta», le ordino, allungando una mano dietro la tenda della doccia per aprire l'acqua. «Tu… siediti e resta qui finché non se ne va, okay?»

«Ma perché?».

Perché mi serve uno scudo per il mio uccello. Perché secondo te, idiota? Se faccio la doccia da solo, Remi potrebbe provare a unirsi a me o che so io.

«Fai solo quello che ti dico», le ordino.

Tiernan aggrotta le sopracciglia confusa e io scuoto la testa.

Mi sembra di avere il sudore di Remi attaccato ai polmoni, insieme a quello delle altre mille ragazze che mi sono ritrovato nel letto la mattina. Sono una nullità, e più rimango sobrio, più dovrò affrontare questo fatto. Bevo un sorso di birra.

Quando lo faccio, Tiernan schizza via dal water e va verso la porta.

Afferro la parte posteriore dei suoi jeans e la tiro indietro, il suo corpo sbatte contro il mio.

«Noah!», mi rimprovera.

Ma la trattengo comunque con le braccia, allontanandola dalla porta. «Non lasciarmi. Vuole di nuovo il mio corpo».

«Uffa».

Bevo un'altra bella sorsata mantenendola bloccata.

Poi un pugno batte sul legno duro.

Nooo…

«Noah?», sento Remi che mi chiama. «Vieni al bar stasera?», chiede la ragazza da dietro la porta.

«Sì!», grida Tiernan. «Vien…».

Le copro la bocca con la mano libera.

Un altro muggito arriva dal piano di sotto. «Noah!».

Faccio una smorfia. Che cazzo! Sono tutti ossessionati da me stamattina? Grazie a Dio almeno Kaleb non parla.

Tiernan si dimena tra le mie braccia e, non so perché, la stringo più forte allontanandoci dalla porta e serrando gli occhi.

«Noah!», grida di nuovo mio padre.

«Sono sotto la doccia!», gli rispondo urlando.

Gesù.

Ma proprio in quel momento, Tiernan mi dà una tallonata nella gamba e io inciampo all'indietro, cadendo con lei tra le braccia.

La parte posteriore delle mie ginocchia urta la vasca, perdo l'equilibrio ed entrambi ci cadiamo dentro, Tiernan è ancora avvolta a me e si schianta contro il mio petto.

Caccia un urlo, strappando la tenda della doccia da un paio di anelli e sbattendo la testa contro il mio mento, io sono atterrato di schiena. Grugnisco.

«Oh, mio Dio», grida, sputando acqua con i vestiti e i capelli inzuppati, poi cerca di mettersi a sedere. «Tu sei pazzo. Che diavolo?».

Le premo ancora una volta la mano sulla bocca e la tiro indietro. «Ho bisogno che resti qui».

L'acqua scende mentre il vapore si leva nell'aria, e io tendo le orecchie, per sentire se le persone da cui mi sto nascondendo sono ancora lì. Il mio stomaco si contrae perché è ovvio che sono un vigliacco, cazzo.

«Noah!», urla di nuovo mio padre.

Inclino la testa all'indietro, emettendo un sospiro. «Perché non sta zitto, porca puttana?».

Allontano la mano dalla bocca di Tiernan, ma quando lei cerca di muoversi, la prendo per il colletto e la riporto da me.

«Se non faremo rumore andranno via», le dico.

«Hai visto tuo padre?», ribatte lei. «È più grande della porta, Noah. Tutto quello che deve fare è spingere molto forte con la mano, e se mi trova qui, mi assegnerà altre faccende e io ho già fatto quello che dovevo per stamattina!».

«Ssss!», le copro la bocca con la mano. «Staranno zitti se non faremo nessun rumore». Dietro la mia mano, lei borbotta qualcosa tipo: "Sei un idiota".

Sorrido. Mi sembra di essere un bambino che si nasconde dai genitori. Come a nascondino. Non ho mai potuto giocare molto da piccolo. Kaleb ha smesso di parlare quando io avevo tre anni, non ricordo di aver mai giocato con lui.

Qualche volta l'ho fatto con mio padre, però. Ho dei ricordi di quando non era ancora così vecchio e arrabbiato.

Guardo Tiernan.

Ero incazzato con lei, ieri.

Poi mi è passata.

Non parlano con me. Nessuno mi parla.

Prima volevo torcerle il collo, poco dopo volevo solo abbracciarla.

Ho capito. Ho capito cosa c'era che non andava.

Lei fa respiri rapidi e corti, io le pizzico il naso prima che possa starnutire.

Lo starnuto le parte lo stesso, comunque, e perciò mi sputa sulla mano. Io rido per il verso buffo che emette. Mi sciacquo la mano e metto di nuovo il braccio intorno a lei.

«Com'era Los Angeles?», le chiedo. «Dimmi qualcosa della tua vita».

Qualunque cosa. Vorrei andare da qualche parte, anche se non possiamo lasciare questa vasca.

Lei rimane in silenzio.

Appoggio di nuovo la testa all'indietro, fissando il soffitto.

«Ti senti mai come se fossi chiusa in una scatola?», borbotto. «E tutto ciò che vedi sono le tue quattro mura, qualunque cosa tu faccia? Non importa quanto cammini lontano, la vista non cambia mai».

«Non puoi chiedere a me cosa fare per essere felice», dice. «Sono venuta in Colorado».

Sì, non funziona per me.

Ma per lei...?

«Ha funzionato?», le chiedo, tirandole delicatamente la treccia visto che non risponde. «Perché?».

Scuote la testa per liberarsi, guardandomi torva, ma vedo un sorriso che fa capolino sulle sue labbra. «La vista mi piace di più, sì».

Si gira di scatto verso di me. «Ti sanguina il naso».

Mi asciugo con la mano e vedo il sangue sulle dita. Mi sciacquo con l'acqua per togliere il sangue.

«Non c'è bisogno che tu sia così violenta», dico punzecchiandole il fianco, è la mia punizione per avermi dato una testata.

Lei si dimena. «No, smettila», ribatte mentre io continuo ancora un po'. «Non sono una fan del solletico».

Rido e continuo ad affondare le dita nei suoi fianchi. Lei strilla, cercando di scappare, ma non può andare da nessuna parte.

«Noah?», un forte colpo sulla porta. «Esci? Io devo andare».

Tiernan mi guarda e io la infilzo ancora una volta.

«Noah non è qui», le suggerisco cosa dire.

Lei allontana la mia mano con uno schiaffo. «No».

«Dillo».

«No!», lei urla senza voce.

La punzecchio di nuovo e lei si ritrae. «Dillo».

«È una cattiveria», risponde con le labbra strette. «No!».

Le prendo il braccio. «Ti faccio il morso del serpente».

Mi schiaffeggia, intanto arriva un altro colpo alla porta.

Vado. Le blocco l'avambraccio con entrambe le mani, vedo i suoi occhi spalancarsi per la paura, e glielo strizzo, guardandola scalciare e urlare.

«Ahi!».

Lottiamo, l'acqua schizza dappertutto e lei scalcia, picchia, il suo gomito per poco non mi atterra sulle palle.

«Smettila», farfuglia, ma scoppia in una risatina incontrollabile. Finalmente la lascio.

«Stai ridendo», le dico.

«Non è vero». Si siede, raddrizzandosi.

Il mio respiro si calma e il battito del cuore mi rallenta di nuovo. Lei si scosta i capelli dal viso senza uscire ancora dalla doccia.

Piego la testa all'indietro, le braccia lungo i bordi della vasca, e lei si appoggia al muro con le gambe alzate e le Vans che pendono dal bordo.

«Perché non vuoi sorridere?», le chiedo.

Non chiede mai niente, sembra che non voglia niente. Si è comportata come se non ci fosse rimasta male, ieri, quando Kaleb l'ha esclusa. Allungo una mano, sfiorando con il pollice la pelle tra le sue sopracciglia. «La pelle ti si corruga sempre in questo punto», le dico, poi sposto la mano verso l'angolo della sua bocca dove dovrebbero esserci le linee di espressione. «Ma mai qui».

Lei mi guarda. L'acqua scende intorno a noi e delle gocce le rigano il viso incastrandosi tra le sue labbra. Labbra carnose, rosee e sembrano morbide, da masticare come due chewing-gum.

Di riflesso, stringo i denti.

«Noah!», mio padre bussa alla porta.

Sbatto appena le palpebre, non riesco a smettere di guardarla. Le sue gambe bagnate, l'acqua che le scivola lungo l'unico triangolo di petto visibile, quello dove manca un bottone della camicia…

Tiernan sostiene il mio sguardo. «Noah non è qui dentro», grida.

E io sorrido. Allungando una mano, le faccio il solletico sul collo e lei cerca di mordermi prima che io mi allontani, ridendo sottovoce.

I passi di mio padre svaniscono, non so se ha creduto a Tiernan o meno, ma almeno si è arreso.

Se tutto va bene, anche Remi se ne starà andando. Anche se mi sforzo per fregarmene, in realtà mi sento in colpa a buttare fuori casa le ragazze con cui ho passato la notte.

Non è colpa di Remi, però. Lo so. Lei è solo un promemoria di quanto spendo male il mio tempo. Tiernan infila una mano dietro la schiena e tira fuori la bottiglia di birra che, a un certo punto, devo aver perso.

Inarca le sopracciglia verso di me.

«Oggi andiamo a pescare», mi giustifico. «Si può bere anche la mattina».

E gliela strappo di mano, dato che è ancora mezza piena ne prendo un sorso.

Scuote la testa, ma vedo il sorriso nei suoi occhi.

Rimaniamo in silenzio per alcuni secondi e ho l'impressione che nemmeno lei voglia uscire là fuori.

«Adoro la spiaggia», mormora.

Alzo gli occhi su di lei.

«A Los Angeles», chiarisce, senza guardarmi. «Era l'unica cosa che mi piaceva, credo».

Oh, giusto. Le avevo chiesto della sua vita in California.

Lei mi guarda, un sorriso le spunta sulle labbra. «Ti ci vedrei lì», riflette.

Puoi ben dirlo. Mi inserisco ovunque.

Si ferma fissando il vuoto. «Quando avevo quattordici anni, ero ossessionata dalle vecchie canzoni. Non so perché».

Ascolto, avere in casa qualcuno con cui parlare è bello.

Continua: «Ho scoperto che Surf City, era in realtà Huntington Beach, in California. Così una mattina piovosa, ho preso la Ford Woody del '47 di mio padre...», ridacchia, «l'unica delle sue cose che amassi... e sono andata a Surf City. I miei genitori erano ancora a letto e io ero a casa per le vacanze di primavera. Non avevo mai preso una delle sue auto. Non avevo ancora nemmeno la patente. Ho preso solo uno zaino pieno di libri e... sono partita».

Abbassa gli occhi, qualcosa che non riesco a decifrare le increspa la fronte. Socchiudo gli occhi mentre la guardo giocherellare distrattamente con l'orlo della camicia che indossa.

Deve essere successo qualcosa quel giorno.

Quando parla di nuovo, la sua voce è quasi un sussurro. «Era ancora presto, quando sono arrivata. Mi sono seduta sulla spiaggia a guardare le onde mattutine arrivare sulla riva». Uno sguardo malinconico le riempie gli occhi. «Era così bello. Alla gente piace guardare l'oceano all'alba o al tramonto, ma io amo guardarlo subito prima che il sole sorga o subito dopo il tramonto». Mi guarda e un lampo di eccitazione illumina i suoi occhi grigi. «Tutto è così calmo e l'acqua ha una tonalità grigio-blu, come le nuvole prima di un temporale. Un oceano di nuvole», riflette. «Il rumore delle onde è come un metronomo che batte il tempo nel tuo corpo. La pioggia ti sfiora le spalle. L'orizzonte infinito e il sogno di andare via e perderti da qualche parte laggiù. Non c'è nessuno lì intorno. Regna la pace».

Un'espressione seria la investe, e io la guardo impugnando la birra con entrambe le mani.

«Dopo un po'», continua, «mi sono alzata, ho preso lo zaino e me lo sono messo in spalla. Era così pesante che mi faceva quasi piegare le ginocchia».

Deglutisce.

«Ma sono stata forte», borbotta. «E sono entrata in acqua».

Stringo la mano attorno alla bottiglia. *Sono entrata in...*

«Ho camminato finché l'acqua non mi è arrivata alla vita», dice a bassa voce, fissando il vuoto. «E poi fino alle spalle».

Con uno zaino pieno di libri sulla schiena che la appesantiva.

«E quando l'acqua mi è arrivata alla bocca, ho iniziato a nuotare», mi dice. «Facevo fatica a spostare l'acqua velocemente, usavo tutta la forza che avevo, perché sapevo che da un momento all'altro il peso dello zaino mi avrebbe tirata giù. Volevo andare più lontano. Avevo bisogno che l'acqua fosse più profonda». Esita, poi sussurra come se stesse pensando ad alta voce. «Così profonda da non poter tornare indietro. Non volevo *riuscire* a tornare indietro. I miei piedi non toccavano più il fondo dell'oceano. Stavo andando lontano. Sempre più lontano».

So come ci si sente. Conosco il limite che si sfiora quando vogliamo arrivare al punto di non ritorno, quello da cui potremo solo andare avanti. Io non ce l'ho mai fatta. Ho sempre avuto paura delle cose da cui non si può tornare indietro.

«Ricordo quell'ultimo momento», dice, le goccioline brillano sulla sua pelle, ormai abbronzata. «I muscoli mi facevano male, perché avevo usato ogni minima forza per tenere a galla me e lo zaino. Poi è arrivato l'ultimo momento, durante il quale ho capito che stavo per andare a fondo. Il peso mi tirava giù». Scuote delicatamente la testa. «Lasciati andare. Lascia che accada, mi sono detta. Fallo e basta. Fallo e basta. Lasciati andare».

Riesco a vederla, come da un molo lì vicino, mentre lotta per tenere la testa fuori dall'acqua sapendo che nulla potrà salvarla dall'abisso.

«Ho lasciato andare lo zaino». Sbatte le palpebre. «Non sono nemmeno andata sotto».

Era logico, lo sapevo. È ancora qui, no?

Tuttavia, sono felice di scoprire che per lei era stato semplice scegliere di rimanere a galla.

«Perché l'hai lasciato andare?», chiedo.

«Non lo so. Forse non facevo sul serio».

Allungo una mano e le sfioro la mascella con il dorso delle dita. «O forse hai capito che avevi qualcosa per cui vivere e che sarebbe andato tutto bene».

Anche se solo per un minuto, prima o poi tutti pensano al suicidio.

E di solito la causa principale è una. La solitudine.

Avrebbe dovuto crescere con noi. Perché mio padre non si è messo in contatto con lei prima? Perché non l'ha mai invitata qui per l'estate? I suoi genitori lo avrebbero permesso. Probabilmente sarebbero stati felici di sbarazzarsi di lei.

E anch'io sarei stato felice di avere qualcuno con cui parlare. Anch'io mi sarei sentito meno solo.

«Si sono mai accorti che eri sgattaiolata fuori?», chiedo.

Lei annuisce. «Circa un mese dopo. Quando hanno ricevuto dalla biblioteca il conto di tutti i libri che non avevo restituito e che avevo scaricato in fondo all'oceano».

Mi scappa una risata e le tiro di nuovo la treccia, vedendo che sorride anche lei. Prima regola quando si ruba l'auto di tuo padre, tesoro: copri le tue tracce.

Prendo un altro sorso e le passo la birra. «Torni mai su quella spiaggia?»

«Ogni volta che piove», risponde, voltandosi per guardarmi. «Solo che ora porto con me solo un libro e gli auricolari».

Beve un lungo sorso e mi restituisce la bottiglia.

Mi piace. Non riesco a ricordare l'ultima volta in cui stare in questa casa sia stato così piacevole.

«Tu hai tutto questo», la sento dire.

Alzo lo sguardo e vedo che mi osserva.

«E andrà tutto bene», conclude.

Ha ripetuto le mie parole.
Anzi, ancora meglio… non ho dovuto pungolarla. Se solo mio padre potesse vedere un palmo al di là del suo naso.
«Datti una lavata», dice, alzandosi. «E sbrigati».
Mi scolo il resto della birra, lasciando la bottiglia sul portasapone, e mi alzo, prendendo il suo posto. Quando mi sguscia accanto i nostri petti si sfiorano, e io piego la testa all'indietro, lasciando che l'acqua mi scorra sulla cute. Lei si gira immediatamente dall'altra parte per darmi un po' di privacy.
«Forse ti conviene uscire», le tiro la treccia due volte. «Così posso spogliarmi».
«Sono bagnata fradicia».
Come vuoi.
Mi tolgo i jeans e li strizzo, li butto fuori dalla vasca e vedo che li segue con lo sguardo. Si irrigidisce, intreccia le mani dietro la schiena come per concentrarsi e restare calma.
Mi lavo, strofino i muscoli del collo, e per tutto il tempo non riesco a staccare gli occhi dalla sua schiena.
Ha bisogno di molte cose, tutte cose che non si possono comprare. Ha bisogno di ridere e di ubriacarsi. Ha bisogno che qualcuno le faccia il solletico, la coccoli, le faccia perdere il controllo e la prenda in giro. Non voglio vederla piangere, ma se dovesse capitare vorrei che sapesse di poter contare su di me.
Lei ha una casa.
Spingo il soffione della doccia verso il muro per spostare il getto dell'acqua e prendo un asciugamano dal ripiano apposito, avvolgendomelo intorno alla vita.
Mi avvicino a lei da dietro e mi godo il suo nervosismo. Sta quasi trattenendo il respiro.
Poi mi viene in mente un'altra cosa di cui potrebbe aver bisogno una ragazza e il mio sorriso svanisce.
Com'è Tiernan quando si lascia trasportare?
Prendo la sua treccia, strofinando i capelli tra le dita e leccandomi le labbra, a un tratto sono secche.
Lei alza lo sguardo verso di me, ora i suoi occhi sono grandi, e io sbatto le palpebre per darmi una svegliata.
Le tiro di nuovo la treccia con delicatezza. «Pancake ai mirtilli?», chiedo.
Sbatto le ciglia, rivolgendole la mia migliore espressione di supplica.
«Con doppia dose di mirtilli?», la prego.
Lei stringe le labbra e incrocia le braccia, distogliendo di nuovo lo sguardo.
Ma non dice di no.
«Grazie». Le bacio la fronte e le strattono di nuovo la treccia ridac-

chiando, poi scappo fuori dalla vasca mentre lei mi tira degli schiaffi sulla schiena.

Chiudo la tenda della doccia e prendo un altro asciugamano dalla sbarra per asciugarmi i capelli.

Voltandomi, mi avvicino alla porta e giro la chiave, ma poi con la coda dell'occhio vedo qualcosa uscire dalla doccia e mi fermo.

La camicia di flanella di Tiernan, la mia camicia, è buttata sul pavimento vicino alla vasca.

Alzo gli occhi al cielo, stringendo la maniglia vedo la sua sagoma muoversi dietro la tenda bianca. Poi cadono i pantaloncini di jeans, io distolgo lo sguardo, sempre stringendo la maniglia. Il mio corpo si riscalda.

Già lo vedo. Il vento invernale che soffierà in soffitta tra un paio di mesi. L'odore della neve che arriverà quest'inverno.

Mesi di tranquillità, buio e con lei in casa. Attimi, docce, angoli, notti silenziose...

E, per una volta, potrei essere entusiasta di essere qui.

Senza riflettere, giro di nuovo la chiave e la guardo attraverso la tenda. Riesco quasi a vedere la sua biancheria intima attaccata al corpo. Ricordo i suoi polpacci e le sue cosce toniche.

E se le piacessi? E se accadesse solo una volta? Se rimanesse un segreto? Qualcosa che mio padre non dovrà mai sapere? Magari non oggi, forse domani. O la prossima settimana. Qui dentro, sotto la doccia, dove nessuno potrebbe vederci.

Scuoto la testa, apro la porta ed esco in fretta.

Gesù Cristo. Non è di questo che ha bisogno.

E un'altra tacca sulla cintura non è quello di cui ho bisogno io.

Io devo farmi curare la testa. Questa povera ragazzina ha appena perso i genitori.

«Oh, wow», dice Tiernan, saltando giù dal furgone e osservando la cascata.

Ci sono volute due ore per portare a termine le faccende, caricare il mezzo con birre, panini e attrezzatura da pesca, e venire quassù.

Sbatto la portiera, intanto Kaleb si avvia già verso l'acqua. «Sì...», guardo la cascata che si riversa sulle rocce oltre il laghetto, colpendo la superficie, e l'acqua calma che scorre dall'alcova, formando un ruscello a sinistra.

«Ora capisco perché non te ne sei mai andato», dice a mio padre, sorridendo.

Lui ricambia il sorriso e si toglie la maglietta.

Guardo Tiernan, un rossore le attraversa le guance quando torna a guardare la cascata.

Stringo i denti. «Certo», rispondo sarcastico. «Perché il resto del mondo non ha nient'altro da offrire».

Lancio un'occhiata a mio padre e vedo che mi fissa con aria severa.

«Prendi il frigorifero», mi ordina.

Sorrido tra me e me mentre faccio quello che mi ha detto. Tiro giù il frigorifero dal pianale, lo porto verso la spiaggia, Tiernan è al mio seguito. Mi irrita che sia andata allo stagno da sola, ma sono contento che sia venuta qui per la prima volta insieme a noi. Questo è più divertente.

«Non viene nessun altro qui?», domanda.

Metto giù il frigorifero, lei si guarda intorno nella piccola spiaggia deserta.

«Ci vengono», le dico. «Ma è ancora presto. In inverno, però, ce l'abbiamo tutto per noi».

Mi tolgo la maglietta e le scarpe.

«Un lago ghiacciato», riflette. «Tutto per noi. Fantastico».

Davanti, le pareti di roccia si innalzano e l'acqua si riversa giù. Albero e fogliame ci circondano, proteggendoci dalla forte luce del sole, ma a sinistra, il verde si dirada lasciando intravedere il fiume che gorgoglia sui sassi. Annuso il granito e il muschio, pensando al fatto che sono stato qui mille volte e ora non riesco a godermi più la vista.

Guardo Tiernan, preferisco lei a quel panorama. Indossa un paio di pantaloncini bianchi e una delle sue camicie a quadri rosa e blu, aderente, sembra costosa. La studio. Vuole nuotare così o...?

«Stai bene?», le chiedo, notando che sta fissando qualcosa.

Ma quando seguo il suo sguardo, capisco che sta guardando Kaleb. Lui si arrampica sulla ripida parete di roccia vicino alla cascata, indossando solo i jeans.

«Sì».

«Noi ci tuffiamo», le dico. «Vuoi venire?»

«Vi tuffate?», si abbassa gli occhiali da sole sugli occhi. «Non spaventerete i pesci?».

Io ridacchio. «Tutte scuse le tue».

Entro in acqua, immergendomi dopo pochi metri. La cascata schizza, agitando l'acqua fresca, e raggiungo mio fratello senza riuscire a togliermi il sorriso dalla faccia.

«Lei è sicuramente un motivo per restare, vero?», gli dico a gran voce, lui è qualche metro sopra di me. «Mi piace averla intorno».

Kaleb continua a salire, strisciando lungo il pendio fino in cima alla cascata.

«Annuisci una volta se stai pensando le stesse cose che sto pensando io», gli dico.

Interrompe la sua scalata e finalmente mi guarda, i suoi occhi scuri sono spenti, come al solito.

Ma io continuo ad andare. «Lo so che le pensi», lo stuzzico. «L'altra sera stavi andando così forte con lei, che non riusciva nemmeno a dire una parola».

Lui guarda lontano, verso la spiaggia in cui si trova Tiernan. Anch'io ci guardo e scopro che si è tolta la camicetta, sfoggiando un bikini bianco su un corpo che sa nascondere dannatamente bene sotto i miei vestiti. I suoi seni sembrano quasi troppo grandi per il top che indossa. Si siede sulla coperta, ha ancora i pantaloncini addosso, e appoggia le braccia sulle ginocchia, guardandoci attraverso gli occhiali da sole.

«Com'è stato?», chiedo.

Quando mi giro, Kaleb sta salendo di nuovo, il sudore gli incolla i capelli neri al collo e alle tempie.

«Kaleb?», afferro un sassolino e glielo lancio sulle gambe. «Com'è stato?».

Lui mi guarda di sbieco, ma continua.

Osservo di nuovo lei. Mio padre si è accovacciato accanto per mostrarle come innescare un amo. Devo riconoscerle un merito. Lei lo asseconda. Io odio la pesca, cazzo.

«Mi chiedo com'è quando è felice», gli dico. «Quando si concede a qualcuno e si lascia desiderare».

Mi piacerebbe vedere com'è quando si sente viva.

«L'ho odiato ieri, sai? Vederla così». Non so se mio fratello mi sta ascoltando, sto continuando a guardarla. «Lei ha bisogno di noi».

Io ho bisogno di una presenza come la sua, in casa, per superare un altro inverno qui.

Mi giro verso Kaleb che nel frattempo si è fermato. Mi sta guardando.

«Non farla scappare via», lo avverto. «Dico sul serio. Se lei resta, lo farò anch'io». E poi aggiungo: «Per l'inverno, almeno».

10. Tiernan

«Hai detto che non volevi pescare», dice mio zio da dietro.

Avvolgo il filo sul mulinello, mi guardo fugacemente alle spalle e lo vedo avvicinarsi.

Mi giro di scatto.

Mi ha trovata.

La mia camicia di flanella, legata intorno alla vita, tocca le mie cosce sventolando, e sento un formicolio sulla schiena e sulle spalle nude.

Si ferma accanto a me, innescando il suo amo.

Dopo che i ragazzi sono corsi a fare i tuffi dalle rocce, Jake ha cercato di farmi pescare, facendomi una tiritera sul funzionamento del mulinello, della canna e su come lanciare una lenza, ma io ho ascoltato a malapena. Il salto di Kaleb dalla cima della cascata mi ha fatto sentire un vuoto allo stomaco, persino più della mia conversazione con Noah questa mattina.

Non volevo che uscisse dalla vasca.

Aspettavo che mi toccasse.

«Non ti piace proprio farti aiutare, vero?», mi chiede Jake.

Prendo fiato. *No.* Ecco perché ho approfittato che fossi distratto per sgattaiolare qui e provare a pescare da sola.

Guardo l'acqua scorrere nel punto in cui la mia lenza scompare sotto la superficie. I pesci nuotano davvero dentro corsi d'acqua con così tanta corrente?

«Non me lo stai chiedendo, sai?», continua, cercando di intercettare il mio sguardo. «Mi sto offrendo io di farlo».

«Sono un tipo solitario».

Sbuffa sottovoce. La corrente tira la lenza e io la avvolgo di qualche centimetro, intanto lui lancia la sua, il mulinello gira rumorosamente.

Si schiarisce la gola. «Allora com'è che sai sparare, ma non pescare?»

«Non mi è mai interessato imparare».

«E adesso?».

Gli lancio uno sguardo. «Non voglio essere l'unica a non sapere come si fa».

Non voglio che i ragazzi facciano tutto per me. Inoltre, imparare cose nuove mi tiene la mente occupata. Io so fare gli origami, suonare tre canzoni con l'ukulele, digitare settanta parole al minuto e mi ci sono voluti solo tre mesi per allenarmi a fare la verticale.

«Sei competitiva, eh?», commenta lui.

«No, perché?», inarco un sopracciglio. «È una caratteristica della famiglia de Haas?»

«No, dei Van der Berg».

Lo guardo. Mi aspettavo un commento sulla mia famiglia.

«Sei nostra ora», dice, guardando in basso per incontrare i miei occhi.

Sei nostra ora.

Quando sei qui, sei una Van der Berg, ha detto Noah.

Gli occhi dolci di Jake non si scollano dai miei e il modo in cui mi fissa fa ribollire di calore il mio petto, non so perché. Noah e Kaleb sembrano lontani chilometri.

Distolgo lo sguardo, improvvisamente mi rendo conto che è mezzo nudo, ma i suoi occhi restano fissi su di me. Riesco a vederlo con la coda dell'occhio mentre riavvolgo un po' la mia lenza. Il suo odore mi circonda: un misto di erba, caffè e qualcos'altro che non riesco a identificare.

«Queste cose sembrano delle corde», dice, e sento che solleva una delle mie trecce.

Stringe la mia spessa treccia bionda nel pugno e la lascia, schiarendosi la gola. «Posso dirti una cosa?», mi chiede.

Lo guardo, il cuore mi batte forte.

«Di solito i pesci nuotano dove c'è un cambiamento di corrente o di profondità», mi spiega. «Vedi quel vortice laggiù? L'acqua calma vicino alla roccia?».

Guardo dove sta indicando, oltre le lievi rapide, verso la piccola pozza che vortica dolcemente.
Annuisco.
«È lì che dobbiamo gettare la tua lenza», spiega. «Saranno lì ad aspettare che insetti, pesciolini e tutte le altre creaturine vengano trasportati dalle rapide».
Oh.
Ha senso. Pensavo che i pesci nuotassero dove capita.
Mettendo giù la sua canna, prende la mia, avvolge la lenza e poi mi prende la mano, facendomi avanzare nel fiume.
Stringo la presa, sentendo i solchi del suo palmo ruvido contro il mio, desiderando quasi di intrecciare le mie dita con le sue per sentirli ancora di più.
I miei piedi si addentrano nell'acqua fredda, le mie scarpe si inzuppano all'istante mentre avanziamo di qualche metro, e lui cammina dietro di me, infilando la mia mano nella sua per farmi impugnare la canna con lui.
Io resto immobile, il suo petto nudo sfiora la mia schiena scoperta, e io chiudo gli occhi per un momento.
Tirando indietro le braccia, all'unisono, lanciamo la lenza, facendola volare verso la pozza di acqua calma per poi riavvolgerla.
«Se non ti piace pescare», dice dietro di me, la voce bassa e roca, «c'è una bella grotta dietro la cascata. Non è molto profonda, ma è tranquilla».
Lanciamo di nuovo la lenza, cercando di arrivare appena oltre la pozza.
«Sembra il classico posto in cui gli adolescenti vanno a combinare guai», scherzo.
«In effetti…», ridacchia lui.
Oh, fantastico. Posso solo immaginare cosa fanno i ragazzi laggiù, crescendo qui come fanno loro.
«Se un ragazzo vuole portarti lì», mi dice, «ora sai cosa sta cercando».
«Allora forse dovresti portarmici tu».
Smette di girare il mulinello e io smetto di respirare. Questo è sembrato…
Oh, Dio mio.
«Sarò più al sicuro con te», mi affretto ad aggiungere, girando la testa per guardarlo. «Giusto?».
Lui mi fissa, come se fosse in apnea. «Sì», borbotta.
Finisce di riavvolgere la lenza e io gliela prendo. Alzando il braccio con attenzione, per dargli modo di spostarsi dalla mia traiettoria, lancio la lenza, premendo il pollice sul pulsante non appena ho riportato il braccio davanti a me. La lenza – argentea alla luce del sole – brilla nell'aria e atterra proprio sul bordo della pozza.
«Bene», dice. «Un'altra volta».

Il suo calore si diffonde sulla mia schiena, facendomi desiderare di essere scaldata allo stesso modo in tutto il resto del corpo. Riavvolgo la lenza.

Tenendo il manico, inspiro attraverso il naso e finalmente riesco a decifrare la nota del suo profumo che prima non riconoscevo. Legno bruciato. Jake ha l'odore di una notte d'autunno.

Incapace di trattenermi, mi sporgo leggermente all'indietro, toccando ancora il suo petto con la schiena. La sua mano si sposta sopra la mia che impugna la canna.

«Ti sto troppo addosso?»

«No». Scuoto la testa.

Eccomi qui, ho appena detto che non ho bisogno di aiuto, ma ti prego non togliere la mano.

Sistema la sua presa sopra la mia, entrambi teniamo il manico e il mio braccio è appoggiato sopra il suo.

Poi tira il mio braccio indietro. «Indietro», sussurra con il mio pollice sul bottone e il suo sul mio. Con un movimento di polso, lanciamo, poi lui grida: «Lascia», gettando la lenza lontano nel fiume.

La lenza fluttua nell'aria, trainata dal peso dell'esca e cade in acqua con un *plof*.

Il suo petto si muove rapidamente dietro di me e riesco a malapena a sentire la sua voce quando dice: «Brava, Tiernan».

Ma non si muove.

Un velo di sudore mi copre la fronte, i miei seni ballonzolano e mi chiedo se lui li stia guardando. Spero…

«Non abbiamo una donna in casa da quando la madre di Kaleb e Noah se n'è andata», mi dice. «Non ho… un grande curriculum nel prendermi cura delle donne».

Mi giro appena e lo guardo.

Lui scuote la testa, sussurrando: «Non importa quanto ci provi».

Intravedo il suo dolore trasparire dalla sua fronte crucciata, anche se è concentrato sul ruscello, e la mia gola si stringe.

Il suo primo amore si è suicidato e la madre dei suoi figli è in prigione. Si sente responsabile.

«Pensavo di proteggere Kaleb e Noah, tenendoli isolati qui», dice, guardando la sua lenza. «Invece, penso che in realtà mi sono semplicemente arreso. Non volevo fallire di nuovo».

Guardo i suoi occhi, ancora così giovani. Lasciano trapelare tutte le cose che vuole ancora.

«Non avevo nemmeno il desiderio di provarci», mormora.

Poi mi guarda e tutto il resto si ferma.

«Ma ora abbiamo te», mi dice.

Il suo sguardo acceso mi paralizza e sento ogni centimetro della pelle tirare, come a implorarmi per avere qualcosa.

Le sue mani. Le sue mani ruvide.

Il calore mi pervade il basso ventre e mi sento bagnata. Sento l'umidità pulsare tra le mie cosce, l'imbarazzo mi sale fino alle guance.

La canna da pesca mi sfugge dalle mani, salto, inspiro l'aria fra i denti e guardo la corrente che se la porta via.

«Mi dispiace», mi precipito a dire. La mia bocca è aperta e mi allontano, guardando Jake. «Sono…».

Faccio fatica a mantenere l'equilibrio sulle rocce bagnate.

Lui scuote la testa, la voce gentile. «Va tutto bene», cerca di tranquillizzarmi. «Tiernan…».

«Mi dispiace davvero», dico di nuovo, poi scappo via, tornando di corsa sulla spiaggia e verso lo stagno.

Ho bisogno di immergermi. Ho bisogno di tenere tutto il corpo sotto l'acqua fredda.

Dio mio. Che cosa mi è successo? Lui sapeva cosa stavo pensando? Lo ha capito? Lui si confida con me e io sono lì che mi eccito?

Mi dirigo svelta allo stagno, non vedo i ragazzi da nessuna parte. Mi sfilo i pantaloncini e mi tolgo le scarpe, poi cammino nell'acqua per un paio di metri e mi tuffo. La distesa fresca mi avvolge il corpo e mi accarezza la cute. I miei pori si aprono, rilasciando altro calore, e continuo a nuotare, perché non voglio alzarmi e mostrare il mio imbarazzo.

Solo quando i miei polmoni sono affaticati e vuoti risalgo in superficie, prendendo respiri profondi. La cascata scende giù, primeggiando su tutti gli altri rumori e avvolgendomi in una sorta di silenzio, con tutt'intorno una nebbiolina che mi offusca la vista.

Jake deve pensare che sono proprio una ragazzina. Emotiva. Scostante.

Chiudo gli occhi e vado di nuovo sott'acqua. *Gesù.*

Nuoto intorno alla cascata, aggrappandomi alla roccia quando l'acqua mi colpisce la schiena. Il sole se n'è andato e io mi tiro su, senza fiato, tirandomi indietro i capelli.

Mi guardo intorno, l'acqua picchietta alle mie spalle e mi protegge da tutto. Vedo l'ingresso della grotta di cui mi ha parlato Jake e scendo dalla sporgenza rocciosa, dirigendomi verso l'apertura, perché al momento mi sembra un posto perfetto per nascondermi.

I miei piedi toccano rocce appuntite sott'acqua, flussi d'acqua gelida sferzano sulla mia pelle, e intanto cerco di trovare cautamente un appoggio. L'acqua scorre nella grotta, ci sono delle rocce sporgenti su entrambi i lati, e guardare questa tana buia mi fa rabbrividire. Posso salire su una delle due passatoie ai lati del tunnel e addentrarmi più in profondità. Chissà quante altre grotte e cavità si svilupperanno lateralmente?

Inclino la testa all'indietro, il tetto trasuda e lascia cadere delle gocce che atterrano sul mio viso. Respiro l'odore stantio della roccia bagnata e della terra scura e lascio che mi penetri nei polmoni.

Un gigantesco polpo rosso è dipinto con lo spray sulla parete alla mia destra, screpolato e consumato da anni di erosione. C'era quando mio zio è stato qui l'ultima volta?

I ragazzi vengono qui?

Sento lo stomaco ingarbugliato, allora chiudo gli occhi per permettere al mio cuore di calmarsi e alla mia mente di vagare.

Non avrei dovuto fare quei pensieri su Noah quando eravamo sotto la doccia. E l'altra sera, avrei dovuto fermare Kaleb nel momento stesso in cui ha iniziato.

Non dovrei sentirmi… nervosa… quando sono con Jake Van der Berg. Sono confusa e alla disperata ricerca di attenzioni.

È bello.

E in questo momento lo voglio. Mi abbandono dietro le palpebre chiuse, tuffandomi nella mia testa. Lo faccio nella grotta buia, circondata dal frastuono dell'acqua, così che nessuno potrà ascoltare i miei pensieri a parte me.

Ecco, sono al sicuro.

Lui è qui. Vicino. Mi prende per mano.

Lo seguo mentre mi conduce più in profondità nella caverna, e voglio andare con lui. Voglio che mi desideri in un posto oscuro e appartato.

Mi fermo e lui mi gira intorno, venendomi dietro e tirando i laccetti del mio costume. Il bikini cade e il mio istinto è di coprirmi, ma lui si allunga e mi prende i seni con entrambe le mani prima che io ne abbia la possibilità.

Gemo per le immagini che ho nella testa, aggrappandomi alla roccia per sostenermi. Il piccolo fremito tra le mie gambe aumenta, così faccio scivolare la mano sotto l'acqua e dentro lo slip.

Respiro forte. *Merda*. Dio, voglio…

Voglio…

Mi stringe, portandomi con forza contro il suo petto bagnato, e non parla. Questo è un segreto.

I miei capezzoli si inturgidiscono, le punte dure e piccole perforano il top del mio bikini, e mi passo il dito medio sul clitoride facendo dei piccoli, lenti cerchi. Afferrando la roccia che ho accanto, lo immagino alle mie spalle e scuoto la testa, cercando di immaginare qualcun altro.

Potrebbe essere chiunque.

Ma è ancora lo stesso corpo sodo, quello baciato dal sole, a premere contro di me. Le sue dita ruvide toccano la mia carne morbida, e io sono così bagnata e calda, così…

Vuota.

Mi tocco più velocemente, ansimando e gemendo, tutta sola nella grotta, ma ho bisogno di qualcosa in più. Qualcosa che non posso procurarmi da sola.

Ho bisogno di sentire qualcosa di solido dentro di me e della mia bocca su di lui. Di vedere i suoi occhi guardare un corpo che desidera, che non potrebbe toccare, ma che alla fine prende con le sue mani possessive e con i suoi occhi libidinosi, facendomi martellare il cuore nel petto.

Odia mio padre, ma vuole me.

Il mio clitoride pulsa e sento avvicinarsi l'apice dell'orgasmo, voglio che mi faccia venire, urlare e sentire tutto ciò che sono stufa di non sentire. Voglio rimanere senza fiato.

Scopami.

Scopami.

«No!», grida all'improvviso qualcuno. «Fermati!».

Apro gli occhi di colpo, tirando la mano fuori dallo slip. Il fremito tra le mie cosce s'infuria e sento l'orgasmo provocarmi un dolore che svanisce presto.

«No, ho detto…», ma la voce si riduce a un borbottio, e i miei occhi guizzano dappertutto cercando di capire chi è.

Chi c'è?

Dio, se qualcuno ha visto…

Giro il collo e vedo la grotta vuota, non c'è nessun altro nella pozza né vicino alla cascata.

«Ahh!», grida una donna. Non appena indietreggio sento muoversi qualcosa.

Non c'era nessuno sulla spiaggia quando siamo arrivati, e dopo mi sembra che non sia venuto nessun altro. Chi sarà…?

Proprio quando mi immergo di nuovo in acqua, preparandomi a sfrecciare via, una figura emerge dall'oscurità, e mi blocco quando vedo una ragazza uscire da quello che sembra un tunnel o una grotta adiacente.

Mi vede e si ferma.

Cici Diggins. La tipa della farmacia che aveva decisamente troppe domande per me. Deve essere arrivata mentre stavo pescando. Indossa un bikini blu, i suoi lunghi capelli scuri sono inzuppati d'acqua, e ha un rivolo di sangue che le scende da una narice.

Stringo gli occhi. Perché sta sanguina…?

Mi passa accanto, camminando sopra la sporgenza di roccia, e si tuffa di nuovo in acqua, scomparendo oltre la cascata.

Che diavolo? Chi l'ha picchiata?

Proprio in quel momento, sento dei sassi che si spostano, e mi giro giusto in tempo per vedere Kaleb uscire dallo stesso tunnel da cui è appena apparsa la ragazza.

Quando incontra il mio sguardo, il riflesso dell'acqua fa brillare i suoi occhi scuri mentre avanza, immergendosi fino alla vita, con indosso solo i suoi jeans.

Viene verso di me e io indietreggio verso la cascata, gli occhi sbarrati.

L'ha picchiata? Gli scruto il viso e il corpo, ma non vedo segni di autodifesa lasciati dalla ragazza.

La grotta è buia, ci siamo solo noi, i suoi occhi duri sono puntati su di me. Più si avvicina, più il cuore mi salta in gola.

Alla fine... mi passa davanti e scompare sotto la cascata. Per fortuna, la paura che possano aver visto quello che stavo facendo sott'acqua poco fa è eclissata per quello che stava succedendo fra di loro in quel tunnel.

Per cosa stavano litigando? Non è stato lui a picchiarla, vero?

E poi come diavolo si fa a litigare con qualcuno che non parla? Come funziona?

Esco dalla grotta, nuoto sott'acqua e torno al centro dello stagno. Vedo mio zio in lontananza che sta caricando il furgone, Noah lo sta aiutando, e io guardo i ragazzi lavorare. Ricordare la mia fantasia mi fa scaldare le guance. Non gli ho mai dato un volto, ma so chi era l'uomo che stavo immaginando.

Va bene.

Tutti hanno delle fantasie. Tutti si toccano. Uno psicologo direbbe che sto cercando uno sfogo per affrontare i miei problemi. Ecco la spiegazione, e questo è sempre meglio che assumere droghe o alcol.

La brezza fa increspare l'acqua, e io mi immergo per bagnare le labbra, fintanto che guardo i ragazzi caricare il furgone.

È stato bello, però. La sensazione di averlo alle mie spalle, il suo odore intorno a me, il pensiero del suo letto impregnato di quel profumo...

«Tiernan, andiamo!», Noah urla.

Sbatto le palpebre, guardandolo. Monta in sella alla sua moto.

«Stanno facendo una gara pop-up a Gent», grida. «Andiamo!».

Una gara pop-up?

Kaleb alza la gamba sull'altra moto, mentre Jake sale sul pick-up e io annuisco fugacemente, prima di nuotare verso riva.

Non so bene cosa sia una gara pop-up, ma sembra qualcosa di rumoroso. E affollato.

Due caratteristiche che in genere odio, ma forse stavolta Jake si sbaglia. Forse una simpatica distrazione dallo stare rintanati sul picco con la famiglia è esattamente ciò di cui ho bisogno, dopotutto.

Sono sicura che i tre ragazzi più belli della città vivano sotto il mio stesso tetto, ma andiamo a Gent, giusto? Nuova piazza, come direbbe Noah.

«Cos'è una gara pop-up?»

Jake mi lancia un'occhiata facendosi largo tra la folla, poi gira su uno spiazzo a sinistra.

Davanti a me si ergono verdi colline dietro le quali il sole scivola lentamente e il fumo del falò mi punge gli occhi. Petardi, probabilmente avanzati dai festeggiamenti del 4 luglio, scoppiettano in lontananza, e si sente il profumo di carne alla griglia.

«Una buona opportunità per trovare nuovi contatti», risponde. «Sta per finire la stagione. È solo un gruppo di motociclisti, venditori e sponsor che mettono in piedi un ultimo evento per tirare su qualche soldo».

Il furgone sobbalza sul terreno, che è un misto di erba e superficie battuta, finché lui non preme il freno, inserendo la modalità *Park*.

«Cosa ci faccio io qui?», gli chiedo.

«Tieni il sedere incollato alla nostra tenda, ecco cosa fai».

Salta giù e abbassa il portellone, io lo seguo.

Sono accigliata, ma lo aiuto a scaricare. Noah arriva sgommando con Kaleb al seguito, e io distolgo lo sguardo prendendo l'estremità della tenda a scomparsa che Jake mi passa.

Perché Cici aveva il naso che sanguinava? Devo parlarne con Jake. Vivo con Kaleb e Jake non sa quanto sia stato aggressivo con me l'altra sera. E se ci fosse altro che non sa?

Guardo di nuovo Kaleb, i suoi jeans ora sono quasi del tutto asciutti e indossa una maglietta nera. Si toglie il casco e lo appende al manubrio, ignora le persone che lo chiamano e si avvicina al frigorifero per prendersi una birra.

Non mi rivolge nemmeno uno sguardo, poi si volta e scompare tra la folla.

«Tiernan».

Porto la mia attenzione su mio zio e continuo a camminare.

Impieghiamo venti minuti – non per scelta, ma perché i ragazzi sono scappati – per sistemare gli striscioni, l'attrezzatura, i poster e tutto il materiale. Jake posiziona le moto dei ragazzi alle estremità del banco e io prendo l'altoparlante Bluetooth, che abbiamo usato anche prima durante la pesca, e lo sincronizzo con il mio telefono, avviando una playlist.

Parte il brano *Nobody Rides for Free* dei Ratt e lui ride sottovoce, lanciandomi un sorriso. Ci sta, immagino.

Tirandomi su le maniche rimboccate, prendo alcuni adesivi dal tavolo e mi metto davanti alla tenda per distribuirli ai passanti. Jake mi lancia un'occhiata e io gli faccio un mezzo sorriso, poi lui si avvicina a una coppia che sta guardando una delle moto.

Non so bene perché, ma mi dispiace che Kaleb e Noah lo facciano penare tanto per ottenere anche un minimo di aiuto. Non sono una che si schiera dalla parte dei genitori, ma Jake ha passato quello che ha passato per arrivare qui e costruire tutto quello che ha e si merita di avere una famiglia.

Forse non mi piace vederlo affrontare tutto da solo.

«Vado», dice Noah, entrando nella tenda e afferrando il suo casco.

Indossa un abbigliamento da corsa, pantaloni neri e arancioni, maglia a maniche lunghe con il numero settantotto davanti e dietro. Gareggia?

Vedendomi, si ferma e sorride. Appoggia di nuovo il casco e mi viene dietro, mettendomi le mani intorno alla vita, poi mi tira su la camicia e annoda i due lembi sulla pancia. Me li annoda proprio sotto il seno, lasciandomi la pancia nuda. Con quegli occhi azzurri e strafottenti, ammicca. Lo guardo perplessa.

«Se ti scopri, verranno più persone», trilla. «E per venire, intendo...».

Gli tiro uno schiaffo. *Schifoso.*

Ride e basta, allontanandosi per riprendere il casco, e io tocco il nodo, cercando di allentarlo per tirare la camicia di nuovo giù.

Ma un ragazzo si palesa all'improvviso di fronte a me.

«Ehi», dice, tendendo la mano per avere un adesivo Van der Berg in omaggio.

Sorride, e piego un angolo della bocca mentre gliene passo uno.

Ooooookay.

«Non parlare con gli sponsor», ordina mio zio a suo figlio.

Mi giro e vedo Noah che prende qualcosa dal frigorifero, se lo infila in bocca e si allontana.

«Potrei se vincessi», borbotta a bocca piena.

«Se la *moto* vincesse», ribatte Jake, «assicurati che tutti sappiano chi l'ha assemblata».

Qualche altra persona mi passa accanto, fermandosi a prendere un adesivo.

Noah esce dalla tenda a passo deciso e sento l'annunciatore avvicinarsi all'altoparlante, quando parla è come se avesse il microfono già conficcato in gola.

I motori girano e la folla si precipita su per la collina per avere una visuale migliore, suppongo. Guardo alle mie spalle, mio zio è seduto su una sedia con la faccia sepolta in un motore – o in un carburatore o qualunque cosa sia – comportandosi come se stringere un bullone fosse un'attività di assoluta importanza.

«Non guardi?», gli chiedo.

Non risponde e io stringo gli adesivi con entrambe le mani guardando di nuovo verso la folla. La pista sterrata passa qui davanti, ma la linea di partenza è fuori dalla mia portata.

Le stelle punteggiano il cielo blu notte e sono attirata dal bagliore dei riflettori sopra la collina.

Kaleb starà guardando, almeno? Qualcuno dovrebbe farlo.

Mi prudono le gambe per la voglia di raggiungere tutti gli altri, ma rimango impalata.

La pista si svuota e l'annunciatore inizia a urlare dall'altoparlante. So che le gare di solito iniziano ai cancelli di partenza, ma non so se ci sarà anche uno sparo in aria o qualcosa del genere.

Dopo un attimo, però, la folla sulla collina inizia a esultare e ad agitarsi, e capisco che la competizione è iniziata. La direzione dello sguardo del pubblico cambia e io allungo la schiena, inclinandomi un po', perché muoio dalla voglia di vedere cosa sta succedendo.

Lancio un'occhiata a mio zio, cercando una reazione, ma lui è concentratissimo, quella gomma posteriore è la cosa più importante del mondo.

Qualcuno dovrebbe guardare Noah.

Faccio un passo avanti e studio gli spettatori sulla collina, osservando i loro corpi che sí muovono lentamente a sinistra e i loro occhi seguire i concorrenti. Lancio un'occhiata in quella direzione, giusto in tempo per vedere un gruppo di moto da cross uscire dalla curva. La polvere si alza sulla pista, il ronzio diventa più forte man mano che si avvicinano, e io faccio un passo avanti, guardandoli scomparire dietro una rampa e riapparire subito dopo, volando nell'aria prima di atterrare ancora.

La terra vibra sotto i miei piedi, il rumore della folla e delle moto mi fa tremare il corpo, e io sorrido, alzandomi in punta di piedi per cercare Noah.

Le moto mi sfrecciano davanti, lo stomaco mi arriva ai piedi e, piegando la testa all'indietro, vedo Noah saltare. Vedo i suoi pantaloni arancioni e neri e la sua maglietta in aria e, prima di scendere di nuovo, il suo corpo è dritto come un'asta ben aggrappata al manubrio.

Quando vedo il suo casco passare, rido portandomi la mano alla testa.

Ho un improvviso bisogno di mettermi le mani a coppa intorno alla bocca e incoraggiarlo.

Però mi fermo e, invece, decido di applaudire. È bellissimo.

Va alla grande. Ed è al primo posto.

La stessa moto verde che ho visto a casa Van der Berg un paio di giorni fa gli sta alle calcagna, e immagino che sia Terrance Holcomb.

Mi guardo intorno sorridendo, vedo mio zio ancora assorto nel suo lavoro. Come può non guardare la gara?

L'invidia mi paralizza. Sembra che Noah si stia divertendo un mondo.

Ma non riesco più a trattenermi. Prima che Jake abbia la possibilità di fermarmi, e dopo che le moto sono passate, mi precipito sulla pista sterrata e salgo sulla collina verde.

Mi guardo intorno per vedere se Kaleb è nei paraggi, ma non lo trovo.

Unendomi al pubblico, mi infilo tra due persone giusto in tempo per guardare in basso e vedere Noah che sfreccia verso il traguardo, testa a testa con Holcomb.

Dà gas al motore, impenna sulla ruota posteriore e arriva alla meta una manciata di secondi prima degli altri, poi ritorna su entrambe le ruote.

La voce del cronista rimbomba, gli applausi si levano e vedo Noah sollevare il pugno in aria.

Batto piano le mani, il mio cuore corre troppo forte per fare di più. *Sono felice per lui.*

Sono persino gelosa del fatto che sia così bravo in qualcosa. Io non sono mai stata brava in niente. Mi giro e torno alla tenda, gli spettatori si disperdono e la musica ricomincia. Jake è ancora impegnato a lavorare su qualcosa che sono sicura funzioni già bene, e mi dirigo verso lo stand gastronomico accanto alla nostra tenda, dove prendo dei nachos con il formaggio.

Dopo un piccolo morso, mi avvicino a mio zio. «Ne vuoi un po'?».

Lui si volta verso di me, ma non guarda per davvero quello che ho in mano. «No, grazie».

Lo osservo mentre intingo un'altra patatina nel formaggio. «È davvero buono», gli dico.

Lui si limita ad annuire, tornando al suo lavoro.

Stringo gli occhi. Jake non è come mio padre.

Eppure per alcuni versi gli somiglia.

Hannes non mi avrebbe guardata, perché non gli sarebbe importato. Jake si rifiuta di supportare Noah in questa cosa. Come mai?

Quando sto per posare il piatto, per tornare a distribuire adesivi, una folla si dirige verso di noi per acclamare Noah. Lo guardo togliersi la maglietta e gettarla sul nostro tavolo, poi mi lancia un sorriso arrogante e mi strappa via i nachos. Prende del formaggio, me lo spalma sul naso e lo succhia via mentre io protesto.

«Noah», lo rimprovero, dimenandomi, ma lui ride e basta.

Stavo per congratularmi con te. Non fa niente. Mi asciugo il formaggio e la sua saliva dal naso. Rubandomi le patatine, si avvicina al padre. «Sai, posso essere molto più utile per Van der Berg Extreme se vado in TV».

«Sì, e poi?», Jake guarda suo figlio. «Cosa pensi di fare quando i tuoi quindici minuti di gloria finiranno o un infortunio ti manderà a casa su una sedia a rotelle?».

Noah ride, scuotendo la testa. «Ma mi hai visto almeno?», dice. «Ho vinto! Li ho battuti tutti. Sono bravo, e lo adoro».

«Corse di motocross…».

«Non è una carriera», conclude Noah in tono annoiato, come se questa conversazione con lui ci fosse stata già un centinaio di volte. «Ma tenerci incatenati sulla vetta non è vita. Dovresti fare qualcosa».

Si gira per ridarmi i nachos e si allontana di nuovo, lo vedo mettere un braccio intorno alla vita di una ragazza, per poi scomparire con lei tra la folla.

Do un'occhiata a Jake, sta girando la chiave a bussola in senso antiorario, e noto che la sua mascella è contratta, sembra quasi che non stia stringendo un bullone, ma la bocca di suo figlio.

Quindi è tutto qui.

Non è difficile comprendere perché Jake ami vivere la sua vita alle sue condizioni, lontano dall'orrore della nostra famiglia.

Ma Noah ha fame di qualcos'altro. Non è pigro, negligente o privo di ispirazione. È infelice.

Poso il piatto, mi avvicino e mi appoggio al tavolo dove Jake sta lavorando.

«Ha ragione?», chiedo, sentendo l'uomo dell'altoparlante annunciare un'altra gara. «Ti stai nascondendo quassù?».

Mi lancia un'occhiata e poi si alza per allungare una mano dall'altra parte del motore, armeggiando con qualcosa.

«Abbassati la camicia», brontola.
Inarco un sopracciglio, sforzandomi di trattenere un sorriso.
Lancia l'attrezzo e si china sul tavolo, emettendo un sospiro.
«Dannati ragazzi...», scuote la testa.
Mi guarda, facendomi un sorriso triste. Forse non vuole che Noah rimanga ferito come lui, ma Jake sa per certo che i genitori spesso non sanno cosa è meglio per i figli. Voglio dire, chi erano i suoi per dire che Flora non fosse adatta a lui?
Ma se ne sarebbe comunque scappato con Flora, perché noi vogliamo quello che vogliamo. Noah farà la stessa cosa.
«Ehi», dice qualcuno.
Mi giro e vedo Cici Diggins entrare nella tenda guardandomi, le mani nelle tasche dei jeans.
Sono impietrita. Nessuna delle nostre interazioni è stata particolarmente piacevole. Cosa vuole?
Mio zio si allontana, va a cercare qualcosa nel pianale del furgone, e io guardo Cici, il suo naso non mostra alcun segno di sanguinamento adesso.
«Ciao», rispondo alla fine.
Lei mi tende la mano. «Cici».
Ci presentiamo. «Tiernan».
Non siamo mai state presentate come si deve, credo.
«Stai bene?», indico con un cenno il suo naso.
Lei emette solo una risata. «Mi faccio male da sola».
Lascio la sua mano, non so bene cosa significhi.
Guardo oltre la mia spalla. Jake apre la portiera del pick-up, cercando qualcosa nel vano portaoggetti.
«Allora, vuoi ballare?».
Torno a guardare lei. Che cosa?
Le persone si muovono intorno al falò, la musica esce dai grandi altoparlanti appoggiati sui furgoni intorno allo spiazzo. Ma è un lento. Sono tutti attaccati.
Scuoto la testa. «No».
Lei però mi prende comunque la mano e mi trascina verso il falò. Inciampo per tenere il suo passo, provando a sfilare la mano.
«Ehi, fermati», abbaio.
Non sono brava a ballare.
Voltandosi, mi prende per la vita e mi tira, io la spingo via, ma è troppo veloce. Afferra il nodo della mia camicia e mi attira a sé con uno strattone, il mio collo per poco non subisce un colpo di frusta.
Digrigno i denti, sentendo la mia pancia sfregare contro la sua nel punto in cui la sua canotta bianca si è sollevata.
«Va tutto bene». Cici mi fa un sorrisetto. «So che sei etero».
Si muove, dondolando i fianchi e strusciandosi, e il cuore mi balza qua-

si fuori dal petto perché cerco di spostare i piedi nel modo migliore per non cadere.

«Ah sì, e come fai a saperlo?»

«Stai dicendo che c'è una possibilità che tu non lo sia?», mi chiede, prendendomi in giro.

Alzo gli occhi al cielo.

«Non dovresti esserlo», dice. «Sono molto più innocua di un ragazzo. Almeno, non posso metterti incinta».

Non riesco a trattenermi. Mi scappa una risata che smorza la tensione.

Ma non troppo.

«Perché non la smetti con questa recita?», le dico. «Lo stai facendo solo per attirare l'attenzione di Kaleb».

Una piccola scena da lesbiche che lui sicuramente noterà, visto che ci sta provando con una che vive in casa sua.

Mi guardo intorno. Forse non è nemmeno qui, comunque. Non lo vedo da quando ha parcheggiato la moto. Probabilmente ha fatto l'autostop per tornare a casa.

Cici lascia scivolare le mani sulla mia vita e si avvicina, sfiorandomi il naso con il suo. Non so perché, ma rimango ferma, impassibile.

«Ci vuole molto di più per attirare la sua attenzione», minaccia a bassa voce. «Sei disponibile dopo?».

Distolgo lo sguardo, sapendo esattamente a cosa sta alludendo.

Scuoto la testa con forza. Non permetterò che Kaleb mi faccia perdere la verginità con una cosa a tre. Non permetterò mai più che Kaleb mi faccia qualcosa, in realtà.

«Hai sentito il litigio nella grotta», mi sussurra all'orecchio. «Stavi origliando».

Io?

«Ci hai seguiti», mi schernisce, «perché anche tu lo vuoi. Eri gelosa».

Faccio un sorriso, ondeggio a tempo con la musica e sollevo le braccia, mettendogliele intorno al collo.

Basta.

Mi avvicino al suo orecchio. «Non sapevo nemmeno che foste lì dietro», sussurro. «Mi stavo nascondendo, perché mi stavo toccando in acqua».

Lei scoppia a ridere, alza la testa e mi guarda incredula.

Arrossisco e non so bene perché gliel'abbia appena confessato, ma non mi interessa. Non mi piacciono i giochetti, e di certo non starò ai suoi.

«Sul serio?», chiede, quasi con un'espressione sconcertata sul viso. «Non sei una persona famosa? Potrei andare su Twitter e sbandierare a tutti quello che mi stai dicendo».

Potresti farlo in ogni caso. Che sia vero o no.

Stratagemmi del genere non le daranno quello che vuole. Non gliela darò mai vinta.

«Le persone fanno quello che vogliono». Le stringo i fianchi, ballando. «Quindi non mi interessa. Di niente. Quello che fai non è affar mio».

Subito dopo, lancio uno sguardo oltre la sua spalla e lo vedo.

Kaleb.

È da solo, in disparte al di là della folla, appoggiato a un tronco d'albero. Guarda verso di me portandosi una bottiglia di birra alle labbra. Beve, e io mando giù il groppo che ho in gola.

Nonostante il nodo che sento attorcigliarsi nello stomaco ogni volta che mi fissa, il mio cuore pompa sangue caldo in tutto il corpo, riempiendomi di trepidazione.

Trepidazione per qualcosa che sta per accadere.

Non riesco a trattenermi. «E tra qualche settimana», le dico, «non saprò nemmeno cosa starà succedendo online, comunque, perché rimarrò isolata sulla vetta per mesi e mesi...», mi fermo, poi continuo per un maggiore effetto, «e mesi».

Con lui, non lo dico ad alta voce, ma le parole aleggiano nell'aria.

Voglio che suoni come una minaccia, anche se vuota. Non ha bisogno di sapere che Kaleb mi spaventa o che mi tratta peggio degli animali che cattura. Almeno quelli hanno un valore per lui.

Drizzando la schiena, la guardo negli occhi, sapendo che da novembre ad aprile avrò il coltello dalla parte del manico. Se lo vorrò. *Vuoi davvero farmi incazzare?*

«Non ci provare nemmeno», minaccia.

«In realtà non sono neanche sicura che *dovrò* fare qualcosa».

E lancio un'occhiata alle sue spalle, indicando gli occhi verde scuro di Kaleb, capaci di tenerci ipnotizzate come se, oltre a lui, non ci fosse niente e nessuno alla festa. Lei segue il mio sguardo, vede che ci sta osservando, e anche se la mia minaccia era infondata, l'ultima frase è vera.

Dopotutto, mi ha già messo le mani addosso una volta.

A un tratto qualcuno mi afferra per il braccio e mi tira via. Resto senza fiato quando realizzo che è mio zio.

«Chiunque abbia un cazzo fra le gambe vi sta guardando», ringhia Jake, scrutandomi dall'alto in basso.

Ci stanno guardando? Eh?

Mi ci vuole un attimo, poi comincio a muovere gli occhi intorno al falò e vedo che la gente sta fissando me e Cici. Al margine del cerchio, alcuni gruppi di ragazzi sogghignano e sussurrano tra loro.

Lo guardo in cagnesco e libero il braccio. «Mi avresti fermata, se stessi ballando con un ragazzo?»

«Se stessi ballando così con un uomo in pubblico, ti avrei già presa a sberle».

Lancia una rapida occhiata a Cici e poi torna a guardare me. «Andiamo a casa».

Prendendomi per mano, mi trascina verso la tenda.

Che diavolo? Potrei capire se stessi facendo qualcosa che potrebbe metterlo in cattiva luce, ma non stavo facendo niente di male. Dei tizi si sono eccitati guardando due ragazze ballare. Onestamente non mi stavo nemmeno impegnando a muovermi bene, presa com'ero dalla conversazione.

Si fa largo tra la folla e il polso mi brucia. Mi allontano, liberandomi con uno strattone, e lo supero diretta al furgone. Apro la portiera, salgo dietro il posto di guida e sbatto lo sportello.

La tenda possono smontarsela da soli.

Scuoto la testa.

Questa è la seconda volta che vengo sgridata per aver attirato l'attenzione involontariamente. Questa gelosia possessiva che li porta a voler proteggere la mia innocenza è ridicola. Solo perché sono "esperti", non significa che siano più maturi o saggi di me. Anzi, direi il contrario. Lo hanno reso abbastanza chiaro da quando sono arrivata.

Il furgone trema mentre lui e Noah caricano la tenda, il tavolo, le sedie e altri attrezzi sul retro. Io guardo fuori dal finestrino, vedo un ragazzo che se ne va sulla moto di Noah con una ragazza dietro. Sembrano vagamente familiari… forse è un amico che ha preso in prestito la sua moto.

Scoppiano delle risate fuori dal furgone e il portellone si chiude. Quando mi giro, vedo una donna salire sul sedile accanto a me.

Mi arriva una zaffata del suo profumo, lei alza lo sguardo e mi sorride chiudendo la portiera.

«Ciao».

«Ehi».

Sento altre risatine dietro di me e, quando Jake e Noah saltano sul sedile anteriore, chiudo gli occhi. Stringo i pugni per l'accecante rabbia che provo.

Perfetto. Assolutamente perfetto. Non mi giro per vedere quante ce ne sono sul pianale del furgone. Scocco solo un'occhiataccia a mio zio dallo specchietto retrovisore.

Lui incontra il mio sguardo, ma poi distoglie gli occhi mentre avvia il motore.

Se io ballo con qualcuno sembro una troia, ma loro possono scoparsi una batteria di ragazze ogni notte e non cogliere l'ironia della cosa.

Jake parte, non so se Kaleb sia ancora al falò o sul pianale alle mie spalle, ma incrocio le braccia sul petto, troppo arrabbiata per preoccuparmene.

La musica suona alla radio e nel frattempo acceleriamo lungo la strada buia, inerpicandoci su per la montagna fino a casa. Nel vento notturno, sento gli schiamazzi che si levano dietro di me e Noah che si apre una birra sul sedile del passeggero anteriore.

Quindi dovrò ascoltare loro scopare per tutta la notte?

«Prendermi a sberle…», ripeto, guardando gli occhi di Jake nello specchietto retrovisore. «Non sono mai stata schiaffeggiata in vita mia».

Lui alza lo sguardo, incontrando il mio. «Se continui così, lo sarai».

La ragazza accanto a me si sposta sul sedile e la tensione nell'abitacolo aumenta improvvisamente di un paio di tacche.

Stronzo.

«Mi picchierai, perché faccio cose che non ti piacciono?»

«Si chiama punizione», ribatte lui, fissando la strada. «E se lo vorrò ne avrai una, perché ci tengo a te».

Noah mi lancia un'occhiata voltandosi appena, poi guarda il padre e sussurra: «Cosa sta succedendo?».

Jake scuote la testa una volta, liquidandolo.

«Non puoi impedirmi di stare con qualcuno o di fare sesso, se voglio», lo informo. «Si chiama parità, Jake. Voi potete andare con tutte le donne che volete. Perché io non posso godermi la compagnia di qualcuno?»

«Possiamo andare con le donne che vogliamo, perché nessuno ce lo impedisce».

«Come nessuno lo impedisce a me».

«Sei una ragazza che vive in casa mia», risponde. «Ti impediamo noi di farlo, finché non sarai abbastanza grande».

«Fino al giorno del mio compleanno?».

Inarca un sopracciglio scuro verso di me, ma non risponde e rimane concentrato sulla strada.

Sarò abbastanza grande, quando tra poche settimane avrò compiuto diciotto anni? Mi lascerà libera a quel punto?

Ovviamente, no. Sono abbastanza grande quando lo dice lui, perché sono troppo stupida per tenermi fuori dai guai. Essere pronta per il sesso o meno è una cosa, ma l'intimità è un'altra. Tutti noi vogliamo essere speciali per qualcuno. La famiglia non è la stessa cosa. Mi piacerebbe incontrare qualcuno prima o poi.

«La tua logica è sbagliata, lo sai?», gli dico, fissandolo attraverso lo specchio. «Se una donna ti vuole tutto per sé, è perché vuole fare con te tutto quello che farebbero le altre donne. Voi invece mi volete tutta per voi, ma non fate con me quello che farebbero gli altri uomini».

Noah sputa la birra, facendosela andare di traverso e scolandola dappertutto. Intanto guarda il padre con gli occhi sgranati e tossisce in una mano.

Ricambio con un sorriso.

Noah fatica a riprendere fiato, tentando di asciugare il casino che si è combinato sulle gambe. Jake mi fissa attraverso lo specchietto retrovisore.

Non risponde.

E non sono io la prima a distogliere lo sguardo, stavolta.

11. Tiernan

«Ah!», un gemito risuona nelle mie orecchie e mi siedo di scatto sul letto, spalancando gli occhi.

Tossisco, il sudore mi copre la fronte.

L'odore… Mi sfugge un singhiozzo e mi bruciano gli occhi. Ho i capelli sul viso, li soffio via con i respiri pesanti e sento lo stomaco stringersi, mi fa male.

Che diavolo? Tossisco di nuovo, non riesco a riprendere fiato.

Dio. Rimane solo il ricordo del mio sogno, ma posso ancora sentire quell'odore. È pungente, come una candela profumata, e mi soffoca…

La nausea mi pervade mentre premo il dorso della mano sulla bocca e qualcosa mi sale in gola. In casa risuona un trambusto, il dolore mi devasta e io non ce la faccio più. Getto da un lato le coperte, scendo dal letto e inciampo, cado carponi e mi trascino verso il cestino dei rifiuti.

Afferro quello vicino alla mia scrivania e mi ci sporgo sopra, sofferente.

L'odore mi intasa le narici e mi riempie la gola. Non ricordo cosa accadeva nel sogno, ma non riuscivo a respirare. E ancora non ci riesco. Mi manca l'aria.

La bile sale su e io barcollo in preda ai conati di vomito sul cestino dei rifiuti, che afferro con entrambe le mani. Perché sento ancora quell'odore? Me lo sento addosso come lo sentivo su ogni centimetro dei mobili in camera dei miei genitori, e inizio a piangere, strofinandomi le braccia per il freddo e mentre lo sporco mi appesantisce la pelle.

Tremo, i singhiozzi si scatenano, ma la nausea si placa e la tristezza prende il sopravvento. Mi sembra di essere di nuovo in quella casa. Non mi ero resa conto di aver abbandonato questa sensazione da giorni, ormai.

Il freddo. Il silenzio sterile e l'aria tagliente che mi pungeva le narici. Quella casa dove i muri erano troppo duri e non c'era niente che non fosse appuntito.

Faccio respiri profondi e mi infilo i capelli dietro l'orecchio, il profumo del bosco e degli alberi fuori offusca lentamente il ricordo delle candele.

Mi lascio cadere sul sedere, appoggio la schiena al muro e le braccia sulle ginocchia, poi stringo gli occhi e le lacrime mi bagnano le guance.

Ahhh, quella sensazione.

Non voglio sentirla più. Scuoto la testa. *Non voglio tornarci mai più lì.*

Sono qui. Sono in Colorado con loro tre, il vento, il fuoco caldo e i nuovi odori.

Il pavimento scricchiola sopra di me e apro gli occhi, sollevandoli lentamente verso il soffitto scuro.

Kaleb. La sua stanza è sopra la mia. Un mobile si sposta sul pavimento, un altro cigolio qui e un tonfo più in là, poi sento un grido dietro di me e qualcosa che colpisce la parete.

La camera di Noah è accanto alla mia: appoggio il dorso della mano contro il muro accanto alla mia testa e sento la testiera del suo letto che sbatte contro la sua parete, ancora e ancora, sempre più veloce.

Abbasso la mano, ascolto i loro respiri e i loro gemiti. Le lacrime mi riempiono di nuovo gli occhi, ma le lascio cadere senza singhiozzare.

Vorrei tanto che fosse solo. Probabilmente stanotte mi lascerebbe sgusciare nel suo letto, se lo volessi. Come un fratello maggiore che tiene a bada i lupi, perché ho fatto un sogno spaventoso.

Non lo farei, neanche se fosse solo, ma…

È una piccola fantasia.

Calda.

Sicura.

Confortante.

Noah è così.

Mi alzo e appoggio la fronte al muro, ascoltando i ragazzi che fanno l'amore con le ragazze e il dolore che mi invade, perché io sono sola qui dentro, dimenticata e… gelosa. Perché sono gelosa?

Chiudo forte gli occhi scuotendo la testa, le lacrime scendono bagnandomi le labbra secche.

Apro la porta della mia camera ed esco per il corridoio, il rumore riempie la casa ancora di più ora. Le ragazze ridono nella stanza di Noah, mentre da sopra risuona un grido, seguito da gemiti, ma io passo oltre e scendo lentamente le scale con la mente annebbiata.

L'aria fresca mi accarezza le gambe nude, è gradevole perché dà sollievo ai miei muscoli. Dovrei mettermi una vestaglia, ma non me ne frega un cazzo. Domani dovrei consegnare il mio primo compito per la scuola, ma è tutt'altro che finito, e probabilmente dovrei accedere di nuovo a Twitter per vedere se quella tipa ha messo in atto qualcuna delle sue minacce. Stanotte però non riesco proprio a preoccuparmi di questa roba.

Cammino nel soggiorno buio, il fuoco ora è spento e l'incavo nero del camino macchiato di fuliggine incombe alla mia destra. L'orologio batte l'ora, ma perdo il conto dei rintocchi mentre vado in cucina, deglutendo per inumidire la gola secca.

Riempio un bicchiere d'acqua, lo porto alle labbra e bevo diversi sorsi, ingoio velocemente e svuoto il bicchiere. Lo riempio subito di nuovo e piego la testa all'indietro, bevendo finché non mi sento finalmente soddisfatta.

Guardo fuori dalla finestra sopra il lavello. Fra poche settimane, la neve coprirà tutto. La casa sarà tranquilla, niente donne nel raggio di chilometri o di mesi.

Sono come demoni. Come fanno anno dopo anno?

Come farò io quest'anno?

Loro non sono i miei genitori. Interagiscono con me e ogni volta vengo travolta da un fiume di sentimenti in cui non sono abituata a navigare, e faccio o dico qualcosa di stupido.

Oppure il mio corpo decide di reagire in modi in cui non dovrebbe.

Sciacquo il bicchiere e lo ripongo sullo scolapiatti, poi mi appoggio al bordo del lavandino e guardo fuori dalla finestra, fissando il nulla.

Quando sarò rinchiusa qui con loro per mesi, impazzirò. Mi faranno impazzire. Qualcuno finirà ammazzato.

Sento una specie di tintinnio di chiavi alla mia destra e sussulto, girando la testa di scatto.

Jake è seduto al tavolo nell'angolo buio della cucina e io drizzo la schiena, il cuore mi martella nel petto. Mi fissa.

Ha il dito infilato nell'anello di metallo a cui è appesa la chiave della sua macchina, la fa girare e poi la stringe nel pugno, una bottiglia di birra è posata lì vicino, e noto che indossa i jeans, ma non la maglietta.

Il calore mi sale alle guance, ogni centimetro della mia pelle visibile si sente a un tratto molto più esposto al suo sguardo. Pensavo fosse nella sua stanza.

Però non lo era, affatto. Ha ancora gli stivali da lavoro.

Trattengo i brividi, ma sotto la canotta i miei capezzoli diventano pietra e allora incrocio le braccia sul petto. Non so se li vede, ma un istante dopo si passa il dito sulle labbra.

«Cosa…», mi manca la voce e mi schiarisco la gola. «Cosa fai?».

Al piano di sopra parte la musica ed esplode *Devil in a Bottle*, ma Jake rimane impassibile e capisco da dove arriva il silenzio di Kaleb. Non parlare è diverso da non comunicare.

Faccio un passo verso l'isola, coprendomi. «Dov'è la tua amica?», chiedo a bassa voce.

«A casa».

Dopo la gara, le donne sono venute tutte con noi, quindi lui deve averla riportata in città. Chissà perché la serata è finita così presto.

«Non eri dell'umore?», lo prendo in giro.

Ma invece di sorridermi, alza la testa verso di me e qualcosa nascosto dietro i suoi occhi mi provoca un vuoto allo stomaco.

Non mi ha sgridata. Come mai? Sono quaggiù mezza nuda, praticamente in mutande. Perché non mi sta intimando di mettermi qualcosa addosso? O di andare a letto?

«Avevo fame», spiego, a malapena in grado di sostenere il suo sguardo. «Tu?».

Ancora una volta, rimane fermo lì, i suoi occhi solo su di me.

Ma non dice di no, e non mi dice neanche di andare a vestirmi.

Dimmi che mi sto comportando male. Dimmi di portare il culo di sopra e di mettermi un pigiama.

Ma non lo fa.

E io non demordo, ho il cuore in gola e mi sento audace, così mi giro verso il frigorifero e tiro fuori delle uova. Sto rischiando, sono sicura che da un momento all'altro mi sgriderà.

Mi spingo ancora più in là, muovendomi intorno all'isola per prendere la padella, aspettando sempre che mi dica di andare di sopra.

Ma non lo fa, e i miei occhi bruciano. Forse sto cercando di litigare.

O forse mi piace essere guardata.

Non vado di sopra, però.

Mi muovo per la cucina buia, lascio le luci spente mentre metto la padella sul fuoco, scaldo del burro, rompo le uova e le sbatto. Aggiungo un po' di aglio e spezie per insaporire, consapevole dei suoi occhi sulla mia schiena e su ogni movimento che sto facendo. Non ho idea di come mi stiano i capelli, visto che mi sono appena svegliata e ho anche vomitato, ma adoro sentirli penzolare sopra le spalle e lungo la schiena. È come se qualcuno mi stia accarezzando.

I pantaloncini di seta rosa chiaro mi avvolgono il culo, i laccetti del bikini si trovano appena sotto i fianchi, e ci sono cinque centimetri di pelle scoperta tra loro e la mia canottiera grigia. Mi allungo per mettere via le spezie e contraggo i muscoli delle gambe e del culo, sperando che lui li noti.

«Perché sei sveglia?», chiede con voce roca.

Raschio le uova dalla padella. «Chi riesce a dormire con tutto questo rumore?».

Se fosse solo Kaleb ci riuscirei, ma con Noah dall'altra parte della parete non potrei mai.

Guardo Jake che sfrega la chiave con il pollice, la calda furia di Kaleb danza dietro i suoi occhi.

Il loro rumore è diverso da quello di Noah. È silenzioso, ma assordante.

Abbasso di nuovo lo sguardo, il calore si diffonde sul mio viso mentre torno a piedi nudi verso il frigorifero e prendo il formaggio, grattugiandone una manciata sopra le uova e mescolando mentre spengo il fuoco. I suoi occhi mi trafiggono. Lo sento, e ogni centimetro della mia pelle è vigile. Chiudo gli occhi per un attimo, il calore mi pervade il basso ventre.

Un po' di formaggio fuso mi finisce sulle dita e impreco a denti stretti perché brucia. Velocemente, me lo lecco via dall'indice e mi succhio il pollice, riponendo metà delle uova su un piatto per Jake.

«Ecco qua», sussurro porgendoglielo.

All'improvviso lui è dietro di me. Prende il piatto e lo posa sul bancone.

Mi blocco.

Il suo petto mi copre la schiena e sento il suo odore di oggi, quello di quando abbiamo pescato. La sua pelle calda sfiora la mia e sento un formicolio diffondersi lungo le mie braccia e le mie cosce, solo che ora non credo che scapperò.

Voglio sentire proprio questo.

«Perché sei scappata via da me oggi, al lago?», mi chiede.

Rimango in silenzio.
Ma la mia pelle freme e tutto ciò che riesco a sentire, mentre la musica rimbomba al piano di sopra, è lui.
«Perché sei scappata?».
Scuoto la testa. *Non lo so. Io…*
«Tiernan…», dice in un sussurro strozzato.
Come un rimpianto. Come se sapesse esattamente perché sono scappata.
«Non penso che questa sia una buona idea, dopotutto», dice alle mie spalle. «Non possiamo avere… una buona influenza su una ragazzina».
«Non sono una ragazzina».
«Hai mai avuto un uomo nel tuo letto?», chiede con voce rotta.
Il mio cuore salta un battito.
Lentamente, scuoto la testa.
Si avvicina al mio orecchio. «Sei mai stata baciata?».
Annuisco.
«In posti diversi dalla tua bocca?».
Sento il calore dilagare tra le mie gambe. «No, zio Jake».
Il suo corpo si alza e si abbassa dietro di me mentre respira tra i miei capelli, ma non mi giro, perché ho paura di rompere l'incantesimo.
Allunga una mano sul bancone e la posa sopra la mia, facendo combaciare le nostre dita e scivolando dolcemente con un dito dell'altra mano lungo la mia spina dorsale. Un leggero strato di sudore mi raffredda la pelle.
Al piano di sopra le porte sbattono, dei passi corrono da una camera da letto al bagno, probabilmente, e sento l'acqua della doccia che inizia a scorrere e una ragazza che scoppia a ridere.
«Mi dispiace che tu debba assistere a tutto questo», dice Jake con voce addolorata. «Prima che arrivi la neve facciamo il pieno, perché sappiamo che non vedremo più una ragazza carina per tutto l'inverno».
Il suo dito scorre lento lungo la mia schiena.
Per tutto l'inverno…
Guardo la sua mano possessiva sulla mia, ricordandomi per un attimo come mi stava fissando dal tavolo poco fa. Ho la sensazione che ci sia qualcosa che non riesce a contenere, e pensare che non è ancora arrivata la neve.
Quest'anno non saranno reclusi qui senza una donna. Ne avranno una.
Attraverso le ciocche dei miei capelli, sento il suo respiro caldo arrivarmi fino alla nuca e la carne dei miei capezzoli si indurisce ancora, perché le sue mani mi sfiorano in un modo terribilmente delicato.
Per tutto l'inverno…
«Penso che dovresti andartene, Tiernan».
Socchiudo gli occhi, ma giro la mano, desiderando che ora mi tocchi il palmo. Sto così bene che le mie palpebre tremano.

«Vuoi che lasci il picco?», chiedo.

O vuole che lasci la cucina?

Lui non risponde e ho un vuoto allo stomaco, perché capisco finalmente cosa mi sta dicendo. Gli aghi mi pungono in fondo alla gola. «Hai detto che ero a casa». Prendo la sua mano a metà della carezza, intreccio le nostre dita, e piego le sue perché mi tenga stretta la mano. «Hai detto che ero vostra».

«Questo posto non fa per te».

Sento nuove lacrime formarsi, ma le trattengo. Ieri mattina mi ha convinta a non partire, adesso vuole che me ne vada. Vuole che stia da sola. *Sono sempre sola, e tu mi hai fatto capire come ci si sente a non esserlo, e mi hai mentito.*

«Perché mio padre mi ha affidata a te?», sussurro, guardando fuori dalla finestra e vedendo il riflesso di mio zio incombere dietro di me. «Sapevano cosa stavano facendo. Avrebbero potuto aspettare qualche settimana e avrei compiuto diciotto anni. Avrebbero potuto affidarmi a Mirai».

Mi appoggio di più su di lui, gustandomi il suo calore e i suoi occhi sul mio corpo.

«Forse non ci hanno pensato», mormoro. «O forse sapevano che era l'unica cosa buona che avrebbero potuto fare per me».

Almeno mi hanno menzionata nel testamento. Non mi sarei sorpresa se non lo avessero fatto.

Gli strappo via la mano, mi allontano dal bancone e corro via, ma non riesco a fare più di due passi. Lui mi prende per un braccio, mi attira contro il suo petto e io sussulto, sono avvolta dalle braccia, costretta a guardarlo.

«Lo senti?», ringhia sulle mie labbra spingendomi verso il lavandino. La spessa e dura sporgenza del suo cazzo mi preme contro il culo e io gemo. «Ecco cosa mi stai facendo, Tiernan. Questo non va bene. Invece di sbattermi la tipa con le tette e il culo di fuoco che mi sono portato a casa, me ne sto seduto qui, cercando di convincermi a non entrare nella tua stanza per dare un lunghissimo bacio della buonanotte all'adolescente sexy che vive in casa mia».

Il mio clitoride pulsa e sposto i piedi, sentendo l'umidità tra le mie gambe.

«Ed è colpa mia?», espiro.

Chiude gli occhi, gemendo come se provasse dolore, e io ho solo un secondo per prendere aria prima che la sua bocca copra la mia, e in quell'istante mi sfugge un lamento per il piacevole dolore che provo.

Fanculo.

Fanculo…

Il cuore sta per schizzarmi fuori dal petto quando lui si muove, prendendomi le labbra, e il calore della sua lingua che vortica mi scende giù nella pancia e in mezzo alle gambe. Grido, ma il suono si perde nella sua bocca.

Dio mio.

Il suo sapore riempie il mio corpo, e faccio scivolare la mano verso l'alto, prendendogli la nuca per attirarlo a me. Sono così eccitata. Così eccitata che non riesco a respirare. Il sangue scorre sotto la mia pelle, ed è bellissimo, ma ho bisogno di qualcosa di più, cavolo.

Voglio di più.

Comincio a muovere la bocca e a ricambiare il bacio, facendo scivolare la lingua fra le sue labbra a poco a poco, gemendo e assaporandolo pensando che non ne avrò mai abbastanza.

La sua bocca mi divora, si sposta su di me, bacia gli angoli della mia e mordicchia la carne del mio labbro inferiore. Gli porto la mano sulla mia pancia e lo guido verso il basso, spingendolo verso la V tra le mie gambe.

Il suo bacio perde intensità perché ansima, e io uso quella tregua per cercare di riprendere fiato. Mi morde di nuovo il labbro inferiore, con una mano mi accarezza la fica mentre con l'altra abbandona il mio viso e mi afferra il seno, stringendolo.

Gemo. «Jake».

Si scosta dalle mie labbra e mi lascia una scia di baci lungo il collo, e tutto ciò che riesco a fare è inclinare la testa all'indietro e godermela, poi tira giù la spallina della mia canotta, sento il debole suono di uno strappo, ma non me ne importa. Mi stuzzica, mordicchia e succhia il collo, le spalle e le scapole continuando a massaggiarmi il seno e a farmi bagnare le mutandine toccandomi in mezzo alle gambe.

«Gesù, cazzo». Mi spinge verso il lavandino, afferrandomi la vita con entrambe le mani e facendo scorrere la bocca lungo la mia schiena e le mie cosce, poi torna su fino al mio culo, e lo morde.

Grido, sono aggrappata al bancone, le spalline strappate della mia canotta penzolano.

Rialzandosi, gira di nuovo il mio viso verso di sé e mi bacia, io allungo una mano indietro e sento la sua erezione attraverso i suoi jeans.

Mi prende la mano. «No, Tier…».

«Non ho mai toccato un uomo prima», espiro. «Ti voglio toccare».

Emette un sospiro e mi lascia fare, baciandomi profondamente e con forza. La sua lingua illumina ogni nervo nel mio corpo mentre mi afferra, mi palpa e fa scorrere le mani su ogni parte di me che può raggiungere. Si spinge contro di me da dietro, e io mi abbandono alle sue braccia, pronta per lui.

«Portami a letto», lo supplico.

Spinge di nuovo, io allungo le braccia indietro e gli prendo il collo.

«Portami a letto e dammi quel bacio della buonanotte».

«Sì», grugnisce, mi sta scopando attraverso i jeans, strofinandomeli addosso e spingendomi contro il lavandino.

La mia testa galleggia dietro i miei occhi chiusi e sono troppo eccitata per preoccuparmi di qualsiasi cosa, vorrei solo che durasse per sempre.

Mi copre di nuovo la bocca e io gli prendo la mano per guidarla nelle mie mutandine.

Di colpo allontana le labbra e stacca le mani da me. «Cazzo, smettila». Indietreggia, il suo respiro è affannoso e il freddo colpisce improvvisamente la mia pelle. «No. No, non possiamo».

Rabbrividisco, il dolore del desiderio per poco non mi fa cedere le ginocchia.

Sento le lacrime agli occhi.

«Non deve succedere», ringhia. «Sono tuo zio. Sono tuo zio, cazzo».

«Non sei mai stato mio zio», dico, voltandomi. «Sei un estraneo senza alcun legame di parentela, con cui i miei genitori mi hanno mandata a vivere».

Ha la faccia arrossata come la mia, ne sono certa, e il sudore brilla sulle sue tempie abbronzate.

«Sei una mia responsabilità», mi dice.

«Ma è così bello».

Il dolore attraversa i suoi occhi e so che lo ha sentito anche lui. «È bello stasera», dice, «ma sarà una merda domani mattina».

Scuoto la testa, senza preoccuparmene. *Non mi interessa.*

«Sono solo ed emotivamente stitico, e tu sei la prima donna negli ultimi vent'anni che ho frequentato abbastanza a lungo da poter stabilire un contatto». Raddrizza le spalle, passandosi una mano tra i capelli. «E tu sei solo un'orfana trascurata, alla disperata ricerca di attenzioni. Questo è tutto».

«Disperata…», lo fisso, il mio viso si contrae.

No.

Non sono disperata. Ho avuto delle occasioni, ma non le ho mai volute sfruttare. Finora. Ho scelto questo.

Mi guarda severo. «Di notte urli», dice. «Nel sonno. Non parli mai di loro. Stai scappando da quella vita il più velocemente possibile e io non sarò la tua droga per sfuggire dai tuoi problemi. Mi odierei».

Mi mordo il labbro. Mi sente di notte?

«Hai delle questioni da risolvere».

«Non è vero». Scuoto la testa, sentendo una porta che sbatte al piano di sopra.

Si avvicina di nuovo, parlando a bassa voce. «Hai buttato le caramelle», dice. «Non accetti gli inviti di Noah quando va ad allenarsi in pista. Non reagisci a Kaleb quando ti attacca. Tendi ancora a non sederti a tavola quando mangiamo e a non guardare la TV con noi la sera».

Abbasso gli occhi e stringo i denti, sopraffatta. Perché lo sta facendo? Un minuto fa sembrava tutto così bello.

«Non ridi, non scherzi, non vuoi nessuno e non ti appassioni a niente», continua. «Non hai hobby, né interessi, né fidanzati, nemmeno a casa tua in California… Non ne hai mai avuti, ho ragione?».

Distolgo lo sguardo, ma lui si avvicina e mi prende il viso. Mi allontano di scatto, ma lui mi tiene stretta e non riesco più a trattenermi. Le lacrime iniziano a sgorgare.

«Non sorridi mai», dice a bassa voce, la musica e il rumore imperversano nei recessi lontani della casa. «Non provi mai gioia. Non hai sogni per il futuro. Non hai progetti. Non hai spirito combattivo. Sei viva a malapena, Tiernan».

Faccio fatica a respirare, singhiozzo mentre lui mi sorregge il mento.

«Non è sempre stato così, vero?», chiede, ma non aspetta che risponda. «Non può essere. Devi aver amato qualcosa. Desiderato qualcosa. Qualcosa che ti ha resa felice».

Mi bacia la fronte.

«Sei bellissima», mi dice, «e allontanare il mio corpo dal tuo è stata la fatica più grande che abbia mai provato, ma l'ho fatto perché è la cosa giusta da fare».

«A me non sembrava così».

«Perché provare qualcosa è stato piacevole», ribatte lui. «Stai provando delle emozioni forti in questo momento, avevi bisogno di sfogarti. Ti sei sbloccata. Avrei potuto essere chiunque».

Scuoto la testa, allontanandomi da lui. «Era più di quello».

Ma mi guarda severo. «Perché hai buttato via le caramelle, Tiernan?».

Che cosa?

«Io…», cerco le parole. «Non le volevo. Me… me le hai fatte prendere tu».

«Questa è una stronzata. Perché le hai buttate?»

«Perché non le volevo!», dico ancora. «Sono solo caramelle. Che diavolo? Cosa importa?»

«Le hai buttate via perché erano importanti», alza la voce.

Faccio per andarmene.

Ma lui mi prende per il braccio. «Non lo capisci? Ecco cos'è successo», mi fa voltare, ma io giro la testa, rifiutandomi di guardarlo. «A un certo punto, hai iniziato a negarti tutto ciò che ti rendeva felice. Per dispetto, forse? O per orgoglio? Caramelle? Giocattoli? Animali domestici? Affetto? Amore? Amici?».

Contraggo la mascella e lui mi scuote, respiro a fatica.

«E lo so perché l'ho fatto anch'io», mi dice. «Non vuoi sorridere, perché se lo fai significa che tutto quello che ti hanno fatto non ha avuto importanza. E deve averne invece, altrimenti loro sarebbero scagionati, giusto? E non puoi permetterlo».

Scuoto la testa, ma non riesco ancora a incontrare i suoi occhi.

«Devono sapere cosa ti hanno fatto», dice Jake, comportandosi come se mi conoscesse. «Mostrando loro quanto ti hanno fatto male, li ferirai a tua volta, giusto? Devono vedere come ti hanno rovinato la vita. Non puoi semplicemente lasciar perdere, come se niente fosse, perché tu sei arrabbiata. Hai bisogno che lo sappiano. Hai bisogno che qualcuno lo sappia».

No. Non è…

Io ho degli hobby. Ci sono delle cose che mi piacciono. Io…

«Quindi sprecherai la tua vita», continua, «butterai nel cesso il tuo futuro, andando avanti per inerzia e buttandoti a capofitto in tutto ciò che ti fa stare bene anche solo per un momento…».

Scuoto la testa, le lacrime si accumulano sempre di più.

No. Ho degli interessi. So godermi le cose. Io…

«E poi un giorno, tra i litigi e il lavoro che odi, i divorzi e i figli che non ti sopportano…».

Continuo a scuotere la testa. Non mi interessa cos'hanno o non hanno fatto i miei genitori. Non ho bisogno di questo.

Ma di colpo mi torna in mente la nostra vacanza alle Fiji, quando avevo undici anni. Ricordo che mi avevano portata solo perché la stampa aveva capito che raramente stavo insieme ai miei genitori.

Una mattina mi sono svegliata nella suite tutta sola, li ho aspettati per due giorni, perché erano andati a fare un tour di tutte le isole e si erano dimenticati di me. Ero così spaventata.

«Ti guarderai allo specchio e quando vedrai la ragazzina di diciassette anni nel corpo di una donna di cinquant'anni, ti renderai conto di aver perso così tanto tempo a torturarti, a causa di quegli stronzi che non ti hanno amata, che non avrai capito che un intero mondo di persone, invece, sarebbe stato disposto a farlo».

Esplodo. I miei occhi si chiudono e tremando mi abbandono ai singhiozzi.

Mi sono impegnata così tanto per riuscire ad avere le attenzioni dei miei genitori, e nel farlo ho esaurito quasi tutte le energie che avevo. Vivevo esclusivamente per loro, e ora che non ci sono più provo solo rabbia, dolore e sfinimento.

Ha ragione.

Lo guardo, le lacrime mi rigano il viso. «Non mi hanno lasciato neanche un biglietto», dico, «perché?».

Mi prende in braccio, mi appoggia sul piano di lavoro e mi avvolge di nuovo con le sue braccia, una mano sui miei capelli e la mia faccia affondata nell'incavo del suo collo.

Piango così tanto da non emettere suoni, anche se ci provo non riesco a trattenermi.

«Perché erano degli stronzi, piccola», dice, la voce roca. «Erano due stronzi di merda».

«Non so chi sono», singhiozzo.

«Sss…».

Mi calma, passandomi le dita tra i capelli e tenendomi stretta. Le mie braccia pendono molli lungo i fianchi come se ogni granello di energia mi fosse stato risucchiato, tutto quello che ho tenuto dentro nel corso degli anni e mi sono rifiutata di provare. Fa male.

«Sss...», mi sussurra all'orecchio. «Va tutto bene».

Mi tiene lì, e non so per quanto tempo piango, ma quando le lacrime iniziano a rallentare, l'imbarazzo mi scalda le guance.

Cerco di alzarmi, ma la sua presa rimane salda, non mi lascia scappare.

E come per incanto... lascio andare tutto. La preoccupazione, il dubbio, la vergogna... Sono un caso umano, cazzo, ma lui non andrà da nessuna parte.

Lentamente, gli cingo la vita con le braccia, intrecciando le mani dietro la sua schiena e inalando il profumo del suo collo.

Caldo. Lui è così caldo e i suoi figli sono così caldi. Tutto è caldo qui. E anche se non stiamo finendo ciò che abbiamo iniziato, è altrettanto bello. Penso che Mirai sia stata l'ultima persona che mi abbia abbracciata. L'ho lasciata fare il giorno del mio ultimo compleanno, ma credo siano anni che non le permetto di darmi una vera stretta.

Mi calmo, il dolore svanisce perché conosco la verità. I miei genitori non mi amavano.

E non è colpa mia.

Ma una cosa giusta almeno l'hanno fatta, penso mentre mi aggrappo a mio zio e lui mi stringe.

«Allora, vuoi che ti rimbocchi le coperte?», chiede Jake. «Posso farlo».

Non riesco a trattenermi. Mi lascio scappare una risata, e sento che anche il suo petto trema per il ridere.

Alzo la testa e mi asciugo gli occhi, vedendo le lacrime che hanno rigato il suo petto.

Lo asciugo. «Scusa».

«Non fa niente».

Tirando su col naso, prendo uno strofinaccio e ci asciugo entrambi. «Sai, volevo provare a essere felice», lo informo. «Incontrare un ragazzo e tutto il resto, ma tu non me lo hai permesso».

«Temevo che i ragazzi alimentassero solo i tuoi problemi, in questo momento. Non volevo che facessi qualcosa di cui poi ti saresti pentita».

Guardo i suoi occhi azzurri. *Quindi, se io stavo solo proiettando i miei problemi, cos'è stato per te?*

Deglutisco. Riesco ancora a sentire le sue mani su di me.

«E forse avevo anche paura», ammette, facendomi un sorrisetto arrogante. «Tutti ti vorranno, ma tocca a noi stare con te adesso».

Un fremito mi fa vibrare la pancia. Mi piace quando dicono queste cose.

«Ti sta bene?», mi chiede.

Annuisco. Avere una famiglia è bello.

Mi tira giù dal bancone e mi dà una sculacciata. «Ora torna a letto».

Gli rivolgo un debole sorriso e sento di nuovo il suo tocco quando cerca di rimettere a posto la spallina della mia canotta.

Ma ricade sul mio seno.

«E magari evita di andare in giro vestita in questo modo», dice, la sua voce di nuovo calma.

Alzo gli occhi, incontrando il suo sguardo.

Lui inclina la testa. «Soprattutto quest'inverno».

12. Tiernan

Appoggio la testa contro la schiena di Jake, la faccia alzata verso il cielo. Delle nuvolette bianche a sbuffo punteggiano l'azzurro e l'aria fresca mi riempie i polmoni con l'odore di acqua e legno. Non ricordo di essere mai stata così rilassata.

La scorsa notte, non ho più dormito molto dopo che lui mi ha mandata a letto, ma non importa. Tutto sembra leggero ora.

«Smettila di prendere le redini», scatta Jake.

Sorrido, le mie braccia strette intorno a lui afferrano le cinghie di pelle. «Mi piace governare».

«Non è così che si governa un cavallo», mi rimprovera voltandosi sopra la sua spalla. «Pensavo che sapessi cavalcare».

«Pensavo anch'io in effetti, ma tu non mi lasci andare da sola», lo stuzzico, appoggiandogli il mento sulla spalla.

I nostri fucili mi sbattono contro la schiena, giriamo intorno al fienile e risaliamo il vialetto che porta alla casa.

Dopo le faccende di questa mattina, Noah ha riaccompagnato tutte le ragazze in città e Jake mi ha portato nella foresta per farmi allenare al tiro al bersaglio. Non vedo né sento Kaleb da ieri sera.

Oltrepassiamo il grosso mucchio di ghiaia che Jake ha scaricato stamattina per spargerla sul vialetto, poi guardo più in là e vedo Kaleb, è in piedi su una scala, sta aggiustando una lastra di vetro nel soffitto della serra.

Non si volta.

«Hai fame?», chiede Jake.

Si ferma, scende, e io gli prendo la mano, lasciando che mi aiuti a smontare da cavallo.

«Sì. Anche se ho mangiato, ho fame da quando abbiamo fatto colazione. Anche tanto, in realtà. Ho una fame che mangerei tre…».

«Cheeseburger!», sento Noah urlare all'improvviso.

Giro la testa e lo vedo uscire dalla scuderia con i pugni in aria.

Sorrido e poi guardo Jake.

Lui scuote la testa, estrae le chiavi del furgone dalla tasca e le lascia cadere nella mia mano. «Vai», mi dice.

Mi avvio verso il pick-up, poi mi fermo e torno indietro per stampare un rapido bacio sulla guancia di Jake.

Lui si irrigidisce e mi dà un'occhiata.

Mi tolgo la camicia di flanella di Noah e me la lego intorno alla vita indietreggiando, sorridendogli. «Hai detto che dovevo fare cose che mi fanno stare bene. Che dovevo trovare la mia fonte di felicità».

«Sono abbastanza sicuro che non lo direi mai».

Vedo un piccolo sorriso spuntargli sulle labbra nel momento in cui si gira e prende un rastrello per iniziare a stendere la ghiaia nuova.

Apro la portiera del furgone e salgo, ma Noah arriva all'improvviso e mi costringe a spostarmi. Slitto sul sedile e lui mi prende le chiavi.

Quando scivolo sul lato del passeggero, la portiera si apre e sale Kaleb. I nostri sguardi si incrociano e lui mi ordina con un cenno del mento di fargli spazio. I miei nervi si infuocano. Mi sistemo nel mezzo.

Entrambi i ragazzi prendono posto accanto a me, Noah accende il furgone e Kaleb appoggia il braccio sul sedile dietro di me.

Lancio un'occhiata fugace a Jake dal lunotto, cercando di recuperare la complicità che provavamo solo fino a pochi minuti fa.

«Non metteteci una vita!», grida mio zio togliendosi la maglietta e infilandola nella tasca posteriore, per poi riprendere il rastrello e spostare la ghiaia. «Ho bisogno di aiuto qui!».

Sento Noah ridacchiare sotto il suono d'avvio del motore e, senza dire una parola, subito dopo accelera, probabilmente ora è deciso a impiegarci più tempo possibile.

Attraversiamo il bosco, scendendo dalla montagna sulle strade strette e tortuose, intanto la luce del sole illumina gli alberi e Noah allunga il braccio tra le mie ginocchia per cambiare le marce del vecchio furgone.

Continuo a pensare alle ultime parole che mi ha detto Jake ieri sera.

Soprattutto quest'inverno.

Se la godono adesso, perché sanno che dovranno farne a meno, ma...

Se Jake non si fosse allontanato, ieri sera, non ci saremmo fermati.

Voglio dire, suppongo che lui abbia ragione. Siamo entrambi soli e abbiamo dei problemi irrisolti. Più che del sesso, ho bisogno di una famiglia, e portare a termine quello che stavamo facendo la notte scorsa avrebbe complicato tutto. Ha fatto bene a fermarsi.

Giusto? Sento ancora il suo sussurro sulla mia bocca. *Sei bellissima e allontanare il mio corpo dal tuo è stata la fatica più grande che abbia mai provato.*

Mi sfrego i palmi mentre tengo le mani in grembo e sento delle piccole farfalle volare all'interno del mio stomaco.

Non lo so. Stamattina mi sono sentita benissimo al risveglio, sapendo di non aver fatto niente di cui mi sarei pentita, ma... Se dovesse capitare di nuovo, non credo che lo fermerei.

«Allora, va bene tra te e mio padre?», mi chiede qualcuno.

Sbatto le palpebre, realizzando che la voce proveniva dalla mia sinistra.
Guardo Noah. «Eh?».

Perché tra me e suo padre non dovrebbe andare bene? Sa qualcosa?

Mi lancia un'occhiata, cercando di guardare anche la strada. «La piccola lite…», suggerisce, «di ieri sera nel furgone?».

Mi ci vuole un momento, poi mi ricordo. La lite. Quando ha minacciato di schiaffeggiarmi.

«È un rompipalle», continua Noah. «Sul serio. Non dargli la soddisfazione di arrabbiarti. Con noi non esagera perché non ce l'ha abbastanza duro».

Poi ride, inserendo una marcia più alta e, percorrendo la strada, fa entrare la brezza nell'abitacolo del furgone.

Un sorriso mi tira le labbra, e chino la testa, cercando di nasconderlo. *Non mi sembrava che avesse questo problema ieri sera.*

Mi mordo il labbro inferiore per evitare che il sorriso si allarghi.

Allungo una mano per accendere la radio, parte *Gives You Hell*, trasmessa sulla stazione radio della città. Noah alza il volume, Kaleb abbassa il finestrino e ascoltando la musica mi rilasso.

Le foglie verdi degli alberi hanno sfumature gialle che presto si trasformeranno in arancio e rosso, più avanti verranno strappate via dai violenti venti invernali. Le vette più alte dello Stato sono già incappucciate di neve, ma qui l'aria odora solo di fieno e di cibi affumicati e terrosi cotti sui falò, che mi ricordano le mele cadute sotto gli alberi a Brynmor, lasciate a marcire per terra. C'è come una trepidazione nell'aria, di quelle che provi quando sai che sta per accadere qualcosa.

Inclino la testa all'indietro e chiudo gli occhi, Noah canta e l'aria mi accarezza le braccia nude.

Il pick-up si ferma di colpo, vengo proiettata in avanti e qualcosa mi sbatte contro il petto. Sussulto per il dolore, i miei occhi si spalancano quando vedo un'auto ferma proprio davanti a noi.

«Ah, andiamo!», Noah abbaia, il furgone fermo in mezzo alla strada.

L'auto esce in retromarcia da un vialetto e parte per la sua strada come se non avessimo appena rischiato di schiantarci.

Prendo un respiro profondo, improvvisamente consapevole del dolore nel petto.

Guardo in basso e vedo che il braccio di Kaleb è teso davanti a me: ha impedito che venissi catapultata contro il parabrezza. Per me, al centro del sedile, non c'è la cintura di sicurezza.

Lo guardo fissare con aria cupa l'auto che scompare lungo la strada.

Senza degnarmi di uno sguardo, abbassa il braccio e riporta l'attenzione sul suo telefono.

Mm.

Noah riparte, ma ogni tanto lancio un'occhiata a Kaleb. Quindi sa che esisto.

Attraversiamo la città, svoltando a sinistra verso Ferg's Freeze e imboccando il drive-through.

Dall'altoparlante arriva una voce di donna e io do una rapida scorsa al menu.

«Cheeseburger», dico a Noah, che si sta affacciando dal finestrino.

«Okay, sette cheeseburger», grida.

Sette?

Noah si gira verso di me. «Vuoi la pancetta nel tuo?».

Annuisco.

«Tutti con pancetta», dice alla cassiera. «Tre… no, quattro… patatine grandi».

«Non mi vanno le patatine», rispondo.

«Mangerò io le tue», mi dice. «E quattro milk-shake: due alla vaniglia, uno alla fragola e…».

Mi guarda da sopra la spalla.

«Anche io fragola», rispondo.

«Fai *due* alla fragola e aggiungi anche una Coca-Cola».

La donna gli dice il totale e poco dopo ci fermiamo dietro un'altra macchina ad aspettare il nostro turno, nel frattempo ho appoggiato le spalle allo schienale.

Lancio uno sguardo a Kaleb e vedo che sta ancora scorrendo qualcosa sul telefono, così guardo in basso per vedere cosa attira tanto la sua attenzione.

Sorrido.

«Ci sono stata», gli dico, indicando le immagini sullo schermo. «In Oregon c'è un intero hotel che è una casa sull'albero. Adoro le luci sugli alberi: è un posto carino. Magico».

Mi guarda, fissandomi in silenzio.

Probabilmente è incazzato perché ho ficcato il naso. Questa settimana gli ho preparato la colazione ogni mattina – e l'ha sempre spazzolata tutta – ma per qualche motivo non sono mai nel suo radar a meno che non voglia… mangiare.

«Sei mai stato fuori dal Colorado?», chiedo titubante.

Ovviamente non risponde.

Avanziamo e sento una voce cinguettare.

«Ciao, Kaleb», dice qualcuno.

Una bella ragazza con i capelli arruffati, lunghi fino alle spalle, e una frangia sulla fronte ci guarda attraverso la finestrella del casotto. Sulla camicia della divisa a righe bianche e blu c'è una targhetta con scritto Marnie.

Kaleb non le presta attenzione, Noah paga a lei il conto. Lei apre di nuovo la finestrella per dargli il resto.

«Sai che l'offerta è ancora valida», dice, e guarda Kaleb passare a Noah i sacchetti con la roba da mangiare. «Sicuro che non vuoi portarmi lassù in vetta con il resto delle provviste che hai accumulato per l'inverno? Potrei tenerti al caldo».

Sono certa che lo sta solo stuzzicando, scherza.

Noah ride e io prendo i milk-shake che mi passa per appoggiarmeli sulle gambe. «Sì, solo se ti rimette in dispensa per le ventitré ore del giorno in cui non ti usa».

«Noah!», esclamo, con gli occhi sgranati.

Ma la ragazza è molto più avanti di me. Con un colpo al bicchiere appoggiato sul davanzale del casotto, fa rovesciare la Coca-Cola addosso a Noah, poi richiude il vetro lasciandolo a mangiare polvere.

Gli schizzi volano su di me, inzuppando il sedile, e io sussulto per il freddo che emana il ghiaccio. Noah sta ringhiando.

«Sei matta?», si lamenta, scrollandosi la Coca dalle mani. «Che diavolo fai?».

Rido, mi accorgo a malapena che Kaleb mi solleva e mi sposta, per togliermi da quel pasticcio.

«Te lo sei meritato», dico a Noah, sto ancora ridendo.

Lui si lagna, tirando fuori i tovaglioli dal sacchetto per asciugarsi. «Stavo solo scherzando».

«Be', mi è simpatica», lo prendo in giro.

Un clacson suona dietro di noi e Noah aggrotta la fronte e riparte, probabilmente è incazzato perché non avrà più quella Coca-Cola.

Kaleb mi asciuga il braccio con un tovagliolo e io smetto di ridere, ora realizzo di essere seduta sulle sue gambe. Guardo il sedile rosso e vedo una pozza scura di Coca-Cola proprio dove mi trovavo prima.

Getta il tovagliolo bagnato e ne prende un altro, premendomelo sulla coscia per assorbire il disastro sui miei jeans. Trattengo il respiro e poso la mano sulla sua per fermarlo.

«Sto…».

Mi guarda, l'ultima volta che l'ho avuto così vicino è stata quando mi ha sbattuta sul cofano della macchina.

«Sto… sto bene», gli assicuro, tamponandomi i jeans.

Toglie la mano, lasciandomi fare mentre mi circonda la vita come una cintura di sicurezza e torna a giocare con il telefono, tenendolo con entrambe le mani.

«Posso risedermi».

Cerco di allontanarmi, ma lui mi blocca senza distogliere gli occhi dal telefono, dando un colpetto al sedile per ricordarmi che è bagnato.

Continua a scorrere, tiene le braccia ben ferme facendo accelerare il battito del mio cuore.

E mentre guidiamo verso casa, tutto ciò di cui sono consapevole è lui. È come se Noah non fosse in macchina. Non c'è la musica. E, nonostante la brezza, dentro l'abitacolo fa caldo.

A un certo punto lo guardo e lui alza gli occhi, sostenendo di nuovo il mio sguardo. E allora capisco che mi stavo sbagliando. Sono sul suo radar.

«No!», urlo, torcendo le gambe prima che possa avere una presa adeguata.

Ma non sono abbastanza veloce. Jake mi afferra le caviglie mentre mi aggrappo al bordo del materassino per provare a liberarmi.

Mi tira giù e io urlo, siamo dentro il garage, e scoppio in una risata che non riesco a trattenere.

Sono passati quasi due giorni dal nostro incontro in cucina. Abbiamo lavorato, cucinato, fatto conserve di frutta, rifornito la dispensa di provviste per l'inverno e imbottigliato dell'acqua, perché mi hanno detto che i tubi spesso si ghiacciano.

Mi hanno costretto a guardare tutta la prima stagione del loro programma di karate preferito e, seguendo una ricetta che ho trovato su Pinterest e per cui Noah mi ha anche presa in giro, ho anche preparato degli spuntini per i cavalli e per i polli che gli animali hanno adorato. Li ho guardati per un'ora intera leccare il mais congelato. Erano così carini.

«Andiamo», abbaia Jake, stringendomi forte. «Dovresti aver imparato ormai».

«Sono due giorni che lo facciamo! Dammi una pausa».

Smetto di provare a scalciare e tiro pugni a raffica, beccandolo dritto in faccia. Si tira indietro, ma io gli strizzo il naso.

Mi lascia andare e io mi alzo in piedi, di fronte a lui con una posizione pronta.

Si tiene il naso, gli occhi che lacrimano. «Ahia», grugnisce.

Ieri ha deciso che avevo bisogno di un allenamento in più rispetto ai ragazzi, dato che mi sono ritrovata al lago da sola con Terrance alcuni giorni fa. Voleva insegnarmi un po' di autodifesa. Kaleb è andato a caccia e Noah sta guardando la TV.

Jake tira su col naso e scrolla la testa, alzando le mani per ricominciare.

«Perché non mi dai un fucile?», chiedo. «Non è la risposta a tutto per i montanari?»

«Certo, una volta che hai messo giù il tuo toast all'avocado».

Rido, dandogli una spinta sul petto. «Non lo mangio».

Sento la sua risata soffocata mentre mi fa girare di scatto e mi blocca in una presa.

«Che hai intenzione di fare?», mi schernisce, stringendomi fra le braccia mentre mi contorco. «Forza. Cosa fai?».

Esita solo un momento prima di lasciarmi andare e affondare le dita nella mia pancia, per farmi il solletico. Mi rannicchio, cercando di non ridere, e cadiamo entrambi sul materassino. La mia schiena si è schiantata sul suo petto.

«No, no, no…», mi copro con le braccia per ripararmi dal suo assalto, contorcendomi e dimenandomi, ridendo. «Fermati!».

Finalmente si ferma, sposta le mani sulla mia vita e io appoggio la testa al suo petto, entrambi cerchiamo di riprendere fiato.

«Mi sa che dovrete accompagnarmi dappertutto, perché questo è inutile», gli dico.

Il suo petto balla in una risata silenziosa, tutto è tranquillo se me ne sto sdraiata lì.

Il mio corpo prende a scaldarsi e quando realizzo di sentire il suo sotto di me, il mio sorriso svanisce, ho la percezione di ogni suo muscolo. Di ogni rigonfiamento del suo… corpo.

Giro la testa verso di lui e vedo l'imbarazzo nei suoi occhi, perché sa che lo sento.

Gliel'ho fatto venire duro.

La mia pelle formicola sotto le sue dita, e mentre mi accarezza i fianchi con un tocco delicatissimo, le mie palpebre sbattono.

Le sue sopracciglia si aggrottano. «Cos'è questo?», mormora.

E sento le sue dita scivolare sotto l'elastico delle mie mutandine.

Segue il tessuto sopra il mio fianco, dal punto in cui fuoriesce dai jeans fino alla parte posteriore, dove non c'è quasi niente.

Sa che tipo di mutandine indosso di solito e il suo respiro diventa affannoso.

«Ne ho prese altre in città, oggi», gli dico.

Mi piace come vestono. Come mi stanno. Le ragazze a scuola indossavano biancheria intima sexy già da tempo.

Ma lui mi guarda come se avesse paura di me, e io mi strofino il naso, osservando il suo pomo d'Adamo fare su e giù.

Non volevo innervosirlo. Non si tratta di sesso. Mi piace semplicemente sentirmi diversa e comprare qualcosa che Tiernan de Haas non comprerebbe mai.

Ecco cosa succede quando si cresce un'adolescente, Jake. A un certo punto le vedrà nel cesto del bucato.

«Tiernan?», Noah mi chiama. «Il tuo telefono sta squillando!».

Prendo fiato e sguscio via da Jake, sentendolo schiarirsi la gola mentre entrambi ci alziamo in piedi. Corro in casa, prendo il telefono dall'isola e vedo il nome di Mirai sullo schermo illuminato.

Rispondo. «Ehi».

«Tiernan», esplode lei, quasi sollevata per avermi rintracciata. Da quanto tempo stava squillando il telefono? «Che bello sentire la tua voce», dice. «Non ti ho più sentita. Ero ansiosa di sapere come te la stai cavando».

Jake entra in cucina, chiude la porta e cattura il mio sguardo intanto che si muove verso il frigorifero.

Il mio battito continua ad accelerare. «Sto bene», le dico.

«Ti piace lì? Va tutto bene?»

«Sì». Indugio intorno all'isola mentre Jake apre una birra. «Mi tengono occupata. Tanto sole e aria fresca».

«Bene». La sua voce è pacata. Dolce. È sempre stata così? «Finché sono gentili con te».

«Sì», dico, sapendo che Jake sta ascoltando. «Sono gentili con me».

Incontro il suo sguardo, sorridendo quando lui alza gli occhi al cielo e sogghigna.

«Senti, non volevo disturbarti», mi dice, «ma il funerale dei tuoi genitori si terrà dopodomani».

Sbatto le palpebre, distogliendo lo sguardo da mio zio. Il funerale. Il senso di colpa mi assale. Non ci ho pensato per giorni.

In realtà non ho mai pensato al funerale dei miei genitori.

«Mi dispiace davvero per la fretta», continua Mirai. «Ci siamo dovuti adeguare all'agenda di alcuni partecipanti».

Annuisco. «Certo».

Sento che Jake mi sta guardando.

«Non sei costretta a venire», mi informa. «Tutti capiranno».

Il mio stomaco precipita al pensiero di salire su un aereo. L'idea di andarmene da qui, di tornare là...

È l'ultima cosa che voglio fare. Ma non esito.

«Prenotami un volo, okay? Stasera va bene».

«Sei sicura?».

Jake posa la bottiglia sul bancone, appoggia entrambe le mani sul piano e mi fissa.

«Sì», le dico. «Ci sentiamo più tardi».

«Va bene», dice. «Dammi un'ora».

Riaggancio, Noah deve aver sentito perché si avvicina non appena poso il telefono.

«Parti?», mi chiede.

Io guardo mio zio. «Il funerale dei miei genitori è dopodomani», gli dico. «Mirai proverà a prendermi un volo per stasera. Odio chiedertelo, ma puoi darmi un passaggio in aeroporto?»

«Sei sicura di voler andare?», stringe gli occhi. «Non sei costretta a fare niente. Puoi restare qui. Oppure potrei venire con te».

«Non puoi», gli faccio notare. «Sei indietro con la personalizzazione della moto per McDougall. Me la caverò. Va tutto bene».

Si ferma, le rotelle nella sua testa girano.

Dopo un momento, si avvicina al muro e prende un mazzo di chiavi.

Le fa scivolare sul bancone. «Prendi uno dei furgoni», dice. «Parcheggialo in aeroporto, così lo ritroverai lì quando ritornerai».

Fisso le chiavi.

Ci saranno delle cose da gestire. La casa, i conti, Mirai, le condoglianze, gli obblighi che i miei avevano con gli enti di beneficenza, le organizzazioni per le raccolte fondi e...

«Non tornerai», dice alla fine Jake, visto che non prendo in mano le chiavi.

Apro la bocca, ma non esce niente. Mi si forma un groppo in gola delle dimensioni di una palla da softball, fa malissimo. Non voglio andarmene, ma non…

«Non so cosa accadrà. Di preciso». Finalmente lo guardo. «Ci sono molte cose da sistemare lì. Non ti so dire quanto tempo mi ci vorrà».

Mi fissa e, per la prima volta da quando sono qui, anche Noah non ha niente da dire.

Jake sospira e prende le chiavi, spingendo la sua birra verso Noah prima di andarsene e non guardare più nella mia direzione. «Fammi sapere quando sei pronta per uscire».

13. Tiernan

Non sta piovendo.

Pensavo che dovesse piovere durante un funerale.

Come nei film. Nelle pellicole piove sempre.

Le ombre degli alberi scivolano sui finestrini della limousine nera mentre attraversiamo Glendale, diretti al cimitero. Mi appoggio alla portiera, Mirai è seduta di fronte a me. Il carro funebre che trasporta i miei genitori alla cappella guida il corteo, seguito dalla nostra macchina.

Ovviamente è una bella giornata. Il sole non smette mai di risplendere su mia madre.

Alzo gli occhi al cielo, sono nascosti dai miei grandi occhiali scuri, ed emetto un sospiro sommesso. Sì, dovrei proprio dirlo nel mio elogio funebre. Farò ridere tutta la congregazione per quanto è sdolcinata questa frase.

Gesù.

Guardo fuori dal finestrino, sfregandomi le mani avvolte dai guanti, e so che non mi viene in mente niente. Non mi è venuto in mente niente nelle trentasei ore che sono passate da quando sono atterrata in California. Non riesco a pensare a niente che non sembri una bugia.

Eppure non erano privi di talento e bellezza. Perché non riesco a trovare una sola parola sincera da pronunciare a riguardo, adempiendo così al mio ultimo dovere di figlia?

Dovrei esserne capace.

Invece no. Ogni dolce, smielata menzogna mi fa sentire un'imbrogliona e non riesco a dire niente, perché non ho più voglia di vivere in un modo falso.

«Sei abbronzata», osserva Mirai.

Volto gli occhi su di lei che intanto fa penzolare dalle dita gli occhiali da sole, i suoi capelli sono raccolti in una coda di cavallo bassa e stretta.

Adoro il suo aspetto. Indossa una gonna a tubino nera e una giacca nera, una cintura nera lucida intorno alla vita e i tacchi alti. A giudicare dall'abito che ha predisposto per me, invece, la nostra personal shopper sembra pensare che io abbia ancora dodici anni. Lo sto coprendo con un lungo cappotto nero e, dato che ho anche i guanti, Mirai starà parlando del mio viso, l'unica parte di pelle visibile.

Annuisco.

«Ti è piaciuto stare lassù?»

«Sì», mormoro.

Mi sono piaciuti *loro*.

Il posto vuoto accanto a me pesa come un macigno e vorrei che Jake fosse qui. Lui si è offerto di venire, no? Ma io ho dovuto aprire la mia boccaccia e rifiutare.

Non ho neanche mangiato molto da quando sono arrivata. Il cibo di qui ha un sapore diverso.

«Ho parlato con lui al telefono, mentre eri lì», dice Mirai. «Con tuo zio, intendo. Temevo che fosse un cretino». Ride. «Si presenta male».

Sorrido tra me e me, guardando indietro dal finestrino. «Sì, è vero», sussurro.

Ma sono orgogliosa.

Mi piace com'è.

«Li ho invitati», dice. «Mi sono offerta di portarli qui».

«Non lasceranno mai il Colorado».

Noah, forse. Jake, a malincuore. Ma Kaleb… non riesco a immaginarlo da nessun'altra parte.

Penso a loro, il mio respiro diventa irregolare, e immagino cosa staranno facendo in questo momento. Noah sarà andato a fare i suoi giri di prova, perdendo molto più tempo di quanto gli è concesso, e quando tornerà Jake lo sgriderà, poi gli ordinerà di entrare in casa e aiutarmi a preparare il pranzo…

Ma no. Abbasso gli occhi.

Io non sono in cucina. Noah preparerà il pranzo da solo.

Oppure correrà in città a prendere dei cheeseburger.

Chissà se ha tolto quella macchia dal sedile. Conoscendo Noah, l'avrà semplicemente lasciata lì. È così pigro a volte.

«Il reverendo parlerà per primo», mi informa Mirai, «poi sarà il mio turno e seguiranno George Palmer, Cassidy Lee, e infine Delmont Williams».

Appoggio le spalle sul sedile e guardo fuori dal parabrezza, oltre l'autista, vedo il carro funebre che trasporta i miei genitori. Prima al funerale. Poi al crematorio.

Ho la gola gonfia.

«Il reverendo chiederà se qualcun altro vuole aggiungere qualcosa», continua lentamente, in tono dolce. «Se pensi di voler intervenire, sentiti pure libera di farlo, okay?».

Mi parla come se lo stesse spiegando a una bambina. Come se avesse paura che io possa svegliarmi e urlare, se mi parlasse troppo forte.

«Non c'è bisogno», le dico. «Non c'è bisogno che mi parli così. Non sto dormendo».

Mi fissa, fa un respiro profondo e i suoi occhi iniziano a luccicare. Si volta dall'altra parte per non farsi vedere.

«Ricordi i tuoi terrori notturni?», mi chiede, guardando fuori dal finestrino. «Ne abbiamo parlato quando eri piccola».

Sono tornati mentre ero in Colorado. Ma non gliel'ho detto e non glielo dirò.

«Accadeva ogni notte», spiega. «Ti svegliavamo, smettevi di urlare e poi ti rimettevamo a dormire».

Ho un ricordo vago. Ero così piccola.

Lei deglutisce. «Una notte, ho aspettato che ti addormentassi», dice, «e mi sono infilata nel letto con te».

Mi guarda.

«Niente. Niente terrori», mi dice. «E la sera dopo, la stessa cosa. Niente terrori quando dormivamo insieme».

Il mio mento trema e serro la mascella per fermarlo.

Una lacrima le scende lungo la guancia e riesce solo a sussurrare. «Ti mancava solo quello di cui hanno bisogno tutti», mi dice. «Una casa».

Stringo i pugni, cercando di mantenere il respiro costante.

«Non è un luogo, Tiernan. È una sensazione». Le trema la voce. «Anche se quando sei cresciuta hai smesso di avere i terrori notturni, in quella casa riuscivi a dormire solo quattro o cinque ore a notte. Con loro. Ecco perché non ero arrabbiata quando a undici anni ti hanno mandata in collegio». Tira su col naso, facendosi sfuggire un singhiozzo e distogliendo lo sguardo. «Perché ho pensato che forse, finalmente, avresti dormito».

L'auto si ferma e la portiera si apre, Mirai inforca velocemente gli occhiali da sole e si asciuga le lacrime scendendo.

Ci impiego un attimo a muovermi.

È una sensazione.

Una sensazione. Non un luogo.

Chiudo gli occhi per un istante e sento il sole scaldarmi il viso, mi trovo sul picco. Sono a cavallo, le braccia intorno a mio zio.

Scendo dall'auto, notando a malapena le telecamere e il chiacchiericcio dei giornalisti, e seguo ciecamente Mirai su per i gradini della chiesa. Le persone mi parlano, mi prendono la mano e mi danno dei piccoli abbracci, ma io non riesco a pensare.

Non mi sento bene.

Perché sono tornata? Pensavo di doverlo fare. Dovevo essere qui. È giusto, no?

Ingoio la nausea che mi sale in gola.

Le persone si affollano intorno a noi, tutte affamate di qualcosa, e anche se al mio arrivo in città non ho avuto il coraggio di guardare i social media, è chiaro che il suicidio dei miei genitori faccia ancora notizia.

Diavolo, probabilmente qualche regista starà già proponendo la storia a una società di produzione, in modo da far diventare la scomparsa dei miei genitori un film per la TV, in cui loro due saranno ritratti come due esseri perfetti che si sono amati sin dal primo momento in cui si sono visti. E io, la loro amorevole figlia – il frutto della loro tragedia shakespeariana – sarò un personaggio significativo solo alla fine… quando davanti alla loro lapide sorriderò, perché finalmente loro saranno al sicuro, insieme per l'eternità.

Mi siedo in prima fila con Mirai, l'unica cosa buona di tutto questo è che nessuno si aspetta qualcosa dalla figlia in lutto, perciò per una volta posso starmene seduta in silenzio senza sembrare una persona strana.

Chiudo di nuovo gli occhi dietro le lenti scure. Due giorni fa stavo costruendo dei giocattoli per i cavalli: delle brocche per il latte piene di carote e mele con cui potevano giocare per ottenere la loro ricompensa. Quelle brocche erano vuote, adesso? A Kaleb non interessa e Noah probabilmente non se ne accorgerà nemmeno.

Non so quando avrà inizio la funzione, ma a un certo punto Mirai mi dà una gomitata e mi sussurra all'orecchio: «Occhiali», per ricordarmi di togliermeli, così apro gli occhi e vedo le bare davanti a me.

Mi tolgo gli occhiali, li ripiego con delicatezza e me li infilo in tasca.

Nell'ora successiva gli oratori si alzano uno alla volta, raccontando aneddoti che io non ho mai sentito prima, e dipingono l'immagine di due persone che io non ho conosciuto. Me ne sto seduta lì ad ascoltare Mirai spiegare il piacere immenso di aver fatto parte della loro vita, di averli sostenuti nel loro lavoro, mentre Cassidy (con la y, non con la doppia e) e il signor Palmer raccontano storie della loro giovinezza e degli albori della loro carriera e delle opere di beneficenza che hanno fatto. Quest'ultime occupano una grande fetta del discorso, probabilmente perché l'agente pubblicitario ha chiesto di insistere sull'argomento per distogliere l'attenzione sul modo in cui i miei hanno lasciato questo mondo.

Quando Delmont, l'amico più stretto di mio padre, si alza in piedi e parla delle loro partite di football al college e delle estati passate in viaggio con lo zaino in spalla in Turchia o in Cile o non so dove, Mirai posa la mano sulla mia per avvisarmi che è quasi ora.

Il mio stomaco si contorce. Potrei parlare del loro lavoro, credo. Dire che sono stati una grande fonte di ispirazione per me, e potrei mentire su tutti i bigliettini e i regali a sorpresa che mi mandavano in collegio, anche se ho sempre saputo che in realtà li inviava Mirai dando a loro il merito.

Potrei parlare di quello che ho imparato da mio zio e dai miei cugini. E poi dire che l'ho imparato dai miei genitori.

Non voglio più stare zitta. Voglio dimostrare loro che non mi hanno spezzata. Che non li lascerò influenzare la mia voce e la mia capacità di essere coraggiosa.

Ma quando arriva il momento di tenere saldi i piedi e prepararmi ad alzarmi, scopro che non posso.

Non voglio mentire.

«Le cose cambiano, la vita va avanti e il mondo con essa», afferma Delmont. «Ma la morte? La morte è certa, come la notte».

Lo guardo, ascolto le sue parole.

«Fa parte di tutti noi». Prima di concludere il discorso, guarda fra i presenti. «Le uniche cose che ci lasciamo davvero alle spalle sono il lavoro che abbiamo fatto e le persone che ci hanno amato».

Le persone che ci hanno amato…

«Amelia e Hannes non hanno lasciato nulla in sospeso», conclude. «Hanno sempre saputo come rispondere alla domanda più importante della nostra vita: dove voglio essere oggi?».

Fisso le bare dei miei genitori, sono chiuse, perché così tutti li ricorderemo solo per com'erano in vita.

E ora, dopo giorni, le lacrime iniziano a scendere sulle mie guance.

Li odio.

Li odio e ho perso troppo tempo a odiarli.

Non è qui che voglio essere.

Vi siete amati. Mi asciugo le lacrime, guardandoli, e finalmente arrivano le parole che non sono riuscita a trovare prima. *Siete stati più fortunati di tanti altri.*

Almeno ognuno dei due aveva l'altro.

Quando si trattava di amare, eravate capaci di dare tanto. Abbasso gli occhi, fissando le mie gambe, stringendo i pugni intorno al cappotto. *E avete pensato a come sarebbe stato vivere senza amore, perché avete deciso di togliervi la vita insieme. Avete mai pensato a come deve essere stato per me, in tutti questi anni, vivere senza di voi?*

Le lacrime cadono silenziosamente, offuscandomi la vista. Chiudo gli occhi, tutti gli anni di rabbia accumulata risalgono in superficie, intanto stringo i denti.

Odio la vostra casa, mi rivolgo a loro nella mia testa. *Odio il fetore del vostro profumo, delle candele e della lacca. Odio i vostri vestiti, le pareti bianche, i tappeti bianchi e i mobili bianchi.* Cerco di calmare il respiro. *Odio la biblioteca piena di libri mai aperti e il fatto che nessun ambiente fosse mai caldo.*

Ho odiato voi.

Non riesco a riprendere fiato. L'aria sembra troppo densa. Ho freddo.

Odio non avervi mai detto niente di tutto questo. Non aver mai litigato o detto nulla, non essermi mai ribellata. Odio il fatto di non essere mai uscita per cercare nel mondo ciò di cui avevo bisogno. Odio avervela data vinta.

Odio il fatto di non avervi mai fatto sapere che mi avete torturata.

Ecco l'unica cosa che voglio dopo la loro morte. Restare in piedi.

È tutto quello che devo fare.

Ma sono stata troppo codarda per parlarvi, dico a me stessa, ora le lacrime sono scomparse e sto respirando profondamente. *I codardi vivono di rimpianti, perché quando si rendono conto che non sono gli unici a percorrere una strada che fa paura, ormai è già troppo tardi.*

Non dovremmo mai affrontare quel viaggio da soli.

14. Noah

La motosega ronza fuori e io mi metto seduto sul letto, facendo penzolare le gambe da un lato. Mi passo una mano tra i capelli. Si incazzerà se oggi mi rifiuto di uscire da questa maledetta stanza?

Ieri Kaleb ci ha mollati ed è andato di nuovo a caccia, e papà mi ha rivolto a malapena tre parole nelle ultime quarantotto ore. Divertente, molto divertente. Di nuovo come ai vecchi tempi.

Scuoto la testa e mi alzo, infilandomi dei jeans prima di lasciare la stanza. Me ne andrò da questa casa. Da questa città. Lo farò nel cuore della notte, come un codardo, perché non sopporto il confronto. Me ne andrò di nascosto. Forse lui si renderà conto di quanto sono fantastico quando non potrà più schiavizzarmi. Perché di certo non si azzarderebbe a rompere le palle a Kaleb.

E magari Kaleb finalmente pronuncerà una parola, perché io non sarò più qui a parlare al suo posto.

Non posso affrontare un altro inverno con loro. Impazzirò.

Scendo al piano di sotto ed entro in cucina, vado dritto verso la macchina del caffè e vedo mio padre arrivare dall'officina. Prendo una tazza e poi la caraffa, ma vedo che è vuota proprio quando lui si avvicina per riempire la sua.

Sospiro, il mio mal di testa aumenta.

«Fai...», spinge la sua tazza verso di me e se ne va. «Fanne un'altra brocca».

Alzo un sopracciglio, ma faccio come mi ha detto. Da quanto tempo sarà sveglio?

Getta sul tavolo una pagnotta, della pancetta che ha già abbrustolito e un paio di scatole di cereali insieme al latte e al burro, mentre io butto il filtro del caffè usato e lo sostituisco con uno pulito.

Una volta caricato il caffè, riempio il contenitore dell'acqua e aziono la macchinetta, afferrando un Oreo dalla confezione appoggiata sul bancone.

Cosa faccio oggi? Più o meno le stesse cose, ma c'è sempre la birra. Devo guardare avanti almeno, ora che ho perso la mia occasione di essere sponsorizzato dalla DeltaCorps.

E ora che la casa è tornata a essere maledettamente silenziosa, perché…

Mio padre si siede e si prepara un panino, io mi lascio cadere sulla sedia di fronte a lui e addento il biscotto.

Il mio stomaco si ribella al sapore. Mi sforzo di mandare giù il boccone, ma lancio il resto del biscotto sul tavolo.

Mi sento di merda.

«Questa roba fa schifo, cazzo», borbotto.

Mi manca. Lei manca a tutti. Anche a Kaleb, credo. È tornato a casa ventiquattr'ore fa con degli uccelli acquatici, ha scoperto che lei non c'era più e se ne è andato di nuovo, scomparendo ancora nel bosco per un altro maledetto giorno.

Mi manca scendere al piano di sotto e trovare le luci accese. Alle ragazze piacciono gli ambienti caldi e accoglienti. Mi piaceva il tocco che aggiungeva alla casa. E mi piaceva vederla fuori, magari nella scuderia, oppure guardarla girare a piedi nudi in cucina… La casa era più bella. Mi faceva divertire persino quando era incazzata.

La porta d'ingresso si apre, Kaleb entra e si strappa di dosso la maglietta sporca di sangue degli animali catturati, il congelatore è sempre più pieno per l'inverno. Riesco quasi a vedere Tiernan che si porta il dorso della mano alla bocca, per trattenere un conato di vomito, come ogni volta che lo vede in questo stato.

Il cuore mi fa male.

«Vai a riprenderla», dico a mio padre, ma non lo guardo.

Kaleb si versa un bicchiere d'acqua, io aspetto che mio padre si metta a discutere, perché tanto quello che penso o dico non conta niente. Non mi ascolta, si limita a rispondere l'esatto contrario di quello che voglio.

«Si tratta della morte dei suoi genitori», dice, mandando giù il boccone. «È un'adulta. Non posso dirle cosa deve fare».

«Non è un'adulta», ribatto. «Il suo posto è qui. Sei tu a decidere. Non lei».

Appoggia la schiena alla sedia, lasciando cadere il panino sul piatto. So cosa sta pensando. Sembro pazzo da legare. Voglio davvero che la riporti qui senza la sua volontà?

No.

Forse.

«Il funerale si è tenuto solo ieri», mi dice. «Potrebbe ancora tornare».

Sì, come no. Le abbiamo dato addosso come degli stronzi e lei ci ha messo un secondo a decidere di andarsene. Perché mai dovrebbe tornare? Io non lo farei.

Allungo una mano e prendo la bottiglia di succo, tolgo il tappo e me la porto alla bocca.

Una porta sbatte al piano di sopra e sento le assi del pavimento scricchiolare.

Mi blocco, io e mio padre ci fissiamo.

I suoi occhi si stringono.
«Hai portato a casa qualcuno stanotte?», mi chiede.
«No».
Abbasso il succo, entrambi tendiamo le orecchie.
Forse Kaleb ha portato qualcuno...
Ma prima che io possa terminare il pensiero, sentiamo dei passi sulle scale e tutti giriamo la testa, vedendo Tiernan girare intorno alla balaustra, con addosso dei pantaloncini di jeans larghi e la mia maglietta. Ha i capelli in disordine e gli occhiali da sole la riparano dalla luce del mattino, stringe le braccia attorno al corpo perché sembra avere freddo.
Che cazzo?
«Buongiorno», saluta, sbadigliando.
Mi alzo di scatto dalla sedia, allibito, la guardo passare accanto al tavolo e dirigersi verso la macchinetta del caffè.
«Buongiorno?», sbotto. «Da dove spunti?».
Lei entra in cucina e basta, come se non se ne fosse mai andata. Sto sognando?
«Quando sei tornata?», le chiede mio padre, prima che lei possa rispondermi.
Tiernan si mette gli occhiali da sole sulla testa, sbadigliando di nuovo. Kaleb la fissa mentre lei gli si ferma accanto e si versa una tazza di caffè.
«Ieri sera», risponde.
«Come sei venuta fin qui dall'aeroporto?»
«Uber», gli dice.
«Sei tornata», dico, ancora stordito, mentre il cuore mi batte forte.
È davvero qui? È stata nella sua stanza per tutto questo cazzo di tempo mentre io ero quaggiù a fare il broncio?
Gira la testa sopra la spalla, guardandoci entrambi come se fossimo degli idioti.
Sicuramente ora non le va di ricevere un abbraccio.
«Qualcuno può controllare la leva del cambio sul trattore?», chiede, cambiando argomento. «Si blocca spesso. E l'aspirapolvere? È troppo, troppo rumoroso». Versa della panna nel caffè e mescola. «Solo perché assemblate motociclette non significa che il resto della casa debba essere riparato alla carlona».
Prende la tazza e fa per uscire dalla stanza.
«Mi occuperò di Bernadette, darò da mangiare ai cavalli e ai cani, e raccoglierò tutti i pomodori prima di fare colazione», ci informa. «Qualcuno di voi potrebbe portare un carico di legna in camera mia, oggi? Di notte comincia a fare freddo».
Lascia la stanza, torna al piano di sopra, e io fisso mio padre, ho la bocca leggermente aperta.
«Non vi darò da mangiare finché la scuderia non sarà finita e Shawnee non si sarà allenata!», urla lei, sta salendo le scale. «Forza!».

Mio padre spalanca gli occhi e salta su dalla sedia, infilandosi l'ultimo pezzo di pancetta in bocca. Io rido, bevo un enorme sorso di succo d'arancia e corro fuori dalla cucina.

Agli ordini, signora.

Metto una coperta sulla giumenta e l'accarezzo sulla testa e sul muso, poi chiudo il cancello e corro fuori dal box.

Tremo. Merda, è arrivato il freddo. Il sole è calato dietro la vetta un'ora fa, e anche se non è del tutto buio, mi manca il suo calore. Afferro la felpa che avevo appoggiato sui tronchi, me la infilo dalla testa, aggiustandomi di nuovo il cappello.

«Tiernan!», grido, vedendola uscire dalla serra e tirare il tubo da un lato. «Ubriachiamoci!».

Mi rivolge un piccolo sorriso e io inspiro, annusando il profumo delle bistecche sulla griglia. Sale i gradini d'ingresso di corsa, ai piedi gli stivali di gomma, ancora ricoperti di fango secco dall'ultima volta che li ha indossati, e io le corro dietro, entrambi ci precipitiamo in direzione della veranda sul retro della casa.

Prendo due birre dalla tinozza, tolgo i frammenti di ghiaccio e le stappo. Gliene passo una mentre ci fermiamo accanto a mio padre.

«Fa freddino». Lei saltella su e giù.

Mi tolgo la felpa e gliela porgo. Indossa già la mia vecchia camicia di flanella bianca e blu, ma non obietta. Prende la maglia blu navy, se la infila e accetta la birra che le offro.

«Mai troppo freddo per la carne alla griglia», fa notare mio padre.

Lei sorride. «Ha un buon profumo. Muoio di fame».

Lui dispone le bistecche su un piatto, io prendo le pannocchie di granturco arrostite e Tiernan corre dentro a recuperare l'insalata di pasta e le patatine.

Posiamo tutto sul tavolo da picnic nel garage, le porte sono aperte e la musica suona, intanto l'aria della sera diventa più frizzante. La birra mi culla le vene, me la scolo, poi allungo una mano dietro di me e afferro la bottiglia di Patrón dal tavolo da lavoro.

Verso a ciascuno di noi un bicchierino e ne do uno anche a Tiernan.

«Uh, no», dice, posando i condimenti sul tavolo.

«Sì». Annuisco, mettendolo accanto al suo piatto. «Ci sbronziamo stasera».

Kaleb si avvicina e si siede, e io mando giù il mio cicchetto, soffiandoci sopra per quanto brucia. Sbatto il bicchiere sul tavolo ed emetto un guaito quando mi arriva sullo stomaco, saltello intorno al tavolo, prendo in braccio Tiernan e me la metto sopra la spalla.

«Perché è nostra per tutto l'inverno!», inizio a girare, sentendola strillare.

«Noah!», abbaia.

Ma io rido lo stesso. Per fortuna questa giornata sta finendo meglio di come è iniziata. Stavo davvero raggruppando tutto il coraggio per andarmene da qui per sempre.

Averla intorno renderà sopportabile questa casa. Renderà sopportabile mio padre.

«Per l'amor di Dio, siediti», ordina papà. «Mangiamo come una famiglia».

La metto giù, ridacchiando e spingendola sulla sedia.

Stappo un'altra birra, la guardo mentre fissa la tequila e inarca un sopracciglio.

Dai. Mio padre non beve mai abbastanza per ubriacarsi, e Kaleb potrebbe bere l'equivalente del mio peso in whiskey, gin e vodka senza subire nessun effetto.

Mentre mio padre distribuisce le bistecche, Tiernan fa un respiro profondo, prende il bicchierino e manda giù la tequila tutta d'un fiato.

Ha imparato a pedalare senza rotelle. Brava ragazza.

Riempio ancora il mio bicchiere e poi il suo.

«Fermati». Lei tende la mano. «Non voglio vomitare».

«Sai una cosa», dico, lei intanto mette l'insalata nei nostri piatti. «Facciamo una scommessa. Se ripulisco il piatto prima di te, devi bere altri due cicchetti».

Lei guarda la bistecca con l'osso che ha nel piatto, è più grande della sua faccia. «E se io ripulisco il piatto prima di te?», mi chiede.

«Allora mi farò io i due cicchetti».

«Tu li berresti comunque».

Scoppio a ridere. È vero.

«Farò anche il tuo bucato, questa settimana», propongo.

«Nessuno tocca le mie mutande a parte me, grazie».

«Sì, questo è chiaro come il giorno».

I suoi occhi si spalancano e mio padre scoppia in una risata soffocata, poi scambia una rapida occhiata con lei prima di zittirsi.

Lei increspa le labbra e mi guarda con scetticismo.

«Va bene, va bene», dico, diventando serio. «Se tu ripulisci il piatto per prima, io preparerò la colazione per il resto della settimana».

Ci riflette per un momento e poi annuisce una volta. «Affare fatto».

Prendo coltello da bistecca e forchetta, vedo che abbiamo entrambi lo stesso taglio di carne e la stessa quantità di insalata di maccheroni.

Lei tiene le mani sulla pancia.

«Pronto?», mi chiede.

«Non hai bisogno delle posate?».

Scuote la testa, un sorriso inquietante sul viso. «No no».

Oookay. *Ti farai quei due cicchetti.*

«Via!», urlo.

Prendo un bel boccone e guardo verso di lei, vedo che prende il piatto e lo appoggia a terra.

Eh?

Mi blocco, guardo Danny e Johnny che spazzolano tutto quello che c'è sul suo piatto, uno addenta la bistecca e l'altro ne strappa metà mentre scappano entrambi in un angolo per gustarsi il loro bottino.

Che cazzo!

«Non era questo l'accordo!», sbotto, il cibo quasi mi cade dalla bocca.

«Hai detto che dovevo ripulire il mio piatto».

«Tu!», ribadisco. «TU dovevi ripulire il piatto!».

«Semantica». Beve un sorso di birra, un'espressione compiaciuta sul viso.

«Quella era la tua cena, tesoro», la avverte papà.

Lei fa spallucce. «Risparmio calorie per la colazione di domani mattina». E poi guarda me. «Pancake, grazie. Con salsiccia e pane tostato».

Ride, io ringhio sottovoce.

Perlomeno posso ancora farmi i suoi due cicchetti.

Ci sediamo e mangiamo, Tiernan prende un sottaceto dalla ciotolina e lo addenta.

«La neve arriverà presto», ci dice papà, alzando la birra e guardando Tiernan. «Andremo in città un altro paio di volte, magari possiamo procurarti dei vestiti della tua taglia».

«Può prendere in prestito la mia roba». Mastico il boccone. «Ne ho un sacco».

«Ci nuota dentro». E poi la guarda di nuovo. «Troveremo dei jeans che ti entrano e che non costano trecento dollari».

«Tre. Cento. Dollari». Inarco un sopracciglio verso di lei. «Sei fuori di testa, cazzo?».

Lei si acciglia e apre la bocca per ribattere, ma si ferma, esita quando vede Kaleb metterle un piatto pulito davanti con sopra metà della sua bistecca, già tagliata a pezzetti.

Non stabilisce un contatto visivo con lei, ma torna a mangiare e bere come se nulla fosse.

«Uh…», lei cerca le parole. «G-grazie».

Alzo gli occhi al cielo e bevo un sorso della mia birra. Avrei dovuto pensarci.

Le ci vuole un minuto per ricordare dove eravamo, poi mi guarda di sbieco. «Prima di tutto», dice, «i vestiti me li compra – o meglio *comprava* – la personal shopper della mia famiglia. Secondo… sono belli».

«Non devi essere bella», interviene mio padre. «Essere bella da queste parti ti fa finire sposata e incinta a diciotto anni».

«I tuoi figli sanno sicuramente cos'è un preservativo, e anche io».

Sbuffo.

«Inoltre», aggiunge, «non ho mai avuto neanche un ragazzo. Quando ne avrò avuti tre, potrai preoccuparti che finisca incinta e sposata».

«Tre?», bofonchio masticando.

Lei esita, non sembra che abbia molta voglia di spiegarsi. «Mia madre diceva che nessuna donna dovrebbe sposarsi finché non ha avuto almeno tre...».

Fa un gesto con la mano, come se io sapessi come finire quella frase.

«Tre...?», la incalza mio padre.

«Amanti», sbotta lei. «Fidanzati, chiamali come ti pare».

Aggrotto le sopracciglia. «Di che diavolo stai parlando?».

Emette un sospiro, raddrizza la schiena e sembra visibilmente a disagio. Alla fine, prende il ketchup, la salsa Heinz e la bottiglia di A.1., li mette uno accanto all'altro.

«Lussuria, consapevolezza e amore», dice, mettendo in fila i condimenti e toccando il ketchup con il dito. «Mia madre diceva che il primo ragazzo, o uomo, è una cotta. Pensi di amarlo, ma ciò che ami davvero è come *ti* fa sentire. Non è amore. È lussuria. Sete di attenzione. Desiderio di pericolo. Desiderio di sentirsi speciale». Ci guarda tutti e tre. «Sei piena di desiderio con il numero uno. Hai bisogno che qualcuno ti ami».

Mio padre dimentica il cibo che sta masticando e la guarda a bocca aperta.

«Il secondo è per conoscere te stessa». Tocca l'Heinz. «La tua prima cotta è finita male. Sei triste, ma soprattutto arrabbiata. Tanto arrabbiata da non permettere che accada di nuovo», spiega. «Da non concederti così facilmente, la prossima volta. Da non rinunciare al tuo potere solo per essere la sua notte di sesso e finire ad aspettare che lui decida di ripresentarsi».

Sta descrivendo noi, secondo me.

«La seconda volta è quando finalmente impari di cosa sei capace», continua, infilando dietro l'orecchio una ciocca sfuggita dalla coda di cavallo. «Inizi a diventare esigente. Sei audace, non hai paura di essere tu a dare le carte. Inoltre, non hai paura di essere più avida a letto, perché si tratta di ciò che vuoi tu e non di ciò che vuole lui. Il numero due deve essere sfruttato. In un certo senso».

Mio padre si schiarisce la voce e io rido tra me e me, faccio cadere la forchetta e le rivolgo tutta la mia attenzione. Ha detto *a letto.*

«Che cazzo ti ha insegnato?», borbotta lui.

Ma io voglio che continui. «E il numero tre?», chiedo, prendendo la A.1.

«Amore». Mi strappa via la bottiglia. «Dopo che hai imparato la lezione sulla tua debolezza con il numero uno, e quella sull'egoismo con il numero due, trovi una via di mezzo. Quando sai chi sei e sei pronta ad accogliere tutto quello che è l'altro, non hai più paura». Rimette la bottiglia a posto. «Forse non avrai comunque un lieto fine, ma intraprenderai una relazione sana e ti comporterai in un modo di cui sarai orgogliosa».

«E pensi che tua madre sia da ascoltare?», ribatte papà.

«Era un fallimento come madre», sottolinea Tiernan. «Ma per il resto no. In realtà questo è l'unico consiglio che mi ha dato, quindi ci tengo molto».

In realtà, è un buon consiglio. Sono così felice di non aver sposato la mia numero uno. O la mia numero cinque. Le persone imparano a conoscere sé stesse attraverso il sesso. È vero. E a volte potrebbero volerci molti anni di vita per diventare la persona che si vuole essere. Sono felice che la mia futura moglie non dovrà conoscere il coglione che ero a diciassette anni. Ero peggio di adesso. Molto peggio.

«Be', sembra che tu sappia già quello che devi sapere», dice mio padre. «Perché passare da tre uomini per ottenerlo?»

«Alcune lezioni non si possono insegnare», dice lei, mangiando un boccone della bistecca che le ha offerto Kaleb. «L'ho appena imparato. Non credi?».

Guardo divertito mio padre, non riesce a spiccicare una cazzo di parola perché lei ha ragione. A volte le persone devono fare i propri errori, sentire il dolore.

Tiernan prende la sua bottiglia di birra vuota e si alza. «Comunque, niente di cui preoccuparsi», gli assicura. «Non ho alcun interesse per i drammi relazionali e, anche se lo avessi, molto presto saremo sommersi dalla neve e ci rimarremo per mesi. La cintura di castità perfetta».

Si avvicina alla spazzatura, getta la bottiglia vuota e allunga una mano nel frigorifero per prenderne un'altra.

I nostri occhi la seguono e siamo quasi in apnea, tutti e tre la guardiamo piegarsi nei suoi jeans da trecento dollari per cercare una bottiglia nuova.

Mi muovo sulla sedia, all'improvviso sento un rigonfiamento tra le gambe.

«Eh, già», mormoro sarcastico, portandomi la bottiglia alle labbra. «Perché qui non c'è nessun pericolo».

Papà mi lancia un'occhiata.

Ormai sa anche lui che sarà un inverno dannatamente lungo.

15. Tiernan

«Cos'è questo?», alzo gli occhi verso Noah prima di prendere il sacchetto che mi sta porgendo.

Nelle ultime settimane siamo corsi in città ogni volta che ne abbiamo avuto l'occasione, in previsione della fine imminente delle nostre razzie di cheeseburger e milk-shake. Oggi dovevo anche andare in farmacia a fare la scorta di tutti i rimedi possibili per gli eventuali disturbi che potrebbero colpirmi sulla vetta durante l'inverno, quando non potrò andare in città per comprare quello che mi serve. Sono attrezzata per mal di testa, sinusite, dolori articolari, mal di schiena, crampi, allergie – non ne ho attualmente, ma non si sa mai – e sto per fare scorta di pillole anticoncezionali.

Ho considerato l'idea di interrompere l'assunzione, ma... credo sia meglio non stravolgere la mia routine.

Lui fa spallucce. «Non ho mai fatto un regalo di compleanno a una ragazza», confessa, mentre sbircio nella busta. «Se non ti piace, non devi indossarlo per forza».

Infilo una mano e tiro fuori una maglietta e un berretto da baseball. Siamo in un angolo del negozio, aspettiamo che mi diano le pillole per cui ho la ricetta, e appoggio la busta per terra per guardare la T-shirt per intera.

È azzurra, con lo stemma della città sul petto. La giro e vedo il logo Van der Berg Extreme che copre tutta la schiena. È proprio come quella di Noah, solo che la sua è bianca.

Sorrido. «È un modo per dirmi che rivuoi i tuoi vestiti?»

«Pensavo solo che ti sarebbe piaciuto avere qualcosa della tua taglia...», si ferma, riflettendoci. «In realtà, i miei vestiti ti stanno piuttosto bene. Ho solo pensato che ti sarebbe piaciuto qualcosa di nuovo, tutto qui».

Sì. La adoro. Non ho molte magliette mie. Solo quelle della scuola, e quelle non rievocano bei ricordi, quindi sarà bello indossare questa.

Guardo il berretto bordeaux con la scritta WILD in corsivo.

«Potevo scegliere fra questo e quello con la scritta DIVA», spiega.

Rido e me lo metto in testa, guardando Noah da sotto la visiera. «Sono un po' DIVA», ammetto. «Ma preferisco essere una diva *selvaggia*».

Mi sporgo verso di lui e gli metto un braccio intorno al collo per un rapido abbraccio. «Grazie».

Mi allontano, ma lui mi cinge la vita e mi stringe a sé per un vero abbraccio. Io tentenno, mi ha presa alla sprovvista.

Poi ricambio la stretta.

È bello abbracciare qualcuno che non vuole staccarsi da te per primo.

«A volte mia madre mi chiama», dice, la voce bassa e afflitta. «Mio padre non lo sa».

Mi tiro indietro e lo lascio andare, così posso guardarlo negli occhi.

«Non so bene perché te lo sto raccontando». La sua voce è calma. «Vuole che le metta dei soldi sul suo conto corrente al penitenziario».

Lo guardo, ascolto. Nessuno parla di lei. Non so nemmeno perché è finita in prigione.

«E l'ho fatto, le ho messo i soldi sul conto, perché per un momento mi è piaciuto pensare che avesse bisogno di me». Mi fa un sorriso triste, è così serio. Posato. Non sembra Noah. «Ma so di essere semplicemente l'unica persona di cui può approfittare. Sa che mio padre non vuole parlare con lei. E che Kaleb non parla».

Noah non riesce a parlare con Jake. L'ho capito la prima settimana che sono stata qui.

Realizzo che non ha un rapporto vero con nessuno, in casa.

«Vorrei che fosse morta». Noah fissa il pavimento, poi mi guarda. «Vorrei che fosse morta, perché così almeno potrei amarla».

Lo fisso, e lui fissa me, entrambi respiriamo a fatica, ma siamo calmi.

Si avvicina. «Preferiresti essere sfruttata o del tutto ignorata?»

«Meglio essere ignorati o sfruttati?», ripeto la domanda.

Anche adesso, non lo so con certezza. Almeno sua madre sa che esiste e sa anche dargli una sorta di affetto, sebbene sia falso.

Però... almeno i miei genitori non mi hanno mentito. Non hanno giocato con me, non mi hanno presa in giro. Io ho sempre saputo dove mi trovavo.

Chi ha vissuto la situazione peggiore? Lui o io?

«Provati la maglietta prima di andare», dice Noah.

Sbatto le palpebre, sbigottita dal brusco cambio di argomento.

Si avvicina, negli occhi un'espressione dura che fino a un attimo fa non c'era, e mi spinge ulteriormente nell'angolo.

«Non voglio che ti stia troppo stretta», spiega.

Torreggia su di me, il suo corpo è a due centimetri dal mio e mi guarda.

Cosa? Qui? Do un'occhiata al negozio e intorno a noi.

«Noah...».

«Sono davvero felice che tu sia qui», sussurra, interrompendomi. «Sono felice che tu sia tornata».

«Perché ci tieni così tanto ad avermi qui?»

«Perché non dovrei?».

Studio i suoi occhi. «Perché quando te ne andrai, io non sarò con te».

Lui tace, ma il suo sguardo non abbandona il mio. Vuole andarsene da qui con tutte le sue forze, e lo farà. Prima o poi.

Prima o poi me ne andrò anch'io. Lui non ha bisogno di me. Ha bisogno di una scialuppa di salvataggio.

Non vedendo nessuno intorno a noi, mi nascondo dietro di lui, nell'angolo, mi tolgo la sua vecchia maglietta e gliela porgo.

Dopo essermi sistemata il berretto, infilo le braccia in quella nuova, e i suoi occhi su di me mi fanno formicolare la pelle.

Evito il suo sguardo.

Il reggiseno mi copre più di un bikini e indosso ancora i jeans. Nel complesso, sono molto più vestita di quando eravamo al lago qualche settimana fa a pescare.

Ma con i capelli raccolti in due trecce arruffate, un berretto da baseball e la terra sotto le unghie, per la prima volta in vita mia mi sento davvero carina.

Il modo in cui mi guarda Noah...

Il modo in cui mi guarda Jake...

Il modo in cui Kaleb si rifiuta di guardarmi, nonostante io sia certa che studi ogni mia mossa tutte le volte che ci troviamo nella stessa stanza.

La pelle dei miei seni, coperta solo per metà dal reggiseno fucsia, brucia sotto lo sguardo di Noah, e quando mi infilo la maglietta sento le sue mani sfiorarmi le braccia nel tentativo di aiutarmi a tirarla giù lungo il busto.

Mi sistemo di nuovo il cappellino, le sue dita reggono ancora l'orlo della maglietta sotto i miei fianchi.

Ho paura di incontrare i suoi occhi, ma sento già il calore che emanano.

«I ragazzi del posto non devono parlare con te», ordina con voce roca. «Stasera non devono toccarti. È chiaro?».

Annuisco, continuando a evitare il suo sguardo. Il mio cuore pompa così forte da farmi male, ma il mio stomaco fa su e giù come se fossi sulle montagne russe.

Alla fine mi lascia andare e fa un passo indietro. «Bella».

Cosa?

Ah, la maglietta. Giusto.

«Tiernan», mi chiama qualcuno.

Gli sfreccio accanto per andare a ritirare le mie pillole, avrei fatto qualsiasi cosa pur di scappare.

Ore dopo, in camera, indosso il mio nuovo prendisole e faccio delle piroette per farlo aprire a ventaglio con la forza dell'aria. Sorrido nel vederlo allargarsi assieme ai miei capelli.

Fa troppo freddo per indossarlo stasera, ma lo farò comunque. Poco fa l'ho visto in un negozio, e guardarlo mi ha fatto venire voglia di pulirmi le unghie e di truccarmi per la cena del mio compleanno, dato che questa potrebbe anche essere l'ultima volta che andremo in città. È in arrivo una tempesta.

Mi muovo sulle note di *Dancing Barefoot* degli U2 e chiudo gli occhi, facendo scorrere le mani fra i capelli. Sono decisamente in ritardo con i compiti, ho perso delle chiamate – probabilmente Mirai e gli amici dei miei genitori che volevano farmi gli auguri di compleanno – e la spedizione dei libri tascabili che ho ordinato per passare l'inverno è bloccata a Denver, ma... ho cancellato tutti i miei social media e adesso sono legalmente un'adulta e posso decidere da sola dove andare e cosa fare. Qualsiasi peso sulle mie spalle ora mi sembra molto più leggero. In realtà sono eccitata, anche se i ragazzi temono come la peste i noiosi mesi a venire.

Continuo a girare su me stessa, poi intravedo una figura con la coda dell'occhio e mi fermo, c'è Kaleb nel corridoio. Sembra che sia appena uscito dalla sua stanza e che si sia bloccato per guardarmi, proprio mentre si stava infilando la maglietta.

Il mio battito accelera. Mi inquieta ricevere la sua attenzione, perché non so mai di preciso cosa stia pensando, ma ho sempre la sensazione che non sia niente di buono.

Avvicinandomi, chiudo la porta con un calcio, sorridendo a me stessa mentre afferro le mie scarpe col tacco e mi siedo sul letto per infilarle ai piedi. Mi sento benissimo e non lascerò che lui mi rovini la serata. Carter, l'addetto alla sicurezza dei miei genitori, si sta prendendo cura della casa a Los Angeles, Mirai e il nostro avvocato si stanno occupando di tutte le questioni immobiliari dei miei genitori, e per la prima volta in vita mia stasera sarò una ragazzina. Riderò, scherzerò, starò con le persone che mi vogliono bene… È strano, lo farò proprio il giorno in cui sono diventata maggiorenne, ma non ho voglia di psicanalizzare questa cosa. La prenderò così com'è.

Allaccio le Louboutin che i miei genitori mi hanno regalato a Natale l'anno scorso – comprate da Mirai, chiaramente – con graziosi cristalli e il tacco dodici, poi prendo uno scialle color crema da abbinare al mio abitino rosa scuro ed esco dalla camera.

Kaleb se n'è andato da un pezzo, con in mano lo scialle mi sistemo i riccioli sciolti e mi liscio il vestito. È semplice, innocente, ma decisamente non da me. Mi lascia la schiena nuda ed è corto, arriva a metà coscia, con una profonda scollatura sul davanti e le spalline sottilissime. I miei tacchi sbattono sui gradini di legno, e quando entro in soggiorno trovo i ragazzi attorno al tavolo, dove poso lo scialle e il telefono e recupero la borsa.

Tiro fuori la patente e dei contanti, poi mi giro e li passo a mio zio. «Me li terresti nel tuo portafoglio?», chiedo. «Così evito di portare la borsa».

Ma lui si limita a guardarmi accigliato.

«Che cosa c'è?», dico.

«Sei troppo elegante».

Puah, gli faccio un sorriso timido e gli metto in mano patente e soldi. «Non si è mai troppo eleganti».

Certo, rispetto a loro… Sono tutti in jeans. Noah impugna due Budweiser in una mano.

«La gente non si veste così da queste parti», mi fa notare Jake.

Non c'è bisogno di precisarlo. Me ne sono già accorta.

«Mi sento sempre un pesce fuor d'acqua tanto», gli dico. «Ci sono abituata».

Sul serio. Mi sento bene. Smettetela di andare in iperventilazione.

Lui inarca un sopracciglio e si volta dall'altra parte, Noah gli lancia uno sguardo preoccupato.

Alla fine, Jake mi porge un grosso pacco, completamente avvolto in una carta argentata e con sopra un enorme fiocco dello stesso colore.

Lo prendo. «Che cos'è?».

Ha una forma strana.

Tutto ciò che dice mio zio è: «Aprilo».

La carta è come quella dei regali che trovavo sotto l'albero da bambina, è bella, e non posso trattenere il sorriso che mi spunta sulle labbra. Jake sa cosa c'è dentro. Il che significa che l'ha scelto lui. Diavolo, potrebbe anche averlo impacchettato con le sue mani.

Strappo la carta, portandone via grandi pezzi e sollevando i lembi rimasti fino a toglierla del tutto. Mi trovo davanti un arco compound con una fantasia mimetica rosa e sei frecce.

«Wow».

«Sai tirare?», chiede mio zio.

«Un po'». Afferro l'impugnatura e tiro indietro la corda, mirando al frigorifero. «Non ne uso uno da molto tempo».

Non ho mai usato un arco compound. Non li avevano al campo estivo.

«Noah ha montato un bersaglio nella scuderia», mi dice. «Puoi esercitarti lì prima di andare a caccia».

Abbasso di colpo le braccia e lo guardo. «A caccia?».

Restano tutti in silenzio e io li guardo come se mi fosse sfuggita una clausola del contratto riguardo al vivere qui.

«Non credo di volerlo fare». Poso l'arco sul tavolo. Cucinerò la carne, ma non andrò a procacciarla.

Noah ride e Jake scuote la testa.

«Ne riparleremo», dice.

Non oggi, però.

«Bene, grazie». Gli do un bacio sulla guancia. «Lo adoro, davvero».

Annuisce una volta, ma non incontra i miei occhi. Si schiarisce la gola. «Inizio a mettere in moto il furgone».

Afferro lo scialle e me lo metto intorno alle spalle. Ho ricevuto un maglione di lana delle Isole Aran da Mirai, per stare al caldo quest'inverno, una maglietta e un cappellino da Noah, per mimetizzarmi con la gente del posto, e un giocattolo nuovo. Finora è il miglior compleanno della mia vita.

Quando mi muovo per seguire Jake, Kaleb mi si piazza davanti bloccandomi.

Guardo in alto.

Si ferma un attimo, poi fruga nella tasca posteriore e tira fuori una lunga cinghia di pelle marrone scuro.

Stringo gli occhi mentre lui me la porge.

Fuori il clacson suona, ma rimaniamo lì. Noah si avvicina al mio fianco.

«Che cos'è?», la prendo, arrotolandola intorno alla mano e girandola.

«Le fa lui», spiega Noah.

È una cintura. Scura e intagliata, con una fibbia in argento dall'effetto antico. Osservo le incisioni. Ci sono degli alberi, una cascata, il picco – è la vista dalla finestra della mia camera, in realtà – qualcosa che sembra una treccia, un cavallo e un acchiappasogni.

Deglutisco. Perché ci ha disegnato un acchiappasogni?

Ma è bellissima. L'ha fatta con le sue mani?

Noto qualcos'altro e rido.

«I buchi arrivano quasi fino alla fibbia», gli faccio notare. «Sono lusingata, ma la mia vita non è così sottile».

Noah si avvicina, sussurrando: «Ma i tuoi polsi sì».

Il mio cuore sussulta, alzo gli occhi verso Kaleb e lui mi fissa.

Che vuol dire?

Noah si limita a ridere, poi entrambi mi lasciano lì ed escono.

Rimango a fissare la cintura, imbambolata, finché Jake non suona di nuovo il clacson facendomi sobbalzare.

«Dammelo!», grido, Noah tiene il telefono fuori dalla mia portata. «Dai».

Siamo seduti a tavola, mi pianta la mano sulla fronte e mi spinge indietro per osservare la foto. «Porca puttana», esclama, lo fa così forte che lo sentono tutti intorno a noi. «Perché la nascondi?».

Mi lancio in avanti e gli strappo il telefono di mano, prima di ricadere sulla mia sedia. «Perché è una foto stupida».

«Allora perché la tieni sul telefono?»

«Perché», gli dico, «è l'unica cosa che sono orgogliosa di aver fatto».

Sto per chiudere il link dell'unico articolo che sia mai stato scritto su di me, insieme al servizio fotografico con cui la rivista ha deciso di corredarlo, ma Jake mi strappa il cellulare di mano, adesso tocca a lui guardare la foto. Gli lancio un'occhiataccia, apro la bocca per protestare, ma decido di non farlo e guardo preoccupata le altre famiglie che cercano di consumare un pasto tranquillo nella steak-house.

È stata colpa mia, ho sbagliato a mostrarlo a Noah. La scorsa primavera, «Vanity Fair» ha pubblicato dei servizi sui figli delle star e mi ha inserita nella "collezione". Sfortunatamente, nel pacchetto rientrava anche un servizio fotografico, in particolare uno scatto che ritraeva me con le trecce alla francese, un reggiseno sportivo e l'attrezzatura da lacrosse. Sembro sudata e sporca, ma sono anche un po' sexy, e benché l'intera faccenda fosse una bugia inventata dagli agenti pubblicitari dei miei genitori per farmi apparire fantastica, l'esperienza mi è davvero piaciuta. Anche se non ho mai giocato a lacrosse in vita mia.

È stata l'unica volta in cui mi sono sentita una bomba.

Sì, l'articolo era una stronzata sul mio coinvolgimento scolastico. Nulla era vero riguardo il mio attivismo e i miei hobby, ero stata inserita nel servizio solo per via dei miei genitori. Quando mi avevano detto che dovevo farlo, avevo odiato l'idea.

Il servizio fotografico, però… mi ha fatta sentire carina. Anche se dopo mi sono sentita stupida.

«È una foto stupenda. La metteremo sul sito web», dice Noah al padre e poi alza le braccia, coltello e forchetta in mano, e recita le parole di un titolo immaginario. «La new entry di Van der Berg Extreme».

Alzo gli occhi al cielo, rivolgendo la mia attenzione a Jake. «Dammela».

Passa il telefono a Kaleb, che quando lo prende guarda a malapena e poi lo riconsegna a Noah.

«Dammelo subito», digrigno i denti, cercando di mantenere il tono delle nostre battute. Volevo solo dimostrare che ero apparsa in pubblico più scoperta di quanto sia stasera, perché a cena Jake aveva di nuovo brontolato per il vestito che indossavo, ce l'aveva con la mia schiena nuda. Non volevo mica che guardassero a bocca aperta una mia foto in reggiseno. In pubblico.

Bicchieri e posate tintinnano nel vecchio ristorante rustico, l'odore della salsa barbecue e delle patatine fritte riempie l'aria, pungendomi il naso di tanto in tanto.

La bistecca era troppo cotta, la Coca-Cola annacquata e il pavimento è così unto che potrei scriverci sopra il mio nome con il tacco della scarpa.

Ma non avrei voluto niente di diverso per il mio diciottesimo compleanno. Mi sono divertita più stasera che in tutti i miei altri compleanni messi insieme.

Noah mi restituisce il telefono, io lo spengo e me lo infilo sotto la coscia, così non potranno prenderlo di nuovo.

«Allora cosa ne dici?», mi chiede. «Vuoi apparire sexy come in quella foto, sul nostro sito web?»

«Stai zitto».

Riavvicino la sedia al tavolo e bevo un sorso della mia bibita.

«È un'ottima idea», sostiene Noah, rivolgendosi al padre. «Questo è quello che manca al nostro marketing. Qualcosa di carino».

«Noah, Gesù...», Jake si muove con imbarazzo sulla sedia, poi si porta la bottiglia alle labbra.

«No, sul serio», continua lui. «Guarda gli altri siti. Tutti gli spettacoli e le fiere a cui andiamo. Cosa hanno in comune? Ragazze sexy. Potremmo chiamare un fotografo a casa e fare un servizio fotografico di Tiernan sulle moto. Sarà fantastico».

«Nevicherà entro domani», dice Jake. «Nessun fotografo salirà sulla montagna». Mi lancia un'occhiata. «E nessuno scenderà».

Esito, sostengo lo sguardo di mio zio e un brivido mi percorre. Non riesco a capire se i suoi occhi mi stiano avvertendo o sfidando, riguardo i mesi a venire, ma alzo il bicchiere per brindare, pronta a qualsiasi cosa.

Jake sorride, alza la birra e Noah fa altrettanto, tutti facciamo tintinnare i bicchieri. Kaleb mangia quello che ha nel piatto.

«E poi», aggiunge Jake, posando la birra, «potremmo non rivederla mai più dopo la primavera. Non so se sia il caso di aggiungerla già alla carta intestata».

Scuoto la testa, so che non gli dispiacerebbe se rimanessi per sempre e che vorrebbe avere la certezza che rimarrò, proprio qui su due piedi.

Amo essere desiderata.

Ma il college incombe. Presto dovrò prendere delle decisioni.

Noah mi guarda. «Non ci lascerai, vero?».

Rido, incerta su cosa rispondere.

Invece, mi limito a sollevare il mento verso mio zio. «Posso avere una birra che non sia analcolica, per il mio compleanno?».

Sa benissimo che sto approfittando della legge più indulgente che vige in questo Stato, secondo la quale anche chi ha meno di ventun anni può bere alcol in una proprietà privata, purché sotto la supervisione dei genitori.

Quindi perché non andare a casa, nella nostra proprietà privata, così da poterlo fare?

Ma Jake ha altri piani.

«Andiamo al bar», dice.

Sgrano gli occhi. E mi alzo dalla sedia prima di tutti.

Noah, Kaleb e io usciamo dal locale mentre Jake paga il conto, e quando percorriamo un lungo corridoio, che porta alla chiassosa sala interna collegata al ristorante, Noah mi prende per mano. La musica country suona al juke-box, le luci sono soffuse, sento gusci di arachidi scricchiolare sotto le scarpe, stiamo superando i tavoli da biliardo e gli sgabelli alti.

Tutti si girano immediatamente per guardarci, le persone formano dei capannelli e la musica risuona ad alto volume. A un tratto mi sento troppo elegante, come aveva detto Jake.

Quando eravamo seduti al ristorante, un paio di persone incuriosite mi hanno squadrata per via del mio abbigliamento, perché non mi sono fatta vedere spesso in città e probabilmente si domandavano chi fossi, ma ora… sento la pelle scaldarsi sotto i loro sguardi, e stringo la mano di Noah, sono a disagio. Il posto è pieno di magliette, jeans e barbe, e chi è l'unica idiota vestita come per un cocktail party a Malibu?

Superando tavolate di persone che bevono e fumano, incrocio diversi sguardi.

Kaleb lancia dei soldi sul bancone e fa cenno al barista di darci da bere a tutti, ma il tizio inclina la testa e mi guarda con sospetto.

«Va tutto bene, Mike», sento improvvisamente mio zio dietro di me.

Mi giro, vedo che fa un sorriso al barista e che questo sembra funzionare, perché il tizio annuisce e allunga la mano per tirare fuori dal frigorifero quattro Bud, poi ce le stappa.

«Andiamo». Noah mi dà una gomitata al braccio.

Li seguo fino al biliardino, Kaleb è scomparso subito dopo aver preso la sua birra, e io e Noah facciamo coppia contro Jake. Ignoro gli occhi che sento puntati sulla schiena e bevo un sorso della mia birra, prima di posarla sul tavolo insieme a quelle di Noah e Jake.

«Ci giocavano in *Karate Kid*, giusto?».

Gli occhi di Jake si illuminano. «Bravissima».

La sua espressione felice mi fa quasi ridere. Sembra che ci sia ancora speranza per me.

Giochiamo qualche partita, Jake vince ogni volta nonostante sia da solo, e prima che finisca la terza partita io devo tirarmi i capelli sulle spalle per togliermeli dalla schiena, perché sto iniziando a sudare.

La musica qui non è il mio genere, ma la folla ci va a nozze, chiassosa e allegra, e a malapena noto le raffiche di vento freddo che entrano dalla porta d'ingresso ogni volta che qualcuno arriva o se ne va. Passa qualche veterano, spolverandosi la neve dal cappello, ma nulla riesce a disturbare il divertimento.

«Ne prendo un'altra», ci dice Jake dopo l'ultima partita, indicando la sua birra.

La mia è ancora sul tavolo, intatta, la prendo e mi guardo intorno nella sala, lui se ne va. Alcuni motociclisti sono seduti in fondo e riconosco alcuni dei ragazzi e delle ragazze del gruppo che è stato davanti casa di mio zio un paio di volte, poi noto una donna con un sottile velo da quattro soldi in testa, circondata da altre donne al bancone, tutte mandano giù dei cicchetti. Sulla sua maglietta nera attillata c'è la frase "Ultimi botti per Marissa" scritta con strass luccicanti che brillano in penombra.

La canzone al jukebox finisce, alcune coppie che ballavano accoccolate in un angolino della pista si separano per tornare ai loro tavoli.

«Vuoi giocare a biliardo?», Noah grida per farsi sentire sopra il rumore.

Fisso il jukebox, portando la bottiglia alle labbra. «Voglio mettere una canzone», gli dico e gli faccio un sorriso ruffiano tendendogli la mano per farmi dare i soldi. «Per favore?».

Lui alza gli occhi al cielo, ma si mette una mano in tasca e tira fuori qualcosa per me. I miei soldi li ha Jake. Noah non sa dirmi di no.

Mi dà un paio di banconote e io le prendo. «Grazie».

Mi dirigo verso il jukebox.

Jake è al bar, parla con un tizio, e non ho più visto Kaleb da quando siamo entrati qui. Mi fermo davanti al jukebox e mi guardo intorno. Kaleb mi ha a malapena degnata di uno sguardo da quando mi ha regalato la cintura, ma qualcosa nel suo regalo continua a tormentarmi, non so bene perché.

Ha fatto lui quella cinta. A mano. Per me.

Sapeva che il mio compleanno stava per arrivare.

Adoro il fatto che ognuno di loro abbia pensato a cosa potesse piacermi, anche se in realtà non avrebbero dovuto prendermi niente. È stato bello aprire un pacco e trovare qualcosa che avrei comprato anch'io, invece di un regalo sontuoso, pensato con il solo scopo di fare colpo.

Kaleb ci avrà impiegato ore di lavoro, rifletto. Me lo immagino nel suo laboratorio nella scuderia, che lavora in silenzio, la testa china sopra la cintura, tutto quel tempo da solo ... per me.

Scuoto la testa.

Sto psicanalizzando troppo. Probabilmente aveva già quella cintura bella e finita. L'ha solo afferrata uscendo dalla sua stanza e, con tutti quei buchi, probabilmente ha qualche strano risvolto sessuale, proprio come ha detto Noah.

Scorro le selezioni dei brani, vedo finalmente qualcosa che non è country e inserisco una banconota, digitando la lettera e il numero. *Do You Want to Touch Me There* di Joan Jett parte e all'improvviso la gente inizia a battere le mani. Volto la testa oltre la mia spalla e vedo che le ragazze dell'addio al nubilato alzano le braccia per venire a ballare verso di me.

Sorrido, pronta a togliermi di mezzo, ma loro iniziano a urlare, una di loro mi prende per mano e mi tira in mezzo al gruppo. Rido, non so cosa fare.

Mi guardo intorno per cercare mio zio o Noah, sperando che mi salvino, ma in un attimo sono intrappolata e non riesco a vedere nessuno. Affolliamo la piccola pista e ho a malapena lo spazio per muovermi. Tutte saltano, ondeggiano e si dondolano, maltrattando il pavimento di legno sotto di noi.

Le altre chiudono gli occhi e, dopo qualche istante, faccio un respiro profondo e le imito, lasciando che la musica e le persone mi travolgano.

Mi gira la testa.

Sono sempre stata a disagio con le altre donne. Sempre. Nelle situazioni sociali, temo che debbano tenermi per mano oppure mi infastidiscono perché lo fanno davvero. Odio essere una zavorra o essere trattata come una sorellina ingenua che devono prendere sotto la loro ala.

Stavolta non è così. Devo solo ballare.

Canto insieme alla musica, scuoto i capelli e muovo il corpo a tempo. Rido con loro e sento l'energia vibrare su ogni centimetro della mia pelle. Se dovessi parlare con queste ragazze sarebbe impegnativo, ma per ora posso godermi la musica.

Alzando le braccia, mi concentro sul testo, senza il timore di sembrare pazza perché ora lo stanno facendo tutti, e mi rilasso.

Finalmente mi rilasso.

Finché non riapro gli occhi.

Jake, con la birra a mezz'aria, mi guarda dal bancone. Le sue labbra sono leggermente aperte e sembra che stia trattenendo il respiro. Il cuore mi precipita nello stomaco e rallento per un attimo, facendo mente locale per assicurarmi che non sia arrabbiato con me.

Non sto ballando con un ragazzo del posto.

Non sono nuda.

Sono venuta con tre famigliari maschi, quindi non sono disarmata o indifesa. Non è arrabbiato, non credo. Mi sta solo... guardando.

Un fremito mi fa vibrare lo stomaco.

Spostando lo sguardo, vedo Noah al tavolo da biliardo con alcuni amici, c'è un liquido marrone nel suo bicchierino. Lo vedo girarsi immediatamente verso di me, come se fosse stato in allerta per tutto il tempo. Il suo sguardo è dolce, ma ha le labbra tirate.

Un sorriso vuole piegarmi la bocca, ma non lo lascio fare.

La futura sposa mi cinge la vita con un braccio, e io appoggio il mio sulla spalla di un'altra donna. Cantiamo, balliamo, ma ogni sorriso che sfoggio è rivolto a qualcun altro. Spero che Jake veda tutto quello che faccio e che Noah stia osservando ogni mia mossa.

Amo ricevere le loro attenzioni.

Quando la canzone finisce, rido con le ragazze, poi ci disperdiamo perché inizia un lento, e mi giro per raggiungere mio zio al bar.

Non appena mi volto, mi trovo qualcuno davanti. Alzo lo sguardo e vedo Terrance Holcomb.

«Ehi, California», mi dice, facendo scivolare le mani sulla mia vita.

Comincio a spingerlo via. «Vattene».

Jake non può aver mentito sulla clubhouse di questo tizio. Non voglio avere niente a che fare con lui.

«Conosci la mia amica?», mi chiede.

Eh?

In quel momento, qualcuno mi si avvicina da dietro e quando giro la testa vedo Cici alle mie spalle. Mi tiene anche lei i fianchi, posando il mento sulla mia spalla.

Sono amici? E cosa c'entra Kaleb in questo quadretto?

Tento di liberarmi senza fare una scenata, ma ogni volta che ci provo, mi attirano di nuovo a loro.

Con lo sguardo cerco Jake o Noah, ma all'improvviso siamo circondati da persone. Molte persone.

Tutti uomini.

Che diavolo?

Tutte le donne sono sparite dalla pista da ballo, sono state rimpiazzate dagli amici motociclisti di Holcomb.

Inizio a capire la situazione. Ci hanno circondati per fare da scudo, in modo che Jake e Noah non possano vedermi.

«E se ti dicessi che quel giorno, nella grotta, Kaleb mi ha picchiata?», dice Cici dietro di me. «Vorresti ancora passare l'inverno rinchiusa sulla vetta con lui?».

Tentenno, stordita. Che cosa?

«E se ti dicessi», continua Cici, passando il dito sulla spallina del mio vestito, «che non vede l'ora di far sanguinare anche te, e che sta solo aspettando il momento giusto, quando non potrai sfuggirgli?».

La bocca mi diventa secca e ho la pelle d'oca. Kaleb…

Kaleb non è così.

Holcomb scuote la testa, sorridendo. «Ti hanno messa in guardia su di me, vero?», chiede. «Dovresti stare in guardia da loro, invece. Ti volevano solo perché sei ricca e bella. Pensa a cosa serviranno i tuoi soldi per Van der Berg Extreme e a cosa faranno del tuo corpo, nei loro letti».

Scuoto la testa. *No.*

«Noah non avrà più bisogno di uno sponsor», continua Holcomb. «Avrà te. Avrà più soldi di tutti noi messi insieme, e non dovrà fare salti mortali per ottenerli, perché tu lo ami e gli lascerai avere tutto ciò che vuole».

«No».

«Vuoi dire che nessuno di loro ti ha toccata, quindi?», chiede Cici.

Stringo i denti. Ma gli ingranaggi girano comunque, e rivedo me e Kaleb sul cofano della macchina, e me e Jake in cucina.

«Non ti sei sentita minacciata?», incalza Holcomb. «Nemmeno una volta?».

Se avessi ballato in questo modo con un uomo, in pubblico, ti avrei presa a schiaffi.

Faccio brevi respiri dolorosi, ricordandomi delle minacce di mio zio alcune settimane fa. Probabilmente Cici lo ha sentito e l'ha raccontato a Terrance.

«E ora hai diciotto anni», aggiunge Terrance. «Il che lo rende perfettamente legale in tutti i cinquanta stati, giusto in tempo per la neve».

Le parole mi si incastrano in gola e cerco di divincolarmi.

«Non gli piaci davvero», mi dice Cici. «Sei utile. Proprio come tutti noi che forniamo loro un servizio». Mi disegna dei cerchi sulla pancia, rimanendo appoggiata con la testa sulla mia spalla. «E dopo che ti avranno messa incinta, controlleranno te e il tuo conto in banca per sempre».

No. Loro sono la mia casa. Il picco è la mia casa.

«Resta con noi», sussurra Holcomb, avvicinandosi. «Vieni a casa con me».

Mi stringono, sento le lacrime scendere, e quando Holcomb mi affonda la bocca nel collo, inizio a gridare.

No.

In quel momento una mano mi afferra il polso e mi strappa via. Sussulto, inciampando fuori dalla pista da ballo e sbattendo contro Kaleb che mi attira a sé. Appoggia la fronte sulla mia e io lo guardo con gli occhi lucidi. Preme forte le labbra sulla mia fronte, e io resto immobile per un momento.

Kaleb…

Le parole di Holcomb e Cici turbinano nella mia testa, ma quando il calore di Kaleb mi inonda, tutto quello che hanno detto inizia a svanire. Non vedo altro che lui.

Espiro, chiudendo gli occhi.

Loro non sono i miei genitori. È tutto vero. Si preoccupano per me e mi vogliono qui.

Kaleb si ritrae, le nostre fronti si incontrano di nuovo quando mi guarda negli occhi, senza battere ciglio. Passa i pollici sotto i miei occhi per asciugarmi le lacrime.

Sto per assicurargli che sto bene, ma prima che possa farlo lui abbassa le mani, il suo sguardo diventa cupo e mi spinge dietro di sé per poi scagliarsi contro Holcomb.

Afferra Terrance per il collo e lo scaglia contro il jukebox, urtando a sua volta alcune delle persone che si trovano sulla pista da ballo.

Sussulto, guardando il tizio colpire il giradischi a gettoni, rompendo la lastra di vetro che ha sopra.

Si scatena l'inferno. I ragazzi del Motocross attaccano Kaleb, una bottiglia si schianta a terra e alcune donne vengono spinte contro un tavolo, vedo le gambe raschiare il pavimento.

«Kaleb!», grido.

Cici approfitta della sua distrazione per darmi una spinta sul petto e io inciampo all'indietro, ho gli occhi ardenti di rabbia. Noah mi prende la mano e mi trascina via, i miei occhi trafiggono quelli di Cici, la vedo scomparire tra la folla.

Noah mi trascina verso il bancone e io guardo indietro, in direzione della rissa sulla pista da ballo, ma non vedo Kaleb da nessuna parte. Lo hanno buttato a terra o qualcosa del genere?

Il barista salta sopra il bancone con una mazza da baseball e Jake mi prende la mano. Noah torna indietro per andare a cercare suo fratello.

«Stai bene?», mi chiede Jake.

Annuisco velocemente, troppo preoccupata per i ragazzi. Non posso nemmeno dire che sia stato qualcun altro a iniziare. Tecnicamente è stato Kaleb a fare la prima mossa.

Sento ancora il suo bacio scaldarmi la fronte.

«Sali sul furgone», Jake mi mette in mano le chiavi spingendomi verso la porta.

Cammino, la musica si ferma e gli spettatori assistono alla zuffa. Il cuore mi martella nel petto, per qualche motivo mi sento in colpa, ma so che non dovrei.

Se non fossi stata qui, però…

Jake si fa largo nella mischia e trova i suoi figli, io mi giro e corro all'esterno per raggiungere il nostro pick-up parcheggiato sul marciapiede.

La neve cade, grossi fiocchi mi atterrano sui capelli e sulle spalle nude, e mi sfilo le scarpe per correre fino al furgone, sopra il freddo selciato bagnato.

Salgo, lancio le scarpe sul sedile di dietro, poi accendo il motore.

Presa dai brividi, accendo il riscaldamento e aziono i tergicristalli. I vetri non sono ancora coperti di ghiaccio, per fortuna, e soffiando sulle mani cerco di scaldarmi. Ho lasciato il mio scialle dentro, maledizione.

La porta del bar si spalanca, vedo Kaleb uscire a passo di carica, seguito rapidamente da suo padre e suo fratello. Gira intorno al furgone raggiungendo il lato del guidatore.

«Stai bene?», gli chiedo quando apre la portiera.

So che non risponderà.

Spingendomi, sale e mette il furgone in prima, Jake si siede accanto a me e Noah sale sul sedile posteriore.

Raggiungo Noah, dietro.
La porta del bar si riapre e i ragazzi si precipitano fuori, Terrance in testa al gruppo, e io ho appena il tempo di guardare Kaleb prima che cambi di nuovo marcia, stavolta inserisce la retromarcia.
«Oh, cazzo», esclama Noah, come se sapesse cosa sta per fare Kaleb, e io giro la testa proprio quando lui preme l'acceleratore. Il nostro furgone si dirige dritto verso la fila di moto parcheggiate, e io afferro la maniglia sopra la mia portiera stringendo gli occhi, perché il pick-up travolge tutte le moto da cross.
«Kaleb!», urla Jake.
Ma è troppo tardi. Calpestiamo le motociclette, dondolando a destra e sinistra, e anche se ho il cuore in gola mi viene quasi da ridere.
Se lo sono meritato.
«Sei un figlio di puttana!», grida qualcuno.
C'è qualcun altro che urla ancora. «Sei morto!».
Guardo fuori dal finestrino e all'improvviso vedo due poliziotti dall'altra parte della strada, sono usciti dall'auto con addosso giacche pesanti e cappelli invernali.
«Oh, merda», sussulto.
«Kaleb, vai ora!», urla Noah, vedendoli.
Lui non esita oltre. Prima che gli agenti possano fermarlo, Kaleb dà gas e accelera, io guardo fuori dal lunotto posteriore, i ragazzi si affrettano a prendere le loro moto e i poliziotti saltano di nuovo in macchina.
Il furgone sfreccia nella notte, la neve sferza il parabrezza nel buio, e io mi rimetto le scarpe.
Kaleb spegne i fari, come se l'intera città non sapesse dove stiamo andando, e io allungo il collo per sbirciare nello specchietto retrovisore e capire cosa vede lui.
Le luci ci seguono a distanza, sento le gomme stridere sotto di noi, e la neve scivolosa si trasforma in ghiaccio. Jake accende lo sbrinatore.
«Ci stanno davvero inseguendo con questo tempo?», sbotto, guardando alle nostre spalle. «Forse dovresti fermarti».
Sono su delle moto da cross e fuori si gela. Le cose potrebbero andare molto peggio, se ci fosse un incidente.
Nessuno mi sente, però.
«Rallenta», gli ordina Jake.
Ma Kaleb non ascolta. Il furgone slitta di coda e Kaleb spinge il volante verso il margine della strada, sfruttando la trazione della ghiaia e portandoci sempre più in alto, sulle montagne.
Le moto guadagnano terreno, visto che trascinano meno peso, ma noto un paio di fari cadere, probabilmente le moto sono scivolate. Gli altri seguono l'esempio di Kaleb e sfruttano la ghiaia sul ciglio della strada, i lampeggianti rossi e blu della polizia si avvicinano.
No, no, no… Questo non va bene.

Proseguiamo. Noto che ci sono meno luci dietro di noi perché alcuni dei motociclisti che ci inseguono hanno deciso di arrendersi di fronte alla fitta nevicata, rimandando tutto a un altro giorno.

Perché stiamo scappando? Una rissa da bar non è poi un grosso reato, ma distruggere beni di proprietà altrui come ha fatto Kaleb lo è. L'inseguimento non finirà una volta che saremo dietro la nostra porta di casa.

All'improvviso, le luci della polizia scompaiono. Guardo i fari girare e tornare in direzione della città.

Domani sapranno dove trovare Kaleb, immagino.

Le gomme slittano sotto di noi e il furgone inizia a scivolare all'indietro. Aspiro l'aria fra i denti, affondando le unghie nello schienale di Kaleb. Non dovremmo farlo.

«Oh, mio Dio», mormoro, guardando giù per il dirupo sul mio lato, la paura dello strapiombo mi paralizza.

Le moto dietro di noi arrancano lungo la strada e, proprio quando sto per suggerire di fermarci, o di tornare a casa a piedi dato che siamo a circa un chilometro di distanza, Kaleb gira a destra e percorre la strada sterrata. Il furgone precipita in un fosso, ma lui dà gas e ci riporta nella foresta. Tra gli alberi, il pick-up procede più stabilmente.

Mi guardo indietro, vedo le moto lontane, abbandonate all'oscurità, nella neve. Senza i fanali posteriori di Kaleb da seguire, non sapranno dove andare.

Credo che tratterrò il respiro finché non saremo arrivati.

Kaleb guida attraverso la foresta, portandoci fino a casa, e quando ferma il furgone usciamo tutti, guardandoci intorno in cerca di qualsiasi segno della polizia o dei motociclisti.

«Entrate subito!», Jake ordina.

Corriamo dentro, sbattendoci alle spalle la porta d'ingresso, lungo la quale Noah subito dopo scivola, respirando affannosamente.

Cosa abbiamo fatto?

Ci sarà una punizione per questo. Non la passeranno liscia.

All'improvviso, però, Noah scoppia a ridere.

In modo isterico.

Mi alzo e lo guardo male. «Non è divertente», ringhio. «Qualcuno poteva morire. Verranno quassù quando smetterà di nevicare. La polizia lo arresterà».

Impassibile come una mummia, Kaleb si dirige in cucina togliendosi la maglietta, come se si stesse preparando per andare a letto o che cazzo ne so io.

Noah si ricompone dalla risata e si alza per venirmi vicino. «Non smetterà di nevicare», mi dice.

Lo guardo negli occhi mentre mi accarezza il braccio.

«Fino ad aprile», conclude.

Poi raggiunge Kaleb al frigorifero per prendersi una birra.

16. Tiernan

Sul mio balcone ci sono già sette centimetri di neve. La tempesta infuria, grandi raffiche di fiocchi bianchi, abbaglianti, cadono fitti a terra, riesco a malapena a dire che è notte. Rido fra me e me, sbirciando attraverso il vetro della mia finestra. La casa è tranquilla, i ragazzi sono andati a letto molto tempo fa, ma io non riesco a dormire. La voglio guardare.

È così bella. E per qualche ragione mi sento in paradiso, nonostante Noah si lamenti del fatto che saremo tagliati fuori dalla civiltà per i prossimi sei mesi. Ho tutto ciò di cui ho bisogno, proprio qui.

Anche se prima di andare a letto Jake ci ha fatto sistemare i cavalli, mi dispiace ancora pensare a loro là fuori, nella scuderia. La neve sta decisamente attaccando, il che significa che il suolo è gelido.

Mi giro tremando e infilo i pugni sotto le braccia. Dovrei mettere il pigiama a maniche lunghe che ho comprato, ma odio portare i pantaloni sotto le lenzuola. Mi allontano, decidendo di rimanere con i pantaloncini di seta, la camicia Oxford button-down e avvolgermi in una coperta nel letto.

Vedo qualcosa ai piedi del letto e mi fermo. Mi avvicino, è la cintura di Kaleb.

O meglio, è quella che mi ha regalato Kaleb. L'avevo buttata lì quando sono salita su, prima.

Tenendo un'estremità, la srotolo per osservare i disegni intagliati sopra.

È un artista. Me lo immagino mentre lavora, probabilmente in soffitta o in una delle stanze del fienile che non ho ancora esplorato, sicuramente in un luogo dove sa che nessuno può disturbarlo. O forse in camera sua.

Come sarà la sua camera? Non ho mai osato andare lassù, e l'unica volta che mio zio mi ha chiesto di piegare un carico di biancheria non c'era niente di Kaleb nel bucato, quindi neanche allora ho avuto una scusa per entrare nella sua stanza come è capitato con quella di Noah.

Passo il pollice sopra l'acchiappasogni.

A cosa stava pensando quando ha inciso tutta questa roba? Deve aver pensato a me.

Ha dedicato del tempo a questo. Tanto tempo.

Fisso gli intarsi, mi dirigo distrattamente di fronte allo specchio, che arriva fino a terra, e inserisco l'estremità nella fibbia, infilando il polso nel cerchio che si è formato.

Tiro la cintura per farla scorrere nella fibbia, sento il cuoio fresco stringersi sulla mia pelle.

Qualcosa mi sale in gola, forse è un conato di vomito, o forse il mio stomaco sta facendo le capriole. I respiri veloci mi alzano e abbassano il petto.

Mi guardo allo specchio.

La cintura si adatta al mio polso come una manetta, l'estremità penzola, e io smetto di respirare quando mi balena in mente l'immagine di Kaleb che l'afferra, legando una ragazza alla testiera del suo letto.

Lui tira la cinghia, il corpo della ragazza sussulta, io gemo.

Gesù. Scuoto la testa e mi tolgo la cintura, gettandola di nuovo sul letto.

Non sono abbastanza grande per questo. E poi… ho due polsi. Mi ha dato solo una cintura. Mi hai fatto prendere un bello spavento, Noah.

Rabbrividisco di nuovo, poi guardo il fuoco. Sono a corto di legna. Grandioso.

Lascio la coperta sul letto, esco per il corridoio e corro giù per le scale. Non ho intenzione di entrare in garage. Fa un freddo cane.

Nel salone il fuoco scoppietta ancora e mi precipito verso la scorta di legna accanto al camino.

Ma non resisto.

Mi giro e mi piego leggermente, lasciando che il calore mi riscaldi la parte posteriore delle cosce. Metto anche le dita davanti alle fiamme, muovendole e godendomi il calduccio.

Alzo la testa e trovo Kaleb seduto sulla poltrona di pelle con lo schienale alto, a meno di un metro di distanza. Mi sta guardando.

Ha una doppietta posata in grembo e tiene tra le dita il collo di una bottiglia di birra.

Mi raddrizzo, i peli sulle mie braccia si drizzano. «Va tutto bene?».

Ha le spalle leggermente incurvate, le gambe lunghe piegate a novanta gradi, all'altezza delle ginocchia, e la luce del fuoco lampeggia sul suo petto nudo.

«So che mi capisci», dico. «So che puoi annuire, scrivere o qualcosa del genere. Perché non vuoi parlare con me?».

La luce fa brillare i suoi occhi, che mi guardano, e io aggrotto la fronte.

Si comporta come un animale. Non fa altro che mangiare, dormire e…

La porta del garage si apre e si chiude, distolgo lo sguardo da Kaleb e vedo Noah entrare nella grande sala.

Mi guarda, anche lui ha un fucile in mano.

«Nemmeno tu riesci a dormire?», mi chiede. Lo guardo controllare le serrature.

«Faceva freddo», rispondo. «Sono venuta a prendere altra legna».

Perché sono ancora svegli? E armati? Pensavo fossimo al sicuro.

«Guardi un film con noi?», mi propone.

«Pensavo avessi detto che non potevano arrivare qui», dico, invece.

Si lascia cadere sul divano, appoggiando l'arma sopra il bracciolo. «Non possono».

«Allora perché siete entrambi di guardia?»

«Per precauzione».

«Per cosa?», insisto, quasi divertita. «Il tuo piano è davvero quello di aprire il fuoco su degli agenti di polizia, se si faranno vivi?».

Noah scuote la testa. «Non su di loro».

Lancio un'occhiata a Kaleb, che osserva il fuoco bevendo sorsi di birra, poi guardo di nuovo Noah.

Devo avere un'espressione perplessa, perché si affretta a spiegare.

«Holcomb e i suoi compari sanno che siamo irraggiungibili durante l'inverno, quassù», mi fa notare, «ma sanno anche che *noi*... noi non possiamo raggiungere chiunque sia in città...», afferra la birra dal tavolino, svita il tappo e lo lancia vicino alla lampada. «Se la neve non è alta come vogliamo, potrebbero tenderci un'imboscata stanotte e cercare di portarti giù dalla montagna prima che ci svegliamo, così non avremo più la possibilità di venirti a riprendere a causa della neve».

Quindi...

Li guardo. «Mi state proteggendo?».

Simula un sorriso come unica risposta.

All'una del mattino sono svegli, armati e in allerta per me?

«Ohhhh», mormoro, fingendo di avere gli occhi pieni di lacrime e portandomi una mano sul cuore.

«Zitta», brontola Noah.

Rido sottovoce, entro in cucina e prendo una birra dal frigo.

«Allora, cosa accadrà?», chiedo, sedendomi sul divano a gambe incrociate, accanto a Noah. «Quando la neve si scioglierà, Kaleb finirà nei guai?».

Quello che è successo stasera è stata colpa della gente del posto, ma so che se io non fossi stata qui non sarebbe accaduto niente.

«Non è colpa tua», mi assicura Noah, puntando il telecomando e accendendo la TV. «Ti stavano cercando per un motivo».

«Quale?».

Prende un respiro profondo ed espira. «Perché ad alcune persone non basta avere la propria parte», spiega. «Vogliono tutto».

Lo scruto, sta scorrendo le opzioni della TV in streaming. Non so con esattezza di cosa stia parlando, ma almeno sembra che questa ostilità non sia iniziata solo a causa mia. Tolgo la coperta dallo schienale del divano e mi copro le gambe, bevendo un sorso della mia birra.

La stanza diventa silenziosa nel tempo che impieghiamo a valutare le proposte, ma io non mi sto concentrando molto. Noah indossa i pantaloni del pigiama neri e una maglietta bianca senza maniche, la sua pelle è ancora così abbronzata e liscia, e mi viene da roteare gli occhi per non averlo notato prima.

È solo che non ho molte occasioni di oziare con loro. Spesso restano svegli a guardare la TV di notte, ma alla fine della giornata io sono così stanca che non vedo l'ora di andare a letto.

Si accontenta di un film con Tom Cruise da giovane e io appoggio la testa indietro, tenendo la birra in mano e cercando di guardare lo schermo.

L'unica cosa che so di questo film è che il protagonista balla in mutande. Mi ritrovo costantemente a guardare Kaleb per riuscire a cogliere qualche suo segnale di divertimento. Magari sta per battere il piede a tempo con la musica.

La sua faccia è nascosta dalla curva dello schienale della poltrona e, durante il film, il suo corpo si muove a malapena.

La colonna sonora dei Tangerine Dream è discreta, però. Purtroppo Tom (o Joel) è un bravo ragazzo che, per volere dei suoi stupidi amici, cerca di perdere la verginità quando i suoi genitori sono fuori città per qualche giorno. Allora cosa fa? Assume una prostituta e trasforma la casa dei suoi genitori in un bordello. Non è altro che una fantasia maschile per adolescenti, e non posso credere che questo sia il film che ha trasformato quell'attore in una celebrità.

Alzo gli occhi al cielo e incrocio le braccia sul petto. «Questo film è così stupido».

«Ah sì?», chiede Noah, guardando Joel e Lana fare sesso in pubblico, su un treno. «Le tue risatine mi portano a credere il contrario».

Non ho mai riso. La commedia è scadente.

«Io ho perso la verginità in modo molto simile», dice Noah, bevendo un sorso di birra.

Inarco un sopracciglio e lo guardo. «Con una prostituta?»

«Una donna anziana che voleva solo una cosa».

«I tuoi soldi?».

Quando sento una risata soffocata mi giro, vedo il petto e la pancia di Kaleb tremare leggermente. Ha appena…?

Dio mio. Ha riso. Alla mia battuta.

Finisco la birra e poso la bottiglia sul tavolino, il chiarore del fuoco è l'unica cosa che illumina la stanza buia. «Be', mi dispiace che le cose non siano andate meglio per voi due stasera».

«Che vuoi dire?»

«Era l'ultima possibilità che avevate per ospitare qualcuno durante la notte», lo prendo in giro. «Non avrete niente con cui giocare quest'inverno».

Noah rimane immobile per un momento, come per riflettere su qualcosa. «Forse», dice.

Stringo gli occhi.

Forse…

Annuisco. «Ma certo. Insomma, non potete essere gli unici che abitano quassù, no?», chiedo. «Devono esserci altri montanari?».

Mi guarda. «Che dici?»

«Altri corpi caldi», spiego, mantenendo una faccia seria. «Ci devono essere altri uomini rintanati nelle baite, quassù, giusto? Va bene. Succede anche in carcere. Gay per sopravvivenza».

Le sue sopracciglia schizzano in aria. «Ma che dici?».
Prima che possa rispondere si lancia su di me, mi prende per le gambe e mi tira giù dal divano, mi fa il solletico tra le costole.
Cerco di trattenere le risate, ma qualcuna mi sfugge. «Fermati».
«Cosa hai detto?», mi punzecchia l'interno delle cosce e io gli do uno schiaffo.
«Be', tu sei un po' ambiguo sessualmente».
«E tu?»
«E io cosa?», mi rannicchio, proteggendomi dalle dita che affondano nella mia pancia.
«Ti ho vista ballare con Cici alla gara». Si china su di me, continuando il suo attacco. «Magari *tu* ti ecciti nel vedere insieme persone dello stesso sesso».
Emetto delle risatine secche, ma lo supplico con gli occhi. «Smettila». Allontano le sue mani, ma continuano a tornare. «Insomma, va bene. Devi pur affrontare l'isolamento in qualche modo, giusto?».
Ringhia e mi afferra i piedi, facendomi il solletico sotto le piante. Scalcio, ridendo forte. «Smettila!».
Poi, all'improvviso, mi prende per il colletto e mi tira sulle sue gambe.
Mi avvolge con le braccia, sussurrandomi all'orecchio. «Vuoi vedere come affrontiamo davvero l'isolamento?».
Il mio sorriso scompare, le mie risate svaniscono e lo guardo scorrere i titoli dei film sulla TV, poi ne sceglie uno.
Il mio culo è ben piantato sul suo grembo, la mia schiena appoggiata contro il suo petto, e tutto ciò che sento è il suo corpo sotto il mio, attraverso il tessuto sottile dei vestiti che indossiamo.
Lo schermo diventa nero, l'intera stanza è di nuovo immersa nell'oscurità, a parte il bagliore del fuoco, e Noah si appoggia allo schienale, trascinandomi con sé.
Sono tesa.
Un altro tenue bagliore illumina la stanza, ma ho paura di alzare gli occhi perché so cosa ha messo alla TV.
Non posso guardare.
Ma non voglio nemmeno andarmene.
Sento baci. Pioggia.
La recitazione è pessima – mi vergogno per loro – ma... non lo so.
Rimango seduta in braccio a Noah.
Nel film ci sono un ragazzo e una ragazza. Adolescenti. Si stanno baciando nella loro macchina, e dalla conversazione capisco che si trovano nel bosco durante una notte piovosa. Appartati e soli.
O almeno così pensano.
Alzo lo sguardo, vedo l'immagine sfumata del porno, i finestrini dell'auto sono appannati e la pioggia batte sul tettuccio, poi compaiono dei lampeggianti e due poliziotti bussano sul vetro.

Noah mi tiene stretta e con il pollice mi accarezza il dorso della mano durante la visione.

«No, per favore», il giovane implora i poliziotti. «Non ho soldi per tutto questo. Ma pagherò. Possiamo semplicemente lasciar perdere?».

A quanto pare, lo sfigato ha un paio di mandati d'arresto per delle multe non pagate e per un'assicurazione scaduta. Vogliono portarlo in prigione.

Poco dopo, ovviamente, illuminano l'interno dell'auto e danno un'occhiata alla sua fidanzatina.

Il poliziotto numero uno ci riflette e offre all'idiota una via di uscita.

Guardo i due agenti in uniforme tirare fuori la ragazza dall'abitacolo e costringerla a obbedire. Il ragazzo potrà andare a casa, i mandati verranno cancellati e il padre della ragazzina non dovrà andare a prenderla alla stazione di polizia se lei darà loro quello che vogliono.

La camicetta bianca di lei, annodata sotto il seno, è inzuppata dalla pioggia e mostra chiaramente i suoi capezzoli e la sua pelle, che traspare attraverso il tessuto bagnato. Il poliziotto la guarda con avidità. Sento un dolore tra le gambe, pulsante e caldo.

«Questo è quello che facciamo», mi sussurra Noah all'orecchio. «Questo è quello che facciamo per superare l'inverno, Tiernan».

Guardo Kaleb, ha il viso nascosto, ma vedo il suo petto e la sua pancia alzarsi e abbassarsi per via del respiro accelerato.

«È quello che farai anche tu», aggiunge Noah.

Con loro? O…

Abbasso gli occhi, sento i vestiti della ragazza che si strappano.

Il respiro di Noah diventa irregolare, si sposta, e il suo cazzo si indurisce, sfrega contro di me.

Prendo fiato.

«Dovresti andare a letto ora», dice a bassa voce.

Con delicatezza, mi fa scendere dalle sue ginocchia e si risiede, mettendosi comodo. L'agente spinge la ragazza contro il finestrino del suo ragazzo, premendo le sue tette nude contro il vetro bagnato, in modo che lui possa guardare.

Scivolo giù dal divano, dovrei andarmene. Io…

Le tira giù i pantaloncini, le strappa la camicetta e le scosta gli slip da un lato, afferrandole i capelli e spingendo dentro di lei.

Lei piagnucola, sembra colpevole e timida, ma non protesta. L'inquadratura passa sul suo ragazzo all'interno dell'auto, che guarda le sue tette bagnate rimbalzare contro il vetro mentre l'agente se la scopa proprio di fronte a lui.

Lancio un'occhiata a Noah e vedo che non sta guardando il film. Sta guardando me.

«Ultima possibilità», dice piano, strofinandosi il cazzo da sopra i pantaloni. «Dovresti andartene».

Ma non voglio. Il calore mi sale fino alle guance, mi tiro la coperta sulle gambe e sostengo il suo sguardo. Mi dà qualche altro secondo per sicurezza.

Un sorriso spunta sulle sue labbra, ma il suo solito umorismo non c'è più. In questo momento è arrapato. I suoi muscoli sono tesi, i suoi occhi sono infuocati e sa che stiamo per oltrepassare il limite.

Sostenendo il mio sguardo, si infila la mano dentro i pantaloni neri, accarezzandosi sotto il tessuto e guardando la mia reazione. Visto che non mi muovo, lo tira fuori.

I miei occhi saettano su ciò che tiene in mano, e il mio stomaco inizia subito a turbinare, sento il calore e le farfalle.

Merda.

È grosso, duro, e la luce del fuoco danza sulla punta grossa. Guardo Noah togliersi la maglietta e leccarsi la mano, poi si accarezza su e giù, ancora e ancora, senza mai distogliere gli occhi da me.

«Vuoi vedere?», sussurra così piano che quasi non riesco a sentirlo.

Sì. Il suo bel corpo brilla e si contrae mentre si accarezza, e io mi lecco le labbra, desiderando solo questo. Voglio solo vedere.

Lui mi fa un sorriso e torna a guardare la TV, mentre io guardo lui e il film, entrambi mi fanno battere il cuore all'impazzata. Sento l'umidità tra le mie gambe, appoggio la schiena al bracciolo, e i gemiti della ragazza, i grugniti dei poliziotti e il respiro dei ragazzi riempiono il nostro piccolo spazio facendo brillare di sudore il petto di Noah.

La ragazza viene trattata così duramente. Il primo poliziotto la penetra e le stringe i seni, subito dopo il secondo la getta sul sedile posteriore dell'auto, si slaccia i pantaloni e si avventa su di lei per il suo turno.

Il ragazzo la guarda ancora, stavolta dallo specchietto retrovisore, e il poliziotto le mette la gamba sul sedile anteriore per spalancarla bene e penetrarla ripetutamente.

Faccio respiri brevi, il dolore tra le mie cosce è profondo, pulsante. Sentendo il basso ventre infiammato, mi mordicchio il labbro inferiore, e vedo crescere il rigonfiamento anche nei jeans di Kaleb.

Dio.

Mi sdraio sul divano e stringo le cosce per il fastidio. Noah prende la mia gamba e se la posa in grembo, appoggiando una mano sulla mia coscia.

Chiude gli occhi e continua a masturbarsi con l'altra mano.

Il poliziotto si siede, prende la donna in grembo e lei lo cavalca all'indietro, fissando il suo ragazzo attraverso lo specchietto retrovisore.

«Puttana», ringhia lui, ma in realtà sembra eccitato.

Lei si morde il labbro inferiore per nascondere un sorriso.

Gemiti, urla, pelle contro pelle, capelli bagnati che le si attaccano al corpo. Poi, finalmente, il ragazzo reclama il suo turno. Riesco a malapena a respirare perché ogni centimetro del mio corpo prende vita, i nervi mi bruciano sotto pelle, sento un bisogno così forte che non riesco a evitare di strofinarmi la fica con il palmo della mano.

Ho i muscoli in fiamme. Gemo.

Sotto la coperta, infilo le dita nei pantaloncini, dentro le mutandine, e gioco con il clitoride. Kaleb inizia a strofinarsi il cazzo attraverso i jeans, e Noah si masturba a lungo, lentamente, succhiando aria tra i denti a mano a mano che aumenta la sua eccitazione.

Mi alzo la camicia, il tessuto di lana della coperta mi sfrega contro i capezzoli nel migliore dei modi, e tiro giù i pantaloncini solo di un pelo, per far entrare più facilmente la mano.

Chiudo gli occhi, abbandonandomi alle fantasie. Mi concedo di far parte di questo, e non c'è nessuno qui che può dirci di fermarci.

Immergo le dita e cospargo l'umidità su tutto il clitoride, lo sfrego sempre più velocemente, immaginando una bocca tra le mie cosce, che mi lecca e mi assapora.

Faccio oscillare il mio corpo avanti e indietro, pensando alla sua bocca. La sua testa, laggiù, prende quello che vuole e mi fa capire quanto è dolce la mia fica.

Oh, Dio. Strofino sempre più velocemente, notando a malapena la corrente d'aria quando mi cade la coperta, perché non mi interessa. *Non mi interessa.*

I miei fianchi ondeggiano, la pelle dei miei capezzoli si irrigidisce nell'aria fresca, inarco il collo all'indietro, facendo scivolare per metà il dito dentro di me e tremando per il piacere.

Dio… Mi sento così bene. Mi mordo l'angolo della bocca, ho bisogno di qualcosa di più.

Mi serve qualcosa di più. Mi…

All'improvviso mi rendo conto che il suono è scomparso. L'audio del film. La stanza è silenziosa e io non sento più grida o gemiti. Continuando a disegnare i cerchi, apro gli occhi.

Noah e Kaleb non stanno più guardando il film. Stanno guardando me.

Faccio un respiro breve, smetto di toccarmi.

La mia bocca si spalanca e, quando guardo in basso, vedo che la coperta è sparita.

È caduta sul pavimento. Noah è ancora seduto accanto a me, ma non si accarezza più, e Kaleb si è alzato dalla poltrona, ora è in piedi e mi guarda.

La mia camicia è sollevata, il mio seno è scoperto e tiro fuori la mano dai pantaloncini, incapace di parlare e di respirare.

Merda.

Mi tiro su, ma Noah è lì, chinato su di me prima ancora che io abbia la possibilità di alzarmi dal divano.

«Non fermarti», sussurra.

Le sue sopracciglia sono unite, sembra vulnerabile, sembra quasi soffrire.

Mi prende la mano. Mi irrigidisco, ma non mi allontano quando affonda le mie dita nella sua bocca.

Le stesse dita che stavo usando fino a un momento fa.

Le succhia una alla volta, poi mi rimette la mano tra le gambe.

«Toccati ancora».

No, io...

Mi bacia la fronte mentre infila il cazzo nei pantaloni.

«Va tutto bene», dice. «Sfregati il clitoride».

Il mio corpo è ancora scosso dal desiderio, un rivolo di sudore mi cola lungo la schiena. Gli occhi di Kaleb sono puntati su di me, lui non batte ciglio e ha tutto il corpo rigido.

Li guardo entrambi, nervosa, e rimetto le dita nelle mutandine per giocare con il clitoride, faccio come vuole lui. Gli occhi di Noah scivolano lentamente lungo il mio corpo, scrutandomi tutta.

«Guarda cosa nascondeva sotto i miei vestiti», dice a Kaleb.

Kaleb si sposta sul divano, sedendosi dietro la mia testa, e io alzo gli occhi, incontrando il suo sguardo. Mi scosta una ciocca di capelli dalla fronte, mentre Noah lascia baci dolci e delicati intorno al mio viso.

Le mie dita iniziano a muoversi di più ed entrambi torreggiano su di me, guardandomi.

«Ecco fatto», dice Noah con voce tesa, tenendomi il viso e baciandomi il naso, poi le labbra. «Brava ragazza».

Fa scivolare le dita sotto l'elastico dei miei pantaloncini e inizia a tirarli giù.

Lo guardo, supplicando: «No».

«Sì».

Mi abbassa i pantaloncini e le mutandine appena sopra il culo, così possono vedere le mie dita muoversi tra le mie gambe.

Le labbra di Noah si abbassano sul mio ventre, poi scendono, e di riflesso lo spingo via con l'altra mano – o forse lo tengo stretto a me, non lo so – ma Kaleb mi afferra il polso e tira indietro la mia mano.

Incontro i suoi occhi, gemendo per i piccoli cerchi bagnati che sto disegnando sulla mia fica.

«Pare che avremo qualcosa con cui giocare quest'inverno, dopotutto», dice Noah a suo fratello.

Torco le labbra in un ringhio, sono sul punto di protestare, ma Noah mi bacia piano. «Sss», mormora.

Dio, le sue labbra sono morbide. Ansimo contro la sua bocca.

«Tiernan», dice lui con un filo di voce, guardando la mia mano lavorare sulla mia fica nuda.

«Gesù, fratello», dice a Kaleb. «Guardala. Hai mai visto una cosa tanto bella? Scommetto che è anche la più stretta».

Si abbassa, mi lecca il capezzolo e una scossa mi attraversa. Sto per esplodere, cazzo.

«Noah», piagnucolo.

«Tiernan». Bacia la mia carne, stuzzicandomi il capezzolo con i denti. «Voglio scoparti». Lui si tira su, rimane sospeso sulla mia bocca e strofina il cazzo sulla mano che ho tra le gambe. «Voglio scoparti. Per tutto l'inverno».

Fisso la sua bocca, pronta a tirargli giù i pantaloni e a lasciarlo fare. Alzo lo sguardo, vedo gli occhi di Kaleb, li fisso mentre bacio suo fratello.

«La più bella è stata sotto il nostro tetto per tutto il tempo», geme Noah, strusciandosi contro di me. «Sei nostra». Preme la fronte sulla mia. «La nostra piccolina. Tutta nostra. Capisci?», mi bacia la fronte e il naso, io allontano la mano, perché mi piace di più sentire il suo cazzo. «Il nostro pezzo di fica. Nostro».

Sì. Annuisco. Non mi interessa. Non voglio nessun altro.

Sembra che siamo sulla stessa lunghezza d'onda, perché lui lancia un avvertimento a suo fratello. «Non farle male. Almeno finché non si sarà abituata a noi».

Che cosa? Sento che dovrei avere paura, ma guardo Kaleb, e vedo che piega le labbra in un sorriso cupo. In questo momento, però, non mi interessa cosa vuole farmi. Lo voglio e basta.

«Io prendo la tua ciliegina», sussurra Noah sopra la mia bocca, sorridendo. «Ma prometto di non toccarti il culo. Quello lo vorrà lui».

E indica con il mento suo fratello.

Stringo i pugni, il mio stomaco si contrae, ma nello stesso momento si agita per l'eccitazione, e inarco il collo all'indietro per cercare la bocca di Noah.

Poi una voce severa improvvisamente urla: «Noah». Mi blocco, incapace di muovermi.

Oh, merda.

No.

Noah smette di baciarmi e io apro gli occhi, ho riconosciuto la voce di Jake.

La nausea mi pervade. Mi tiro su i pantaloncini e mi abbasso la camicia, coprendomi.

«Che cazzo stai facendo?», ringhia Jake.

Noah si alza, posso vedere la sua espressione tesa e combattuta, prima che abbassi lo sguardo e faccia un sorrisetto tirato.

Si alza e si gira verso suo padre. «Niente che lei non voglia».

Mi siedo. Kaleb si alza in piedi dietro di me e io non riesco a trovare il coraggio di guardare mio zio. Guardo solo i suoi piedi nudi e l'orlo dei suoi jeans, è fermo sull'ultimo gradino.

«A letto», dice.

Noah esita, poi spegne la TV, riprende la maglietta e si dirige su per le scale. Kaleb al seguito. Non so bene se siano mortificati o se trovino tutta questa faccenda divertente, ma mi alzo svelta e mi precipito dietro di loro.

«Tu no». Jake mi afferra.
Giro la testa dall'altra parte, sentendo i suoi occhi che mi trafiggono.
«Cosa sarebbe successo se non fossi sceso?», domanda.
Non lo so. E non mi spiego il mio imbarazzo. Normalmente, sì, dovrei provarlo. Dato il nostro legame di parentela, quello che è successo è sbagliato. Capisco che la gente lo riterrebbe sbagliato.
Ma anche lui mi ha messo le mani dappertutto, qualche settimana fa.
«Cosa sarebbe successo?»
«Non lo so», rispondo.
Perché non l'ho chiesto a loro?
«Cosa volevi che accadesse?», chiede.
Riesco solo ad alzare le spalle, incontrando i suoi occhi mentre cerco le parole. «Io… non lo so».
«Non lo sai?», strappa via la coperta e mi afferra per le braccia per portarmi in soggiorno. «Cosa volevi che accadesse?»
«Non lo so!», urlo. «Io…».
«Cosa?»
«Io…».
Perché solo io sono nei guai? È davvero arrabbiato?
O semplicemente deluso?
«Cosa volevi che accadesse?»
«Volevo che accadesse tutto», dico, finalmente lo guardo, con le lacrime agli occhi. «Io non so cosa c'è che non va in me. È solo che… lo sento dappertutto».
Mi fissa, gli occhi socchiusi. «Senti cosa dappertutto?»
«Te», sussurro, abbassando lo sguardo. «E loro».
Questo posto, la casa, la terra, il vento… loro. Sono viva.
«Ti è diventato duro, lo senti anche tu», gli ricordo la nostra notte in cucina. «Perché non posso sentirlo anch'io?»
«Hai diciassette anni!».
«Diciotto», ringhio di rimando. «Avrei potuto scoparmi chiunque ormai. Ai miei genitori non è mai importato, ma a me sì». Lo guardo mentre si avvicina, i suoi respiri caldi e arrabbiati cadono sulla mia fronte. «Nessuno mi è mai sembrato giusto… p-prima».
Mi tiene stretta, mi strizza le braccia e ribolle di rabbia.
I suoi pugni sono serrati, le sue dita affondano nella mia pelle e io piagnucolo. «Jake…».
Mi fa male.
Mi lascia andare e mi gira, facendomi piegare sul suo braccio. Ho appena il tempo di prendere fiato prima che la sua mano atterri con forza sul mio culo, sento uno schiaffo rumoroso che squarcia l'aria.
Sussulto, chiudendo gli occhi per lo shock.
«Ti piace questo?», chiede, ha il respiro affannato.
Non lo guardo. La rabbia mi fa ribollire il sangue e una parte di me

vuole urlare e rispondere, ma un'altra parte… Un'altra parte di me sente i nodi sciogliersi nello stomaco. Il mio cuore sussulta e l'adrenalina corre.

Ti piace questo?

Lentamente, annuisco.

Che cazzo vuoi farmi? Per qualche ragione, mi sento spronata. Voglio scoprirlo. Lui resta in silenzio per un momento, poi sento la sua minaccia. «Ne vuoi ancora?».

Annuisco due volte.

Mi stringe ancora, e io alzo la schiena, sentendo i muscoli del suo braccio tesi e duri. È come se il suo corpo stesse vibrando. Non riesco a sentire il suo respiro.

È così duro. So che lo è.

«Togliti i pantaloncini», dice con rabbia. «Così puoi sentire la mia mano».

Il battito del cuore mi riempie le orecchie e le mie mani iniziano a tremare, ma spingo giù i pantaloncini sulle gambe, rimanendo in piedi con addosso la camicia e la biancheria intima.

Si siede sul divano, appoggiandosi allo schienale, e mi guarda, i suoi occhi scorrono sul mio corpo fino ad arrivare tra le mie gambe.

«Vieni qui», dice. «Sul mio grembo, principessa».

I miei nervi tremano tantissimo, ma sento una stretta alla mia fica quando lo sento dire "principessa". Voglio che lo dica di nuovo.

Lentamente, gli striscio in grembo e mi sdraio a pancia in giù. Lui mi posa un braccio sulla schiena per tenermi ferma.

Non voglio la sua mano. Voglio solo le sue dita.

Mi toglie le mutandine e il mio respiro si ferma, chiudo gli occhi di riflesso per la vergogna.

Mi piace. Lo voglio. Voglio che faccia quello che vuole. Io…

Mi sculaccia, il dolore si diffonde sulla natica destra, io sussulto e piagnucolo.

Lui emette un respiro e, giuro, lo sento quasi gemere.

Mi sculaccia ancora e ancora, con il fuoco che scorre sotto la mia pelle, e io stringo la coperta sul divano mentre getto indietro la testa e grido.

«Tre», ringhia. «Lascerai che i ragazzi ti tocchino di nuovo?».

Scuoto la testa. «No».

Mi colpisce di nuovo, e io sussulto anche se il mio culo si solleva per andargli incontro.

«No, cosa?», sussurra.

«No, zio Jake», rispondo correttamente.

La sua mano atterra di nuovo sul mio culo nudo. «Cinque», espira. «Gli farai vedere ancora il tuo corpo?».

Un'altra sculacciata.

«No», piagnucolo. «No».

E un'altra.
«Farai la brava?»
«Sì, Jake». Struscio la mia fica sulla sua gamba mentre il sudore mi imperla la fronte. «Farò la brava. Farò la brava». Mi sculaccia di nuovo e io mi spingo in avanti, il mio clitoride pulsa. Dio, sono così bagnata. Affondo la mano nel divano. Ho bisogno di lui. Ho bisogno del suo cazzo.
Ancora. Ancora. Ancora. Sempre più veloce, mi sculaccia sulle natiche. Ancora e ancora e ancora, e sento il suo cazzo duro cercare di uscirgli dai jeans.
Gemo, mi struscio e soffro, le mie mutandine sono tese sulla parte superiore delle cosce, cerco di allargare le gambe, ma cazzo… Dio, sono così bagnata.
«Farai la brava?», mi schiaffeggia di nuovo e lo sento. Sono quasi arrivata. Sto quasi venendo.
«Sì», sussulto. «Sì, sì, sì…».
Afferro la coperta, respirando a fatica e aspettando un'altra sculacciata.
Ma… non arriva.
Stringo le cosce, ogni muscolo del mio corpo è tirato come un elastico, ma lui si ferma. *Oh Dio, per favore.* Mi tira su le mutandine e le lacrime mi riempiono gli occhi, perché sto soffrendo. Fa male, e tra Noah, Kaleb e ora Jake, sto impazzendo.
Mi solleva, poi mi tira giù la camicia e mi bacia la fronte umida, il naso e le guance. Si ferma e io chiudo gli occhi per non piangere.
Le sue dita scivolano tra le mie gambe e io lo guardo quando le riporta su, lucide per tutto quello che è gocciolato fuori dal mio corpo, sulla mia coscia. Si guarda le dita, le sfrega.
«Non costringermi a farlo di nuovo», mi dice, le labbra tirate. «Fa male a entrambi».
Poi mi spinge via, i suoi passi pesanti sulle scale echeggiano per la casa, poi la porta della sua camera da letto sbatte.
Mi siedo, le lacrime mi rigano il viso. Il mio orgasmo sfuma e il mio corpo urla di desiderio.
Non posso farcela.
Non sopravvivrò a questo maledetto inverno.

17. Jake

Quella maledetta ragazza.
Così strafottente, con quell'aria di sfida nei miei confronti a ogni passo che fa. Nell'ultima settimana il suo silenzio si è conficcato nella mia testa, è sceso così in profondità da perforarmi il cranio, e i suoi stupendi occhi infelici mi hanno attirato a lei come ami pronti a infilzarmi il cuore.

Non è colpa mia. È stata fortunata che io sia arrivato. È così che voleva fare l'amore per la prima volta? Con due ragazzi alla volta?

Loro non la amano.

Certo, sono attratti da lei, probabilmente più che da ogni altra donna, ma Noah non prende mai nulla sul serio e il cuore di Kaleb è invalicabile. Ero così felice quando è tornata, dopo il funerale, ma temevo che l'inverno con lei sarebbe stato una tentazione troppo grande.

Per me.

Come diavolo ho fatto a non considerare i casini che avrebbero potuto combinare loro?

E la cosa peggiore è che lei non prova la minima vergogna. La mattina dopo è scesa trotterellando al piano di sotto, rifiutandosi di guardarmi o di darmi risposte che non fossero monosillabi, e per il resto non ha mostrato il minimo imbarazzo. Ha sorriso a Noah quando le ha versato quel cazzo di succo e le ha servito delle uova, ed era splendida con le trecce e il berretto da baseball in testa, i jeans attillati e la cintura creata da Kaleb stretta intorno alla vita.

Dio, se è bella da vedere.

Sedendosi mi ha dato l'unico segnale riguardo la sera precedente perché, quando ha appoggiato su quella dannata sedie le chiappe che le avevo sculacciato con foga, ha fatto una smorfia.

Al solo pensiero della sua punizione il mio cazzo si gonfia. Era seminuda sul mio grembo, avvolta dal dolce profumo del suo sudore, e l'ho desiderata da morire.

Appoggiandomi all'albero gemo, il vapore del mio respiro nascosto dentro il giaccone. Una coda bianca guizza oltre la duna e io alzo lentamente la mano, facendo segno a Tiernan e ai ragazzi di concentrare la loro attenzione in quella direzione. I ragazzi vengono a caccia da anni e sicuramente avrebbero già acchiappato quel cervo, ma è ora di rompere il ghiaccio per Tiernan.

Fa un passo attento e silenzioso, nascondendo il respiro, come le ho insegnato, e alza delicatamente il fucile. Normalmente saremmo in una delle postazioni che abbiamo costruito nel corso degli anni, ma la caccia al freddo potrebbe condannarci a stare giorni su un albero prima di vedere qualcosa. Deve imparare a trovare la sua preda.

Noah le parla all'orecchio, guidandola. *Mira, respira, fissa il bersaglio, respira…* E una volta che il tuo corpo è sincronizzato con l'animale, spara.

Ma lei non lo fa. Abbassa di nuovo il fucile e si alza in piedi.

Irrigidisco la mascella.

Mi dirigo verso di loro, attento a non far rumore durante il cammino nella neve fredda. La raggiungo e le prendo il mento, costringendola a guardarmi.

Ma lei si divincola. «Non ce la faccio, okay?»

«Se non lo fai, per l'inverno avremo solo barattoli di sottaceti».
«Lasciala stare», mormora Noah. «Lo farò io».
Prima che possa voltarsi per alzare il fucile, intervengo. «Lo farà lei». Gli faccio un cenno col mento perché se ne vada vicino a Kaleb, che è accucciato contro un albero. «Deve fare la sua parte».
«Fanculo», borbotta lei.
Noah indietreggia esitante verso suo fratello, ma continua a guardarmi accigliato mentre mi accovaccio.
«Porta il culo quaggiù». La tiro a terra con me.
Appoggio la pancia sulla neve, il freddo attraversa la mia mimetica, e le lancio uno sguardo di avvertimento. Un piccolo ringhio le incurva le labbra, poi si sdraia accanto a me, puntando i suoi occhi sul cervo in mezzo al fogliame.
Il cappello bianco le copre la punta delle orecchie, ma i lobi sono rossi, così come la punta del naso. Porta due codine basse, gli occhi lucidi per le lacrime.
Gesù Cristo.
«Vuoi sapere che procedimento subisce la carne che compri, quella che trovi bella e impacchettata al supermercato, prima di arrivare sugli scaffali?», le dico a brutto muso. «Questi animali hanno una vita migliore di quelli da cui proviene la carne nei negozi, ragazza, quindi sii saggia e dai da mangiare alla tua cazzo di famiglia».
Il suo mento trema, sta fissando l'animale con la mascella rigida. «Ti odio».
«Non tanto quanto amerai il cibo nella tua pancia».
Solleva l'arma, puntellandosi sui gomiti e guardando nel mirino. Mette il dito sul grilletto, le sfuggono dei piccoli singhiozzi.
Lo mancherà. Non lo colpirà, perché le lacrime non le permettono di vedere bene, e il cervo riuscirà a scappare.
«Tiernan», dico. «Guardami».
Il cielo è azzurro terso e il ghiaccio ci circonda, ma nonostante tutto, guardando il suo viso innocente e le sue labbra perfette, sento un velo di sudore che mi raffredda i pori.
«Piccola, guardami», le dico di nuovo, dolcemente.
Gira la testa, i suoi occhioni grigi incontrano i miei.
Le asciugo una lacrima dalla guancia. «Ho bisogno di sapere che se succedesse qualcosa a me, o ai ragazzi, saresti in grado di sopravvivere quassù». Parlo piano, passando il pollice sotto il suo occhio per catturare un'altra lacrima prima che cada. «Quello che abbiamo in dispensa non durerà in eterno. Devo insegnarti questa cosa, okay?».
Lei trema ma annuisce, sembra così tenera e vulnerabile. Dio, mi fa male il cuore.
Mi avvicino, posandole un bacio sulla tempia. «Il pensiero che tu possa essere indifesa mi uccide. Per favore, fallo».

Deglutisce e fa un respiro profondo, calmando le lacrime e il respiro prima di guardare di nuovo nel mirino.

«Va bene», sussurra.

Guardo lei, non il cervo, e rimango ipnotizzato. Così innocente e pura. È pura, si sente viva per la prima volta. Sotto la sua superficie racchiude qualcosa di grande e io vorrei sentirla sciogliersi tra le mie braccia. Tiernan è una forza vitale in casa.

Lei è *la* forza vitale.

Forse mi sono ingelosito la notte che ho trovato Noah sopra di lei e Kaleb che la guardava come un animale famelico. O probabilmente avevo paura di cosa sarebbe successo dopo. La desideravamo tutti già prima che arrivasse la neve, ora dovremo averla sotto gli occhi per tutto l'inverno. Temo che la linea sottile su cui cammino, indipendentemente dal fatto che dovremo *davvero* rimanere in astinenza per tutto l'inverno, stia iniziando a diventare sfocata. Se è difficile ora, chissà quanto sarà difficile resisterle con l'avanzare dei mesi freddi, bui e solitari.

In realtà, penso che alla fine si riduca tutto al fatto che la desidero.

E non dovrei.

Uno sparo squarcia l'aria e io sbatto le palpebre, tornando alla realtà. Lei singhiozza silenziosamente e china il capo, chiudendo gli occhi, e io afferro il binocolo per cercare il cervo.

«Lo ha beccato!», grida Noah.

Il suo respiro trema e intanto piange in modo sommesso, capisco che per oggi ha chiuso. Non vorrà vederlo.

«Andate a prenderlo», dico loro. «Portatelo a casa. Noi vi raggiungiamo».

I ragazzi ci passano davanti, la neve scricchiola sotto i loro scarponi e il mio corpo brucia per il freddo che filtra attraverso la mia pelle.

«Non volevo deluderti», dice, la testa bassa e lo sguardo a terra.

«Non l'hai fatto».

Fa un cenno con il capo verso di me, i suoi occhi feroci mi trafiggono. «Ho sparato perché non volevo deluderti», spiega. «Perché mi preoccupo di compiacerti? Non voglio compiacerti». Distoglie di nuovo lo sguardo e si toglie il cappello, sembra disgustata da sé stessa.

Delle ciocche ribelli le cadono sugli occhi e ho l'impulso di scostarle.

La mia voce è strozzata e si trasforma in un sussurro. «Tutto quello che fai mi rende felice».

Posso incolparla quanto voglio. La sua bellezza, il suo profumo, le sue risate e i suoi litigi, i suoi occhi quando sorride e la sua capacità di renderci tutti più sereni, il fatto che anche un sacco della spazzatura le starebbe bene addosso mentre cammina per casa, ma onestamente, è proprio come ho pensato. Più giorni passano più non le resisto. Mi odio per questo.

E odio lei ancora di più perché non la posso avere.

«Sarà più facile la prossima volta», le dico.
«Non ci sarà una prossima volta».
«Ci sarà, se vorrai mangiare».
Si tira su e sferra un pugno, colpendomi la mascella con un ringhio. Il dolore mi attraversa la faccia e un attimo dopo mi sta massacrando di botte piangendo.
Volto il viso dall'altra parte, cercando di schivare i colpi, e le afferro i polsi. Li stringo entrambi tra i pugni, la giro e mi chino su di lei, sentendo il suo corpo sotto gli strati spessi di vestiti che indossiamo.
Libera le mani, lotta sotto di me, e in risposta alla sua agitazione e al suo contorcersi, il sangue mi inizia ad affluire sull'inguine.
«Ti odio», ansima, colpendomi. «Ti odio. Non vali un cazzo».
Ringhio, cercando di afferrare i suoi pugni mentre li agita. Stronzetta.
«I miei genitori mi hanno mandato da te perché mi odiavano». Cerca di spingermi. «Volevano farmi soffrire, tu eri la cosa peggiore che potessero farmi».
«Forse...», ribatto con rabbia, interrompendola. «Forse si sentivano in colpa per quello che mi hanno portato via e così mi hanno dato te». Le afferro i capelli dietro la nuca e la attiro verso la mia bocca. «Un pagamento per saldare il loro debito. Ecco cosa sei, Tiernan. Un cazzo di pagamento».
Il suo corpo trema mentre mi guarda, ha negli occhi quella stessa passione disperata che aveva in cucina la sera in cui l'ho baciata per la prima volta.
Sussurra contro la mia bocca, con le lacrime che le impastano ancora la voce: «Un pagamento che non riscuoterai mai, perché sei troppo vecchio e bisbetico per godertelo».
I miei occhi si infiammano.
Il mio cazzo è duro come una roccia.
Le premo la bocca contro la mia, mangiandole il respiro e succhiandole le labbra così forte da farla piagnucolare.
Ma ricambia il bacio. Cazzo, sì che lo ricambia.
Le apro con foga il giaccone, le infilo la mano sotto il maglione e poi sotto la maglietta, riempiendomi la mano con il suo seno sodo.
Geme, girando la testa a sinistra e poi a destra, mordendomi e baciandomi la bocca in modo frenetico e subito dopo mi apre i pantaloni da caccia, infila la mano nei miei jeans e mi afferra il cazzo.
«Ah», gemo, spingendo contro il suo palmo. «Tiernan».
Muove la mano su e giù, affondando la lingua nella mia bocca per assaggiarmi e nutrirsi, e il mondo ruota dietro le mie palpebre. La voglio nel mio letto. La voglio adesso.
Premo la mia fronte sulla sua, stringendola a me. È meravigliosa.
Lei è nostra. Fanculo suo padre.
I nostri corpi iniziano a muoversi, io spingo sulla sua mano e lei ruota i

fianchi per incontrarmi, entrambi ansimiamo e ci baciamo fino a quando non sono pronto a strapparle i dannati vestiti di dosso, ma si gela, non posso farlo qui. Eppure non voglio fermarmi per portarla a casa.

«Cazzo, attento a dove metti i piedi», grida Noah, e io rimango di sasso.

Lei continua a lasciarmi baci lungo il collo, poi si ferma, entrambi ascoltiamo la neve che scricchiola sotto i loro passi.

Merda.

Le lascio andare il seno e le tiro giù la maglietta e il maglione prima di toglierle la mano dal mio uccello. «Sali su quel cazzo di furgone», mormoro in tono rabbioso.

Mi alzo in piedi, vedo Noah camminare seguito da Kaleb, che ha il cervo sulle spalle, e immediatamente mi giro, riallacciandomi i pantaloni da neve.

Fanculo.

Dovrebbe essere una di loro. Perché li ho fermati l'altra notte? Se li avessi lasciati fare, questo non sarebbe successo.

Tiernan si alza e io raccolgo i nostri fucili, torno verso i furgoni con lei alle mie spalle.

«Vi seguiamo», dico ai ragazzi, che intanto scaricano il cervo nel pianale dello Chevy nero. «Iniziate a occuparvi di quel cervo».

«Sì», esulta Noah, aprendosi una birra e togliendosi il giaccone.

Accendo l'altro furgone, aziono il riscaldamento e Tiernan apre la portiera di dietro, si sfila il giaccone e i pantaloni da caccia, gettandoli nel pianale.

Sbatto la portiera e giro intorno al camion, sfilandomi anche io la giacca e gettandola nel retro con una mano, mentre con l'altro braccio avvolgo lei.

La stringo e le annuso i capelli, poi ci nascondiamo dall'altra parte dell'abitacolo per non farci vedere dai ragazzi.

Lei si gira, facendo scivolare le mani sotto la mia maglietta e sulla mia pancia, io cerco di toglierle il maglione.

«Ehi, Tiernan!», grida Noah.

Alzo un sopracciglio verso la portiera aperta e il finestrino coperto di ghiaccio. Non può vedere che le ho sfilato il maglione dalla testa e ora i nostri corpi si strusciano, lei sta sbottonando la sua camicia di flanella.

«Vieni con noi», dice. «Abbiamo la biiirra».

Lei ansima, fissando la mia bocca, io le afferro i fianchi, schiacciando il suo corpo contro il mio.

«Possono portarmi a casa loro», sussurra sulle mie labbra. «Se vuoi».

Gemo, il mio maledetto cazzo si allunga dolorosamente nei miei pantaloni.

Prendendola tra le braccia, la stringo di nuovo a me, baciandola avidamente. «No», mormoro sulle labbra. «Resta con me».

Mi guarda, disperata, e annuisce.

Porto le mani sui suoi jeans, li apro e faccio scivolare la mano verso il basso, accarezzandole la fica, lei mi stringe la maglietta e geme. Sorrido.

«Andate!», rispondo ai ragazzi. «La riporto io a casa!».

Le mie palpebre tremolano, le sto toccando la pelle morbida, nuda, e la sua piccola fica calda emana calore lungo la mia mano, fino ad arrivare al mio braccio e a raggiungere tutto il mio corpo.

Dio, è incredibile. Poso le mie labbra sulla sua fronte, baciandola e accarezzandola. «Uccidere il cervo non è l'unica cosa che deve saper fare per mettere il cibo in tavola!», abbaia Noah. «Deve imparare anche il resto!».

Ringhio, lei geme.

«Ha fatto la sua parte per oggi!», urlo. «Andate!».

Sento la sua dolce risata mentre mi bacia sul collo. Chiudo gli occhi, l'altro furgone riparte.

Cazzo, sì.

Le prendo la nuca e la porto verso di me, coprendole la bocca con la mia, le sue codine si reggono per miracolo. Mi sposto sulla sua bocca, lei mordicchia avidamente la mia e sbircio fuori, senza mai staccare le labbra dalle sue vedo i fanali posteriori dell'altro pick-up scomparire oltre la collina che diventa scura.

Il sole è già tramontato. Presto sarà buio, ma non mi importa.

Il pick-up fa una curva e poi… non c'è più.

Mi tolgo la camicia di flanella e lei mi sfila la maglietta mentre mi tuffo sul suo collo e le abbasso i pantaloni.

Arrivo solo fino alle natiche, portando giù anche le mutandine a pantaloncino, poi l'accarezzo in mezzo alle gambe nude guardandola.

«Niente slip?», espiro.

La camicia le pende dalle braccia e lei si lascia andare fra le mie, inclinando la testa all'indietro quando la mia bocca le sfiora il collo. Scendo giù fino ai suoi seni sodi e belli, arrivo sulla pancia e fino alla V tra le sue cosce. Lecco, mordicchio, le tiro la pelle e il suo calore, assieme al suo sapore, mi fanno girare la testa.

Mi tiene la testa mentre le bacio la fica e cerco di sfilarle i maledetti jeans attillati dalle cosce. «Ho freddo», sussulta.

Torno su, avvolgendola tra le braccia e baciandola. «Non riesco a fermarmi neanche per portarti dentro quel maledetto furgone», rido.

Mi succhia le labbra, divorandomi, ma dopo un momento si allontana e salta sul sedile. Si appoggia all'indietro sulle mani e mi guarda, rivolgendomi un sorrisetto timido allunga il piede.

Sorrido e le tolgo lo stivale. Poi prendo l'altro e getto entrambi nel pianale. Quando indietreggia ancora di più sul sedile, le afferro le caviglie e la attiro a me, la sua camicia pende da una spalla e la vista dei suoi capezzoli turgidi mi fa seccare la bocca. Afferro i jeans e glieli sfilo dalle gambe, li lancio sul sedile anteriore e lei, a sua volta, getta la camicia.

Salgo su.

Sbattendo la portiera, mi chino su di lei, che nel frattempo scivola indietro per farmi spazio. Lascio che i miei occhi cadano sul suo corpo, l'unico indumento che le è rimasto addosso sono i calzini bianchi che le arrivano fino alle cosce, con un paio di strisce bianche e blu sul bordo. Si appoggia sulle mani, ma piega le ginocchia, incrociando le caviglie e abbassando gli occhi, è intimidita.

Un codino le copre il petto e io lo prendo, facendolo scorrere tra le dita.

Per favore, qualcuno mi fermi. Per favore.

Le prendo la parte posteriore del ginocchio e le tiro da un lato la gamba, aprendole le cosce. La sua fica, rosa, stretta e bella, è lì che mi aspetta, ma…

Cazzo.

Abbasso la testa, mi manca il respiro.

«La mia sanità mentale è appesa a un filo, Tiernan», dico con forza. «Fermami. Per favore, fermami».

Si tira su, lasciandomi piccoli baci provocanti sul collo, sulla mascella e sul mento, fino ad arrivare alla mia bocca.

Incontro il suo sguardo, vedo che ha le lacrime agli occhi.

«Sai perché i miei genitori mi hanno mandata da te?», chiede, la sua voce è un lieve sussurro. «Perché non sei da temere per nessuno».

Mi irrigidisco e lei continua con i suoi piccoli baci.

«Non avresti mai messo le mani sulla mia eredità prima che io raggiungessi l'età per reclamarla», dice, c'è un umorismo perverso nella voce e le sue dita scivolano lungo i miei addominali. «Non ti sarebbe mai venuto in mente di costringermi a vivere qui o», mi bacia le labbra, guardandomi negli occhi, «o non avresti mai avuto le palle per metterti contro di me, una de Haas».

Scopro i denti, il cuore mi batte all'impazzata. Come hai detto?

«Quindi non preoccuparti», espira. «Non ho paura di te. Non prenderai quello che vuoi. Sei innocuo. Debole. Lo ha detto mio padre». Poi mi fa un sorriso condiscendente. «Non mi sono mai preoccupata».

Si avvicina per un altro bacio e io scosto le labbra, guardandola torvo.

Suo padre ha detto così, eh?

Rispondo al fuoco, afferro la bambina di Hannes de Haas e le tiro giù il culo, facendola scivolare sul sedile con un lamento.

Mi tuffo in avanti, affondando la bocca nella sua fica rosa e allargandole le cosce. «Ah», grida. «Stavo scherzando. Scusa».

Infilo il braccio sotto una delle sue cosce e la tengo ferma mentre inarca la schiena e si contorce.

«Stai scherzando?», la sfido, facendo roteare la lingua, formando cerchi duri e costanti sulla sua piccola protuberanza. «S-scusa», balbetta. «Mi dispiace, Jake. Oh, Dio».

È giusto così, cazzo. Voglio che quel pezzo di merda, ovunque sia, senta la sua bambina urlare il mio nome. Voglio che sappia quanto ama suo zio Jake.

La succhio e la lecco, mordicchiandola e baciandola intorno alla fica e all'interno delle cosce, le stuzzico il buco anche con la punta della lingua. Quando lo faccio geme, così lo ripeto, assaporando il gusto della sua passera stretta. Il mio cazzo si gonfia e cola, continuo a mangiarla mentre mi sfilo i pantaloni da caccia e i jeans. *Gesù. Solo pensare a quanto è stretta…*

Affonda le unghie nelle cosce e io le succhio il clitoride, mordicchiandolo delicatamente. La sua pancia si alza e si abbassa sempre più veloce.

Mi sollevo, accarezzandole la piccola protuberanza con il pollice e guardando le sue tette muoversi su e giù. «Sono così felice che tu sia venuta a vivere con noi, piccola», dico. «Vuoi che mi fermi?».

I suoi occhi guardano la mia mano muoversi. «No», risponde subito in un sussurro. «Per favore, fallo ancora». Si graffia le cosce.

«Fare cosa?»

«Leccami».

«Leccare cosa?», la stuzzico, facendo rimangiare alla puttanella le sue parole, altro che debole.

«La fica», dice, bagnandosi le labbra. «Mi piace quando lo fai. Per favore, fallo ancora». Ricade sul sedile, chiudendo gli occhi e facendo ondeggiare i fianchi nella mia mano, affamata.

«Per favore, leccami di nuovo laggiù».

Dio, cosa mi fanno queste parole. Dovremmo essere in un letto. Mi impugno il cazzo con una mano, accarezzandolo, io mi abbasso per continuare a mangiarla, proprio come le piace tanto.

Muovo la lingua, mordicchio, succhio e lecco, sincronizzandomi con i suoi respiri e andando sempre più veloce e facendole riempire i polmoni ancora e ancora.

«Sì, sì», ansima, aprendosi di più, poi mette una gamba nello spazio tra i sedili anteriori e l'altra sul sedile posteriore. «Cazzo, sto venendo. Oh, Dio». Trema, i brevi respiri affannati le dilaniano il corpo. «Oh, Dio, Jake, è così bello».

Inspira, e so che il suo orgasmo sta per arrivare e…

Mi fermo, tengo la lingua immobile sul suo clitoride un momento prima di alzare la testa.

I suoi occhi rimangono chiusi, ma dopo un attimo, il dolore è inciso sul suo viso. Sbatte le palpebre per poi aprire gli occhi. Mi trova a fissarla.

«No», implora. «Non fermarti. Per favore. Cosa fai?».

Le do un piccolo bacio sul clitoride, sentendo il fremito dentro di lei scuoterla, come se avesse appena corso una maratona, e provo quasi dispiacere per lei.

Mi alzo, guardandola.

«Jake», dice, è sul punto di piangere.

Poi allunga le mani tra le gambe per cercare di finire da sola, ma io le prendo i polsi, inchiodandoglieli ai fianchi.

«Per favore». Si contorce dal bisogno.

Mi chino, lasciandole piccoli baci sul suo ventre. «Non prenderei mai la tua eredità, perché i tuoi soldi non mi interessano», le dico tra un bacio e l'altro. «Non mi verrebbe mai in mente di costringerti a vivere qui, perché non c'è bisogno. Io ti piaccio».

Sorrido e seguito a baciarla fino alle tette, le lecco un capezzolo.

«Quindi non preoccuparti», la schernisco. «Non voglio che tu abbia paura di me. Odiavo quei vermi viscidi dei tuoi genitori, eppure mi hanno lasciato un bel pezzo di fica che adora essere leccata».

Le metto la mano a coppa tra le gambe, strofinando con il palmo il suo clitoride e infilando la punta del dito medio nella sua fica.

I suoi fianchi si staccano dal sedile.

Le spingo giù la pancia e lo faccio di nuovo, facendo vorticare l'umidità dentro di lei.

Lo faccio scorrere un po' più a fondo.

Lei si inarca, afferrandomi il polso con entrambe le mani. «No…».

Le bacio la bocca, le sue labbra morbide amano che sia tornato. «Lo so. Sei ancora vergine. Va tutto bene». La accarezzo facendo uscire più umidità e bagnandole il bordo della fica. «Ti preparo io».

Tenendo la punta del dito dentro di lei, inizio a lavorare il clitoride, portandola indietro e dandole l'orgasmo che prima le ho portato via, era una punizione per la sua boccaccia.

«Zio Jake», geme. «Non fermarti. Per favore, non fermarti».

«Non lo farò, piccola», le dico. «È tutto tuo. Goditelo».

Succhiando e leccando, accelero sentendo il suo corpo eccitarsi di più e la sua bocca ansimare più forte. Immergo il dito e lo tiro fuori, solo la punta, più e più volte, e quando lei inizia a cercarlo, piantando la mano sulla portiera dietro la sua testa per spingere il suo corpo verso il mio dito, sorrido tra me e me, perché è pronta per essere riempita. Sa che è ciò di cui ha bisogno.

Lei geme, le sue tette oscillano avanti e indietro, e io continuo a lavorarla con la bocca e con le dita, sto morendo, perché la sua fica stretta intorno al mio dito mi incendia il corpo. È bagnata e morbida, le sue pieghe attorno al mio dito mi danno un piccolo assaggio di ciò che il mio uccello sentirà tra un minuto.

La sua fica si contrae, il suo respiro trema, si morde il labbro inferiore, chiude gli occhi e geme.

«Jake!», grida e io lo sento. È sempre più bagnata, mi ricopre il dito e sta facendo venire anche me.

Fanculo.

Alzandomi, la guardo e infilo una mano nel portaoggetti per prendere un preservativo.

«No», si lamenta lei, alzandosi e guardandomi. «Nudo. Ti prego. Voglio sentire tutto la mia prima volta».

Il mio cazzo si contrae, lo vuole anche lui. Non voglio che ci sia niente tra noi.

Ma scuoto la testa. «Non riuscirò a uscire in tempo», le dico. «Non la prima volta».

Mi bacia la pancia. «Usi sempre il preservativo?».

Attiro la sua testa a me, godendomi la sua bocca. «Sempre».

L'ultima donna che ho scopato senza protezioni è stata mia moglie, sedici anni fa.

Lei mi guarda. «Prendo la pillola da un sacco di tempo», dice. «Scopami senza niente».

Mi lecca gli addominali e il mio stomaco si contrae.

Un leggero strato di sudore le ricopre la nuca, io la spingo indietro sul sedile, mi metto su di lei e copro la sua bocca con la mia.

Le sue mani sono sui miei fianchi, entrambe spingono giù i miei jeans e i miei pantaloni da caccia, e non appena il mio cazzo è libero, la sua mano avvolge l'asta lunga e dura.

Tutto si gonfia e si riscalda, il mio stomaco è in fiamme.

«Cazzo, Tiernan», mormoro sulle sue labbra. «Cazzo».

Quando inserisco l'uccello mi lecca le labbra, poi mi alzo, così posso guardarla mentre glielo spingo dentro.

«Allarga le gambe», le dico.

Ne infila di nuovo una nello spazio tra i sedili anteriori e preme l'altra sul sedile posteriore, io appoggio una mano sulla portiera dietro la sua testa e l'altra sul suo fianco, muovendo il bacino e spingendo il mio cazzo dentro di lei.

«Ahhh!», grida, affondando le unghie nel mio petto.

Le mie braccia quasi cedono. «Tiernan», gemo, chiudendo gli occhi per il piacere. È così calda e stretta. Cazzo, è bagnata.

Trema, ha la bocca aperta per la sorpresa o per il dolore, non lo so.

Mi chino per baciarla. «Stai andando bene. Tienimi stretto».

Il suo respiro si calma e odio doverlo fare, ma è meglio non avvertirla. Scivolo fuori quasi del tutto e poi spingo, questa volta affondando completamente dentro di lei, fino alla fine.

La sua schiena si inarca sul sedile, uno sguardo sofferente le attraversa il viso e piagnucola stringendo gli occhi.

Le bacio le labbra dolcemente. «Brava ragazza».

«Oh, Dio».

Ci vuole un momento perché i suoi occhi si aprano, ma non appena il suo respiro si calma e il suo corpo si rilassa, fa scivolare le mani sulla mia schiena e mi bacia.

«Questa era la parte difficile». Le mordo le labbra e mi sistemo tra le sue cosce. «Adesso inizia quella divertente».

Mi muovo, spingendo il cazzo dentro di lei, scivolando in profondità come le piace. Le sue gambe si aprono sempre di più e io mi tengo sollevato, guardando il suo corpo disteso sotto di me che mi accoglie.

I suoi bei seni oscillano avanti e indietro, e faccio scorrere la mano libera su e giù lungo il suo corpo, stringendole la tetta, il collo e tenendole il viso.

«Dio», geme. «Quando vai in profondità...».

Sorrido e mi appoggio di nuovo su di lei, pompandola mentre le succhio il collo e l'orecchio, infine la bocca.

«Ti piace?», la stuzzico.

Lei annuisce. Poi mi afferra la vita, guidandomi dentro di lei e ruotando i fianchi per venirmi incontro.

Cazzo, sì. *Eccolo.* Il calore liquido scorre lungo il mio corpo e io spingo sempre più forte.

«Sì», ansima, tenendomi stretto e inarcandosi per baciarmi il collo. «È così bello. Non fermarti». Posa le labbra sulle mie, il suo respiro è caldo, umido. «Non fermarti. Non fermarti».

I nervi sotto la mia pelle bruciano e il suo calore mi avvolge mentre spingo le sue cosce più in alto e la penetro. «Tiernan...».

La bacio profondamente, leccandole il sudore, godendomi il caldo all'interno dell'abitacolo e riassaporando la vita che avevo parecchi anni fa, quando sarei morto felice se avessi potuto fare questo con una donna per il resto della mia vita.

Guardo Tiernan, il suo corpo prende tutto quello che le sto dando, e giuro che vorrei ingoiarla tutta.

Avevo dimenticato come ci si sentiva.

A voler davvero rendere felice qualcuno.

Si avvicina, ha delle ciocche di capelli appiccicate sul viso, e affonda la lingua nella mia bocca. Con il corpo teso e tremante fa scendere un gemito lungo la mia gola.

La sua fica si contrae e so che non devo più trattenermi.

Lei emette un grido, io spingo, gettando indietro la testa e spingendo dentro di lei ancora e ancora, sempre più forte.

Il calore mi riempie l'inguine, il sangue scorre veloce e io vengo, inondandola con un'ultima spinta.

I miei polmoni si svuotano e quasi crollo, lasciando cadere la testa sulla sua spalla.

«Porca puttana», mormoro, con il respiro accelerato.

Le sue braccia mi circondano, le sue cosce si stringono intorno alla vita, e faccio scorrere la mano sulla sua gamba, sui suoi bei calzini e sulle sue cosce bollenti, sopra la curva del culo e su per il busto.

Alzo la testa e la guardo.

«Non parlare», dice subito. «Rovinerai questo momento. Rimanda a dopo i sensi di colpa».

Rido, baciandole la fronte e le labbra, poi le prendo un capezzolo con la bocca.

«Non voglio andarmene», le dico, «ma se finiamo la benzina, finiremo senza riscaldamento».

«Non fa niente». Avvicina il seno alla mia bocca, gemendo. «Tanto sto sudando».

Fa scorrere le unghie sulla mia schiena, io bacio il suo corpo prima di appoggiarmi contro lo schienale e guardarla.

È lucida di sudore, meravigliosamente distrutta, ancora distesa sul sedile posteriore del mio furgone.

Sedendosi, allarga leggermente le cosce e si infila una mano tra le gambe, cercando di guardare laggiù, è come se stesse cercando di vedere qualcosa.

Faccio un sorriso. «Ti aspetti che ora abbia un aspetto diverso?».

Sorride tra sé, arrossendo.

Mi guarda con gli occhi sbarrati. «Possiamo farlo di nuovo?».

Apro la bocca, sono di nuovo maledettamente duro.

Gesù Cristo.

Ma sì. Va bene. Chi se ne frega. Più a lungo rimaniamo su questo furgone, più a lungo posso evitare di guardarmi allo specchio.

«Hai mai cavalcato un toro meccanico?», le chiedo.

Lei annuisce. «Alla fiera, una volta».

Mi siedo, poi me la tiro in grembo per farla mettere a cavalcioni su di me. «Questo è uguale».

La bacio, scivolando dentro di lei ancora una volta.

18. Jake

Anche se fuori ci sono meno sette gradi, sto sudando. Sollevo Tiernan da terra, dirigendomi verso i gradini di casa. È aggrappata al mio corpo con braccia e gambe, e le nostre labbra sono incollate, ci baciamo durante tutto il tragitto.

«Non cadere», mormora lei tra un bacio e l'altro.

«Non cado».

Proprio in quel momento sbatto lo stinco contro una sedia nel portico e inciampo grugnendo.

Merda.

Di riflesso, ci stringiamo ancora di più e lei ride sommessamente.

Ha i jeans ancora slacciati e la camicia abbottonata qua e là, mentre la mia non lo è affatto. Fa così caldo adesso. Raggiungiamo la porta e la sollevo più su, guardandola negli occhi. «Ti sei già pentita?».

Non intendo fisicamente, solo… non lo so.

Sono troppo vecchio. Lei è troppo giovane. È stato uno sbaglio.

Eppure so perfettamente che lo rifarei, se ne avessi anche solo una mezza possibilità. Era da troppo tempo che non mi sentivo così bene.

Tiernan mi sfiora il viso, ha gli occhi dolci. «No», risponde alla fine. «Sono contenta che sia tu».

La osservo.

Si avvicina per baciarmi la fronte, io chiudo gli occhi, poi mi bacia anche la guancia e infine le labbra. «Nessun altro lo avrebbe reso così perfetto», mi dice. «Sei stato carino, sei andato piano ed è stato bello». Appoggia la fronte sulla mia. «Sono felice che sia tu».

Mi si stringe la gola e l'afferro per la nuca per baciarla ancora. Mi sento in colpa, ma... almeno lei no, e per adesso posso solo esserne contento.

Ciò che mi dice riesce a tranquillizzarmi. Uno stronzo come Holcomb se ne sarebbe infischiato, un suo coetaneo non avrebbe mai avuto l'esperienza necessaria per farla divertire *come* ho fatto io. Di certo, io, l'esperienza non ce l'avevo a diciott'anni. Almeno, da parte mia, ho potuto darle questo.

Ma è stato speciale?

Le sue labbra dolci, il suo sapore e il calore in mezzo alle sue cosce mi scaldano lo stomaco, sono inebriato, e così serro la presa, sentendomi al settimo cielo e desideroso di sorridere per la prima volta dopo un lungo periodo. Tutto mi sembra come con...

Flora.

Solo che con Tiernan, in qualche modo, mi sembra tutto più semplice. È come se non potessi farle del male. Lei è forte.

«Però non deve accadere più», le dico.

Tiernan annuisce, mi osserva dall'alto con occhi divertiti. «D'accordo».

Ma il tono della sua voce è troppo arrendevole, sembra non credermi.

«Cioè», aggiungo. «Tu andrai al college. Non pensarci neanche a innamorarti di me».

«Non succederà».

Non mi sta prendendo sul serio.

«Abbiamo liberato la frustrazione accumulata e spero di averti regalato una degna esperienza formativa», proseguo. «Ma tutto qui. Finito».

«Capito».

Stronza.

Cerco a tastoni la maniglia della porta e faccio scendere Tiernan, ci impegniamo entrambi a trattenere il sorriso. Lei sa perfettamente di avere davanti a sé lunghi mesi di freddo e numerose notti solitarie durante le quali potrà tentarmi con il suo bel fisico.

«Ne hai altre, di quelle parigine?», indago, aprendo la porta.

«Che te ne importa?», mi punzecchia.

Ridacchio, ma appena entrati in casa vediamo i ragazzi seduti in salotto. Si voltano immediatamente per guardare nella nostra direzione e smettiamo di ridere, bloccandoci sull'uscio e incrociando i loro sguardi.

Noah mi squadra da capo a piedi, realizzo subito di avere la camicia sbottonata e che i capelli di Tiernan sembrano essere stati stravolti da un tornado.

Merda. Il sorriso mi muore sulle labbra.

Kaleb è seduto vicino al fuoco, gli occhi puntati su di noi, Noah è di spalle, ma ha il collo girato nella nostra direzione. Sento un rumore di carte, ma non riesco a vedere quello che ha in mano.

Tiernan si irrigidisce e mi guarda.

«Perché non ti avvii a letto?», le mormoro.

Lei annuisce, dà una rapida occhiata ai ragazzi e si dirige verso le scale, tenendosi chiusa la camicia.

Facendo finta di nulla, mi tolgo la mia e attraverso la cucina per andare in garage, Noah e Kaleb si alzano per seguirmi.

Apro il rubinetto del lavello e ci infilo la testa sotto, giovando subito dell'effetto rigenerante dell'acqua fredda e rilassando muscoli e nervi.

L'acqua mi scorre tra i capelli e scivola sul collo, alla fine ne bevo un sorso prima di chiudere il rubinetto e afferrare l'asciugamano sopra l'asciugatrice.

Vedo Kaleb sulle scale, appoggiato con la spalla alla parete. Noah, invece, è vicino a me che mi osserva.

«Ho fatto una cazzata», confesso, asciugandomi la faccia e il collo.

Cosa accidenti penserà Tiernan di tutto questo, tra vent'anni?

«So di aver fatto una cazzata».

Noah è ancora lì immobile come un muro di pietra, ma alla fine esplode, sollevando un braccio e spazzando via tutto quello che c'è sopra l'asciugatrice.

Fa precipitare a terra dei contenitori e un cesto della biancheria, subito dopo afferra un secchio di vernice e lo scaglia contro la porta del garage. Questo sbatte e cade, vacillando per qualche secondo prima di fermarsi.

Ha il respiro affannato. «E se la volessi anch'io?»

«Tu non la vuoi». Scuoto la testa, lanciando l'asciugamano. «Tu non vuoi niente che possa trattenerti qui».

«E tu, invece? Non puoi sposartela e farla stare qui. Farci dei bambini e merdate simili», sbraita. «A primavera se ne andrà. Inizierà il college e si farà la sua vita. E io potrei andarmene con lei».

Serro la mascella e mi avvicino a lui, i suoi occhi sono un pelo sotto ai miei. «Non ho intenzione di dividermi una donna coi miei figli».

«Che faccia tosta», ribatte. «Dopo avercela tolta l'altra sera. Siamo arrivati prima noi».

«No, invece. E la sera dell'ultima gara, allora? Quando eravate tutti e due di sopra con chissà chi? Noi eravamo in cucina. Dovevo…». Muovo lo sguardo, pieno di vergogna. «Non è successo niente, ma quella sera è scattato qualcosa».

«Kaleb le stava già addosso da settimane, dalla sera che è tornato a casa dal capanno», ribatte Noah.

Cosa? Punto lo sguardo su Kaleb, che piano piano solleva il suo.

È uno scherzo, vero?

«Ma tu l'hai sverginata, ora…», aggiunge rudemente Noah.

Lo guardo con severità. So che ha ragione. Loro sarebbero senz'altro più adatti a lei.

Ma…

«Mi piace», confessa Noah, la voce stranamente calma. «A volte mi piace semplicemente starle vicino».

Incrocio il suo sguardo.

«Non ho intenzione di fermarmi, a meno che non sia lei a volerlo», mi avverte.

E io che dovrei dire? Lei è mia. Stalle lontano. Non puoi averla perché… perché? Perché non dovrebbe averla?

Non la sto reclamando. Tiernan se ne andrà e si porterà via tutto questo, dovrà finire. Non le rovinerò la vita imprigionandola qui.

Non avrei dovuto toccarla.

Lentamente, inizio ad annuire. «Ti dico solo di comportarti bene», gli dico. «Lei è libera di fare le sue scelte. Tu comportati bene».

Un sorriso gli increspa le labbra e si allontana, sparendo insieme a Kaleb dentro casa.

È giusto così, no? Innanzitutto non avevo nessun diritto di scopare con lei. Non voglio che pensi che non la desideri, ma nemmeno che si affezioni. Meglio smetterla il prima possibile.

Mi tolgo gli scarponi e mi dirigo in casa, afferrando una birra dal frigo. I ragazzi sono in salotto a guardare la TV e, quando salgo le scale, mi accorgo che lo sguardo di Kaleb si sofferma a lungo su di me. La cosa bella del maggiore è che la sua rabbia non è mai verbale. La cosa brutta è che finisce sempre per sparire tra le montagne per settimane. Domani dovrò parlare con lui. Non mi piace quando se ne va in mezzo alla neve, anche se so già che è abbastanza testardo e che quindi, comunque, farà sempre come gli pare.

Nessuno dei due ha mai desiderato di stare qui con me, e dopo stasera non li biasimerei se mi odiassero. Certo, nemmeno loro hanno intenzione di sposarla o di innamorarsi di lei, ma io non avevo alcun diritto di prendermela.

Bevo un sorso di birra e mi dirigo in camera, noto che la porta di Tiernan è chiusa, nessuna luce trapela da sotto la soglia. Si è subito messa a letto. Non avrà sentito la nostra conversazione?

In camera, mi spoglio e mi infilo i pantaloni di flanella, poi vado a lavarmi i denti.

Dovrei farmi una doccia, ma decido di no, mi piace sentire ancora il suo odore sulla pelle.

Grattandomi la nuca, cerco di avviarmi al letto. Sono stanco e domani sarà un'altra lunga giornata di lavoro, grane e riparazioni, tutto in previsione della nuova bufera in arrivo, ormai potrebbe colpirci in qualsiasi momento.

All'improvviso cambio idea. Apro la porta, attraverso il corridoio e busso alla sua stanza. Voglio solo assicurarmi che stia bene. Se sta piangendo, giuro che mi uccido.

«Entra», mi invita.

Il cuore comincia a pompare più forte. Apro la porta.

La stanza è buia, rischiarata solo dal debole bagliore della stufetta, allora mi appoggio allo stipite della porta e vedo Tiernan a letto.

Si mette seduta, la coperta le scende all'altezza della vita e mi guarda.

Percorro con lo sguardo la sua minuscola maglietta bianca e la bocca mi si secca di colpo quando vedo le sue mutandine spuntare dalle lenzuola.

«Hai fatto la doccia?», le chiedo.

Annuisce. Non vedo bene i suoi occhi, ma quando drizza la schiena per stiracchiarsi, attirando il mio sguardo sulla sua pancia scoperta, sento nelle braccia il desiderio di abbracciarla.

«Fame?». Mi sforzo per mantenere la voce calma.

Lei scuote la testa.

Io bevo un sorso di birra, continuando a guardarla.

«Sei abbastanza al caldo qui dentro?».

Tiernan inclina la testa, divertita, poi la scuote di nuovo.

Sorrido tra me e me, nonostante lo stomaco ingarbugliato.

Vorrei tanto sorprendere me stesso ed essere più forte. Vorrei tanto non essere uno schifoso pezzo di merda.

Tiernan scende giù dal letto e mi viene incontro, togliendomi la bottiglia di mano e buttandomi le braccia al collo, in modo che possa sollevarla.

Le sue gambe mi fasciano la vita come una cintura e io l'afferro per il sedere.

«Vuoi venire nel mio letto stasera?».

Affonda la faccia nel mio collo e mi stringe forte, il suo fiato e il suo corpo sono caldi, pieni di desiderio, e lo sento sulla mia pelle.

Dio, che bella sensazione.

La porto in camera mia, sbatto la porta e ci nascondiamo dentro.

Tutto questo finirà. Ma non stasera.

19. Tiernan

Mi sveglio di soprassalto, con le dita doloranti allento piano la presa sulle coperte. Batto le palpebre alcune volte, finché non metto a fuoco l'orario sull'orologio.

1:21.

La stanza è buia, mi giro sulla schiena e l'aria fredda mi punge il seno nudo. Tiro su in fretta le coperte e ricordo tutto quello che abbiamo fatto un paio di ore fa.

E ieri, nel furgone.

Faccio scivolare una mano fra le gambe, la pelle nuda mi brucia appena e ho i muscoli delle cosce doloranti.

Sorrido leggermente.

Sono contenta che sia successo con lui.

Quello che gli ho detto ieri sera è vero. La prima volta non è mai la fine del mondo, anche se nel mio caso sì. Fa male, ma lui è stato attento.

Non è stato egoista, né sgarbato o impaziente.

Controllo nel letto, ma lui non c'è. Forse dovrei tornare nella mia stanza.

La luce del bagno è accesa. Mi metto seduta e infilo la mano sotto le coperte, in cerca delle mutande e della maglietta. Faccio scivolare le gambe verso il bordo del materasso, le tiro fuori e mi alzo, stiracchiandomi. Mi inumidisco le labbra secche con la lingua, poi mi sfilo l'elastico dal polso e mi lego i capelli, dirigendomi in bagno per bere un po' d'acqua.

Appena entro vedo Jake, girato di lato davanti allo specchio, ha il braccio sollevato per guardarsi il tatuaggio sul fianco.

My Mexico.

Incrocia il mio sguardo nello specchio, io lo abbasso, indietreggiando verso la camera.

«Dove vai?», sento chiedermi.

Mi fermo e torno indietro, ma in questo momento vorrei solo andarmene. Lontano da lui.

Mi sfrego gli occhi. «Volevo lasciarti in pace», mormoro, facendo per scappare di nuovo.

«Perché?».

Esito, spostando il peso da un piede all'altro.

Perché…

Non mi hai invitato a entrare. Non voglio disturbare.

Perché so di che si tratta.

E io non sono lei.

Lui mi fissa attraverso lo specchio, apre il rubinetto e riempie un bicchiere d'acqua.

Senza rifletterci, attraverso la porta e premo la fronte alla sua schiena, chiudendo gli occhi e abbracciandolo intorno alla vita.

Lui resta fermo, mi lascia fare.

Non so perché lo sto facendo, ma la sensazione di averlo lì – con il corpo caldo e forte – tra le braccia, mi riempie il petto. Appoggio la guancia sulla sua colonna vertebrale e ascolto il battito del suo cuore.

È una bella sensazione. Essere toccata. Avere ciò di cui ho bisogno, anche se lui vuole che me ne vada. Solo per un minuto.

Alla fine sospiro e mi stacco, ma, prima che possa scappare, lui mi afferra le braccia che ho avvolto intorno ai suoi fianchi bloccandomi.
«Resta».
Mi trema il mento, il cuore mi martella e sento le lacrime formarsi negli occhi.
Torno ad affondare la faccia nella sua schiena, cercando di non piangere.
Jake non è come i miei genitori.
Lui non è come i miei genitori.
Mi vuole qui.
Va tutto bene.
Faccio un respiro profondo ed espiro l'aria lentamente. *Va tutto bene.*
Jake se ne sta lì in silenzio ad abbracciarmi, e anche se vede che sto per piangere, per fortuna non fa nessuna maledetta domanda. Si limita a tenermi le braccia davanti a sé, aggrappandosi a me, in qualche modo.
«Stai pensando a lei?», indago.
Resta in silenzio, svuotando il bicchiere e posandolo.
«Non c'è problema, se lo fai».
«Non ho mai parlato di lei con nessuno», esordisce con un filo di voce, «a parte con te».
Insinuo la mano sul suo fianco, inalando il profumo della sua pelle. «Tra le cose che faceva, quale ti piaceva di più?», chiedo.
Jake fa un respiro profondo e mi afferra la mano, portandomi verso la doccia.
«Le sue mani tra i capelli», risponde, aprendo il rubinetto della doccia.
Controlla la temperatura dell'acqua, poi si volta, posizionandosi dietro di me e sfilandomi l'elastico dai capelli per poi legarmeli più in alto, in cima alla testa.
Quel gesto mi fa sorridere. Era così premuroso con lei? Probabilmente anche di più. Se è così dolce con me, chissà quanto lo era con la donna che amava.
Sento le sue dita insinuarsi sotto l'orlo della maglietta e lo fermo, voltandomi e scuotendo la testa.
Lo guardo negli occhi, sposto la tenda della doccia e vado dentro, lasciandomi bagnare. Lui scruta il mio corpo, l'acqua mi scivola sullo stomaco e sulle cosce, la maglietta bianca e le mutandine di seta si appiccicano alla pelle.
Proprio come sarà successo a lei quando nuotavano insieme.
Mi appoggio alla parete e lo guardo sfilarsi i pantaloni, ha il membro già duro.
Dio. Tre volte nel furgone. Una nel letto. Evidentemente, riesce a starmi al passo. O viceversa.
Chiude la tenda, la penombra e il vapore riempiono la doccia, i nostri sguardi sono ancora incollati.

Lui si schiaccia contro di me, ma io continuo a tenere le mani lungo i fianchi.
«E poi che facevi?», gli domando. «Dopo che ti aveva infilato le mani tra i capelli?».
Mi solleva una gamba, io mi mordo il labbro, e mi sposta di lato le mutandine bagnate per infilarlo.
Affondo le unghie nella carne delle sue braccia, il dolore e il bruciore di una nuova penetrazione si mischiano al piacere che provo quando mi sento riempita. La sua bocca resta sospesa sulla mia, respira a denti stretti e pompa dentro di me.
«Chiudi gli occhi», gli dico ansimando. «Fa' l'amore con lei».
Jake obbedisce e io gli butto le braccia al collo, aggrappandomi a lui, che solleva Flora e se la sbatte contro il muro. Faccio risalire la mano sulla nuca e sulla testa, le dita tra i capelli, assaporando il dolce dolore che ho in mezzo alle cosce.
Tra un bacio e l'altro gemo, l'acqua sulla sua bocca è calda e piacevole. Chiudo gli occhi anch'io, lasciandolo tornare indietro e fantasticare, perché voglio che ricordi quanto l'ha amata e che sappia quanto lei fosse fortunata ad averlo. Non è stata colpa sua.
Non è stata colpa sua nemmeno riguardo ai miei genitori.
Jake entra ed esce dal mio corpo, grugnendo, e io butto indietro la testa lasciandomi sfiorare il collo dalle sue labbra, continuando ad accarezzargli i capelli.
«Ti amo», mormora. «Ma Tiernan usa le unghie e mi piace di più».
Lo stomaco mi si riempie di farfalle e con la fronte premo sulla sua, spingendo le unghie e passandogliele delicatamente sulla nuca.
«Apri gli occhi, piccola», mi ordina.
Obbedisco. Mi sta guardando, il vapore della doccia ci avvolge in una nuvola.
«Non potrei mai far finta che non sia tu», mi dice. «Non voglio farlo».
Sostengo il suo sguardo, mi strizza il sedere e i nostri corpi si muovono ancora più veloci.
«Me la ricordi molto», sussurra, senza spezzare il ritmo. «Sto ricordando cose a cui non pensavo da tempo».
Mi sfiora un punto sensibile con la punta del suo arnese, facendomi ricadere la testa all'indietro con un gemito.
«Ricordo quanto ero possessivo con lei». Mi prende la faccia tra le mani e l'avvicina alla sua per baciarmi. «L'avevo dimenticato. Litigavamo per ogni stupidaggine. Ero egoista e impaziente».
Anche noi litighiamo per ogni stupidaggine, ma questo non glielo dico. Se lui non mi avesse attaccato, io non sarei diversa di una virgola, adesso.
Jake mi stringe e io stringo lui, annaspiamo l'uno contro la bocca dell'altra. «Ora ricordo quanto fosse stravolgente il sesso», prosegue. «Perché il nostro sentimento era più grande di noi e perdevamo il con-

trollo. Eravamo giovani, i problemi ci scivolavano addosso. Questo non lo voglio più».

«E cosa vuoi?», gli chiedo.

Apre la bocca per parlare, ma non esce alcun suono.

Poi, con un sussurro: «Voglio che ti piaccia questo».

Mi piace.

Ma prima che abbia la possibilità di rispondergli, mi fa scendere, mi gira e mi schiaccia contro il muro. Io annaspo, lui mi allarga le gambe e mi penetra di nuovo, costringendomi a stare sulle punte e sollevandomi la coscia con una mano. Porta davanti l'altra e me la infila nelle mutande.

«Ti voglio felice, Tiernan», mi dice rauco all'orecchio. «Voglio che i miei figli siano felici».

Mi penetra sempre più velocemente contro il muro e io giro la testa ritrovandomi davanti la sua bocca.

«E voglio che tu sappia che a prescindere da dove andrai», mi dice tra un bacio e l'altro. «Sarai sempre la benvenuta. Questa è casa tua».

«Lo so», mugolo.

Fronte contro fronte, continuiamo a guardarci. «Ti voglio al mio tavolo la mattina e nel mio letto la sera».

Dondolo contro le mattonelle, sento i seni sbattere sulla loro superficie, ma me ne frego. Guardo oltre la spalla, mi piace vedere cosa mi sta facendo.

«A quanto pare quel maledetto coglione ha fatto qualcosa di buono». Mi tira verso di sé, baciandomi con foga e pizzicandomi il capezzolo. «Ci ha regalato te. La nostra principessina. Nostra. Tutta nostra».

Con le sue parole di possesso arriva la goccia che fa traboccare il vaso, quel lieve dolore, ed ecco che mi inarco verso di lui perché voglio venire. Jake mi aiuta afferrandomi i fianchi, nel frattempo entrambi gemiamo, ansimiamo e la mia passera si stringe intorno a lui.

«Li sveglieremo», rantolo.

Eppure nessuno dei due riesce a fermarsi.

L'orgasmo cresce, io mi sfioro il clitoride e lui continua a penetrarmi. «Oh, Dio, non fermarti», lo imploro. «Non fermarti».

«Cazzo», grugnisce. «Cazzo».

Pompa con sempre più forza e io sbatto le mani contro la parete, implorandolo un'altra volta e sentendo tutto il mio corpo smantellarsi in un'esplosione di brividi sotto la pelle.

Respiro a fatica e piagnucolo, lui ricade su di me strizzandomi le cosce con le mani ancora per qualche istante.

«Cazzo», mormora, senza fiato. «Dovremmo…». Il suo petto si alza e si abbassa contro la mia schiena. «Penso che dovremmo usare dei preservativi. Anche se prendi la pillola, è troppo rischioso».

Annuisco, troppo stanca per replicare. Probabilmente ha ragione. Certo, cinque volte in dodici ore non sarà la routine, ma più volte capita, più il rischio aumenta.

Jake si tira su. «Anche se questa è la cosa più sexy che abbia mai visto», aggiunge, accarezzandomi l'interno coscia con il pollice. Arrossisco, sentendolo scivolare fuori. Non vedo, ma quello che sento mi piace.

Mi sfilo i vestiti, li strizzo, poi mi sciacquo e usciamo entrambi dalla doccia per asciugarci.

Entro in camera e tiro fuori un suo paio di boxer blu, arrotolandoli in vita un paio di volte per non farli scendere, poi mi infilo una maglietta. Mi serve qualcosa di asciutto per attraversare il corridoio e tornare in camera mia.

Recupero i miei vestiti bagnati e do a Jake un bacetto sulla guancia.

Lui si ferma proprio mentre si sta infilando una camicia. «Che stai facendo?».

«Torno a letto», rispondo. «Finché ho ancora le gambe attaccate al corpo».

Lui inarca un sopracciglio, ma noto il sorrisetto che cerca di nascondere.

Sul serio, però. Ho davvero bisogno di dormire.

E di spazio. Troppe cose insieme, tutte troppo in fretta, mi stanno spaventando. Mi piace quello che ho trovato qui. Non voglio perdermi di nuovo.

«A domani sera», bisbiglio, tornando indietro e baciandolo, stavolta sulle labbra.

«A domani sera», ribatte.

Mi volto per andarmene, ma all'improvviso mi fermo e gli domando: «Devo ancora alzarmi per le faccende mattutine?».

Lui stringe gli occhi confuso.

«Voglio dire, anche se quelle serali si sono protratte fino a tarda notte?».

Jake spalanca gli occhi, sfodera i denti e mi lancia una pacca sul culo.

Mi fiondo alla porta, ridendo, e poco prima di chiudermela alle spalle lo becco a sorridere scuotendo la testa.

Mi piace il suo sorriso. Lo si vede così di rado. Sospiro e faccio per tornarmene in camera mia, quando all'improvviso vengo travolta da un odore che mi blocca, facendomi guardare a destra.

Là, sulla scala stretta e buia del terzo piano, una lucetta arancione brucia in una nuvola di fumo che fuoriesce dall'oscurità.

Il sorriso mi svanisce sulle labbra.

Kaleb. Guardo la porta di Jake, rendendomi conto che i suoni della sua camera arrivano sicuramente alle scale. Da quanto tempo sarà seduto lì?

Si muove per alzarsi in piedi, facendo scricchiolare le assi di legno, e quando emerge dal buio drizzo la schiena. Una volta vicino, fa un ultimo tiro prima di buttare a terra il mozzicone e schiacciarlo con il piede scalzo.

Lo stomaco mi si aggroviglia, alzo gli occhi per incontrare di nuovo i suoi.
«Che c'è?», gli chiedo.
Naturalmente, lui rimane in silenzio.
Si avvicina e io indietreggio verso la mia stanza, ma lui allunga la mano e mi blocca. Colpisco il muro, facendo cadere i vestiti bagnati quando mi piomba addosso.
Merda. A cosa sta pensando? Vorrà tornare in officina a finire quello che ha iniziato settimane fa? Sarà tutto più facile, ora?
Il suo corpo caldo e il suo petto nudo si avvicinano, io sposto la faccia di lato, quasi tremando, e mi sento sfiorare la guancia dal suo fiato tiepido.
Si piega, raccoglie le mie mutandine rosse ancora umide e si tira su, osservandole e strofinando la stoffa tra le dita.
Vengo travolta dal senso di colpa, anche se non so perché.
Faccio per afferrare le mutandine, ma lui le allontana e il mio stomaco si irrigidisce come un muro di mattoni. Gli mollo un ceffone.
Lui sobbalza, ma non vacilla di un millimetro.
Allungo di nuovo la mano per prendere le mutandine, ma queste si strappano quando lui tira indietro il braccio. Appallottola i brandelli di stoffa e, furioso, colpisce con il pugno il muro vicino alla mia testa. Trasalisco, coprendomi di riflesso.
Che ho fatto? Come se gliene importasse qualcosa, poi.
Tutte le belle cose che ho provato con Jake fino un momento fa sono sparite. Mi raddrizzo, pronta a spingere via suo figlio, ma prima che riesca a farlo, Kaleb mi afferra.
Spingendomi dalle braccia, mi fa indietreggiare nella stanza e mi butta sul letto, inchiodandomici sopra.
«Lasciami», ringhio, divincolandomi dalla sua presa, ma lui mi afferra di nuovo.
Kaleb allontana leggermente la testa e io non faccio in tempo a rendermi conto di cosa sta succedendo che mi volto stringendo gli occhi, mentre lo sputo finisce sui miei capelli.
Le lacrime mi salgono di colpo agli occhi e il petto si gonfia in balia di un urlo.
Kaleb prende qualcosa dal mio comodino e quando me lo passa sulla fronte, mi rendo conto che si tratta del mio pennarello.
Si allontana da me, lancia via il pennarello e io resto lì sdraiata, troppo scioccata per muovermi.
Non ho bisogno di guardarmi allo specchio per sapere quello che ha scritto sulla mia fronte.
Esce dalla stanza, i suoi passi pesanti sulle scale sono diretti alla soffitta, e quando sento sbattere la sua porta, finalmente mi metto seduta.
Ho gli occhi umidi, ma non sto piangendo.
Fisso il vuoto arrabbiata, sentendomi improvvisamente sporca.

Dopo un attimo la vergogna si trasforma, diventa un altro tipo di rabbia, e mi si stampa un mezzo sorriso sulla faccia.

È furioso.

Ne sono quasi divertita.

Da quando sono qui, avrà portato in camera sua almeno tre donne, senza contare Cici, quel giorno, al fienile. Ma la puttana a cui sputare addosso sono io. Non mi considererebbe una puttana, se avessi lasciato che Kaleb e Noah facessero a turno con me, quella sera, la scorsa settimana?

Sento il suo maledetto sputo pesarmi sui capelli. La rabbia monta nei miei polmoni e ogni respiro mi aiuta a soffocare l'amarezza.

Nostra, ha detto Jake. *Tutta nostra*.

Nella tranquillità della stanza, ascoltando il sordo brusio della musica di Kaleb che vibra sopra di me, scuoto la testa.

«Tua», mormoro. «Non sua».

«Niente computer a tavola», esordisce Jake a colazione.

Prende il mio portatile e faccio in tempo ad afferrare matita e taccuino prima che cadano a terra. «Ma devo consegnare il compito», protesto. «È da un'ora che cerco di inviarlo, ma Internet continua a scollegarsi».

«Capiranno». Abbassa il monitor e posa il computer sul banco. «Riprovaci più tardi».

Aggrotto le sopracciglia e, arrendendomi, butto il quaderno e la penna sul banco accanto al portatile. Stavo andando alla grande. Finora non ho mai avuto problemi a trovare la motivazione per fare i compiti a casa. Non lo diresti mai, ma un buco isolato come questo, immerso nel piccolo paesino di Chapel Peak, in Colorado, può presentare davvero tante distrazioni. Ho sempre voglia di fare un milione di altre cose.

Coccolare gli animali.

Dare da mangiare agli animali.

Giocare con gli animali.

Do un'occhiata a Jake, mi sta versando il porridge nella scodella.

Appartarmi in un posto tranquillo con un animale in particolare.

Deve percepire il mio sguardo, perché alza gli occhi e incrocia i miei proprio mentre ripete l'operazione con le scodelle dei ragazzi. Noto la leggera curva di un sorriso, sa esattamente a cosa sto pensando, ma lo nasconde in fretta, riponendo il mestolo nel tegame.

Mi sforzo per reprimere un sogghigno e poi afferro il cucchiaio.

Entrambi i ragazzi entrano in cucina; Noah si sfila il cappotto tremando e si siede al tavolo, Kaleb va al lavello a lavarsi le mani. Io guardo fuori dalla finestra.

Non c'è traccia del sole che a quest'ora batteva sul portico, e non sento nemmeno l'odore del fienile – di paglia e animali – provenire dai loro vestiti, di solito è parecchio pungente. Fa troppo freddo.

«Quanti centimetri dobbiamo aspettarci stasera?», chiedo, non c'è bisogno di consultare il meteo per sapere che nevicherà.

Noah irrompe in una risatina, come se avessi appena fatto una battuta, e Jake si ferma di colpo, inclinando la testa e rivolgendogli un'occhiataccia.

Al che capisco. *Centimetri*. Alzo gli occhi al cielo e verso lo zucchero di canna nel porridge. *Idiota*.

Lui guarda suo padre, mostrandogli i palmi in segno di difesa. «Avrei pensato comunque a quel doppio senso».

Kaleb si siede di fronte a me e comincia a mangiare. Lo osservo per un attimo, speravo quasi che alzasse lo sguardo. Ho ancora la fronte dolorante per quanto ho dovuto strofinarla, quella scritta a pennarello non se ne andava.

Invece non mi guarda. Di nuovo, per lui non sono nemmeno lì.

Abbasso gli occhi e mi ficco una cucchiaiata di porridge in bocca. Dovrei raccontare a Jake quello che è successo stanotte, dopo che sono uscita dalla sua camera, ma so che non ci sarebbero conseguenze per Kaleb. A lui non importa niente di cosa pensano gli altri e Jake non può controllarlo. La cosa più fastidiosa che posso fargli è continuare a fare esattamente ciò che sto facendo.

Prendo un'altra cucchiaiata e torno alla mia copia di *Beloved*, girando pagina.

«Hai mai visto la neve?», sento dire a Noah. «Oh, lascia perdere. Scusa. Tu sei la regina delle Alpi svizzere».

«Francesi», preciso, senza neanche alzare lo sguardo dal libro.

Continuo a mangiare, ricordando l'ultima volta che ho sciato. Un'altra attività che potevo fare da sola e che quindi adoravo. L'inverno e la neve non fanno schifo, se sai come divertirti.

Alzo lo sguardo. «Sì, l'ho vista», rispondo a Noah, comunque. «Non ci ho giocato molto, però. Né guidato né vissuto. Ma ho visto *Shining* e so cosa succede alle persone che si isolano in una località inaccessibile durante i lunghi inverni del Colorado. Può rivelarsi un'esperienza piuttosto fatale».

Lui ridacchia e io torno al mio cibo, ma prima incrocio lo sguardo di Kaleb e mi blocco un momento. Mi sta osservando, il corpo immobile, i suoi pericolosi occhi verdi sono duri su di me.

Mi schiarisco la voce.

«Troppo lavoro e niente svago rendono Jack un ragazzo annoiato». Scherzando, Noah mi dà un colpetto sul costato.

Io mi divincolo sulla sedia. «Smettila».

«Troppo svago e niente lavoro, significa che ho un nuovo giocattolino», canterella, avvicinando la sedia alla mia e solleticandomi ancora di più.

«Noah, smettila!», protesto, ma ridacchio e continuo a divincolarmi.

Nessuno mi aveva mai fatto il solletico, prima di venire qui, e non mi piace.

Eppure non riesco a smettere di ridere.

Scuoto la testa e lo scalcio via da sotto il tavolo, le posate sferragliano. Vorrei tanto colpirlo, ma sono troppo impegnata a cercare di allontanare le sue mani e a piegarmi in due dalle risate.

«Giù le mani», sento gridare a Jake. «Subito».

Noah non lo ascolta.

Mi mette la mano sotto il mento e io sto per mordergliela, ma lui la tira via. Vado all'attacco facendogli a mia volta il solletico e lui spinge indietro le nostre sedie, le zampe grattano sulle mattonelle.

Quando ero piccola, una volta, la figlia di alcuni amici dei miei genitori mi invitò a restare a dormire a casa sua per il compleanno – ma solo per via dei miei e non perché fossimo amiche – e ricordo bene che quella sera guardai il padre giocare a fare la lotta con il fratello di lei sul pavimento. Ridevano, scherzavano e si rotolavano. Lui lasciava che il figlio gli facesse il solletico. Era così strano assistere a una scena del genere. Una famiglia che giocava.

Mi avvento sul suo bicchiere, pronta a minacciarlo di ricevere una piccola doccia, ma prima che possa afferrarlo, Kaleb spinge via la sua scodella, colpendo il tegame al centro del tavolo.

Questa va a sbattere contro la mia tazza di latte, facendone traboccare il contenuto. Non faccio in tempo ad allontanarmi, il liquido scivola giù dal tavolo finendo sulle mie gambe.

Spingo indietro la sedia, alzando lo sguardo su Kaleb e con le cosce nude e i pantaloncini del pigiama già zuppi.

«Cazzo», mormora Noah, poi si alza, probabilmente per prendere uno straccio, e Jake lancia un'occhiataccia a Kaleb.

Serro la mascella.

Ho parlato troppo presto. Non tutti in questa famiglia giocano e di sicuro qualcuno non è dell'umore giusto. Torno a guardare Kaleb.

Mi sta fissando, la cucina ora è silenziosa, e se avessi avuto anche solo il minimo dubbio sul fatto che l'abbia fatto apposta o meno, adesso non ce l'ho più. Il latte freddo mi scorre giù per le cosce, fino a raggiungere il pavimento, e Jake se ne sta lì con il respiro affannato, fulminando il figlio con lo sguardo.

Noah mi lancia uno straccio sulle gambe e poi ne prende un altro per ripulire in fretta quel disastro. Kaleb e io continuiamo a fissarci.

Un minuto prima è pazzo di me. Quello dopo non mi può vedere. Prima mi prende in braccio per salvare i miei vestiti dalla Coca, poi mi infradicia tutta.

Infilando le dita sotto la felpa, mi abbasso i pantaloncini e li sfilo dalle gambe, continuandolo a guardare. La felpa mi copre appena sotto il sedere, perciò noto il suo sguardo vacillare e abbassarsi sulle mie gambe. Resto lì, immobile. Non corro di sopra. Né mi metto a piangere. Magari non gli piacerà avere qualcuno di nuovo in casa – o una ragazza – ma di certo non l'ho chiesto io.

Resto seduta, dimostrandogli che non ha più il potere di farmi scappare a nascondermi. Quando si rilassa sullo schienale della sedia, e vedo la tensione dei suoi muscoli allentarsi sotto la maglietta, finalmente penso di avercela fatta.

Poco dopo immerge il cucchiaio nella scodella per riempirlo, poi mi guarda senza ficcarselo in bocca.

«Kaleb, no». Jake si muove verso di lui.

Ma Kaleb agita la punta del cucchiaio e la sbobba vola attraverso il tavolo. Io giro la testa di lato, stringendo gli occhi, e la sento atterrare e spalmarsi calda sulla mia guancia.

«Cristo santo!», abbaia Jake, allungandosi verso Kaleb.

Lo interrompo, ingoiando il rospo doloroso. «È tutto a posto».

«Ma che cavolo di problemi hai?», urla Jake rivolto a Kaleb, afferrandolo per la maglia.

«È tutto a posto», ripeto più forte, lasciando il porridge dov'è, senza ripulirmi.

Noah si lancia in un rimprovero. «Kaleb…».

Jake fa alzare Kaleb.

«Basta!», sbotto. «È tutto a posto».

Jake mi guarda girando la testa. «Non è tutto a posto».

«È così che comunicano i bambini», spiego.

Lui socchiude gli occhi e io guardo Kaleb, sollevando il mento di qualche centimetro.

«Giusto?», lo sfotto. «Lanciano le cose, perché non sanno esprimersi a parole». Raccolgo il porridge dalla guancia e lo butto nella mia scodella. «Ne volevi ancora? È questo che cercavi di dirmi, Kaleb?».

Unisco le punte delle dita delle mani e le muovo contemporaneamente su e giù verso la ciotola. «Così», gli mostro. «Ancora».

Faccio quello che si fa con i bambini che devono ancora sviluppare la parola, gli mostro i gesti da usare per comunicare. Solo che Kaleb sa parlare. Sa scrivere e sa fare gesti. Pensavo che semplicemente non volesse comunicare, e invece no. Non ha nessun problema a farlo.

«Riesci a farlo?», gli chiedo, con voce calma e dolce, come se parlassi a un bambino. «Ancooooora».

Lui ringhia, scansa suo padre e afferra il tavolo, ribaltandolo. Io trasalisco, il tavolo si è schiantato di fianco sul pavimento e tutto il suo contenuto è finito sulle mattonelle. I piatti si rompono, il porridge nel tegame si spiaccica sul frigorifero e il succo di Noah schizza sui jeans di Jake prima di rovinare a terra.

Non so dire bene cosa succeda alla faccia di Jake e di Noah, ma resto immobile e cerco di nascondere il martellare del mio cuore nel petto.

Punto lo sguardo su Kaleb e per poco non sorrido, nonostante lo spavento. Sta perdendo la testa.

Ed è cattivo.

Ho forse vinto io e ora lui la smetterà?
Oppure ho peggiorato le cose, e adesso dovrò aspettarmi un ulteriore attacco da parte sua?
Prima che qualcuno possa muovere un passo, lui se ne è già andato dalla cucina. Apre la porta d'ingresso e la richiude sbattendo.
Purtroppo, però, non può andare tanto lontano.
Jake inizia a seguirlo, ma io grido: «No».
È una cosa tra me e Kaleb.
Jake si volta, osservandomi per un minuto. «Che accidenti sta succedendo? Non si è mai comportato *così*».
Provo quasi una fitta d'orgoglio nel sentirglielo dire.
Ma, in risposta, non faccio altro che scrollare le spalle e alzarmi in piedi, ho ancora la lunga felpa che mi copre le mutande, e vado a prendere della carta assorbente per pulirmi. «Era solo uno scherzo».

Al povero Noah è toccato ripulire la cucina, perché Jake è uscito a cercare Kaleb per poi scoprire che ha preso la motoslitta per andare a caccia. Bene. Spero che stia via tutto il giorno.
Cavolo, cacciare può richiedere diversi giorni. E dal momento che ieri abbiamo insacchettato un cervo e non abbiamo bisogno di carne, significa che vuole starsene lontano da casa tanto quanto io voglio che ci resti.
Non lo capisco. Vorrei che fosse il contrario, ma si comporta come un animale. Mangia. Si accoppia. Si azzuffa. Tutto qui.
Non può trattarsi di gelosia. Non sembrava arrabbiato quando Noah era sopra di me, l'altra sera.
Noah. Abbasso gli occhi.
E Jake.
Sento le guance infuocarsi e il senso di colpa che ho cercato di accantonare s'insinua di nuovo in me.
Non capirò mai perché è successo con Jake. O perché stava per accadere con Noah. C'è qualcosa in questa casa – in queste persone – che dà credito ogni giorno a quello che ho sempre saputo di aver bisogno. Non del sesso. Non di un ragazzo.
Ma semplicemente di un posto. Un posto, o qualcuno, da considerare casa.
Ieri, Jake Van der Berg aveva bisogno della stessa cosa. Credo di sentirmi in colpa perché gli altri non lo capirebbero. Se ne farebbero un'opinione sbagliata, anche se la cosa bella è che probabilmente non lo scoprirebbero mai. Mirai non è qui. E da queste parti non ci sono sconosciuti col telefonino. TMZ non c'è.
Siamo liberi.
Trascorro il resto della mattinata a mettermi in pari con i compiti e, non appena riesco a prendere il segnale di Internet, finalmente li carico online. Dopodiché mi avvolgo nel cappotto, infilo gli scarponi, i guanti e il

cappello ed esco fuori. Dal cielo scende una spolverata di neve, i piccoli fiocchi mi atterrano sul viso quando, dopo aver chiuso la porta, mi fermo e sollevo lo sguardo verso il cielo nuvoloso.

Adoro tutto questo. L'aria fredda penetra nei pori della mia pelle e mi accarezza, muovendo i ciuffi di capelli che sono fuori dal cappello. Per un momento, tutto è silenzioso, e si sente solo il rumore della neve che scende sui trenta centimetri di manto immacolato davanti all'ingresso.

La neve non è come la pioggia. La pioggia è passione. È come un urlo. Sono i miei capelli appiccicati alla faccia mentre lo abbraccio. È spontanea, rumorosa.

La neve è come un segreto. Sono i bisbigli e il camino acceso, la ricerca del suo corpo caldo tra le coperte alle due del mattino, quando il resto della casa dorme.

È stringerlo forte e amarlo lentamente.

Apro gli occhi, rilasciando una nuvola di vapore bianco dalla bocca e guardandola svanire.

Il cacciavite elettrico ronza nell'officina e faccio un passo avanti, la neve si accumula sotto ai miei piedi mentre scendo i gradini. Noah e Jake stanno lavorando da dietro il portello chiuso, così supero il garage e vorrei poter essere libera di fare una camminata da sola.

Ma li capisco. La natura incontaminata è pericolosa e io sono una novellina in mezzo a tanta neve.

Entrando nella stalla, mi incammino verso Shawnee, la bellissima cavalla dal manto dorato e le zampe, gli occhi e la criniera neri. Ha persino la punta delle orecchie nera. Sembra una volpe che sta progettando la sua prossima fuga.

«Ehi». Sorrido, tirando fuori dalla tasca l'involucro di plastica che nasconde il suo spuntino preferito. Lo apro con i denti, facendo scivolare in alto il pezzo di succo di frutta congelato, poi lo spezzetto e glielo porgo con la mano. La cavalla affonda il muso nel mio palmo prendendo in bocca il ghiacciolo e io mi avvicino, la sua testa sospesa al di sopra del cancelletto della stalla. Ne spezzetto ancora un po', continuo a imboccarla. Mastica per un'infinità di tempo, e nel frattempo tolgo il guanto e le accarezzo il muso, soffermandomi sulla sua fronte.

«Siamo belle calde, eh?», le dico, accarezzandole la testa e sfregando la mia sul suo muso. È sorprendente quanto sia calda. Durante la notte, Jake mette la coperta ai più vecchi, ma non alla piccola Shawnee. Lei ha fieno a sufficienza e lui mi ha assicurato che è abituata alle gelide temperature invernali, purché non le si bagni il manto invernale. E fin qui tutto bene. Credo sia tutto relativo. Quattro gradi sono sempre meglio di meno sette, ma una giornata con meno sette gradi è maledettamente più calda di una con meno venti.

Le rivolgo un mezzo sorriso. «La realtà è mutevole, vero?», le chiedo. «Possiamo abituarci praticamente a tutto».

Ci acclimatiamo. Impariamo, ci trasformiamo, cambiamo atteggiamento – non è che tutto diventi più facile o difficile. Semplicemente miglioriamo a gestire la situazione. Non sono sicura che questi uomini cambieranno a causa mia, ma di certo io sarò diversa a causa loro. Mi piace questa cosa.

Ma anche no.

Tiro fuori un altro dolcetto e Shawnee batte subito gli zoccoli a terra, ondeggiando la testa. Sorrido e apro l'involucro. Ci sono molte cose che mi piacciono della mia vita, adesso.

Finisco di dare da mangiare a tutti, assicurandomi che i tre cavalli abbiano abbastanza fieno e acqua, poi mi rimetto il guanto e dalla stalla mi muovo verso il fienile. Noah deve aver lasciato lì i secchi che mi servono.

Controllo in ogni angolo, dietro le balle di fieno e in tutti i ganci al muro, ma non li trovo. Mi fermo e scuoto la testa, distrattamente. Come fa a perdere così facilmente la roba?

Ma appena faccio per uscire, un colpo sordo mi giunge all'orecchio, facendomi saltare per lo spavento. Credevo che gli altri fossero in officina.

Sento altri tre colpi sordi e sbircio nella stalla, senza vedere niente o nessuno. Cosa…

Lasciando perdere i secchi, vado a sinistra e mi dirigo verso la fila di stalle, il rumore è sempre più forte a mano a mano che mi avvicino alla porta. Un altro colpo sordo. Battendo le palpebre, raggiungo lentamente l'ingresso e appoggio il palmo contro la porta. Non è bloccata e, anche se dalle fessure vedo muovere qualcosa e so chi è, la spalanco, facendo scricchiolare i cardini e mostrando il locale oltre di essa.

Una grossa stufa è accesa in un angolo buio, il fuoco scoppietta, e Kaleb è in piedi davanti a un tavolo, voltato di spalle. Solleva la mannaia, calandola giù con forza. Il sangue schizza, poi rimuove una zampa e afferra il suo coltello da caccia. Un nodo mi si forma in gola e non riesco più a respirare.

Oh, Dio.

Indietreggio, ma non riesco ad andarmene in tempo. Sento i suoni della lama che si conficca nella carne dell'animale, qualunque esso sia, e la seghettatura che scava nella pelle, nei muscoli, e nella gabbia toracica, mi inondano le orecchie. Il sangue cola immediatamente ai suoi piedi.

Deglutisco, mandando giù la bile.

Lui si volta e mi vede, poi solleva le dita e i suoi occhi verdi mi immobilizzano. Ha il petto e le braccia ricoperti di sudore, i capelli appiccicati alle tempie, e noto un lieve ghigno sulle labbra. Si ficca un dito in bocca, leccando via il sangue.

Con l'altra mano prende il coltello, abbassa il mento e mi guarda come se non esistesse nient'altro al mondo. È impossibile che qualcuno possa sentirmi urlare da qua dentro, con tutto il rumore che stanno facendo in officina.

Già.
Oltrepasso la porta e la chiudo, affrettandomi a uscire. Le sue risatine si protraggono finché non sparisco in fretta dalla sua vista. Stronzo.
Poi mi fermo a riflettere. Ha riso. Facendosi sentire.
Non è molto, ma ho sentito la sua voce profonda. Di solito si concede un ringhio o un grugnito, invece ora ha lasciato che lo sentissi ridere. Socchiudo gli occhi, persa nei miei pensieri. Mi domando se lo ha fatto consapevolmente.
Ha lasciato che lo sentissi.
Scrollo le spalle, togliendomi quel pensiero di dosso, e con un passo raggiungo l'uscita. Ma qualcosa cattura di nuovo la mia attenzione, così guardo a destra e noto una scala a pioli. Non vado spesso nel fienile, soprattutto perché è il posto preferito di Kaleb per appartarsi.
Rivolgo ancora un'occhiata alla porta, oltre la quale lui prosegue il suo lavoro, e mi avvicino alla scala, posizionando uno scarpone sull'ultimo piolo e spuntando con la testa sul soppalco.
Mi arrampico e supero la botola per ritrovarmi in uno spazio angusto, pieno di oggetti coperti.
Mobili?
Mi avvicino, afferro un lembo di stoffa e tiro.

20. Tiernan

«Che vuoi farci con questo?», mi chiede Jake.
Lui e Noah stanno trasportando in officina un comò a tre cassetti, reggendolo ciascuno da un lato, e io sorrido di fronte agli intagli di piume e ai ghirigori del legno.
«Qualunque cosa mi permetterete di farci, credo». Alzo le spalle, senza saperlo ancora. «È un gran bel pezzo di arredamento e lassù ce ne sono molti altri».
Ho visto altre cassettiere, un paio di specchiere, alcuni tavolini da salotto, un comodino, un paio di porte e una scrivania. Non sono in buono stato, ma quando li ho visti il mio cuore ha fatto un balzo. In casa dei miei era tutto così nuovo.
Mi avvicino e passo una mano sulla granulosa superficie di legno del cassettone. Non c'è storia nelle cose nuove. Nessun mistero. A me piacciono le cose vecchie.
Jake indietreggia, ammirando il mobile insieme a me. Sembra quasi uscito da *La bella e la bestia*. La versione Disney. Le curve di legno, la struttura che si arrotonda verso l'alto, i numerosi dettagli sia sui bordi sia sui piedini. Probabilmente era uno splendido pezzo di mobilia a suo tempo.

«Con la mia ex collezionavamo un mucchio di roba dei mercatini, per quando avremmo finito di costruire questo posto», dice Jake, «poi è successo quel che è successo, così...».

Apro i cassetti, controllando che scorrano.

«Quindi sì, è tutto tuo», aggiunge. «Un'altra cosa per tenerti occupata durante l'inverno».

Lo guardo da dietro la spalla, lanciandogli un'occhiataccia.

Un'*altra* cosa.

Lui fa un sorrisetto.

Noah mi dà una gomitata. «Vieni, ti faccio vedere dov'è la vernice».

Lo seguo.

Ore dopo, Noah e io siamo in officina a lavorare, sul pavimento di cemento le scodelle vuote che prima contenevano il chili di Jake. Il vento ulula all'esterno del portellone, ma la stufa a legna scoppietta in sottofondo e non ho nemmeno bisogno di mettere il cappotto, qui dentro.

Per lavorare indosso due paia di comodi calzini, infilati dentro le ciabatte, e sopra un paio di jeans e la camicia di flanella di Noah.

Mi tiro su le maniche, immergo lo straccio nella trementina e lo passo sul piano del cassettone per rimuovere il resto della vernice.

«Procede bene?», mi chiede Noah.

Alzo lo sguardo e lo vedo immergere dadi e bulloni dentro una latta del caffè, facendoli tintinnare.

«Sì».

«Come mai questo improvviso interesse per il restauro dei mobili?».

Rido sotto i baffi, immergendo di nuovo lo straccio nel barattolo. "Magari è una scusa per gironzolare intorno a voi», scherzo. «Tutti insieme al lavoro».

Sorride e la sua dentatura bianca fa capolino.

«O magari non mi va di rimanere in casa in balia della rabbia di tuo fratello», mormoro.

Dopo il lancio del porridge di stamattina, ho dovuto lavare i capelli. A volte Kaleb dà una mano con le moto, ma da tempo mi sono accorta che Jake non pretende da lui quello che invece vuole da Noah. Probabilmente perché non riesce a esercitare la propria autorità su di lui e non vuole rischiare di tirare troppo la corda.

A volte Kaleb contribuisce, qui in officina. Altre si prende cura degli animali, taglia la legna, fa delle riparazioni nella proprietà, va a caccia, gioca coi cani o si chiude nella sua stanza. Non solo si limita alle cose che gli piace fare, ma di solito devono essere cose che può fare da solo, in santa pace. Questo l'ho capito.

Proseguo il mio lavoro, le mie due codine dondolano davanti al mio petto mentre sfrego la superficie di legno per riportarla al suo colore naturale.

Magari è una scusa per gironzolare intorno a voi.

Non avrei dovuto scherzare su questa cosa. In questo momento, sul tavolo della cucina ci sono opuscoli e cataloghi del college. Prima, appena mi sono seduta davanti al portatile per cercare di compilare qualche domanda, ho sentito l'improvviso bisogno di uscire a prendere aria. Qualsiasi università mi porterà lontano da qui.

«Non è niente di personale, comunque», esordisce Noah.

Lo guardo.

«Kaleb», precisa.

Abbasso lo sguardo, tornando a concentrarmi sul lavoro. Faccio fatica a crederci. Di solito sputa nei capelli della gente? Noah non sa tutto.

Butto lo straccio nel barattolo, mi avvicino al lavabo e mi lavo le mani. Noah si abbassa per distendersi sulla schiena e scivolare di nuovo sotto la moto.

«Non vuoi sapere cosa gli è successo?», mi chiede.

«Solo se vorrà dirmelo».

In realtà mi interessa saperlo, ma l'orgoglio non mi permette di darlo a vedere.

Mi asciugo le mani, scuotendo l'acqua in eccesso prima di chiudere il rubinetto.

«È come nostro padre». Noah gira una chiave inglese, guardando quello che sta facendo. «Non si fida delle donne. A parte te».

A parte me? In che senso? Scommetto che è stata una donna a rovinarvi le cose, vero? Che idea originale. E non del tutto assurda.

Noah lancia via l'arnese, noto che le sue dita sono completamente nere. «Mi passi quella chiave con il nastro giallo?».

Mi avvicino al suo banco di lavoro e prendo il lungo utensile con il manico nero e il nastro giallo. Torno da lui, mi chino e scivolo al suo fianco, sotto la moto.

«E tu?», indago, passandogli la chiave inglese. «Ti fidi di me?».

Lui armeggia con l'utensile, stringendo o allentando qualcosa, senza guardarmi. Ancora non ho capito bene cosa significhi, però. Fidarsi del fatto che gli copra le spalle? Che non possa ferirli? Che sia leale? Che non li abbandoni mai?

Noah resta un attimo in silenzio e i secondi cominciano a dilatarsi, nel frattempo la paura mi attanaglia.

«Vi ho sentiti l'altra sera», dice con un filo di voce.

Ci ha sentito…

Preme le labbra, increspandole, intanto stringe il bullone. «Tuo padre non ti trasmetteva amore, così ti lasci scopare dal mio per rimediare».

Lo guardo male, lui continua a lavorare e anche se la rabbia con cui ha pronunciato quella frase mi percuote dentro – perché Noah è Noah ed è mio amico – le sue parole non fanno così male. Vuole suggerirmi qualcosa.

Continua. «Forse finora ne hai fatto sempre a meno e confondi il sesso con l'amore».

Mi passa la chiave, io la prendo.

«Probabilmente faresti qualsiasi cosa pur di ricordargli che esisti». Sta praticamente bisbigliando. «Anche se questo significa allargare le tue belle gambe».

La mascella, sulla sua faccia liscia e abbronzata, si tende, ma Noah continua a evitare il mio sguardo. Anche se l'intento delle sue affilate parole è quello di ferirmi, non sono arrabbiata.

Poi aggrotta la fronte e capisco che sta pensando ancora a qualcosa.

«O forse...», riprende. «Forse sei come me e faresti qualunque cosa per stare bene». Finalmente si volta per guardarmi. «A costo di non ricordarti neanche i nomi delle persone».

Sostengo il suo sguardo, noi siamo entrambi stesi sulla schiena, Jake e Kaleb da qualche parte in casa.

Le striature verdi dei suoi occhi azzurri si scuriscono, poi vedo i suoi lineamenti indurirsi e non mi sento più a mio agio.

«Volevo essere là con te», mormora.

L'ombra scura della moto ci nasconde dalla porta, e non scappo via, perché non ho paura di Noah.

Anche se allo stesso tempo è il contrario. Mi piace il fatto che parli con me.

Ma certe volte ne sono anche spaventata.

«Nemmeno con me parlano», bisbiglia. «Stavo per fare l'amore con te, sai?».

La mia espressione vacilla. Lo dice come se non l'avesse mai fatto prima.

«Stavo per fare l'amore con te», ripete.

Poi capisco.

Non scoparmi. O sbattermi.

Voleva che fosse speciale.

Il suo petto si alza e si abbassa, e anche se sono consapevole che un uomo che potrebbe abbracciarmi con forza, ma a cui non importerà mai nulla di me, mi aspetta, io...

Voglio vedere Noah.

Voglio sentirlo.

«Parlami», mi esorta.

«Cosa vuoi che ti dica?».

Lui esita, il cappellino da baseball indossato al contrario, e osservo le sue labbra che iniziano lentamente a muoversi.

«Ti è piaciuto guardarmi sul divano, l'altra sera?», indaga a voce bassa.

Cerco i suoi occhi, la paura mi frena e il desiderio mi tiene incollata lì.

«Quanto ci saremmo spinti oltre, se lui non fosse entrato?», insiste.

Inspiro ed espiro, sostenendo il suo sguardo, e d'improvviso mi ritrovo su quel divano. Lo spazio è piccolo, l'aria è densa, sta succedendo qualcosa, e non sappiamo né cosa sarà né se dovremmo lasciare che accada, ma sappiamo entrambi che non vogliamo ancora fermarci.

Noah allunga una mano, ma non guardo cosa sta facendo. Armeggia con la cintura, sento la cerniera abbassarsi. Mi cerca con gli occhi, probabilmente per capire se sto per scappare. Magari si aspetta proprio che scappi.

Non lo faccio. E comunque non di certo ora che, con la coda dell'occhio, noto la sua mano che si infila nei jeans.

«Quanto ci saremmo spinti oltre?», mi esorta.

Quanto avrei permesso a lui e a Kaleb di spingersi oltre, quella sera? Avrei lasciato che facessero a turno? O saremmo andati a letto e avrei fatto in modo che mi avessero contemporaneamente? Non lo sapremo mai, ma una cosa è certa.

«Non avevo intenzione di fermarmi», confesso. Mi giro di fianco, ficcandomi una mano sotto la guancia e guardandolo. «Volevo solo lasciarmi andare e godermi il momento. Anche se mi avresti usata solo per sentirti meglio, perché anch'io volevo sentirmi meglio».

Lui annuisce lentamente. «È uno schifo, vero?». Un bellissimo sorriso si palesa sulle sue labbra. «Desiderare da morire quella via di fuga, perché qualcun altro ti ha lasciato un vuoto dentro?».

Mi avvicino, posandogli la mano sul petto e sfiorandogli la guancia col naso. «Non c'è nessun vuoto dentro di te», mormoro. «Io lo riesco a sentire, il tuo cuore».

Lo sento battere contro il palmo della mia mano e chiudo gli occhi, assorbendo tutto il calore del suo corpo che si muove, pensando a come sarebbe stato con lui. A come sarebbe stato quella sera che siamo stati interrotti.

Non sarebbe stata solo una via di fuga, Noah. Non lo era. C'era una connessione.

Una connessione che con lui, probabilmente, sento più forte che con chiunque altro qui dentro. Nessuno gli ha mai voluto abbastanza bene. È sempre troppo dura guadagnarsi il rispetto di Jake, e Kaleb non gli parla. Proprio come me, Noah sente di non appartenere a nessun posto. Sa perfettamente come mi sento, vede quello che vedo io, e prova quello che provo io, perché anche se non è solo, in realtà lo è. Non ha nessuno con cui parlare, ed esattamente come me, che non mi sentivo a casa quando mi ritrovavo con i miei genitori, anche lui, qui, non si sente a casa. Non ci sta bene. Anche se forse, adesso, un po' sì.

Noah si muove più velocemente e io apro gli occhi per guardare la sua mano dentro ai jeans. Mio malgrado, sento vibrare il clitoride e crescere il calore in mezzo alle cosce, sta diventando doloroso.

«Noah…», sospiro, implorandolo. «Va' più piano. Voglio guardarti. Mi piace più lento».

Lui volta la testa verso di me, le nostre bocche si sfiorano. «Tiernan…».
Mi lecco le labbra. «Abbassa ancora i pantaloni».
Lui piega le ginocchia e spinge in basso i jeans e i boxer.
Tira fuori il membro duro e largo, io lo osservo mentre si passa il pollice sulla punta bagnata, continuando a masturbarsi. So che anche lui mi sta guardando, ma non m'importa.
Immagino che qualcuno – magari io – lo stia cavalcando. Lo vedo fare l'amore con lei, sta pompando dentro di lei dal basso.
Lentamente, con una mano gli sbottono la camicia e gliela apro. Tutta la sua pelle liscia, dal collo all'inguine, mi sta aspettando. Le mie dita fremono di desiderio. Voglio toccarlo.
Ma non lo faccio.
«Più lento», gli dico. Non voglio ancora che venga.
«Apriti la camicia».
Lo guardo negli occhi.
«Lui non ci vedrà», mormora. «Apriti la camicia, fallo per me».
Tentenno un attimo, il cuore che mi pulsa nel collo. Voglio farlo.
Io…
«Lui non ci scoprirà», ripete Noah, dando un'occhiata dietro di me, verso la porta della cucina.
E se dovesse vederci, invece? La porta potrebbe aprirsi da un momento all'altro.
«La camicia», ringhia a bassa voce. «La cazzo di camicia, principessa».
Continuando a guardarlo negli occhi mentre si masturba, mi sbottono la sua camicia che ho addosso. Sotto ho una canotta stretta e, non ha neanche bisogno di chiedermelo, me la solleva subito digrignando i denti. Di fronte ai miei seni nudi rimane senza fiato. Io torno a stendermi di schiena, lasciandomi guardare tutta.
I miei capezzoli si inturgidiscono, sono appuntiti per il freddo. «Noah…».
Lui si lecca il palmo della mano e torna a masturbarsi con ancora più foga, senza togliermi gli occhi di dosso.
Si stringe il pisello, del liquido gli esce dalla punta. Si avvicina per toccarmi, ma io scuoto la testa.
No.
Lui si ferma, fulminandomi con lo sguardo.
«Nessuno mi dice di no», bisbiglia.
Sorrido leggermente.
«Voglio metterti la bocca dappertutto», dichiara, fissando i miei seni. «Fammele assaggiare».
Scuoto di nuovo la testa, ma all'idea sento la pelle che solletica. Penso alla sua bocca che mi succhia avidamente… *Dio.*
Mi fa sentire potente. Con Noah, non mi sento in imbarazzo a chiedere o a rifiutare. Lui sta al mio gioco e non viceversa.

«Più veloce». Mi strizzo le tette per lui. «Va' più veloce».

Noah respira a denti stretti, masturbandosi sempre più veloce e con disperazione, e io osservo la sua bocca aprirsi e chiudersi, desiderosa delle mie tette.

Faccio scivolare la mano nei miei jeans, dentro le mutandine.

Nel vedermi toccare, grugnisce. «Abbassali».

Scuoto la testa, titillandomi il clitoride umido.

Lui grugnisce di nuovo. «Abbassa le mutande e fammi vedere quanto sei bagnata».

«Noah, no».

Non posso. Perderei il controllo. È questo che mi piace di Noah, ed è questo che voglio conservare. Posso amarlo, ma mantenendo le distanze.

Lui ansima. «Voglio vedere le tue mutandine appallottolate sul pavimento della mia camera, ma ti scoperò qui, se proprio dovrò, Tiernan».

Do un'occhiata al divano nell'angolo, facendomi quasi prendere dalla tentazione.

«Fammi entrare nel tuo letto, stanotte», mi chiede. «Lui non lo scoprirà».

Apro la bocca per dire qualcosa – vorrei declinare – ma non riesco a far uscire le parole. Non voglio rifiutarlo. Voglio che sia felice.

«Lui non lo scoprirà», ripete mormorando. «Non lo saprà mai, Tiernan. Lasciati andare. Sentiti libera».

All'improvviso sono sopraffatta, sto quasi per dirgli di sì.

Lasciati andare.

Come quel giorno al mare, con tutto quello che mi portavo dietro e che sentivo mi avrebbe trascinata a fondo. *Liberati.*

Per poco non cedo.

Ma alla fine mi avvicino, gli prendo la faccia tra le mani e lo bacio sulla tempia, anche se sta continuando a toccarsi. «Mi dispiace».

Scivolo via da sotto la moto, mi rimetto in piedi e fuggo verso la porta della cucina, abbassandomi la canotta e richiudendo la camicia.

«Tiernan», ringhia Noah alle mie spalle, indispettito, ma io non mi fermo.

Corro dentro casa, sbatto la porta del garage e schizzo sulle scale, in direzione della mia camera.

Ma che accidenti mi prende? Noah è l'unico di cui non ho paura, qui dentro. Perché complicare le cose?

Lo volevo. Avrei voluto saltargli sopra a cavalcioni e farci l'amore, stringerlo e assicurarmi che non si sentisse solo.

Apro la porta della stanza e mi tolgo la camicia di flanella, poi sfilo le scarpe e i calzini perché sto sudando.

Questi accidenti di uomini. Stringo forte gli occhi, ancora dolorante in mezzo alle cosce. I vestiti mi pizzicano addosso e il cuore mi batte a mille.

«Tiernan».

Sbatto le palpebre, sentendo chiamare il mio nome. Giro la testa, guardando fuori dalla porta, nel corridoio, e vedo Jake, in piedi sulla soglia di camera sua, con un asciugamano intorno alla vita. Con un altro si asciuga i capelli, il vapore esce dal bagno e s'insinua nella stanza.

«Tutto bene?», vuole assicurarsi.

Fisso il suo petto nudo e i suoi polpacci muscolosi, l'asciugamano annodato appena sopra l'inguine, ed ecco che a quelle occhiate sento il clitoride tornare a pulsare ancora più forte.

Scuoto la testa.

Lentamente, mi sbottono i jeans e li faccio scivolare lungo le gambe, i suoi occhi sono su di me, poi mi sfilo anche la canotta dalla testa.

Sento il suo respiro farsi pesante e non esito un attimo in più. Mi tolgo le mutandine per farlo impazzire. L'asciugamano che ha in mano cade a terra, attraversa in fretta il corridoio per venire da me, sbattere la porta e prendermi. Ho un solo attimo per respirare, prima che mi sollevi in braccio e io gli stringa le gambe intorno alla vita, beccandomi una sculacciata.

Frigno, sorridendo, quando mi sbatte al muro strizzandomi il seno e penetrandomi velocemente, con forza, e grugnendomi sul collo.

Gemo, sentendomi viva e bollente sotto lo strato di pelle. Il bello di Jake è che ho sempre visto in lui l'esatto contrario di Noah, ma… forse mi sono sbagliata.

Nemmeno Jake ha il pieno controllo di sé stesso.

21. Tiernan

Strappo il foglio e lo accartoccio, gettandolo sul tavolo. Odio disegnare. Mi ci sto impegnando da due ore e ogni modello che ho buttato giù era dieci volte peggiore di quello che avevo in testa. Non so disegnare.

Prendo una matita ben appuntita e ricomincio, concentrandomi sulle linee e sulle curve della cassettiera in officina. Intanto, sul cellulare sopra il tavolo parte *Blue Blood* di Laurel. Con la mano leggera, riempio le piume e i ghirigori, senza preoccuparmi troppo della forma del mobile, ma solo dei colori. Ogni modello che creo ha un aspetto infantile, ma voglio farmi un'idea su cosa fare prima di procedere con la vernice.

Appoggio la testa sul braccio, prendendo la matita dorata e sfiorandone la punta con la stessa delicatezza della neve che cade fuori dalla finestra. Mi piace questo momento della giornata. Il sole sta per sorgere, la casa è silenziosa, a parte il volume basso della musica, e tutto tace. Eccomi qua, con la mia bella tazza di caffè fumante accanto, sveglia prima di tutti, ma comunque riposata. Non è come la sera, quando sprofondo nel cuscino alle dieci perché sono esausta.

Le mie dita continuano a lavorare, spuntando dalla manica della lunga felpa, ma un'ombra si allunga sul foglio, qualcuno si arresta alle mie spalle. Smetto di disegnare.

Solo per un momento.

Prendo un respiro e proseguo coi fregi della cassettiera, Kaleb va a riempirsi una tazza di caffè. So che è lui, perché Jake o Noah mi avrebbero dato il buongiorno.

Se ne sta in piedi davanti al banco, e anche se sono tentata di voltarmi per sapere se mi sta guardando, non lo faccio. Cambio matita, la mano sospesa sopra il mucchio prima di scegliere il viola e l'azzurro. Con la testa ancora appoggiata al braccio, ombreggio l'estremità sinistra del mobile, lavorando diagonalmente, poi passo all'azzurro.

Lui si avvicina, posizionandosi dietro di me.

Che vuoi, Kaleb?

Corrugo la fronte, il mio corpo si irrigidisce e mi tengo pronta a qualunque cosa farà, ma poco dopo decido di ignorarlo.

Continuo a colorare con la matita azzurra.

Purtroppo, succede di nuovo l'inevitabile e mi fermo. Voglio che i colori si fondano, ma il passaggio dal color lavanda all'azzurro è troppo netto. Marco di più il tratto, cambiando direzione e cercando di amalgamare i colori, ma Kaleb è ancora dietro di me e non riesco a concentrarmi. Sollevo la testa, voglio riuscire nel mio intento, quindi provo a correggere il tiro con dei movimenti circolari.

Ma… la sfumatura continua a essere troppo netta. Sto per strappare di nuovo il foglio e buttarlo via.

Kaleb mi blocca la mano. Faccio per scacciarlo, ma lui mi toglie la matita di mano, posa la tazza e mette l'altra mano sul tavolo, piegandosi su di me. Lo osservo impugnare la matita, stringendola vicino alla punta, e procedere sul foglio con movimenti circolari, usando il pollice per sfumare i colori, esattamente come avrei voluto fare io.

Il vento sta ululando fuori dalla finestra e un manto di neve avvolge il paesaggio. Le mie spalle si rilassano, Kaleb afferra di nuovo la matita viola disegnando dei puntini in mezzo al blu, quasi come fosse…

Un acquerello. Mi viene da sorridere. È esattamente quello che avevo in mente.

Prendo il verde e comincio a colorare la parte bassa del mobile, usando la sua tecnica di ombreggiatura. Kaleb procede sopra, sfumando il blu con il mio verde acqua, e le nostre dita si sfiorano.

Disegna spesso? Faccio per sollevare la testa e guardarlo, però mi blocco in tempo.

Finisco le zampe della cassettiera e aggiungo al disegno delle belle maniglie, poi vacillo quando vedo Kaleb srotolare i disegni precedenti, quelli che ho accartocciato e buttato. Ne appoggia uno sul tavolo, ne liscia la superficie e me lo passa.

Deglutisco. È il modello nero e color foglia di tè.
«Mi piaceva, quello», borbotto.
Nello stesso tempo mi sembra anche… non so… *uno scarafaggio spiaccicato*? Era ridicolo.
Osservo lo schizzo e prendo matita e righello, aggiungendo qualche cassetto al comò.
«Da piccola facevo tantissimi disegni», butto lì. «Disegnavo la mia casa con gli alberi e l'arcobaleno. Li attaccavo al frigorifero perché i miei li vedessero. Li mettevo in alto e bene in vista, per farglieli notare al loro rientro in casa».
La mano di Kaleb rimane piantata sul tavolo accanto al mio braccio, io intanto afferro la matita nera, ombreggiando le linee.
«Adoravo quell'ambientazione da favola», proseguo. «C'erano così tanti colori che avrei voluto saltarci dentro, come in uno di quei disegni fatti coi gessetti in *Mary Poppins*». Ridacchio. «Era tutto magico e prezioso».
Prendo la matita color foglia di tè e un groppo mi si forma in gola.
Poi, con un flebile sussurro, proseguo: «Ore dopo, li trovavo sommersi nel cestino della spazzatura». Contraggo la mascella e sento la gola trafitta da mille aghi. «Non si intonavano con l'arredamento».
Sento le lacrime agli occhi. Avevo rimosso questo ricordo. Ma adesso, a distanza di anni, fa più male che mai. Non potevano conservarli almeno per un giorno? O dirmi una parola gentile?
Ora voglio mollare, lasciar perdere, ma lui mi ferma giusto in tempo. All'improvviso lo sento. Si piega verso di me e avverto le sue labbra sui capelli.
Chiudo gli occhi e blocco il respiro, nel frattempo il silenzio della casa ci avvolge. Kaleb mi stringe. Mi tocca appena, ma mi stringe.
Le sue labbra sulla mia testa mi fanno venire la pelle d'oca. Lo sento inspirare, come se stesse inalando il mio profumo, e quando mi prende il viso fra le mani smetto di disegnare.
Fa scorrere il naso lungo la tempia, avverto il suo fiato caldo e pesante sulla mia guancia. Sembra trattenersi.
Solleva l'altra mano, mi avvicina a sé, e il contatto con il suo corpo scalda anche il mio all'istante.
Niente baci. Niente palpeggiamenti.
Solo calore. So che ora non ha il controllo di sé stesso, non ce l'ho nemmeno io, e sebbene sotto pelle sia irrequieta e abbia il sangue in ebollizione, il mio corpo non è più teso. Mi sento al sicuro.
Poi mi abbraccia, stringendomi forte, e mi concentro per trattenere le lacrime.
Kaleb.
Se ne sta lì a stringermi. O a reggermi. Qualunque cosa sia, non voglio che smetta.

Eppure so che cosa vuole, ma non deve neanche provarci. Non può farlo, e io non posso lasciare che accada.

Allontano il viso dalle sue mani e mi sento mancare l'aria. Non voglio interrompere il contatto, ma…

«Credo che una puttana sia sufficiente», mormoro. «Quando si è disperati».

Staccandomi da lui e sentendolo raggelare, afferro la matita e mi asciugo in fretta gli occhi, poi riprendo a disegnare.

Mi aspetto che esploda da un momento all'altro. Che mi sputi addosso o che mi tratti come fa sempre. Tanto, quando non ottiene ciò che vuole, fa sempre delle scenate, invece…

Se ne va e basta; si allontana dal tavolo, gira i tacchi e scompare.

Non lo vedo per tutto il resto della giornata.

Arriccio le dita dei piedi dentro gli scarponi caldi, il freddo della neve inizia a pervadermi appena butto indietro la testa, lasciando che i fiocchi mi si appiccichino al naso e alle ciglia.

Faccio una piroetta, come in un balletto, e vedo Jake che mi osserva dal fienile, probabilmente scuotendo la testa, mentre lancia le palline da tennis ai cani.

Che c'è? Sono cresciuta nel sud della California e non ho avuto molte occasioni per familiarizzare con certi eventi come questi. La nevicata mi mette di buon umore, tutto qui.

Smetto di volteggiare e mi gira tutto. Alla fine incrocio il suo sguardo, sta cercando di non ridere, ma fallisce miseramente.

Non m'importa se sembro un'imbecille. Tre mesi fa ero infelice e ora non lo sono più. Saltello verso di lui con la neve che mi scrocchia sotto i piedi. Noah e Kaleb stanno caricando la motoslitta, poco dopo spariscono all'interno dell'officina.

Osservo Kaleb. «Lui verrà con te?», chiedo a Jake.

«No».

«Di solito non viene?».

Per quattro giorni, Jake andrà a stare nel loro secondo capanno, quello più lontano, e mi auguro che anche Kaleb vada con lui. Fin dal mio arrivo, nei giorni in cui infatti Kaleb si trovava lì, ho capito che sia lui che Jake amano trascorrere del tempo in quel luogo. Se non hanno imminenti scadenze da rispettare, lo utilizzano per sessioni di caccia prolungate o per riuscire a portare a casa parecchio pesce.

Di certo non è un posto adatto a tutti: niente elettricità, zero Wi-Fi e non c'è nemmeno l'acqua corrente. Non fa per me, ma hanno detto che è bellissimo, soprattutto d'estate.

Per allora potrei non esserci già più.

Jake si limita a rispondere alla mia domanda con un'alzata di spalle, deduco che non sappia nemmeno lui perché Kaleb voglia rimanere qui.

Sono in grado di gestire Noah da sola, soprattutto ora che ha fatto un passo indietro, dopo l'episodio in officina di un paio di settimane fa. E a dire il vero anche Kaleb mi ha guardato appena, in tutto questo tempo.

Osservo nostalgica la barbetta che Jake si sta facendo crescere, come fosse il suo manto invernale o qualcosa del genere. Quando non ci sarà, probabilmente mi porterò avanti con lo studio.

«Questa è stata una buona idea», mi dice.

Seguo il suo sguardo mentre si dirige nel fienile. Ci fermiamo davanti alla stia e agli pneumatici del Monster Truck che ho tagliato con l'aiuto di Noah. Tre metà, impilate una sopra all'altra, sono riempite di paglia e ospitano le galline.

Sorrido. «Riappropriazione di materiali. Bloccheranno anche una buona quantità di vento, in teoria», lo informo.

Un altro dei miei progetti di fai-da-te. Gli animali sembrano soddisfatti nelle loro casette invernali.

«Sei tranquilla per stasera?».

Scoppio quasi a ridere.

Poi mi ricordo dell'ultima volta che sono rimasta sola coi ragazzi.

«Forse no», scherzo. «Dovresti portarmi con te».

Si gira, è tutto rosso in volto, e mi squadra dalla testa ai piedi.

Non mi esalta l'idea di passare dei giorni in un alloggio di fortuna, ma non mi dispiacerebbe tenergli compagnia.

«Passerei tutto il tempo a cercare di tenerti calda», mormora.

Sì, probabile.

Inizio a fantasticare su noi due, un letto e un camino a scaldarci. Chi ha bisogno del cibo?

Sorrido tra me e me.

«Che c'è?», chiede.

Mi sforzo di essere seria. «Niente».

Lui mi guarda sospettoso e, mio malgrado, sorrido di nuovo.

Jake guarda al cielo e mi strattona i lacci del cappello verso il basso, facendomelo ricadere sopra gli occhi, poi si allontana.

«Mi piace quel cappello», dice.

In risposta me lo sistemo, tenendogli un finto broncio, e usciamo insieme dal fienile.

Giro la pagina del libro che sto leggendo sul Kindle e sento suonare l'asciugatrice. Indugio un attimo, scorro velocemente il resto del paragrafo e, alla fine, metto via il dispositivo e afferro il cesto vuoto.

Apro lo sportello e tiro fuori i vestiti. *Sistemi economici a confronto in varie tipologie di governo*… Sarebbe stato meglio seguire questa lezione di persona. Non che l'argomento sia particolarmente difficile, ma avrei delle domande da fare, e parlare con i Van der Berg dei problemi del mondo sarebbe come guardare Yoda farsi la manicure.

Jake non vota, perché: «finché stanno lontani dalla mia montagna, non ci sono problemi». Come se le leggi fiscali, l'inquinamento, o la guerra nucleare non potessero oltrepassare il perimetro della sua proprietà. Noah non vota perché: «è un lavoro». E a Kaleb semplicemente non importa, ne sono sicura.

Mirai sarebbe perfetta per questa conversazione. Ad ogni modo è troppo tardi per chiamarla.

Mi sporgo in avanti per recuperare gli ultimi vestiti, dopodiché raccolgo il cesto, chiudendo lo sportello dell'asciugatrice con un calcio e mi dirigo di sopra. Una volta in camera, svuoto il cesto sul letto.

Separo i jeans e tutte le cose da appendere dal resto, cercando la biancheria nel mucchio.

Individuo le mutandine di pizzo blu e il reggiseno nero, ma non trovo nient'altro. Aggrotto le sopracciglia.

Nell'asciugatrice ho caricato tutta la roba che ho usato negli ultimi sei giorni. Dove sono finite le altre cinque mutande?

Frugo ancora nel mucchio, trovando solo due reggiseni sportivi, ma nessuna traccia della biancheria. Le mutande potrebbero essere finite dentro ai jeans o a qualche maglietta, ma controllando anche così non riesco a trovarle.

Come è possibile?

Mi fermo un attimo a pensare. *Un paio di settimane fa, nel furgone, Jake mi ha strappato le mutandine, ma a parte quelle non dovrebbero mancarne altre.* Cerco nei cassetti, sotto il letto, tra le coperte e nel bagno, poi torno di sotto per controllare sul pavimento della lavanderia. Cerco dentro la lavatrice e nel cesto della biancheria, nel caso ci fossero accidentalmente rimaste.

Niente.

L'unico posto dove potrebbero essere…

Torno di sopra per entrare nella stanza di Jake, che nel frattempo è sotto la doccia e si prepara per la sessione di pesca, e mi inginocchio per controllare sotto il letto, sui comodini e fra le lenzuola.

Non potrebbero essere in nessun'altra stanza.

Ma dove…

Poi ho un'illuminazione.

Faccio una smorfia. «Oh, Gesù».

Entro nella camera di Noah, che è vuota – lui e Kaleb stanno ancora lavorando in officina – e controllo il letto, l'interno delle federe, sotto al cuscino…

È disgustoso. Ti prego, ditemi che non lo farebbe mai. Cinque paia di mutande, poi? Ha quattordici anni, forse?

Dopo qualche minuto di ricerca, sono ancora a mani vuote.

Sbatto il cuscino sul letto, perdendo la pazienza. Le mutande non camminano!

Dopodiché alzo gli occhi e realizzo che resta ancora un posto dove guardare.

La stanza di Kaleb.

Il mio cuore comincia a battere. *Non lo farebbe, dai!*

O sì?

Al pensiero di Kaleb che si strofina le mie minuscole mutandine rosse sulle sue…

E poi se lo accarezza…

All'improvviso sento aumentare il calore fra le cosce, ma scuoto la testa. È comunque una violazione. E dato che la sua stanza è l'unico posto che mi rimane da controllare, ho deciso di violare la sua privacy anche io.

Esco dalla camera di Noah, chiudo la porta e mi dirigo verso le buie e strette scale del terzo piano. Jake è ancora sotto la doccia. Esito solo un attimo prima di salire di sopra, il cuore che mi martella all'idea di entrare in una stanza dove non sono mai stata.

E anche all'idea che lui possa sorprendermi. Dovrò fare in fretta. Kaleb ha proprio un caratteraccio.

Giro il pomello, quasi aspettandomi che la porta sia chiusa a chiave. Invece si apre ed entro subito nella stanza, illuminata dalla luce del sole che filtra dalla finestra più lontana. *Grazie a Dio*. Non voglio accendere la luce, lui potrebbe accorgersene da fuori.

Chiudo delicatamente la porta e mi guardo attorno nell'ampia camera, dimenticando per un attimo il motivo per cui ci sono entrata.

Sospiro, un sorriso si forma sulle mie labbra. Un grande letto è posizionato tra due finestre, che dovrebbero essere i due timpani visibili sul lato ovest della casa – lo stesso lato su cui si affaccia il mio balcone, al piano di sotto. Sulle pareti ci sono delle librerie incassate, piene zeppe di libri. Sono in ogni spazio disponibile: verticalmente, orizzontalmente, uno sopra all'altro… Non ce n'è uno con la sovraccoperta, e noto che alcuni devono essere parecchio vecchi. Non li ha letti tutti, vero? In effetti, non l'ho mai visto leggere.

Il pavimento è ricoperto da un tappeto in stile persiano, il parquet scuro che si intravede è rigato, non trattato, e a qualche metro dalla porta scorgo un piccolo camino. Mi addentro nella stanza, notando i resti anneriti della legna che Kaleb ha bruciato. Inspiro, e percepisco un sentore di corteccia bruciata e di qualcos'altro. Forse patchouli. O bergamotto.

Addossato alla parete, c'è un tavolo con delle cinture e gli arnesi per lavorarle, mentre sul pavimento accanto al letto noto altri libri. Le pareti sono abbastanza spoglie, e non sono ricoperte di legno chiaro a differenza del resto della casa. La stanza sembra la soffitta di un vecchio pub inglese. Sono sorpresa di non vedere dei vecchi quadri appesi qua e là.

Mi avvicino al tavolo, sopra ci sono le ossa di un qualche animale, le guardo per un attimo e poi cerco altre informazioni. Questo posto ha molto da raccontare.

Ma anche così poco.

Gli piace conciare la pelle. Gli piace leggere. Non vedo una televisione, un computer o qualsiasi altro dispositivo elettronico. Eppure dovrebbe avere una cassa da qualche parte, perché a volte sento la sua musica.

Trovo che sia accogliente, però. Cupa, calda e confortevole – c'è una grossa poltrona imbottita nell'angolo della stanza, con un'altra pila di libri accanto.

Mi dirigo verso il comodino, apro il cassetto, ma trovo solo una vecchia copia de *I tre moschettieri*, una penna e dei preservativi. Afferro il libro e lo annuso.

Ho un brivido. Ha lo stesso odore che pervade tutta la stanza.

Scommetto che è bello stare qui dentro quando il camino è acceso. È così tranquillo, silenzioso… caldo. Abbasso lo sguardo sul letto e mi si asciuga la gola.

Sposto le coperte, infilandoci sotto le mani, e cerco le mie mutandine. Immagino che sia lì che le usa per masturbarsi.

Non trovando niente, salgo in ginocchio sul materasso per controllare il pavimento intorno. Ma quando arrivo ai piedi del letto, noto qualcosa e mi fermo. Vedo tre solchi scavati sul legno e, allungando la mano, vi sovrappongo l'indice, il medio e l'anulare.

Qualcosa ha grattato il pavimento. O qualcuno.

Mi inumidisco le labbra secche e all'improvviso penso alla notevole distanza che mi separa dalla polizia. Avrei dovuto pensarci qualche mese fa.

Mi alzo dal letto e cerco nei cassetti, nell'altro comodino e in qualsiasi angolo o fessura della camera, ma niente. È ridicolo. Jake non è il tipo da fare razzia di mutandine, e Noah non ruberebbe quasi tutta la biancheria sexy che possiedo, perché vorrebbe comunque vedermela addosso! Sono certa che si tratti di Kaleb.

Cercando nell'ultimo posto possibile, afferro il cuscino e vi frugo dentro, ripetendo l'operazione con il secondo.

Sento qualcosa e mi blocco, sfregandolo con le dita. Stoffa, liscia… la tiro fuori e abbasso lo sguardo sul nastro rosso nella mia mano.

Un nastro per capelli rosso.

Il mio nastro per capelli rosso.

Mi sento avvampare, soprattutto all'altezza dello stomaco.

Incresco la bocca in un sorrisetto. Non sono le mie mutandine, ma è comunque qualcosa che mi appartiene. Metto giù il cuscino e mi lego il nastro nei capelli, facendo un fiocco.

Non è molto, ma a poco a poco Kaleb sta venendo allo scoperto.

Potrà anche odiarmi.

Però mi pensa.

«Che silenzio».

Noah si siede alla mia destra, sulla sedia di suo padre, e io alzo lo sguardo per incrociare il suo un secondo, poi torno sui libri. Do un altro morso al biscotto, senza rispondere.

Jake è partito diverse ore fa. Vorrei che fosse uscito prima perché ha di nuovo iniziato a nevicare, e ora è buio. Detesto saperlo là fuori tutto solo. Perché Kaleb non è andato con lui? Perché noi non ci siamo andati tutti? Avrei potuto ingoiare il rospo. Non abbiamo così tanto bisogno di fare scorta di pesce.

Giro pagina masticando, intanto una tegola sul tetto sbatacchia per il vento e la macchina del ghiaccio rilascia dei nuovi cubetti nel freezer. Il fiocco in testa mi solletica la tempia, mi sforzo di non sorridere, sentendomi addosso lo sguardo di Kaleb, seduto dall'altro lato del tavolo.

«Non mi ero mai reso conto che papà fosse l'anima della festa, a cena», aggiunge Noah, cercando di intavolare un discorso.

In questo momento mi sto godendo tutta l'attenzione di Kaleb, non riesco a pensare alla conversazione.

Noah allunga la mano per toccarmi il fiocco. «Carino».

Gli sorrido e lancio subito un'occhiata a Kaleb. Noto che sta contraendo la mascella.

«Allora, vuoi vedere un film stasera?», mi domanda Noah.

«Un film?»

«C'è un sequel, in cui gli stessi poliziotti arrestano la donna per aver fumato l'erba. La portano di nuovo in centrale», spiega, ammiccando con le sopracciglia. «Tutta la notte. Un sacco di galeotti».

Ridacchio. «Sembra eccitante». Chiudo il libro e poso il resto del biscotto nel piatto, pulendomi le mani. «Ma ho una quindicina di domande a cui devo ancora rispondere».

Mi alzo dalla sedia, afferrando il piatto e il bicchiere.

«Farò il possibile per stare lontana dal salotto», concludo, poi metto le stoviglie sul banco della cucina e mi giro per recuperare libro ed evidenziatore.

Appena aggiro il tavolo per raggiungere la camera, Noah scivola con la sedia, parandosi davanti a me e impedendomi di passare.

Mi fermo, drizzando la schiena.

Lui mi squadra dalla testa ai piedi, come se la felpa larga e i pantaloncini del pigiama fossero la sua mise preferita. Del resto non ha una ragazza da parecchio, perciò qualsiasi cosa indossi gli sembra bella, a questo punto.

Ripercorre al contrario il mio corpo, fermandosi sui miei occhi. «Vieni qui», mi dice.

«Togliti di mezzo».

Le sue labbra si tendono e la sua tipica espressione burlona sparisce. «Ho detto vieni qui».

Lancio un'occhiata a Kaleb, che ci sta guardando, teso, ma non ancora pronto a difendermi.

«Lui non ti aiuterà», mi dice Noah, come se mi leggesse nel pensiero.

Poi allunga le mani, mi prende per la felpa e mi tira verso di sé, facendomi cadere il libro a terra e mettendomi a cavalcioni sopra le sue gambe. Mi lamento, indispettita, perché mi cinge la vita con un braccio e mi prende i capelli con l'altra mano.

Di riflesso, gli piazzo le mani sul petto, cercando di spingerlo via, ma lui mi tira i capelli.

«Smettila, Noah. Sei ubriaco».

Dimenandomi, colpisco la zampa del tavolo e faccio tintinnare le quattro bottiglie di birra vuote sopra il tavolo.

«No, mi sto annoiando». Si sporge verso la mia bocca. «Voglio fare l'amore con te, Tiernan. Voglio scoparmi la puttanella di mio padre».

Con tutta la forza che ho, gli do uno schiaffo sulla guancia. La sua faccia sventola da una parte, con un sussulto, ma subito dopo si mette a ridere, quasi provando piacere.

«Lo vuoi anche tu», continua, guardandomi e premendo le sue parti intime contro le mie. «Cavalcami così. Qui. Su questa sedia. Digli che sono stato io a fartelo fare». Il suo fiato caldo mi colpisce, facendomi solleticare la pelle. «Digli che ti ho fatto fare quello che sei destinata a fare con tutti i maschi di questa casa. Proprio qui, sul tavolo della cucina, ogni mattina, dopo averci servito la cazzo di colazione».

Lo afferro per la maglietta, sento l'erezione spingere contro la sottile stoffa dei miei pantaloncini, e respiro a fatica, continuando a cercare di allontanarlo.

Allenta la presa sui capelli, posa la sua fronte sulla mia e mi sussurra: «Ti voglio». Lo dice con un filo di voce, come se stesse soffrendo. «Ti voglio».

Il suo desiderio mi inebria, ma anche se sento qualcosa fremere in mezzo alle cosce, e non so spiegarmi perché – o non voglio farlo – lo spingo via.

«Finché le strade non saranno pulite», sibilo tra i denti stretti.

Quando entrambi potranno tornare ad avere tutte le ragazze in città, io non sarò più necessaria.

Gli batto le mani sul petto, spintonandolo e tornando di nuovo in piedi. Mi allontano da lui, recuperando il libro da terra.

Noah si alza, mi viene incontro, e anche Kaleb si tira su.

«Avevi bisogno del suo affetto», dichiara Noah, parla di suo padre. «Lui ha abusato della sua autorità. Con me, potrai divertirti. Con me, potrai comandare».

Lo guardo, confusa, e stringo gli occhi. È questo che pensa stia succedendo tra me e suo padre? La piccola orfanella bisognosa d'amore?

Crede davvero che Jake abbia approfittato della situazione.

«Quando avevo sedici anni, c'era questo ragazzo di diciannove anni che mi ha riaccompagnata a casa da una festa, voleva fare la stessa cosa che ha fatto tuo padre», dico a Noah. «Io non gliel'ho permesso, perché non provavo niente per lui».

Restano entrambi in silenzio, io proseguo.

«Quando il figlio del senatore De Haven mi ha presa in un angolo, al Ballo del Governatore, era insieme a un paio di amici della confraternita...», continuo, «mi ha promesso di trattarmi bene, ma non l'ho voluto nemmeno quella volta. Per questo si è preso un bel morso sul labbro. Quando Terrance Holcomb si è immerso nel lago col suo bel fisico, pronunciando parole impertinenti come stai facendo ora tu, non mi sono buttata tra le sue braccia, non volevo provare un superficiale momento di soddisfazione».

Sarò anche stata vergine, quando sono venuta qui, ma non una stupida.

«E quando mi avete portata fuori per il mio compleanno, mentre stavo ballando, dei tipi mi guardavano, ma a me non importava nulla, perché per me contavate solo tu, Jake e...». Lancio un'occhiata a Kaleb. «E come mi guardavate voi. Il fatto è che non volevo altro, o che non ne avevo bisogno, perché in questa casa ho già tutto quello che desidero».

Non sono una cretina che si butta fra le braccia di tutti quelli che le rivolgono un po' di attenzioni, né che si accontenta dell'affetto di chiunque le capiti. Jake non mi ha presa. L'ho scelto io.

«So fermarmi, quando non voglio una cosa», dico a Noah. «So dire di no».

«Quindi?»

«Quindi: no», ribatto.

Recupero il mio libro e supero Noah, lasciando la cucina.

22. Noah

Se solo mi facesse entrare...

Lo so che mi vuole. L'ho capito la sera del suo compleanno, su quel divano, e l'ho visto in officina sotto la moto. Ero sincero quando le ho detto che avrei voluto fare l'amore con lei. Io non scapperei mai dalla sua stanza né vorrei mai che finisse. Vorrei solo farla stare bene.

Fisso il soffitto della mia camera, le braccia dietro la testa, e mi rimprovero per la piega di merda che ha preso la serata. Ho rovinato tutto. Ho bevuto, combinando un casino.

Kaleb sta dormendo e Tiernan è a letto da ore. Mando giù il groppo che ho in gola e chiudo gli occhi, sento il pisello gonfio, è in fiamme. Allungo una mano e lo stringo attraverso i jeans, gemendo dal dolore.

Lei dovrebbe essere qui. Dovrebbe cavalcarmi placida e tranquilla, approfittando del fatto che lui non c'è e che Kaleb non ci tradirà. Chiudo gli occhi, massaggiandolo e sentendolo diventare sempre più duro.

O io dovrei essere là. Dovrei baciarla, farle dimenare il corpo. Sarebbe impossibile ricevere un no, perché la divorerei talmente bene che m'implorerebbe di continuare.

E prima che possa ripensarci, le entrerei dentro, facendo il mio dovere di giovane uomo.

Mi stringo il pisello, soffrendo per la voglia. Cristo. Ho bisogno di una bella strofinata. Non voglio mettermi a dormire.

Mi alzo dal letto, sbottonandomi i jeans e buttando la maglietta per terra, poi mi avvio verso la porta.

Ma appena mi avvicino sento un pianto soffocato. Mi fermo, drizzando le orecchie.

Chi è?

I singhiozzi provengono dalla stanza di Tiernan. Punto lo sguardo sulla parete che ci separa, confuso. Mio padre non c'è. Non è lì dentro con lui. Perché…

Un altro lamento, seguito da un singhiozzo. Ma che cavolo succede?

Apro la porta e guardo a sinistra, verso la sua camera. È chiusa. Mi avvicino, ma proprio in quel momento Kaleb scende le scale del piano di sopra, anche lui a torso nudo e in jeans scuri. Ha gli occhi quasi chiusi e i capelli spettinati, si è appena svegliato.

Non si ferma, né mi guarda, apre semplicemente la porta di Tiernan, come se fosse una cosa normale. Lui entra e io lo seguo dentro, sento urlare Tiernan mentre si avvicina al suo letto. Faccio una smorfia, vedendola afferrare la maglietta di Kaleb con gli occhi chiusi e la faccia piantata nel cuscino, continuando a piagnucolare. Per un attimo mi manca il respiro. Sembra stia soffrendo. Cosa…

Ha i capelli in faccia, la pelle madida di sudore e tutto il corpo rigido, come un elastico teso.

La osservo e finalmente capisco.

Non è sveglia.

«Che cos'ha?», domando a Kaleb, rimanendo sulla porta.

Ma Kaleb si limita a mandarmi via con un gesto della mano, stendendosi accanto a lei e avvicinandola a sé. Tiernan affonda la faccia nel collo di mio fratello e si calma subito. Il pianto si placa e il respiro diviene più regolare. Kaleb sbadiglia, coprendo i loro corpi con le lenzuola, come se tutto questo fosse normalissimo.

«Lo fa spesso?».

Gli incubi non dovrebbero essere così, no? Kaleb si sistema nel letto e Tiernan si tranquillizza del tutto, riprendendo a dormire accanto a lui, placida e serena.

Lui è disteso di fianco, la stringe, ha la sua testa incastrata sotto il mento, poi si rimette a dormire. Resto a guardarli. Tiernan è cosciente di urlare in quel modo durante la notte?

Sa che Kaleb entra nel suo letto? Io non mi sono mai accorto di queste sue crisi.

Eppure non dorme sempre da sola. Magari Kaleb la raggiunge solo in quelle rare occasioni in cui capita.

Anche lui aveva gli incubi, quando era piccolo. Però si svegliava.

Poco dopo un odore si insinua nelle mie narici e sbatto le palpebre, sentendo abbaiare i cani. Giro la testa verso il corridoio, sfregandomi la faccia a causa del tanfo, è così pungente da farmi lacrimare gli occhi.

«Lo senti quest'odore?», bisbiglio a Kaleb.

Sembra puzza di bruciato, ma non abbiamo lasciato nessun fuoco acceso. Esco dalla camera di Tiernan e scendo di sotto per dare un'occhiata al camino, voglio assicurarmi che sia spento, poi m'incammino verso la porta d'ingresso. Ma nel frattempo vedo un bagliore provenire dalla finestra della cucina. Guardo meglio e resto pietrificato. Ma che cavolo...?

Attraverso la cucina, inciampando nei cani che nel frattempo mi vengono incontro, raggiungo il lavello per affacciarmi dalla finestra. Mi si contorce lo stomaco.

«Oh, cazzo», esclamo col fiato mozzato.

«Kaleb!», urlo, girandomi di scatto e correndo verso la porta principale. «Il fienile va a fuoco!».

Gli animali. Il fienile si trova esattamente accanto alla stalla. Merda!

Afferro la felpa appesa nel ripostiglio e infilo gli scarponi, estraendo i guanti dalla tasca del cappotto.

«Kaleb!», urlo di nuovo. «Muoviti!».

Sento i suoi passi pesanti scendere le scale per raggiungermi, ma non lo aspetto. Apro la porta e corro fuori, rischio di scivolare di culo e cerco di aggrapparmi alla ringhiera per scendere i gradini esterni. La neve crocchia sotto i miei passi ed entra persino dentro gli scarponi, perché ne sono caduti altri quindici centimetri. Non riesco nemmeno a correre più in fretta di così.

Ma pazienza. Mi fermo a osservare il fienile, per un attimo sono incapace di muovere un altro passo. Che diamine è successo? Le fiamme avvolgono il tetto, dobbiamo sperare che la pompa dell'acqua non sia congelata, o altrimenti perderemo tutto. Ma da dove è partito?

Kaleb mi afferra per il colletto facendomi trasalire. Lo guardo. È scuro in volto e indica il fienile con un cenno del mento, facendomi rinsavire. Annuisco.

Si mette a correre verso l'officina, apre il portellone e io mi precipito nel fienile. Entro, cercando di prendere fiato, ma il fumo è denso e soffocante. Mi copro naso e bocca con il braccio, tiro via gli pneumatici di Tiernan facendo chiocciare le galline, che agitano le ali. Poi, tossendo, mi immergo nella struttura e recupero una corda, che lego intorno alla testa della vacca per trascinarla fuori. Cerco di prendere aria, ma non riesco a smettere di tossire. Cerco di farmi strada attraverso il fumo mentre tutto sta bruciando.

Sento crepitare sopra la testa e, alzando lo sguardo appena in tempo, vedo che un pezzo del pavimento del soppalco si spezza, dondola un po' e crolla giù. Mi metto a correre, ma la tavola colpisce la vacca anche se cerco di portarla all'esterno.

Kaleb sta trascinando fuori dall'officina la canna dell'acqua, io faccio il possibile per portare fuori dal fienile tutto ciò che c'è all'interno.

«Che è successo?», grida Tiernan.

Sollevo lo sguardo e la vedo in mezzo alla neve, in pigiama e scarponi.

Mi giro verso Kaleb e lo vedo armeggiare con la leva della pompa, ma non esce niente. Niente acqua.

«Cazzo!», ringhio, tirandomi i capelli.

«Va' a controllare se è congelata!», urla Tiernan.

Do un'occhiata e vedo che sta gridando a Kaleb, indicandogli la torretta dell'acqua.

Scuoto la testa. Ieri è stata una giornata calda. Potrebbe non essersi congelata, ma è impossibile che basti a risolvere la situazione. Cosa dovremmo fare? Riempire i secchi e lanciare l'acqua sulle fiamme da qui?

Kaleb va comunque a controllare, lasciando cadere la pompa. Io sto per seguirlo, ma Tiernan mi supera e il cuore mi sale in gola.

«I cavalli!», urla.

I detriti del soppalco crollano all'interno del fienile. Con tutto quel legno e quella paglia è solo questione di tempo: il fuoco raggiungerà la stalla. Tiernan sparisce dentro.

«Tiernan, no!», grido.

Le corro dietro, ma quando arrivo lei sta già lottando per tirare fuori fuori Rebel, cercando di muoverla e con i capelli attorcigliati intorno alla faccia a causa del vento.

Stupidi cavalli. Sono esseri così intelligenti, eppure se ne stanno lì immobili anche se la struttura intorno a loro va a fuoco.

Le do una mano, mettendoci entrambi a tirare le briglie e poi… sento uno schiaffo, e il cavallo schizza fuori dalla stalla, nella notte.

Un motore si accende e voltandomi vedo Kaleb seduto sulla ruspa che cerca di spostarsi sulla neve, diretto alla torretta dell'acqua.

Resto pietrificato. Sta andando a…

Oh, merda.

«Kaleb!», grido, poi mi zittisco subito, so che ha ragione. È l'unico modo. Dobbiamo far uscire i cavalli da qui, però.

Tiernan torna dentro e io la seguo, mi occupo di Ruffian e lei di Shawnee. Le fiamme crepitano intorno a noi, arroventando l'aria, poco dopo sentiamo uno scricchiolio all'interno del fienile. Probabilmente le travi stanno cedendo. *Cristo.*

«Tiernan, va' via!», urlo. «Esci da qui!».

Do una pacca a Ruffian, facendolo schizzare fuori, ma un grido fortissimo squarcia l'aria e, voltandomi di scatto, vedo Tiernan bloccata in mezzo alla porta della stalla, con Shawnee che cerca di passare. Si levano spirali di fumo e scorgo del sangue sul legno, Tiernan urla, sculacciando di nuovo la cavalla.

Shawnee corre via e io mi tolgo di mezzo per farla passare, dopodiché raggiungo Tiernan per aiutarla a uscire fuori. Le sanguina il braccio sinistro.

Ci ritroviamo all'esterno, tossiamo entrambi, e lei cade a terra nel momento in cui sentiamo scricchiolare e sciabordare alle nostre spalle. Mi volto, Kaleb sta sbattendo la ruspa contro la torretta di legno, ripete l'operazione più volte per far oscillare la cisterna e far cadere l'acqua, che si riversa sul fienile e sulla stalla, domando le fiamme.

Finalmente rilasso le spalle, il vento mi brucia le labbra e le orecchie, mentre il bagliore del fuoco si attenua a mano a mano che l'incendio si estingue, facendo risalire il fumo verso l'alto.

Sospirando, mi giro e cado in ginocchio.

Tiernan.

Le afferro un braccio e il viso, sollevandole il mento. «Guardami», le dico.

Apre gli occhi a fatica e il nevischio sollevato da tutto il trambusto le guizza sulle ciglia. Ho il suo sangue sulle dita, perciò le giro il braccio lentamente per studiare la ferita.

Il sangue spilla da un taglio, vi premo sopra per cercare di fermarlo, ma lei sussulta di dolore e ha gli occhi umidi.

«Come facevi a sapere che i cavalli andavano sculacciati?», le domando, cercando di distrarla dal dolore.

«Non lo sapevo», risponde con voce strozzata. «L'ho solo visto fare nei film».

Rido tra me e me.

Sta tremando. Dobbiamo portarla dentro.

«Come è partito l'incendio?», mi chiede, guardando oltre la mia spalla.

Scuoto la testa. «Potrebbe essere stato un cortocircuito. O la caldaia. Chissà».

«Jake ci darà la colpa».

«Sicuramente», mi lamento, mettendomi il suo braccio buono intorno al collo e aiutandola ad alzarsi.

«Ma tu sei stata brava».

La guardo negli occhi. *Non ha esitato un attimo. È andata dritta dai cavalli.*

Mi ha fatto spaventare da morire, sì, ma è stata coraggiosa.

«Non farlo più, però, okay?», le dico.

Inizio a trascinarla verso casa, ma Kaleb appare all'improvviso. La prende in braccio e mi indica il fienile con un cenno del mento.

Non ho neanche il tempo di protestare perché si volta e porta dentro Tiernan. Lei lo sta fissando.

Serro la mascella, osservandoli scomparire in casa.
Infine faccio quello che mi è stato chiesto: mi metto a ripulire il disastro nel fienile.

23. Tiernan

Trasalisco a denti stretti. La ferita è davvero profonda.
Con un lamento, svio lo sguardo dal sangue, intanto Kaleb mi controlla il braccio.
Che faccio? Distiamo chilometri di pericolose strade innevate dall'ospedale, ma fa male. E se la ferita dovesse infettarsi?
Mi tremano le ginocchia. Vorrei che Jake fosse qui.
Dopo che Kaleb mi ha portato in casa, mi ha messa a sedere sul tavolo della cucina, mi ha fasciato la ferita e ha acceso il camino. Poi è tornato fuori ad aiutare Noah.
Dalla finestra, ho visto che l'incendio si era ormai spento, ma i due dovevano mettere al riparo gli animali e così, dato che l'officina era l'unica struttura ancora intatta, l'hanno dovuta riempire di fieno e ci hanno trasportato dentro tutte le bestie. Hanno lasciato il portellone socchiuso per far filtrare dell'aria, ma questa cosa non impedirà a Jake di dare di matto quando sarà di nuovo a casa tra un paio di giorni.
Dio, si arrabbierà tantissimo. Metà del fienile è impraticabile e presto l'officina sarà impregnata di merda di cavallo.
Almeno gli animali si godranno il calduccio.
I poveri cani gironzolano intorno al tavolo della cucina, guardandomi con preoccupazione.
Kaleb mi stringe il braccio e mi sento trafiggere dal dolore. «Kaleb...», lo imploro.
Non so se fa davvero così male o se sono semplicemente spaventata. Se dovessi aver bisogno di un dottore, non potrei andarci.
Giro la testa e incrocio il suo sguardo, ha la fronte corrugata e sta premendo uno straccio pulito sulla ferita. Dopo un attimo si dirige verso il pensile sopra il frigorifero.
«Gesù Cristo», sento Noah ringhiare, sbattendo la porta di casa. «Non è mai scoppiato un incendio qui. Mai!». Apre l'anta accanto al lavello e tira fuori una bottiglia di Cuervo che tengono là.
«A parte quella volta che ho lanciato una freccia infuocata sulla tanica di benzina. Avevo dodici anni. Ma lì sapevo cosa sarebbe successo», mormora. «L'unico che ci ha rimesso qualcosa sono stato io».
Vorrei mettermi a ridere, ma non ne ho le energie. Sono ancora seduta sul tavolo, le gambe penzoloni e il sangue che impregna lo straccio, bagnandomi la mano. Sento gorgogliare la tequila e poi Noah, alle mie

spalle, butta giù un paio di sorsi. Osservo Kaleb posare una scatolina di latta rossa sul tavolo.

Il cuore comincia a battermi più forte.

Ma invece di tornare da me, Kaleb va al lavandino e apre il rubinetto. Quando mi volto, lo vedo lavarsi le mani.

Sento lo stomaco contorcersi e mi mordo un labbro.

«Tieni». Noah mi dà un colpetto sulla spalla con la bottiglia fredda. «Bevi questa».

Scuoto la testa. Al momento, il mio stomaco non è in grado di sopportare nulla.

Kaleb si avvicina, apre la scatola di latta e tira fuori alcune cose.

«Voi due eravate svegli?», domando, guardando prima uno e poi l'altro. «Per fortuna vi siete accorti in tempo dell'incendio».

Noah sposta immediatamente lo sguardo su Kaleb, ma nessuno dei due risponde. Kaleb mi afferra il braccio e rimuove con cautela lo straccio appiccicato alla pelle a causa del sangue, facendomi gemere per il dolore e lacrimare su una guancia.

Cambio idea, strappo la bottiglia dalla mano di Noah e faccio due sorsate. Il liquido mi brucia subito la gola facendomi tossire, ma appena uno dei due mi toglie la tequila i conati mi assaliscono, sono sul punto di vomitare. Fa proprio schifo.

Nonostante questo, arraffo di nuovo la bottiglia e mi sforzo di mandare giù un altro po' di alcol.

Kaleb si piega sulla scatola, estraendone ago e filo. Lo osservo, la tequila m'infiamma l'esofago e raggiunge lo stomaco, e lui utilizza una specie di pinza per infilare il filo nella cruna e bruciare la punta dell'ago per disinfettarlo.

Ma che cavolo…?

E a quel punto capisco.

Oh, no.

Scuoto la testa. «Kaleb, no».

Il suo sguardo scatta su di me, i suoi verdi occhi scuri sono irremovibili.

Ma il suo addome – è ancora a torso nudo perché non ha avuto il tempo di coprirsi da quando è corso fuori – si contrae per via del respiro affannato. È come se fosse… nervoso.

Mi prende il braccio, serrando la mascella, e preme le dita nella carne, pizzicando i due lembi della ferita per avvicinarli.

Mi metto a urlare. «No! Kaleb, fermo».

Non posso farcela. Giro la testa, annaspando.

«È necessario», mi incoraggia Noah, passandomi di nuovo la bottiglia. «Se non chiudiamo la ferita, potrebbe infettarsi e ti farà desiderare di essere già morta».

Tracanno altra tequila.

Kaleb incrocia per l'ennesima volta il mio sguardo, poi le sue dita –

rosse del mio sangue – avvicinano ancora di più i due lembi di pelle. Finalmente mi trafigge con l'ago.

Lo stomaco si rivolta, tremo e quando sento trapassare la carne con l'ago, un sudore freddo mi travolge. Mi mordo il labbro talmente forte da farlo sanguinare. «Noah», singhiozzo.

Fa malissimo. Voglio Jake. Loro non sanno quello che fanno. Non esiste una specie di colla per chiudere le ferite, al giorno d'oggi?

Kaleb tira il filo, un bruciore simile al morso di un serpente mi sconvolge, e io stringo i denti, le lacrime stanno per scendere.

Merda.

Noah continua a passarmi la bottiglia, ma io l'allontano. Ho lo stomaco in fiamme, la testa leggera e voglio vomitare.

Faccio un respiro profondo, inspirando ed espirando, cercando di calmare la nausea, ma Kaleb mi infilza di nuovo con l'ago e, mentre il sangue mi sgorga lungo il braccio, sento il corpo trafitto da un dolore fortissimo.

«Ti prego», urlo. «Basta. Ti prego».

Lo spingo via, cercando di non fargli avvicinare la mano al braccio. Non posso farcela. Dobbiamo aspettare. Jake saprà cosa fare. Non ci riesco. Non potrò vedere un dottore per altri cinque mesi. E se il dolore non dovesse sparire? E se non guarissi?

Gli allontano la mano. «Togliti», ringhio. «Fa male!».

Kaleb si alza in piedi e prima che mi renda conto di cosa sta succedendo, mi assesta uno schiaffo talmente forte da farmi girare la testa, quasi mi spezza il collo.

Spalanco gli occhi e la bocca e smetto di piangere, boccheggiando sul tavolo. Le orecchie mi fischiano e sono pietrificata.

Ma che cavolo fa?

Mi ha colpito.

Mi ha colpito!

Kaleb pianta i pugni ai lati delle mie cosce e si avvicina alla faccia. Mi ci vuole un attimo per riprendermi perché tutta la stanza gira.

«Ehiiii!», ringhio, voltandomi.

Sollevo una mano e lo schiaffeggio a mia volta, ma la sua testa si muove appena.

«Mi hai dato uno schiaffo!», grido, la rabbia mi fa attorcigliare le budella.

Lo spintono sul petto con entrambe le mani, colpendolo di nuovo.

«Ma non senti più male, no?», s'intromette Noah nel mio orecchio.

Fulmino Kaleb con lo sguardo, elaborando le parole di Noah e concentrandomi sulla sensazione che provo al braccio.

Il dolore c'è ancora, ma è attenuato. Provo talmente tanta rabbia che non sento più il male.

Con il respiro corto, fisso Kaleb che mi sta ancora col fiato sul collo.

Ma lui non aspetta che mi riprenda dallo shock. Anzi, torna a sedersi e fa un cenno a Noah con il mento, come per indicargli qualcosa, poi stringe i lembi della ferita e ritorna a trafiggermi la pelle.

Noah sale sul tavolo alle mie spalle, tenendomi ferma con un braccio intorno alla vita e infilandomi una mano tra i capelli.

Me li stringe nel pugno e io trasalisco dal dolore, dopodiché butto fuori l'aria distogliendo la mente dal dolore al braccio.

Kaleb tira il filo e chiudo gli occhi, il sudore mi ricopre tutto il corpo. *Gesù. Cazzo.*

Kaleb mi ricuce, Noah serra la presa sui miei capelli e io lascio ricadere la testa all'indietro, avvicinando le labbra al suo collo, urlando.

Kaleb ripete l'operazione per altre due volte e il mio stomaco è completamente in subbuglio. Sono in balia dei conati.

«Kaleb», lo imploro.

Lui mi guarda e io guardo lui, annuendo.

Fallo. Fallo e basta...

Lui aggrotta le sopracciglia, ha il respiro pesante, ma si alza in piedi, esitando solo un momento prima di schiaffeggiarmi di nuovo. Urlo, strizzando gli occhi e lasciando che le lacrime mi scendano sulle guance.

Mi gira tutto e butto fuori un lungo e lento respiro.

All'improvviso delle mani mi circondano la faccia, mi sento sfiorare da una carezza – leggera come una piuma – e poi delle labbra si posano sulle mie, baciandomi dolcemente. Sentendomi mordicchiare, mi calmo subito, e quando il labbro inferiore viene catturato dai suoi denti, il sangue prende a ribollirmi nelle vene per tutto il corpo, fino alla punta dei piedi.

Mi sento avvampare dappertutto, ed è come se stessi fluttuando. Sfiora la mia lingua con la sua, arroventandomi e... Oh, Dio. Mi sento così leggera. Mi sento così bene.

Prendo ad accarezzargli la pancia e il petto, comincio a ondeggiare i fianchi intorno a lui, ma mi fermo subito.

«Fi...», balbetto con un filo di voce. «Fi... finisci. Finisci, ti prego».

Le labbra si allontanano e giro la testa. L'ago mi trafigge, strappandomi un urlo che viene attutito da Noah. Ora è la sua bocca a essere sulla mia. Lui mi stringe e io continuo a gridare, tremando.

Merda.

«Tiernan», sussurra. «Shhhh...».

Il calore emanato dai suoi vestiti mi avvolge, so soltanto che poco dopo affonda la faccia nel mio collo, senza baciarlo, e mi stringe una mano intorno alla gola.

«Più forte», rantolo.

Mi addenta la pelle del collo, stringendomi, e appena sento Kaleb infilare di nuovo l'ago, afferro la nuca di Noah e mi giro verso di lui, ansimando contro la sua bocca.

«Tiernan», mormora Noah. Ho un sapore salato in bocca, ma non capisco bene se si tratta delle sue lacrime o delle mie. «Ti voglio bene. Sei nostra, cazzo. Ti vogliamo bene».

Mi bacia sulla guancia e sulla fronte, mentre Kaleb prosegue con il lavoro di sutura. Io cerco di calmare il respiro, assaporando i brividi provocati dalla sua bocca sulla mia pelle.

Mi sento sfiorare le labbra dalla bottiglia, mando giù un altro sorso di tequila, e nel frattempo Kaleb taglia il filo con i denti, ripulisce il sangue sul mio braccio e mi benda la ferita.

L'alcol comincia a scaldarmi dall'interno, il dolore diventa sempre meno acuto.

La guancia, però, mi brucia.

Spalanco gli occhi, facendo un respiro profondo.

«Potevi avvertirmi», mi rivolgo a Kaleb, con la voce rotta dalle lacrime. «Potevi colpirmi in un altro punto».

Perché proprio in faccia?

Kaleb chiude la scatola di latta e si alza dalla sedia, buttando la garza macchiata di sangue nell'immondizia.

Poso la bottiglia e scivolo giù dal tavolo. «Alla cascata, Cici Diggins è uscita dalla grotta insieme a te, le sanguinava il naso».

«Cosa?». Anche Noah salta giù dal tavolo.

Kaleb non mi degna di uno sguardo. Resto a fissare la sua schiena mentre si lava le mani. Vedo i suoi muscoli tendersi, il suo respiro è calmo e regolare. Troppo calmo.

Non vuole difendersi? Cici potrebbe raccontare la verità sull'accaduto. Io ho visto i suoi atteggiamenti violenti. Lanciare cose, sputare, rifiutare un "no" come risposta…

Stasera mi ha schiaffeggiata senza la minima esitazione.

Eppure i cani lo adorano, no? Gli vanno dietro, dormono con lui e lo fanno anche ridere, quando pensa che nessuno lo stia guardando.

È sempre pronto a mettersi davanti a me per proteggermi. Cerca di comunicare, come quella mattina che stavo disegnando.

Di fronte ai commenti maligni di Noah, o agli ordini impartiti in malo modo da suo padre, Kaleb non proferisce parola oppure comincia a dare di matto. Fa quello che deve fare solo perché vuole che le persone lo lascino in pace.

Muovo lo sguardo, scuotendo la testa. È questo che fanno le donne, no? Pensano sempre che ci sia una spiegazione più grande, persino dietro alle cose più irrilevanti.

Gli occhi mi pungono e gli angoli della bocca cominciano a tremare. «Kaleb», lo imploro con un filo di voce.

Ma è Noah a parlare. «Cici Diggins direbbe qualsiasi cosa pur di stare al centro dell'attenzione».

«Stava sanguinando», puntualizzo. «Lei non sapeva che ero lì».

«Lui non picchia le donne, Tiernan». Noah mi passa davanti, prendendo l'ibuprofene dal mobiletto. «A meno che non facciano le isteriche, impedendogli di salvarle», risponde, mettendomi un paio di compresse in mano e guardandomi negli occhi. «Gli hai detto tu di farlo».

Mi ficco le pasticche in bocca e le mando giù senza acqua, sentendole grattare la gola.

Sì, gliel'ho detto io. La seconda volta.

Gli ho detto di colpirmi, in parte perché aiutava a smorzare il dolore e in parte perché…

Abbasso lo sguardo. *In parte perché mi piaceva.* Mi piacevano la rabbia e la voglia di colpirlo a mia volta, perché anche se faceva male, ero presente. C'ero completamente dentro e non avrei mai voluto che finisse. Non avrei mai voluto smettere di provare quella sensazione.

Il dolore ci ricorda sempre che siamo vivi. E la paura che lo accompagna ci fa pensare che vogliamo restare vivi.

Kaleb riesce a farmi questo. Se non altro, mi ricorda che sono più di quello che penso di essere.

Ma quando mi ha preso il volto fra le mani, dopo avermi schiaffeggiata, e mi ha baciata con così tanta dolcezza, ho sentito subito le farfalle nello stomaco e ho dimenticato tutto il resto.

Ho dimenticato che dovrei continuare a stargli lontano il più possibile.

Mi passo la mano tra i capelli, mordendomi il labbro e sentendo l'alcol proseguire la sua azione lenitiva sul braccio.

«Voglio Jake», mormoro tra me e me.

E se si infetterà comunque? Lui saprebbe cosa fare. Loro non sanno gestire questa situazione. Sono imprevedibili, irresponsabili…

«Non è a lui che poco fa hai infilato la lingua in bocca, però», sbotta Noah, guardandomi da dietro la spalla, sta riempiendo una brocca. «Prima ti è piaciuto».

Sposto il peso da un piede all'altro, distogliendo lo sguardo.

Ma lui si volta, asciugandosi le mani con uno straccio. «Lo sai, mi sono appena reso conto di una cosa». Socchiude gli occhi, mi studia. «Sono l'unico in questa casa a non averti mai colpita», afferma. «Eppure sono l'unico che tu non vuoi. Che razza di problemi hai?».

Stringo gli occhi, le sue parole mi offendono. Questo non è… cosa?

Io non…

«Magari, se ti do una bella sculacciata, ti bagni?», mi chiede.

Mi rabbuio. Noah ci ha visti. Ha visto suo padre sculacciarmi quella sera.

Il cuore mi martella nel petto e Noah scuote la testa. È il primo vero segno di disprezzo che gli vedo esternare, ed è rivolto a me.

Adesso è davvero arrabbiato.

Torno con la mente a pochi istanti fa, alle delicate labbra di Kaleb e alla bocca di Noah così calda.

Qualche attimo prima, mi adorava. *Ti voglio bene. Sei nostra, cazzo. Ti vogliamo bene.*

Ho persino l'impressione che stesse piangendo, detestava che provassi tutto quel dolore e il fatto di non essere in grado di alleviarlo.
Il braccio continua a pulsarmi, ma sto meglio.
Si sono entrambi presi cura di me. Non Jake. Sono loro ad aver gestito la situazione.
Noah pensa di essere invisibile ai miei occhi.
Si volta a riempire un'altra brocca, mentre Kaleb pulisce il tavolo. Li osservo entrambi, quasi senza accorgermi che a un certo punto la luce se ne va.
Nella cucina cala il buio, anche l'illuminazione esterna scompare in mezzo alla bufera, e i ragazzi interrompono quello che stanno facendo. La neve cade nella notte buia e nella casa scende il silenzio.
Noah posa lo straccio. «Cristo».
Kaleb esce dalla cucina, diretto alla lavanderia, e vedo Noah togliersi la maglietta e lanciarla via, tornando ad armeggiare con l'acqua.
«Ci resta solo l'acqua calda nel cassone», si lamenta. «Merda».
Stringo i pugni, sentendomi all'improvviso le braccia svuotate.
Mi avvicino lentamente a Noah.
Gli avvolgo le braccia intorno ai fianchi.
«Noah è sempre così caldo», dico a voce bassa. «È l'unico con cui adoro parlare».
Lui si irrigidisce e io gli appoggio la fronte sulla schiena, continuando ad abbracciarlo e accarezzandogli il petto con le mani.
Io ti vedo.
«È l'unico che mi sorride, è come se mi facesse respirare a pieni polmoni».
Il vento soffia dalla soffitta, fischiando attraverso la casa buia e silenziosa, e Noah respira a malapena.
«Le mie braccia sono fatte per abbracciarlo e adoro guardarlo cucinare. Starei tutto il tempo a guardarlo cucinare». Sorrido tra me e me, inalando il suo odore. «Ha un profumo che vorrei mangiare, e quel giorno, prima di andare a pesca, avrei voluto che non uscisse mai dalla doccia. Volevo che mi toccasse».
Sento sprofondare il suo petto e, quando abbasso lo sguardo, noto che le sue mani sono aggrappate al banco della cucina.
Deglutisco. «Ci ho persino fantasticato sopra», sussurro. «Su di noi, nella doccia. Nascosti lì dentro ogni mattina. Il nostro segreto».
Noah si gira, il volto distorto dalla rabbia. Mi prende da sotto le ascelle e mi solleva sulle punte.
Quando mi sfiora il naso con il suo, resto senza fiato.
«Ero così bagnata sul divano, la sera del mio compleanno», bisbiglio. «Così bagnata».
Ti voglio.
Alle mie spalle, qualcosa cade sferragliando, e Noah continua a guar-

darmi male, come se stesse per perdere la testa. Quando mi guarda in questo modo somiglia a Kaleb.

Tirandomi su, mi sistema dentro a una tinozza di latta, le dita dei piedi che si arricciano contro la sua superficie rugginosa.

«Non dire più niente», mi dice.

Mi sembra una minaccia, però, quindi mi irrigidisco.

«Devo...».

«Shhh». Mi toglie le mani da sotto le ascelle e mi preme un dito sulla bocca. I polmoni si svuotano di tutta l'aria.

Mi sento penetrare la pelle dai suoi occhi e non ho idea di cosa abbia intenzione di fare, ma so quello che vuole. Questo Noah mi spaventa.

Stringo le gambe. Devo andare in bagno.

Ma non me ne vado. Non voglio interrompere questo momento.

Kaleb è al mio fianco e gli vedo solo le gambe, perché sono troppo spaventata per guardarlo in faccia.

Sposto il peso da un piede all'altro nella tinozza.

La tinozza, penso.

Le brocche di acqua calda.

Noah mi solleva l'orlo della maglietta, esita solo un attimo, per lasciarmi il tempo di fermarlo, ma io riesco solo a fissare il pavimento. Mi sfila l'indumento dalla testa.

Lo sento inspirare e, quando la maglietta cade a terra, l'aria fredda mi colpisce il petto. Là, in mezzo al buio, lo sguardo di Kaleb mi incendia la pelle e riesco a malapena a respirare.

Sì.

La sensazione di impellenza là sotto diventa sempre più forte e sfrego le cosce tra loro. Lentamente, Noah mi liscia i capelli, separandoli in due metà a partire dalla nuca, poi prende a intrecciarli.

«Non voglio che ti bagni la testa», dice provato.

Mentre Noah continua a intrecciarmi i capelli, i miei capezzoli diventano turgidi e Kaleb prende a gironzolarmi intorno, come uno squalo. Ho ancora con me il nastro che ho rubato dalla sua stanza.

Noah ferma le trecce con un elastico di gomma trovato nel cassetto e comincia a giocarci, sollevandomele sulla testa. «È carina così», dice a Kaleb. «Vero?».

Le trecce mi solleticano la pelle e sollevo lo sguardo, giusto in tempo per vedere Noah bagnarsi il pollice e ruotare intorno al mio capezzolo sinistro, giocando con la punta.

Gemo, incrociando le gambe per il bruciore. «Sto per farmela addosso».

«Allora i pantaloncini devono sparire», risponde con calma.

Chiudo gli occhi per un momento. Non capisco se devo davvero andare in bagno o se sono semplicemente nervosa.

Noah si inginocchia su una gamba e mi guarda dal basso, sfilandomi i pantaloncini. Sollevo i piedi per liberarmene, percependo Kaleb fermarsi, mi osserva con fare minaccioso.

Dopo, Noah mi afferra le mutandine di seta azzurre e le tira giù, denudandomi completamente.

Kaleb se ne sta fermo, e io lo guardo, ogni suo singolo muscolo delle braccia è teso e ha le mani strette a pugno. Mi sta squadrando dalla testa ai piedi. Sembra che non stia nemmeno respirando.

Noah versa l'acqua nella tinozza, poi si alza in piedi. Adesso li ho entrambi attorno. Sento accelerare il battito e ho la sensazione che stiano per saltarmi addosso.

L'acqua schizza attorno alle mie caviglie, mentre Noah si porta alle mie spalle e Kaleb si ferma davanti, passandomi un dito lungo il busto e fermandosi appena sotto l'ombelico. Vengo scossa da un brivido.

Un panno caldo mi sfiora la nuca e sento lo sfrigolio della schiuma scendermi lungo la schiena.

«Questo ti dispiace, piccola Van der Berg?».

Scuoto la testa, buttandola indietro. Noah mi accarezza la schiena con il panno caldo, poi risale sulle spalle.

È così bello.

«Cosa faresti senza di noi?», mi bisbiglia Noah all'orecchio.

Inclino la testa all'indietro, cercandolo e chiudendo gli occhi.

«Ci prendiamo noi cura di lei», dice rivolto a Kaleb, venendo davanti a me e facendomi colare l'acqua calda sul petto. «Non ha bisogno del nostro paparino, vero?».

Kaleb mi afferra una gamba, poggiandosi il mio piede sul ginocchio, poi inizia a lavarmi, passando il panno sulla coscia e virando verso l'interno, senza sfiorarmi là. Gemo.

«Così». Noah mi morsica un orecchio. «Brava!».

Passa a me lo straccio e usa entrambe le mani per insaponarmi i seni, massaggiandoli con movimenti circolari. Mi sento inondare di calore in mezzo alle cosce e ora desidero di più. Voglio che mi tocchino dappertutto.

Noah mi afferra la mano che regge lo straccio e la spinge verso il basso. «Lavati la passera».

Mi mordo il labbro, ubbidendo. Faccio scivolare il panno tra le gambe, strizzandolo per far uscire la schiuma, e mi lavo. Kaleb mi solleva l'altra gamba e continua a fissare la mano che strofina là sotto.

«Me lo bagni?», gli chiedo, passandogli lo straccio.

Lui lo immerge nell'acqua e me lo porge di nuovo, il suo petto si alza e si abbassa velocemente, e continua a seguire ogni mio movimento. Le goccioline mi colano lungo tutte le gambe.

Il suo sguardo duro non vacilla di una virgola, ma gli sfugge un grugnito. Abbasso lo sguardo e noto la sua erezione premergli contro i jeans.

«Pulita?», mi domanda Noah.

Per un attimo, penso che la domanda sia rivolta a me, poi Kaleb si abbassa. Mi passa la lingua calda lungo la fessura per controllare.

Un brivido. *Merda.*

Afferro la testa di Kaleb per bloccarla proprio là, intanto Noah gira la mia verso di sé per baciarmi.

Kaleb lecca e succhia, Noah mi toglie completamente il respiro.

Dio, non fermatevi.

«Dicci di sì», mormora Noah contro la mia bocca.

Lo fisso, rimanendo per un momento in silenzio.

Se andiamo fino in fondo, potremmo non essere più in grado di tornare indietro. Non voglio perderli. Io…

Kaleb si spinge fin dentro e d'istinto gli accarezzo i capelli, lui continua a leccarmi e a succhiarmi il clitoride.

Noah mi solleva il mento. «Apri la bocca, Tiernan», mi ordina.

Ubbidisco e lui mi ficca la lingua in bocca, facendomi vibrare il corpo dalla testa alla punta dei piedi.

«Dicci di sì», ripete.

Kaleb affonda con la sua lingua, stringendomi il sedere con entrambe le mani e tirandomi verso di sé. Mi sta completamente divorando.

Gemo. «Sì», ansimo. «Sì».

Noah mi lascia andare e ringhia: «Sì, cazzo».

Kaleb si alza in piedi, mi solleva per le cosce guardandomi negli occhi, e io mi aggrappo a lui con le braccia e con le gambe.

Mio.

Tra pochi mesi la neve si scioglierà e il mondo ci travolgerà di nuovo, ma per il momento… loro sono miei. *Per questo inverno, sono miei.*

I nostri nasi si sfiorano e Kaleb apre la bocca, come per dire qualcosa, ma ci ripensa e mi bacia la fronte.

Sento le farfalle nello stomaco. Adoro quando lo fa.

Si gira, avviandosi verso la camera da letto.

Lo stringo forte e vedo Noah seguirci attraverso la casa buia, dopodiché affondo la faccia nel collo di Kaleb e inalo il suo odore.

Lo voglio. Voglio loro. Voglio lui.

Kaleb è sia un bullo che un bambino, ma lo sono anch'io, e voglio che mi parli, anche se a volte credo che in qualche modo lo faccia, sebbene io non lo ascolti. Il modo in cui mi stringe la vita con un braccio e mi sorregge la testa con l'altra mano mi fa sentire al sicuro.

Lo sento annusarmi i capelli e so che vuole proteggermi, anche quando sono convinta che non mi degni di uno sguardo. Ha sempre la situazione sotto controllo, mi tiene d'occhio.

Se penso agli ultimi mesi mi bruciano gli occhi; darmi da mangiare la carne cacciata da lui, farmi sedere sulle sue gambe quando la mia sedia era bagnata, allontanarmi da Cici e Terrance sulla pista da ballo. Lui ha pensato sempre a me.

Ecco come mi ha parlato.

«Kaleb», gli sussurro all'orecchio, baciandolo dalla tempia fino al collo.

Lui espira e mi solleva ancora di più, stringendomi le natiche mentre raggiungiamo il secondo piano. Lo guardo, le nostre labbra si sfiorano appena. Apre la porta e Noah ci supera, ora Kaleb e io siamo persi l'uno nell'altra.

La porta in cima alle scale si apre con uno scricchiolio e sento il respiro di Noah da qui.

«Portala dentro», ansima. «Muoio dalla voglia».

Tiro fuori la lingua, leccando il labbro di Kaleb, poi affondo nella sua bocca. Lo mordo, assaporando le labbra, e lui si dirige verso la porta, salendo gli ultimi gradini. Sento il cuore gonfio e ho quasi voglia di ridere, o urlare, perché provo tante emozioni contrastanti.

Arriviamo in cima alle scale e la porta si chiude alle nostre spalle. Il fuoco è acceso, l'odore di Kaleb mi fa vibrare la pelle.

Il suo petto incombe su di me, facendomi pulsare tutto, là sotto.

Sto per abbassare i piedi sul pavimento, ma all'improvviso Noah mi afferra da dietro e mi aiuta a scendere. Le dita sfiorano il pavimento di legno e osservo ancora Kaleb quando suo fratello mi sussurra qualcosa all'orecchio.

«Potrebbe stare via per giorni», dice, venendomi davanti e pizzicandomi il clitoride con le dita. «Giorni, Tiernan».

Inarco la schiena, il lieve dolore e la promessa di ciò che potrebbero farmi in assenza del padre mi fanno impazzire.

Sì, cazzo.

Il dolore al braccio è sparito, in questo momento sento soltanto il mio cuore battere.

Mi allontano da Noah, barcollando all'indietro con i polmoni svuotati. Non riesco a prendere abbastanza aria. Sono entrambi davanti a me, si avvicinano lentamente, Kaleb si sfrega il pacco attraverso i jeans.

Urto il letto con il retro delle ginocchia e cado a sedere sopra le lenzuola. Striscio sopra il materasso, muovendomi sulle ginocchia e guardandoli arrivare.

«Noi ci siamo presi cura di te», dice Noah, con un sorriso stampato sulla faccia, palpandosi anche lui attraverso i jeans. «Ora, tu ti prenderai cura di noi».

Mi investe, piombandomi addosso, e mi prende il viso fra le mani facendoci cadere entrambi sul letto.

Mi distendo di schiena, abbandonando la testa sul cuscino, e Noah si stende al mio fianco.

«Noah...», lo imploro, piagnucolando.

«Sshhh».

«Ho paura», mormoro.

Kaleb fa il giro del letto, osservando Noah accarezzarmi i capelli.

Si mette a giocare con una treccia. «Stiamo per scopare, piccola».

Noah insinua una mano tra le mie cosce e Kaleb mi afferra per la caviglia, allargandomi le gambe.

Noah mi infila due dita dentro e io sussulto, sentendole entrare senza difficoltà perché sono davvero bagnata.

Mi sfiora le labbra con le sue e mi bacia, penetrandomi lentamente con le dita. «Apriti di più, piccola», mi ordina.

Allargo ancora di più le gambe e la sua lingua si muove nella mia bocca, per poi scendere sul seno, succhiare un capezzolo e finire anche per morderlo.

Alzo lo sguardo verso Kaleb, mi sto dimenando contro la mano del fratello, rincorro le sue dita per farlo procedere al mio ritmo.

«Porca miseria», impreca a denti stretti. «Cavolo, se è stretta».

Mi riempie, ma lo voglio più in profondità. Voglio di più, voglio il suo corpo, i suoi muscoli, voglio che mi scopi.

«Non fermarti», gracchio. Dio, che bello.

Di più. Voglio di più.

Gli afferro il viso, avvicinando la sua bocca alla mia, lui intanto continua a lavorarmi con le dita.

Qualcosa lo urta, interrompendo il nostro bacio, e prima che possa aprire gli occhi Kaleb mi bacia profondamente. Noah si sposta sul mio collo, scivolando con le labbra dietro l'orecchio, e io mi aggrappo alla cintura di Kaleb, cercando di aprirla.

Lui mi ferma, e quando apro gli occhi vedo che si è alzato dal letto per slacciarla da solo.

Noah lo imita, alzandosi in piedi e abbassandosi i pantaloni. Cadendo, la cintura urta il pavimento. Si ferma un attimo, fissandomi da lì, e io desidero che le sue dita tornino là sotto. Oppure voglio qualcosa di più.

Mi cade lo sguardo sul suo pisello, che è dritto come un palo d'acciaio, e mi tiro su, ho ancora il nastro nei capelli che mi solletica le tempie.

Apro la bocca, desiderosa di assaporarlo.

Ma lui mi butta di nuovo giù, salendomi sopra, poi tira su le lenzuola coprendo i nostri corpi.

«Io sarò il primo», mi grugnisce nella bocca. Stende un braccio fuori dal letto e sento che apre il cassetto per prendere qualcosa.

Il suo pisello mi sfiora tra le cosce e io mi ci struscio sopra, sono prontissima ad accoglierlo dentro.

«Tiernan, smettila», mi ordina a denti stretti, la frustrazione nella voce, poi strappa l'involucro del preservativo e se lo infila.

Lo bacio un milione di volte sulla guancia, abbracciandolo e mordendogli il labbro inferiore.

Noah si stringe il pisello con una mano e lo posiziona all'apertura, si solleva leggermente per controllare quello che sta facendo e mi afferra per il fianco, immergendosi dentro di me.

Mi irrigidisco intorno al suo membro, stringo gli occhi quando lo sento arrivare in profondità. Piagnucolo.

«Cristo», grugnisce, l'espressione stravolta dal dolore. Respira affannato, iniziando a entrare e uscire. «È così stretta. Dio».

Mi aggrappo ai suoi fianchi, infilzandoli con le unghie, e cerco di allargare il più possibile le cosce.

Noah è sempre caldo. È l'unico che mi sorride, è come se mi facesse respirare a pieni polmoni.

«È così bello», confesso con un filo di voce. «Non fermarti, Noah».

Lui sorride e si abbassa su di me, strizzandomi i seni e continuando a penetrarmi, sempre più velocemente e con forza.

«Se continui a parlarmi così, verrò subito», mi dice, la voce divertita.

Cerco le sue labbra e gli do un bacio lento e appassionato, stiamo scopando nel letto di suo fratello. Esce fuori dal mio corpo, per poi tornare subito dentro, e io gli stringo i fianchi per guidarlo, ondeggiando il bacino per adeguarmi al suo ritmo.

Gli gemo nella bocca e tutta la stanza comincia a girare. Le sue mani si muovono sul mio corpo, mi toccano dappertutto, e le sue labbra mi sfiorano la fronte.

«Che brava ragazza, Tiernan», mi sussurra, chinandosi sui miei seni per succhiarli. Gli tengo la testa ferma lì, e sorrido a quella affermazione. Sa benissimo che non sono una brava ragazza.

Sono una ragazzaccia. Ma sono la *loro* ragazzaccia.

Gemo, inarcando la schiena dal piacere provocato dalla sua bocca e dal suo membro.

Lui solleva di nuovo la testa, penetrandomi con più forza e facendomi contrarre la vagina intorno a lui, l'orgasmo sta arrivando.

«Siamo così fortunati, cazzo», rantola, baciandomi sul naso e sulla bocca. «Che bella fica succosa».

Gemo di nuovo, entrambi ci muoviamo in sincrono sempre più velocemente e sto per venire.

Poi alzo lo sguardo e vedo Kaleb.

Mi irrigidisco, ma Noah continua a pompare, senza farci caso.

Kaleb è in un angolo buio della stanza con i jeans ancora addosso, sbottonati, e mi guarda. Il suo sguardo incollato su di me, mentre Noah mi sbatte facendomi sobbalzare su e giù sopra il materasso, mi provoca un picco di eccitazione. Senza togliergli gli occhi di dosso, la mia vagina si contrae e ogni muscolo del mio corpo si tende, sprigionando l'orgasmo.

Urlo di piacere, tremo, mi agito e ansimo continuando a guardare Kaleb. Scossa dal piacere, mi sento sempre più calda e lubrificata, e il volto di Kaleb non mi abbandona un attimo, anche se Noah mi scopa. Mi piacerebbe sapere cosa gli passa per la testa, adesso. Vorrei che sapesse ciò che questo significa per me, che il loro amore è l'unica cosa che mi dà coraggio.

Mi rotolo sopra Noah, inchiodandolo di schiena sul materasso e mettendomi a cavalcioni su di lui.

Ora è il turno di Kaleb.

Noah trasalisce aggrappandosi a me, ma io cambio posizione. Mi giro, dandogli la schiena, e giro la testa verso Kaleb, così può guardarmi.

Allungo una mano sotto di me, posiziono il pisello di Noah sull'apertura e mi ci abbasso sopra.

Prendo a ondeggiare lentamente i fianchi e a cavalcare Noah, mentre Kaleb se ne sta ancora lì in piedi, nell'angolo della stanza. Il pisello scivola dentro e fuori e Noah mi strizza il sedere con entrambe le mani, grugnendo.

«Cazzo, Tiernan», ringhia.

Poi solleva le ginocchia, in modo che possa appoggiarmici mentre mi muovo, e io continuo a guardare Kaleb.

Voglio vederti felice.

Disfo le trecce, lasciando nei capelli soltanto il nastrino, e vedo i suoi occhi posarsi sul mio sedere, intento a dimenarsi sul pisello di un altro.

Gli indico col dito di avvicinarsi.

E mi sembra di vedere un sorriso palesarsi sulle sue labbra.

Lui si fa avanti e gli indico la porzione di materasso davanti a me. Intuendo quello che gli sto chiedendo di fare, raggiunge il bordo del letto e si sfila i jeans, dopodiché ci sale sopra con le ginocchia.

Abbasso lo sguardo e il mio cuore salta un battito, ho la gola secca. Quel giorno al fienile, non ero riuscita a vedere molto.

Continuando a scopare con Noah, mi piego in avanti e prendo il grosso membro duro di Kaleb in bocca. Lo impugno alla base, non riuscendo a farlo entrare tutto, e comincio a succhiarlo lentamente, leccandolo e stuzzicandolo con la lingua.

Lui mi infila le dita tra i capelli e, mentre sobbalzo sopra Noah, i nostri gemiti riempiono la stanza, all'esterno della quale infuria il gelido inverno. Con il braccio buono mi sostengo al materasso, continuando a massaggiarlo lentamente e a baciarlo sugli addominali, traendo piacere dalla sua pelle liscia e dal suo sapore.

Lo infilo di nuovo in bocca, in profondità, e lo sento spingere contro la gola. Kaleb si muove a scatti, un ringhio strozzato gli sfugge dalla gola.

Cavalco Noah e contemporaneamente la mia testa fa avanti e indietro su Kaleb, fermandosi di tanto in tanto per leccargli la punta e assaporare un po' del suo liquido seminale.

Noah mi pianta le dita nella carne dei fianchi, penetrandomi da dietro, capisco che sta per venire. Ma Kaleb mi tira la testa e mi stacca dal suo pisello, catturandomi la bocca con foga. Scende giù dal letto, trascinandomi con sé, dopodiché mi spinge di nuovo verso il materasso, stavolta frontale a Noah.

Socchiudo gli occhi senza capire. Ma cosa…?

Kaleb mi spinge da dietro, costringendomi di nuovo sul letto, dopodiché salgo a cavalcioni sul fratello. Mi abbasso sul membro di Noah, con Kaleb che mi fa piegare in avanti sul corpo del fratello. Per un attimo, mi sento mancare il respiro. Che sta facendo?

Poi lo sento.

È dietro di me. Infila la mano tra i nostri corpi e preme le dita… sull'altra apertura.

Mi irrigidisco.

Uhm… Mi sta bene tutto, ma non credo che questa sia… una buona idea.

Kaleb mi tira su e mi gira la testa verso di lui, guidando i miei fianchi. Io mi muovo sopra Noah, continuando a guardare Kaleb che mi stuzzica il sedere, lavorando con la punta del dito dentro di me.

Deglutisco e mi irrigidisco, così lui sposta la mia mano sulla passera, suggerendomi di toccarmi da sola.

Mi strofino il clitoride lentamente, con delicati movimenti circolari, e continuiamo così per un minuto; Noah mi palpeggia le tette, io mi masturbo e il dito di Kaleb è infilato sul retro. Lentamente, mi rilasso.

Dopo un paio di minuti, inizio a muovermi contro la mano di Kaleb e a poco a poco sento crescere di nuovo l'orgasmo.

Quel dito mi provoca una piacevole sensazione. Fa male, ma nel modo giusto.

Con delicatezza, Kaleb mi spinge in avanti e affondo la lingua nella bocca di Noah, muovendomi su e giù sul suo pisello.

L'erezione di Kaleb inizia a premere dietro di me e, lasciandomi scappare un lungo sospiro, prendo a dimenarmi contro di lui.

Sento divampare un incendio sottopelle e trattengo il fiato quando anche lui comincia a scivolare lentamente dentro di me. A poco a poco affonda sempre più in profondità, e gradualmente anch'io mi abituo a quel corpo estraneo, rilassandomi.

«Che brava ragazza», mi dice Noah. «Ti avevo avvertita».

Faccio una debole risatina. *Sì, è vero.*

In effetti, mi aveva raccontato che a Kaleb piace farlo così.

Il mio corpo si adatta piano piano a entrambi e con calma iniziamo a muoverci tutti e tre. Noah mi stringe un seno e il collo con l'altra mano, mentre Kaleb mi afferra l'altro seno e un fianco. Mi abbasso sul membro di Noah e contemporaneamente inarco la schiena per accogliere la spinta di Kaleb, dopodiché ruoto di nuovo il bacino verso Noah e ripetiamo la procedura dall'inizio.

Chiudo gli occhi, spingendo in fuori il sedere per Kaleb perché voglio farlo affondare dentro di me, e il ritmo diventa sempre più sostenuto finché, in un attimo, mi ritrovo completamente in balia dei movimenti dei ragazzi. Noah mi scopa da sotto, mentre Kaleb mi sbatte da dietro. Mi sento totalmente riempita e il mio corpo sta andando a fuoco.

«Ti piace?», mi chiede Noah.

Annuisco, delirante di piacere. «Sì».

Kaleb mi tira verso di sé per baciarmi con le sue labbra morbide e succose.

Mi guarda, ed entrambi non smettono di prendersi ciò che vogliono.

Per me, il tempo si è fermato.

Il suo sguardo è fisso sul mio, mi accarezza il viso e ho la sensazione che voglia dirmi qualcosa, anche se so che non lo farà. Lo capisco chiaramente, però.

Mi sento al sicuro.

«Kaleb», pronuncio contro la sua bocca. «Lo faremo anche domani?».

Lui annuisce e mi appoggia le labbra sul collo. Sorrido.

Entrambi mi massaggiano i seni e cerco di contenere i gemiti.

Dio, cosà dirà Jake? Cosa farà?

«Il nostro piccolo segreto», dichiara Noah, tirandosi su per succhiarmi un capezzolo. «Il nostro piccolo, dolce segreto».

Bacio Kaleb e tengo premuta la testa di Noah sul seno, adorando la sensazione della sua lingua sulla pelle.

Il rumore del mio sedere che sbatte contro il pube di Kaleb riempie la stanza, e sento Noah contrarsi sotto di me, lamentandosi per il piacere.

Mi stringo le cosce affondandovi le unghie e Noah viene durante la penetrazione, intanto Kaleb tiene il mio viso puntato su di lui, fissandomi con intensità mentre scopiamo.

I muscoli si contraggono intorno al suo pisello e, avvertendo l'arrivo dell'orgasmo, prendo a strofinarmi il clitoride per assecondarlo.

Mi sento avvampare ovunque, i nervi s'incendiano, e la sensazione di essere riempita da due persone contemporaneamente mi manda in estasi. Vengo urlando, con Kaleb che mi tira i capelli e mi penetra con più foga, spingendo con tutto il pisello dentro di me.

«Oh, Dio!», grido.

Mi scopa da dietro facendomi sobbalzare il seno su e giù. Non ce la faccio più. Cado in avanti, sorretta dalla sua mano che mi tira i capelli.

Lui grugnisce, ha il respiro corto, e spinge con forza, ansimando e riempiendomi del suo liquido.

«Dio», annaspo, tremando.

Dei brividi mi corrono lungo la schiena e Kaleb allenta la presa sui miei capelli, lasciando che mi abbandoni sopra Noah. I nostri corpi sudati sono tutti appiccicosi, ma non m'importa. Noah mi stringe e Kaleb, alle mie spalle, cerca di calmarsi, tenendo la mano premuta sul mio fondoschiena.

Chiudo gli occhi, pienamente soddisfatta. Non ho idea di cosa succederà domani, ma in questo momento non ho voglia di pensarci. Sono esattamente dove vorrei essere e per stasera, almeno, ho deciso di restarci.

Los Angeles, e la mia vita laggiù, ad anni luce di distanza. Questa è la mia casa.

Poco dopo, Noah si addormenta con il fuoco che scoppietta nella stanza, e Kaleb mi stringe a sé. Dormo a intermittenza, sentendo ululare il vento all'esterno, ma sono al caldo e al sicuro, dentro questa casa.

Sento i capelli tirare leggermente e qualcosa mi sfiora la fronte come una piuma. Cerco di aprire gli occhi, vedo Kaleb stringere nel pugno il mio nastro rosso, lo sta infilando di nuovo all'interno della federa del cuscino.

Sorrido, trattenendo una risata, e torno a dormire.

24. Tiernan

Mi sveglio con la luce del mattino che m'illumina la faccia, sussulto, richiudendo gli occhi e girandomi.

Mi giro sul fianco sinistro e vengo travolta da una fitta di dolore fino alla punta della mano e all'improvviso mi viene in mente tutto quanto. Grugnisco, tirandomi su di colpo.

Abbasso le coperte fino alla vita e mi guardo attorno: la stanza di Kaleb. Sono da sola.

Osservo la benda macchiata di sangue intorno al braccio. Dio, ma che mi è saltato in mente ieri sera?

Ho un cerchio alla testa e trasalisco, strofinandomi il retro del collo. Dopo l'incendio e la ferita al braccio, ho deciso di perdere il controllo e…

Dei flash di noi tre mi sopraggiungono alla mente, scuoto la testa. Non posso farcela. Non ancora. Non che non abbia adorato tutto quello che è successo in questa stanza ieri sera, ma non avrei dovuto lasciare che accadesse.

Gesù. Barcollo giù dal letto, le gambe mi tremolano e afferro il primo pezzo di stoffa che trovo a terra. Ho bisogno dell'ibuprofene e di una doccia. Ho l'intero corpo in fiamme.

L'orologio sul comodino segna le 2:16 del mattino, ma so che è molto più tardi. Devono aver ripristinato la corrente. Grazie a Dio.

Mi infilo la maglietta e vengo travolta dal profumo di Kaleb. Ho la pelle d'oca sulle gambe, ricordando quello che mi ha fatto provare.

Per un attimo cado di nuovo in preda alla follia. Mi si stringe ancora un po' il cuore nel sentirmi ancora i suoi occhi addosso. La sua bocca. Le sue braccia.

All'esterno, qualcosa prende a suonare con un bip e sbattendo le palpebre capisco che è la ruspa. Emette quel suono quando procede in retromarcia. Devono essere fuori a lavorare sui danni dell'incendio.

Esco dalla stanza e scendo al secondo piano, dando un'occhiata alla porta aperta della camera di Noah dirigendomi in bagno. È vuota. È insolito che sia già alzato a quest'ora a lavorare, di sua spontanea volontà. Deve temere parecchio la reazione di suo padre.

Ma come ha avuto inizio l'incendio? Ora che sono lucida, tutta la situazione mi pare assurda. Vivono qui da una vita. Jake ha insegnato loro a essere diligenti, a spegnere tutti i macchinari e i caminetti.

Entro piano piano in bagno e infilo un braccio nella tenda della doccia per aprire il rubinetto. Deve essersi trattato di qualcosa che non avevamo previsto, qualcosa che non sapevamo potesse rappresentare un pericolo. Come ha detto Noah, probabilmente è stato un cortocircuito.

Mi sporgo sopra il lavandino e sollevo il braccio lamentandomi per il dolore. Con i muscoli tesi, inizio a srotolare la garza.

Sento dei passi entrare in bagno e alzando lo sguardo vedo Kaleb. Lavato, sbarbato e con addosso i jeans e una maglietta blu scuro. Mi sento avvampare sulle guance, ripensando a quanto ho adorato tutto quello che mi ha fatto stanotte.

Ed eccomi qua, sporca, con i capelli appiccicati alla faccia e un considerevole strato di sangue e sudore addosso. Non solo il mio sudore.

Entra con in mano la scatola di latta rossa e la posa, spostandomi i capelli dietro le spalle e ispezionandomi il volto. Al suo tocco, la mia pelle si scalda subito. Mi gira la testa e mi accarezza la guancia. Impiego un minuto per capire cosa sta facendo.

Gli schiaffi. Si sta accertando che non abbia lividi.

Gli sto fissando le labbra, penso che avrei tanto voluto udire la sua voce, ieri sera. Eppure mi è quasi parso di avergli sentito pronunciare qualcosa, un paio di volte.

Allungo una mano e gli sfioro anch'io il viso, iniziando a credere di aver immaginato tutto quanto, ma... lui si scosta, indietreggiando un po'.

La mia mano resta sospesa e lui si mette a frugare nella scatola.

Sento le lacrime agli occhi. Il vecchio Kaleb è tornato.

«Kaleb...», mormoro.

Lui evita il mio sguardo – gli occhi a fessura mentre rimuove la fasciatura e inizia a pulire i punti.

«Non so cosa dicevi stanotte», butto lì. «Ma l'ho percepito».

Kaleb mi fa sedere sul bordo della vasca e si accuccia per avvolgermi una garza nuova attorno al braccio.

Lo osservo, la vergogna si insinua in me quando non ricambia il mio guardo.

Non è stato brutto stanotte. Non ho provato vergogna.

Ma ora, probabilmente, Kaleb si starà chiedendo che programmi ha la puttana. Chi mi avrà il giovedì? O il martedì? Ci incontreremo nel mio letto o dovrò venire io nel tuo?

Cerco di mandare giù dalla gola secca la saliva, ho le lacrime agli occhi. «L'ho percepito», sussurro di nuovo.

Ho sentito Kaleb ed era perfetto, avrei voluto che mi stringesse per sempre. È stato un momento di pura perfezione, in cui per un fottuto istante mi sono sentita allineata, piena e forte. Queste sono occasioni rare.

Gli tremano le labbra, rallenta quello che sta facendo, ma ritrova subito la concentrazione e richiude la garza intorno al braccio.

Allungo una mano.

Lentamente, sollevo il braccio destro, quasi come se mi stessi avvicinando a un cane per salutarlo e farmi annusare.

Lo sento immobile, poi il dorso della mia mano gli sfiora il viso e trattengo il fiato.

Voglio solo sapere se è stato tutto reale. Ero sua in quel momento.

Alla fine, Kaleb chiude gli occhi, espira e si abbandona al mio gesto.

Mi sale un nodo alla gola, ma trattengo le lacrime, continuando ad accarezzargli la tempia.

«Non voglio più litigare con te», dichiaro. «Me ne andrò, d'accordo? Non devi avere paura di me».

Lui apre gli occhi, le sopracciglia contratte in un'espressione addolorata, ma continua a non guardarmi.

«Me ne andrò. Non rovinerò questa casa. Non ti rovinerò», bisbiglio. «Ti prometto che me ne andrò».

Permettimi solo di passare questo tempo con te.

Lui scuote la testa, non so cosa stia cercando di esprimere adesso, ma proprio quando credo che stia per schizzare in piedi e andarsene, abbassa la testa, premendola sulle mie gambe.

Mi irrigidisco, guardandolo dall'alto. I suoi capelli, che non sono proprio neri dato che ora li posso vedere meglio da vicino, sono di una tonalità ancora più scura. Il tatuaggio che gli parte da dietro l'orecchio, correndo verticalmente lungo il collo, è ancora illeggibile, nonostante gli sia vicinissima.

Non importa. Kaleb ha molto da raccontare, anche se non gli interessa che tutti lo ascoltino.

Seduta sulla vasca, mi aggrappo al bordo, e qualcosa nel mio petto sembra frantumarsi in mille pezzi quando Kaleb cerca di prendere aria in quella posizione.

Gli occhi mi si riempiono di lacrime e comincio a vedere tutto sfocato. Non sarà facile andarsene… non sarà facile lasciarli.

Deglutisco. *Una sensazione, non un luogo.*

Volere bene a loro ha risvegliato qualcosa dentro di me, e non voglio tornare a essere quella di un tempo. Avrei preferito che questo cambiamento fosse avvenuto in un altro modo, ma alcune persone non imparano la lezione se prima non si bruciano col fuoco.

Gli accarezzo la schiena e mi piego in avanti, abbracciandolo.

Stringo forte gli occhi, assaporando questo momento.

All'improvviso sento dei passi pesanti sulle scale e un'ombra si proietta all'interno del bagno.

«Che cazzo è successo?», sento urlare.

Spalanco gli occhi. *Jake.*

Tiro su col naso, asciugandomi gli occhi e drizzando la schiena, ma evito il suo sguardo quando incombe sulla porta. Kaleb si alza in piedi e si allontana da me.

Che cavolo ci fa, già qui, Jake? Che cosa gli dico, ora?

Ma non sembra neanche badare al fatto che io e Kaleb, un attimo fa, eravamo abbracciati.

Irrompe nel bagno. «Cristo...». Mi afferra il braccio, sollevandolo piano per studiare la benda. Poi si abbassa per raccogliere dal pavimento la garza sporca di sangue.

«È tutto a posto», lo rassicuro.

Lui fulmina ugualmente Kaleb con lo sguardo. «Vi ho lasciato da soli per una notte!».

Kaleb ricambia l'occhiataccia e mi sento subito sprofondare. Dio, sono uguali quando sono arrabbiati.

Poi Kaleb sorride, non so perché lo faccia, ma questo fa incazzare ancora di più Jake, che inclina la testa, ordinandogli di andarsene.

Kaleb esce dal bagno, senza risparmiarmi una delle sue occhiatacce torve.

«È tutto a posto», gli ripeto, una volta rimasti da soli. «Gli animali stanno bene. Io sto bene».

Jake sbatte la porta e viene a inginocchiarsi al posto di Kaleb, srotolando la benda per controllare l'entità della ferita. Ha le guance e il naso bruciati dal vento, e la barba sulle guance è leggermente più scura dei suoi capelli.

«Durante la notte è scoppiato un incendio», gli racconto. «Per fortuna ci siamo svegliati. Siamo riusciti a spegnerlo, ma io mi sono fatta male cercando di far uscire Shawnee dal fienile. Non è stata colpa dei ragazzi».

Jake toglie del tutto la garza e osserva i punti. «Cristo», impreca. «Accidenti a loro».

«Non sono stati loro», ripeto. «Ma hanno cercato di risolvere la situazione».

Jake scuote la testa, continuando a guardare la ferita. Si alza in piedi, prende un asciugamano dalla mensola e lo bagna, infine tira fuori la vaselina dall'armadietto dei medicinali.

Sollevo lo sguardo, lo stomaco aggrovigliato dalla tensione. «Sei tornato presto».

Se fosse arrivato dieci minuti fa, mi avrebbe trovato nel letto di Kaleb.

Se fosse arrivato stanotte, invece...

Non voglio nascondergli la situazione, ma non voglio nemmeno fargli pensare che abbiamo approfittato della sua assenza o che l'avevamo pianificato.

«Sono dovuto tornare indietro», mi spiega, posando la roba e porgendomi un paio di pastiglie di ibuprofene. «La neve era troppo alta e il vento troppo forte. Non sarei sopravvissuto un'altra notte, laggiù».

Jake si mette di nuovo in ginocchio e mi pulisce intorno alla ferita, aggiungendo la vaselina, intanto io mando giù le pillole.
Lo fisso, le sue labbra a un passo da me. «È successa un'altra cosa, stanotte», bisbiglio.
Lui rallenta per un attimo, poi riprende a occuparsi della ferita, senza guardarmi.
«Dopo l'incendio…», proseguo. «Coi ragazzi».
Non tentenno, e neanche lui, seppure continui a evitare il mio sguardo. Ho lo stomaco sottosopra.
«Io…».
«Tutti e due?», mi domanda, prendendo una garza posata a terra.
«Io… ehm…».
Non riesco a dirlo, ma, in ogni caso, lui non mi fa parlare.
Jake contrae le labbra, mi sta fasciando. «Sono stati gentili con te?».
Mi salgono le lacrime agli occhi e annuisco. Jake non sta urlando. Non capisco se il fatto che non sia geloso mi ferisca o se gli sono grata perché non prova disgusto nei miei confronti.
Ma Jake è geloso. La sua espressione dura e le poche parole me lo confermano. Apro la bocca per spiegargli. Gli voglio bene, ma…
Non lo so.
Abbasso la testa. Non so come descrivere questa cosa. quello che provo per loro.
L'unica cosa che so è che tutto questo non mi sembra sbagliato.
In passato mi sembrava sbagliato. Non qui, però. Non con loro.
«Io…».
«Non hai ancora finito con le domande per il college?», mi chiede, interrompendomi.
Batto le palpebre, zittita.
Eh?
Le domande per il college…
È così, allora? Non ha intenzione di rendere la situazione più complicata?
Cerco le parole giuste, approfittando della scappatoia che mi sta dando. «Stai cercando di liberarti di me?», scherzo.
«Be', con un braccio solo non sei più utile come cuoca».
Ridacchio, sollevata, e scuoto la testa.
Dopodiché mi piego in avanti e gli butto le braccia al collo, stringendolo. Lui si irrigidisce per un momento, ma dopo si rilassa, ricambiando l'abbraccio e facendomi alzare.
Grazie.
«Ora stai bene?». Mi guarda negli occhi. «O ti serve una mano per la doccia?».
Mi indica il rubinetto aperto, dal quale adesso esce acqua bollente, il fumo sta riempiendo la stanza.

«Sto bene».
Riuscirò a lavarmi i capelli con una mano, credo.
Mi gratto la testa, sopraffatta. Non ho idea di cosa succederà con loro tre quando uscirò da questo bagno.
Non succederà niente a meno che io non lo voglia. Questo è sicuro.
Potrebbe finire tutto subito.
Mi sfilo la maglietta e lui mi prende la mano per aiutarmi a entrare nella doccia. Faccio per chiudere la tenda, ma incrocio i suoi occhi e riconosco quel suo sguardo. Sta pensando di entrare in doccia con me.
La tentazione scorre nei suoi occhi, poi Jake sospira, scuote la testa, alza gli occhi al cielo e chiude la tenda.
Nel giro di un attimo, la porta del bagno si apre e si richiude sbattendo, e sorrido tra me e me. *Per fortuna, ha semplificato tutto.*
Una cosa è certa, però. Troppe cose belle, insieme, sono pericolose.
Stanotte dormirò da sola.
«Sposta i cavalli nel recinto e inizia a togliere le macerie».
«Già fatto», sento rispondere Noah a suo padre, mentre scendo le scale. «Ora devo rastrellare le stalle. Ah, e Henderson ha mandato un'e-mail sul suo ordine, perciò va' a darci un'occhiata che io mi occupo del fienile».
Entro in cucina e vedo Noah che estrae un piattino dal microonde, aggiro l'isola per andare a riempirmi un bicchiere d'acqua al lavello.
Lui posa il piatto sul banco, gli occhi puntati sul mio braccio. «Stai bene?».
Riempio il bicchiere e annuisco, rivolgendogli un mezzo sorriso. «Sto bene».
A dire il vero, dopo essermi lavata e aver assunto l'ibuprofene, sto meglio. Il tepore della doccia ha alleviato i miei dolori.
Mi guarda, un lieve sorriso sulle labbra, e il mio stomaco si riempie di farfalle, togliendomi il fiato. Noah ha fatto esattamente quello che aveva detto avrebbe fatto, stanotte. Ha fatto l'amore con me. Mi ha baciato così tante volte.
Mi ha baciato così tante volte stanotte. Al ricordo, sento un fuoco sulle guance.
Spinge il piatto verso di me con un sorrisetto, come se sapesse esattamente a cosa sto pensando. «Ecco il tuo muffin caldo».
Inarco un sopracciglio e prendo il piatto con il dolcetto, dopodiché mi allontano con il bicchiere nell'altra mano. Lo sento sbuffare alle mie spalle.
Poso il piatto sull'isola e do un morso al muffin, Noah intanto esce dalla cucina. Appena ne assaporo la dolcezza, mi viene l'acquolina in bocca. L'ultimo pasto che ho fatto è stato a cena, ma ora sto morendo di fame, come se non mangiassi da giorni.
Alzo lo sguardo e vedo Jake fissare la porta dalla quale Noah è appena uscito con un'espressione perplessa.

«Che c'è?».
Jake sbatte le palpebre, scuotendo la testa. «Sta dando una mano», risponde. «Di sua spontanea volontà».
Si avvicina alla caffettiera e si versa una tazza di caffè, ma io abbasso la testa, per non fargli notare il mio sorriso.
«E il caffè è già pronto», aggiunge, fissando la caraffa sbalordito.
Addento di nuovo il muffin. Le persone felici sono più disponibili. Io lo so bene. Oggi Noah dimostra di essere responsabile perché è contento.
«Non hai freddo?», mi chiede.
Noto che mi sta guardando il braccio. Indosso una felpa con una canotta sotto, ma il braccio ferito non è infilato nella manica.
«La manica mi sfrega la pelle». Sistemo i capelli dietro l'orecchio e do un altro morso al muffin.
Jake si avvicina. «Dovresti rimanere a letto. Non dovresti startene qui in giro. Pensiamo noi a tutto».
«Non voglio stare a letto».
Ci ho pensato. Mi farebbe senz'altro bene dormire, ma…
Non voglio starmene nella mia stanza. Non voglio stare lontana da loro.
Mastico lentamente. Sarà doloroso andarmene, quando la neve si sarà sciolta, vero? Quando non li ho attorno, sento la loro mancanza. Come mi sentirò in un altro stato, se già adesso non riesco a stare in una stanza senza di loro?
«Li hai disegnati tu, questi?».
Eh? Torno alla realtà e mi giro, seguendo la traiettoria del suo sguardo. Entrambe le porte del frigorifero sono tappezzate di miei disegni raffiguranti il mobile che sto restaurando. Drizzo la schiena e mi incammino verso il frigo, confusa. Credevo di averli buttati.
Uno dei fogli è ancora un po' accartocciato, si vede perché ne porta i segni, essendo volato nel cestino e tirato fuori successivamente. Gli altri disegni li avevo nascosti sotto al divano quando l'altro giorno, in salotto, ho finito di lavorarci. Volevo toglierli di mezzo.
Ora sono appesi al frigo.
Mi ci vuole un attimo per rendermi conto di chi possa averceli attaccati. Guardo fuori dalla finestra e vedo Kaleb con una sella sulla spalla, sta accompagnando Shawnee nella stalla. Sorrido tra me e me.
«Non sono male», afferma Jake. «Non vedo l'ora di vedere l'opera finita».
Non so quando riuscirò a ultimarla con un braccio solo, ma non vedo l'ora di tornare in officina. Jake prende la tazza e fa per uscire dalla cucina, ma prima si volta e mi guarda, all'improvviso si è fatto serio.
«Non voglio che ti avventuri fuori dalla proprietà», mi dice. «E non uscire di notte, d'accordo?»
«Perché?». Mi ha già insegnato come comportarmi con gli animali selvatici.

«L'incendio è iniziato nel soppalco. Là non c'era niente che potesse causarlo».

Lo sto fissando. Allora… non è stato un cortocircuito o una negligenza commessa dai ragazzi? Cosa…

Ora capisco. L'incendio è stato doloso?

«Credevo avessi detto che nessuno potesse arrivare qui», decreto.

«No». Scuote la testa. «Ho detto che le strade erano bloccate».

Jake esce dalla stanza e io resto a bocca aperta. Non può dire sul serio. Qualcuno può essersi introdotto qui, stanotte?

Aggiusto l'aerografo, impostando un getto poco potente, e mi allontano, spruzzando un leggero strato dorato sulle parti più esposte del cassettone, già dipinte di blu, viola e verde. Procedo anche intorno al bordo della parte superiore, sulle gambe e sui quattro angoli.

Spengo l'aerografo, lo poso e mi tolgo la mascherina e gli occhiali. Il blu e il viola si fondono l'un l'altro, inoltre mi piace il modo in cui il blu si perde nel verde. I dettagli dorati donano lucentezza al tutto e, una volta messe le maniglie, credo che il risultato finale sarà meraviglioso.

Sorrido. Mi piace.

Tolgo il sospensore che Jake mi ha messo intorno al braccio e osservo la garza: non è macchiata di sangue. In realtà non ho bisogno del sospensore, visto che il braccio ferito è quello sinistro e che oggi me la sto cavando bene anche solo col destro, ma Jake aveva ragione. Tenerlo fermo aiuta ad attenuare il dolore.

Mando giù l'acqua con due aspirine e, passando davanti a Noah e Jake, rientro in casa.

Mi lavo le mani, guardo fuori dalla finestra e vedo i rami degli abeti ricoperti di neve, una brezza leggera trasporta la polvere bianca dalle pareti di roccia fino al fienile e alle stalle. Da questa prospettiva, il fienile sembra a posto. Non si vede l'altro lato né l'intero angolo andato a fuoco. Per fortuna, gran parte della costruzione è ancora utilizzabile. I ragazzi hanno passato la mattina a ripulire le macerie e a ripararlo come potevano, utilizzando le cose che hanno a disposizione, poi hanno disteso la paglia fresca.

Quando mi asciugo le mani mi accorgo che la spia rossa del cellulare lampeggia. Una chiamata persa di Mirai. Sospiro.

Se la richiamassi, da dove dovrei iniziare a raccontare? Dovrei dirle di come mi sono fatta male durante l'incendio al fienile, o dell'inseguimento della polizia, o di quanto sarò fortunata se in estate riuscirò ad andarmene da qui senza rimanere incinta?

No. Non sono pronta ad accogliere il mondo esterno.

Ignoro la chiamata.

Rivolgo uno sguardo alla data sullo schermo del cellulare e controllo una seconda volta. È quasi dicembre. *Natale*.

D'improvviso, guardo fuori e vedo gli alberi che ci circondano. Sembrano proprio degli alberi di Natale. Mi appoggio al lavello per osservarli meglio. Dubito che Jake si sia mai dedicato alle decorazioni natalizie quando Kaleb e Noah erano piccoli, ma sono sicura che l'albero di Natale non sia mai mancato. Non è mica il Grinch.

Sono certa che ogni anno si procura l'albero direttamente dal suo giardino.

Mi allontano dal banco della cucina e schizzo letteralmente nel ripostiglio, afferrando giaccone, cappello e guanti. Mi infilo tutto in fretta e furia, togliendomi le sneakers e mettendo gli scarponi. Avvolgo la sciarpa intorno al collo, attraverso di corsa la cucina e vado in garage a prendere una tronchese dal bancone da lavoro, dopodiché esco fuori prima che Jake o Noah sollevino la testa dalle loro moto e inizino a farmi domande.

Il freddo mi pizzica il naso e le guance e le nuvole scorrono veloci, promettendo altra neve. Qualcosa non riesce a togliermi il sorriso dalla faccia. Cammino nella neve, immersa fino alle ginocchia, e percorro il terreno lievemente in salita tra la stalla e l'officina, in direzione dell'albero perfetto che ho davanti. L'ho notato mesi fa, ma con la neve sopra è ancora più bello. È alto circa quattro metri e mezzo, pieno zeppo di rami nella parte bassa, e svetta in verticale fino ad appuntirsi sulla cima. Ha la forma perfetta.

Ma non voglio abbatterlo. E non chiederò a Jake di farlo. No, sarebbe un vero peccato.

Mi servono delle frange. Ne ha un sacco.

Mentre cammino, a causa della neve fredda che si insinua, arriccio la punta dei piedi negli scarponi, poi mi metto a sbatacchiare i rami, facendo cadere la neve.

Mi sporgo in avanti, chiudendo gli occhi.

Il profumo del pino e della neve mi ricordano Narnia e il Natale. Riesco quasi a sentire l'odore della carta da regalo.

Allungandomi con la tronchese in mano, afferro uno dei ramoscelli attaccati a un ramo più grande. Stringo i manici dell'utensile, facendo leva sia a destra che a sinistra, ma scopro che il ramo è congelato.

Della neve fresca cade dall'albero, atterrando sul mio polso scoperto, e riesco quasi a percepire il sapore pungente dell'aria. Tiro il rametto, girandolo, ma all'improvviso qualcuno si avvicina da dietro e lo spezza con un unico, rapido movimento.

Giro di scatto la testa e vedo Kaleb che mi guarda. L'incertezza che di solito gli si legge negli occhi è sparita, rimpiazzata dalla calma. Mi porge il ramoscello e io lo prendo.

«Volevo creare qualcosa per la casa», spiego tranquilla.

Lui non risponde, ovviamente. A Kaleb non importa cosa sto facendo o il perché lo faccia.

Allungandosi, taglia un altro rametto. Quando me lo passa, gli aghi spillano un po' di neve sui miei scarponi.
Lo afferro e annuisco. Sto per aprire la bocca per ringraziarlo, invece mi fermo. Incrocio i suoi occhi e gli dico grazie solo con un sorriso. Senza aspettare che se ne vada, punto un altro ramoscello e lui si protende per staccarlo e darmelo. Ne indico un altro più in alto, sopra la mia testa, e lui procede, aiutandosi con il suo coltello.
Ci spostiamo attorno all'albero, recuperando dei lunghi rami pieni di aghi, e anche se non ho idea di quanto durerà la nostra tregua, so che meno parlerò, più persisterà.
Kaleb spezza un altro ramo e la neve mi cade addosso, atterrandomi sulle ciglia e sul naso. Una pallina mi finisce dritta sulla guancia e faccio una smorfia in risposta, scuotendo la testa e togliendomela dalla faccia. Sorrido, ma non scoppio a ridere. Non produco alcun suono. Quando sollevo lo sguardo, noto che Kaleb mi sta osservando con un'espressione divertita.
Afferro il ramo agitandolo verso di lui, il quale gira la testa per evitare la raffica di neve. Scorgo comunque un sorrisetto.
Quando il mio svanisce, invece, lo fisso sentendomi pungere gli occhi. È la prima volta che lo vedo così. Sul volto ha un'espressione quasi felice.
Lui incrocia il mio sguardo e presto ricaccio indietro le lacrime, ignara di cosa cavolo mi stia prendendo. È solo un bel sorriso che non ho mai visto.
Procediamo la nostra missione, perciò continuo a indicargli quali rami tagliare, attraverso un cenno del mento. Lui me li mette in braccio, nel frattempo il vento soffia e un tuono romba sopra le nostre teste. Un brivido mi corre lungo la schiena.
Kaleb mi gira attorno, circondandomi con le braccia mentre appoggia l'ultimo pezzo di albero sulla catasta. Io resto là, in attesa di un altro ramo, ma…
Non arriva.
Chiudo gli occhi e sento cadere sulla guancia un fiocco di neve.
Vorrei girarmi.
Ma non lo faccio.
Kaleb mi spaventa. Fare l'amore con lui è stato come… *non volersi mai più risvegliare*.
Come ritrovarsi sospesa. E la cosa non mi è solo piaciuta.
L'ho adorata.
Mi sono sentita smarrita, ma in pace. È stato come fluttuare. Con Noah e Jake, riesco a distinguere il futuro, sono consapevole di cosa potrebbe succedere. Ma con Kaleb non riesco a vedere niente. Non riesco neanche a intuire cosa potrebbe accadere tra cinque minuti, perché le emozioni sono in continuo mutamento. Lui mi trasforma.
Ho paura di perdere l'equilibrio. Non voglio tornare a essere quella di

prima. Una persona spaventata, sempre in attesa, insicura… non voglio più avere a che fare con qualcuno che abbia questo potere su di me.

Kaleb è fermo alle mie spalle, il calore del suo corpo mi fa drizzare i peli sulla nuca. Abbasso lo sguardo sulle sue braccia lungo i fianchi, sentendo la sua testa posarsi sopra la mia.

Sento un nodo in gola.

Nello stesso momento mi abbandono a lui, sentendomi ribollire il sangue nelle vene.

È così che lui mi parla.

Mi solleva il cappello lentamente, il suo fiato caldo mi solletica i capelli. Il vento sposta alcuni ciuffi davanti alla faccia. Mi irrigidisco.

Poi colpisce la catasta di rami che ho in braccio.

Ho una fitta al cuore.

I rami cadono a terra e io stringo i pugni, ho il cuore a mille. Mi sento lo stomaco travolto da un tornado e non riesco a muovermi. *Merda.*

Mi accarezza le braccia attraverso il cappotto nero, le sue dita mi stringono, e trascorre un secondo prima che mi pianti la mano sulla schiena, spingendomi in avanti.

Trasalisco, inciampando nella neve. La paura mi sconquassa la pancia, dalla quale però divampa un calore che mi fa girare la testa. Mi raddrizzo con l'intenzione di voltarmi, ma lui mi spinge di nuovo, non verso l'officina o la casa, ma… verso il fienile.

Lancio uno sguardo alla porta chiusa del garage. Noah e Jake staranno ancora lavorando là dentro tranquilli.

Kaleb continua a spingermi, finché non cammino da sola.

Delle nuvolette di vapore mi escono dalla bocca, ho i capelli davanti agli occhi, e voltandomi vedo lo sguardo di Kaleb incollato su di me, segue ogni mio passo.

Non essere gentile. Non lasciare che dimentichi cosa sono per te.

Mi spinge di nuovo e stavolta mi giro del tutto, pronta a spingerlo a mia volta, ma lui mi viene addosso, continuando a indirizzarmi dentro al fienile.

Kaleb è fatto così. Un attimo prima è una brezza innocua, quello dopo è un ciclone.

Fa esattamente ciò che vuole.

Respiro a malapena, la sua bocca sospesa sulla mia. Mi apre i pugni e mi sfila i guanti, poi prende a sbottonarmi il cappotto. Mi afferra per il risvolto avvicinandomi a sé e cercando le mie labbra.

Io sposto la testa.

Niente baci. Non stavolta.

Serrando ancora di più la presa, mi strattona di nuovo verso di sé e avvicina la bocca, fermandosi a un centimetro dalla mia. Continuo ad allontanarmi, scuotendo la testa.

No.

Il calore del suo sguardo arrabbiato mi incendia la pelle.

Mi afferra per le guance e, quando mi costringe a guardarlo, serro i denti, finché non mi pianta addosso la sua bocca. Ha le labbra roventi di rabbia, e io mi oppongo a lui tenendo la bocca chiusa, continuando a spingerlo via.

«Unnh!», ringhio.

Incespica all'indietro e io faccio per scappare, ma lui mi riprende, una mano sul cappotto, l'altra nei capelli, tenendomi ferma mentre mi ficca la lingua in bocca. Il calore umido della sua lingua mi dà una scossa e mi cedono le ginocchia. Vorrei abbracciarlo.

Vorrei godermi questo momento.

Invece giro la testa e lui affonda le labbra nel mio collo. «Kaleb, no», dico con rabbia.

Niente baci.

Lui si stacca, apre la porta del fienile e mi spinge dentro, richiudendola. Per liberarmi dalla sua presa mi sfilo il cappotto, la lana mi sfrega i punti della ferita. Rimango senza fiato per il dolore al braccio, che per fortuna sparisce quasi subito.

Indietreggio, rivolta verso di lui, ma incapace di guardarlo in faccia. Se lo facessi, perderei il controllo. Lo desidero troppo.

«Niente baci, però», mormoro più a me stessa che a lui. «Per favore».

Tu mi spaventi.

Lui incede verso di me e lancio un'occhiata preoccupata alla porta dietro alle sue spalle, sferzata dal vento che fischia all'esterno. Mi sento in trappola. Siamo qui dentro da soli.

Kaleb si avvicina lentamente e io continuo a indietreggiare, urtando un palo di legno, che aggiro con una smorfia. Fisso i suoi piedi e vedo cadere a terra la sua camicia blu e nera, seguita dalla maglietta scura.

Mi fermo, ma non alzo lo sguardo. Lui accorcia la distanza fra di noi. Mi cinge la vita, mi solleva con delicatezza e mi porta verso la parete, dove mi rimette giù.

Scuoto la testa. Non mi piace così. Non mi piace quando è così gentile.

Pianta un palmo contro la parete, sopra la mia testa, si avvicina e mi sfiora il viso.

Mi formicola la pelle nei punti in cui mi tocca, devo stringere i pugni per evitare di tremare. Provo di nuovo a scuotere la testa, con calma.

«Non essere gentile», mormoro.

Infilandomi una mano dietro la nuca, mi tira a sé, facendomi quasi sorridere per il sollievo. Poi mi posa le labbra sulla fronte, premendo contro la mia pelle, e il calore si dirama dalle tempie fino alle guance, mentre con il pollice mi accarezza il viso. Apro la bocca, agognando il sapore della sua.

Kaleb. Mi vengono le lacrime agli occhi. *Ti prego.*

Sono riscaldata dal calore del suo corpo, anche se qua dentro chiunque morirebbe di freddo. Kaleb sposta le labbra su una tempia, il suo respiro sulla pelle mi riempie lo stomaco di farfalle, vorrei tanto buttargli le braccia al collo.

Mi sfiora la guancia con il naso, poi mi afferra per il mento e me lo solleva in alto, costringendomi a guardarlo. Ma continuo a tenere lo sguardo basso, ho il respiro affannato.

Piegami in avanti. Godremo entrambi e poi potrò uscire da qui. Che sta facendo?

Mi prende una mano e se la posa sul petto nudo, ma io serro i denti e vado subito in cerca della sua cintura. Gli sbottono i jeans e ci infilo la mano dentro, afferrandogli il pisello e strofinandolo per farglielo diventare duro. Lui mi afferra di colpo il polso, tirandomi via la mano.

Mi riposiziona la mano sul suo petto.

Il calore della sua pelle mi ustiona le dita, facendomi tremare il resto del corpo, desideroso anche lui di un po' di tepore.

Mi solleva di nuovo il mento e, dal momento che mi ostino a non alzare gli occhi, si impunta con più forza, poi abbassa la testa e mi bacia. Io gli pianto anche l'altra mano sul petto, cercando di spingerlo via.

«No!». Mi giro di lato e lui sbatte con violenza la mano sulla parete accanto alla mia testa.

Trasalisco. Mi prende di nuovo la mano, stavolta posandosela sul viso, implorandomi di toccarlo – di guardarlo, di vederlo – e mi bacia sugli zigomi, bramando la mia bocca. Il suo fiato caldo sta cercando disperatamente il mio.

«Kaleb, no».

Alla fine si allontana, lasciandomi all'improvviso in balia del freddo. Sento che il suo respiro è pesante, perché l'ho fatto infuriare di nuovo.

Decido di guardarlo.

Mi sta fulminando con lo sguardo e ogni muscolo della sua faccia è contratto. Non capisce.

Guardo suo padre. Guardo suo fratello. Li tocco.

Ieri sera, nel suo letto non mi sono risparmiata, ma oggi so di non poter tornarci e lui non lo capisce, perché è come un cavolo di bambino. Tutti dovranno accettare il fatto che non devo dare alcuna spiegazione a nessuno. Ora anche lui sa cosa si prova.

Afferrandomi per il colletto, mi avvicina a sé e mi apre la camicia, facendo schizzare via tutti i bottoni. Io mi copro il reggiseno con le braccia, ho lo stomaco in subbuglio perché Kaleb stringe nei pugni la camicia di Noah, che un attimo dopo strappa a metà, assicurandosi che io non possa più indossarla.

Afferrandomi il collo da dietro, mi spinge sul cofano della macchina coperta da un telo grigio. Non ho nemmeno il tempo di impedirglielo, che mi ha già tolto i jeans e sfilato via scarponi e calzini.

Ringhio, cercando di tirarmi su, ma la camicia strappata di Noah mi colpisce in faccia, ed esito un attimo prima di schiaffeggiare Kaleb sulla guancia. Lui sorride con un'espressione di sfida rabbiosa negli occhi, mi spinge di nuovo giù, tirandomi a sé per i fianchi e piantandomi una mano tra le cosce, poi stringe il pugno e mi mostra ciò che è suo. Trasalisco, un attimo dopo sposta la mano verso le labbra per farmi tacere e con l'altra mi strappa via il reggiseno, reclamando un mio capezzolo con la bocca.

Siamo tornati a ciò che era rimasto in sospeso la prima sera che ci siamo incontrati. Una macchina, lui che si prende ciò che vuole e io che non protesto, perché non voglio che smetta. Stringo la camicia di Noah, cercando di coprirmi, ma lui la sposta e si butta sull'altro seno. Ha il volto furioso quando mette le mani sulla mia passera, sfregandola e affondando le dita nelle mutandine. Poi mi spinge le braccia sopra la testa e mi divora i capezzoli, facendomi battere all'impazzata il cuore e ruotare all'indietro gli occhi. Cazzo.

Non fermarti. Sì, così. Non baciarmi sulla bocca. Non mi guardare. Non mi abbracciare. *Continua così.*

Kaleb si alza, mi afferra dietro le ginocchia per mettermi in posizione, allargandomi le gambe, e tira fuori il pisello.

Io mi tengo stretta alla camicia del fratello, coprendomi il seno, subito dopo mi prende per i fianchi ed entra dentro di me.

Stringo nei pugni il pezzo di stoffa e chiudo forte gli occhi. Kaleb inizia a pompare in mezzo alle mie gambe, facendomi sfregare la schiena sul cofano della macchina. Aumenta presto il ritmo dei suoi movimenti, spingendosi sempre più in profondità.

Mi sfugge un lamento. *Oh, Dio.* Apro gli occhi e lo vedo su di me, con una mano mi stringe la coscia. Esce fuori e rientra con un ringhio, sempre più veloce. Prende il ritmo, il viso contratto in una smorfia, e mi guarda, cercando di afferrare la camicia di Noah per strapparmela via.

Ma io me la tengo stretta addosso. *Scopami e basta.*

Mi fissa, vedendo in me qualcosa che il fratello vuole – qualcosa che appartiene a suo padre e a suo fratello, anche se per poco – e sapendo che fuori da questo fienile non può essere solo sua.

Qui dentro, invece? Può prendersene una fetta. È questo tutto quello che può avere. Sono la stupida poco di buono che detesta, ma che può punire con una severa scopata ogni volta che vuole, per ricordarle quello che le riesce meglio. Questo è ciò che siamo io e lui.

Il suo pisello mi riempie e contraggo gli addominali. Mi fa stare bene, ma allo stesso tempo non lo voglio.

Ansimando, chiudo gli occhi, rifiutandomi di gemere, ma sento la camicia che mi viene strappata via di mano. Apro gli occhi di colpo e ringhio, tirandomi su. Stronzo…

Non mi dà il tempo di oppormi perché mi blocca con entrambe le braccia e mi assale con la bocca, tenendomi ferma.

Mi manca il respiro.

D'un tratto smette di penetrarmi e il suo odore mi pervade, sento le sue dita che scivolano dietro la mia nuca, avvicinandomi a lui. Tutto il calore che ci avvolge mi fa girare la testa.

Kaleb.

Affannato, mi mordicchia le labbra, tirandole lentamente e con delicatezza. Io apro la bocca come se avessi inserito il pilota automatico, lasciando che si prenda ciò che vuole. L'idea di fermarlo di nuovo mi provoca un forte dolore.

Kaleb mi solleva e mi conduce verso la portiera, dopodiché solleva il telo e apre l'auto, facendo scricchiolare il metallo. Mette la testa dentro e mi stende sul sedile anteriore del vecchio veicolo, la pelle rotta degli interni mi gratta la schiena.

Poi mi viene sopra, scivolando di nuovo dentro di me.

«Non rallentare», lo imploro con un filo di voce. «Ti prego».

Quando mi sfiora con la lingua, sento colare il suo sudore sopra il mio labbro superiore. Sto morendo dalla voglia di baciarlo.

Ma in tutta risposta, lo afferro per i fianchi e lo induco ad aumentare il ritmo. «Ti prego», gli sussurro all'orecchio. «Non essere gentile. Non rendermi difficile la partenza».

Andarci piano con Jake va bene. Andarci piano con Noah va bene.

Mi piace farlo piano.

Ma andarci piano con Kaleb… fa male. Sento arrivare le lacrime agli occhi.

Kaleb affonda lentamente la lingua nella mia bocca e un uragano di emozioni mi scuote il corpo fino al centro delle gambe. Gemo.

«Tiernan!», sento chiamare. «Kaleb? C'è qualcuno?».

Apro gli occhi e trattengo il fiato. *Noah.*

Kaleb mi tappa la bocca con la mano e inizia a penetrarmi, succhiandomi il capezzolo fino a farlo inturgidire.

«Ehi?», grida di nuovo Noah, la voce è irritata perché non ci trova. Il telone è ancora sopra la macchina, però, e anche se la portiera è un po' aperta, i finestrini sono coperti e nessuno può vedere all'interno dell'abitacolo.

Kaleb mi riempie, i suoi grugniti mi vibrano dentro al petto, intanto mi lecca e mi succhia, e il suono della sua voce mi provoca un brivido lungo la schiena. Trattengo il fiato con la sua mano ancora sulle labbra, spingendo contro di lui e cercando di divincolarmi, e lui con l'altra mano mi strizza il seno, ficcandoselo in bocca per divorarmelo.

Inarco la schiena, gemendo dietro la sua mano.

Diiiiio.

I suoi colpi lenti dentro di me, i baci e i morsi iniziano a far crescere un ciclone. Stringo i pugni, desidero toccarlo, abbracciarlo e rivolgergli la stessa attenzione.

Voglio toccarlo. *Dio, voglio toccarlo.*

L'orgasmo inizia a crescere e apro la bocca per gemere – per attirare l'attenzione di Noah, così metterà fine a tutto questo, oppure si unirà a noi. Qualsiasi cosa pur di fermare il fratello e quello che sta succedendo, ma…

Trattengo il fiato, perché sto per venire e…

Non emetto un suono.

Apro gli occhi, mi tolgo la mano di Kaleb dalla bocca e lo abbraccio, baciandolo così intensamente da farlo bloccare per la sorpresa.

Kaleb.

Kaleb Van der Berg, cacchio.

Continuo a tenere gli occhi aperti e a baciarlo, osservando le rughe sulla sua fronte che diventano più profonde a mano a mano che gli sfioro la lingua e gli gemo in bocca. Ho le lacrime agli occhi, ma stringo le cosce intorno ai suoi fianchi e mi irrigidisco.

Non voglio ancora venire.

Continuandolo a baciare, gli infilo le dita tra i capelli e lo sento sciogliersi tra le mie braccia. Faccio scivolare le mani sul suo petto, intorno al collo e fino alla sua schiena, poi le faccio scendere sui fianchi, per avvicinarmelo.

La porta del fienile si richiude. Noah se ne è andato, ma non m'importa più. Tutto questo non è reale. Non sta succedendo davvero. Una volta che saremo usciti da quest'auto, Kaleb tornerà a essere il solito e io a compilare le domande per il college, ma qui dentro non riesco più a oppormi. Voglio sentirlo. Voglio riprovare le sensazioni di stanotte, nel suo letto.

La ferita al braccio non la sento neanche più, ormai.

Lo bacio dappertutto; sulla guancia che mi solletica per via della barba, sulla nuca, sul collo, dietro l'orecchio, tornando di tanto in tanto sulla bocca. Kaleb chiude gli occhi senza affrettarsi ad aumentare il ritmo, allora gli prendo la testa fra le mani e gli appoggio le labbra sulle palpebre e sulla fronte, esercitando una delicata pressione, sono quasi ubriaca del suo sapore. Lui preme leggermente la fronte contro la mia e scopiamo, lentamente, stringendoci l'un l'altra. Abbasso lo sguardo tra i nostri corpi, lo vedo entrare, la sua bocca è a un centimetro dalla mia, e so che anche lui mi sta guardando. Vorrei dirgli delle cose. Implorarlo. Ma ancora di più vorrei che lui mi dicesse qualcosa.

Lo guardo negli occhi. Dopo averlo sentito rilassare il suo corpo sul mio, Kaleb mi prende il volto fra le mani, fronte contro fronte, e io allargo ancora di più le gambe. Siamo tutti sudati. Affondo le unghie nel suo sedere, ha i jeans poco più sotto.

Lo stomaco si scalda, le sensazioni aumentano, e stringo forte gli occhi, pronta a urlare quando ricomincia a penetrarmi sempre più veloce e con molta più forza. Mi afferra il viso con una mano, costringendomi a guardarlo.

Sostengo i suoi occhi verdi, l'orgasmo è dietro l'angolo e il piacere m'inonda al centro delle gambe. Sto per venire.

Non oso sbattere una palpebra, continuo a guardarlo.

Ci alitiamo addosso, io contraggo gli addominali e poi… ecco esplodere un'ondata di brividi che dalle gambe arriva fino al petto. Kaleb non si perde un secondo della mia reazione.

Apro la bocca, sentendomi inondare, ma non emetto suoni, contraendomi intorno al suo pisello e andando a fuoco dall'interno.

Alla fine, comunque, mi sfugge un lieve piagnucolio.

Ricado sul sedile, chiudendo finalmente gli occhi, con lui che preme ancora la bocca sulla mia, dandomi qualche altro colpo di reni prima di venire a sua volta. Il suo fiato caldo è come una droga, e quando il suo pisello pulsa dentro di me, svuotandosi, mi sento debole. Il cuore mi martella fortissimo e non riesco ad aprire gli occhi. Mi limito a stringerlo forte a me, mentre abbandona la testa sulla mia spalla, ansimandomi sul collo.

Voglio replicare. Voglio rifarlo un milione di volte, per una vita intera.

Ma ho il vago sospetto che sarà difficile provare le stesse emozioni con un altro.

Giro la testa e la mia fronte gli sfiora le labbra, lui continua a stringermi la coscia.

Kaleb Van der Berg, accidenti.

25. Tiernan

«Tiernan?», mi sento chiamare da Noah, là fuori.

Mi guardo alle spalle, Kaleb si sta rimettendo la maglietta e abbottonando i jeans, ma la cintura è ancora slacciata attorno alla sua pancia piatta. Mi mordo il labbro e sento di nuovo l'assenza di salivazione in bocca.

Alzo gli occhi al cielo. *Gesù.*

Dopo aver abbottonato la camicia di flanella di Kaleb fino al collo, guardo quella strappata di Noah sopra la macchina e mi infilo il cappello, poi apro la porta del fienile.

«Tiernan!».

«Sono qui», dico, calpestando la neve e infilandomi la giacca. Noah si volta in direzione della mia voce.

«Ma dove cavolo eri?», sbotta, venendomi incontro, ha le guance rosse come la sua felpa e il vento gli sferza i capelli che gli escono dal cappello. «Ti ho cercata dappertutto. Sono venuto anche nel fienile. Dove ti eri nascosta?».

Apro la bocca per rispondergli, ma la porta alle mie spalle si apre con un crepitio, e Noah sposta lo sguardo in quella direzione. Kaleb esce fuori, la neve gli cade sui capelli mentre si allaccia la cintura fulminando il fratello con uno sguardo.

Dentro di me, grugnisco.

«Ah», borbotta Noah.

Con un sospiro, guardo Noah.

I suoi occhi esitanti passano da Kaleb a me, ma per fortuna si trattiene dall'enunciare quello che gli passa per la testa. Solleva il mio cellulare e me lo lancia. «Il telefono. Continua a squillare».

Sblocco lo schermo e vedo diverse chiamate perse da parte di Mirai.

Merda. Non può trattarsi di nulla di buono.

Mi dirigo dentro casa e nel tragitto la richiamo.

«Tiernan», risponde lei al terzo squillo.

«Ehi, che succede?».

Salgo i gradini e mi dirigo alla porta, i nervi tesi perché percepisco la preoccupazione nella sua voce.

«Non volevo chiamarti», dice, «ma non volevo che lo scoprissi da qualcun altro».

Apro la porta di casa e, prima di entrare dentro, batto gli scarponi per terra per rimuovere la neve. Scoprire cosa?

«Il "Daily Post" ha pubblicato un articolo, citando varie fonti, in cui si dice che tuo padre…».

Vengo travolta dal terrore e sto quasi per riattaccare il telefono. Finora non mi ero resa conto di quanto fosse bello lasciare tutto il mondo fuori, e non credo di voler sapere nulla.

Eppure Mirai non mi avrebbe chiamata se non si fosse trattato di qualcosa d'importante.

«Che cosa?», chiedo, sfilandomi il cappotto.

«Tuo padre era violento con tua madre», mi dice. «L'articolo dice che l'ha costretta a morire insieme a lui».

«Cosa?», sbotto.

Come sarebbero arrivati a questa conclusione? Hanno delle fonti?

Perché ricordo che non c'era nessun altro in casa, quella sera. Nessuno potrebbe testimoniare oggi.

Stringo il telefono nella mano, poi allento subito la presa. Perché qualcuno dovrebbe speculare su una cosa del genere? A quale scopo?

«Tiernan?», mi sollecita Mirai.

Deglutisco. «Sì».

Vado in cucina, l'odore dello spezzatino di cervo che Jake ha messo sul fuoco riempie la stanza. Kaleb e Noah mi seguono entrando in casa. Jake è al lavello e si volta per guardarmi. Io distolgo lo sguardo.

«Sappiamo che non è vero», continua Mirai. «Ma possiamo farci ben poco, e…».

Scuoto la testa, riagganciando il telefono. Afferro il portatile sul tavolo, lo giro e apro il browser.

Perché sono irritata? Non m'importa di quello che dicono sui miei genitori. Probabilmente verrebbe fuori che non erano perfetti, anche senza la diffusione di inutili stronzate sul loro conto.

I ragazzi circondano il tavolo, cercando indubbiamente di sapere da me cosa sta succedendo, ma quando la pagina del motore di ricerca si carica e digito i nomi dei miei genitori, vengo travolta dai titoli di giornale.

Il cuore martella all'impazzata.

«Che dice?», chiede Noah, sbirciando da dietro la mia spalla.

Scuoto la testa e la rabbia mi attanaglia la gola, senza sapere come impedirlo.

«Secondo alcune fonti mio padre era un tipo possessivo», riferisco, scorrendo un articolo. «Dispotico. E mia madre aveva paura di lui. Dicono che lui l'ha portata con sé perché non si fidava della sua lealtà».

Sono stronzate. Mio padre viveva per vederla felice.

Chiudo l'articolo e scorro gli altri titoli, i post di Twitter e i link ai video di YouTube. Sul serio? Come si è arrivati così in fretta a gridare al complotto?

Una mano raggiunge lo schermo, girando il portatile e togliendomelo da davanti.

«Non guardare». Jake chiude lo schermo. «Sapevi di tutta la merda che stavano sparando, è per questo che sei stata lontana da Internet».

Affondo le dita nel tavolo.

«Be', è possibile?», sento intervenire Noah.

Suo padre gli lancia un'occhiataccia.

«Voglio dire… non che conti qualcosa, no?», si affretta ad aggiungere. «Erano degli stronzi».

Faccio un respiro profondo, cerco di non ascoltarlo.

Ma ha ragione. Ha importanza? Perché me la sto prendendo tanto?

«Questo non è un tuo problema», dice Jake con voce severa.

Alzo lo sguardo per incrociare il suo, che è calmo. Paziente, ma… pronto, nel caso avessi bisogno di lui.

Mi alzo in piedi e prendo il cellulare, scorrendo la rubrica.

Schiaccio il numero.

«Bartlett, Snyder e Abraham, come posso aiutarla?»

«Parla Tiernan de Haas», mi annuncio. «Vorrei parlare con il signor Eesuola».

Una breve pausa, poi: «Certo, signora De Haas. Attenda un attimo in linea».

Kaleb rimane indietro, appoggiandosi a una colonna di legno tra la cucina e la sala, mantiene lo sguardo basso, mentre suo padre e suo fratello mi fissano dal tavolo.

«Tiernan», risponde il signor Eesuola. «Come stai?».

Mi giro, dando le spalle a tutti per avere un po' di privacy. «Ha visto l'articolo sul "Daily"?», gli chiedo con calma.

«Sì, proprio stamattina». Il tono della sua voce è solenne. «Ho già spedito una diffida».

Scuoto la testa. «No».

Lui resta un attimo in silenzio. «Vorresti fare una ritrattazione scritta?».

Sospiro, prendo a camminare su e giù per la cucina. «Il danno è fatto, ormai», gli dico. «I lettori ci crederanno comunque. Non voglio che succeda di nuovo, però».

«Vuoi una punizione esemplare?»

«Sì».

Rimaniamo entrambi in silenzio, per fortuna capisce cosa gli sto chiedendo senza farmelo dichiarare esplicitamente. So che sembrerà del tutto insignificante e che probabilmente me ne pentirò, ma per quel che ne sanno loro io amavo i miei genitori, li adoravo. È da stronzi scrivere una storia di cui non si hanno le prove, soprattutto sapendo che l'orfana in questione la leggerà.

«Ti aggiornerò presto», dice il signor Eesuola, comprensivo.

«Arrivederci».

Riaggancio e mi dirigo al lavello per riempire un bicchiere d'acqua.

Jake si avvicina. «Potresti semplicemente fare una dichiarazione».

Rido sottovoce, chiudendo il rubinetto. «La figlia che li difende? Molto credibile», mormoro. «Se la faccenda finirà in tribunale, saranno costretti a rivelare le loro fonti».

«E tu sei sicura che non le hanno».

«So per certo che non le hanno». Mi porto il bicchiere alla bocca. «Ci vivevamo io e Mirai, in quella casa. Nessuno comandava mia madre. Lei desiderava stare al fianco di mio padre».

Bevo un sorso d'acqua e mi giro, uscendo dalla cucina, in direzione delle scale. Devo farmi una doccia.

«Perché t'importa?», domanda Noah alle mie spalle. «Loro si sono comportati malissimo con te».

Mi fermo sul terzo gradino, sforzandomi di continuare, perché non so davvero come rispondere a quella domanda. Ho bisogno di un attimo per voltarmi e incrociare il suo sguardo.

La verità è che non lo so. Non mi sono ammorbidita nei confronti dei miei genitori, ma qualcosa è cambiato da quando sono qui. È stata tracciata una linea che prima non c'era. Adesso esiste un limite a ciò che posso tollerare.

Scrollo le spalle, cercando le parole giuste, ma non so come spiegarlo se non dicendogli: «Sono comunque i miei genitori».

Noah stringe gli occhi, ma sento lo sguardo di tutti addosso.

Non aggiungo altro. Mi volto di nuovo e proseguo verso il piano di sopra, ho quasi voglia di sorridere. Mia madre e mio padre potrebbero anche non meritare la mia lealtà, ma è bello battersi a testa alta.

Torco il filo metallico, fissando i rametti alla gruccia che ho rubato dall'armadio di Jake. Io ne ho solo di plastica, perciò era impossibile piegare le mie per creare un cerchio.

Usando il tagliafili, rimuovo il filo in eccesso e avvolgo i rametti intorno alla ghirlanda, sorridendo al pensiero di quando si apriranno a ventaglio in modo casuale e disordinato. Quando ero piccola, durante le vacanze di Natale la mia casa veniva riempita di decorazioni professionali. Era tutto così bianco. Adesso, invece, sono emozionata perché l'atmosfera natalizia che sto per creare qui sarà naturale. E lo sono anche per il profumo.

Controllo il tutto e mi metto in ginocchio sul pavimento della sala. Mentre i cani dormono davanti al fuoco, ispeziono la ghirlanda da mettere intorno al camino. L'ho creata con i rami che ho recuperato con Kaleb qualche giorno fa. Con le dita, macchiate per via della vernice dorata che ho usato stasera per dipingere la libreria, sposto il fogliame per controllare se c'è da aggiungere altro filo metallico.

D'un tratto mi sento osservata e, sollevando gli occhi, vedo Jake che mi guarda dal divano, è seduto. Sostiene il mio sguardo per un attimo, poi torna a guardare il film. Mi giro verso Kaleb, seduto sulla poltrona, e nonostante i suoi occhi siano fissi sul televisore, so che è consapevole di tutto quello che sta succedendo nella stanza e non di quello che accade nel film. La sua mascella contratta mi fa avvampare.

Non appena finisce di controllare che tutte le porte siano chiuse a chiave, Noah ci raggiunge in salotto.

Mi tiro su dal pavimento. «Mi aiuti?».

Lui afferra un'estremità della ghirlanda e io l'altra, il dolore al braccio è sempre più forte perché sta finendo l'effetto dell'aspirina. Solleviamo la decorazione e la posizioniamo attorno alla mensola del camino, ricoprendo l'intera superficie di circa tre metri. Noah si allontana un po', lasciandomela aggiustare prima di piegarmi per raccogliere l'altra ghirlanda da terra. L'afferro per il gancio e la passo a Noah, indicandogli la porta.

Lui la appende e finalmente posso ammirare il mio capolavoro. Se solo avessi del nastro rosso da aggiungere. Natale è tra qualche settimana e, per la prima volta nella mia vita, ne sono elettrizzata.

Quando guardo Jake, però, noto che ha le sopracciglia alzate come se si aspettasse di vedere altro. Come se i rametti dovessero illuminarsi da un momento all'altro o qualcosa del genere.

Mi allontano, mordendomi il labbro. «Se non ti piace…».

È solo un accenno di spirito natalizio. Mica gli ho cucito le balze alle tende.

Lui si alza dal divano e si avvicina, baciandomi sulla fronte. «È bellissimo, Tiernan. Mi piace».

Sorrido. «Bene», annuisco. «Non vorrai che mi annoi, no?».

Jake si mette a ridere, ma Noah mi tira giù sul divano, sopra le sue gambe. «Se hai bisogno di tenerti occupata…».

Cerca di solleticarmi, ma io schizzo via da lui.
Jake gli dà uno scappellotto in testa, poi si avvia in cucina.
«Che c'è?», sbotta. «Non intendevo quello».
Sì, come no! Si sta sforzando di non ridere, ma ha un sorrisetto diabolico stampato sulla faccia. Vorrei sorridere anche io, ma mi giro dall'altra parte per non farmi vedere.
Nel fare questo, Kaleb, ancora seduto a fingere di guardare la televisione, aggrotta la fronte.
Un brivido mi percorre le gambe e s'insinua nei pantaloncini di seta del pigiama, tanto da farmi abbassare la maglia coordinata, proteggendomi la pancia dal freddo.
«Ehi», dice Noah. Mi giro e lui si alza dal divano, prendendomi la mano. «Vieni».
Jake sparisce in garage, chiudendosi la porta alle spalle, mentre io e Noah ci addentriamo nel buio della cucina. Lui mi porta al lavandino e tira fuori una sedia, si siede e infila una mano sotto la mia maglia.
«Dammi il braccio», mi dice.
Sfilo il braccio dalla manica e Noah recupera il kit del pronto soccorso che abbiamo lasciato sul banco, cominciando a togliere la benda.
Lo osservo pulire la ferita, ha lo sguardo preoccupato quando sibilo di dolore. Il gonfiore è sparito, ma al minimo tocco sento ancora un male cane.
Mi tocca con delicatezza, fra noi scende il silenzio, e io mi mordicchio l'interno delle labbra. Noah è muto solo quando deve dire qualcosa.
«Sono contento che ti batterai per i tuoi genitori», dice tranquillo. «Anche se non lo meriterebbero».
Lo osservo, il suo insolito tono sincero è più pungente che mai, soprattutto perché non vi ricorre quasi mai.
«Lo so che farei la stessa cosa per mio padre», spiega. «Ma lui se lo meriterebbe».
Sono contenta che se ne stia rendendo conto.
Posa il panno facendo una risata amara. «Sono proprio una merda. È stato solo per tutti questi anni. Sempre a fare tutto da solo. A lottare per la sua famiglia da solo». Scuote la testa. «Non ci siamo mai davvero presi cura l'uno dell'altro. Fino a ora».
Ricordo la sorpresa di Jake l'altra mattina, quando Noah lo ha aiutato senza discutere. In realtà, si sono sempre presi cura l'uno dell'altro. Il cibo, la casa, il lavoro… Perciò immagino che si riferisca a qualcos'altro. Magari che ora è felice e non pensa al passato. E che quando qualcuno si prende cura di te, tu ti prendi cura degli altri.
Noah ha il respiro corto adesso, continua a non guardarmi. «Che succederà quando te ne andrai?», mi domanda.
È come se stesse pensando a voce alta. Conteranno ancora l'uno sull'altro come una famiglia?

Poi capisco… Cosa succederà a *me* quando me ne andrò? Questa è diventata la mia casa.

Loro sono diventati la mia casa.

Noah mi avvolge una benda nuova attorno al braccio e si alza in piedi, indugiando davanti a me.

Continua a non guardarmi e gli occhi cominciano a bruciarmi. Me ne andrò tra diversi mesi. Non voglio pensarci adesso.

Gli sposto il mento, costringendolo a guardarmi, e lui appoggia subito la fronte alla mia.

«E se non ti permettessi di andartene?», mormora, solleticandomi le labbra col suo fiato.

Mi trema il mento.

«E se…». Mi cinge la vita e mi stringe a sé. «E se prima dell'estate cambiassero un sacco di cose?».

Lo ascolto.

«E se…».

Noah mi addenta il labbro inferiore, facendomi trasalire.

«E se ti scopassimo fino a metterti incinta?», bisbiglia.

«Per tenermi qui?», lo sfido.

Mettermi incinta di proposito?

Noah scuote la testa. «Per tenerti con me».

Stringo gli occhi.

Apro la bocca per parlare, ma non so cosa dire. È con Noah che dovrei stare. Più di tutti. È giovane, gentile… parla con me. Potrei maturare, insieme a lui.

È buono.

Allora perché non gli dico queste cose?

Gli prendo il viso fra le mani, senza essere sicura di cosa vorrei dirgli, ma prima che abbia la possibilità di parlare, una figura scura incombe alle sue spalle.

Alzo lo sguardo e vedo Kaleb. Allontano le mani dal viso del fratello.

Noah si gira e restiamo entrambi a guardare suo fratello, ci sta fulminando. Lui viene avanti e io faccio una smorfia, preparandomi psicologicamente al fatto che mi prenderà con forza o che picchierà Noah. Invece mi afferra semplicemente la mano e sostiene il mio sguardo avvicinandomi a lui.

Lo assecondo e il calore si dirama nel mio corpo, nell'istante in cui le sue dita mi stringono.

Si arrotola una ciocca dei miei capelli tra le dita dell'altra mano e mi scruta negli occhi.

Apro la bocca per parlare, ma non so neanche cosa dire. Kaleb è giovane, ma non è gentile né premuroso. Non parla con me e con lui non potrei mai maturare.

Kaleb non è buono.

Ma è lui che voglio. Tutto per me. Ora.

Nella doccia, al buio, solo noi due, voglio stare stretta tra le sue braccia.

Che stupida.

I suoi occhi scuri virano sul fratello e gli ordina di andare via con un cenno del mento.

Sento Noah spostare i piedi. «A te sta bene?», mi chiede.

Senza distogliere gli occhi da Kaleb, annuisco.

Mi dispiace, Noah. Certe lezioni si imparano solo con le maniere forti.

Noah sospira e si dirige in garage per raggiungere Jake, intanto Kaleb intreccia le dita alle mie, accompagnandomi di sopra. Sono tutta dolorante e stanca, in più mi sento in colpa, come se al momento fossi confusa per un sacco di cose, anche se in realtà non lo sono. Tutto ciò che conta sono i prossimi cinque minuti. La prossima ora. Tutto il tempo in cui starò insieme a lui.

Invece di portarmi nella sua stanza, apre la porta della mia e mi spinge dentro. Quando mi lascia la mano barcollo, poi mi fermo.

Che cavolo succede?

Mi giro a guardarlo. Lui sta fissando il letto, gli occhi improvvisamente duri, e lo indica con un cenno del mento.

Cosa?

Mi ci vuole un attimo per capire cosa sta cercando di comunicarmi.

«Dormire?», gli chiedo.

Vuole che vada a letto?

«Sono appena le nove», protesto.

Lui punta il dito su di me, poi verso il letto, ripetendo l'ordine, stavolta con uno sguardo cupo dipinto sul volto.

Si gira ed esce dalla stanza, sbattendosi dietro la porta.

Al che lo sento. Un rumore metallico. Un chiavistello che scorre. Spalanco gli occhi.

Corro verso la porta, girando la maniglia. «Kaleb?».

La porta non si apre e batto sulla sua superficie con il palmo, armeggiando sulla maniglia con l'altra mano. «Che significa?», grido. «È uno scherzo?».

Sapevo che era troppo bello per essere vero. Il suo atteggiamento calmo, in cucina, era tutta una stronzata. Era furioso.

Tiro e cerco di muovere la porta, picchiando sul legno con la mano buona. «Non è divertente!».

Mi ha chiuso dentro? Stamattina non c'era il paletto. Quando lo ha messo? Sta scherzando? Oh, mio Dio.

«Jake!», grido. «Noah!».

Loro non possono sentirmi perché sono in garage.

Lo sento scendere le scale, ma invece di piangere, la rabbia mi fa ribollire il sangue. Lo uccido, cazzo. Geloso, immaturo, svitato figlio di puttana. Giuro che lo uccido!

Prendo a calci e a pugni la porta. «E se dovessi andare in bagno?», grido.

Argh!

26

Gira attorno al letto, senza distogliere lo sguardo dalla figura oscura di Tiernan sotto le coperte. Era stremata. Dopo che l'ha rinchiusa nella sua stanza, ha urlato per un'ora. Adesso dorme.

Il bagliore della luna illumina il pavimento e, nel silenzio della casa, il cadenzare della neve fuori dalla finestra somiglia al suono di un metronomo. *Tap, tap… tap. Tap, tap… tap.*

Sale sul letto, mettendosi a quattro zampe sopra di lei ancora addormentata. Per fortuna, suo padre e suo fratello non sanno cosa è successo perché erano in officina, troppo distanti per poter sentire i capricci di Tiernan. Altrimenti, comunque, nel caso fossero corsi in suo aiuto lui avrebbe già saputo cosa fare.

È stufo di vederla prostituirsi per casa. Si fa scopare da lui nel fienile, si lascia toccare e baciare dal padre, e finirà per darla anche al fratello in sua assenza.

Vederla sorridere, quando lavora a quello stupido mobile in garage, lo infastidisce.

Anche la sua euforia nei confronti della neve lo ha stancato, e prova la stessa cosa persino nel vederla felice di dare da mangiare ai cavalli.

È stanco di vederla leggere al tavolo, con i capelli che le ricadono sul viso, e di osservare le sue labbra incresparsi di lato quando è concentrata a studiare.

Basta con le sue crisi notturne e la sua pateticità durante gli incubi.

La fissa, inclinando la testa e ascoltando il suo respiro farsi corto, e si stringe il colletto della camicia. Ha i lineamenti del viso contratti, si sta agitando. L'incubo è iniziato.

Abbassandosi, le sfiora il naso con il suo chiudendo gli occhi, facendola ansimare. Il suo corpo si tende e si rilassa durante il sonno. La sua fronte è corrugata e il mento le trema. Una parte di lui vorrebbe fare ciò che fa sempre. Abbracciarla, calmarla e aiutarla a dormire tranquilla.

Ma questa qui non è la stessa Tiernan del giorno. Lei è cattiva, e ora non vuole più fingere che non sia così.

Abbassa le labbra sulle sue per baciarla, lei risponde con un lamento che le muore nella gola, e con il corpo che si contrae e subito dopo si rilassa. Lui è sul punto di mettersi a ridere. Potrebbe essere chiunque, in questo momento. Potrebbe abbassarle le mutandine e penetrarla, lei non aprirebbe nemmeno gli occhi per scoprire chi sia fra i tre, perché per lei ormai non ha importanza.

La bacia sulla guancia, ha gli occhi ancora chiusi, dorme. Rimane sospeso su di lei, muovendo la bocca, incapace di pronunciare le parole: *Bella puttanella.*

Si struscia su di lei una volta. È questo che è. Una puttana.

Quando scende dal letto le osserva il volto, togliendole senza fretta i pantaloni del pigiama. Li butta a terra, poi torna sopra di lei, continuando a guardarla in viso e infilandole una mano nelle mutandine.

Muove le dita là sotto, preparandola per dopo, ma si ferma un momento per stringere i pugni, perché è troppo liscia e morbida. Adora toccarla lì. Facendosi strada tra le cosce, individua il clitoride, e lei, proprio come una gran puttana, allarga subito le gambe. Lui sorride, stuzzicandola con dei movimenti circolari. Suo padre le fa questo? Magari suo fratello? Loro la fanno gemere?

Si avvicina il dito alla bocca e lo lecca, poi torna indietro, ascoltando il dolce respiro di Tiernan e i gemiti provocati dalle sue carezze. Le fissa il volto. Presto si accorgerà di lui.

Tiernan sprigiona un bel gemito, inarcando il collo e iniziando a muoversi contro il dito, desiderando qualcosa di più. Suo padre e Noah dormono, lei è tutta per lui.

«Kaleb…», mormora lei, allungando il braccio per afferrargli la mano, ma senza allontanargliela da lì. «Sei uno stronzo».

Lui fa un sorrisetto compiaciuto. È vero, e a lei piace far finta che la cosa la turbi. Un minuto prima fa l'arrabbiata, quello dopo si mette a implorare il suo pisello. Non lo fermerà, perché finché qualcuno la scoperà non potrà ricordare il fatto che è una nullità.

«Piano», ansima. «Ti prego…».

Lui non rallenta. Allontana la mano di Tiernan e gliela posa sul petto, perché possa sollevarsi la camicia per lui.

Lei si solleva la maglia, scoprendo le belle tette, che ondeggiano su e giù intanto che lui la tocca. Lui le si siede davanti, appoggiato sui talloni, tenendole una mano sul clitoride e facendo scivolare l'altra più in basso.

Le stuzzica il buco più stretto, facendola trasalire.

«Kaleb?», lo chiama nervosa.

Non si ferma. Continua a massaggiarle velocemente il clitoride e preme la punta di un dito dentro di lei. Il suo piccolo ano si contrae intorno al suo dito, e il suo calore gli fa gonfiare dolorosamente il pisello. Per questo si infuria ancora di più.

Le inserisce un dito nella passera, lubrificandolo e continuando a masturbarla, lasciando inserito l'altro. Alla fine lei si rilassa, eccitandosi di nuovo e muovendo le anche seguendo il ritmo della mano di lui. Le piace sentire entrambi i buchi riempiti.

Naturalmente.

Dopo poco, il dito è già in grado di spingersi più in profondità, e adesso il ritmo è più incalzante, la stanza si riempie di gemiti e l'orgasmo inizia a crescere dentro di lei.

Lui vacilla. Abbassa lo sguardo su Tiernan, desidera questo per lei, perché è così bella e adora vederla sorridere.

Adora vederla entusiasta per la neve, e felice perché dà da mangiare ai cavalli, gli piace vedere quanto è adorabile con gli animali e aver sentito l'abbraccio di lei nella macchina, dentro al fienile.

Sfila la mano dalle mutandine rosse, lasciandola in balia del proprio corpo tremante e dei gemiti.

«No, ti prego», lo implora con un filo di voce. «C'ero quasi».

Ha la fronte imperlata di sudore e si sente uno stronzo, ma scende dal letto, lasciandola lì, in sospeso.

E fin qui tutto bene. Adesso è ora del secondo round.

«Kaleb…», continua a implorarlo.

Lui la ignora, abbandonando i jeans sul pavimento e facendola alzare dal letto. Eccola lì, sta barcollando per la fatica. Si abbassa per toglierle le mutandine. Lei solleva i piedi per liberarsene, con le mani appoggiate sulle sue spalle.

«Ti piaccio?», gli chiede con un filo di voce.

Per un attimo, quella domanda lo fa tentennare.

«Per niente?».

Se non avesse davanti a sé il corpo di una donna, penserebbe che sia una bambina a parlargli. La sua voce è dolce e innocente.

Lei deglutisce. «Credevo che a una parte di me piacesse il fatto che non parli». Solleva le braccia per fargli sfilare la maglietta dalla testa. «Non sopporto dover fare delle domande e non ottenere risposta. Anch'io detesto parlare».

Lui non la guarda ed estrae il preservativo dalla tasca, lo apre e se lo mette.

Lei è ancora lì, in piedi. «Non sai fare altro che andartene», mormora, poi sospira. «Odio quando te ne vai via».

Lui la spinge sul letto e le sale sopra, evitando il suo sguardo.

«Odio il modo in cui a volte mi guardi», mormora, la voce strozzata. «Come se non contassi niente».

Lui le solleva in alto il ginocchio, posizionandosi sull'apertura. Sente il pisello accolto dalle sue labbra, e comincia a scivolare dentro e fuori, sempre più in profondità. Si sistema sopra di lei, sforzandosi di non pensare al piacere e al calore che gli investono il corpo. Vuole scrollarsi di dosso le parole di lei.

«E poi altre volte…». Lo bacia, abbracciandolo e infilandogli la punta della lingua in bocca. Così gli diventa ancora più duro, fino a trasalire sibilando tra i denti stretti.

«Non so nemmeno cosa dire, a volte», gli confessa. «Noi parliamo così. Questi sono gli unici momenti in cui sento di piacerti».

Con gli occhi che gli pungono, la bacia appassionatamente, assaporando le lacrime sulle guance di lei. La bacia dappertutto. A lei piace. Ha desiderato di toccarla dal primo momento in cui l'ha vista, per tutto il tempo in cui lei, a poco a poco, iniziava a ridere e a diventare parte di tutti loro.

Continua a penetrarla, la parte superiore del suo corpo si fonde con quella di Tiernan, ha il braccio piegato sotto la sua testa e la bacia ancora.

«Kaleb…», ansima, si contrae fra le cosce. «Kaleb. Dio».

Sta per venire. Viene sempre così bene. Allora ruota le anche e aumenta il ritmo, desidera solo amarla. Desidera darle ciò che vuole, perché lei è fatta esattamente per lui. Nessuno dei due sa come farsi amare dalle persone, eppure entrambi non hanno bisogno di parlarsi. Questo è il loro modo di esternare i sentimenti.

Non gli è mai capitato di voler assaggiare qualcuno come con lei. Il suo odore, la sua voce, le sue mani… il suo sapore. Non credeva avrebbe mai provato la sensazione evocata dai suoi abbracci.

Vuole amarla.

Vuole appagarla.

Vuole penetrarla e magari, un giorno, vedere il suo bambino fra le braccia di lei.

Rallenta il ritmo, domandandosi in che misura gli altri due la amino. Chissà quali parole può aver sussurrato nei *loro* letti.

Non è difficile appagarla.

E immaginando il padre e il fratello godere della sua pelle tonica, ricorda che…

Le donne che lui ama lo dimenticano.

Si ferma, lei geme con il corpo tremante. Il secondo orgasmo cerca di esploderle da dentro, ma perde vigore e sfuma, lasciandola sospesa sul letto.

«No», ansima. «Ti prego… Kaleb, che stai facendo?».

27. Tiernan

Kaleb si solleva, mi afferra e mi gira a pancia in giù. Mi sento cingere il polso e so già cosa sta succedendo, anche senza guardare.

La cintura che mi ha regalato per il compleanno era sul comodino, l'ha presa per stringermela intorno al polso e legarla alla testiera del letto.

Oh, merda. La tira, sollevandomi, e non ho altra scelta che afferrare le sbarre di ferro per sorreggermi.

Mi allarga le gambe.

«Kaleb…», protesto.

Sento l'umidità all'interno delle cosce e ogni muscolo dentro di me brucia. Freme. Che sta facendo?

Affonda le dita nei miei fianchi e mi attira a sé, entrandomi dentro da dietro. Sentendomi trafiggere, stringo forte gli occhi, dolorante. Non è piacevole.

«Kaleb…».

Ma non so cosa dire, mi gira la testa.

Inizia a scoparmi, pompando con forza alle mie spalle, lasciandomi appesa alla testiera e facendomi rimbalzare i capelli sulla schiena.

Poi li afferra sulla cute e per un istante mi manca il respiro. Sento solo lo sbattere dei nostri corpi e un dolore alla testa.

«Kaleb. Smettila».

Lui mi spinge ancora più in basso la schiena, alzandomi il sedere, poi mi lascia i capelli e si butta in avanti per afferrarmi il seno, i suoi denti sono sul mio collo.

Ho le lacrime agli angoli degli occhi e non faccio altro che tenere duro, mentre mi penetra con più forza e velocità.

Va troppo in profondità, però. Fa male.

Mi sta usando, scopandomi come se non contassi niente.

«Kaleb, smettila».

Non mi ascolta e cala la mano sul mio sedere dandomi una sonora pacca. L'aria entra ed esce velocemente dai suoi polmoni. Trasalisco, la cintura mi sega la pelle del polso.

«Basta!», urlo.

Allargo la cintura e sfilo il polso, poi mi giro e lo colpisco alla cieca più volte. Vedo la rabbia sul suo volto e scoppio in lacrime, scendendo dal letto. Nuda, scappo per la stanza. Lui mi acchiappa, tirandomi a sé, ma io lo schiaffeggio con tutta la forza che ho in corpo e corro nella stanza di Noah, chiudendo a chiave la porta. Lui batte i pugni sul legno e Noah si muove nel letto.

«Che cazzo succede?».

Mi allontano dalla porta, in attesa che Kaleb la sfondi, ma…

Non lo fa. Cerco di riprendere fiato, ma le ginocchia cominciano a cedere.

«Tiernan?», mi chiama Noah.

Mi infilo nel suo letto, spingendolo giù e abbracciandolo da dietro. Lo abbraccio e lo stringo come una banda d'acciaio.

«Torna a dormire», borbotto, cercando di placare le lacrime.

«Cos'ha combinato?»

«Niente». Premo la faccia contro la sua schiena, la sua pelle calda ha il profumo del mio bagnoschiuma, me lo ruba sempre. «Fatti abbracciare e basta».

«Ti ha fatto del male?», chiede, tenta di girarsi anche se io non glielo permetto. «Dimmi la verità».

Non riesco a parlare. Mi limito a scuotere la testa. *Sono io l'unica persona a farmi del male*. Ho creduto potesse essere reale. Qualunque cosa stesse succedendo tra noi.

Lui mi odia. Quello non è amore.

Kaleb smette di accanirsi sulla porta di Noah, poi mi sembra di sentirlo sulle scale e infine, dopo alcuni minuti, il mio respiro torna normale e le lacrime si placano. Noah se ne sta lì, disteso, lasciandosi abbracciare.

Lo stringo ancora più forte.

Non capisco cosa stia succedendo. Un minuto prima mi vuole e quello dopo non mi vuole più. È gentile ed è orribile. Vulnerabile, ma anche odioso.

Mi allontana da Noah e poi fa il possessivo. Che cosa vuole?

«Era con nostra madre», mi dice Noah, rompendo il silenzio.

Apro gli occhi, sentendo vibrare la sua voce dalla schiena.

«Quel giorno pioveva, era primavera, e con loro c'era il tizio che lei frequentava di nascosto», prosegue Noah. «Erano andati in un negozio – o almeno, questo era quello che lei aveva detto a mio padre. Invece erano andati in una casa bianca, che si trova in una strada sterrata, e aveva lasciato Kaleb in macchina, chiudendolo dentro e dicendogli che sarebbe tornata subito». Noah fa una pausa prima di riprendere a parlare. «Lei è entrata dentro e la breve visita si è trasformata in una festa. Si è sballata, ha perso la cognizione del tempo e si è addormentata dentro quella casa».

Questa è solo la seconda volta che Noah menziona la madre. Deve essere stato piccolissimo, all'epoca.

«Kaleb è rimasto in macchina, da solo, senza nessuno attorno che potesse sentirlo urlare e piangere. I minuti si sono trasformati in ore. E le ore in giorni». Chiudo gli occhi, non volendo ascoltare il resto. «In macchina non c'era cibo e l'unica acqua a disposizione era quella piovana, che filtrava dal tettuccio».

Cerco di non pensarci, ma non posso fare a meno di immaginare un bambino piccolo da solo, al freddo e affamato. Kaleb era piccolo. Indifeso.

«A un certo punto, la gola gli si è infiammata per il troppo urlare», mi spiega. «Ma quando mio padre finalmente lo ha trovato, ormai non piangeva e non urlava più. Se ne stava seduto tra gli escrementi a fissare fuori, senza nemmeno accorgersi che qualcuno stava aprendo l'auto».

«Quanto tempo?», gli chiedo. «Per quanto tempo ci è rimasto?».

Noah si prende qualche secondo per rispondermi. «Quattro giorni».

Le lacrime mi scendono silenziosamente, sul viso ho un'espressione di sofferenza.

«Gli è successo qualcosa nella testa», mi spiega. «Sai? Chissà come reagisce il cervello quando ti capita una cosa del genere. Quando un giorno diventano due, poi tre. Hai quattro anni. Non puoi uscire. Non sai come liberarti. Hai fame. Hai freddo. Sei solo. Non ti puoi alzare in piedi. Non sai quando verranno ad aiutarti…».

Cerco di immaginare quanto debbano essere state lunghe quelle ore, per un bambino di quattro anni. Minuti di paura che sembrano ore, e ore di terrore che si trasformano in un'eternità.

«È come se l'avessero seppellito vivo», aggiunge. «Il dottore ha detto che si è arreso. Negli anni, poi, ha alzato un muro intorno a sé e ha deciso di non parlare. È come se il silenzio fosse diventato il suo unico modo per controllare le cose, dato che nei quattro giorni passati in quella macchina non è riuscito a farlo.

Nessuno può obbligarlo a far sentire la sua voce: questo è il suo modo di punire tutti quanti. Così il mondo intero può sperimentare il suo dolore».

Mi sento pungere la gola. So perfettamente cosa intende dire. Anche io mi sono negata per tanto tempo tutto ciò che poteva rendermi felice, lo facevo perché non riuscivo a lasciarmi andare. Questo non poteva non aver avuto un impatto.

Kaleb stava punendo tutti per la sua vita, come ho fatto io. La verità, però, è che purtroppo il mondo va avanti e finisci per punire solo te stesso.

«Non piangere per lui», bisbiglia Noah. «E soprattutto non farlo davanti a lui».

Passa del tempo, Noah si addormenta, e non so più per quanto ho rimuginato sulla storia che ho ascoltato.

Kaleb è quasi morto. Lentamente. Tragicamente. Deve essere un incubo a qualsiasi età. Quanto ricorderà ancora di quei momenti?

Spero non molto.

Quell'esperienza, però, l'ha cambiato. Lo ha reso introverso, non gli permette di fidarsi delle persone. Ecco perché non parla. Non necessariamente per dispetto. Non vuole più condividere con nessuno neanche il minimo pezzo di sé. La gente ferisce.

Potrebbe non sapere più come si fa a parlare. Tanto per cominciare, un bambino di quattro anni non fa grandi discorsi. Quindi, non può aver perso la capacità di fare una cosa che non ha mai fatto.

E questo colpisce tutta la famiglia. La madre deve essere in prigione per altre motivazioni, dato che ha ricevuto una pena così lunga, e probabilmente loro la considerano morta. Jake ha dovuto crescere due figli da solo, a chilometri di distanza dall'aiuto psicologico di cui Kaleb avrebbe avuto bisogno, e Noah non ha mai conosciuto davvero suo fratello. Non ha mai saputo chi sarebbe stato davvero Kaleb. Sono rimasti soli, isolati, e a un certo punto sono arrivata io. Abbiamo imparato tutti a prenderci cura l'uno dell'altra, ma ho anche creato scompiglio. Kaleb non poteva imparare a convivere con una donna in casa, quando ci ha provato gli equilibri sono stati compromessi. Come mi sarei potuta inserire in questo contesto? Ero sua cugina? Sua amica? O quella del fratello?

La sua?

Staccandomi da Noah, mi siedo sul letto, schiacciata dal peso del mio ruolo in tutta questa storia. Lui si comporta in modo sbagliato. Stasera mi ha trattata male. E anch'io sono confusa. E sto commettendo degli sbagli.

Ma non voglio ferirlo. Quello che so per certo è che posso esserci per lui. Forse, con il tempo, imparerà a fidarsi di me e a considerarmi sua amica.

Vorrei prendermi cura di lui, almeno.

Mi alzo, guardando l'orologio. Sono le quattro passate. Recupero una maglia pulita dal cesto della biancheria, che Noah non ripone mai nell'armadio, e la indosso. Esco dalla sua camera, chiudo la porta e mi dirigo nella doccia.

Appena apro la porta del bagno, il vapore mi avvolge. La doccia scorre e intravedo Kaleb, seduto sul bordo della vasca. Mi blocco, il cuore prende a martellarmi nel petto.

Ha i gomiti appoggiati sulle ginocchia e il capo chino, in silenzio. Non alza lo sguardo.

Sto quasi per voltarmi e andarmene. Ho bisogno di spazio. Anche a lui serve spazio. In questo momento, almeno.

Però non me ne vado. Entro dentro e chiudo la porta del bagno.

Lentamente, mi avvicino, mettendomi davanti a lui. Attendo. Forse mi aspetto che lui faccia una mossa o che se ne vada sbattendo la porta, eppure dovrò ancora passare diversi mesi qua. Non può continuare a scappare da me.

Dato che non accenna a muoversi, allungo la mano e gli accarezzo delicatamente i capelli scuri, sono morbidi.

Lui mi afferra subito la mano, appoggiandoci il viso.

Tiro un sospiro di sollievo.

Mi inginocchio e lo abbraccio all'altezza della vita, accostando la testa sul suo petto. Vorrei tanto sapere cosa vuole. Vorrei potermi fidare di lui, e che lui si fidasse di me.

Instaurare un'amicizia è un buon modo per cominciare a farlo. È possibile tornare indietro?

Kaleb tiene le braccia inermi lungo i fianchi e si lascia abbracciare. Sciolta la stretta, mi allontano, lasciandogli il suo spazio.

Sollevo lo sguardo su di lui, ma continua a non guardarmi. Mi fissa la maglietta, stringendola tra le mani. È la maglietta di Noah.

«È tutto a posto», gli dico dolcemente. «Non è successo niente con Noah». Gli accarezzo le braccia. «Non ho intenzione di…».

Gli tocco la mano destra con la mia, noto che nel pugno stringe qualcosa. Mi fermo e cerco di prendere il pezzo di legno che ha tra le dita.

«Cos'è?». Ma mi ci vuole un secondo per capire di cosa di tratta.

È il piedino verde e blu della cassettiera che ho dipinto, quella con i dettagli dorati. Me lo rigiro in mano, il cuore mi martella così forte che un sudore freddo comincia a imperlarmi la fronte.

«Che è successo?». Lo guardo negli occhi, respirando a fatica. «Che cosa hai fatto?».

Ho le lacrime agli occhi e lascio cadere il pezzo di legno a terra, correndo verso la porta. *No.* Esco di corsa dal bagno, scendo le scale e percependo un nodo allo stomaco, provocato dal dispiacere e dalla rabbia, mi dirigo in garage. Noto la porta basculante aperta, l'aria gelida di quel luogo mi travolge. Scendo i gradini ed entro, mi guardo intorno, cerco disperatamente il cassettone. È il primo pezzo di mobilia che ho restaurato. Quello che lui mi ha aiutato a disegnare.

Non c'è più. Poi noto il barile nel vialetto innevato, dal quale fuoriescono le fiamme e alcuni resti del legno colorato.

Porto le mani alla testa, tutto diventa sfocato e sono travolta da silenziosi singhiozzi.

No.

Rimango sulla porta a guardare le fiamme illuminare la notte scura e divorare in fretta il mobile. I capelli mi svolazzano davanti alla faccia e mi copro gli occhi con le mani, non potendo più sostenere quella vista.

Nella mia testa, vedo solo i miei stupidi disegni di bambina gettati nel secchio della spazzatura.

Stupida, stupida... grido tra le dita.

I gradini scricchiolano alle mie spalle e stringo i denti, vorrei ucciderlo. Vorrei fargli del male. Perché lo ha fatto?

Voltandomi, mi dirigo verso il muro a piedi nudi e afferro un tubo dal mucchio di rottami accatastati. Quando mi volto, Kaleb è lì, a portata di mano. Sollevo il tubo come una mazza da baseball, fulminandolo con lo sguardo. Sono pronta a ucciderlo. Ora sono stufa. Ne ho abbastanza.

Carico il colpo, ma invece di puntare alla sua testa, colpisco la stupida libreria che ho finito oggi. Il fianco si frantuma, cedendo, e io sono furiosa. In preda alla collera, mi abbatto ripetutamente sul mobile con tutta la forza che ho in corpo, dopodiché passo alla scrivania che ho iniziato a restaurare qualche giorno fa.

«Tu non puoi farmi male!», urlo. «Non puoi portarmi via nulla! Non m'importa di niente. Io non sono niente!», ringhio, distruggendo tutto il lavoro fatto con la stessa forza con cui vorrei spaccargli la testa. Ora sa che non può farmi assolutamente niente. Nessuno può farmi niente. Non possono più permettersi di provarci. Ora non conta più nessuno.

Piango, mascherando il tutto con un altro ringhio di rabbia. *Nessuno.* Sono più forte di te. Tu non puoi fare proprio nulla.

«Che cavolo succede?», sento gridare qualcuno. «Che cazzo sta succedendo?».

Qualcuno mi ferma, togliendomi di mano il tubo. Mi volto e vedo che è Jake. Ha la camicia aperta ed è scalzo, Noah invece è sulla porta, terrorizzato.

Jake guarda sia me, sia suo figlio Kaleb, e ha il respiro affannato.

Stringo i pugni, una bella sensazione di intorpidimento mi pervade.
Kaleb sostiene il mio sguardo per un attimo, la vena gli pulsa sul collo, poi si volta, prende i vestiti dall'asciugatrice e finisce di vestirsi. Non si allaccia nemmeno gli scarponi, ma s'infila il cappotto e afferra lo zaino, dirigendosi verso la porta.
«Aspetta, che cazzo sta succedendo?», urla Jake, bloccando suo figlio.
Kaleb si libera dalla presa con uno strattone e continua a camminare.
«Tu non vai da nessuna parte con questo tempo!», gli grida dietro.
Kaleb si ferma, si gira e mi guarda. Il suo sguardo vacilla per un secondo, sembra dispiaciuto o qualcosa di simile, e per un attimo penso che stia per tornare indietro.
Invece, guardandomi dritto negli occhi, si posa la mano aperta sul petto, battendola due volte.
Non ho idea di cosa significhi e non me ne frega un cavolo di saperlo.
Senza perdere un secondo di più, si volta e se ne va, sparendo nella notte fredda.

28. Tiernan

Do un morso al toast, poi apro il libro sul tavolo tenendolo ancora in mano. Mi sento bruciare le guance dai loro sguardi, ma evito di guardarli mentre leggo, annotando gli appunti sul quaderno.
Prendo un altro morso.
«Tutto bene?», mi chiede Jake.
Giro la pagina del quaderno, continuando a scrivere. «Tutto bene».
Fuori dalla finestra, il vento fischia e la neve cade picchiettando sui vetri. Ci siamo già occupati degli animali, quindi per oggi non ci avventureremo oltre, là fuori.
Siamo sotto lo zero.
Non che ultimamente stia dando chissà quale mano in casa, ma neanche m'importa di quello che ha da dire Jake al riguardo. Lo sfido a dirmi qualcosa.
«Tutto bene», s'inserisce Noah. «Lo ripeti ogni giorno da tutta la settimana. Eppure ci rivolgi a malapena la parola».
Vengo travolta dal senso di colpa e mi sfugge di mente ciò che volevo scrivere. Mi fermo un attimo a pensare alla parola, poi proseguo.
Noah non merita di essere trattato così. E nemmeno Jake, in verità.
Solo che fa male. Non so esattamente cosa mi faccia stare male o perché, ma sono arrabbiata e non posso fingere di non esserlo. Quella sera Jake ha seguito Kaleb, io sono andata subito a farmi una doccia, scoprendo che il rubinetto del bagno era rimasto aperto per tutto il tempo. Sono rimasta lì dentro per mezz'ora, perché non riuscivo a placare le lacrime e i brividi.

Quando Jake è tornato, però, era solo, e da allora non ho più pianto. Non abbiamo più visto Kaleb.

«Mi dispiace che abbia distrutto la cassettiera», dice Jake, reggendo la tazza di caffè.

Io mi limito a scrollare le spalle. «Non importa. Tanto non avrei potuto portarmela via, ad aprile».

«Aprile?», chiede Noah d'un tratto, scivolando sulla sedia. «Il college non inizia prima di agosto».

«Presto finirò i compiti», spiego, senza alzare lo sguardo. «E appena le strade saranno sgombre, tornerò a casa».

Ho diciotto anni, sono economicamente indipendente e questo posto non mi appartiene. Perché dovrei rimanere?

Sento avvicinare Jake, inquieto. «*Questa* è casa tua».

Mi bruciano gli occhi e contraggo la mascella, non voglio far trasparire il fatto che apprezzo molto quelle parole.

«Noi ti vogliamo bene», aggiunge.

Mi scappa una risatina. «Cosa credevate?», rispondo, continuando a scrivere. «Che sarei saltata sui vostri letti per il resto della mia vita, come se tutto questo non fosse assurdo? Non ho mai avuto intenzione di rimanere».

Cosa si era aspettato che succedesse? Che avrei sposato uno di loro? Che sarei rimasta a vivere con loro felice e contenta, partorendo i loro figli?

O magari che saremmo tornati a essere una vera famiglia? Zio, cugini e nipote? Che un giorno avrei portato qui mio marito per farlo conoscere a loro? Il poveraccio sarebbe stato all'oscuro del fatto che me li sono scopati tutti?

Come pensava che sarebbe finita?

«Avremmo dovuto farci da parte», dice. «Kaleb è innamorato di te».

«Kaleb…», dico con una risata beffarda. «È un animale. Mi stupirei se in questo momento ricordasse il colore dei miei occhi. Per lui sono solo un pezzo di carne da scopare, come qualsiasi altra ragazza. Ecco cosa sono per lui».

Finisco di scrivere la mia frase.

«Non è stato bene». Jake mi guarda, intanto Noah si siede davanti a me con tranquillità. «E comunica le sue emozioni perdendo la pazienza». Fa una pausa. «È innamorato di te, Tiernan. Era geloso».

Sento le lacrime agli occhi e un grido represso mi punge la gola. Voglio scuotere la testa. Voglio gridare, dirgli che non ha nessuna importanza. Che lui non può trattare le persone in questo modo, e che il modo in cui comunica è una sua scelta. Nessuno gli impedisce di dire le cose che vorrebbe dire.

Quindi è geloso, eh? Quindi suo padre e suo fratello si sono messi in mezzo. Però non ha avuto problemi a dividermi con Noah, la notte dell'incendio. Dovrei leggergli nella mente, ogni volta che cambia improvvisamente idea? Non è un essere umano. È un orso. Il suo modo di amare fa schifo.

Drizzo la schiena e chiudo il libro sbattendolo. Poi prendo la mia roba e mi alzo dal tavolo. Attraverso la cucina e me ne vado, scrollandomi velocemente i pensieri di dosso.

«Tiernan», mi chiama Jake.

Mi fermo, esitando un momento prima di girare la testa.

Jake è seduto al suo posto e mi sta guardando. «Quando Kaleb ha smesso di parlare, ho cercato di insegnargli il linguaggio dei segni», mi confessa. «Mi ricordo ancora qualcosa».

Quindi si batte due volte il palmo della mano sul petto, imitando il gesto di Kaleb della scorsa settimana, quello che ha fatto prima di andarsene.

«Questo...», mi spiega. «Significa "mia"».

Una nuvola di fumo mi esce dalla bocca. La cima della montagna è davanti a me, simile a come l'ho vista la prima volta che mi sono affacciata da questo balcone, ad agosto. Ma è anche molto diversa.

L'aria fredda s'insinua nel mio cappello di lana bianco, nel frattempo mi stringo nella coperta marrone che mi ha spedito Mirai, con una tazza di cacao in mano.

Batto i denti dal freddo. La temperatura è ben oltre sotto lo zero.

Per un momento abbasso la guardia e mi metto a pensare. Dov'è?

Fisso il panorama davanti a me, gli alberi ricoperti di neve fino alla cima imbiancata della montagna, bella e desolata. Fredda e solitaria.

Può essere andato solo in due direzioni. Verso il capanno della pesca, passando attraverso il bosco. O verso la strada che conduce in città.

Kaleb odia la città.

L'aria frigida mi brucia le labbra. Ci sono ancora meno ventiquattro gradi e bastano meno di quindici minuti per finire congelati. Le dita godono del tepore della tazza, ma in questo momento il sangue scorre freddo nelle mie vene, rendendole tutte intirizzite.

Cerco di resistere qui il più a lungo possibile, per capire quello che deve provare lui là fuori, ma fa troppo freddo. Amo la neve, ma quando si arriva a queste temperature non è affatto divertente. Mi giro, la neve sul balcone scrocchia sotto le ciabatte dalla suola dura.

Appena rientro in camera, faccio scorrere la portafinestra e mi tolgo le ciabatte, richiudendola subito a chiave. Il fuoco scoppietta alla mia destra.

M'incammino verso il letto e prendo il cuscino, annusando la federa. Odora di ammorbidente. Dopo che Kaleb se ne è andato ho lavato le lenzuola, ma in qualche modo il suo odore era ancora presente nella stanza. Ora è sparito.

Metto giù il cuscino e sistemo sopra il letto la coperta che ho addosso, poi mi sfilo il berretto, rimanendo là ferma per tre secondi, prima di lasciarmi trasportare dalle gambe. Esco dalla camera, gironzolo nel corridoio strusciando i piedi, infine salgo le scale che portano alla camera di Kaleb. Sono solo le tre del pomeriggio, e nonostante la nervosa conversazione di stamattina a colazione, Jake e Noah stanno serenamente lavorando in officina, dandosi una mano in assenza di Kaleb. Come fanno a non essere preoccupati? Io sono arrabbiata con lui, ma è inverno. Potrebbe morire là fuori. E se non fosse nemmeno riuscito a raggiungere il capanno?

Giro il pomello, apro la porta della sua camera e trovo la stanza al buio, illuminata solo dalla luce che filtra dalla finestra. Quindi entro.

Chiudo gli occhi, inalandone il profumo. Mi gira la testa, mi sento frastornata. Perché l'odore di Noah non mi fa lo stesso effetto? Lui sarebbe così felice di avermi tra le sue braccia, stasera. È bravo a non darlo a vedere, ma so che vorrebbe abbracciarmi. Che vorrebbe che lo guardassi.

Addentrandomi meglio nella stanza, mi avvicino al letto e prendo uno dei cuscini di Kaleb, le lenzuola stropicciate e la coperta mezzo caduta sul pavimento. Premo il naso contro il cuscino, la stoffa gelata della federa mi fa rabbrividire, e ne inalo il profumo.

In un primo momento non sento niente, poco dopo eccolo. È ancora là. Alberi, cardi, legno e cuoio. E qualcos'altro. Qualcosa che si riesce a percepire solo sul suo collo. Sento il calore che si sprigiona dentro il mio stomaco e mi siedo sul letto, debole.

La stanza è fredda. Buia e polverosa. Il camino è annerito per l'uso negli anni, e nonostante Kaleb non abbia portato via nulla, questo posto sembra abbandonato.

Mi avvicino alla parete in fondo, mi metto di fronte alla finestra panoramica e scruto il bosco, guardo il bel paesaggio innevato e silenzioso.

Sono ancora arrabbiata.

Se adesso entrasse in questa stanza chiedendomi scusa, probabilmente cederei e mi prenderei ogni briciola di quello che sarebbe disposto a offrirmi. Vincerebbe.

In questo momento ha già vinto. È passata una settimana, e sono esattamente dov'ero la prima volta che sono arrivata qui. Triste, perché...

Perché valgo qualcosa solo se qualcuno è disposto ad amarmi.

Proprio come loro.

Le lacrime che hanno costantemente minacciato di spillare dai miei occhi si sono prosciugate nell'ultima settimana. Faccio un lungo respiro profondo, buttando fuori tutto, compreso il peso che grava sulle mie spalle.

Sono più forte di questo. Voglio vivere.

Mi volto ed esco dalla stanza, dando un'ultima occhiata alla camera prima di richiudere la porta.

Poi scendo di sotto in direzione del garage, alzo il volume della musica che stanno ascoltando Jake e Noah, infine mi metto a lavorare al guardaroba.

Noah mi sorride, io prendo gli occhiali protettivi e ci mettiamo tutti al lavoro.

29. Tiernan

Giro la manopola e accendo il motore, la ruota posteriore slitta sotto di me creando una mezzaluna nella neve. Mi siedo, blocco gli scarponi sui pedali e do gas, schizzando via nel vialetto cosparso di sale, intanto dei nuvoloni scuri aleggiano sopra la mia testa.

Adoro questo clima. Siamo a circa meno sei gradi e, nonostante dicembre e gennaio siano stati duri, non mi ci è voluto molto per abituarmi. Ultimamente, fuori indosso solo un giaccone.

Non sono nemmeno sicura di che giorno sia, so solo che è febbraio. Credo.

Mi fermo sulla soglia dell'officina e mi tolgo il casco, appendendolo al manubrio mentre scendo dalla moto.

«L'adoro!», confesso a Jake.

«Ne vuoi una?».

Sorrido, guardandolo mentre si pulisce il grasso dalle mani. «Magari qualcosa che possa circolare legalmente».

Lui scuote la testa, e io mi appoggio alla lavatrice per sfilarmi gli scarponi. Il polsino del mio bellissimo maglione Aran Islands è tutto sfilacciato, un filo di lana pende sulla mia mano, ma non fa niente, perché so che adesso i miei vestiti sono vissuti, consumati dalle ore e dai giorni impiegati a fare le cose che amo.

In garage, ci sono cinque mobili accatastati: due tavolini da salotto, una testiera, un'altra cassettiera e il guardaroba. Ne avrei restaurati altri nei mesi scorsi, ma ho dovuto terminare i compiti, finire di inviare le domande per il college e provare una tonnellata di nuove ricette, usando il cibo deperibile finché era ancora buono da mangiare.

Ci vorranno ancora otto settimane, almeno, prima di poter tornare ad addentare una mela fresca e croccante. Non vedo l'ora di fare un giro in città.

Alcuni giorni, però, vorrei che la neve non si sciogliesse mai.

Ho le unghie sporche e non devo truccarmi per stare fuori tutto il giorno, inoltre sono abbronzata.

Jake posa lo straccio e mi guarda. «Non deve per forza circolare legalmente», mi dice. «Se la usi qui».

Incrocio il suo sguardo, poi mi piego per recuperare i vestiti dall'asciugatrice.

«Quando verrai a trovarci, voglio dire».

Annuisco, ma continuo a non guardarlo. So cosa vuole. Vorrebbe che rimanessi, ma dovrà accontentarsi della mia promessa di tornare qui durante le pause del college.

Crede di essere più serena e che resterò per tutta l'estate.

Ma non posso farlo. Potrei essere la ragione per cui Kaleb non è ancora tornato. Forse rientrerà quando me ne sarò andata.

Senza rispondere, metto i vestiti puliti sopra l'asciugatrice, infilo dentro quelli bagnati ed entro in casa.

Mi soffio nelle mani e le strofino, il tepore del camino inizia a riscaldare la stanza. Preparo l'acqua e il cibo nelle ciotole dei cani, sentendomi travolta dal senso di colpa. Non voglio ignorare la richiesta di Jake, ma ho ancora due mesi per pensarci. Almeno.

Non devo vivere col terrore di lasciarli. Non ancora.

Certo, a dicembre ho ripetuto la stessa cosa e mi sembra di averlo detto solo ieri.

Attraverso il salotto e salgo le scale, ma la porta di casa si apre alle mie spalle, e voltandomi vedo Noah. Si scrolla la neve dagli scarponi, poi si toglie il cappello e i guanti da lavoro.

Alza lo sguardo e ci guardiamo.

Sul viso ha un sorriso sardonico e il mio cuore salta un battito.

No.

Sussulto e corro su per le scale, sentendo i suoi passi alle mie spalle e le sue mani che mi tirano per il sedere. Strillo, afferrandogli il braccio quando mi supera, entrambi corriamo e ridiamo per cercare di raggiungere la doccia per primi.

«Vado io prima», grido.

Incespichiamo entrambi verso il bagno, fiondandoci attraverso la porta ed entrando. Io ruzzolo per terra e lui fa altrettanto, agguantandomi per le caviglie per impedirmi di alzarmi. Lo scalcio via, urlando e ridendo, e cercando di afferrare il lavandino per tirarmi su.

Schizzo verso la doccia ma lui si solleva in piedi, bloccandomi e premendo il suo corpo contro il mio. Le farfalle mi riempiono lo stomaco, avverto il suo fiato e il suo calore attorno.

E in un attimo, tutto si quieta. Le risate scemano.

È di fronte a me, il petto che si alza e si abbassa, e i suoi vestiti odorano di fumo per il fuoco che brucia di fuori.

Il suo pisello preme contro di me e mi sposto.

«Puoi andare per primo», dico. «Devi occuparti di una cosa, a quanto pare».

Cerco di spostarmi di lato, ma lui mi ferma. «*Tu* devi occuparti di una cosa, vorrai dire».

Mi fissa, sento tutto il calore che emana il suo corpo. Mi trovo fra lui e la doccia.

«Tu lo ami?», mi chiede. «Se non lo ami, vieni nella doccia insieme a me, perché sto esplodendo».

Resto lì, immobile.
Forse dovrei. Mi farebbe bene.
Kaleb non sta tornando per un motivo, dopotutto. O sta cercando di resistere al capanno fino alla mia partenza, così non dovrà più vedermi, o a questo punto sa di non poter tornare indietro.
Sa di non poter pensare che nessuno mi abbia sfiorata durante la sua lunga assenza, soprattutto perché vivo con degli uomini con cui sono già andata a letto.
Tutti vogliono che accada.
Quando Noah si avvicina ancora, gli pianto i palmi sul petto. «No».
Scuoto la testa, allontanandolo.
«Lo ami?», ripete.
«Non lo so», rispondo arrabbiata.
Non amo te, però. Non in quel senso.
Noah ha bisogno del fratello molto più di quanto abbia bisogno di me. Non voglio mettermi in mezzo.
«Non consumare tutta l'acqua calda», dico, uscendo dal bagno.
Scendo di sotto per andare in cucina a controllare lo stufato che cuoce nel tegame di coccio, poi sento qualcuno urlare da lontano. Alzo lo sguardo e vedo Jake al telefono.
«Se non la fai venire al telefono, giuro che la faccio venire a prendere con l'elicottero!».
«Gesù Cristo», ringhia Jake, allontanandosi il ricevitore dall'orecchio e fulminandomi con lo sguardo. «Tiernan...».
Mi passa il telefono, la tazza di caffè nell'altra mano.
«Non voglio più che quella donna ti chiami qui», mi dice. «Rispondile sul tuo cellulare».
Eh?
Mi accosto il telefono all'orecchio.
«Quella donna?», ripete sdegnata Mirai. «Che significa? Quell'uomo è un barbaro».
«Ehi».
«Ehi», dice Mirai, accorgendosi che ci sono io all'altro capo del telefono. «Buone feste, Tiernan».
Faccio una smorfia. «Sì, lo so. Scusa».
Nelle ultime dieci settimane, siamo rimaste in contatto via e-mail e messaggi e, anche se lei mi ha chiamato, io non le ho mai risposto al cellulare. Non me la sentivo di parlarle. Con i messaggi è più facile e rapido parlare, senza doversi inventare tante stronzate.
«Tiernan...».
«Mi dispiace davvero», le ripeto. «È solo che stavo...».
«Vivendo la tua vita», termina per me. «Lo capisco. Non ti libererai di me, però, chiaro?»
«Lo so». Mi appoggio all'isola della cucina, Jake raggiunge il frigo e ne

studia il contenuto, facendo finta di non origliare. «Hai ricevuto il mio regalo?».
Mirai scoppia in una risata. «Sì. Molto generosa. Volevi suggerirmi che ho bisogno di una vacanza?»
«O di una storia», scherzo. «Una storia folle e bollente con un uomo. O più uomini».
Jake gira la testa, guardandomi.
Ho regalato a Mirai due biglietti per le Fiji.
«E tu che ne sai?». Mirai si mette di nuovo a ridere.
«È carina?», bisbiglia Jake.
Lo fulmino con lo sguardo e la preoccupazione sul suo volto finalmente sparisce. Alzo gli occhi al cielo.
«Allora, sei felice?», mi chiede.
Noah accende la musica al piano di sopra e Jake solleva il coperchio del tegame, usa il cucchiaio per assaggiare lo spezzatino. Stasera mi faranno vedere *Fanteria dello spazio* per la prima volta. Sto al caldo, mi fanno mangiare e mi vogliono bene.
Non mi manca proprio niente.
Eppure, abbasso lo sguardo. «Abbastanza», borbotto.
Parliamo un po' e lei mi fa sapere che il signor Eesuola l'ha contattata riguardo ai pettegolezzi apparsi sulla stampa, informandola che hanno costretto il giornale in questione a ritrattare, hanno anche licenziato il giornalista dell'articolo. In questo modo spera di aver fatto capire che non sono disposta a tollerare altri gossip sui miei genitori per il resto della mia vita.
Dopo aver riagganciato, controllo la cena, aggiungendo le patate che ho pelato stamattina.
Mi lavo le mani e mi metto a guardare fuori dalla finestra, notando che la neve sul vialetto sta iniziando a diventare fanghiglia. Sono previste altre bufere, ma gli ultimi giorni sono stati una piacevole tregua dalle temperature gelate.
Mi sporgo in avanti per scrutare meglio il cielo. Le nuvole sembrano cariche. *Altra neve in arrivo.*
Sento Jake alle mie spalle e mi volto, anche lui sta guardando fuori dalla finestra.
Abbassa lo sguardo, c'è qualcosa di intimo nel modo in cui i suoi occhi si posano sulla mia bocca.
Fa un passo indietro. «Scusa».
«Non fa niente».
Non siamo più andati a letto insieme dall'episodio dell'incendio. Da quando Kaleb è andato via, ho sempre dormito da sola.
Mi asciugo le mani mentre lui è intento a sorseggiare il caffè.
«Altra bufera in arrivo», mi dice.
Annuisco, fissando gli alberi. Sta iniziando a fare buio.

«È mai stato via per così tanto tempo?».

Detesto doverlo chiedere, ma avrei voluto farlo ogni giorno da quando è successo. Sono passati più di due mesi. Ha mai saltato un Natale? È mai rimasto via così a lungo?

«No», risponde Jake.

«Non sei preoccupato?».

Fa una pausa, poi con molta tranquillità mi spiega: «Non ti porterei mai così dentro al bosco, durante l'inverno. E non possiamo lasciarti qui da sola. Se una volta che te ne sarai andata non tornerà, allora andrò a cercarlo».

Quando me ne sarò andata.

Per la prima volta, me ne rendo conto. Potrei non rivedere più Kaleb.

«Tiernan, voglio che porti Noah con te quando te ne andrai», dice Jake.

Mi volto. «E tu?».

Si sta ammorbidendo? Noah non vede l'ora di andarsene. Quand'è che Jake se ne è fatto una ragione?

Kaleb se ne è andato. Se Noah verrà con me, Jake resterà qui da solo.

Mi guarda con un mezzo sorriso rassegnato sulle labbra. «Me la caverò».

Ricaccio indietro le lacrime. Non voglio che Jake rimanga qui da solo. Se Kaleb è sopravvissuto laggiù per così tanto tempo, potrebbe non tornare mai più. Immaginare Jake qui, tutto solo, durante il prossimo inverno… fa male.

Mi sollevo in punta di piedi e lo abbraccio, lui fa altrettanto.

Tenendogli la testa, affondo il naso sulla sua guancia, ho un nodo piantato in gola. Apro la bocca, avvicinandomi appena alla sua. Voglio baciarlo. Voglio prendermi cura di lui e dargli tutto il mio amore, perché morirà qui da solo, senza poter condividere la sua vita con nessuno.

Io posso farlo sentire meglio.

La sua bocca aleggia sulla mia e so che anche lui lo vuole. Affonda le dita nei miei fianchi.

Ma i capelli sulla sua nuca sono troppo corti. Mi grattano la mano. Non sono soffici e scuri come quelli di Kaleb.

Lentamente, abbasso le braccia e lui mi attira a sé, continuando ad abbracciarmi.

Torno ad abbracciarlo anch'io e chiudo gli occhi. Non posso lasciarlo solo. O Noah rimarrà qui o Jake verrà con noi, o…

Non lo so.

Torno di sopra da sola. Cosa succederà quando tra otto settimane le strade saranno di nuovo praticabili? Non manca molto. È così che va a finire?

Da in fondo alle scale, osservo la porta della camera di Kaleb. Non la apro da dicembre. Nessuno l'ha più aperta, eppure non è cambiato niente, ne sono certa. Sarà freddo là dentro, probabilmente ci sarà anche un po' di polvere.

Salgo le scale.
La luce fioca che filtra dalla finestra crea una penombra. Mi chiudo la porta alle spalle, strofinandomi le braccia per il freddo. Mi avvicino al camino e prendo un paio di ceppi, sistemandoli all'interno insieme a dei ramoscelli. Strisciando un fiammifero sulla mensola, accendo il fuoco e osservo le fiamme che crescono, venendo immediatamente investita dalla luce e dal calore.
Il tenue bagliore si riflette sul pavimento, uso il fiammifero per accendere qualche candela che Kaleb ha posizionato sulla mensola sopra il camino e anche quella vicino al letto.
Kaleb ha delle candele. Già.
Accendo il suo vecchio iPod e iniziano a suonare gli Amber Run, intanto mi dirigo verso il letto e scuoto le coperte per rinfrescarle. Mi stendo sul materasso a fissare il soffitto, accarezzandomi la guancia.
Come ha fatto lui quando mi ha portato nel suo letto.
Mi si stringe il cuore.
Chiudo gli occhi, le lacrime minacciano di scendere. *Mio*. Lui è mio. Sarebbe dovuto rimanere, doveva discutere con me.
Resto distesa a fissare il vuoto, faccio vagare la mente. La stanza diventa sempre più buia al calare del sole, ma si sta scaldando col fuoco acceso. Non so quanto tempo sia passato quando, alla fine, sento bussare alla porta.
«Tiernan?».
Spalanco gli occhi, vorrei solo essere lasciata in pace, ma mi metto seduta. «Sì?»
«È ora di cena», mi informa Noah.
Deve avermi cercato dappertutto, prima di rendersi conto che ero qui.
«Scendo più tardi», gli dico. «Sono stanca».
Non guardo nemmeno l'orologio, ma devono essere circa le sei. Non ho voglia di guardare un film, stasera.
Dall'altra parte della porta cala il silenzio, ma dopo qualche attimo, le assi delle scale scricchiolano perché Noah sta tornando di sotto.
Mi giro e affondo la faccia nel cuscino.
Poi sento qualcosa di duro e muovo la mano, afferrando l'oggetto attraverso la federa. Cos'è? Sollevo la testa e infilo la mano dentro.
Estraggo un libro dalla copertina rigida marrone, logorata. Studio il volume alla luce delle candele, girandolo tra le mani per leggere il titolo sulla costa.
Don Chisciotte, Volume II.
Sorrido e mi tiro su, scuotendo la testa. Kaleb è davvero una sorpresa. Lui legge.
Certo, gli scaffali alla mia destra sono pieni zeppi di libri, ma io credevo che li avesse semplicemente trovati lì e che negli anni non avesse avuto voglia di spostarli altrove.

Mi siedo a gambe incrociate, vi poso il libro sopra e lo sfoglio. Il profumo della carta vecchia e ingiallita mi inebria le narici.
Lo apro a metà e la costa scricchiola.
Mi metto quasi a ridere. *Lo sapevo.*
Sebbene sia vecchio, è ancora integro. Non lo stava leggendo.
Allora perché era nascosto nel cuscino?
Faccio per richiuderlo, ma noto qualcosa. Sollevo di nuovo la copertina e mi avvicino il libro alla faccia per leggere la scritta a penna nera.

È buffo come le donne mi si avvicinino così facilmente, adesso. A scuola dicevano sempre che ero stupido.
Stupido.
Stuuupido.
Stuupido.

Aguzzo la vista, cercando di decifrare la scrittura a mano all'interno della copertina.

Sono stupido.
Però a loro piace scoparmi.

Mi si forma un nodo in gola e mi agito.
Kaleb?
Mi affretto a scorrere le pagine, controllando dappertutto, ma non ci sono altre annotazioni. Così resto lì seduta, elettrizzata e sciocata. Sono parole di Kaleb?
Giro lo sguardo verso gli scaffali, sulla montagna di testi stipati, strabordante. Salto giù dal letto e afferro il primo libro. Uno qualsiasi.
Vedo degli schizzi di un capanno sul riquadro della copertina, giro il libro e noto altre righe scritte a penna che mi fanno venire quasi un colpo.

Dentro. Voglio starci per sempre. Odio stare qui. Voglio stare là. Nella valle, dove il fiume scorre e il vento mi sferza. Circondato dai cigolii. C'è odore di profondità. Sapore di profondità. Vorrei che il mondo fosse più piccolo.
Odio stare qui.

Quasi non faccio caso alle lacrime che sto versando, prendo altri libri dagli scaffali, cercando freneticamente altri appunti.
Kaleb non legge questi libri. Ci scrive sopra.
Dopo essere incappata in un paio di volumi intonsi, ne trovo uno con dei tratti a penna talmente scavati nella carta, che le pagine sembrano quasi accoltellate.

Cazzo, scrive.
CAZZO.

E poi altri scarabocchi, violenti e scuri, come se la carta sanguinasse d'inchiostro. Quando ha scritto queste cose? Cos'era successo?
Apro un altro libro.

Oggi l'ho vista sorridere. Mi piace avere attorno una ragazza.

Lo rileggo cinque volte, studiando le altre pagine, ma non trovo niente. Nessuna data. Si riferisce a me o… Scrive in un altro libro:

Adesso mi urli contro e basta. Lo so che è colpa mia. So che non riesco a parlare. Posso farlo. Solo che non ci riesco. Io… non sono qui. Questo è tutto quello che ho e che sono. Non ci riesco. Non sono qui.

Noto il segnalibro che ha infilato dentro. Lo tiro fuori e realizzo che è una foto di Jake con i ragazzi. Noah non avrà più di cinque anni ed è seduto su una moto da cross, Jake dietro di lui.
Kaleb deve avere circa sei anni, i capelli molto più lunghi, ed è accanto a loro con lo sguardo fisso in un punto. Come adesso, lui guarda sempre da un'altra parte.
Recupero altri libri dagli scaffali, ne trovo uno con una nota che è stata grattata, ma che si riesce comunque a leggere.

Oggi il signor Robson ci ha chiesto cosa vorremmo fare da grandi. Io avevo così tante risposte da dargli.

Robson era un suo insegnante?

Voglio andare fuori. Voglio starmene su un albero. Voglio bagnarmi. Voglio sdraiarmi per terra nel bosco mentre la pioggia colpisce le foglie sopra la mia testa. Mi piace ascoltare quel suono.
Voglio stare al caldo. Voglio stringere qualcosa. Voglio parlare con mio padre. Voglio stancarmi, così potrei dormire di più, e voglio camminare.
Voglio innamorarmi. Voglio essere al sicuro.
Voglio che tutto finisca.
Voglio che le cose dentro la mia testa spariscano.

Ma su tutto questo ha scarabocchiato sopra, lasciando intonsa solo una frase.

Voglio essere l'unica cosa che lei vede.

Fisso quelle parole. Lei? Scuoto la testa tra me e me. Non c'è nemmeno una data? Non si può risalire a un ordine di scrittura. Alcune cose sono scritte in stampatello, altre in corsivo. Certe sono in un corsivo da terza elementare, altre in una calligrafia da persona adulta. In questi libri, Kaleb ha annotato anni di pensieri e li ha nascosti tra le loro pagine, perché sapeva che nessuno avrebbe mai aperto questo mucchio di carta vecchia e lacerata.

Ci ha scritto sopra tutto quello che non riusciva a dire.

Mi conoscevi molto tempo fa. E ora sai che non sai chi sono. Cerchi di insegnarmi il linguaggio dei segni, come se fossi muto. Io rimango in silenzio perché voglio essere lasciato in pace. Parlare a gesti non servirà a niente.

Prendo un altro libro, accatastando in una pila diversa quelli che ho già ispezionato.

Oggi ho visto dei lupi acchiappare una cerva. Avrei potuto sparare al cerbiatto. Non sopravvivrà all'inverno senza la madre. Adesso sarà là fuori a morire di fame. Avrei potuto…

Domani lo cercherò e gli sparerò.

Noah non dice nulla, eh? Sul fatto che ho sempre bisogno di tenere il finestrino della macchina abbassato, anche d'inverno, perché mi manca l'aria. Mi piace Noah. Mi accetta come sono. Accetta tutti come sono e non ha bisogno di capire per forza ogni cosa. Non fa sempre domande. Accetta tutto e basta.

Mi asciugo gli occhi e mi inumidisco le labbra secche, afferrando un altro libro. Noah sa perché Kaleb ha bisogno di tenere abbassato il finestrino della macchina.

Oggi l'ho vista sorridere. Ha guardato il cielo e ha chiuso gli occhi. L'ho capita. Così come io non ho bisogno di parlare tutto il tempo, lei non ha bisogno di aprire gli occhi per vedere la montagna. Le piace qui. Lo si capisce dal sorriso che fa quando pensa che nessuno la stia guardando.

Mi sento pungere la gola e mi si annebbia la vista.

Sospira sempre quando fa questa cosa, come se prima avesse trattenuto il fiato.

Sono io. So che sta parlando di me.

Ho trovato una caramella nella spazzatura e il cavolo sulla mia pizza. È proprio strana.

Rido tra le lacrime.

Dio, è così bello toccarla. Sembra sciogliersi tra le mie dita. È morbida. Troppo morbida. È stato così bello, però. Quegli attimi dentro la macchina in cui mi ha fatto immergere nel suo corpo. La sua pelle è come acqua. Voglio il suo odore nel mio letto. E nei miei capelli. La voglio sempre con me.

Immagino Kaleb tutte quelle notti da solo, qui dentro. Intento a scarabocchiare sui libri. Notti sprecate. Magari ha scritto tutto questo prima di vedermi uscire dalla camera di suo padre. Forse le cose potevano andare diversamente tra noi.

Troia. Perché non riesco ad andarmene, cazzo? È tempo di andare su. Sono stato qui fin troppo tempo. Quella stronza di una troia. Quella stupida troia.

Andare su. Sulle montagne, intende. È là che scappa quando tutto va male.

Tiernan… leggo in un altro volume. Tutto qui. Solo il mio nome.

Lo giro e prendo fiato, notando che c'è scritto altro.

Gli altri dormono così profondamente che non ti sentono, durante la notte. Solo io ti sento. Quando ti ho sfiorato il viso, tu ti sei calmata. Quando ho provato ad andarmene, l'incubo è ricominciato. Così sono rimasto. Vengo tutte le notti. Tu avvicini i piedi freddi alle mie gambe e io ti abbraccio, appoggiandoti una mano sulla schiena e sentendo il tuo corpo placarsi quando si accoccola al mio. Ti faccio sentire al sicuro? Mi piace prendermi cura di te.

Fisso quelle righe. Come ho fatto a non accorgermene? Chissà quante volte sarà entrato in camera mia. Lo ha fatto anche quando litigavamo?

Lo so che hai paura di me e so che è colpa mia. Quel giorno, nella grotta, Cici ha cercato di schiaffeggiarmi perché non la volevo, ma ha sbattuto sulla mia spalla facendosi sanguinare quel maledetto naso. Ti sei messa in testa chissà cosa. Ho combinato cose orribili a tutti voi. Detesto non aver fatto in modo che tu mi amassi. Tu non mi amerai mai.

Stringo i denti, sforzandomi di leggere tra le lacrime.

Mi fai tremare. Oggi mi tremavano le mani con te vicino a quell'albero, e non capisco perché. Tremavo e basta. Vorrei che non ti allontanassi mai troppo da me.

L'albero. A dicembre, quando abbiamo tagliato i rami per le decorazioni natalizie. Ha scritto questo dopo che abbiamo fatto l'amore nel fienile.

Mi spaventi. E io spavento te. Non lasciare che ti ferisca di nuovo. Perché non riesco a smettere di volerti ferire? Scopa con loro, va bene? Continua a scoparteli, così non ti desidererò più così tanto. Sono un disastro. Lo sono perché è bello desiderarti e non so come comportarmi quando le cose sono così. È un vero casino e combinerò senz'altro qualcosa, ma…

Mi mancherai.

Mi mancherai tanto.

Butto fuori quella poca aria che ho trattenuto nei polmoni.

Kaleb mi sta uccidendo.

L'ho respinto per tutto questo tempo, cercando di sopravvivere e far finta di potercela fare, ma Kaleb ha ragione. È un disastro, noi siamo un disastro, e ho sempre saputo che se in questo momento lui varcasse quella soglia e mi dicesse qualsiasi cosa – o comunicasse con me in qualunque modo – mi scioglierei. Quello che ho sempre voluto sapere è cosa c'era nella sua testa.

Mi allontano, osservando gli scaffali e le decine di libri ancora stipati lì sopra. In nessuno, finora, ho trovato delle parole su sua madre.

Non le importa nulla di lei.

Le pagine sono piene di pensieri che riguardano ciò che ama.

Non lascerò Jake qui da solo. Non me ne andrò finché non avrò chiarito con Kaleb. Non mi porterò dietro Noah, senza che loro due si salutino.

Lo voglio a casa.

Non so quanto tempo trascorro a ispezionare il resto dei libri e a rileggere le parti che mi sono piaciute di più, ma la casa è buia e silenziosa quando esco dalla stanza di Kaleb e scendo al piano di sotto. Mi sono persa il film, ma non ha importanza. Sono contenta che Jake stia dormendo.

Entro nella camera di Noah, sentendo il lieve suono della sua musica, e mi avvicino al letto, svegliandolo.

«Che c'è?», si lamenta, girandosi e stropicciandosi gli occhi.

Mi abbasso su di lui. «Andiamo a prendere Kaleb».

30. Tiernan

«Ci sono meno sette gradi», informo Noah, respirando all'interno del cappotto per scaldarmi. Sollevo lo sguardo verso il cielo coperto. «Quelle nuvole sono a meno di due chilometri. Dobbiamo muoverci».

La neve ci svolazza attorno, ma questo non è niente. Sta arrivando una bufera.

Mi infilo gli occhiali protettivi e stringo il cappuccio del cappotto, seguendo Noah sulla neve, coi miei scarponi e i pantaloni impermeabili, diretti verso nord.

Dopo averlo tirato giù dal letto nel cuore della notte, abbiamo caricato le motoslitte con la nostra roba e ci siamo avventurati fuori, finché il tempo era ancora buono. Una volta sorto il sole, il freddo è diventato più sopportabile, ma ora le nuvole stanno correndo veloci, nonostante fossi convinta che la tempesta non sarebbe tornata.

Invece, sta tornando.

Jake sarà furioso. Gli ho lasciato un biglietto sul tavolo per avvertirlo, gli ho scritto che ci saremmo addentrati nel bosco fino al capanno per la pesca. Ovviamente, non è sicuro che Kaleb sia lì, ma è altamente probabile. Non m'importa se Jake ci verrà a cercare. Ho evitato di svegliarlo perché altrimenti avrebbe cercato di fermarci.

Noah si ferma davanti a me, i fiocchi che ci atterrano sulla faccia sono sempre più grossi.

Studia la mappa, togliendosi gli occhiali e strofinandosi gli occhi.

«Credevo che conoscessi la strada», gli dico, fermandomi accanto a lui.

«Dammi solo un minuto». Noah ruota la mappa e osserva il territorio. «Sono venuto qui cinque volte in tutta la mia vita, e prima dei dodici anni. Kaleb e papà vengono qui spesso. A loro piace, a me no».

«Fantastico». Scuoto la testa.

Strappandogli la mappa plastificata di mano, studio gli scarabocchi che ci ha fatto sopra Jake. Ha segnato la zona anni fa, individuando alcuni suoi punti di riferimento: stagni, corsi d'acqua, grotte. Sono tutti elementi da individuare facilmente.

Mi sembra di leggere l'arabo. Le montagne e gli alberi che vedo sulla cartina, nella realtà mi sembrano tutti uguali a quelli che abbiamo intorno.

La passo di nuovo a Noah, sospirando rumorosamente. Non abbiamo il localizzatore GPS? Qualcosa che si agganci a un satellite? Arriccio le dita negli scarponi, le gambe mi tremano leggermente. Faccio un passo in avanti, affondando nella neve fino alle ginocchia e girando su me stessa di trecentosessanta gradi, guardandomi attorno.

I rami brillano di bianco e da essi pendono grappoli di pigne. Scorgo una gravina molto stretta sulla sinistra. Tiro fuori la bottiglia dell'acqua dallo zaino – una volta abbandonato le motoslitte per via del terreno, io e Noah ci siamo portati dietro tutto quello che riuscivamo a prendere. Stiamo camminando dalle otto della mattina, abbiamo i fucili ancorati alle nostre borse.

Guardo di nuovo le nuvole e non riesco a vedere il sole. Dovrebbero essere circa le due del pomeriggio.

«Kaleb ha detto che il capanno si trova "nella valle"», riferisco a Noah. «Dove il fiume scorre e il vento sferza».

«L'ha detto Kaleb?».

Lo guardo, borbottando: «Ho trovato una specie di diario».

Lui mi guarda un attimo, dopodiché punta l'orizzonte della silenziosa foresta imbiancata.

«Una valle con un fiume…», mormora tra sé e sé.

Studiando di nuovo la mappa, si mordicchia il labbro screpolato con aria confusa. «Non ho idea», confessa infastidito. «Non ne vedo qua. Ha fatto riferimento a qualcos'altro?»

«Circondato da cigolii?», aggiungo titubante, non sono sicura di aver letto correttamente. «Non un cigolio. Ma dei cigolii. Come un rumore».

Noah drizza la schiena, fissa il vuoto e muove gli ingranaggi dentro la sua testa. Mi sposto davanti a lui, dando la schiena al vento.

Cazzo, che freddo.

«Che c'è?», gli chiedo.

Lui sbatte le palpebre. «Come di un comignolo», dice. «Una specie di canna fumaria. La valle era piccola, circondata da alberi e roccia. Quando il vento soffiava in quella zona, ci si infilava dentro, e il suono che produceva era simile a quello di una canna fumaria».

Noah solleva il mento, rilassa le spalle ed espira. I tuoni crepitano sopra le nostre teste, mi metto a studiare il cielo stringendomi nelle braccia.

«E la neve della montagna poi si scioglieva formando una cascata, scendeva giù dietro le pareti della valle biforcandosi in due corsi d'acqua», ricorda finalmente. «Uno si tuffava nel posto dove pescavamo. L'altro…». Mi guarda negli occhi. «So dov'è Kaleb».

Chiudo gli occhi. *Grazie a Dio.*

Senza dire altro, Noah si dirige a sinistra, avvicinandosi alla gravina. Si tira giù il cappuccio per vedere meglio, rimanendo solo col berretto da sci nero. Mi prende per mano e, incespicando e scivolando, scendiamo il promontorio.

Il cielo continua a rumoreggiare e il vento s'insinua nella valle stretta, intanto la neve mi punge la faccia. Mi sollevo lo scaldacollo sulla bocca e sul naso, scorgendo i lampi che illuminano il cielo.

Mi giro, preoccupata.

«Merda», esclama Noah, trascinandomi con più energia. «Vieni».

Attraversiamo la neve il più in fretta possibile, ma ho i muscoli in fiamme e le dita delle mani congelate dentro ai guanti. Stringo i pugni.

Il vento intrappolato tra le due montagne ci sferza, l'unico suono che sento è quello del mio cuore che pulsa nelle orecchie.

«Quanto manca?», grido.

«Non lo so!», confessa Noah, indicando la linea di neve tra gli alberi. «Proseguiamo in questa direzione!».

All'improvviso un fulmine squarcia il cielo, colpisce un abete sul pendio sopra di noi, strappandomi un urlo.

Noah cade per lo spavento e io mi piego per acchiapparlo. «Noah!».

Stringo i denti, usando ogni muscolo per tirarlo fuori dalla neve.

Lui si tira di nuovo su il cappuccio e mi abbraccia per trasferirmi un po' di calore.

«Finirà per peggiorare», dice. «Dobbiamo piantare la tenda e aspettare che finisca!».

«Non pianteremo una tenda con i paletti di metallo in mezzo a una montagna, durante una tempesta di fulmini!», ribatto, allontanandomi da lui. «Andiamo!».

Conduco io stavolta, attraversando la valle e superando le rocce innevate in cerca di Kaleb. Canticchio tra me e me, stringendo i pugni per far scorrere il sangue, consapevole che a ogni passo in più ci avviciniamo al capanno.

Temo che Kaleb non stia bene. È passato così tanto tempo.

Ho anche paura che lo ucciderò per essere sparito in quel modo. Come fa a vivere qui come se nulla fosse. Non m'importa se litighiamo. A dire il vero non vedo l'ora. Purché sia lì e respiri ancora.

Sento colpire il mio cappuccio, sono colpi sporadici, ma pesanti. Sollevo lo sguardo e vedo dei proiettili di ghiaccio che mi sferzano le guance. Abbasso di nuovo la testa, riparandomi da quell'assalto. «Grandine!».

«È uno scherzo, vero?», abbaia Noah.

Mi prende la mano e cominciamo a correre verso una grotta di fronte a noi. Entriamo dentro, riparandoci dal vento, dalla neve e dal ghiaccio. Mi abbasso il cappuccio e lo scaldacollo, strofinandomi la faccia con le mani avvolte nei guanti.

«Stai bene?», chiede Noah.

«Sì».

Ho la faccia in fiamme e ho paura di guardarmi. Immagino già cosa dirà Jake. *Perché fare una cosa così stupida?*

E avrebbe ragione. È stato davvero stupido.

Ma probabilmente lo rifarei.

Noah trema, scrollandosi il cappotto e soffiandosi nelle mani.

«Credevo fossi cresciuto qui», scherzo.

«Sta' zitta».

Sorrido. *Pivellino.*

Faccio per togliermi lo zaino, poi mi accorgo che la neve continua a cadermi sul viso. Vedo filtrare la luce sopra la nostra testa, e guardando a destra ne vedo entrare altra.

Questa non è una grotta.

È un tunnel.

Camminando verso l'uscita, stringo le spalline dello zaino ed esco fuori, tirandomi su il cappuccio. La neve continua a cadere, il vento a sferzarmi il viso, e sento ticchettare la grandine sul cappotto, sebbene sia meno persistente di quella dall'altro lato.

Molto meno persistente.

Davanti a noi si profilano degli alberi, dei gruppi di conifere e degli abeti ricoperti di neve, poi sento dell'acqua. Pareti di roccia circondano la valle, che è circa la metà di un campo di calcio. L'unica via d'accesso che scorgo è quella da cui siamo appena venuti. La zona è schermata dagli alberi e dalle montagne, ma sopra di noi la bufera continua a imperversare portando con sé freddo, neve e vento, nonostante non sia più violenta come prima.

Alzo lo sguardo e scorgo il capanno sul promontorio.

«Oh, grazie al cielo!», sento gridare Noah alle mie spalle.

Il mio cuore salta un battito e chiudo gli occhi, sorridendo.

«Kaleb!», grida Noah.

Si mette a correre risalendo il piccolo promontorio, diretto alla costruzione, e io lo seguo. Lascio scivolare lo zaino dalle spalle e lo trascino sul piccolo portico.

Anche Noah si libera del suo, entrambi i nostri fucili assicurati a essi. Sbattiamo gli scarponi per terra per togliere la neve in eccesso. «Almeno, adesso non morirò», borbotta. «Perché se tu fossi morta qui, loro avrebbero ucciso me».

Rido, lasciando perdere lo zaino e aprendo la porta.

«Kaleb!», chiamo, entrando dentro.

Ma ancor prima che io possa orientarmi, il sorriso sparisce dalla mia faccia.

Lui non è qui.

Inizio a sudare freddo e non credo di riuscire a respirare. Jake aveva ragione quando ha detto che questo posto non faceva per me. È una stanza con un fornello, un camino e due letti. Ci sono tre finestre, nessun'altra porta e niente bagno. È un posto dove cucinare e dormire durante le sessioni di pesca. Niente di più.

L'aria umida permea la stanza e mi guardo attorno, in cerca di qualcosa che possa farmi sperare di non aver affrontato tutto questo per nulla.

«Non è qui», conferma Noah, superandomi.

«Ma ci è venuto, almeno?», chiedo. «Magari è andato a caccia».

Noah si avvicina al fornello, raccogliendo un tegame. Da qui si notano dei resti di qualcosa all'interno.

«È congelato». Scuote la testa. «È stato qui, credo. I piatti non sono impolverati, perciò sono stati lavati di recente, ma si parla di almeno un paio di giorni fa».

Mi avvicino al letto sgualcito, portandomi le coperte al viso, ma sento solo l'odore del freddo e dell'umidità del capanno.

«Dove potrebbe essere andato?», chiedo, posando le coperte. «Potrebbe essere in viaggio verso casa e non l'abbiamo visto?»

«Non avrebbe lasciato qui queste armi». Noah afferra un fucile, poi ne scorgo altri in un angolo.

Le armi.

Eri indifesa.

Mi tornano in mente le parole di Noah e mi avvicino a lui, studiando i tre fucili nell'angolo, uno dei quali è quello che spesso usa Kaleb. Se è uscito, dovrebbe averlo con sé. Perché non se l'è portato dietro?

Mi allontano con un groppo in gola. Dove cazzo è andato?

I piatti, il tegame sporco, le armi… è stato qui. Dov'è andato? E quando?

Respiro a fatica, incapace di tenere a bada la paura, e gli occhi mi si riempiono di lacrime.

Noah mi viene vicino, afferrandomi per le spalle. «Andiamoci piano. Non sappiamo nulla».

Mi giro e prendo uno dei fucili, controllando che sia carico. Fuori sento tuonare e la neve batte sulle finestre.

«Andiamo», gli ordino.
«Non usciremo là fuori, con questa bufera».
«Noah!». Mi volto di scatto per guardarlo in faccia. «Anche lui non sarebbe uscito di proposito, in mezzo a questa bufera. Potrebbe essere ferito o…».
«Se esci là fuori, sei morta!», ringhia. «E poi sono morto anch'io, perché dovrò venire a cercarti e ne so meno di te su come sopravvivere qui! Insisto per rimanere. Aspetteremo che la bufera passi».
Ha ragione. So che ha ragione, ma non può dire sul serio. Io non posso starmene qui tutta la notte. Lui come farà?
Guardo la porta.
E se Kaleb fosse stato attaccato da un lupo o da un orso? E se avesse freddo e stesse morendo?
Una lacrima mi scende sulla guancia, i miei piedi fremono per precipitarsi fuori. *E se fosse già morto da mesi e stesse marcendo nella neve?*
Rifletto se scappare.
«Non pensarci nemmeno», mi intima Noah, sfilandosi il cappotto e accendendo il fornello. «Ti lego, Tiernan. Giuro su Dio».
Chiudo gli occhi, alla fine resto incollata alla finestra per il resto della serata ad aspettare Kaleb.

Sbadiglio, ho gli occhi pesanti e le braccia che sembrano pesare dieci tonnellate. Allungo la mano sull'ancora intorno alla vita e mi rendo conto che si tratta del braccio di Noah, mi cinge da dietro. Cerco di svegliarmi, sono rannicchiata contro il suo corpo e ancora vestita con jeans, felpa e calzini di lana.
«Ehi», mi sento dire con voce assonnata.
Giro la testa. «È finita? La bufera?»
«Sì». Si stringe ancora di più a me. «Ascolta».
Tendo l'orecchio, ascoltando il ticchettio regolare sulle finestre e sul tetto di latta, è il tintinnare dello scacciapensieri appeso nel portico. È un rumore diverso dalla neve.
Oh, mio Dio. «Sta piovendo?»
«Ma davvero?», scherza Noah.
Il vento è sparito, così come le palline di grandine che si sono abbattute sulla baracca per tutta la notte.
La pioggia. Il che significa che non fa così freddo.
«Ma la pioggia rende la neve scivolosa?», gli chiedo.
Noah si drizza a sedere ed emette un sonoro sbadiglio. «Vuol dire che probabilmente non troveremo moltissima neve, là fuori».
Si alza dal letto e si infila la camicia. Io mi siedo, aggiustandomi i capelli dietro le orecchie. Come ha fatto a dormire con soltanto i jeans addosso? Il fuoco ha riscaldato l'ambiente, ma io durante la notte ho avuto comunque freddo.

Si infila il cappotto, mi passa della granola che ci siamo portati dietro e afferra un'arma. «Resta a letto, mangia e idratati», mi ordina. «Io vado a cacciare qualcosa per colazione e poi usciamo».
Mi irrigidisco. «Non torneremo a casa?».
Noah apre la porta, ha un aspetto davvero stanco. «Intendevo che usciremo a cercarlo, piccola».
Mi rilasso, sollevata. «Ehi».
Lui si volta a guardarmi.
«Fa' attenzione».
Il suo sguardo si addolcisce e mi rivolge un sorriso.
Dopodiché chiude la porta e se ne va. Il fiume scorre dietro la baracca, perciò non credo che si allontanerà molto. Così, mentre non c'è, ne approfitterò per andare a prendere della neve per scioglierla e lavarmi, poi mangerò e mi idraterò come mi ha detto.
Mi infilo un altro paio di calzini, mi cambio la felpa e mi faccio la coda. Ho dormito bene perché Noah mi ha tenuta al caldo, ma credo che abbia insistito per dormire nello stesso letto perché aveva paura che scappassi durante la notte per andare a cercare Kaleb.
Sono contenta di non averci neanche provato. Venire qui con Noah è stato davvero stupido. Uscire là fuori da sola sarebbe stato un suicidio.
Dopo aver lavato i piatti usati ieri sera, e dopo essermi accertata che gli scarponi accanto al fuoco siano asciutti, prendo il mio zaino per controllare le provviste.
Noto qualcosa muoversi fuori dalla finestra e mi blocco.
Alzo lo sguardo e aguzzo la vista.
Lascio cadere lo zaino, vado verso la porta e abbasso la maniglia, aprendola lentamente.
Cercando di placare il respiro, sbircio in mezzo alla pioggia, e a poco a poco spalanco la porta, che scricchiola sui cardini. Non voglio spaventarlo.
Esco sul portico, l'acqua scroscia dal tetto e il cervo se ne sta lì davanti a me, immobile come una statua.
Mi si gonfia il petto. *Wow*.
Il palco si protende verso l'alto, forma una gigante U, con varie diramazioni più fini, e i suoi grandi occhi marroni mi fissano come se stesse aspettando qualcosa.
Ha gli zoccoli immersi nella neve e tentenno, non so se recuperare il fucile all'interno del capanno. Jake mi direbbe di spararagli. Siamo qua in mezzo al nulla con poco cibo, e chi può dire se stasera o domani non nevicherà di nuovo? Non dovrei esitare di fronte a un'occasione del genere.
Avrebbe ragione.
Eppure allargo le braccia e grido: «Va' via!».
Il cervo balza via, superandomi, e io lo seguo con lo sguardo per accertarmi che riesca a fuggire prima che Noah lo veda.

Poco dopo noto qualcos'altro e mi blocco. Il mio sguardo incrocia quello di Kaleb, è nascosto in mezzo ai cespugli con un fucile puntato sull'esemplare dalla coda bianca.

Spalanco la bocca. *Kaleb*.

Sento i passi dell'animale allontanarsi e sparire, ora il fucile di Kaleb mira verso di me. Solleva la testa, una nuvoletta di fumo gli esce dalla bocca.

Sbatto le palpebre per accertarmi che non sia una semplice allucinazione. Sulla testa ha un cappuccio grigio scuro, sotto un berretto da sci nero, e sul viso ha la barba. Fissandomi, abbassa le braccia lungo i fianchi e muove il petto rapidamente, è a corto di fiato.

Senza pensarci, scendo i gradini bagnati anche se ho solo i calzini ai piedi, lui mi viene lentamente incontro.

«Ciao», dico.

Kaleb se ne sta lì e io non sono sicura di cosa fare. Lo abbiamo trovato. Sta bene.

Credo.

Studio il suo corpo per assicurarmi che non abbia perso peso o che non sia ferito.

Dove cavolo ha passato la notte?

Ma non ha importanza. I suoi begli occhi. Gli zigomi. La bocca e il collo abbronzato che emanano calore, lo so. Naturalmente è abbronzato nonostante sia inverno.

Deglutisco. «Noah è sceso verso la valle, a recuperare qualcosa da mangiare», annuncio con un filo di voce. «Eravamo preoccupati per te».

Lui si avvicina di qualche centimetro e abbasso lo sguardo sulle sue caviglie, notando che ha i jeans bagnati dal ginocchio in giù.

«Ti sei perso il Natale», dico.

Ho un groppo in gola. Sento un disperato bisogno di ascoltarlo parlare. Di piacergli come la notte dell'incendio con Noah e come in quel pomeriggio nel fienile.

Soprattutto, voglio vederlo.

Mi mordo il labbro. «Puoi tornare a casa?», gli chiedo con un filo di voce.

Torna a casa.

Ricominciamo dall'inizio, da amici. Io sarò gentile, tu sarai gentile e non dovrai parlare. Rideremo e lavoreremo, andremo a passeggiare, così potrai insegnarmi a usare arco e frecce, e…

Kaleb si precipita verso di me e mi abbraccia, dandomi appena il tempo di emettere un lamento prima che la sua bocca si posi sulla mia.

Mi gira la testa e sono pervasa dall'euforia. Mi bacia appassionatamente, la lingua che cerca la mia, facendomi urlare il corpo dalla testa ai piedi. Gli butto le braccia al collo ricambiando il bacio, sono eccitata, troppo affamata di lui per trattenermi.

«Ti amo, Kaleb», esclamo piano. «Ti amo».

Kaleb abbassa il fucile e mi porta dentro la baracca, richiudendo la porta con un calcio. Ci mordiamo e ci baciamo, avidi l'uno dell'altra, nel frattempo gli sfilo la felpa e lui scalcia via gli scarponi. Mi tolgo anch'io il maglione e i calzini, mentre lui mi sbottona i jeans, senza che le nostre bocche si allontanino di un millimetro.

D'accordo, lasciamo perdere la questione dell'essere amici. Litighiamo e ridiamo e un giorno facciamo pure dei figli, perché sono tremendamente innamorata di te.

Kaleb si allontana un attimo e mi solleva il braccio, controllando il pezzetto di pelle rialzata a malapena visibile. «Sta bene», lo rassicuro. «Mi hai ricucito alla perfezione».

L'ultima volta che ci siamo visti la ferita era ancora fresca, ma ora è rimasta solo una lieve cicatrice.

Kaleb ha il respiro pesante, ma noto che le sue spalle si abbassano per il sollievo. Prendendomi il viso fra le mani, mi bacia con veemenza, senza lingua, è spietato, forte e possessivo. Gli sono mancata.

Ci buttiamo sul letto. Ha i capelli più lunghi che, infatti, gli ricadono sugli occhi. Ci liberiamo dei vestiti e si posiziona fra le mie cosce, ha già l'erezione. Accolgo la sua testa nella piega del collo, accarezzandolo dappertutto.

Scivola dentro di me e lo stringo forte, temendo che possa allontanarsi troppo, di nuovo. Fronte contro fronte, mi guarda negli occhi.

«Non sono più stata con nessuno dalla nostra ultima volta», mormoro.

Magari non ha bisogno di sentirselo dire, ma io ci tengo a farlo.

Penetrandomi, Kaleb mi bacia sulla bocca, sul naso e sulle guance, e io non riesco a lasciarlo andare.

Non voglio più lasciarlo andare. Né ad aprile, quando smetterà di cadere la neve. Né ad agosto, quando inizierà il college. Mai.

Continuiamo a guardarci negli occhi, sorridendo, e al contempo sentiamo dei vaghi colpetti alla porta.

«Ehi!», grida Noah. «Apri!».

Abbraccio Kaleb che continua a penetrarmi, chiudendo gli occhi sentendolo colmarmi in profondità. Il letto sbatte contro la parete e gemo, Kaleb che mi stringe i capelli nel pugno.

«Be', suppongo tu abbia trovato Kaleb», sbraita Noah. «Andiamo, fa freddo qua fuori!».

Ma sto venendo e non posso fermarmi. Stringo Kaleb e lo bacio con passione, registrando a malapena il rumore delle cose che Noah sta lanciando contro la porta.

31. Tiernan

Gli accarezzo la faccia, sfiorandogli il dorso del naso, scendendo nell'incavo sopra le labbra e poi sulla bocca. Ha gli occhi chiusi, ma so che non sta dormendo perché mi stringe a sé.

Noah dorme nell'altro lato della stanza e non ho idea di che ore siano, anche se deve essere mattina presto. La pioggia batte ancora sul tetto e sulle finestre.

Ti amo.

Ma lui non ha risposto.

Potrebbe non rispondermi mai.

Buffo. Sei mesi fa sono fuggita da una vita in cui le persone non mi rivolgevano la parola, oggi ho finito per innamorarmi di un ragazzo che potrebbe non rivolgermi mai la parola. Lo guardo attentamente, accarezzandogli i capelli neri e immaginando il bambino di quattro anni che quel fatidico giorno ha perso tutte le speranze dentro una macchina.

Sposto lo sguardo sul piccolo tatuaggio che ha sul retro del collo, tra l'orecchio e l'inizio della colonna vertebrale.

Fiducia. Adesso sono abbastanza vicina per leggerlo bene. Si riferisce "all'atto di credere in qualcosa".

Non sono sicura di comprendere.

Ma forse sì.

Se non mi dice che mi ama, come faccio a sapere che mi ama? E se fossi solo un passatempo, finché la neve non si scioglierà e potrà tornare da Cici o da qualsiasi altra ragazza in città?

E se non stessi capendo appieno quello che sta succedendo? E se io fossi più sua che lui mio?

La verità è che… non ha importanza. Ho intenzione di amarlo fino a quando sarà possibile, perché questo mi rende felice.

«Posso rimanere qui con te?», gli chiedo.

Lui apre gli occhi, sbirciandomi. Dopodiché scuote la testa, aggrottando le sopracciglia. Sembra la peggiore idea del mondo.

Mi sento ferita nell'orgoglio, ma scelgo di credere che semplicemente non voglia farmi vivere in questa baracca senza l'acqua corrente.

«Non ti sei sentito solo, qui?», insisto.

Lui si limita a passarmi le dita lungo il braccio e, dopo un attimo, finalmente annuisce.

Appoggio la testa sul suo petto, sentendo russare Noah. «Ricordo la sensazione degli abbracci di Mirai quando stavo male», dico a Kaleb. «Ero piccola, ma ricordo quanto era bello sentirsi abbracciare». Serro la presa intorno a lui. «E stringere qualcosa. Forse sono i momenti più sereni della mia vita, fra quelli che ricordo. Finché non sono venuta qui, ecco».

Non l'ho capito subito, perché ero così presa nel cercare dove fossi e dal trovare il capanno, ma è bello questo posto. Nascosto, tranquillo, incontaminato... Le sue annotazioni sui libri lo descrivono bene, ora che posso verificare coi miei occhi. Sarebbe bello avere delle comodità in più e magari qualche altra persona con cui parlare, ma capisco perché Kaleb ama questo posto.

Qui non deve affrontare nessuno. E lo so. A volte, sentiamo tutti il bisogno di nasconderci.

«Quando il mondo sembra piccolo, non c'è niente che possa fare male». Gli accarezzo la pancia, sentendo i suoi addominali contrarsi. «Vuoi rimanere là perché ti senti protetto. Per un po', almeno». Fisso il vuoto, pensando a lui e a me, e a come mi sia chiusa in me stessa in tutti questi anni perché non volevo più sperimentare il rifiuto o essere ferita. «Ma alla fine ti rendi conto che tu sei l'unica persona a starci bene, in quel mondo piccolo, e sentirsi soli è peggio di non sentirsi al sicuro».

Evitare le cose brutte significa rischiare di precludersi anche quelle belle, e io preferirei sentirmi ferita che non sperimentare mai tutto questo. Inalo l'odore della sua pelle.

«E a proposito di sentirsi al sicuro...». Faccio un respiro profondo e inclino la testa per guardarlo, cambiando argomento. «Dove accidenti sei stato tutta la notte? Rintanato in una grotta? Noi siamo quasi rimasti folgorati da un fulmine».

Kaleb sorride e mi gira, baciandomi sulla pancia.

«Oh, no». Lo fermo, costringendolo a guardarmi. «Ora che sono tornata in me, sono furiosa con te. Eravamo preoccupati. Davvero preoccupati. Di' che ti dispiace».

Mi bacia sullo stomaco, continuando a guardarmi negli occhi.

«Ancora».

Si abbassa e mi bacia di nuovo, un sorriso si palesa sul suo volto scuro.

«Sono ancora arrabbiata».

Mi afferra un capezzolo tra i denti e lo tira lentamente. Sussulto.

«Adesso stai cercando di farmi tacere», protesto, ma in realtà comincio a sentire caldo sotto l'ombelico. «Solo perché ti diverti a farmi indovinare tutto quello che ti passa per la testa...».

Kaleb si abbassa, comincia a mordicchiarmi e a stuzzicarmi in mezzo alle gambe.

«Okay, d'accordo», dico con voce strozzata. «Ora so cosa ti passa per la testa».

Lo sento ridere contro il clitoride, dopodiché riprende a succhiarlo.

Le coperte sono completamente abbassate e do un'occhiata a Noah, addormentato a bocconi sull'altro letto.

«Lì c'è Noah», mormoro a Kaleb.

Lui si ferma e inarca un sopracciglio.

«Smettila!», gli ordino. «Ieri sera abbiamo agito senza pensare».

Sono perfettamente consapevole che abbiamo già fatto sesso con suo fratello addormentato a pochi metri di distanza, ma spingo via Kaleb e mi tiro su le coperte. Può aspettare fino a quando non saremo rimasti da soli.

Lui sbuffa e torna su, stendendosi e facendomi accoccolare sotto il suo braccio. Mi sistemo, godendo del suo calore.

Kaleb afferra qualcosa dal tavolino accanto al letto e me lo passa.

Prendo il libro.

«Cos'è?», gli chiedo, leggendo il titolo. «*Le sirene di Titano*?».

Lo guardo e lui apre il libro alla pagina segnata da un'orecchia.

Poi mi indica un punto.

«Vuoi che legga?», gli chiedo.

Annuisce.

Faccio un mezzo sorriso. Allora, legge!

E visto che non gli permetto di divertirsi col mio corpo, vuole che lo intrattenga in un altro modo.

Rimanendo accoccolata sotto la sua ala, mi stendo di schiena e mi schiarisco la voce. «Capitolo dieci…».

Girando la ruota a destra, piazzo un piede per terra, lasciando che la moto slitti, fermandosi, poi accelero verso casa. Rido da dietro il casco, sentendo Kaleb alle calcagna e i cani che ci rincorrono scodinzolando.

Siamo tornati a casa da un paio di settimane. Io e Noah non abbiamo avuto problemi a far scendere Kaleb dalla montagna. Credo che sapesse che non sarei stata a mio agio al capanno e che non volesse starmi lontano.

Stamattina Jake ha spalato il vialetto e sparso il sale, e appena ha girato le spalle abbiamo preso le moto.

Schizzo verso casa, lo stomaco che fa le capriole a causa del vento e della velocità, alla fine freno e mi fermo. Mi guardo alle spalle, vedo arrivare Kaleb, e quando contrae le braccia per frenare, la vena sul suo bel collo è evidente.

Voglio tornare nella doccia. Insieme a lui, con le sue mani addosso e con tutte le cose che mi comunicano i suoi occhi e i suoi sorrisi, quando siamo solo io e lui.

Da quando siamo tornati non ho dormito una singola notte nel mio letto.

«Voi due!», sento gridare Jake.

Giro la testa di scatto, drizzando la schiena, e lui si precipita fuori dall'officina. *Merda.*

«Scendete!», sbraita. «Subito!».

Parcheggio la moto e scendo, cercando di nascondere un sorriso.

Lui si avvicina pestando i piedi, controllando le moto di McDougall. «Ma bravi. Ora sono sporche», abbaia. «Devo ripulirle… anzi, sapete una cosa? Le pulirete voi», dice indicando Kaleb e me. «Le pulirete *tutti e due*!».

«Lo stavamo per fare», gli rispondo, togliendomi il casco. «Vuoi dei pancake o altro?».

Jake inarca un sopracciglio e si volta, ignorando il mio improvviso cambio di argomento.

Do un'occhiata a Kaleb, che si limita a scuotere la testa.

Ultimamente, l'umore di Jake è un po' ballerino e ho paura che sia colpa mia. Si sente in colpa? È preoccupato per me? È geloso?

Non ho ancora avuto modo di parlare con lui. Kaleb e io siamo sempre insieme.

O meglio, Kaleb si assicura che io e lui siamo sempre insieme.

Non che di mio sceglierei altro. Spero solo che Kaleb si fidi, non deve avere dubbi sul fatto che so perfettamente di chi sono innamorata, e voglio che sappia che non deve preoccuparsi né di suo padre né di suo fratello.

Corro dietro a Jake. «Tutto bene?»

«Tutto bene».

«A me non sembra».

Si dirige verso il banco degli attrezzi, prende gli arnesi che gli servono per proseguire il lavoro.

Non mi guarda.

«Io sono felice», gli confesso, dato che so che è questo che lo preoccupa davvero.

«Lo so».

Allora che c'è? Me ne sto lì e percepisco la presenza di Kaleb, che si avvicina al lavandino. Si lava le mani, ma so che ci sta osservando.

«Solo… non rimanere incinta», mi avverte a denti stretti. «Hai solo diciotto anni».

«Lo so», lo rassicuro. «Non resterò incinta».

«E andrai al college».

«Lo farò».

Credo.

Guarda di traverso la moto a cui sta lavorando, è arrabbiato. «E di' a quella donna», sbotta, chiudendo gli occhi come se il solo nominarla lo mandasse in bestia. «Dille che se non la smette di chiamare ogni giorno, sbattendomi in faccia le sue domande, le sue repliche arroganti e rovinandomi la serenità, brucerò ogni cellulare e computer in questa casa. Così non potrà più mettersi in contatto con te! E che metterò una recinzione elettrificata appena si scioglierà la neve, così non potrà entrare nella mia proprietà!».

Stringo il labbro tra i denti, trattenendo il fiato per non scoppiare a ridere.

Quindi si tratta di questo. Mirai chiama per parlare con me, ma chiama più volte del necessario. E se non rispondo, chiama sul cellulare di Jake.

La cosa bella è che… per quanto la cosa sembri frustrarlo, lui risponde sempre.

Litigano continuamente. Non c'è nessuno che lo irriti tanto. Nemmeno noi.

Cerco di nascondere il divertimento e annuisco. «Glielo dirò».

Jake lancia una chiave sul banco da lavoro e ne prende un'altra. Kaleb e io entriamo in casa.

«Cambiate quella lampadina!», ci grida dietro, prima che la porta si chiuda.

Io scoppio a ridere e Kaleb sorride, dandomi un bacio sulla fronte.

Poi si avvicina all'armadietto e ne estrae una lampadina, facendomi l'occhiolino mentre saliamo le scale.

Il profumo del rotolo alla cannella che ho messo in forno mezz'ora fa pervade tutto l'ambiente. Fermo il timer a pochi secondi dalla fine, estraendo la teglia.

Spengo il forno, metto il rotolo a raffreddare su una griglia e do un'occhiata a Kaleb, che salta sulla ringhiera delle scale e poi su una trave per raggiungere il lampadario. Una lampadina è bruciata da giorni. Il mio cuore salta un battito nel vederlo così in alto.

«Mmm, che profumino», dice Noah, entrando in cucina.

Gli lancio un'occhiata veloce, subito dopo torno su Kaleb. «Sta' attento lassù», mi raccomando.

Dopodiché vado a prendere un coltello dal ceppo e taglio dei rotolini. Noah è intorno all'isola e mi osserva.

«La neve sta scemando», butta lì.

Aggiungo del latte alla glassa che ho preparato stamattina e mescolo il composto, scaldandolo sul fuoco.

«Sì». È solo febbraio inoltrato, però, e l'inverno è ancora lungo.

Vorrei che fosse novembre, con l'inverno appena all'inizio.

«Hai finito tutti i compiti?», mi chiede.

Spengo il fornello e verso la glassa sui rotolini.

«Mi hanno esonerato dagli esami, ma devo scrivere un saggio corredato d'immagini e inviarlo entro il 30 di aprile».

Lo vedo annuire con la coda dell'occhio. «Andrò a Los Angeles questa primavera», mi informa. «Ho un incontro con uno sponsor e voglio dare un'occhiata in giro. Posso stare da te?».

Stare da me?

Mi torna in mente – come se lo avessi dimenticato – che ho una casa laggiù. Ho detto loro che vado via ad aprile, no?

«Sì», rispondo, con un filo di voce. «Certo, puoi stare da me. Quanto vuoi».

Potrebbe anche non trovarmici, per allora.

Potrà comunque servirsi della casa.

Non dice niente e non ho il coraggio di guardarlo negli occhi. So che è preoccupato. Forse anche un po' arrabbiato. Merita di meglio.

Ha preso la decisione più saggia. Si è fatto da parte, permettendomi di essere felice.

Questo non significa che abbia smesso di tenere a me. In parte, mi manca parlare con lui. Si aspetta qualcosa di diverso da me e non sarà contento se deciderò di rimanere qui. Le cose sono cambiate, però.

Mentre Kaleb armeggia ancora con il lampadario, Noah si avvicina. «Mi batterei contro chiunque facesse un torto a mio fratello», mi riferisce senza farsi sentire da lui. «Gli voglio bene, Tiernan, ma questa vita non fa per te. Tu verrai via con me».

Il mento mi trema, perché temo che abbia ragione.

«Ti voglio bene», sussurra. «Come cugina, amica e tutto il resto, e ti trascinerò via da qui, perché quando il senso di novità sparirà, comincerà a mancarti il mondo. Lui ti renderà infelice».

Alzo lo sguardo, la glassa cade tutta su un rotolino, e vorrei farlo stare zitto. Come può dire questo? Di suo fratello, poi?

Noah mi guarda di traverso con i suoi occhi azzurri. «A lui serve una stupida, alla quale non importa di morire in questa città dove non cambia mai nulla, se non le stagioni», puntualizza. «Magari non ti è mai importato, ma so che ora c'è un mondo intero che non ti dispiacerebbe esplorare. Lui è troppo lunatico, troppo cocciuto, e non lascerà mai questa montagna, Tiernan. Mai».

Distolgo lo sguardo, cercando di ricacciare indietro le lacrime che mi pungono gli occhi. Accidenti a te, Noah.

«Tu vuoi di più». Mi prende la pentola di mano e la posa sul banco. «Lo so con certezza».

Forse. Magari vorrò vedere e sperimentare cose, costruirmi una carriera, cercare di rendere questo mondo migliore e lasciare un segno.

Magari tutto questo potrebbe non avere alcun senso, se non si ha accanto qualcuno con cui condividerlo.

Guardo Noah, consapevole del fatto che, per molti versi, lui è più adatto a me.

Lui è la mia testa. La parte di me che dice apertamente quello che già so. Quello che ho bisogno di sentirmi dire.

Il mio cuore, però... è qualcosa senza il quale sento di non poter vivere.

Giro la testa, vedo Kaleb che ha finito con la lampadina e ci sta osservando.

«Lui è il primo per te», mi sento dire da Noah. «Ma questo non significa che sia quello con cui passerai la tua vita, no?».

32. Tiernan

Due mesi dopo

Controllo la carta igienica e vedo una macchia rossa. La tensione alle spalle si alleggerisce subito e tiro un sospiro di sollievo.

Per fortuna. Sorrido tra me e me e finisco in fretta quello che devo fare. Dopo tre giorni, la preoccupazione per il ritardo si è finalmente conclusa.

Lo sapevo che dovevo farmi mettere la spirale. Prendo la pillola, ma non è efficace come gli altri metodi contraccettivi e sono ancora una ragazzina per diventare madre. La stampa e tutta Chapel Peak ci andrebbero a nozze con la notizia del mio ritorno dalla montagna in stato interessante.

Non so nemmeno come la prenderebbe Kaleb, tra l'altro.

È aprile inoltrato, la proprietà è ancora ricoperta dalla neve, ma le giornate sono più calde e si intravedono sprazzi d'erba. Jake sta lavorando alla strada, adesso.

Gli ultimi due mesi, da quando abbiamo riportato qui Kaleb, sono stati… un sogno. Da quel giorno di febbraio in cui Noah mi ha fatto il discorsetto, ho smesso di pensare e ho deciso di godermi il tempo che mi rimaneva qui. L'isolamento, la pace e le lunghe notti. Non ho mai dormito meglio né sono mai stata più felice. Gli incubi – o terrori notturni – hanno smesso di tormentarmi. Kaleb e io leggiamo, guardiamo i film tutti insieme e giochiamo a carte. Ho insegnato a Noah a ballare il valzer in sala, durante il giorno di San Patrizio. Mi sono arrampicata sugli alberi, ho imparato a confezionare una cintura e ad aggiornare il sito della Van der Berg Extreme.

Sono anche diventata brava a guidare le moto da cross.

Presto dovremmo poterci ricongiungere al resto del mondo e non ho mai desiderato come ora che il tempo trascorresse più lentamente. Dovrò prendere delle decisioni e vorrei che quel giorno non arrivasse mai.

Esco dal bagno e salgo in camera nostra al terzo piano, stringendomi nella maglietta a maniche lunghe. Il freddo mi attanaglia le gambe, che sono coperte solo dai pantaloncini del pigiama.

Mirai arriverà stasera e ho fatto in modo che la casa sembrasse il più pulita e carina possibile, così non avrà motivo di lamentarsi con Jake. Sempre che riesca a venire qui, ovviamente. Se Jake non riuscisse a ripulire la strada per tempo, Mirai sarebbe costretta a pernottare in un motel in città e ad aspettare.

Quanto meno non sono incinta. Ma se lo fossi stata, comunque non se ne sarebbe accorta. Kaleb e io ci saltiamo addosso tutti i giorni, a volte più di una volta al giorno, ed è una fortuna che finora la pillola abbia funzionato. Il ritardo di tre giorni mi ha fatto prendere un bello spavento.

Mi fermo di fronte allo specchio a figura intera, che ho spostato dalla mia camera alla sua, e mi metto di lato, accarezzandomi la pancia. La maglietta aderisce perfettamente al ventre piatto, ma per qualche giorno ho temuto che una parte di Kaleb si nascondesse là dentro. Una parte di Kaleb e una parte di me.

Sollevo la maglietta, immagino la mia pancia gonfiarsi con dentro il nostro bambino e cerco di ignorare il modo in cui mi sento scaldare il cuore a quel pensiero, perché non dovrei desiderare una cosa del genere. È un cliché. Ora sono in tre e vissero tutti felici e contenti.

Però mi piacerebbe avere un figlio. Un giorno. Mi piacerebbe essere sua per sempre e vederlo diventare padre.

Chiudo gli occhi, scuotendo la testa perché conosco la verità. Voglio suo figlio, solo perché non sono sicura di avere lui. Se rimanessi incinta, non dovrei prendere alcuna decisione, perché il mio destino sarebbe ormai scritto e dovrei restare qui. Senza bisogno di stressarmi nella scelta.

All'improvviso sento un gran baccano per le scale e Noah e Kaleb entrano trafelati dalla porta, cadendo a terra e ridendo. Resto immobile, la maglietta ancora sollevata e le mani sulla pancia.

Le loro risate scemano, poi sollevano lo sguardo su di me per guardarmi. Abbasso in fretta la maglietta.

Kaleb si rimette in piedi, fissandomi senza battere ciglio, e Noah si alza, rimanendo lì incerto per qualche istante, prima di decidersi ad andare.

Kaleb mi osserva la pancia.

«Non lo sono», gli dico. «Stavo solamente… giocando».

Lui socchiude gli occhi e leggo ancora dell'incertezza nel suo sguardo.

«Avevo un ritardo», gli spiego. «Mi sono venute stamattina. Stavo solo… pensando a… come… sarebbe. Sono…». Mi passo una mano tra i capelli. «Sono una stupida».

Rido nervosamente e tossisco. Stavo solo fantasticando e ora probabilmente lui è preoccupato che smetta di prendere la pillola.

Ma fa un passo verso di me e mi mette una mano sulla pancia, osservando le dita aperte. Mi vengono le palpitazioni e mi sento quasi stordita.

Ci fissiamo negli occhi e, prima che me ne renda conto, mi prende per mano e mi porta sulle scale.

«Kaleb», protesto. Che vuole fare?

Mi trascina in bagno e apre l'armadietto dei medicinali, afferrando le mie pillole.

Si gira e mi guarda negli occhi, vedo scorrere così tante emozioni lì dentro. Apre la bocca e trattengo il fiato, perché sembra sul punto di parlare.

Poi, con gli occhi nei miei, butta le pillole nel cestino.

«Kaleb, no». Mi fiondo verso il cestino per recuperarle.

Lui cerca di sfilarmele di mano, ma resisto. Gli appoggio la fronte sulle labbra, chiudendo gli occhi e quasi sorridendo. Vuole che facciamo un bambino. Non si arrabbierebbe né si sentirebbe in trappola.

Mi vuole.

È tutto quello che avevo bisogno di sapere.

«Non ti voglio lasciare mai, ma...». Lo guardo. «Siamo troppo giovani... Abbiamo... passato troppe cose brutte. Non siamo ancora pronti».

Tira le pillole con maggiore forza e fatico a mantenere la presa.

«Ti amo», sussurro. «Abbiamo tutta la vita davanti».

Mi bacia con più foga e passione, tenendomi il viso con una mano e cercando di rubarmi le pillole con l'altra. Le emozioni provocate dalla sua lingua si abbattono come un uragano fino alla punta dei miei piedi e mi sfugge un gemito, ogni muscolo diventa molle. Mi sfuggono le pillole e l'istante dopo le sento cadere di nuovo nel cestino.

Kaleb mi stringe tra le braccia e neanche mi accorgo che mi ha sollevata e distesa sul letto del piano di sopra.

Ottiene sempre ciò che vuole. *Accidenti a lui.*

Mi segno mentalmente di recuperare le pillole prima che Jake bruci la spazzatura.

Kaleb e io ci fissiamo mentre lui addenta un altro pezzo di pollo, offrendomi l'altra metà. Gli siedo sulle gambe, cercando di nascondere il sorriso, ma lui non ci riesce e sogghigna come se avessimo un segreto.

Il che è vero. Non stiamo davvero cercando di avere un figlio, no? Non ho ancora ripreso le pillole, ma lasciarlo è l'ultima cosa che vorrei fare. Sembra bella, l'idea di costruire una famiglia con lui. Ha quasi ventidue anni. Sembra pronto.

Faccio un sospiro, mettendomi in bocca una forchettata di uova strapazzate, dopodiché infilzo un altro boccone e lo porgo a Kaleb. La colazione è un'accozzaglia di avanzi perché stamattina siamo tornati a letto e non ho avuto tempo di fare altro.

Immagino che tecnicamente non stiamo ancora cercando di avere un figlio. Mi sono appena arrivate le mestruazioni e per qualche altro giorno non potrò rimanere incinta. Posso comunque ricominciare a prendere la pillola.

«Finito», dice Jake, entrando in cucina e sfilandosi i guanti per posarli sul banco assieme alle chiavi. «Le strade sono libere».

All'esterno una motocicletta parte veloce, immagino sia Noah che non perde altro tempo per andare a trovare i suoi amici.

Abbasso lo sguardo, però, e mi si stringe lo stomaco. Preferirei che l'inverno durasse ancora un po'. Guardo Kaleb e vedo che mi sta fissando. Sono quasi tentata di trascinarlo in garage, caricare la motoslitta e scappare al capanno per la pesca. Lassù la neve durerà un altro mese. Un altro bellissimo mese di pace.

«Dove dormirà quella donna, stanotte?», domanda Jake.

Si gira verso di noi con il caffè in mano.
Giusto. Non possiamo fuggire al capanno. Ora che le strade sono libere, Mirai potrà rimanere qui stasera.
«Nella mia camera». Scendo dalle gambe di Kaleb e sparecchio. «Grazie per… averla accolta», dico a Jake.
Lui mi guarda con lo sguardo serio. «Sarebbe bello se l'inverno durasse almeno un altro paio di mesi».
E se ne va, sparendo in officina.
Già.
Concordo.

Prendo una bella manciata di gelatine gommose, le butto nel sacchetto di carta bianca e chiudo il contenitore.
Ho gli anellini zuccherati, gli orsetti alla cannella, i fagiolini colorati e, in questo momento, Spencer sta impacchettando degli agglomerati di mandorle ricoperti di cioccolato.
Guardo fuori dalla vetrina e vedo Kaleb sull'altro lato della strada che carica della legna nel furgone. Vuole cimentarsi nel bricolage, costruendo una testiera per il letto che io dovrò dipingere.
Vorrei che non avesse insistito per venire in città con me. Dopo quello che è successo al bar durante il mio compleanno, è solo questione di tempo prima che quelli della polizia – o i tipi del motocross – si accorgano che lui è qui.
Sento sopraggiungere delle risatine e sollevo lo sguardo dal barattolo di salsicciotti gommosi, notando un paio di ragazze vicino alla collezione di caramelle retrò che mi guardano, bisbigliando. Imboccano la corsia, mi squadrano i vestiti e prima di proseguire oltre si rimettono a ridacchiare.
Mi do un'occhiata, perplessa. Non sono vestita strana.
Indosso i vecchi stivali infangati da cavallerizzo, sono di Noah, e i jeans sono sporchi perché ho fatto le faccende in casa.
Dopo che Jake ha liberato le strade, abbiamo deciso di vestirci, finire quello che dovevamo fare e venire in città. Meglio strappare in fretta il cerotto e abituarsi di nuovo alla civiltà. Ci siamo trovati con Noah per un panino, abbiamo fatto il pieno di carburante, nel caso dovesse arrivare un'altra bufera, e ci siamo diretti al supermercato per fare scorta di cibi freschi di ogni genere.
Kaleb è andato in ferramenta e io ho fatto una deviazione per comprare le caramelle.
Continuo a osservarmi i vestiti. Non sono così fuori posto. Magari meno curata di quanto lo fossi a settembre, ma…
Mi studio le unghie e noto che c'è dello sporco sotto. Le mani sono ricoperte di taglietti a causa di tutto il lavoro manuale che ho svolto durante l'inverno.
Va bene, non sono affatto curata. Scorgo il mio riflesso in uno spec-

chio dietro a uno scaffale, vedo che il tessuto del pullover blu a maglia intrecciata che indosso ha una macchia nera, l'avevo lasciato troppo vicino al fuoco. I capelli necessitano di un bel taglio e sono abbronzata a causa dell'attività all'aperto, con delle lentiggini più accese che mai.

Non mi trucco, né mi stiro i capelli, da mesi. Mirai non mi riconoscerebbe.

Rido e vado alla cassa.

«Mamma si è raccomandata di portare a casa una ragazza come te», sento dire.

Guardo nella direzione da cui proviene la voce, appoggiando il sacchetto sul bancone, e un ragazzo si avvicina. Spencer pesa il sacchetto di caramelle e io studio lo sconosciuto. Ha un aspetto vagamente familiare. Uno degli amici di Noah?

«Sei la cugina, giusto?», mi domanda, appoggiandosi alla vetrinetta dei dolci. «Di Noah e Kaleb Van der Berg?».

Annuisco, Spencer mi passa il sacchetto delle caramelle. «Le aggiungo al tuo conto», dice.

Sorrido. *Il mio conto.* Fico.

Mi concentro di nuovo sul tizio e gli porgo la mano. «Tiernan, ciao».

Lui stringe la mano. «Kenneth». Mi fissa in volto. «Ti va una pizza?».

Oh. Uhm… apro la bocca per declinare, ma sento arrivare qualcuno che mi stacca la mano da quella di Kenneth. Alzo lo sguardo e vedo Kaleb che lo sta fulminando, mentre il tizio biondo lì in piedi prende fiato come se sapesse di dover farsi da parte.

Kaleb intreccia le dita alle mie, poi mi trascina fuori dal negozio, attraversando la strada e allontanandomi il più possibile da quel bel giovane.

«Stava solamente flirtando», lo stuzzico.

Kaleb inarca le sopracciglia e increspa le labbra di lato.

«Lo so», scherzo. «È un lavoraccio fare la guardia a una bellezza come me».

Lui sbuffa, io sorrido e arriviamo al furgone.

«Ho preso delle caramelle gommose». Gli dondolo la busta davanti alla faccia, ma non sembra minimamente interessato. In tutta risposta mi prende il viso tra le mani, mi ruba un bacio e io mi godo il suo mento liscio, la sua mascella e le sue guance. Adoro baciarlo. Specialmente quando si è appena rasato.

«Andiamo. Faremo tardi», gli dico, allungando la mano verso la maniglia della portiera.

Lui si affretta ad aprirmi lo sportello, ma si ferma di colpo e impallidisce, sollevando gli occhi oltre le mie spalle.

Seguo la traiettoria del suo sguardo.

Cici Diggins ci viene incontro, rallentando il passo e fissando Kaleb.

L'occhio mi cade inevitabilmente sulla sua pancia. È incinta.

Rimango senza fiato. *No.*

Di scatto guardo Kaleb, sta contraendo la mascella e il petto gli si alza e abbassa, come fosse in affanno. Di quando sarà? Non veniamo in città da sei mesi.

A meno che non siano due gemelli, è molto in là con le settimane, il che vorrebbe dire…

È di Kaleb?

Non riesco a deglutire. Non riesco a respirare.

Guardo di nuovo Cici e la vedo marciare verso di noi. «Fammi indovinare», dice. «Stai facendo il conto, vero?».

Sogghigna, guardandoci. «Mi farò viva», sussurra a Kaleb.

Se ne va e io sbatto incredula le palpebre, cercando di non mettermi a piangere. *Ti prego.* Mi tengo la pancia perché mi fa male. *Non questo.*

«Kaleb?», dico con un filo di voce.

È rimasta incinta prima della neve. È rimasta incinta molto prima della neve.

Lui non dice nulla. Apre semplicemente lo sportello e mi esorta a salire in fretta. Lo richiude sbattendolo, fa il giro da davanti e sale alla guida, schizzando verso casa. Il legname sul retro sbatte contro il portellone e la spesa si rovescia sul sedile posteriore.

Mi aggrappo alla maniglia sopra lo sportello, fissando Kaleb. «Sapevi che era incinta?», gli chiedo.

Stringe forte il volante e le sue nocche sbiancano, evita il mio sguardo.

«È di diversi mesi. È tuo?».

Ancora nulla. Lo sapeva? Mi è sembrato sorpreso. Ma forse è questo il motivo per cui lei era turbata, quel giorno alla caverna. Era incinta e lui non la voleva.

La rabbia mi raggela il sangue e respiro affannosamente. «Lo sapevi?», ripeto. «Lo sapevi in autunno?».

Lui schiaccia il pedale dell'acceleratore, supera i binari e si fionda sulla superstrada che porta a casa.

Se è suo, Cici sarà una presenza costante nella nostra vita. Partorirà lei il primo figlio di Kaleb, non io. Non potrei mai sopportarlo.

Non dice nulla? Nemmeno un cenno o un movimento della testa? Perché non fa nulla? So che è in grado di farlo!

«Voglio scendere», sbotto, a un passo dalle lacrime. «Fermati».

Lui continua a guidare.

«Fermati!», strillo.

Finalmente mi guarda, scuotendo la testa.

«No?», dico. «No, cosa? Parla. So che ne sei capace! È tuo quel bambino?».

Almeno comunica. Fa' qualcosa! Invece continua a tenere la bocca chiusa e io perdo la pazienza.

Allungando la gamba, schiaccio il pedale del freno fermando il veicolo. Lui sterza controllando la traiettoria del furgone.

Io salto fuori e lui mi segue.

Mi blocca davanti al cofano.

Io indietreggio. «No», protesto. Niente baci. Niente abbracci. «Parla. Immediatamente. È tuo? Lo sapevi?».

Kaleb respira affannato e mi fissa, in totale silenzio. Se non lo sapeva, potrebbe semplicemente scuotere la testa e io non lo odierei. Potremmo gestire la faccenda.

Se lo sapeva, vuol dire che ha fatto finta di nulla, tanto sarebbe rimasto isolato tra le montagne tutto l'inverno, e forse non aveva previsto che ci saremmo innamorati. Magari ha pensato di poter fuggire da questa situazione, come fugge da tutto il resto.

Almeno parlami.

I suoi bellissimi occhi verdi fissano lo spazio vuoto tra di noi, sembra non avere nulla da dirmi. Il rombo di un motore si avvicina e capisco che è Noah, sta tornando a casa.

Accosta vicino a noi, piantando le scarpe sull'asfalto. «Ehi, che succede?».

Concedo a Kaleb altri quattro secondi, aspettando che dica o faccia qualcosa.

Dal momento che non fa nulla, salgo in moto dietro Noah e mi aggrappo a lui.

«Andiamo». Pianto la faccia sulla sua schiena. «Muoviti».

Partiamo a tutto gas e per la prima volta Kaleb non cerca di fermarmi.

33. Tiernan

Salgo di corsa le scale del portico, superando lo zio e tutto il trambusto in officina, e alle mie spalle sento lo stridio degli pneumatici del furgone sulla ghiaia. Affretto il passo.

Noah ha mantenuto la promessa di inserirmi sul sito web, programmando un'improvvisata seduta fotografica con le motociclette. Oggi non verrò benissimo nelle foto, ma almeno la faccenda mi terrà lontana da Kaleb.

Mi asciugo le lacrime.

«Cosa succede?», sento domandare a Jake.

«Non lo so», gli risponde Noah, mentre mi affretto in casa. «È scappata da Kaleb».

«Tiernan!», grida mio zio.

«Facciamo questa cosa e basta», rispondo aprendo la porta. Dov'è il fotografo?

Un SUV e una Jeep sono parcheggiati nel vialetto e so che nel garage stanno predisponendo le luci e tutto il resto, ma dovrei rendermi un momento presentabile.

Devo tornare in camera – la *mia camera* – e chiudere quella dannata porta per qualche minuto.

Perché stamattina aveva tutta quella fretta di buttare le mie pillole? Non ci ha pensato due volte. Non ha esitato. È stato come se gli si fosse accesa una lampadina e finalmente avesse trovato la soluzione a un problema che lo assillava.

Marcio attraverso il salotto, ma una mano mi afferra il braccio e mi gira. Mi libero dalla presa di Kaleb, fulminandolo con gli occhi lucidi.

«Kaleb, fermo», gli ordina suo padre, entrando in casa.

Noah lo segue. «Che avete voi due?».

Io non sposto lo sguardo da Kaleb. «È per quello che volevi che rimanessi incinta?», gli chiedo. «Volevi incastrarmi prima che scoprissi di lei».

«Incinta?», ripete Jake, posando di colpo gli occhi su Kaleb. «Che hai combinato?».

Kaleb è paonazzo, il sudore gli luccica sul collo e ha un'espressione sofferente. È a pezzi.

E muto. Sempre muto, perché se non affronta i problemi, allora i problemi non esistono.

Ho appena la forza di respirare. «Persino adesso, non mi vuoi parlare», dico a voce bassa.

Jake si avvicina. «Sei incinta?»

«No». Scuoto la testa, guardo Kaleb e la tristezza si trasforma in rabbia. «Grazie a Dio», sbotto.

Kaleb si avvicina, aleggiandomi addosso con espressione nervosa. Ora è furioso.

Noah lo tira indietro. «Kaleb, lasciala stare».

Jake lo spinge via con una mano sul petto.

Ma lui si libera dalla loro presa, ringhiando, mentre io indietreggio con gli occhi pieni di lacrime. Poi mi piomba addosso, mi afferra il viso e mi solleva, piantandomi le labbra sulle mie. Mando giù un singhiozzo, l'assalto del suo profumo mi ricorda quanto eravamo felici stamattina.

Prima di rientrare in contatto con il mondo reale.

Lo spingo via strillando, Noah e Jake me lo allontanano.

Respiro affannosamente, toccando di nuovo con entrambi i piedi per terra e indietreggiando, voglio allontanarmi sempre di più da lui.

«Cici Diggins è incinta», riferisco a Jake e Noah. «Molto incinta».

Kaleb continua a guardare soltanto me, ma io vedo Jake e Noah che mi fissano attoniti.

«Potrebbe essere di chiunque», ragiona Noah.

«Tuo?»

«No», ribatte, come se fossi pazza. «Dio, no. Non sono andato a letto con lei».

«L'ha detto lei che è di Kaleb?». Jake si raddrizza e libera il figlio.

«Non ce ne è stato bisogno», gli rispondo, mantengo lo sguardo fisso su Kaleb.

Se fosse suo, potrei imparare a conviverci, anche se ciò significherebbe accettare la presenza costante di Cici nelle nostre vite.

Ma se lui fosse stato al corrente della cosa per tutto il tempo, allora…

«Di' qualcosa», esorto Kaleb. «Dimmi qualcosa».

Qualsiasi cosa, ti prego.

«O scrivi qualcosa, almeno», gli propongo. «Scrivi qualsiasi cosa. Dimmi che mi ami».

Ma lui se ne resta lì in piedi.

Io smetto di piangere, ho il cuore spezzato, o forse no. Forse è semplicemente sparito, perché faccio un respiro profondo, consapevole del fatto che qualcuno partorirà i suoi figli e che questo qualcuno non sarò mai io. Non posso vivere in una casa con una persona che amo e che non vuole parlarmi.

«È tutto pronto», dice una donna dalla cucina.

Mi ci vuole un attimo, ma scaccio via le lacrime e la seguo in garage, desiderosa di andarmene.

«Adesso ci prepariamo», cinguetta la donna.

Annuisco, scrollandomi Kaleb e Cici dalla mente.

Mi fanno indossare un paio di pantaloncini di jeans e un top nero senza spalline che mi arriva sopra l'ombelico. Mi siedo per farmi sistemare i capelli e truccare, Noah ha organizzato tutto alla perfezione. Mi sento come sul set di un film dei miei genitori.

«Non troppo pesante», dice al truccatore la fotografa dai capelli blu. «Voglio un aspetto naturale. Voglio che sembri una che può portarsi a letto un ragazzo qualunque».

Qualcuno si schiarisce la voce alle nostre spalle.

«Scherzo», risponde prontamente la donna, immagino che ci sia Jake dietro di me.

Si rivolge di nuovo al truccatore, dice: «Però hai capito cosa intendo, vero? Carina, ma non porno».

L'uomo coi capelli biondi rasati, e i tatuaggi sulle nocche delle mani, mi spalma il correttore sotto gli occhi, probabilmente per liberarsi delle occhiaie causate dal pianto.

Il parrucchiere mi cotona le onde e spruzza la lacca, io apro la bocca stropicciando il viso, perché non mi trucco da così tanto tempo che mi sembra di avere una torta spalmata sulla faccia.

Noah avvicina uno sgabello e ci si siede sopra, ammiccando con le sopracciglia verso di me, nel frattempo il parrucchiere passa alla sua testa.

«Tieni Kaleb lontano da me», gli dico a bassa voce, ma sembra più che altro una supplica.

«D'accordo». Sospira. «In effetti, oggi avevo proprio voglia di morire».

Gli rivolgo un sorriso mesto. Finiamo di prepararci come degli automi.

Stasera, Mirai arriverà qui con un volo ed è del tutto irrilevante, non mi importa se mi riconoscerà o meno. Saprà che sono accadute delle cose qui e non la biasimerò se non capirà. Penso di non capirci più nulla neanche io.

Sono ferita, ma almeno me ne andrò più forte di quando sono arrivata.

«Noah?». Lo chiama la fotografa di nome Juno.

Salgo a cavalcioni sulla moto da cross, scorgendo la maglietta nera di Kaleb in fondo a sinistra, vicino alla porta dell'officina, non oso guardarlo. Noah sale sulla moto dietro di me, jeans e petto nudo, perché dobbiamo avere un aspetto sexy, come se questa foto avesse un fondamento nella realtà. I piloti di motocross probabilmente ne rideranno e criticheranno la mancanza di abbigliamento ed equipaggiamento appropriati, ma il sesso vende, mi dicono.

Così eccoci qui.

Noah si sistema dietro di me, posandomi le mani sui fianchi. Kaleb si muove alla mia sinistra e credo che Jake lo stia fermando.

Mi piego all'indietro appoggiandomi a Noah, l'aria mi colpisce la pancia quando inarco leggermente la schiena.

«Non troppo vicini», suggerisce qualcuno a Juno. «È sua cugina».

Noah fa una risata nasale e il petto gli si agita contro la mia schiena.

Serro i denti. «Non è divertente».

«È esilarante».

Alzo gli occhi al cielo. Immagino che dovrei mettermi a ridere anch'io, o magari a piangere. I cugini di questa casa sono molto più vicini di quanto credano. I miei fianchi sono solo una minima parte di tutto quello che Noah ha toccato.

Prima di rendermene conto, il mio sguardo si posa su Kaleb. È appoggiato allo stipite della porta, le braccia incrociate sul petto, l'espressione più sofferente che gli abbia mai visto. Ci fissa – mi fissa – come qualcosa che ormai ha perso e che non ha la minima idea di come riprendersi, sono ciò che desidera di più al mondo.

Tutto quello che deve fare è parlare. Trovare un modo per comunicare.

Abbasso lo sguardo, piego la testa di lato e mi cimento in una foto spontanea senza guardare l'obiettivo, non essendo sicura che il mascara sia ancora a posto.

«Fantastico, Tiernan», mi incita Juno. «Sei pazzesca, tesoro».

Appoggio le mani sulle cosce, sollevando il mento. Immagino che lo scopo di tutto questo sia presentare i volti giovani della Van der Berg Extreme, ma Noah era consapevole che la cosa non fosse adatta a Kaleb. Però sono contenta che ci sia Noah dietro di me. È con lui che mi sento al sicuro.

«Ora guardalo», mi dice Juno.

Mi si stringe la gola, sono sopraffatta. Faccio dei respiri profondi, cercando di riprendere il controllo della situazione.

«Guardami, Tiernan», mi sussurra Noah.
Lentamente, sollevo lo sguardo e mi giro, incrociando il suo.
La fotografa scatta qualche foto.
«Non ti abbandoneremo mai», mi sussurra, in modo che nessuno possa sentirlo. «Questa è la tua famiglia».
Non riesco a evitare di sorridere. Nel bene o nel male, non scapperò da loro, no? *Questa è la mia famiglia.*
Loro non scapperanno da me e, a prescindere da cosa accadrà fra me e Kaleb, voglio bene a Jake e Noah. Ogni giorno rispettano quello che mi è successo e il mio bisogno di esserci. Mi hanno sostenuto quando non avevo nulla.
Jake era ancora aggrappato al suo passato, si puniva, proprio come me. Noah non aveva nessuno con cui parlare, esattamente come me. Kaleb fatica a relazionarsi a causa delle sofferenze che ha passato quando è stato abbandonato da qualcuno che doveva amarlo, che non l'avrebbe dovuto abbandonare *mai*.
Proprio come me.
Hanno capito che ero persa e che era giusto soffrire. Ci siamo trovati e a prescindere da ciò che la gente potrà dire riguardo a ciò che è accaduto qui quest'inverno. L'unica che ha bisogno di capire sono io.
«Appoggiati a lui, Tiernan», mi istruisce Juno.
Faccio come dice e mi appoggio a Noah, guardandolo, e un sorrisetto che non posso evitare mi increspa le labbra. Lui mi fa l'occhiolino.
«Bene così». Qualche altro scatto. «Ora, Noah, guarda di lato e in basso».
Noah esita un attimo, poi obbedisce, con la stessa intensità da eroe torturato di Kaleb.
«Oh, perfetto. Siete fantastici!».
Scendo dalla moto e mi metto dietro di lui, allargando le gambe e posandogli le mani sui fianchi.
«Bellissimi», esclama Juno, girandoci attorno per scattare altre foto.
Sento ridacchiare qualcuno e quando alzo lo sguardo noto che sono arrivate altre persone: piloti con le loro ragazze, che ricordo vagamente di aver visto gironzolare per l'officina lo scorso autunno.
Una ragazza è accanto a Kaleb, lo fissa con espressione nervosa, ma incantata.
Deglutisco. Lui non se la sta filando minimamente, almeno.
«Noah, ora scendi dalla moto», gli ordina Juno. «Tiernan, voglio che ti pieghi in avanti e afferri il manubrio. Noah, fa' la stessa cosa dall'altro lato, a cavallo della ruota anteriore, e sfidatevi. Tipo come se foste fratelli».
Noah ride di nuovo e obbedisce. Scivolo in avanti sulla sella con entrambi i piedi a terra, mentre Noah si mette a cavalcioni sulla ruota anteriore e si china verso di me, stringendo il manubrio.
«Tiernan, puoi inarcare la schiena?», mi chiede Juno.

Faccio come mi dice, buttando in fuori il sedere finché i muscoli delle cosce non si contraggono.
«Di più, tesoro».
Sospiro, cercando di sporgermi in avanti.
Noah mi esorta a impegnarmi meglio. «Di più», sussurra. «Come se dietro di te ci fosse un uomo».
Inarco un sopracciglio, stavolta accettando che faccia qualche battuta a sfondo sessuale.
Giro di scatto lo sguardo verso Kaleb, notando le pieghe intorno ai suoi occhi mentre ci guarda. La ragazza di prima si è allontanata di un passo, ma è sempre in estasi.
Non gli mancheranno di certo le donne da sfruttare per scordarsi di me, una volta che me ne sarò andata.
«Sei pronto per Los Angeles?», domando a Noah, intanto Juno ci scatta la foto.
«Sono pronto da sempre. E tu?», mi sfida. «Sei pronta ad andartene da questo schifo?».
Vorrei fulminarlo con lo sguardo, ma non voglio rovinare lo scatto.
«Non voglio che lui sia arrabbiato con te», dico a Noah, riferendomi a Kaleb.
Se me ne andassi con Noah, Kaleb si farebbe un'idea sbagliata.
«Se ci seguirà per riportarti indietro, allora forse tu sei ciò di cui ha bisogno», ribatte Noah. «Altrimenti, ti avrò tutta per me. La vittoria è vittoria».
Mi sistemo i capelli e correggo la posa. «Tu non vuoi me. Tu vuoi gareggiare».
«Mi piacerebbe portarmi dietro la famiglia, però».
Sì.
Così posso starci.
«Non ti abbandonerò», gli dico.
Noah sorride, poi si rende conto di quello che sta dicendo e il suo sorriso vacilla.
Lancia una rapida occhiata verso Kaleb e ritorna da me. «È a un passo dal cambiarmi i connotati».
Non me ne frega niente se Kaleb è arrabbiato.
«Oh, questa le batte tutte», dice qualcuno vicino alla porta. «Adoro le donne in quella posizione. Deve rimanere ferma così».
Qualcuno ridacchia, ma non so chi e neanche me ne importa.
«Si atteggia in modo più sexy dell'autunno scorso», annuncia lo stesso tizio. «Chissà cos'è cambiato?»
«Non lo so, ma mi piacerebbe essere rimasto bloccato qui con lei tutto l'inverno», aggiunge un altro.
C'è del trambusto, poi un sussulto, e scoppia l'inferno con un tavolo che si ribalta e delle grida che volano.

«Kaleb!», urla Jake.

Mi alzo di scatto, vedo Kaleb spingere a terra uno dei piloti e Jake correre a fermare suo figlio. Juno e il parrucchiere indietreggiano, togliendosi di mezzo, e le ragazze che sono arrivate con quei tipi si precipitano fuori, nel vialetto.

Scendo dalla moto e vedo Noah correre da Kaleb, intanto Jake solleva l'altro tizio da terra.

«Figlio di puttana!», ringhia il tipo a Kaleb.

Ma Jake lo spintona e fa lo stesso con gli amici fuori dall'officina. «Andatevene», ordina. «Questo è un set privato, stronzetti!».

Devono essere gli stronzi che hanno fatto quei commenti.

Kaleb cerca di nuovo di aggredire il tipo, ma Jake lo riacciuffa subito. «Fermo!», urla. «Falla subito finita!».

Jake punta il dito in faccia al figlio, ma Kaleb è furioso. I piloti prendono le loro ragazze, salgono sulle moto e fuggono via, lasciando attoniti tutti i presenti.

Alla fine, Jake agita la mano in direzione degli addetti ai lavori. «Va bene, basta così», sbotta. «Abbiamo quello che serve».

Juno annuisce e spegne la macchina fotografica, poi tutti si affrettano a raccattare le loro cose.

Kaleb marcia verso di me.

Jake lo blocca di nuovo. «No», gli intima. «Sali sul furgone. Subito».

Guarda furioso Kaleb, spingendolo fuori dall'officina.

Lui barcolla all'indietro, fissandomi.

«Subito!», gli ripete Jake urlando.

Persino da qui riesco a vedere la vena gonfia sul collo di Kaleb, che esita un attimo, ma alla fine… se ne va, verso il vialetto.

«Anche tu», ordina Jake a Noah.

Noah afferra Kaleb per la maglietta e segue il fratello verso il furgone.

Jake si avvicina a me con impeto, si ferma vicino e, mantenendo la voce più bassa che può, vista la gente ancora nei paraggi, mi dice: «Vado a parlare con lo sceriffo e li porto in un cazzo di bar a schiarirsi le idee».

«Un bar», dico a denti stretti. «E io dovrei starmene qui da sola?»

«Sì». Jake mi guarda in cagnesco. «Non uscire di casa o te ne pentirai».

«Ma che ho fatto?», sbotto. «Non voglio starmene qui tutta la sera mentre voi siete fuori a rimorchiare!».

«Tu rimarrai qui, perché Kaleb non ti lascerà in pace se non lo porterò via!», abbaia, senza curarsi di chi può sentirlo. «Siete rimasti appiccicati per più di due mesi e abbiamo tutti bisogno di qualche ora di svago. Lo sto facendo *per* te. Fatti una doccia. Calmati».

Scuoto la testa. Pensa che una doccia sistemi le cose? Ho tutto il diritto di essere arrabbiata. Non ho intenzione di calmarmi.

Jake fa una pausa, rilassa le spalle e riprende il controllo di sé stesso.

«Gli devo parlare, Tiernan», mi spiega, addolcendo la voce. «Devo assicurarmi che non penda un mandato d'arresto sulla sua testa, e dobbiamo parlare alla figlia dei Diggins. Tu devi rimanere qui. Torneremo più tardi».

Lo osservo allontanarsi, pescando le chiavi del furgone dalla tasca.

Rimango lì in piedi, anche dopo che il parrucchiere e la fotografa se ne sono andati, lasciandomi da sola in casa, consapevole del fatto che Kaleb e io abbiamo un problema e che l'unica cosa in grado di risolverlo non è nel programma della serata di Jake.

È qualcosa di cui il padre non può occuparsi al posto suo. Deve partire tutto da Kaleb.

A presto.

Fisso il messaggio di Mirai arrivato quattro ore fa, prima di imbarcarsi su un volo dall'aeroporto di Los Angeles.

Non può venire qua. Kaleb non è in grado di controllarsi. A lui non importa niente delle apparenze, la spaventerà e lei cercherà di trascinarmi via da qui.

In piedi accanto al letto, osservo la valigia mezzo piena che ho iniziato a preparare quando mi è arrivato il suo messaggio. Inizialmente, ho infilato poca roba giusto per tenerle compagnia nel motel in città e farla stare lontana da qui.

Poi, ho cominciato a mettere più del necessario senza neanche sapere il perché. Forse Jake aveva ragione a insistere per portare fuori i ragazzi, così io e Mirai avremmo avuto tutto lo spazio per noi. Magari un po' di spazio è proprio quello che serve a tutti, in questo momento. Sarei potuta tornare a casa mia. C'erano sempre i messaggi, le e-mail, FaceTime… per rimanere in contatto. Avrei potuto portarmi dietro Noah, per farlo sistemare a casa mia in modo che potesse incontrarsi con gli sponsor e cogliere l'occasione per prendere una boccata d'aria anch'io. Guardare alle cose con più obiettività.

Ho smesso di riempire la valigia quando mi sono resa conto che non sarei più tornata qui. A meno che non fosse venuto Kaleb in persona a riprendermi.

Sono pronta a tracciare quella linea?

Stasera?

Mi infilo il telefono in tasca e vado in camera di Kaleb a prendere tutto quello che potrebbe servirmi nell'immediato futuro. Appena entro nella sua stanza, un fulmine lampeggia fuori dalla finestra, poi accendo la luce e inalo l'odore di legno, fuoco e libri, che adesso sembra diventato casa, dato che negli ultimi mesi ho passato infinite ore qui dentro.

Prendo il vecchio libro sul comodino di Kaleb, lo apro nel punto in cui è infilata una matita e osservo gli schizzi che gli ho visto scarabocchiare una sera. Io mi stavo facendo la doccia e l'acqua mi scorreva sul busto mentre mi lavavo i capelli.

In quell'occasione gli ho confessato di aver letto alcune sue annotazioni e, anche se non mi è sembrato irritato, da allora non l'ho più visto scrivere niente. Adesso disegna e basta.

Gli ho giurato che non avrei più letto altro, a meno che non lo volesse lui, ma evidentemente non si è fidato. Per un certo verso, si è *aperto* di più con me. Per un altro, si è allontanato.

Afferro la matita e inizio a scrivere sulla pagina accanto.

Un paio di mesi fa Noah mi ha detto una cosa. Ha detto che eri il primo per me e che se avessi seguito il consiglio di mia madre, allora non avrei dovuto finire per stare con te.

La pioggia inizia a battere sul tetto e la stanza viene illuminata da un altro lampo, seguito dal rombo di un tuono.

Ma allora, nella mia testa, tu non eri il primo. Tu eri il solo con cui sarei dovuta stare, perché finalmente ero contenta di me stessa, mi piaceva il modo in cui mi spronavi a esserlo, e questo mi portava a mia volta a spronare gli altri. Mi hai insegnato a pretendere.

E per questo, te ne sarò sempre grata.

Riesco solo a fare respiri brevi e superficiali, perché ho un nodo bloccato in gola.

Ora tu sei al bar con loro e io sono sola nella tua stanza, consapevole che dovrei continuare a preparare la valigia, ma non voglio farlo, perché i momenti belli con te sono così speciali. Non voglio che finiscano.

Ma quelli brutti…

In quelli brutti mi sento come se avessi di nuovo nove anni, sempre in attesa che loro mi amino.

Ma non posso continuare a essergli grata delle briciole. Ho bisogno di qualcosa di più da lui…

Tu non cambierai e la conclusione è che… io non rimarrò. Tu non sei i miei genitori. Tu non mi ignori. Mi sproni. Eserciti l'unico potere che hai e non so perché ho creduto di poter ottenere di più da te, del resto se non parli con Noah e con Jake da diciassette anni, perché dovresti parlare con me?

Forse è una questione di controllo. Un modo per dominarci. Non lo so, ma fa male.

Eppure penso che tu mi abbia amata. E io te. Sono stata tua dalla prima sera in cui mi hai preso fra le braccia in officina, non sapevi nemmeno come mi chiamavo. Abbiamo percorso una strada tortuosa per arrivare a questo punto e io sapevo sin da allora che eri tu quello giusto.

Alzo lo sguardo al soffitto, ascoltando il temporale. Kaleb è stato come la pioggia. La passione, un urlo, le volte che lo stringevo a me con i capelli appiccicati al viso. Spontaneo e forte su tutta la pelle.

Ma è stato anche un sussurro. La neve, la luce del fuoco, e la ricerca del suo calore tra le lenzuola alle due del mattino, quando il resto della casa dormiva.

Ricordi le tre parole con la A di cui ti ho parlato: Ardore, Apprendimento, e Amore? Ce n'è un'altra. Una di cui mia madre non mi ha mai parlato e che non sono sicura di dove si collochi tra le altre, ma che sono certa sia necessaria.

Ho bisogno di un po' di tempo per ascoltare me stessa.

È tempo di Ascoltare.

Il mio cuore e la mia mente mi stanno dicendo la stessa cosa. Ho bisogno di altro da lui. Infilo la matita nel libro e lo richiudo, appoggiandolo sul letto prima di spegnere la luce.

Chiudo la porta e scendo al secondo piano, mando un messaggio allo zio.

Vado a prendere Mirai all'aeroporto.

Non c'è bisogno che gli dica che rimarrò con lei al motel. È una scelta saggia, in ogni caso. Sulle montagne potrebbe nevicare di nuovo, e non penso che lei e Jake sarebbero contenti di rimanere bloccati qui insieme.

Lancio alcuni oggetti da bagno nella valigia e la chiudo, portandola al piano di sotto. La metto vicino alla porta, mi infilo gli stivali da pioggia e il giaccone, sentendo i cani che abbaiano nel fienile.

Mi avvicino alla finestra per guardare fuori. Non sono certo nuovi ai temporali di queste parti. A cosa stanno abbaiando?

La porta della stalla si spalanca e si chiude per il vento, le luci sono accese e illuminano le gocce di pioggia che smuovono le pozzanghere. Mi chiudo bene l'impermeabile e scendo in garage.

Attraverso lo stanzone, apro la porta basculante ed esco fuori.

Corro verso la stalla, gridando mentre la pioggia mi atterra sui jeans, e mi fiondo dentro, abbassandomi il cappuccio.

Danny e Johnny mi corrono incontro, li accarezzo velocemente, sentendo Shawnee agitarsi nella sua stalla. Nitrisce, salta su e giù, colpisce la porta di legno con gli zoccoli.

Che cavolo succede?

Corro da lei, le afferro la criniera e la tiro giù, accarezzandole il muso.

«Ehi, ehi, è solo un po' di pioggia». Ridacchio, dandole una bella sfregata. «Ormai dovresti essere abituata ai temporali».

«Non è il temporale che la agita», dice una voce.

34. Tiernan

Mi volto, il cuore mi martella nel petto quando vedo uscire una figura incappucciata dalla stalla successiva. Il fumo svolazza nell'aria nel momento in cui butta a terra una sigaretta e la schiaccia sul pavimento.

La luce sul soffitto oscilla avanti e indietro per il vento, gettando a intermittenza un'ombra su quella sagoma maschile.

«Chi…?».

Quando si abbassa il cappuccio dalla testa, vedo che è Terrance Holcomb. La pioggia ha scurito la sua felpa e reso lucida la sua faccia, che si muove su e giù per guardarmi.

No.

Non ho sentito arrivare la sua moto. All'esterno non ci sono veicoli parcheggiati. È venuto qui di nascosto.

Si è intrufolato.

Mi guardo rapidamente attorno per controllare se c'è qualcun altro e faccio un passo indietro, verso l'uscita.

«Non sei stato invitato nella nostra proprietà», decreto. «Nessuno vuole vederti qui».

«Ma ci sei soltanto tu, qui in giro», risponde lui, stranamente calmo. «Sei tutta sola, no?».

Senza togliergli gli occhi di dosso, allungo una mano e afferro un rastrello che era appeso al muro, e lentamente cerco di recuperare il cellulare nella tasca posteriore dei pantaloni. Terrance ha lo sguardo fisso sulla mia arma.

Ridacchia, venendomi incontro mentre a mia volta indietreggio. «Almeno non è un fucile», scherza, e mi tornano in mente Kaleb e Noah che mesi fa corrono armati verso lo stagno per portarmi via da questo tipo. «È dolce il modo in cui cercano di proteggerti».

«Non ce n'è bisogno». Stringo il lungo manico. «Vattene».

«E se fossi venuto solo per parlarti?»

«Nascondendoti nella stalla al buio, in una serata di pioggia?».

Sì. Questa non è certo una visita di cortesia. O ha visto i Van der Berg in città senza di me e ha approfittato dell'occasione, o era già qui ad aspettare che se ne andassero. Arretro di un altro passo, lui si avvicina trascinando lentamente gli scarponi.

«Kaleb verrà accusato per i danni che ha fatto a novembre a quelle moto», mi informa.

Con la mano dietro la schiena, premo il tasto di accensione del cellulare e cerco di digitare il codice di sicurezza, aspettando di sentire il suono di sblocco in mezzo alla pioggia battente.

«Guarda caso, qui ci sei tu e non lo sceriffo», faccio notare.

Con le dita tremanti, faccio qualche altro tentativo alla cieca e alla fine sento il suono dello schermo che si attiva.

«Io dirò che è stato un incidente», mi informa. «Prenderò le sue difese e gli darò manforte».

«Cosa ti fa pensare che me ne importi qualcosa?», chiedo, cliccando lo schermo nella parte in cui c'è l'icona della cornetta.

Terrance sogghigna consapevole. «Vi hanno visto tutti in città, oggi», risponde. «Era palese, dai. Alle donne piacciono gli stronzi, soprattutto quelli silenziosi. Lui ti ha sempre voluta, anche solo un pezzetto».

Ho il petto stretto in una morsa, fatico a respirare. Lui cerca di accorciare la distanza tra di noi e io indietreggio, la pioggia sempre più forte oltre la porta alle mie spalle.

«Tu mi sponsorizzi, e io non lo perseguiterò», propone. «Lo sceriffo e la mia squadra si faranno da parte, e tu e lui potrete vivere felici e contenti».

«Tu hai già uno sponsor».

«Avevo uno sponsor», ribatte. «Hanno smesso di finanziarci quando Kaleb ha distrutto le moto».

Inclino la testa, allineando gli occhi ai suoi. Kaleb ha provocato dei danni e Terrance ha perso lo sponsor? Sul serio?

Lui alza le spalle, capisce che non me la sto bevendo. «Be', allo sponsor sono giunte anche altre voci», ammette.

Annuisco. Certo. Magari sul suo circolo sportivo. O su una delle mille cose losche in cui sono certa sia invischiato, perché è un essere spregevole. Nessuna azienda rispettabile vorrebbe essere rappresentata da lui.

Kaleb potrà essere multato – e dovrà senz'altro ripagare i danni – ma non verrà arrestato.

«Allora? Che ne dici?», domanda.

Sostengo il suo sguardo.

Non vuole sentirsi dire di no. È venuto qui quando era certo che fossi sola, perché è disposto a convincermi con la forza.

Se ne andrà se fingerò di acconsentire?

Uno squillo scuote l'aria, il telefono mi vibra nella mano e il mio cuore si ferma.

Lui si precipita su di me e gli lancio addosso il rastrello, poi mi volto e schizzo verso casa. Corro sopra le pozzanghere, la pioggia che mi batte sulla testa, la bufera sempre più violenta. Urlo senza guardarmi alle spalle e m'infilo sotto il portello aperto dell'officina buia per salirci sopra.

Entro in casa e mi ci chiudo dentro, rispondendo alla chiamata di Jake.

Mi avvicino il cellulare all'orecchio, ma in cucina scorgo una figura scura e resto pietrificata, quindi abbasso il telefono.

I miei polmoni si svuotano.

«Pronto?», sento la voce di mio zio nel ricevitore.

Mi giro, l'attenzione rivolta solo ai due tipi che non conosco in cucina. Non li vedo bene sotto la luce fioca della stanza.

«Pronto?», ripete Jake.

«Andate via!», grido, più per allertare Jake che per impartire l'ordine a quei tipi sconosciuti.

Con lo stomaco ingarbugliato, giro intorno all'isola, lanciando loro pentole e padelle per tenerli lontani.

Perché Terrance ha portato i rinforzi? Cos'ha in mente?

Non voglio che sappiano che c'è qualcuno dall'altra parte del telefono, altrimenti me lo sequestreranno. Me lo ficco in tasca, senza riagganciare.

Terrance irrompe nella stanza da dove sono venuta io, il fiato corto e gli occhi azzurri puntati su di me, quasi divertito. Fisso quei tre.

«Pensaci», insiste. «Amministrerai i soldi, il che vuol dire che controllerai me e le mie gare. Sono bravo anche in altre cose… se vuoi».

Scuoto la testa. Pensa davvero che potrebbe andare a finire così? Io che finanzio il suo impegno, perché sono una patetica orfanella ricca che ha bisogno d'amore?

«Non sono uno romantico», dichiara guardandomi, la determinazione è visibile sul suo volto. «Non sarò fedele. Ma sarò a tua completa disposizione quando vorrai. Potrai comandarmi a bacchetta quanto vuoi. Vuoi starci tu sopra, adesso?».

Si sta proponendo come toyboy? Qualcuno da usare senza alcun coinvolgimento emotivo. Senza compromettere il cuore.

In cambio, dovrò soltanto pagarlo.

«Ci stai pensando, vero?», mi incalza.

Ma io drizzo la schiena, sentendomi più che mai disgustata. So cosa significa la perfezione. Non voglio nulla di meno.

«Sto pensando che mi ricordi mio padre». Sfilo un coltello dal ceppo. «La gente come te ferisce l'anima».

«Tiernan de Haas…».

«Van der Berg», ringhio, correggendolo e lanciandogli il coltello.

Lui schiva la lama, coprendosi, e ne approfitto per lanciare altri due coltelli ai due tizi, che incespicano verso il salotto.

Non perdo tempo. Scendo in garage senza accendere le luci, attraverso il portello aperto.

«Prendetela!», sento gridare Holcomb.

Il cuore mi schizza in gola e faccio per scappare, poi ci ripenso.

Se riuscissi a condurli fuori di casa…

Mi infilo dietro il guardaroba che ho restaurato mesi fa e resto immobile, tenendo le braccia strette al corpo, in modo che non possano vedermi.

Sento dei passi sui gradini, poi sul pavimento di cemento dell'officina.

«Non può andare lontano!», grida Holcomb. «Riportala qui, cazzo!».

Vedo uno dei tipi uscire fuori dal garage e io mi faccio ancora più piccola, temendo che possa vedermi.

Lui sparisce e le luci si accendono, gli altri due iniziano a guardarsi intorno.
Cos'ha intenzione di fare? Se otterrà ciò che vuole, avrà vinto. Altrimenti, potrò solo dimostrare che mi ha spaventata. Non mi ha ancora sfiorato con un dito.
Mi copro la bocca con il palmo della mano per non fare rumore respirando.
«Prendiamo le moto?», ringhia Holcomb. «Ce le devono».
«E lei?»
«Mi scoperò quella stronza appena sbatterò in prigione quello svitato del suo fidanzato», ribatte. «Quella stupida puttana finirà sulla mia bacheca».
La sua bacheca. Il tabellone segnapunti di cui mi ha avvertito Jake. *Cristo…*
«Sei sicuro che non ci sia un mandato per noi?», chiede l'altro. «Ho visto Jake in città, prima, andava alla centrale insieme a Kaleb e Noah».
«Non possono dimostrare che siamo stati noi ad appiccare l'incendio». Sento un rumore di attrezzi, di ante che si aprono e qualcosa che si chiude con un botto. «E se ora non trovo le cazzo di chiavi, do fuoco alla stalla con i cavalli dentro».
Le mani mi diventano gelide, nel sentire le sue parole. *Incendio.*
Chiavi.
Jake aveva ragione. L'incendio al fienile è stato provocato da qualcuno. Quella notte non sono riusciti ad andarsene con le moto che erano venuti a rubare, così hanno appiccato il fuoco».
«La situazione ci sta sfuggendo di mano», lo avverte l'altro tipo. «Questo inverno siamo quasi morti, cercando di andare e tornare da qui. E se l'incendio si fosse allargato? Potevano morire». Il tono della sua voce si fa sempre più duro. «I soccorsi non sarebbero potuti arrivare fino a qui!».
«Lo so», ridacchia Terrance. «È proprio questo il bello».
Sbircio verso l'angolo del garage e lo vedo frugare sul bancone e sulla scrivania. L'altro è girato, ma vedo che ha i capelli rasati e gli anelli alle dita.
Terrance si volta a guardarlo e io mi nascondo meglio dietro l'armadio, vedo l'arco alle mie spalle. Fuori si sente crepitare un tuono, intanto allungo la mano per recuperarlo il più silenziosamente possibile.
«Allora cosa preferiresti fare?», gli chiede Holcomb. «Arruolarti nell'Esercito, come vorrebbe tuo padre, o gareggiare? Io sto cercando di recuperare delle moto e un nuovo sponsor e non me ne andrò da qui prima di averli ottenuti!».
Mi ficco delle frecce nei jeans e ne carico una nell'arco.
«Lei firmerà un assegno e poi – forse – me ne andrò», dichiara. «Dopo essermela sbattuta, ma tu non dovrai restare a guardare».

Kaleb, dove sei?

La corda dell'arco si tende scricchiolando e faccio una smorfia, cercando di capire se si stanno accorgendo di me.

«Potrai anche rimanere, se vorrai, ma prima toccherà a me», aggiunge.

Sospiro in silenzio, stringo la freccia tra le dita e mi preparo.

«Eccole!», esulta. Si sente un tintinnio di chiavi. «Controlla se sono quelle giuste».

Le moto si accendono e mi rendo conto che sono quelle che Jake ha terminato di sistemare e che dovrà spedire. Non so dove sia finito il terzo tizio, e un rivolo di sudore mi scivola lungo la schiena.

Andatevene. Prendete le moto e andatevene. *Vi prego.*

Andatevene e basta.

«Non ce ne andremo con queste», dichiara l'altro.

«Invece sì», ribatte Terrance. «Altrimenti finiranno bruciate nell'incendio».

«Quale incendio?».

Lo sento ridere e mi blocco, capendo finalmente il suo piano.

Holcomb ha intenzione di minacciarmi, quando mi troverà. So che Kaleb non finirà in guai seri per aver danneggiato le loro moto, perciò il tentativo di ricatto di Terrance è fallito.

Quindi, se non ubbidisco, compilando l'assegno e dandogli qualunque altra cosa lui voglia da me, farà scattare il piano B. Si prenderà tutto. Appiccherà un altro incendio.

E ha due testimoni, i quali attesteranno che stasera si trovava da un'altra parte. Fuggiranno con le moto e i pompieri non arriveranno mai in tempo fin quassù.

Mando giù la bile.

Jake, Kaleb e Noah hanno costruito questo posto. Questa è la casa di Kaleb. L'unico posto in cui si sente a suo agio oltre al capanno.

Mi fermo, faccio per recuperare il telefono dalla tasca. Potrei chiamare la polizia.

Ma nel tempo che impiegherei a farlo, Terrance Holcomb riuscirebbe ad acciuffarmi. E nel tempo che la polizia impiegherebbe a localizzare la telefonata, lui scapperebbe.

Sbucando da dietro l'armadio, tendo l'arco tirando indietro la freccia, che faccio partire veloce e puntuale, colpendo la spalla dell'altro tipo.

Il ragazzo sbanda all'indietro e cade a terra, la freccia si conficca nella parete dietro di lui. Terrance si sposta dalla zona di tiro, scioccato.

Giro intorno ai due e mi dirigo verso i gradini che portano in casa, caricando un'altra freccia e scoccando il colpo su Holcomb.

Voglio solo che se ne vadano. *Andatevene!*

Lui schizza via, buttandosi a terra e rompendo in mille pezzi il mio tavolino da salotto.

Si rimettono in piedi barcollando, l'altro tipo mi guarda con gli occhi spalancati, come se all'improvviso si rendesse conto di aver commesso un errore.

Ma non se ne vanno. Holcomb mi corre incontro e io mi metto a urlare.

Merda!

Schizzo dentro casa e chiudo la porta a chiave, affrettandomi a raggiungere il salotto e a salire sopra le scale. Mi chiuderò in camera mia, chiamerò la polizia e se proprio dovrò scappare, lo farò dal balcone. Volevo impedire a Terrance di dare fuoco a tutto, ma non se questo vuol dire rischiare che mi prenda e mi faccia del male.

È fuori di testa.

Inciampo sulle scale, lo stinco sbatte contro lo scalino. Urlo, poi si sentono un paio di colpi alla porta di sotto, che subito dopo si apre con uno schianto di frammenti di legno, colpendo il frigorifero.

Mi manca il respiro.

Mi rialzo, punto i piedi e scappo al secondo piano, sentendo altri passi sulle scale alle mie spalle. Supero la mia camera e vado in quella di Kaleb, chiudendomi dentro a chiave. Mi allontano dalla porta, estraendo un'altra freccia, ma inciampo e cado all'indietro, parando il colpo con le mani.

Indietreggio freneticamente e inserisco la freccia nell'arco. Sento i passi sulle scale che si avvicinano, tendo l'arco nel momento in cui Terrance sfonda la porta con un calcio.

Scocco l'arco.

La sua spalla viene sbalzata all'indietro dall'impatto e intanto salto in piedi, estraendo l'ultima freccia dai jeans.

Prima che possa usarla, vedo Terrance che incespica, barcolla e cade in ginocchio. Ha la freccia conficcata nella spalla destra.

Espiro, i polmoni e lo stomaco gridano.

Sento altro rumore per le scale e carico l'ultima freccia, poi l'altro tizio appare sulla soglia.

Il suo sguardo scuro e preoccupato ricade prima su di me e dopo su Holcomb disteso a terra.

Gli punto contro l'arco e lui drizza la schiena, portando istintivamente le mani avanti per proteggersi.

«L'Esercito ti sembra ancora una buona idea?», gli chiedo con un ringhio.

Lui annuisce e con un cenno del mento gli ordino di sparire. Dà un'ultima occhiata all'amico e poi fugge via, sparendo giù per le scale.

Terrance grugnisce, ha la faccia contorta dal dolore e cerca di tirarsi su, la felpa gli si sta sporcando di sangue.

Gli do un calcio, facendolo cadere di nuovo. Atterra sulla freccia che gli fuoriesce dalla spalla e geme quando gli punto addosso il mio arco.

Devo chiamare la polizia, ma non ho intenzione di abbassare la mia arma.

«Merda», grida a denti stretti.
Si rotola sulle mani e sulle ginocchia, mettendosi in piedi. Io indietreggio incerta, pronta a scoccare di nuovo l'arco, ma lui esce dalla stanza e si appoggia alla parete, scendendo le scale. Non m'importa che la faccia franca, basta che se ne vada.
Lo seguo e lo vedo cadere di nuovo, striscia per le scale. Manca uno scalino con le mani e rotola giù, urlando per il dolore alla spalla.
«Tiernan!», mi chiama Noah dal salotto. «Tiernan, rispondimi subito!».
«Qui!», rispondo.
Holcomb percorre gli ultimi scalini con il mio arco puntato addosso. Dopodiché vedo Kaleb corrermi incontro e prendermi il viso tra le mani.
Noah mi toglie l'arco di mano e sento la porta di casa riaprirsi.
«Cristo», sbotta Jake, osservando la scena.
«Giù», ordina Noah a Holcomb, piantandogli lo scarpone sulla schiena e schiacciandolo contro il pavimento. «Altrimenti ti faccio vedere come ci occupiamo artigianalmente delle ferite, qui».
Kaleb mi fissa negli occhi con il respiro affannato, prima di tirarmi a sé e premermi le labbra sulla fronte.
«Stai bene?», mi chiede Jake, correndo verso di noi.
Annuisco, il cuore mi martella ancora nel petto. «Sto bene».
Credo. Non lo so, ho male dappertutto, non so dire esattamente dove.
Mi allontano, vedo Jake che continua a guardare me e Holcomb. «Tiernan, mi dispiace», dice. «Stai bene? Davvero?»
«Sì».
«Non ci credo». Mi tocca la testa. «Non dovevamo lasciarti qui da sola».
«Hai sentito la chiamata?», gli chiedo.
«Sì», replica con un lieve sorriso sulle labbra. «Siamo venuti di corsa».
Sapevo che sarebbero venuti.
«Sei sicura di stare bene? Non ha cercato di… farti qualcosa?»
«Ha cercato di farmi diverse cose». Non so se ridere per il miserabile fallimento di Terrance o se piangere di sollievo per il loro arrivo. «Ma sto benissimo».
Holcomb grugnisce sul pavimento e Jake lo fulmina con lo sguardo, estraendo il telefono e uscendo dalla stanza. «Sto cercando Benson».
Lo sceriffo. E dato che stasera sono andati a fargli visita e Kaleb è ancora qui, immagino che nessuno abbia sporto denuncia come minacciava Terrance.
«Ehi, lo hai centrato in pieno», cerca di sdrammatizzare Noah.
Simulo una risata. «Era a distanza ravvicinata».
Noah sorride. Poi preme con ancora più forza lo scarpone sulla schiena di Holcomb. «Figlio di puttana», lo sfotte. «Mi hai appena svoltato la giornata».

Sì. Kaleb è fuori pericolo e sarà Holcomb a doversela vedere con lo sceriffo, ora.

Sposto lo sguardo su Kaleb.

Ma non mi sta più guardando.

È a qualche metro di distanza, osserva la mia valigia accanto alla porta. Subito dopo si volta verso di me, e il suo sguardo si fa improvvisamente duro.

Cerco di deglutire, ma faccio fatica.

«Ce n'erano altri?», chiede Jake tornando nella stanza.

Mi ci vuole un po' per sviare l'attenzione da Kaleb.

Alla fine annuisco. «Sì. Sono fuggiti. Non li conoscevo. Posso descrivere uno di loro, però».

Kaleb esce con Jake a controllare la proprietà e io mi siedo sulle scale con Noah, rimanendo lì qualche minuto con la testa fra le mani per cercare di calmarmi.

Più tardi arriva lo sceriffo e poco dopo anche l'ambulanza, su cui caricano Holcomb con una barella, mentre Benson raccoglie la mia dichiarazione. Gli racconto dell'incendio di questo inverno e della confessione che Holcomb ha fatto, senza sapere che stavo ascoltando, e lui ci dice che lo hanno incrociato in macchina mentre veniva qui. Hanno pensato subito che volesse parcheggiare in un posto tranquillo, invece si è introdotto di nascosto nella proprietà.

Kaleb e Jake rientrano in casa e Kaleb resta a fissarmi tutto il tempo dall'altra parte della stanza, come se fosse spaventato, o dispiaciuto, ma la sua distanza è ancora più spaventosa. Perché non si avvicina?

D'improvviso lo sento così lontano. Di tanto in tanto, i suoi occhi si posano sulla valigia.

Alla fine i poliziotti e l'ambulanza se ne vanno, Noah esce a chiudere la stalla e a controllare gli animali, e Jake si trattiene con Benson sul portico.

Vado in cucina e vedo Kaleb seduto al tavolo, al buio. Ha i gomiti appoggiati sulle ginocchia ed è proteso in avanti, la testa piegata, le mani giunte.

Solleva gli occhi e mi guarda.

La realtà torna ad abbattersi su di me.

Non so cosa mi aspettassi. Ovviamente, non ho chiesto io a Holcomb di presentarsi qui, ma forse, quando Kaleb è corso dentro casa prendendomi il viso tra le mani e realizzando quello che sarebbe potuto accadere, ha capito di volere una vita con me.

Di voler vivere invece di nascondersi in sé stesso.

Poi ha visto la valigia, però, e ha alzato un muro perché crede che io sia come sua madre e lo stia per abbandonare. È stato tradito, ma quello di cui non si rende conto è che quando sei adulto non si tratta di abbandono. Si chiama partenza. E lui ha tutto il potere di impedirla.

Stasera sarebbe potuta finire molto peggio. Non lo capisce?

«Il bambino non è suo», mormora Noah. «Papà è riuscito ad avere le informazioni dal dottore. Cici è rimasta incinta ad agosto. Kaleb è rimasto al capanno tutto il mese. Non si è rifatto vivo prima dell'inizio di settembre».

La prima sera che ci siamo incontrati.

«Holcomb?», provo a indovinare.

«È quello che pensiamo anche noi».

È Holcomb il padre. Il giorno del mio compleanno, lui e Cici erano insieme al bar. Lei ci ha preso per i fondelli, oggi.

Fisso Kaleb, ma un'orribile sensazione mi piove addosso, invece di sentirmi sollevata. Non lotterà per me. Non scriverà per me. Non comunicherà con il linguaggio dei segni.

Lui non mi parlerà mai. Non comunicherà mai con i suoi figli, se un giorno dovesse averne. Vuole bene a tutti in questa casa, ma non ce lo dirà mai. Mi si spezza il cuore e le lacrime mi si formano negli occhi mentre lo guardo.

«Tiernan!», grida una voce di donna all'esterno. «Oh, mio Dio!».

Sgrano gli occhi.

«C'è Tiernan?», sento dire alla voce femminile, che raggiunge il portico.

Jake risponde qualcosa che non riesco a sentire, poi lei grida: «Togliti di mezzo!».

Mirai?

Le lacrime scendono rigandomi il viso e mi volto. La vedo irrompere in casa, mi guarda negli occhi e mi corre incontro buttando a terra la borsa.

Mi abbraccia e io resto un attimo lì, titubante, poi… me la stringo al petto così forte da toglierle il respiro.

Trattengo il pianto, ma ho gli occhi offuscati dalle lacrime. Non mi ero resa conto di quanto mi mancasse fino a questo momento. L'abbraccio così stretta, sentendomi travolgere all'istante dalla consapevolezza.

«Che cavolo è successo?», mi domanda.

La libero dall'abbraccio, asciugandomi le lacrime. «Va tutto bene. Sto bene».

«Tu non stai bene», ribatte agitata, e vedo Jake che rientra in casa. «Stai sanguinando!».

Mi gira la testa per controllarmi la guancia, al che me la sfioro con la mano, macchiando le dita di sangue. Devo essermi fatta male durante la fuga. Abbraccio di nuovo Mirai, i suoi lunghi e morbidi capelli scuri sono freschi di messa in piega del salone di bellezza. Vengo inondata dai ricordi.

L'allontano un attimo per scrutarla meglio. Ha lo stesso aspetto che avevo io. Ho dimenticato quanto mi curassi, un tempo. Le unghie, il trucco, i capelli…

«Come ci sei arrivata qui?», le chiedo. «Credevo di doverti venire a prendere all'aeroporto».

«Ho preso prima la coincidenza e ho noleggiato un'auto», mi spiega, continuando a studiarmi per essere sicura che io stia bene. «Ho avuto la strana sensazione che stessi cercando di tenermi lontana da qui o qualcosa del genere».

Davvero molto astuta.

Mi guardo attorno, Noah e Jake ci stanno fissando, Kaleb è ancora in cucina, in silenzio.

«Andiamo fuori», la esorto.

«Tiernan...», mi chiama Jake quando passo, ma io lo ignoro.

Prendo la giacca, porgo la borsa a Mirai e l'accompagno alla macchina, che è ancora in moto e con i fari accesi. Deve essere scesa di corsa quando ha visto la volante di Benson. Venendo qui, deve anche aver incrociato l'ambulanza.

«È lui?». Mirai guarda alle nostre spalle mentre scendiamo gli scalini. «Tuo zio?»

«Su, vieni». Mi infilo la giacca.

Dovrei presentarla. Dovremmo sederci tutti a parlare.

Ma non posso. Devo schiarirmi le idee, prima di decidere cosa riferirle e cosa no, e sono successe troppe cose nelle ultime dodici ore, che io stessa non le ho ancora digerite. Devo mandarla via, affrontare Kaleb, e poi affrontare lei.

«Ho bisogno che tu vada in un hotel in città», dichiaro, fermandomi alla macchina. «Ti raggiungo presto. Ci troviamo lì».

«Cosa?», protesta. «No!».

«Ti prego», la imploro, fissandola nei suoi occhi castani dalle calde striature ambrate. «Devo risolvere una cosa qui. Per favore. Non preoccuparti».

«Tiernan», inizia a dire.

Si avvicina qualcuno e quando mi giro vedo Kaleb aprire il bagagliaio della macchina, caricare la mia valigia e richiuderlo.

Sono pietrificata.

Lo osservo, si avvicina allo sportello del passeggero e lo apre per me, guardandomi negli occhi.

All'improvviso, Mirai diventa trasparente. Jake e Noah non sono più sul portico a guardarci e non sento neanche più la pioggia, che adesso cade leggera.

Mi sta aiutando a partire.

Mi sta dicendo di partire.

Lo fisso con gli occhi che mi pungono, ma sono troppo scioccata per mettermi a piangere. Ha tracciato una linea sul foglio. La linea che io avevo paura di tracciare prima, quando facevo i bagagli. Non volevo partire.

Pensavo che avrei potuto concederci un po' di spazio.
O forse speravo che, scoprendo che fossi partita, mi sarebbe venuto a cercare.
Invece, mi sta dicendo di andare. Preferisce che io parta, anziché dover parlare con me.
Sostengo i suoi bellissimi occhi verdi, scorgendo tutte le emozioni che sta tentando di nascondere, ma quando cerco le parole giuste da dire per risolvere questa situazione – per salvarci – mi rendo conto di non trovarne più alcuna.
Forse il problema non sono mai state le parole. Le azioni parlano chiaro, non è così che dicono?
Le sue parlano forte e chiaro.
Salgo in macchina, come se avessi inserito il pilota automatico, e richiudo la portiera con lo stomaco ingarbugliato, perché l'idea di partire non è reale. Non può accadere davvero.
Non sta succedendo.
«Kaleb», sento crepitare Noah.
Mirai gira attorno alla macchina e sale al volante, inserendo la retromarcia.
«Tiernan!», grida Jake, lo vedo scendere di corsa i gradini con la coda dell'occhio.
«No!», abbaia Noah.
Jake sbatte il palmo sul cofano dell'auto, osservando me e Mirai dal parabrezza. «Ferma!».
«Parti», ordino a Mirai, girando la testa in modo che Kaleb non mi veda piangere. «Ti prego… parti».
Mirai blocca le portiere, dà gas e io affondo la faccia tra le mani per non rischiare di incrociare di nuovo il suo sguardo, finché non ci ritroviamo sulla buia strada principale.

35. Tiernan

Agito il cucchiaio nella minestra, ascoltando il silenzio. Dio, questa casa sembra una tomba. L'ho sempre saputo, ma cavolo…
Proprio in questo momento, i ragazzi sarebbero in salotto a guardare la TV, Noah riderebbe sguaiatamente e Jake gli urlerebbe dalla cucina di andare a lavare i piatti.
Ci sarebbe della musica.
Battute, scherzi.
Vita.
Ci sarebbe Kaleb.
Mi trema il mento. Sono passate ventidue ore da quando l'ho visto l'ultima volta.

Tutto mi sembra estraneo, adesso. Mi guardo attorno nella cucina bianca dei miei genitori, il bancone di marmo bianco intonso e gli elettrodomestici cromati. Questa non è la mia casa.
Mirai fa scivolare sull'isola un raccoglitore di cuoio. Lo guardo.
«Ti hanno lasciato tutto, naturalmente», dice. «Questo è per il tuo archivio».
I miei genitori mi fisserebbero, io distoglierei lo sguardo e tornerei alla mia minestra.
Dio, non importa. Ho il cuore a pezzi ed è rimasto nel loro vialetto a Chapel Peak.
Scaccio via le lacrime. Devo smetterla di cercare di capire perché mi abbia lasciata andar via. Non è nulla a cui non sia abituata.
Almeno, i miei genitori mi hanno lasciato i soldi. Mi hanno inserita nel testamento. Hanno dimostrato che si preoccupavano abbastanza da assicurarsi che stessi bene.
Se non altro, con loro ho sempre avuto la certezza di vivere nel comfort. Sono talmente ricca da non dover mai alzare un dito in tutta la vita, o persino uscire da questa casa, qualora non volessi farlo.
Sei mesi fa, sarei potuta essere grata di questo.
«Non rimanere qui», mi supplica. «Vieni da me. O affitta un appartamento. Hai bisogno di avere delle persone attorno».
Mi raddrizzo sulla sedia, allontanando la scodella. «Ormai mi conosci», le dico. «Avrò anche la personalità di un pezzo di legno, ma… non ho bisogno di nessuno».
Sto scherzando. Ho bisogno delle persone del negozio di caramelle e… dei personaggi di Netflix.
«Non è una debolezza aver bisogno di qualcuno», afferma Mirai, guardandomi. «Tranne che di quei coglioni. Se avessi saputo quello che combinavano laggiù, non ti avrei mai fatto salire su quell'aereo. Due volte».
«Smettila». Scuoto la testa, improvvisamente stufa. «Non è quello che è accaduto, non sono una bambina. Non lo sono più da tanto tempo».
Mirai distoglie lo sguardo, le labbra serrate, e rimane in silenzio.
Ieri sera, andando all'aeroporto in macchina, le ho raccontato tutto. Era furiosa, e ci ha quasi fatte finire fuori strada, perché voleva fare inversione, tornare indietro e dirgliene quattro a mio zio. Ho dovuto supplicarla di ripensarci. Ho pianto per tutto il volo fino a Los Angeles.
Non era mia intenzione rivelarle ogni cosa, ma avevo bisogno di un altro punto di vista. Avevo bisogno di una nuova amica, credo.
«Sono la mia famiglia», affermo con voce gentile. «Siamo stati costretti a vivere assieme e sono accadute delle cose».
Io ero lì. Non lei.
Il mio unico passo falso è stato innamorarmi di uno di loro.
Mirai sembra voler dire di più, ma alla fine annuisce e per il momento

abbandona l'argomento. «Carter sta perlustrando il giardino», dice, rinfilandosi le scarpe con i tacchi. «Tornerò più tardi con dei vestiti».
«Sto bene», la tranquillizzo.
Qui è sicuro. Non ho bisogno di una baby-sitter.
Lei però mi guarda dritto negli occhi. «Lascia che mi prenda cura di te, va bene?».
Qualcosa nel tono della sua voce mi fa tacere, come se avesse smesso di essere gentile e di chiedermi il permesso.
Mi ricorda Jake. Le rivolgo un lieve sorriso.
Lei mi abbraccia e chiudo gli occhi, stringendola a mia volta.
Poi saluta e se ne va, e io rimango lì seduta, puntellata sui gomiti, a fissare il testamento.
La sola cosa che attira davvero la mia attenzione è la scatola argentata che vedo con la coda dell'occhio alla mia sinistra.
Osservo l'urna, sembra un grosso portagioie di argento sterling, con incisioni ornamentali. Mirai l'ha tenuta con sé finché non me l'ha portata stasera. Una sola urna per entrambi.
I miei genitori volevano essere sepolti in giardino, sotto all'albero con l'altalena, dando per scontato che sarei rimasta qui o che non avrei mai venduto questa casa.
Sprofondo il viso tra le mani, lasciando sfuggire un gemito. Il dolore che provo è qualcosa che scava nel mio stomaco. Anche se non mi guardo allo specchio da ieri mattina, quando mi sono immaginata incinta del figlio di Kaleb, so di avere gli occhi gonfi.
Dio, ieri mattina. Come è possibile che in un solo giorno siano cambiate così tante cose?
Scendendo dallo sgabello, infilo le mani nella tasca della felpa e mi trascino per casa, osservando i cambiamenti. Tutto è ancora al suo posto, non c'è niente di davvero diverso. Eccetto nel modo in cui la guardo…
Il caminetto è stato messo per fare scena, veniva acceso solo durante le feste o per le foto delle vacanze, funziona a gas. Niente legna da ardere, niente scoppiettio di ciocchi o odore di corteccia bruciata.
Di tanto in tanto, le stanze venivano arredate di nuovo, mobili che erano stati a malapena usati venivano sostituiti con altri di stile diverso. Non mi sono mai messa a vegetare sul divano a guardare la televisione o a fare i popcorn per la visione di un film.
I ragazzi distruggerebbero questo posto in men che non si dica. Scuoto la testa, immaginando la testa di un cervo sopra la mensola del camino.
Mi trascino su per le scale, fermandomi in cima alla rampa, pronta per virare a sinistra verso la mia stanza, ma mi fermo, fissando a destra. La porta della camera dei miei genitori è chiusa. Mi avvicino, afferrando la maniglia.
Il freddo dell'ottone mi penetra fino alle ossa e riesco ancora a sentire la voce di mia madre dall'altro lato della porta. Il bicchiere da cui sta

bevendo che tintinna sul marmo del tavolino, e le pillole di mio padre che risuonano nel flacone, mentre cerca di riprendersi da una giornata stressante.

Avrei dovuto parlare.

Strillare, urlare, piangere…

Avrei dovuto domandare.

Mollo la maniglia, lasciando la porta chiusa, e cammino verso la mia stanza, aprendo la porta. Appena metto piede dentro, però, mi sento i polmoni ricolmi, non so da che cosa, e mi sfugge una lieve risata insieme alle lacrime che mi rigano il viso.

I sinistri poster di Virginia Woolf e le mie fotografie in belle pose intelligenti mentre fisso il vuoto.

Gesù.

I miei genitori tenevano sempre in bella vista delle mie foto recenti, durante le interviste, ma l'arredatore aveva pensato che metterne alcune in camera mia non fosse affatto strano.

E il grigio. Il grigio è ovunque.

Il copriletto di pelo grigio. Le pareti grigie. La moquette grigia. È come a Pleasantville. Ho quasi paura di guardare nello specchio.

Rimango ferma lì, senza alcun desiderio di proseguire oltre. Questa non è mai stata la mia stanza.

Mi giro e scendo al piano di sotto, tornando in cucina senza sapere esattamente cosa diavolo sto facendo, ma qualcosa devo fare. Prendo un lumino e un accendino dal cassetto, mi infilo l'urna dei miei genitori sotto il braccio, attraverso la casa e il garage. Frugando in alcuni cassetti, finalmente trovo una paletta da giardino e la prendo.

Fallo e basta.

Non sono riuscita ad alzarmi in piedi al loro funerale e a dimostrare a loro, a me stessa, o a chiunque altro, che la mia anima non era fottutamente paralizzata. Ma posso fare questo, per loro.

Mi affretto a uscire, faccio il giro della casa e mi dirigo verso l'albero. Noto che l'altalena fatta con lo pneumatico, che Mirai ha tagliato e lasciato per terra, ora è sparita.

In ginocchio, accendo la candela e la sistemo sull'erba per farmi luce.

Inizio a scavare. Infilzo l'erba, ne rimuovo un quadrato e continuo a svuotare il terreno, allargando il buco. Mi si chiude lo stomaco, la scatola è appoggiata lì, come una maledetta bomba che sta per scoppiare. Non riesco a credere che siano diventati cenere.

Maledetta cenere. Erano così vivi, prima. Grandi. Così importanti.

E adesso… riescono a entrare in una scatola di scarpe.

Una maledetta scatola di scarpe.

Mi sfugge un singhiozzo, ma ricaccio indietro il resto delle lacrime e metto da parte la paletta.

Dio.

Apro lentamente la scatola e – con molta delicatezza – rimuovo la busta di plastica trasparente.
Sembra un fardello di un quintale, nonostante non superi il peso di un neonato.
Spargo con attenzione le ceneri nel buco, rimetto la busta vuota nella scatola e ricopro il tutto con la terra.
Scoppio in lacrime e mi pulisco le mani, crollando a terra e appoggiandomi con la schiena contro il tronco dell'albero.
È così facile? È facile seppellirli – mettersi tutto alle spalle – ma questo non vuol dire che non continui a soffrire. Non significa che quello che hanno fatto sia scomparso, perché non è così.
Mi sarebbe piaciuto se fossero riusciti a conoscermi.
Vorrei che la loro morte non mi avesse dato la possibilità di imparare a conoscermi.
Immagino che a volte le nuvole non siano abbastanza. Serve tutto il dannato temporale.
Rimango a lungo là fuori a osservare il grosso ramo su cui mio padre aveva appeso l'altalena. I segni sulla corteccia mostrano anni di notti passate a dondolarsi là sotto. Trovo ancora surreale che non sia mai venuta qua fuori a sedermi sull'altalena.
Ma, del resto, non c'era nessuno a spingermi.
Soffio sulla candela e recupero tutto quanto, rimettendolo a posto e chiudendo la casa. Spengo le luci, assicurandomi che la porta sul retro sia chiusa a chiave, ma senza mettere il chiavistello a quella principale, perché dovrà tornare Mirai.
Salgo le scale sbadigliando, stanca morta. Qui sono le sette passate, perciò sono appena passate le otto a Chapel Peak. Cosa starà facendo in questo momento? Non sarà già a letto. A meno che non ci stessi andando io, in tal caso mi avrebbe seguito.
Mi si stringe il cuore. Certo, non mi aspettavo che mi telefonasse, ma neanche che si arrendesse così facilmente alla nostra separazione. Ma eccoci qui, è passato un giorno, e nulla è successo.
Sono ferma in cima alle scale, pronta ad andare a letto, ma all'ultimo momento svolto a destra per raggiungere la porta dei miei genitori. La apro. Vengo assalita dall'odore di vaniglia e bergamotto, come di riflesso trattengo quasi il fiato. Mi piacciono quei profumi, ma non assieme. Mi ricorderanno per sempre lei.
Addentrandomi nella stanza e guardandomi attorno, vedo che è tutto perfettamente in ordine, come se fossero ancora vivi. Il letto è fatto, nessun segno che i loro corpi siano rimasti lì tutti quei mesi, e il piano di vetro della consolle di mia madre luccica sotto i raggi della luna, che penetrano attraverso le tende di raso bianche. I cristalli penzolano dalla lampada e risplendono. Accendo la luce, poi faccio un giro di trecentosessanta gradi nella grande camera da letto.

Per quanto mi sforzi di cercare una connessione con loro, non la trovo. Non ho ricordi qui. Non mi sono mai infilata nel loro letto. Non ho mai giocato con i trucchi di mia madre o aiutato mio padre ad annodare la cravatta.

Entro nel guardaroba e accendo la luce, ammirando la lunga fila di bellissimi abiti, che nel corso degli anni ho sempre voluto provare senza poterlo fare.

«Ehi», esclama Mirai alle mie spalle.

È tornata.

Giro lentamente la testa, studiando il guardaroba e l'esposizione di gioielli e orologi. Penso a tutte le opere d'arte presenti in questa casa e alle auto in garage che non hanno più nulla a che fare con me. Una casa piena di cose che non hanno mai fatto parte di me e che non desidero più avere in giro.

«Puoi chiamare la Christie's, domani mattina?», chiedo a Mirai, richiudendo il guardaroba e voltandomi verso di lei. «Facciamo un'asta. Doneremo il ricavato alle loro associazioni caritatevoli preferite».

«Sei…».

«Sì», la interrompo, uscendo dalla stanza. «Sono sicura».

«Grazie». Sorrido, prendendo il mio burrito e lo scontrino.

Esco dal negozietto, mi sollevo il cappuccio della felpa per proteggere dalla pioggerellina gli AirPods, sto ascoltando *The Hand That Feeds*. Attraverso il marciapiede vuoto, supero il molo e mi dirigo sulla spiaggia, la sabbia che mi entra nelle Vans.

I nuvoloni neri gravano bassi nascondendo il sole mattutino e le onde si infrangono a riva. La spiaggia è beatamente deserta, a eccezione di una coppia che fa jogging. Due surfisti si allontanano verso l'orizzonte, le loro mute nere luccicano. Mi siedo a gambe incrociate, sfilo lo zaino, prendo la bottiglia dell'acqua e srotolo il burrito dalla stagnola.

Prendo un morso e osservo l'oceano, la salsedine nell'aria mi strappa un lieve sorriso.

Sei settimane.

Sei settimane di nuovo in California e le giornate stanno diventando più facili. Presto si terrà l'asta, ho riarredato la mia stanza e rimodernato alcuni mobili della casa. Ho scelto una scuola di design a Seattle, per poi frequentare il college in autunno. Ho ancora un paio di mesi per viaggiare, o fare qualsiasi cosa abbia voglia di fare prima dell'inizio delle lezioni.

Ho chiamato Jake. Lui mi ha chiamata.

Ma non è un gran chiacchierone al telefono ed è stato irremovibile, pensa che per sapere tutto quanto io debba semplicemente tornare lì.

Non ho intenzione di tornare. Devo fare questo.

Finisco il burrito, ficco le cose da buttare nello zaino e mi porto la bottiglia dell'acqua alle labbra. Non sarò più felice di quanto lo ero quando me ne sono andata, ma almeno ora mi rispetto. Non c'è altra scelta.

Mi stendo di schiena sulla sabbia, pronta ad accogliere le goccioline di pioggia sul volto.
Ma appena sollevo lo sguardo, vedo qualcuno incombere su di me e osservarmi.
«Ehi», esclama.
Noah?
Mi sfilo gli AirPods e scatto a sedere, abbassandomi il cappuccio.
«Quindi è questa la città del surf, eh?», dice, buttando a terra gli scarponi e sedendosi accanto a me.
Lo fisso a bocca aperta, incapace di sbattere le palpebre. «Cosa… da dove sei spuntato?».
Lui mi fa un sorriso alla Noah e io non riesco a trattenermi. Il pianto mi scuote il petto e mi fiondo su di lui gettandogli le braccia al collo.
«Come sapevi che ero qua?», chiedo.
«Be', non eri a casa», mi dice, continuando ad abbracciarmi forte. «E sta piovendo, perciò ho fatto un tentativo qui».
Rido, ricordando di avergli raccontato che adoro venire ad Huntington Beach quando piove. Sveglio.
«A dire il vero…». Mi libera dall'abbraccio e mi rimetto seduta composta, ammiro il suo nuovo taglio di capelli e il suo volto abbronzato. «Ad agosto, dopo l'incidente al lago con Holcomb, papà ha installato di nascosto sul tuo telefono un'applicazione per localizzarti».
Davvero? Alzo gli occhi al cielo.
Holcomb.
Non pensavo a lui da un po'. Si è dichiarato colpevole, mi ha riferito Jake, e si è beccato quindici mesi per incendio doloso e un paio di altre accuse.
«Allora, quando sei arrivato?».
Ci pensa un istante. «Sei settimane fa?»
«Sei settimane fa?», ripeto stupita. «Sei a Los Angeles da sei settimane? Perché non sei venuto da me?».
È qui da quando sono tornata anche io. E non sono riuscita a mettermi in contatto con lui, se non per messaggio. Voleva farmi una sorpresa? Perché se è così, gli ci è voluto un bel pezzo a decidersi.
Sei settimane…
Il tono della sua voce si addolcisce e sembra pensieroso. «In un certo senso, avevo bisogno di stare anch'io da solo».
Lo fisso, ma non ho niente da aggiungere. Lo capisco. *Sono successi parecchi casini.*
Il vento mi soffia tra i capelli e li sposto dalla fronte mentre la pioggia li bagna lentamente. «È bello rivederti», confesso.
«Lo speravo».
Quindi ha un posto dove stare? Non sarà mica stato in albergo per tutto questo tempo?

In un modo o nell'altro, spero di vederlo più spesso, ora... Almeno finché non me ne andrò per il college.

«Ho uno sponsor», gongola.

«Ma è fantastico». Sorrido contenta. «Allora, adesso hai una squadra?»

«Lui ne sta mettendo su una, sì». Annuisce. «Io sono il primo fortunato a essere stato ingaggiato».

«Lui?»

«Jared Trent della JT Racing», mi informa. «È un tipo interessante. Una sorta di incrocio tra mio padre e Kaleb».

Al sentire menzionare Kaleb mi blocco. È come se avessi continuato a fingere che non sia mai successo nulla, poi ecco che arriva Noah e mi dà un pugno nello stomaco. All'improvviso, tutto mi fa male.

Mi sforzo di ridere. «Caspita», esclamo.

«Lo so». Increspa le labbra all'insù, quasi con tristezza. «Non parla molto e quando lo fa vorresti non l'avesse mai fatto».

Sì. Kaleb e Jake sono esattamente così.

«Ma... apprezza quello che so fare», continua Noah. «È la persona giusta da avere dalla mia parte».

Sono felice che abbia trovato quello che stava cercando. Però detesto che pensi di non avere mai avuto prima delle persone giuste intorno.

«Hai tante persone dalla tua parte». Lo fisso negli occhi. «Devi solo aspettare».

Mi stringo al suo braccio, appoggio la testa sulla sua spalla e rimaniamo entrambi a osservare le onde che si infrangono. Andrò a vederlo a ogni gara, mi vanterò di lui con tutte le mie amiche.

Appena me ne farò qualcuna.

«Mi puoi chiedere di lui, sai?», mi esorta a voce bassa.

Abbasso lo sguardo senza dire niente. Muoio dalla voglia di sapere qualcosa su Kaleb.

Ma anche no. Ovviamente è vivo, mangia, dorme e respira perfettamente anche senza di me, anche se certi giorni io mi sento sconvolta dentro.

«Papà mi ha detto che quando sei partita è andato al capanno della pesca e da allora non si è fatto più vedere».

Scuoto la testa. «Non parliamo di lui». Alzo lo sguardo, incrociando quello di Noah. «Dimmi di te! Sei felice?».

Mi guarda e mi chiedo perché non possa essere semplicemente lui.

È così facile volergli bene.

«Ce l'hai con me?», sussurro quando non risponde.

Si scherma gli occhi e un leggero sorriso gli arriccia le labbra. «Avevi ragione, Tiernan», ammette. «Ero innamorato, ma di qualcos'altro».

Delle gare.

«Ora ho il mio futuro», continua. «Sono davvero felice».

Appoggio di nuovo la testa sulla sua spalla, tirando un sospiro che non mi sono resa conto di trattenere da mesi.

Lui mi dà un bacio sui capelli e così, testa contro testa, continuiamo a contemplare l'oceano.

«Ti ama da morire, sai?», dice.

Sento la gola trafitta da mille aghi e le lacrime mi rigano le guance. «Lui è ancora dentro quell'auto, Noah».

36. Tiernan

Noah torna al residence a radunare le sue cose, lo sta pagando un occhio della testa, e io torno a casa a preparare una stanza per lui. Lo sponsor di Noah ha la sede da qualche parte fuori Chicago, perciò probabilmente dovrà viaggiare parecchio, ma dato che ha anche una filiale qui, questa sarà la sua base quando sarà in città.

Trascorriamo il resto della giornata a camminare e a chiacchierare, dopo pranzo lo accompagno in una delle sartorie preferite di mio padre per farsi confezionare un completo per tutte le occasioni formali a cui presto dovrà partecipare, ora che ha intrapreso questa nuova avventura. Una volta finito, si è già fatto tardi, Andiamo a cena, poi Noah torna in albergo, a dormire e a fare i bagagli per lasciare la stanza domani, e io torno a casa.

Ho fatto sostituire il letto nella camera dei miei genitori, così potrà dormire lì, visto che la stanza ha anche il bagno privato. Non voglio correre il rischio di imbattermi in una sua ospite durante la notte, nel caso volesse invitarne una.

«Dovrebbero spararti», sento gridare Mirai quando entro in casa.

Mi fermo un attimo, chiudo delicatamente la porta e tendo l'orecchio. Ma che succede?

«Dovrebbero sparare a chiunque abbia decorato questa stanza», ribatte Jake. «Le tende somigliano alla stoffa con cui rivestono le casse da morto».

Jake? Il mio cuore si alleggerisce. È qui anche lui.

«Uff!», brontola Mirai.

Qualcosa cade schiantandosi sul pavimento, allora attraverso l'ingresso in punta di piedi, nascondendomi dietro la parete del salotto.

«Ops!», esclama Jake. «Tanti saluti al porta caramelle. Probabilmente valeva trecento dollari e non è nemmeno mai stato usato, perché questa casa non vede dei carboidrati dal 2002».

Mi viene da ridere, ma copro la bocca per non farmi scoprire.

«Vattene», gli dice lei.

«No».

«Chiamo la polizia!».

«I giornalisti di TMZ arriveranno qui prima della polizia».

Scuoto la testa, sbirciando da dietro la parete, e vedo Jake infilare la mano in un mio sacchetto di chips di verdure, Mirai è vicino a lui e sbuffa con le mani sui fianchi.

Solleva le mani con gli artigli come se volesse strangolarlo. «Non ho mai desiderato tanto colpire qualcuno da...».

«Da ieri sera, quando mi hai sognato?».

Nascondo la testa e mi appoggio al muro. Mirai è ancora parecchio furiosa per quello che è successo in montagna tra me e i Van der Berg, ma, accidenti, Jake non è per niente intimorito.

«Lei dov'è?», le chiede.

«Non lo so».

«Mirai?», cantilena lui.

«Fottiti».

Sbircio ancora e li vedo entrambi di spalle, lui dietro che la incalza.

«Quello che è successo, non è come pensi», le spiega. «Noi siamo la sua famiglia. Uccideremmo per proteggerla».

Arrossisco nel sentire quelle parole, ma Mirai non se la sta bevendo.

«Vaffanculo», gli risponde.

Cammino fino all'arco e mi precipito verso le scale senza farmi notare, perché stasera non ho le energie per affrontare questa situazione. Saluterò Jake domani.

«Adesso chiamo la sicurezza», lo avverte Mirai.

«Io non me ne vado», la sfotte lui. «Resterò qui tutta la notte, se necessario. Aspetterò insieme a te...».

«No, invece».

«Vicino a te...», prosegue lui.

«Sta' zitto».

«A guardarti...».

«*Puah!*».

«Solo tu e io...», la provoca.

Un attimo di silenzio, poi: «Ah!», urla Jake. «Che male! Mi sanguina il naso. Gesù!».

«Non sul tappeto», protesta lei.

Salgo di fretta in camera, abbasso la maniglia e richiudo piano la porta.

Non so se Noah sia venuto a cercarmi perché sapeva che stava arrivando suo padre, o se Jake sia venuto a trovare Noah e poi abbia deciso di fare una visita qui. Ad ogni modo, sono contenta che ci siano entrambi. Spero solo che Jake abbia mandato qualcuno a controllare la proprietà e a prendersi cura degli animali in sua assenza, visto che Kaleb è ancora fuori dalla circolazione.

Per il momento lascerò lui e Mirai da soli. Hanno bisogno di passare del tempo insieme e risolvere certe questioni. Che lei approvi o meno quello che è successo, lui non se ne andrà da nessuna parte. Se lei vorrà continuare a esserci per me, dovrà affrontarlo.

Mi butto sul letto e affondo la faccia nel cuscino. È stata una bella giornata, ma lunga. Il costante batticuore è sparito quando ho lasciato le montagne sei settimane fa, ma ora è tornato in una certa misura. Loro sono qui, e io mi sento più a casa. Un po' di più, almeno.

Con la sua mole elefantesca, il catalogo dei corsi del college mi guarda dal comodino e vederlo lì mi turba. Stamattina desideravo andare al college.

Ma ora che loro sono qui…

Accidenti a loro. Mi confondono sempre. Allungo il braccio, tiro la catenella della lampada, spegnendo la luce, e chiudo gli occhi.

Mi sveglio di soprassalto perché qualcosa mi scuote. Cerco di aprire gli occhi e mi giro sulla schiena, aspettando di mettere a fuoco la stanza.

Cos'è stato? Sembrava grandine. A Los Angeles non grandina.

Accendo la lampada e mi siedo sul letto, strofinandomi gli occhi. Do un'occhiata alla finestra, la notte scura è calma e silenziosa.

Alzandomi dal letto, mi avvicino alla tenda per chiuderla.

Sbadiglio coprendomi la bocca e osservo il colore bluastro dell'erba fuori, oltre all'ombra di un albero proiettata sul prato scuro.

Qualcosa si muove, quindi scruto con più attenzione.

Una corda è appesa allo stesso ramo che era dei miei genitori, uno pneumatico pende all'estremità. Sento accelerare il battito. Non sarà mica un'allucinazione? Mirai ha tagliato la gomma ad agosto e quando sono tornata qui la corda era sparita. Io…

Corro verso la porta per aprirla, percorrendo velocemente il corridoio. Sento delle risate in cucina e il profumo del chili di Jake mi inebria, facendomi brontolare lo stomaco, ma lo ignoro e sgattaiolo fuori dalla porta che dà sul retro.

Quando è stata l'ultima volta che mi sono affacciata a quella finestra? Ieri, forse? Ce l'ha messa Mirai, la corda? L'ha messa per me, stavolta?

Credo sia stato premuroso da parte sua.

O magari l'ha appesa per i miei genitori, dopo aver saputo che ho sparso le loro ceneri proprio sotto quell'albero. Una sorta di ultimo omaggio a loro.

Faccio il giro della casa ed eccola laggiù, la vedo ondeggiare sospinta dalla leggera brezza.

Non è lo stesso pneumatico. Questo è più piccolo, con una riga bianca che gli corre attorno. Forse un bambino potrebbe starci dentro.

Qualcuno spunta da dietro l'albero e mi fermo, incrociando i suoi occhi.

Kaleb mi sta guardando.

Svuoto tutta l'aria dai polmoni, non credo a quello che vedo. Eppure si muove. Con una mano stringe la corda appena sopra la gomma, la tiene ferma per me.

È stato lui a metterla?

Quando…? Come…?

Mi avvicino, i piedi vanno da soli. «Che ci fai qui?».

La mia voce è ridotta a un esile filo, all'improvviso ho la gola secca perché realizzo che Kaleb è lontano da Chapel Peak. È venuto qui in aereo? O forse in macchina? A ogni modo…

È surreale. Non riesco a figurarmelo lontano dalle sue montagne, ma invece è proprio qui.

«Come sei arrivato?», gli chiedo.

Lui non risponde, ovviamente, ma protende una mano in modo che io l'afferri.

Abbasso lo sguardo sulla vena che ha sul dorso della mano, ricordo le notti passate a percorrere con le dita ogni centimetro del suo corpo e, in particolare, quella notte.

Afferro la sua mano, ma invece di farmi sedere sulla gomma mi prende sotto le ascelle e mi solleva. Faccio ondeggiare le gambe attorno alla corda, cercando di stringerla, e lui mi fa salire sopra.

Sono al settimo cielo, per poco non svengo. Dio, lo adoro.

Kaleb è qui. Posso toccarlo.

Che significa?

Il ramo scricchiola sotto il mio peso e ho lo stomaco ingarbugliato. Ho sempre cercato di immaginare quali sensazioni avrei provato. Vorrei sorridere, ma non lo faccio.

Quando Kaleb tira indietro lo pneumatico e comincia a farmi dondolare, non ce la faccio più. Sorrido, mio malgrado, chiudendo gli occhi, e ho la sensazione di volare. Torno indietro e Kaleb mi spinge di nuovo, stavolta con più energia. Mi aggrappo alla corda, tenendola stretta al mio corpo e godendomi questo momento di leggerezza nella testa e di farfalle nello stomaco.

Kaleb afferra la gomma e la fa ruotare, facendomi volteggiare in mezzo al buio, avvicinandomi alla casa e facendomi tornare di nuovo verso di lui. Rido, sorrido e finalmente stendo le braccia buttando la testa all'indietro, il vento mi scompiglia i capelli.

È una sensazione bellissima, meravigliosa, e mi sento libera. Non mi stupisce che a lei piacesse stare qui fuori.

Tutto questo riesce quasi a farmi dimenticare quanto ho sofferto. Non voglio che Kaleb se ne vada.

Eppure non sono sicura che sarebbe dovuto venire.

Appena Kaleb smette di spingermi per farmi riposare, lo pneumatico gira e rallenta. Il mio stomaco smette di tremare e il mondo di girare. Fisso a terra mentre lui è alle mie spalle per fermare la ruota.

«Come sapevi dell'altalena?», gli domando senza aspettarmi una risposta, naturalmente.

Lui mi porge un pezzo di carta, ripiegato diverse volte, che io afferro e apro.

Non appena metto a fuoco l'immagine, capisco all'istante. È la stampa di un articolo. Uno dei tanti sui miei genitori. Mio padre spinge mia madre sull'altalena, proprio sotto questo albero. Sui loro volti i sorrisi più smaglianti che abbia mai visto.

In lontananza, in alto e a malapena visibile, ci sono io. Non dovevo avere più di sette o otto anni, e li osservo dalla finestra con il mento appoggiato alle mani.

Ripiego la stampa e gliela restituisco.

«Non ci credo che sei qui», ripeto con un filo di voce. «Hai davvero lasciato il Colorado».

«Era ora», risponde lui.

Trattengo il fiato, investita dalle sue parole come da un tir.

Cosa?

Scendo dalla ruota e mi volto per guardarlo, incredula per quello che è appena successo. Una voce profonda, ma delicata. Chiara e forte. Ha parlato.

Kaleb ha parlato.

Giro attorno all'altalena e lui mi viene incontro. «Casa mia è dove ci sei tu», aggiunge piano.

Scuoto la testa, non so se lo faccio perché penso di sognare o perché non ricordo nemmeno il motivo per cui ero arrabbiata con lui. È come se il passato venisse gettato via da queste parole, che sono tutto ciò che avevo bisogno di sentire.

Kaleb estrae un libro grigio dalla tasca posteriore, ha un aspetto familiare.

«Ho trovato il libro». Me lo passa.

Io lo prendo e vedo che si tratta di *Le sirene di Titano*, che abbiamo letto al capanno. Volevamo finirlo una volta tornati a casa, ma poi ci siamo accorti di averlo dimenticato là.

«Dopo che sei partita, sono tornato al capanno per un po' di tempo e ho cominciato a leggerlo dall'inizio».

Lo ascolto, adoro il suono della sua bellissima voce. Vellutata e rassicurante, nonostante le parole siano ancora impastate, essendo del tutto nuove per lui.

«Ad alta voce», aggiunge.

Ha fatto pratica negli ultimi sei mesi, leggendo ad alta voce.

Mi asciugo gli angoli degli occhi.

Kaleb si avvicina, mi accarezza la faccia e cattura la lacrima prima che scenda giù.

«Ti ascolti di più, ora?», mi chiede. «Da sola?».

Sorrido leggermente. Deve aver trovato il mio biglietto. I suoi occhi sono sempre impenetrabili, ma la sua voce… tradisce la sua insicurezza. Ha paura che non lo voglia più.

«Credo di essere pronta ad ascoltare entrambi, adesso», ribatto. «E tu?».

Lui annuisce. «Dovevo capirlo anch'io», mi spiega. «Dovevo ascoltarmi. Scusa… mi ci è voluto del tempo».

Sorrido e lui si piega per baciarmi. Gli cingo la vita, lasciandomi avvampare all'istante.

Kaleb.

Mi bacia lentamente e poi con sempre più foga, affondando la lingua, mordendomi e tirandomi il labbro. «Io vado dove vai tu», mi sussurra tra un bacio e l'altro.

«Sarai felice?».

Mi piacerebbe tornare a Chapel Peak un giorno – o magari al capanno. Magari apportando qualche modifica e miglioria. Prima, però, devo fare delle cose. Lui vivrà nel mondo reale insieme a me?

Kaleb si ferma e mi guarda negli occhi. «Non sarei felice senza di te», afferma. «Questo lo so per certo».

Ed è l'unica cosa che ho bisogno di sentire. Finché saremo insieme, saremo a casa. Non importa dove.

«Ti amo», gli dico.

Lui mi sfiora il naso col suo. «Ti amo anch'io».

Il petto mi vibra di gioia e cerco di non mettermi a frignare come un'imbecille. È così bello sentirglielo dire. Finalmente.

Ci baciamo e ci abbracciamo, sto già pensando a come trascorreremo i mesi che ci restano fino all'inizio della scuola di design. «Continua a parlarmi», lo imploro.

Adoro la sua voce.

Kaleb fa una risatina bassa, eccitante. «Cosa vuoi che dica?»

«Qualunque cosa». Sorrido. «Puoi leggermi qualcosa, magari?».

Mi afferra da sotto le cosce, sollevandomi in braccio, e io gli avvolgo le gambe attorno alla vita.

«Mostrami i tuoi libri», mormora contro le mie labbra.

«Sono in camera da letto».

Kaleb mi prende le labbra fra i denti, una promessa nel tono della sua voce. «Speravo che fossero lì».

Sorrido e lo stringo a me, mentre mi trasporta dentro casa.

Epilogo. Kaleb

Cinque anni dopo…

Le sfioro le labbra con il pollice, intanto lei si muove sopra di me, cavalcandomi.

Dio, questa ragazza adora le tende. *Porca miseria*.

Inarca la schiena e i capelli le ricadono dietro le spalle, mentre io mi appoggio all'indietro con una mano e con l'altra le stringo un fianco.

Cazzo, piccola. Grugnisco.
«Kaleb», piagnucola Tiernan.
Mi affonda le unghie nelle spalle e viene, baciandomi. Il suo sapore e il suo calore mi fanno girare la testa. È la seconda volta in sei ore che mi sale sopra, e l'ultima è stata dieci minuti fa, quando mi ha svegliato alle prime luci dell'alba.
Per lei mi sveglio volentieri, però. La mia bella.
Sento ciottolare le pietre sulla riva e capisco che qualcun altro è sveglio. Le stringo i capelli nel pugno per farla stare buona.
I suoi spasmi rallentano e il suo respiro si placa, in modo da non metterci in imbarazzo con gli altri, ma continua a ondeggiare le anche. Piano. Lentamente. Poi mi lecca le labbra facendomi impazzire e il mio stomaco fa una capriola.
«È così bello con te», mi mormora sulle labbra. «Ti amo».
Mi si riempie il cuore di gioia. Le palpeggio un seno, strizzandolo, vorrei divorarlo con la bocca.
Ma il mio pisello vibra, divampa, e trattengo il fiato perché Tiernan aumenta di nuovo il ritmo, scopandomi a meraviglia.
Vengo anch'io e, nell'affanno, cerchiamo di fare piano quando lei si stringe intorno a me con il suo calore umido. La riempio buttando la testa all'indietro, cercando di andare il più possibile in profondità.
Mi manca il fiato. *Merda.*
Tiernan mi cade addosso e atterriamo di schiena sui sacchi a pelo, il tetto della nostra tenda rossa è ricoperto di gocce di rugiada.
Abbiamo passato anni a dormire in tende, baite, motel e furgoni, ma è in tenda che si è sempre eccitata di più. Non so perché.
La bacio, stringendole i capelli sopra la testa e abbracciandola.
«Non voglio lasciarti mai», mormoro senza fiato. «Nemmeno per pisciare».
Si mette a ridere. «Invece devi», mi dice. «È il tuo turno stamattina».
Mi lamento perché disapprovo. Detesto fargli mangiare quella schifezza.
Tiernan rotola sull'altro fianco e indugio, guardando il suo sedere per qualche altro secondo, poi infilo i jeans e prendo la bustina che mi porge.
Esco dalla tenda, stiracchiando le braccia sopra la testa e inalando l'aria calda di luglio. Lo stagno e la cascata sono là davanti, mio padre è seduto su una panchina di pietra, già impegnato a sistemare la canna da pesca. Sorrido. Cacciare e pescare era l'unica cosa che ci piaceva fare insieme. Avremmo dovuto farlo più spesso.
Lavo la faccia nel pentolino dell'acqua e me l'asciugo prima di portare la busta che mi ha dato Tiernan verso la tenda verde accanto alla nostra. Apro la zip, mi abbasso ed entro, vedo Noah addormentato sulla schiena con mio figlio stretto tra le braccia.
Resto là a contemplare per un attimo quella visione. Griffin ha diciot-

to mesi e, anche se è stato difficile finire il college da madre, Tiernan è riuscita a fare tutto. Con un po' d'aiuto da parte mia. Dopo la laurea, siamo rimasti a Seattle per un anno e abbiamo cresciuto lì il bambino. Abbiamo fatto anche dei viaggetti in auto, ma adesso, finalmente, siamo tornati a Chapel Peak.

Noah apre gli occhi, sbadigliando. «Ehi».

Mi inginocchio, accarezzando i capelli di Griffin, dorme anche lui. «Grazie di aver badato a lui», bisbiglio. «Ci serviva una notte da soli».

Faccio per prendere in braccio mio figlio. Ha senz'altro bisogno di un cambio di pannolino.

Noah se lo stringe a sé. «No», protesta con espressione arcigna. «Lo stronzetto e io siamo legati».

Prendo comunque mio figlio. «Procuratene uno tuo».

Stringo in braccio Griffin, che si muove e sbadiglia. Ha i capelli biondo cenere e gli occhi verdi, i suoi piedini nudi sono grandi quanto la metà della mia mano. È incredibile.

Lo bacio sulle guance diverse volte, tentando di svegliarlo. Estraggo il biberon che mi ha dato Tiernan, glielo avvicino alla bocca e finalmente lo vedo aprire gli occhi, inizia a bere il latte.

«Che cazzo è?», chiede Noah, guardando la busta.

Tiro fuori il contenitore di plastica, lo apro e afferro il cucchiaio.

«Una schifezza con avocado e tofu», rispondo, raccogliendola con il cucchiaino e imboccando Griffin.

Tiernan è determinata a farlo somigliare di più a un bambino californiano che a uno del Colorado. Può continuare a illudersi, perché questo piccolino si convertirà alla mia religione appena assaggerà per la prima volta la mia costata al barbecue.

«Non può mangiare tofu a Chapel Peak», dichiara Noah. «Lo bullizzeranno».

«Sta' zitto».

Do da mangiare a Griffin, la sua boccuccia spazzola tutto il cibo e la cosa mi fa sorridere. Finirà per mangiare di tutto. Credo che più a lungo resterà all'oscuro di quanto faccia schifo questa roba, comparata a qualsiasi altro cibo su questo pianeta, meglio sarà.

«Sei contento di essere a casa?», mi chiede Noah.

Annuisco, continuando a occuparmi di mio figlio. «Sì».

«Resterai fuori dai guai?»

«No», ribatto.

Noah ridacchia, disteso accanto a noi.

Papà viene spesso in California, adesso, perché la Van der Berg Extreme si è fusa con JT Racing circa quattro anni fa. Da quando i proprietari di quest'ultima hanno preferito rimanere a casa loro a Shelburne Falls, Illinois, è andato tutto alla perfezione. Papà dirige la filiale californiana e Noah guida le moto con i loro motori.

Tiernan e io ci siamo momentaneamente trasferiti qui, nella vecchia casa, finché i lavori alla nostra – che si trova un po' più in basso, sulla montagna – non saranno finiti. Sono certo che ci vorrà più di un anno.

L'unica cosa che Tiernan ha chiesto di avere nella nostra nuova proprietà è una piazzola di atterraggio per gli elicotteri. Si è rifiutata categoricamente di lasciarmi ricucire mio figlio in caso di necessità. Ha preteso che venga trasportato all'ospedale in elicottero, dove potranno fargli l'anestesia locale.

Io continuerò a personalizzare le moto e lei a progettare case e interni, finché il meteo lo permetterà, dopodiché passeremo l'inverno tra il calore della nostra famiglia e qualche piccola avventura.

Continuo a imboccare Griffin, ma sento gli occhi di Noah addosso, come se mi volesse dire altro.

«Cosa vuoi che faccia con le sue ceneri?», mi domanda alla fine.

Le ceneri…

Gratto il contenitore col cucchiaio, dando gli ultimi rimasugli di cibo al bambino, senza guardare Noah.

Alzo le spalle. «Prenderle, immagino».

È questo il motivo per cui è tornato. Per cui mio padre è tornato. È per questo che abbiamo deciso di fare campeggio: per stare insieme, ricordare ciò che abbiamo ed essere grati della nostra famiglia.

Anna Leigh è morta. Mia madre.

Nostra madre.

La gola mi si stringe quando Griff mi guarda con quei suoi occhioni smeraldo.

Mi sforzo di sorridergli.

«È surreale», mormora Noah. «Credo che nel profondo fosse una persona molto diversa. Purtroppo, però, era una drogata».

Perché pensare una cosa del genere? In prigione non era sotto l'effetto di droghe. Tra un'uscita e l'altra, era dentro da una quindicina d'anni e l'unica volta che si è fatta sentire è stato per chiedere dei soldi. Furto, rapina, spaccio… negligenza genitoriale. Era una brutta persona.

Io ricordo tutto. Sono ancora costretto a girare in macchina con il finestrino aperto.

«Magari sarebbe stata diversa», prosegue. «Ridere e scherzare coi suoi figli. Giocare con noi ed essere amata dal proprio uomo».

Di colpo mi passa per la mente un'immagine di lei distesa sulla schiena, intenta a sollevarmi sui piedi per farmi volare. È sorridente. Ride.

«Tutti vogliamo questo, no?», mi esorta Noah. «Non essere soli».

Lui non ha memoria di lei. Ha solo un anno meno di me, ma era troppo piccolo allora. Il cancro l'ha sorpresa a marzo, poi si è esteso in fretta. È morta in prigione un paio di settimane fa.

Forse Noah ha ragione. Se non avesse mai conosciuto la droga, magari sarebbe stata un'altra persona.

«Voglio ricordarla solo per come avrebbe dovuto essere». Parla con un filo di voce. «A questo punto della vita sono troppo stanco per odiarla ancora. Ora che è tutto finito, magari vorrebbe solo non sentirsi sola. Sapere cosa pensiamo di lei».

Sento le lacrime agli occhi, ma non voglio mettermi a piangere, anche se è più forte di me. Tossisco per reprimere le emozioni che Noah ha risvegliato, mi stanno togliendo il fiato. Accidenti a lui.

Lei è morta e io posso consolarmi ogni sera con il calore della mia famiglia. Perché dovrei odiarla?

«Oh, fanculo». Mi asciugo gli occhi e metto via la vaschetta di plastica e il biberon. «Lasciami metà delle sue ceneri. Le spargerò sulla montagna».

Senza guardarlo, sollevo mio figlio ed esco dalla tenda prima di mettermi ulteriormente in imbarazzo.

Stringo forte Griff e faccio dei respiri profondi, calmandomi a poco a poco. *Accidenti a Noah.*

Papà è vicino all'acqua e gli vado incontro, girando Griff in modo che possa vedere la cascata. La prima volta che abbiamo portato qui sua madre, si è seduta su un telo da spiaggia proprio qui.

Papà dà un'occhiata a suo nipote, sorridendogli. «Non so a chi somigli di più».

Guardo mio figlio. Ha i capelli più scuri di quelli di Tiernan, ma molto più chiari dei miei. Ha i miei stessi occhi.

«Finché si sentirà amato, non mi farò problemi», ribatto.

«Si sentirà amato senz'altro». Riavvolge la lenza nel mulinello. «Se ne faceste altri, non mi dispiacerebbe», aggiunge. «È bello avere un bambino che ti gironzola intorno. Con lui potrò essere migliore di come sono stato con voi due».

Osservo il panorama ripensando alla mia infanzia. Crescendo, non ho mai provato risentimento nei confronti di mio padre. Non mi è mai passato per la mente che non stesse facendo del suo meglio.

Finché non è andato a letto con lei. A quel punto, sì, ho provato del risentimento.

Abbasso lo sguardo, sono troppo felice per mostrare ancora rancore. Eravamo tutti smarriti e deboli, ciascuno a modo suo, e lei aveva bisogno di noi tanto quanto noi di lei. Saremmo morti per lei.

«Non rapiniamo le banche né siamo degli alcolizzati», rispondo alla fine. «Noah e io siamo venuti su bene».

Al che mi volto nella sua direzione. «Se tu vuoi farne altri, a me non dispiacerebbe una sorella».

Ridacchia e io do un'occhiata alla tenda blu, consapevole di chi c'è dentro. Lei cerca ancora di nascondere ciò che ormai va avanti da quattro anni. Ha trentasette anni e non ha figli. Magari ora ne vuole uno.

Papà sospira, avvolgendo la lenza e cambiando argomento. «Sei riuscito a mettere le mani sull'ordine di Robinson?»

«Sì. Non preoccuparti». Guardo di nuovo a sinistra e scorgo Mirai uscire dalla tenda di mio padre. Nel vederci si precipita nella sua, come se fossimo tutti stupidi.

È divertente, però.

«Indossa la tua camicia», gli faccio notare. «Faresti meglio a metterla».

Lui mi rivolge un sorriso. «Lo farò».

Tiernan esce dalla nostra tenda e papà si allontana. Io mi volto a guardarla, sorridendole. Indossa il costume che preferisco, quello marrone, e sventola un pannolino impermeabile.

Le vado incontro, lasciandole prendere Griff per cambiarlo, poi entro nella tenda per infilarmi i bermuda e recuperare il salvagente.

Lo prepariamo e lo portiamo nello stagno.

«Ohhhhhh». Tiernan sorride elettrizzata al bambino che agita braccia e gambe nell'acqua. «È fredda, vero?».

Ci allontaniamo dalla riva per farlo giocare, la cascata cattura tutta la sua attenzione.

«Si chiama "cascata"», gli dice.

Griff la guarda gorgogliare con gli occhi illuminati.

Ci infiliamo dietro la cascata, bagnandoci la testa e ridendo, Griffin senza fiato per la sorpresa.

Tiernan si guarda attorno, ed entrambi ammiriamo i nuovi graffiti sulla parete di roccia. «Mi hai spaventato a morte l'ultima volta che siamo stati qui», confessa.

Sorreggo Griffin dalla maniglia sul giubbino galleggiante, lasciandogli muovere liberamente gambe e braccia.

«Tu ti spaventi facilmente», scherzo.

«Non è vero. Tu eri emotivo».

«Ero?», chiedo, fingendomi offeso.

Lei adesso sa che so essere emotivo, quando serve.

Ci addentriamo ancora di più sotto la cascata, facendo volteggiare il bambino nell'acqua.

«Avrei dovuto portarti qui, allora», le dico. «O rimanere qui con te, quel giorno».

«Cosa ti fa pensare che non sarei scappata?»

«Perché ti ho fatto tremare le gambe».

Lei sbuffa. «Non è vero».

«Non eri tu che gemevi sopra la macchina, la prima sera che ci siamo incontrati?»

«Veramente ti ho ordinato di fermarti!».

«Scusa», dico dolcemente. «Non riuscivo a sentirti con tutto il rumore che facevi ansimando».

«Sta' zitto».

Afferro il nostro bambino con una mano e stringo Tiernan con l'altro braccio. «Vuoi tentare di nuovo la fortuna?».

Tiernan inarca le sopracciglia di fronte alla mia sfida.

«Non posso lasciare Griffin a Noah anche stasera». La fisso negli occhi, il suo corpo premuto al mio, e sono già su di giri. «Magari possiamo vederci qui verso le dieci? Così potrai mostrarmi quanto non gradisci tutto quello che faccio».

Si morde il labbro inferiore, fissandomi la bocca, e la rivedo ancora quel giorno, nervosa, che cerca di allontanarmi. Dio, volevo solo stare qui con lei.

Poi ridacchia e si libera dalla presa, prendendo nostro figlio e dirigendosi verso la cascata per tornare dall'altra parte.

«Sarà parecchio buio alle dieci, qua sotto», mi avverte.

Parecchio buio.

Mi muovo verso di lei, osservandola proprio come ho fatto quel giorno, molto tempo fa. «Ti troverò».

«Se pensi di riuscirci...», mi provoca.

Sparisce con Griff sotto la cascata e io sorrido, pensando a tutte le notti che ci attendono.

Grazie di aver letto *Io ti proteggerò* e delle vostre recensioni! Lo apprezzo moltissimo.

Resta però un mistero!
Che fine ha fatto la biancheria di Tiernan?

L'ha ritrovata? Chi gliel'ha rubata e perché?
Rifletteteci e vi farò sapere se la vostra risposta è giusta con una scena inedita, disponibile sul mio sito.

Ringraziamenti

Prima di tutto, un grazie ai lettori. Quando ho iniziato a pubblicare i miei libri nel 2013 mi sentivo come intrappolata in una formula. Volevo compiacere le persone, a loro piaceva quello che scrivevo e così andavo avanti con quello che funzionava. Ad alcuni lettori piaceva. Dopotutto, è bello sapere di poter contare su uno scrittore, quando hai bisogno di storie simili a quelle che hai già letto e che hai apprezzato.

Presto mi sono resa conto che non ero felice. Non stavo evolvendo e mi annoiavo. Così ho scavato in profondità, ho lasciato correre l'immaginazione, e ho sfornato *Il mio sbaglio più grande* (il primo volume della serie *Devil's Night*) e *Mai per amore*, un misto di tutto ciò che ho sempre amato, pur mantenendo integra la mia personalità. *Il mio sbaglio più grande* ha irritato parecchi lettori. Ma… è diventato anche il libro preferito di altri.

Perciò, ho realizzato col tempo, ne è valsa la pena.

Credo che la mia più grande paura di scrittrice sia quella di trasformarmi in una catena di montaggio che sforna un romanzo insignificante ogni sei settimane. So che molti di voi mi ritengono una scrittrice imprevedibile e questo non è necessariamente un pregio. Perciò grazie. Grazie a quelli di voi che leggono le mie storie e vogliono sempre leggerne altre. Spero che siate consapevoli che tutto ciò che scrivo per voi è il risultato di molto tempo, amore e fantasia. Per me è una cosa speciale e la faccio con le migliori intenzioni. Sempre.

Baci, Pen

E ora veniamo agli altri…

Un grazie alla mia famiglia – mio marito e mia figlia che hanno sopportato la mia fittissima agenda, la carta delle caramelle dappertutto e le mie fughe dalla tavola imbandita ogni volta che mi veniva in mente una conversazione, un colpo di scena o un episodio da narrare. Avete dovuto tollerare davvero molte cose e vi sono riconoscente per la pazienza.

Un grazie a Jane Dystel, la mia agente alla Dystel, Goderich & Bourret. È assolutamente impossibile che possa rinunciare a te, ormai ti ho incastrata.

Un grazie a PenDragons, siete il mio posto felice su Facebook. Grazie di essere il mio supporto e per la vostra positività. Un grazie soprattutto agli infaticabili amministratori: Adrienne Ambrose, Tabitha Russel, Tiffany Rhyne, Kristi Grimes e Lee Tenaglia.

Un grazie a Vibeke Courtney, la mia editor che scandaglia ogni mia mossa con un rastrello dai denti fittissimi. Grazie di avermi insegnato a scrivere e per la tua schiettezza.

Un grazie a tutti i meravigliosi lettori, soprattutto su Instagram, che creano delle grafiche per i libri, ispirandoci e motivandoci tutti… grazie di tutto! Adoro le vostre idee.

Un grazie a tutti i blogger e ai bookstagrammer. Dovrei menzionare troppi nomi, ma so esattamente chi siete. Vedo i post, i tag e tutto il gran lavoro che fate. Passate il vostro tempo libero a leggere libri, a scrivere recensioni e a promuoverli senza ricevere nulla in cambio. Siete la linfa vitale dell'editoria, chissà come faremmo senza di voi. Grazie del vostro inesauribile lavoro. Lo fate per pura passione e questo lo rende ancora più credibile.

Un grazie a T. Gephart che si è preso la briga di accertarsi se avessi bisogno di una "vera" scorta di barrette al cioccolato Tim Tam. (Sempre!)

E un grazie a B.B. Reid, KD Kimberly Carrillo e Charleight Rose perché leggono i miei libri, mi trasmettono positività e fanno il tifo per me.

Un grazie a ciascun autore, o aspirante tale, che mi è capitato di leggere. Grazie delle storie che avete voluto condividere. Molte mi hanno reso una lettrice felice, in cerca di meravigliose avventure, e mi hanno spronato a scrivere sempre meglio e ad allinearmi ai vostri standard. Scrivere e creare senza fermarsi mai. La vostra voce è importante e finché arriverà dal vostro cuore andrà bene così.

Indice

p. 7 Capitolo 1. Tiernan
14 Capitolo 2. Tiernan
29 Capitolo 3. Tiernan
42 Capitolo 4. Tiernan
57 Capitolo 5. Jake
66 Capitolo 6. Tiernan
82 Capitolo 7. Tiernan
99 Capitolo 8. Tiernan
115 Capitolo 9. Noah
128 Capitolo 10. Tiernan
145 Capitolo 11. Tiernan
156 Capitolo 12. Tiernan
164 Capitolo 13. Tiernan
169 Capitolo 14. Noah
176 Capitolo 15. Tiernan
192 Capitolo 16. Tiernan
204 Capitolo 17. Jake
216 Capitolo 18. Jake
220 Capitolo 19. Tiernan
234 Capitolo 20. Tiernan
241 Capitolo 21. Tiernan
251 Capitolo 22. Noah
256 Capitolo 23. Tiernan
272 Capitolo 24. Tiernan
288 Capitolo 25. Tiernan
296 Capitolo 26

p. 299 Capitolo 27. Tiernan
305 Capitolo 28. Tiernan
309 Capitolo 29. Tiernan
319 Capitolo 30. Tiernan
328 Capitolo 31. Tiernan
334 Capitolo 32. Tiernan
340 Capitolo 33. Tiernan
350 Capitolo 34. Tiernan
360 Capitolo 35. Tiernan
368 Capitolo 36. Tiernan
373 Epilogo. Kaleb

380 *Ringraziamenti*